DIE GEHEIME BENEDICT GESELLSCHAFT

TRENTON LEE STEWART

Aus dem Englischen von
Werner Löcher-Lawrence

Für Elliot

T. L. S.

Titel der Originalausgabe: The Mysterious Benedict Society

Die Originalausgabe erschien 2007 bei Megan Tingley Books,
Little, Brown and Company, New York, Boston.

ADRIAN VERLAG

Adrian & Wimmelbuchverlag GmbH

Friedrichstraße 126

10117 Berlin

Text: Trenton Lee Stewart

Übersetzung: © Werner Löcher-Lawrence

Korrektorat: Lara Krüger

Covergestaltung & Buchsatz: Phantasmal-Image

Gra kelemente Innen: Digimanselector//Shutterstock.com

ISBN 9783985851676

Printed 2023 in Germany

www.adrian-verlag.de

FSC www.fsc.org MIX Papier | Fördert gute Waldnutzung FSC® C021394

INHALTSVERZEICHNIS

BLEISTIFTE, RADIERGUMMIS UND PRÜFUNGEN

In einer Stadt namens Stonetown mit einem Hafen namens Stonetown Harbour bereitete sich ein Junge auf eine wichtige Prüfung vor. Der Junge hieß Reynie Muldoon, und es war schon seine zweite Prüfung an diesem Tag, die erste hatte er in einem Büro auf der anderen Seite der Stadt absolviert. Danach hatten sie ihn hergeschickt, in das Monk-Gebäude in der 3. Straße. Bis spätestens ein Uhr müsse er da sein, hatten sie gesagt, und er dürfe nichts anderes mitbringen als einen einzigen Bleistift und einen einzigen Radiergummi. Wenn er zu spät komme, zwei Bleistifte dabeihabe, seinen Radiergummi vergesse oder sonst eine der Regeln nicht befolge, werde er gar nicht erst zur Prüfung zugelassen. Eine zweite Chance gebe es nicht. Reynie wollte die Prüfung unbedingt machen, und so befolgte er alles ganz genau, wobei es seltsamerweise sonst keine Anweisungen gab. Zum Beispiel wurde ihm nicht gesagt, *wie* er überhaupt zum Monk-Gebäude kommen sollte, und er musste sich zur nächsten Bushaltestelle durchfragen. Dort bat er einen Busfahrer um einen Fahrplan, wofür der Mann ihm Geld abknöpfen wollte, obwohl der Plan doch nichts kostete. Drei Blocks musste er laufen, um den Bus zur 3. Straße zu erwischen. Aber nichts von alldem war ein Problem für Reynie Muldoon. Er war zwar erst elf Jahre alt, aber er war es gewohnt, die Dinge selbst in die Hand zu nehmen.

Irgendwo in der Stadt schlug eine Kirchenglocke zur halben Stunde. Halb eins. Er musste noch etwas warten. Als er um zwölf schon hatte hineingehen wollen, waren die Türen des Monk-Gebäudes noch verschlossen gewesen, also hatte sich Reynie an einem Imbissstand ein Sandwich gekauft und sich damit auf eine Parkbank gesetzt. In so einem großen Gebäude mitten in

Stonetowns geschäftigstem Viertel muss es doch jede Menge Büros geben, dachte er. Selbst am Wochenende schien es da etwas sonderbar, dass die Türen mittags um zwölf verschlossen waren. Aber war überhaupt etwas an dieser ganzen Geschichte *nicht* sonderbar?

Da war zunächst einmal die Anzeige in der Zeitung, auf die sie ein paar Tage zuvor beim Frühstück im Stonetowner Waisenhaus gestoßen waren. Wie immer hatte sich Reynie die Zeitung mit Miss Perumal geteilt. Miss Perumal war seine Tutorin. (Weil Reynie bereits mit allen Schulbüchern durch war, selbst mit denen für die Oberschüler, hatte ihn die Waisenhausleitung vom Unterricht freigestellt und ihm eine spezielle »Tutorin«, eine persönliche Lehrerin, zugeteilt. Miss Perumal wusste zwar auch nicht wirklich, was sie mit Reynie noch durchnehmen sollte, aber sie war intelligent und nett, und die beiden hatten sich daran gewöhnt, morgens beim Frühstückstee gemeinsam Zeitung zu lesen.)

Die Zeitung war voll mit den gewohnten Schlagzeilen gewesen, von denen sich etliche mit dem sogenannten »Notstand« beschäftigten: Dingen, die fürchterlich außer Kontrolle geraten waren, wie die Zeitung zu berichten wusste. Es ging um die Schulen, den Staatshaushalt, die Umweltverschmutzung, Verbrechen und Wetter ..., eigentlich um alles. Das Chaos schien komplett, und so verlangten die Bürger nach einem Wechsel — einem *dramatischen* Wechsel — in der Regierungspolitik. »Für den Wechsel! JETZT!« war der Spruch (es war ein sehr alter Spruch), der auf allen Plakatwänden der Stadt zu lesen war, und obwohl Reynie nur selten fernsah, wusste er, dass der Notstand auch die Fernsehnachrichten beherrschte, und das schon seit Jahren. Natürlich hatten Reynie und Miss Perumal den Notstand anfangs ausführlich besprochen. Da sich die beiden aber in Sachen Politik in allem ziemlich einig waren, wurde ihnen die Diskussion schon bald langweilig, und sie beschlossen, nicht länger darüber zu reden. Stattdessen wandten sie sich den Ereignissen zu, die tatsächlich neu waren, und amüsierten sich über die Anzeigen. So war es auch an diesem speziellen Morgen, als Reynies Leben eine so plötzliche Wende nehmen sollte.

»Möchtest du noch etwas Honig?«, fragte Miss Perumal, und zwar auf Tamilisch, was sie Reynie im Moment beibrachte. Aber bevor Reynie noch antworten konnte, dass er natürlich noch Honig wolle, fiel Miss Perumals Blick auf die Anzeige, und sie rief: »Reynie! Sieh dir das an! Könnte dich das nicht interessieren?«

Miss Perumal saß ihm am Tisch gegenüber, und Reynie, der keine Schwierigkeiten hatte, Worte auch auf dem Kopf zu lesen, sah schnell, was da in dicken Buchstaben auf der Zeitungsseite stand, die Miss Perumal vor sich auf dem Tisch ausgebreitet hatte: »BIST DU EIN BEGABTES KIND, DAS NACH BESONDEREN MÖGLICHKEITEN SUCHT?«

Merkwürdig, dachte er. *Die Anzeige richtete sich direkt an Kinder und nicht an ihre Eltern.*

Reynie hatte seine Eltern nie gekannt. Sie waren gestorben, als er noch ein Baby war, und es gefiel ihm, dass da jemand diese Möglichkeit mit in Betracht zog. Trotzdem, es war merkwürdig. Wie viele Kinder lasen überhaupt Zeitung? Reynie tat es, gewiss, aber da war er eine große Ausnahme, und die anderen hielten ihn nicht zuletzt auch deshalb für einen ziemlichen Sonderling. Wenn Miss Perumal nicht wäre, hätte er es vielleicht wieder aufgegeben, um den Sticheleien ein Ende zu machen.

»Ich glaube schon, dass mich das interessieren könnte«, sagte er zu Miss Perumal. »Wenn Sie meinen, dass ich dafür infrage komme?«

Miss Perumal verzog das Gesicht. »Versuche nicht, mich auf den Arm zu nehmen, Reynie Muldoon. Wenn du nicht das begabteste Kind bist, das ich kenne, dann kenne ich überhaupt keins.«

Es gab verschiedene Prüfungstermine über das ganze Wochenende, und sie beschlossen, dass Reynie gleich zum ersten gehen sollte. Unglücklicherweise wurde dann aber Miss Perumals Mutter krank, so dass Miss Perumal ihn am Samstagmorgen nicht hinbringen konnte. Reynie war sehr enttäuscht, und das nicht nur, weil sich nun alles verschieben würde. Er war gern mit Miss Perumal zusammen. Er mochte ihr Lachen, ihre Grimassen und die Geschichten, die sie ihm (oft auf Tamilisch) über ihre

Kindheit in Indien erzählte. Er mochte sogar die Seufzer, die sie ausstieß, wenn sie dachte, er bemerke es nicht. Sie waren sanft und melodiös, und Reynie liebte sie trotz der Melancholie, die in ihnen zu spüren war. Er wusste, Miss Perumal seufzte, weil sie Mitleid mit ihm empfand, wenn die anderen Kinder ihn aufzogen, oder sie daran denken musste, dass der arme Junge keine Eltern mehr hatte. Reynie wünschte, er würde ihr keine Sorgen machen, aber es gefiel ihm auch zu sehen, dass er ihr wichtig war. Da war sie die Einzige (wenn man Seymour nicht mitrechnete, die Waisenhauskatze, die oft den ganzen Tag bei Reynie im Lesezimmer verbrachte und ständig gekrault werden wollte). So neugierig er auf die Prüfung war, sosehr vermisste er Miss Perumal.

Wie freute er sich da, als sie abends anrief und Mr Rutger, dem Direktor des Waisenhauses, sagte, dass es ihrer Mutter bereits erheblich besser gehe. Reynie saß da wieder im Lesezimmer, dem einzigen Ort im Waisenhaus, wo er seine Ruhe hatte (sonst verirrte sich niemand dorthin) und nicht mit den Nachstellungen der anderen rechnen musste. Beim Abendessen hatte ihn Vic Morgeroff damit aufgezogen, dass er das Wort »unterhaltsam« benutzt hatte, um ein Buch zu beschreiben, das er gerade las. Für Vic klang das zu gestelzt, und er brachte den ganzen Tisch dazu, mit gekünstelter Stimme »unterhaltsam« zu säuseln, bis Reynie es nicht mehr aushielt, auf seinen Nachtisch verzichtete und ins Lesezimmer flüchtete.

»Ja, es geht ihr viel, viel besser«, sagte Mr Rutger, den Mund voller Käsekuchen. Er war ein dünner Mann mit einem schmalen Gesicht, und der Käsekuchen blähte ihm die Backen auf. »Miss Perumal wollte eigentlich *dich* sprechen, aber du warst im Speisesaal nicht zu finden, und ich war gerade beim Essen, also habe ich die Nachricht für dich entgegengenommen.«

»Danke«, sagte Reynie mit einer Mischung aus Erleichterung und Enttäuschung. Käsekuchen war sein Lieblingsnachtisch. »Ich bin froh, das zu hören.«

»Es geht wirklich nichts über die Gesundheit. Absolut nichts. Etwas Wertvolleres gibt es nicht«, sagte Mr Rutger und hielt kurz mit dem Kauen inne, ganz so, als glaubte er, da stecke ein Käfer oder Wurm im Kuchen. Endlich schluckte er, wischte sich die

Krümel von der Weste und sagte: »Aber hör mal, Reynie, Miss Perumal hat etwas von einer Prüfung und ›besonderen Möglichkeiten‹ gesagt. Was hat das zu bedeuten? Da geht es doch wohl nicht um eine höhere Schule?«

Das Thema kannte Reynie zur Genüge. Er hatte verschiedentlich um Erlaubnis gebeten, sich an einer anderen Schule bewerben zu dürfen, aber Mr Rutger hatte darauf bestanden, dass es ihm hier weit besser gehe als an einer höheren Schule. Er müsse nur noch einen Tutor für ihn finden. »Hier fühlst du dich wohl«, hatte Mr Rutger mehr als einmal gesagt, und mehr als einmal hatte Reynie gedacht: *Hier bin ich allein.* Aber es half nichts, am Ende setzte sich Mr Rutger durch, und Miss Perumal wurde eingestellt. Das war ein Segen gewesen, und Reynie würde sich niemals über Miss Perumal beklagen. Dennoch fragte er sich manchmal, wie sein Leben wohl an einer anderen Schule aussähe, wo es Schüler gab, die ihn für normal hielten.

»Ich weiß es nicht, Sir«, sagte Reynie, und seine Hoffnung wandelte sich in Niedergeschlagenheit. Hätte Miss Perumal doch bloß nichts von der Prüfung erzählt! Aber natürlich hatte sie sich dazu verpflichtet gefühlt. »Wir wollten nur einmal sehen, um was es da geht.«

Mr Rutger überlegte. »Nun, schaden kann es nicht, nehme ich an. Ich würde es auch gern wissen. Warum schreibst du mir nicht einen kleinen Bericht, wenn du zurück bist? Sagen wir, zehn Seiten? Nur keine Eile, es reicht, wenn ich ihn morgen Abend bekomme.«

»Morgen Abend?«, sagte Reynie. »Heißt das, ich darf an der Prüfung teilnehmen?«

»Hatte ich das nicht schon gesagt?«, sagte Mr Rutger und legte die Stirn in Falten. »Miss Perumal holt dich in aller Frühe ab.« Er zog ein besticktes Taschentuch hervor und schnäuzte sich lautstark. »Und jetzt, Reynie, überlasse ich dich wieder deiner Lektüre. Der Staub in diesem Raum bekommt meinen Nebenhöhlen nicht. Sei so gut und fahre kurz mit dem Staubwedel über die Regale, bevor du gehst. Einverstanden?«

Nach diesen Neuigkeiten konnte sich Reynie kaum mehr auf sein Buch konzentrieren, und so griff er nach dem Staubwedel, tat, wie ihm geheißen, und ging anschließend gleich ins Bett, als würde es dadurch schneller Morgen. Stattdessen aber wurde die Nacht nur länger, denn er war viel zu ungeduldig und aufgeregt, um schlafen zu können. *Besondere Möglichkeiten,* dachte er immer wieder, und dass er schon überglücklich wäre, wenn er es mit altmodischen *normalen* Möglichkeiten zu tun bekäme, von besonderen gar nicht zu reden.

Kurz bevor es hell wurde, stand er auf und zog sich an. Das Licht ließ er ausgeschaltet, weil er seine Zimmergenossen nicht aufwecken wollte (die knurrten ihn oft schon an, weil er abends im Bett noch las, obwohl er sich doch die Decke über den Kopf zog und nur eine winzige Taschenlampe benutzte). Er beeilte sich, hinunter in die Küche zu kommen, wo Miss Perumal bereits auf ihn wartete. Auch sie war zu aufgeregt gewesen, um richtig schlafen zu können. Der Wasserkessel auf dem Herd fing gerade an zu pfeifen, und Miss Perumal stellte Tassen und Teller auf den Tisch. Sie stand mit dem Rücken zu ihm.

»Guten Morgen, Miss Perumal«, sagte er mit kratziger Stimme. Er räusperte sich. »Ich freue mich, dass es Ihrer Mutter besser geht.«

»Danke, Reynie. Würdest du bitte ...« Miss Perumal drehte sich zu ihm um, musterte ihn und sagte: »Ich fürchte, so wirst du keinen guten Eindruck machen. Gestreifte Hosen und ein kariertes Hemd, das passt nicht zusammen. Im Übrigen glaube ich, dass du die Sachen von jemand anderem angezogen hast. Das ist ja alles mindestens eine Nummer zu groß — und sieh nur: Einer deiner Strümpfe ist blau und der andere violett.«

Reynie sah erstaunt an sich herunter. Gewöhnlich war er der unscheinbarste von allen: Er war durchschnittlich groß, durchschnittlich blass, sein braunes Haar war durchschnittlich lang und seine Sachen waren ebenfalls absoluter Durchschnitt. Heute Morgen jedoch würde er aus jeder Gruppe herausstechen, es sei denn, es wäre eine Gruppe Clowns. Er grinste. »Ich habe mich so angezogen, damit ich Glück habe.«

»Glücklicherweise *brauchst* du kein Glück«, sagte Miss Perumal und nahm den Kessel vom Herd. »Und jetzt zieh dich bitte um und mach dabei das Licht an, damit du mehr Erfolg bei der Auswahl deiner Kleidung hast. Stör dich nicht dran, wenn die anderen schimpfen.«

Als Reynie zurückkam, erklärte ihm Miss Perumal, dass sie heute viel zu erledigen habe. Der Arzt habe ihrer Mutter ein neues Medikament und eine spezielle Diät verschrieben, und sie müsse alles Nötige dafür besorgen. Also beschlossen sie, dass Miss Perumal Reynie zur Prüfung bringen und, wenn alles vorbei war, wieder abholen würde. Nach einem kleinen Frühstück (beide wollten nicht mehr als etwas Toast) und noch lange, bevor sonst jemand im Waisenhaus aufstand, fuhr ihn Miss Perumal durch die schläfrige Stadt zu einem Bürogebäude in der Nähe der Bucht von Stonetown. Vor dem Eingang stand bereits eine lange Schlange Kinder, alle waren sie mit ihren Eltern gekommen und alle zappelten sie nervös herum.

Als Miss Perumal mit aus dem Auto stieg, sagte Reynie: »Ich dachte, Sie wollten mich nur absetzen?«

»Du glaubst doch wohl nicht, ich lasse dich hier zurück, ohne mich vorher zu vergewissern, ob das alles seine Richtigkeit hat, oder?«, antwortete Miss Perumal. »In der Anzeige stand nicht einmal eine Telefonnummer. Das ist schon etwas ungewöhnlich, findest du nicht?«

Reynie stellte sich also hinten an der Schlange an, und Miss Perumal ging hinein, um mit jemandem zu sprechen. Es war eine lange Schlange, und Reynie fragte sich, wie viele besondere Möglichkeiten es wohl gab. Vielleicht nur sehr wenige, und vielleicht waren sie alle schon vergeben, bevor er überhaupt die Tür erreichte. Der Gedanke machte ihm Sorgen, aber da drehte sich ein freundlicher Mann vor ihm um und sagte: »Keine Angst, Junge. Wir werden nicht lange warten müssen. Die Kinder gehen in ein paar Minuten gemeinsam hinein. Das haben sie eben bekannt gegeben.«

Reynie bedankte sich herzlich und stellte dabei fest, dass einige der Eltern in der Schlange dem Mann ärgerliche Blicke zuwarfen. Offenbar mochten sie nicht, dass da jemand zu einem Konkurrenten freundlich war. Die Blicke brachten den

Mann in Verlegenheit, und er wandte sich ab und sagte nichts weiter.

»Sehr gut«, sagte Miss Perumal, als sie wieder herauskam. »Es ist alles geregelt. Du kannst mich von ihrem Telefon aus anrufen, wenn die Prüfung vorbei ist. Hier ist meine Nummer. Sollte ich noch nicht wieder zu Hause sein, bestell ein Taxi. Mr Rutger im Waisenhaus wird es bezahlen. Und heute Nachmittag erzählst du mir alles.«

»Ich danke Ihnen so sehr, Miss Perumal«, sagte Reynie und griff mit ernster Miene nach ihrer Hand.

»Oh, Reynie, du dummes Kind, sieh mich nicht so dankbar an«, sagte Miss Perumal. Reynie war überrascht, Tränen auf ihren Wangen zu sehen. »Das ist doch nichts. Und jetzt drück deine arme Tutorin noch einmal an dich. Ich denke, nach dieser Prüfung werden meine Dienste nicht mehr gebraucht werden.«

»Ich habe die Prüfung längst noch nicht bestanden, Miss Perumal!«

»Oh, rede nicht so«, sagte sie und umarmte ihn heftig. Dann tupfte sie sich die Augen mit ihrem Taschentuch trocken, lief entschlossen zu ihrem Auto und fuhr genau in dem Augenblick davon, als die Kinder in das Gebäude geführt wurden.

Es war eine sonderbare Prüfung. Der erste Teil entsprach ziemlich genau dem, was Reynie erwartet hatte. Es gab ein, zwei Fragen zu Acht- und Zehnecken, eine andere, in der es um Scheffel hiervon und Kilogramm davon ging, und schließlich eine, in der auszurechnen war, in welcher Zeit zwei aufeinander zurasende Züge zusammenstoßen würden. (Diese letzte Frage beantwortete Reynie mit einem nachdenklichen Stirnrunzeln und vermerkte in einer Notiz neben seiner Rechnung, da sich die Züge einander auf freier Strecke näherten, sei es wahrscheinlich, dass die beiden Zugführer das bevorstehende Unglück erkennen, die Bremsen betätigen und damit den Zusammenprall womöglich ganz verhindern würden.) Reynie brauchte nicht lange zur Beantwortung dieser und noch vieler anderer Fragen, die ganz ähnlich waren. Dann kam der zweite Teil, und die erste Frage lautete: »Siehst du gerne fern?«

Damit hatte Reynie nicht gerechnet. Plötzlich ging es um Vorlieben. Und *natürlich* sah er gerne fern, *alle* sahen gerne fern. Als er die Antwort ankreuzen wollte, zögerte er jedoch. Stimmte das wirklich? Je mehr er darüber nachdachte, desto bewusster wurde ihm, dass er Fernsehen eigentlich nicht mochte. *Ich bin tatsächlich ein Sonderling,* dachte er und spürte Enttäuschung in sich. Dennoch beantwortete er die Frage wahrheitsgemäß: »Nein.«

Die nächste Frage lautete: »Hörst du gerne Radio?« Und wieder begriff Reynie, dass er es nicht tat, obwohl er sicher war, dass er auch damit alleine stand. Mit einem wachsenden Gefühl von Anderssein antwortete er: »Nein.«

Die dritte Frage war Gott sei Dank weniger gefühlsabhängig. Da stand: »Was stimmt mit dieser Feststellung nicht?« *Wie komisch,* dachte Reynie und fühlte sich leicht aufgemuntert, als er die Antwort aufschrieb. »Es ist keine Feststellung«, notierte er, »sondern eine Frage.«

Auf der nächsten Seite war ein Schachbrett abgebildet. Alle Figuren standen in ihrer Ausgangsstellung, nur ein schwarzer Bauer war zwei Felder vorgerückt. Die Frage unter dem Bild lautete: »Ist diese Position nach den Schachregeln möglich?« Reynie betrachtete das Schachbrett eine Weile, kratzte sich am Kopf und schrieb: »Ja.«

Nach ein paar weiteren Seiten mit Fragen, bei denen Reynie ein gutes Gefühl hatte, kam er schließlich zur letzten Frage der Prüfung: »Bist du tapfer und unerschrocken?« Schon diese Worte zu lesen ließ Reynies Herz schneller schlagen. War er tapfer? Unerschrocken? Er hatte beides nie sein müssen, wie also sollte er auf die Frage antworten? Miss Perumal würde sicher sagen, dass er tapfer sei: Sie würde darauf hinweisen, wie gut gelaunt er zu sein versuche, obwohl er sich doch einsam fühle, wie geduldig er auf die Angriffe der anderen Kinder reagiere und wie glücklich er über neue Herausforderungen sei. Aber war das Tapferkeit? War das Unerschrockenheit? Er glaubte es nicht. Am Ende gab er es auf, nach einer eindeutigen Antwort zu suchen, sondern schrieb einfach: »Ich hoffe es.«

Er legte seinen Bleistift hin und sah sich um. Die meisten anderen Kinder kamen auch gerade zum Ende. Vorne im Raum kaute die Prüfungsaufsicht ziemlich laut auf einem Apfel und passte genau auf, dass niemand mogelte. Es war eine dünne Frau in einem senfgelben Kostüm. Sie hatte gelbliche Haut, kurzes rostrotes Haar und eine steife Haltung. Reynie kam sie vor wie ein lebender Bleistift.

»Die Bleistifte!«, rief die Frau, als hätte sie seine Gedanken gelesen.

Die Kinder schreckten auf ihren Plätzen hoch.

»Bitte legt eure Bleistifte zur Seite«, sagte die Bleistiftfrau. »Die Prüfung ist vorbei.«

»Aber ich bin noch nicht fertig!«, rief ein Kind. »Das ist nicht fair!«

»Ich will mehr Zeit!«, weinte ein anderes.

Die Augen der Frau verengten sich. »Es tut mir leid, wenn ihr noch nicht fertig seid, Kinder, aber die Prüfung ist vorbei. Bitte gebt eure Bögen nach vorn und bleibt sitzen, während sie ausgewertet werden. Keine Angst, es dauert nicht lange.«

Die Blätter wurden nach vorne gegeben, und Reynie konnte den Jungen hinter sich kichern und zu seinem Nachbarn sagen hören: »Wer *die* Prüfung nicht fertig bekommen hat, hätte gleich zu Hause bleiben sollen. Zum Beispiel die Schachfrage: Wer kann das nicht kapiert haben?« Und der Nachbar hörte sich genauso überheblich an: »Die wollten uns austricksen: Bauern können jedes Mal nur ein Feld vorrücken, also war die Position natürlich nicht möglich. Ich wette, ein paar von den Schwachsinnigen hier wussten das nicht.«

»Ha! Da hast du selbst nur Glück gehabt! Natürlich können Bauern zwei Felder vorrücken, wenigstens beim ersten Zug. Aber darum ging es nicht. Weißt du nicht, dass Weiß immer den ersten Zug hat? Der schwarze Bauer war noch nicht an der Reihe! So eine einfache Frage. Die Prüfung war was für Babys.«

»Nennst du mich ein Baby?«, knurrte der andere.

»Ihr dahinten!«, fuhr die Bleistiftfrau dazwischen. »Hört auf zu reden!«

Reynie wurde plötzlich unsicher. Hatte er einen Fehler gemacht? Und was war mit den anderen Fragen? Abgesehen vom etwas sonderbaren zweiten Teil zu Fernsehen, Tapferkeit und so weiter war ihm alles einfach vorgekommen. Aber vielleicht war er so ein seltsamer Vogel, dass er alles falsch verstanden hatte. Er schüttelte den Kopf und versuchte, sich keine Sorgen zu machen. Wenn er sich als tapfer und unerschrocken erweisen wollte, hörte er besser mit der Grübelei auf, und falls es heute nicht klappte, hatte er immer noch Miss Perumal. Was machte es schon, dass er anders als die anderen Kinder war? Jeder wurde von Zeit zu Zeit mal geärgert. Was *das* anging, *war* er wie alle anderen.

Reynie sagte sich das alles, aber sein besorgtes Gefühl wollte nicht weichen.

Als alle Bögen eingesammelt waren, ging die Bleistiftfrau damit hinaus und überließ die Kinder sich selbst. An ihren Nägeln kauend, starrten sie auf die Uhr. Es dauerte jedoch nur ein paar Minuten, bis die Bleistiftfrau zurückkam und verkündete: »Ich werde nun die Namen der Kinder verlesen, die zum zweiten Teil der Prüfung zugelassen sind.«

Die Kinder begannen zu murmeln. Ein zweiter Teil? In der Anzeige hatte nichts von zwei Teilen gestanden.

Die Frau fuhr fort: »Wenn euer Name aufgerufen wird, habt ihr bis spätestens ein Uhr im Monk-Gebäude in der 3. Straße zu erscheinen. Dort werdet ihr mit den Kindern von den anderen Terminen zusammentreffen, die ebenfalls den ersten Teil bestanden haben.« Sie fuhr fort, indem sie die Regeln erklärte, was Bleistifte, Radiergummis und Ausschlussgründe betraf. Dann warf sie sich eine Handvoll Erdnüsse in den Mund und begann so wild darauf herumzukauen, als wäre sie am Verhungern.

Reynie hob die Hand.

»Hmm — ja?«, sagte die Frau und schluckte.

»Entschuldigen Sie. Sie sagten, wir dürfen nur einen Bleistift mitbringen, aber was ist, wenn er abbricht? Gibt es dort einen Spitzer?«

Wieder kicherte der Junge hinter Reynie. »Wieso ist der so sicher, dass er weiter dabei sein wird?«, flüsterte er. »Schließlich hat sie die Namen noch nicht aufgerufen!«

Das stimmte. Er hätte warten sollen, bis sie die Namen aufgerufen hatte. Er musste sehr überheblich wirken. Mit brennenden Wangen senkte er den Kopf.

Die Bleistiftfrau antwortete: »Ja, wer einen Spitzer braucht, wird einen bekommen. Niemand darf selbst einen mitbringen. Verstanden?« Alle nickten mit den Köpfen, und die Frau wischte sich die Erdnusskrümel von den Händen, zog ein Blatt hervor und fuhr fort: »Sehr gut. Wenn es keine anderen Fragen mehr gibt, lese ich jetzt die Liste vor.«

Es wurde sehr still im Raum.

»Reynard Muldoon!«, rief die Frau, und Reynies Herz tat einen Sprung.

Aus der Bank hinter ihm konnte er ein unzufriedenes Grummeln hören. Als es verstummte, war es im Raum wieder sehr ruhig. Mit angehaltenem Atem warteten die Kinder darauf, dass auch die anderen Namen verlesen würden. Die Frau sah von ihrem Blatt auf.

»Das ist alles«, sagte sie beiläufig, faltete das Blatt zusammen und steckte es ein. »Alle anderen sind entlassen.«

Mit einem Mal war der Raum voller Geschrei und Lärm. Zorn und Verzweiflung machten sich breit. »Entlassen?«, sagte der Junge hinter Reynie. *»Entlassen?«*

Die Kinder drängten aus der Tür. Einige weinten, andere waren sprachlos und wieder andere beklagten sich jammernd. Reynie ging vor zu der Frau. »Entschuldigen Sie, Miss? Darf ich einmal Ihr Telefon benutzen? Meine Tutorin hat gesagt ...«

»Es tut mir leid, Reynard«, unterbrach ihn die Frau, während sie ohne Erfolg ein Fenster zu öffnen versuchte. »Es gibt hier leider kein Telefon.«

»Aber Miss Perumal ...«

»Reynard«, sagte die Frau mit einem Lächeln, »ich bin sicher, du kommst auch ohne Telefon aus, nicht wahr? Wenn du mich jetzt bitte entschuldigen würdest, ich muss mich durch die Hintertür davonmachen. Die Fenster scheinen mit Farbe verklebt zu sein.«

»Davonmachen? Aber warum?«

»Ich habe da meine Erfahrungen. Gleich werden einige der Eltern hier hereingestürmt kommen und Erklärungen verlangen.

Unglücklicherweise kann ich ihnen keine geben. Deshalb verschwinde ich. Bis heute Mittag. Komm nicht zu spät!«

Und damit war sie auch schon durch die Tür.

Das alles war äußerst merkwürdig, und Reynie hatte den Verdacht, dass es noch merkwürdiger werden würde. Als die Kirchenglocke zur Viertelstunde schlug, hatte er sein Sandwich gegessen und stand von der Parkbank auf. Wenn die Türen des Monk-Gebäudes immer noch nicht auf waren, wollte er nach einem anderen Weg hinein suchen. Mittlerweile würde er sich nicht einmal mehr wundern, wenn er herausfände, dass er durch ein Kellerfenster klettern müsste.

Als er die Stufen zum großen Platz vor dem Monk-Gebäude hinaufstieg, sah er zwei Mädchen vor sich, die nebeneinander auf den Eingang zugingen. Er nahm an, dass die beiden ebenfalls zur Prüfung wollten. Eines der Mädchen schien grünes Haar zu haben, aber vielleicht spielte Reynie auch nur das Licht einen Streich. Die Sonne brannte heute blendend hell vom Himmel.

Sorglos warf das Mädchen ihren Bleistift vor sich in die Luft und fing ihn wieder auf.

Das würde ich nicht tun, dachte Reynie. Und richtig, während der Gedanke ihm noch durch den Kopf ging, fiel der Stift der Grünhaarigen auf den Boden und verschwand zwischen den Stäben eines Abwasserrosts.

Einen Moment lang zögerte die Freundin der Grünhaarigen und schien ihr helfen zu wollen. Dann aber sah sie auf die Uhr. In ein paar Minuten war es eins.

»Tut mir leid wegen des Bleistifts, wie schade«, sagte sie, aber das Mitleid auf ihrem Gesicht verblich bereits. Man konnte sehen, wie sie überlegte, dass es ohne ihre Freundin weniger Konkurrenz bei der Prüfung geben würde. Mit einem immer breiter werdenden Lächeln auf dem Gesicht eilte sie über den Platz auf den Eingang des Monk-Gebäudes zu, der endlich geöffnet worden war.

Der Metallrost bedeckte einen Abwasserkanal, der unter dem Platz hindurchführte, und die Unglückliche starrte hinunter in die Dunkelheit. Reynie trat neben sie. Sie sah umwerfend aus und sehr außergewöhnlich. Sie hatte pechschwarze Haut, und ihr Haar war so lang, dass sie es sich um den Bauch hätte knoten können (es war tatsächlich grün). Dazu trug sie ein so aufgeplustertes weißes Kleid, dass man glauben konnte, sie stünde in einer Wolke.

»So ein verflixtes Pech«, sagte Reynie. »Dass dir dein Bleistift gerade hier herunterfallen musste.«

Das Mädchen sah ihn mit hoffnungsvollen Augen an. »Du hast nicht zufällig einen zweiten bei dir, oder?«

»Tut mir leid. Sie haben gesagt, wir sollen ...«

»Ich weiß, ich weiß«, unterbrach sie ihn. »... nur einen mitbringen. Aber *meiner* liegt jetzt da unten im Abfluss, und da nützt er mir gar nichts.« Sehnsüchtig blickte sie durch den Rost und dann wieder zu Reynie auf, als wäre sie erstaunt, dass er immer noch bei ihr stand. »Worauf wartest du? Die Prüfung fängt jede Minute an.«

»Ich lass dich doch hier nicht ohne Bleistift zurück«, sagte Reynie. »Komisch, dass deine Freundin dich so im Stich lässt.«

»Freundin? Ach, das andere Mädchen. Das war nicht meine Freundin — wir sind einfach unten an den Stufen zusammengetroffen. Ich kenne nicht mal ihren Namen, und deinen kenne ich auch nicht.«

»Reynard Muldoon. Du kannst Reynie zu mir sagen.«

»Okay, Reynie, schön, dich kennenzulernen. Ich bin Rhonda Kazembe. Also, jetzt wo wir Freunde sind, wie willst du meinen Bleistift da wieder heraufholen? Wir sollten uns besser beeilen. Noch eine Minute, und wir brauchen gar nicht erst anzutreten.«

Reynie holte seinen eigenen Bleistift heraus, einen neuen gelben Nr. 2, den er am Morgen sorgfältig gespitzt hatte. »Wir teilen uns einfach den hier«, sagte er, brach den Stift entzwei und gab ihr das angespitzte Ende. »Ich spitze mein Ende neu an, und dann haben wir beide einen. Hast du einen Radiergummi?«

Rhonda starrte ihre Hälfte des Bleistifts mit einer Mischung aus Dankbarkeit und Überraschung an. »Darauf wäre ich nie gekommen«, sagte sie, »den Bleistift einfach so durchzubrechen. Was hast du gesagt? Ja, ich habe einen Radiergummi.«

»Dann lass uns hineingehen, wir haben nur noch eine Minute«, drängte Reynie.

Rhonda blieb noch stehen. »Einen Moment, Reynie. Ich habe dir noch nicht richtig gedankt.«

»Schon gut«, sagte er ungeduldig. »Lass uns jetzt bitte gehen!«

Immer noch bewegte sie sich nicht. »Nein, ich will dir *wirklich* danken. Ohne dich könnte ich die Prüfung nicht machen, und weißt du was?« Sie sah sich um, als wollte sie sich versichern, dass sie allein waren. »Ich habe die Antworten«, flüsterte sie. »Ich bekomme die volle Punktzahl.«

»Was? Wie?«

»Keine Zeit für Erklärungen, Reynie. Aber wenn du dich direkt hinter mich setzt, kannst du mir über die Schulter sehen. Ich halte meinen Bogen hoch, damit du es leichter hast.«

Reynie war verblüfft. Wo um alles in der Welt konnte das Mädchen die Antworten herhaben? Und jetzt bot sie ihm auch noch an, ihm beim Mogeln zu helfen! Für einen Augenblick war er versucht, ihr Angebot anzunehmen. Er wünschte sich so sehr, mehr über die besonderen Möglichkeiten herauszufinden. Aber als er sich vorstellte, wie er zurück zu Miss Perumal käme und ihr von seinem Erfolg erzählte, dabei aber verschweigen müsste, dass er gemogelt hätte — nein, das ging nicht.

»Nein danke«, sagte er. »Lieber nicht.«

Rhonda Kazembe wirkte erstaunt, und wieder spürte Reynie das Gewicht des Alleinseins auf seinen Schultern. Das Gefühl, anders zu sein als die übrigen Kinder im Waisenhaus von Stonetown, war schon nicht sehr schön, aber dass ihn jetzt auch noch ein grünhaariges Mädchen, das seine eigene Nebelbank dabeihatte, für einen Sonderling hielt, das war wirklich schlimm.

»Okay, wie du willst«, sagte Rhonda, als die beiden auf den Eingang zuliefen. »Ich hoffe, du weißt, was auf dich zukommt.«

Reynie hatte es zu eilig, um ihr zu antworten. Natürlich wusste er nicht, was auf ihn zukam, deshalb wollte er es ja herausfinden.

Im Monk-Gebäude wiesen ihnen große Hinweisschilder den Weg über etliche Gänge und an einem Raum vorbei, in dem eine Handvoll nervöser Eltern wartete. Endlich kamen sie in eine Art Klassenzimmer voller Kinder, die bereits an den Tischen verteilt dasaßen. Abgesehen von der außergewöhnlichen Stille war es ein Klassenzimmer wie jedes andere, mit einer Tafel und einem Lehrerpult, auf dem ein Bleistiftspitzer und ein Lineal lagen. Daneben stand ein Schild mit der Aufschrift: REDEN VERBOTEN. WIRD JEMAND BEIM REDEN ERWISCHT, WIRD ANGENOMMEN, DASS ER MOGELT. Nur zwei Plätze waren noch frei, einer hinter dem anderen. Um sicherzugehen, dass er nicht versucht sein würde abzugucken, setzte sich Reynie auf den vorderen. Die Uhr an der Wand schlug eins, als sich Rhonda Kazembe auf ihren Platz hinter ihm fallen ließ.

»Das war knapp«, sagte sie.

»Keine Unterhaltungen!«, rief die Bleistiftfrau, die genau in diesem Moment hereinkam und die Tür hinter sich zuschlug. Sie hatte einen mächtigen Stapel Prüfungsbögen und ein Glas Gewürzgurken dabei und marschierte damit zum Pult. »Jedes Kind, das ich beim Mogeln erwische, wird hingerichtet ...«

Die Kinder schnappten nach Luft.

»Entschuldigung, sagte ich hingerichtet? Ich meinte: *hinausbegleitet.* Jedes Kind, das ich beim Mogeln erwische, wird ohne Umschweife aus dem Gebäude entfernt. Also dann, seid ihr alle entspannt? Es ist wichtig, entspannt zu sein, wenn man eine so extrem schwere Prüfung wie die hier vor sich hat, besonders wenn man in Betracht zieht, wie lang sie ist und wie wenig Zeit ihr dafür habt.«

Von hinten kam ein besorgtes Stöhnen.

»Du dahinten!«, rief die Bleistiftfrau und deutete mit dem Finger auf jemanden.

Alle Köpfe flogen herum, um zu sehen, wer da so stöhnte. Es war das Mädchen, das Rhonda Kazembe auf dem Vorplatz im Stich gelassen hatte. Unter dem wilden Blick der Bleistiftfrau wurde das Mädchen blass wie der Bauch eines toten Fisches.

»Reden verboten, habe ich gesagt«, bellte die Bleistiftfrau. »Willst du etwa schon gehen?«

»Aber ich habe doch nur gestöhnt!«, protestierte das Mädchen.

Die Bleistiftfrau zog die Stirn kraus. »Willst du damit sagen, dass *Ich habe doch nur gestöhnt!* zu sagen kein Reden ist?«

Das Mädchen war so verschreckt und perplex, dass es kaum den Kopf zu schütteln vermochte.

»Sehr gut, lasst euch das eine Warnung sein. Ihr *alle.* Von diesem Augenblick an wird kein Wort mehr geredet, Punkt. Also dann, gibt es irgendwelche Fragen?«

Reynie hob die Hand.

»Reynard Muldoon, du hast eine Frage?«

Reynard hielt den zerbrochenen Bleistift hoch und machte mit der freien Hand eine Spitzbewegung.

»Sehr gut. Du kannst den Spitzer auf meinem Pult benutzen.«

Reynard eilte nach vorn und fühlte alle Augen auf sich, als er spitzte, die Spitze prüfte, spitzte — und schließlich wieder zu seinem Platz lief. Dabei sah er, wie Rhonda Kazembe ein winziges Stück Papier aus dem Ärmel ihres Wolkenkleids zupfte: die Liste mit den Antworten.

Das ist ein ganz schönes Risiko, dachte Reynie, aber er hatte keine Zeit, weiter darüber nachzudenken, denn die Bleistiftfrau nahm ihre Ansprache wieder auf.

»Ihr habt eine Stunde«, bellte sie, »und haltet euch dabei genau an folgende Anweisungen: Schreibt erstens euren Namen oben auf die Seite. Lest dann zweitens alle Fragen und zur Auswahl stehenden Antworten sorgfältig durch. Wählt drittens die richtigen Antworten aus, indem ihr den Buchstaben davor mit einem Kreis verseht. Bringt dann fünftens den ausgefüllten Prüfungsbogen zu mir und kehrt sechstens auf euren Platz zurück und wartet, bis die Bögen ausgewertet sind und ich bekannt gebe, wer die Prüfung bestanden hat.«

Die Kinder rutschten unsicher auf ihren Stühlen herum. Was war mit dem vierten Schritt passiert? Die Bleistiftfrau war vom dritten gleich auf den fünften gekommen. Die Kinder sahen einander an, trauten sich aber nicht zu fragen. War der vierte Schritt wichtig? Reynie wartete und hoffte, dass zur Abwechslung einmal jemand anders fragen würde. Als es niemand tat, hob er zaghaft die Hand.

»Ja, Reynard?«

Er deutete auf seinen Mund.

»Ja, du darfst sprechen. Wie lautet deine Frage?«

»Entschuldigen Sie, Madam, aber was ist der vierte Schritt?«

»Es gibt keinen vierten Schritt«, antwortete sie. »Noch andere Fragen?«

Völlig verwirrt hielten die Kinder den Mund.

»Um die Prüfung zu bestehen«, fuhr die Bleistiftfrau fort, »müsst ihr alle Fragen richtig beantworten, und damit meine ich *jede einzelne* Frage. Wer eine Frage auslässt oder eine falsche Antwort gibt, hat die Prüfung nicht bestanden.«

»Kein Problem«, wisperte Rhonda Kazembe hinter Reynie.

Die Augen der Bleistiftfrau schossen zu ihnen herüber. Sie starrte Reynie an, dem der Mund trocken wurde. Warum um alles in der Welt konnte Rhonda nicht still bleiben? Legte sie es darauf an, hinausgeworfen zu werden?

»Ihr könnt mit der Prüfung anfangen, sobald ihr sie bekommt«, sagte die Bleistiftfrau und drehte sich endlich wieder weg. Reynie unterdrückte das Bedürfnis, erleichtert zu seufzen. Schon ein Seufzer konnte das Ende bedeuten. Die Erleichterung hielt sowieso nicht lange an: Die Bleistiftfrau hatte bereits angefangen, die Prüfungsbögen auszuteilen.

Das erste Kind, das einen Bogen bekam, war ein ziemlich rau aussehender Bursche mit einer Baseballkappe, der neugierig danach griff, einen Blick auf die erste Frage warf und gleich in Tränen ausbrach. Das Mädchen hinter ihm sah auf ihren Bogen, rieb sich die Augen, als funktionierten sie nicht richtig, und sah noch einmal hin. Der Kopf wackelte ihr auf dem Hals.

»Wenn jemandem schwindlig wird«, sagte die Bleistiftfrau und ging zum nächsten Kind, »sollte er den Kopf zwischen die Knie legen und tief durchatmen. Wer denkt, dass er spucken muss, kommt bitte nach vorn, wo wir einen Mülleimer haben.«

Sie ging die Reihe hinunter und verteilte auch die restlichen Prüfungsbögen. Der weinende Junge las jetzt auch die anderen Fragen. Es schien mehrere Seiten zu geben. Mit jeder neuen Seite wurde sein Schluchzen lauter und verzweifelter. Als er ans Ende kam, heulte er wie ein Schlosshund.

»Ich fürchte, lautes Weinen ist nicht erlaubt«, sagte die Bleistiftfrau. »Bitte verlasse den Raum.«

Der Junge wirkte unbeschreiblich erleichtert. Er sprang auf und lief zur Tür, gefolgt von zwei anderen Kindern, die ihre Bögen noch gar nicht erhalten, aber auch so schon genug hatten. Die Bleistiftfrau schloss die Tür hinter ihnen.

»Wenn sonst noch jemand in Panik oder Schrecken den Raum verlassen möchte«, sagte sie unbewegt, »soll er oder sie bitte daran denken, die Tür hinter sich zu schließen. Das Schluchzen von draußen könnte die anderen Prüfungsteilnehmer stören.«

Sie fuhr mit dem Austeilen der Bögen fort. Ein Kind nach dem anderen erhielt den seinen mit zitternden Fingern, und ein Kind nach dem anderen wurde blass, rot oder gar grün, als es die Fragen las. Als die Bleistiftfrau endlich auch Reynie seinen Bogen gab, zappelte ihm der Magen vor lauter Furcht schon wie ein Fisch im Leib herum. Mit gutem Grund — die Fragen waren unmöglich. Die erste lautete:

Die Territorien der Autonomen Republik Naxçivan und der Gegend um Nagorny-Karabach werden von welchen zwei Staaten für sich beansprucht?

A. Bhutan, das 1865 nach dem Vertrag von Sinchula Grenzland an England abtrat, und England, das Bhutan für dieses Land eine jährliche Unterstützung zahlte und unter dessen Einfluss 1907 in Bhutan die Monarchie eingeführt wurde.

B. Aserbaidschan, dessen Territorium 1828 durch den Vertrag von Turkmenchay zwischen Russland und Persien aufgeteilt wurde, und Armenien, das als Nation nach der Zerstörung des Reiches der Seleukiden vor rund zweitausend Jahren gegründet und durch den genannten Vertrag ebenfalls Russland einverleibt wurde.

C. Vanuatu, das bis zu seiner Unabhängigkeit unter englischfranzösischer Verwaltung stand und Französisch und Englisch als Amtssprachen beibehalten hat (neben Bislama oder Bichelamar), und Portugal, dessen Erforscher Pedro Fernández de Quirós 1606 als erster Europäer die Vanuatu-Inseln...

Obwohl es noch zwei Antworten gab, las Reynie nicht weiter. Wenn alle Fragen so schwer waren wie diese, hatte er absolut keine Hoffnung, die Prüfung zu bestehen. Ein schneller Blick auf die nächsten Fragen wirkte nicht unbedingt ermutigend. Sie wurden höchstens noch schlimmer. Und das war nur die erste Seite! Alle Kinder um ihn herum zitterten, seufzten und knirschten mit den Zähnen. Reynie war versucht, in ihren Chor mit einzustimmen. Das war es dann wohl, was die besonderen Möglichkeiten anging. Er würde zurück ins Waisenhaus gehen, wo niemand, nicht mal Miss Perumal, wusste, was sie mit ihm machen sollten. Die Idee war nicht schlecht gewesen, aber offensichtlich war er nicht gut genug.

Trotzdem wollte er nicht gleich aufstehen und gehen. Er hatte die einzelnen Schritte noch nicht befolgt, und da er entschlossen war, nicht aufzugeben, bevor er nicht alles versucht hatte, machte er sich daran, ihnen zu folgen. Pflichtgemäß schrieb er seinen Namen oben auf den Bogen. Das war der erste Schritt. Nun, das hatte er schon mal geschafft. Der zweite Schritt war, alle Fragen und möglichen Antworten sorgfältig zu lesen. Reynie holte tief Luft. Insgesamt waren es vierzig Fragen. Sie auch nur *zu lesen* würde schon einen Großteil der Stunde dauern. Dabei war es keine große Hilfe, dass die Bleistiftfrau vorne am Pult saß und ihre Gurken verspeiste, die ausgesprochen knackig waren. Während sie kaute, beobachtete sie, wie sich die Kinder abmühten.

In der zweiten Frage ging es darum, woher die *Vicia sativa ssp. sativa* stammte und zu welcher Familie sie gehörte. Reynie hatte keine Ahnung, was eine *Vicia sativa ssp. sativa* war, und auch die aufgeführten Antworten boten keinen Anhaltspunkt. Es konnte eine Antilope sein, ein Vogel, ein Nager oder eine Ranke. Reynie ging zur dritten Frage, die mit subatomaren Teilchen zu tun hatte, so genannten Fermionen, und einem indischen Physiker namens Satyendra Nath Bose. Die vierte Frage handelte davon, welche Kirche Kaiser Justinian gebaut hatte, um seine Überlegenheit gegenüber den späten ostgotischen Nachfolgern Theoderichs zu demonstrieren. Es hörte nicht auf. Zu Reynies Ehrenrettung sei gesagt, dass er ein paar Namen und Orte wiedererkannte, auch einige mathematische Prinzipien und ein oder zwei wichtige historische Figuren, aber das half ihm nicht. Er konnte sich glücklich schätzen, wenn er eine Frage richtig beantwortete, an alle war gar nicht zu denken.

Als er die Fragen zur Hälfte gelesen hatte (in Frage zwanzig ging es um den Unterschied zwischen Parataxe und Hypotaxe), hörte Reynie, wie Rhonda Kazembe hinter ihm aufstand. War sie etwa schon *fertig?* Aber natürlich war sie das! Sie hatte ja alle Antworten. Reynie zog eine verärgerte Grimasse, und als Rhonda nach vorne ging, um ihren Bogen abzugeben, blieb den anderen Kindern vor Staunen die Spucke weg. Die Bleistiftfrau schien jedoch nicht im Geringsten argwöhnisch. Wenn sie überhaupt an Rhonda interessiert war, dann an ihrer bizarren Erscheinung, auf die Antworten warf sie kaum einen Blick.

Reynie begriff plötzlich etwas: Rhonda lenkte *absichtlich* die Aufmerksamkeit so auf sich. Es war ein Trick. Niemand würde glauben, dass sie mogelte, denn wer, der noch recht bei Sinnen war, würde schon solch ein Theater um sich machen, wenn er mogeln wollte? Die grünen Haare (das musste eine Perücke sein), das Plusterkleid, die Flüsterei — das alles diente der Ablenkung. Die meisten Leute würden davon ausgehen, dass ein Kind, das mogeln wollte, möglichst wenig Aufmerksamkeit auf sich zu lenken versuchte, sich mucksmäuschenstill und völlig unauffällig verhalten würde. Das musste Reynie Rhonda lassen: Sie wusste vielleicht nicht genug, um die Prüfung zu bestehen, aber sie war schlau genug, um mit ihrer Mogelei durchzukommen. Eifersucht kroch ihm in die Kehle. Rhonda würde also erfahren, was es mit den besonderen Möglichkeiten auf sich hatte, während er geschlagen und elend zurück ins Waisenhaus musste.

Als Rhonda auf dem Weg zurück zu ihrem Tisch an ihm vorbeikam, zwinkerte sie ihm zu und ließ ein winziges Stück Papier fallen. Wie eine Feder segelte es nach unten und landete sanft auf Reynies Tisch. Die Antworten. Reynie linste zur Bleistiftfrau hinüber, aber sie hatte nichts bemerkt. Sie war bereits damit beschäftigt, Rhondas Antworten durchzugehen, machte einen Haken nach dem anderen und nickte mit dem Kopf. Das hieß, dass die Antworten tatsächlich richtig waren. Und da lagen sie vor ihm auf dem Tisch!

Die Versuchung, die er verspürt hatte, als er noch gar nicht wusste, wie schwer die Prüfung sein würde, war nichts im Vergleich zu dem, was jetzt in ihm vorging. Egal, wie sehr er widerstanden hatte, ganz gleich, dass er sich extra hierhergesetzt hatte, um genau diese Situation zu vermeiden: Da vor ihm lag ein Stück Papier, das den Schlüssel zur Verwirklichung seiner Hoffnungen enthielt. Er musste ihn nur umdrehen und sich die Antworten ansehen. Die anderen Kinder waren vollauf damit beschäftigt, zu schnaufen und sich die Fingernägel herunterzukauen, und wenn er sich beeilte, gelang es ihm womöglich, die Antworten auf seinen Bogen zu übertragen, bevor die Bleistiftfrau wieder aufsah. Sie war mit Rhondas Bogen fertig und konzentrierte sich jetzt ganz auf das fast leere Gurkenglas, aus dem sie auch noch die letzte Gurke herauszufischen versuchte. Reynie starrte das Stück Papier lange an und war bitter versucht, danach zu greifen.

Dann aber streckte er die Hand aus und schnippte es auf den Boden.

Was sollten ihm die besonderen Möglichkeiten bringen, wenn er nicht gut genug für sie war? Und wo lag der Spaß beim Mogeln? Wenn er es auf faire Weise nicht schaffte, dann wollte er es gar nicht schaffen. Das dachte er, glaubte im Grunde auch daran und spürte, wie ihm seine Entscheidung neue Kraft gab. Trotzdem dauerte es noch ein paar Sekunden, bis er seine Augen von dem Stückchen Papier auf dem Boden losreißen konnte. *Okay,* sagte er sich und wandte sich wieder den Fragen zu. *Weiter jetzt, Reynie, und zaudere nicht länger. Es gibt keine Zeit zu verschwenden.*

Das stimmte tatsächlich, wie er mit einem Blick auf die Wanduhr feststellte. Ihm blieb weniger als eine halbe Stunde, und er musste noch mehr als die Hälfte der Fragen lesen. Er ließ die Frage zu Parataxe und Hypotaxe hinter sich (entweder hatte sie etwas mit schreiben zu tun oder es handelte sich um eine futuristische Transportweise — noch konnte er sich nicht entscheiden, was richtig war). Frage einundzwanzig lautete: »Als nach dem Zusammenbruch des russischen Reiches der Versuch fehlschlug, eine transkaukasische Republik mit Georgien und Armenien zu gründen und es so zur Gründung von Aserbaidschan kam (das sich gegenwärtig mit Armenien um die Territorien der Autonomen Republik Naxçivan und die Gegend um Nagorny-Karabach streitet), von welchen Schlüsselmächten empfing Aserbaidschan da ...«

Reynie hielt inne. Etwas an der Frage klang ungeheuer vertraut, so vertraut, dass er nicht anders konnte, als darüber nachzudenken. Hatte er die Namen nicht bereits gelesen?

Er war ziemlich sicher, dass es so war, und blätterte zurück nach vorn. Reynie las die erste Frage noch einmal: »Die Territorien der Autonomen Republik Naxçivan und der Gegend um Nagorny-Karabach werden von welchen zwei Staaten für sich beansprucht?« Er kniff die Augen zusammen und konnte kaum glauben, was er da sah. Armenien und Aserbaidschan. Die Antwort auf Frage eins lag in Frage einundzwanzig versteckt. Bei dieser Prüfung ging es nicht darum, was man wusste — das Ganze war eine Art Puzzle!

Reynie las Frage zweiundzwanzig: »Obwohl sie aus Europa stammt, ist die Ranke, die unter dem lateinischen Namen *Vicia sativa ssp. sativa* bekannt ist (und die zur Familie der Erbsen gehört), weit ...« Das war es! Das war die Antwort auf Frage zwei! Mit wachsender Begeisterung las Reynie auch die nächste Frage, und ja, obwohl in der Frage selbst keine subatomaren Teilchen oder indischen Physiker vorkamen, ging Antwort D detailliert darauf ein. Und es war nicht nur so, dass sämtliche Lösungen in den Fragen und Antworten versteckt waren, sie folgten auch eine auf die andere. Frage eins wurde in Frage einundzwanzig beantwortet (und umgekehrt), Frage zwei in Frage zweiundzwanzig, und so ging es immer weiter bis zu Nummer vierzig, die das Geheimnis um Parataxe und Hypotaxe lüftete.

Reynie war so froh, dass er beinahe aufgesprungen wäre und laut losgejubelt hätte. Trotzdem hatte er nicht einmal genug

Zeit, sich zu gratulieren — dazu war er viel zu spät dran. Eifrig fing er an, die richtigen Antworten zu markieren. Das dauerte noch eine ganze Weile, denn es galt ständig vor- und zurückzublättern, und er hatte noch eine Menge zu lesen. Am Ende brauchte Reynie fast genau die verfügbare Stunde, um alle Fragen zu beantworten. Er hatte gerade seinen letzten Kreis gemacht, seinen Bogen auf das Pult der Bleistiftfrau gelegt und sich nach den anderen Kindern umgesehen (von denen einige noch wahllos Kreise um Buchstaben machten und auf ihr Glück hofften; viele waren bereits weg, in trüber Verzweiflung hatten sie sich aus dem Raum geschlichen), als die Bleistiftfrau rief: »Die Stifte! Die Zeit ist um, Kinder. Legt bitte eure Bleistifte zur Seite.«

Nach ein paar Augenblicken voller Schnaufen und Tränenabwischen hatten die Kinder ihre Bögen auf den von Reynie gelegt und saßen wieder auf ihren Plätzen. Erschöpft schweigend warteten sie, bis die Bleistiftfrau den Stapel durchgesehen hatte. Das dauerte gerade eine Minute, da sie eigentlich nur die erste Frage ansehen musste. Als sie zu Reynies Bogen kam, blätterte sie die Fragen durch, machte Haken und nickte.

»Gut gemacht«, flüsterte Rhonda von hinten. »Du hast es allein geschafft.« Es schien sie ehrlich zu freuen, dass er ohne Mogeln durchgekommen war, obwohl sie ihn doch ermuntert hatte, es zu tun. Sie war wirklich ein seltsames Mädchen.

»Ich werde nun die Namen derer verlesen, die den zweiten Prüfungsteil bestanden haben«, verkündete die Bleistiftfrau. »Alle, deren Namen ich aufrufe, nehmen am dritten Teil der Prüfung teil. Diese Kinder bleiben bitte sitzen und erwarten weitere Anweisungen. Die anderen können gehen.«

Reynie spitzte die Ohren. Es gab noch einen *dritten* Teil? Die Bleistiftfrau räusperte sich, und diesmal musste sie gar nicht auf den Zettel schauen. »Reynard Muldoon!«, rief sie.

Und auf dem Weg aus dem Zimmer fügte sie noch hinzu: »Sonst niemand.«

EIMER UND BRILLEN

Reynie war jetzt allein im Raum und überlegte, was das alles zu bedeuten hatte. Warum war Rhonda Kazembes Name nicht aufgerufen worden? Lag es daran, dass sie gemogelt hatte? Oder hatte sie am Ende doch die falschen Antworten gehabt? Und woher hatte sie die Antworten überhaupt bekommen? Es war alles sehr geheimnisvoll, und nicht weniger seltsam war Rhondas Verhalten gewesen, als sie mit den anderen hinausgeschickt wurde. »Viel Glück, Junge«, hatte sie gezwitschert, ihm verspielt durchs Haar gewuschelt und war in ihrem Wolkenkleid hinausgelaufen, als wäre sie nicht das kleinste bisschen enttäuscht.

Reynies Überlegungen wurden von der Bleistiftfrau unterbrochen, die ihren Kopf zur Tür hereinsteckte: »Endlich sind wir die anderen Kinder los, Reynard. Wir mussten sie mit Doughnuts trösten, sie an uns drücken und was sonst noch alles. Gedulde dich nur noch ein paar Minuten.«

Sie wollte schon wieder weg, aber Reynie rief hinter ihr her: »Entschuldigen Sie! Miss, äh ... Miss? Entschuldigen Sie, aber Sie haben uns Ihren Namen nicht gesagt.«

»Ist schon gut, Reynard«, sagte sie und trat zurück ins Zimmer. »Du musst dich wegen nichts entschuldigen.« Reynie wartete darauf, dass sie ihm ihren Namen sagte, aber stattdessen wischte sie sich nur ein paar Doughnutkrümel von den Lippen und sagte: »Du wolltest mich etwas fragen?«

»Oh ... ja. Könnte ich bitte Ihr Telefon benutzen, um Miss Perumal, meine Tutorin, anzurufen? Sie hat keine Ahnung, wo ich bin. Ich fürchte, sie macht sich Sorgen.«

»Sehr gut, Reynard, aber keine Angst. Wir haben Miss Perumal bereits verständigt. Es ist für alles gesorgt.« Die Bleistiftfrau wollte wieder gehen.

»Miss? Entschuldigen Sie, Miss?«

Sie blieb stehen. »Ja, was ist denn jetzt noch, Reynard?«

»Vergeben Sie mir meine Frage, Miss. Ich würde nicht fragen, wenn es nicht wichtig wäre, aber ... Sie lügen mich doch nicht etwa an, oder?«

»Dich *anlügen?«*

»Es tut mir leid, dass ich das frage. Aber wissen Sie, heute Morgen haben Sie Miss Perumal gesagt, ich könnte Ihr Telefon benutzen, und dann später haben Sie mir gesagt, es gäbe gar kein Telefon. Sie müssen verstehen, dass ich da beunruhigt bin. Ich möchte einfach nicht, dass Miss Perumal sich Sorgen macht.«

Die Bleistiftfrau schien unbeirrt. »Das ist eine völlig vernünftige Frage.« Sie nickte ihm bestätigend zu und machte erneut Anstalten zu gehen.

»Aber Miss, Sie haben meine Frage noch nicht beantwortet!«

Die Frau kratzte sich am Kopf, und Reynie beschlich der Verdacht, dass sie entweder ein bisschen verrückt oder ein bisschen taub war. Nach einer kleinen Weile sagte sie: »Ich nehme an, du willst die Wahrheit?«

»Ja, bitte!«

»Die Wahrheit ist, dass ich Miss Perumal noch nicht angerufen habe, es aber sofort tun werde. Um genau zu sein, war ich gerade dabei, sie anzurufen, als du fragtest, ob ich sie schon angerufen hätte. Reicht dir das?«

Reynie wusste nicht, was er sagen sollte. Er wollte die Frau nicht beleidigen, aber jetzt konnte er ihr kaum noch trauen, und es war ihm wichtig zu wissen, dass Miss Perumal sich keine Sorgen machte. »Entschuldigen Sie, Miss, aber kann ich sie nicht selbst anrufen? Ich brauche nur eine Minute.«

Die Bleistiftfrau lächelte. Als sie sprach, war ihre Stimme sehr sanft, und sie sah Reynie in die Augen. »Es ist sehr schön von dir, dass du so an deine Miss Perumal denkst. Was würdest du sagen, wenn ich dir versicherte, dass ich tatsächlich schon angerufen *habe?* Nein, gib mir darauf keine Antwort. Du wirst es mir nicht glauben. Aber wie wäre es hiermit? Sie hat mir eine Nachricht für dich mitgeteilt: *Siehst du jetzt, dass du kein Glück brauchtest? Ich bin froh, dass du zwei zusammenpassende Strümpfe anhast.* Das soll ich dir ausrichten. Reicht dir das?«

Bevor Reynie wusste, was er antworten sollte, war sie bereits aus dem Raum geschlüpft, und er konnte sich nur noch über ihr geheimnistuerisches Verhalten wundern. Die Nachricht von Miss Perumal war offensichtlich echt, aber warum hatte die Frau sie ihm nicht gleich ausgerichtet?

Als er noch darüber nachgrübelte, hörte er Schritte draußen im Flur und dann ein zaghaftes Klopfen an der halb geöffneten Tür. Das Gesicht eines Jungen erschien in der Öffnung. »Hallo«, sagte der Junge und schob seine Brille zurecht, »ist das hier, wo ich warten soll?« Er sprach so leise, dass sich Reynie anstrengen musste, ihn zu verstehen.

»Ich habe keine Ahnung. *Ich* soll auf jeden Fall hier warten, also du vielleicht auch. Du kannst dich mir gerne anschließen. Ich heiße Reynie Muldoon.«

»Oh«, sagte der Junge unsicher. »Mein Name ist Kleber Washington. Ich frage mich nur, ob ich hier richtig bin. Die gelbe Dame hat mir gesagt, ich soll den Flur hinuntergehen und mich zu jemandem setzen, der Reynard heißt.«

»Das bin ich«, sagte Reynie. »Aber die meisten Leute nennen mich Reynie.« Er streckte die Hand aus, und nach kurzem Zögern kam Kleber Washington und schüttelte sie.

Kleber war bemerkenswert dünn. Reynie fragte sich, wie er zu seinem Spitznamen kam: Ob er klebrig war? Klebers Haut war so hellbraun wie der Tee, den Miss Perumal morgens immer kochte. Er hatte große, nervöse Augen wie ein Pferd und aus irgendeinem seltsamen Grund einen vollkommen glatten kahlen Schädel. Seine kleine Drahtgestellbrille gab ihm den Ausdruck eines Gelehrten. Eines unruhigen Gelehrten allerdings: Er schien ziemlich schüchtern zu sein, oder zumindest etwas nervös. War das denn auch ein Wunder, wenn er heute das Gleiche durchgemacht hatte wie Reynie?

»Bist du hier wegen des dritten Teils?«, fragte Reynie.

Kleber nickte. »Ich habe den ganzen Tag gewartet. Ich musste heute Morgen um neun Uhr hier sein, und die Prüfung war schon um zehn vorbei. Seitdem habe ich allein in einem leeren

Zimmer gesessen. Zum Glück hatte ich eine Birne dabei, sonst wäre ich längst verhungert. Ich glaube, alle anderen Kinder haben Doughnuts bekommen. Warum wir nicht?«

»Das habe ich mich auch schon gefragt. Warst du der Einzige, der die Prüfungen bestanden hat?«

»Die erste hat auch noch ein kleines Mädchen bestanden, aber ich habe sie seit gestern nicht mehr gesehen. Vielleicht ist sie für eine andere Zeit bestellt worden. Es gab hier den ganzen Tag Prüfungen. War in deiner Gruppe ein besonders kleines Mädchen, etwa halb so groß wie wir?«

Reynie schüttelte den Kopf. An jemand so Kleines würde er sich erinnern.

»Vielleicht kommt sie später noch. Und was die zweite Prüfung angeht: Ja, die habe ich allein bestanden. Was mich überrascht hat, weil ...« Kleber hielt inne und warf einen Blick zur Tür hinüber. Er machte den Mund auf, um fortzufahren, besann sich dann aber eines Besseren und tat am Ende so, als hätte er etwas Interessantes an der Decke entdeckt und nie den Anlauf unternommen, etwas zu sagen. Offenbar hatte er ein Geheimnis. Reynie hatte plötzlich einen Verdacht, worum es dabei ging.

»Weil da ein Mädchen war, das gemogelt hat?«

Klebers Augen wurden groß. »Woher weißt du das?«

»Bei mir war es genauso. Ich glaube, das war eine Art Trick. Sag mir, hat das Mädchen auf dem Weg zum Gebäude vielleicht seinen Bleistift fallen lassen? Draußen auf dem Platz?«

»Ja! Ich konnte es kaum glauben, dass jemand so achtlos sein konnte. Schließlich durften wir nur einen Bleistift mitbringen, weißt du.«

»Was hast du gemacht?«

»Ich habe versucht, ihr zu helfen. Ein paar andere Kinder sagten, es täte ihnen leid, aber sie wollten nicht zu spät kommen, und ein Junge hat sogar gelacht. Ich hatte so ein Mitleid mit ihr, also sagte ich, sie solle mich bei den Füßen fassen und durch den Rost hinunterlassen. Sie war stark wie ein Bär und hatte keine Schwierigkeiten, mich zu halten, und ich bin so dünn, dass ich durch die Stäbe passte. Ich hatte allerdings ziemlich Angst, das gebe ich zu, als ich so kopfüber nach unten hing und im Finstern herumsuchen musste. Ich glaube, irgendwas hat mir sogar am Finger geknabbert, aber vielleicht bilde ich mir das auch nur ein. Wenn ich Angst habe, bin ich manchmal ein bisschen durcheinander.«

»Da hast du aber Glück gehabt«, sagte Reynie, »da unten im Finstern den Bleistift zu finden.«

»Oh nein, ich habe ihn ja gar nicht gefunden. Aber weißt du was? Am Ende zog sie mich wieder herauf und sagte: »Ach, das macht nichts, ich habe noch einen in Reserve.« Und schon holte sie einen aus dem Ärmel! Kannst du das glauben? Wie konnte sie mich in dem fürchterlichen Kanal suchen lassen, wo sie doch noch einen zweiten Bleistift hatte? Und dann bot sie mir auch noch an, mir die Antworten auf die Prüfungsfragen zu geben, weil ich ihr hatte helfen wollen. Aber offenbar waren sie nicht richtig. Ich bin froh, dass ich sie nicht angenommen habe.«

»Ich auch«, sagte Reynie. »Ich glaube, das war ein Teil der Prüfung. Wenn wir mitgemacht hätten, wären wir wahrscheinlich beide nicht hier.«

Kleber zog ein dünnes Baumwollläppchen aus der Hemdtasche und putzte sich damit die Brille. »Ich find's ein bisschen unheimlich, dass sie uns so hereinzulegen versuchen. Ich meine, wenn du recht hast.« Er setzte sich die Brille wieder auf und klimperte mit seinen großen, nervösen Augen. »Aber ich sollte mich nicht beklagen. Es war sehr nett von ihnen, dass sie mich zum dritten Teil zugelassen haben, obwohl ich ein paar Fragen nicht geschafft habe. Das war sehr großzügig von ...«

»Moment«, sagte Reynie. »Wie konntest du da einen Fehler machen? Hast du aus Versehen die falschen Buchstaben markiert?«

Kleber wirkte verlegen und scharrte mit den Füßen. »Oh, nun, für dich mögen die Fragen ja einfach gewesen sein, ich fand sie ganz schön schwierig. Die Zeit war herum, bevor ich die letzten drei beantworten konnte, und ich musste auf gut Glück Kreise machen, aber das hat natürlich nicht geklappt. Aber sie haben ein Auge zugedrückt.«

Reynie konnte nicht glauben, was er da hörte. »Du meinst, du *wusstest* die Antworten auf die Fragen?«

Kleber wurde mit jeder Frage Reynies niedergeschlagener. Tränen sammelten sich in seinen Augen. »Nun ja, ich sehe ziemlich dumm aus, was? Ich sehe aus wie jemand, der nichts weiß und keine Antworten kennt. Ich verstehe schon.«

Reynie unterbrach ihn. »Nein, nein! Das meine ich nicht! Ich meine, ich kann kaum glauben, dass überhaupt jemand die Antworten kannte. Eine oder zwei vielleicht, aber ganz sicher nicht alle.«

Klebers Miene hellte sich auf. Er lächelte schüchtern und wuchs gleich um ein paar Zentimeter. »Oh! Nun ja, ich nehme an, ich weiß eine ganze Menge. Deshalb nennen die Leute mich auch Kleber: weil mir alles, was ich lese, im Kopf kleben bleibt.«

»Das ist ja völlig unglaublich«, sagte Reynie. »Du musst mehr gelesen haben als alle, die ich kenne. Aber sag mir, als du gemerkt hast, dass die Prüfung nichts als ein großes Puzzle war, warum hast du sie da nicht auf die Weise gelöst? Da hättest du Zeit gespart und wärst rechtzeitig fertig geworden.«

»Ein Puzzle?«

»Ist dir nicht aufgefallen, dass die Antworten im Text versteckt waren?«

»Ich habe gemerkt, dass vieles noch mal vorkam«, überlegte Kleber, »aber ich habe nicht weiter darauf geachtet. Ich habe mich ganz darauf konzentriert, die Antworten richtig hinzukriegen. Die Frage über kolloide Suspension hat mich wirklich ins Schwitzen gebracht, das kann ich dir sagen. Und dass ich durcheinanderkomme, wenn ich nervös werde, das habe ich dir schon gesagt.« Nach einer kurzen Pause seufzte er und sagte: »Ich bin oft nervös.«

Reynie lachte. »Du hast nicht gemerkt, dass es ein Puzzle war, und ich wusste keine der Antworten, aber wir sind beide hier. Wir wären ein gutes Team.«

»Glaubst du?«, fragte Kleber. Er grinste. »Ja, ich nehme an, das wären wir.«

Die Jungen warteten weiter und besprachen die merkwürdigen Geschehnisse des Tages. Kleber war jetzt entspannter, und die beiden gewöhnten sich schnell aneinander. Sie machten Witze und lachten wie alte Freunde. Kleber musste immer wieder über Rhonda Kazembes verrückten Auftritt kichern, und Reynie grinste, bis ihm das Gesicht wehtat, als Kleber mehr von seinem Ausflug kopfüber in die Kanalisation berichtete. (»Meine Schuhe rutschten mir langsam von den Füßen«, erzählte er, »und eine Sekunde lang glaubte ich, sie verlöre mich aus dem Griff und ich würde unten im Kanal landen. Ich geriet in Panik und fing an zu zappeln, aber sie konnte mich gerade noch wieder nach oben ziehen.«)

Dann erzählte Reynie Kleber, wie die Bleistiftfrau versucht hatte, ihn an der Nase herumzuführen, als er Miss Perumal hatte anrufen wollen.

Statt zu lachen, wie es Reynie erwartet hatte, verfiel Kleber wieder in seine Nervosität. Er putzte sich die Brille, obwohl er es doch erst ein paar Minuten zuvor getan hatte. »Oh ... ja«, sagte er. »Ja, ich wollte meine Eltern auch anrufen, und es war genau das Gleiche. Aber am Ende war alles in Ordnung. Sie hat sie angerufen. Kein Grund, sich Sorgen zu machen.«

Reynie nickte freundlich. Er konnte sehen, dass Kleber etwas zu verbergen versuchte. Vielleicht hatte er vergessen, seine Eltern anzurufen, und jetzt drückte ihn sein Gewissen? Aber Reynie entschied sich, nicht weiter nachzufragen. Kleber schien sich auch schon so unwohl genug zu fühlen.

»Wo wohnst du?«, fragte er, um das Thema zu wechseln.

Das ließ Kleber seine Brille noch heftiger polieren. Vielleicht mochte er einfach keine persönlichen Fragen. »Nun«, begann er und räusperte sich. »Nun ...«

In diesem Augenblick flog die Tür auf und ein Mädchen mit einem Eimer in der Hand kam hereingerannt. Sie war ungeheuer schnell: Gerade war sie noch in der Tür und ihr goldblondes Haar flog wie eine Pferdemähne hinter ihr her, und schon stand sie vor ihnen. Kleber wich erschrocken einen Schritt zurück.

»Was ist los?«, rief er.

»Was ist mit *dir* los?«, antwortete das Mädchen ruhig. »Wovor ... Wovor rennst du davon?«

»Davon? Ich bin vor nichts davongerannt. Ich bin *in* diesen Raum gerannt. Der alte Gelbrock sagt, ich soll hier mit euch warten, und da bin ich. Ich heiße Kate Wetherall.«

Kleber schnaufte laut und warf Blicke zur Tür hinüber, als rechnete er damit, dass als Nächstes ein Löwe hereingesprungen käme. Also übernahm Reynie die Vorstellung. »Ich heiße Reynie Muldoon und das ist Kleber Washington«, sagte er und schüttelte dem Mädchen die Hand, was er sofort bereute. Ihr Griff war so fest, dass es sich anfühlte, als würden ihm die Finger in einer Schublade eingeklemmt. (Kleber sah Reynies schmerzverzerrte Miene und versenkte die eigenen Hände tief in seinen Taschen.) Reynie rieb sich die schmerzenden Knöchel und fuhr fort: »Ich glaube, die Frage war, warum du gerannt bist und nicht normal gelaufen.«

»Warum nicht? Es ist schneller. So bin ich jetzt schon hier bei euch und trotte nicht mehr draußen den leeren Flur entlang. Das ist doch viel besser, oder? Immerhin scheint ihr nett zu sein. Aber jetzt sag du, warum nennen sie dich Kleber?« Sie berührte Klebers Arm. »Du fühlst dich überhaupt nicht klebrig an.«

»Das ist eine lange Geschichte«, sagte Kleber und fasste sich langsam wieder.

»Dann schieß mal los«, sagte Kate.

Kleber erklärte ihr also, warum er Kleber hieß, und Kate sagte, dass sie schon immer gerne einen Spitznamen gehabt hätte. »Ich wollte, dass die Leute mich die ›Große-Kate-Wettermaschine‹ nennen«, sagte sie, »aber keiner hat‘s wirklich getan. Ich nehme auch nicht an, dass ihr mich so nennen wollt, oder?«

»Als Spitzname ist das ein bisschen komisch«, sagte Reynie sanft. »Man braucht so lang, um ihn auszusprechen.«

»Da hast du wahrscheinlich recht«, gab Kate zu, »aber nicht, wenn man sehr schnell spricht.«

»Wir werden drüber nachdenken«, sagte Kleber.

Kate nickte zustimmend. Sie schien selbst ziemlich nett zu sein. Sie hatte helle wasserblaue Augen, rosige Wangen und für eine Zwölfjährige ungewöhnlich breite Schultern. (Wie alt sie war, hatte sie auch gleich gesagt, denn Kinder finden ihr Alter genauso wichtig wie ihren Namen. Die Jungen hatten geantwortet, dass sie beide elf seien.) Aber was Reynie am meisten interessierte, war ihr Eimer. Es war ein guter, solider feuerwehrroter Metalleimer. Während sie sprachen, machte Kate ihren Gürtel auf, fädelte ihn durch den Henkel des Eimers und schnallte ihn wieder zu, so dass der Eimer nun an ihrer Hüfte hing. So wie sie dabei vorging, war klar, dass sie das schon tausendmal gemacht hatte. Reynie war fasziniert. Endlich fragte er, wozu der Eimer gut sei.

Kate sah ihn fragend an. »Wer weiß nicht, wozu ein Eimer gut ist? Um Sachen reinzutun, natürlich.«

»Ja klar, das weiß ich auch«, sagte Reynie, »aber warum hast du einen dabei? Die wenigsten Leute tragen ohne besonderen Grund einen Eimer mit sich herum.«

»Stimmt«, überlegte Kate. »Das ist mir auch schon aufgefallen, aber ich verstehe nicht, warum. Ich kann mir nicht vorstellen, keinen Eimer dabeizuhaben. Wie sonst soll ich meine Sachen tragen?«

»Was für Sachen?«, fragte Kleber, der genau wie Reynie versuchte, in das rote Ding zu linsen.

»Ich zeig's euch«, antwortete Kate und holte alles Mögliche aus dem Eimer hervor. Zunächst kam ein Schweizer Taschenmesser zum Vorschein, dann eine Taschenlampe, ein Stift mit Lampe und eine Flasche mit extra starkem Klebstoff, die Kate schnell untersuchte, um sich zu vergewissern, dass der Verschluss richtig zu war. Dann zog sie ein kleines Säckchen mit Glasmurmeln hervor, eine Schleuder, eine Rolle mit Angelschnur, einen Bleistift, einen Radiergummi, ein Kaleidoskop und einen Hufeisenmagneten, den sie nur unter einigem Kraftaufwand aus dem Metalleimer bekam. »Ich habe schon Dutzende von den Dingern ausprobiert«, sagte sie und hielt den Magneten in die Höhe, damit sie ihn bewundern konnten. »Das hier ist der stärkste, den ich finden konnte.« Zuletzt zeigte sie ihnen ein kräftiges Nylonseil, das auf dem Boden des Eimers aufgerollt lag.

»Das ist viel zu tragen«, sagte Kleber.

»Aber alles nützlich«, erwiderte Kate und packte die Sachen wieder ein. »Zum Beispiel heute Morgen. Da ist einem völlig verrückt aussehenden Mädchen doch tatsächlich der Bleistift in den Abfluss draußen auf dem Platz gefallen ...«

Reynie und Kleber sahen sich an.

»... und wenn ich meinen Eimer nicht dabeigehabt hätte«, fuhr Kate fort, »hätte sie ohne Paddel im Boot gehockt. In der

Prüfung, meine ich.« Ihr Gesicht wurde nachdenklich. »Hmm, ein Paddel wäre auch eine tolle Sache. Aber nein, es wäre zu schwer, um es immer mit mir herumzuschleppen. Obwohl, manchmal könnte man *wirklich* eins brauchen ...«

»Hast du Rhonda geholfen, den Bleistift zurückzubekommen?«, fragte Reynie.

»Natürlich habe ich das. Ich habe einfach ... Aber Moment mal: Woher weißt du ihren Namen?«

»Erzähl erst zu Ende«, sagte Reynie. »Wir erklären es dir hinterher.«

Also erzählte Kate, wie sie den Metallrost mit dem Schraubenzieher an ihrem Schweizer Taschenmesser losbekommen hatte. Dann hatte sie den Rost zur Seite gezogen, ihr Seil an eine nahe Parkbank geknotet und sich in den Abwasserkanal hinuntergelassen. Mit der Taschenlampe war der Bleistift leicht zu finden gewesen.

»Er war in einen Spalt gerollt«, erklärte sie, »der ungefähr sechsundzwanzigeinhalb Zentimeter tief war. Ich habe also etwas Klebstoff ans Ende eines Stücks Angelschnur gestrichen, und jetzt konnte ich auch meinen Leuchtstift brauchen: Man kann ihn mit dem Mund halten, wenn man mit den Händen Klebstoff ans Ende einer Angelschnur streichen muss. Aber egal, jedenfalls hab ich die Schnur in den Spalt hinuntergelassen und damit den Bleistift berührt. Nach ein paar Sekunden zum Antrocknen konnte ich den Stift aus dem Spalt herausziehen. Ohne meinen Eimer wäre das alles nicht gegangen, oder?«

»Hattest du keine Angst?«, fragte Kleber. Er hatte sich fast die Hosen vollgemacht und wollte nicht der Einzige sein, dem es so gegangen war.

»Wovor? Nass zu werden? Es war völlig trocken da unten. Es hat seit Tagen nicht mehr geregnet.«

Etwas an Kates Geschichte interessierte Reynie. »Woher wusstest du, dass der Spalt sechsundzwanzigeinhalb Zentimeter tief war?«, fragte er. »Du hast doch gar kein Maßband in deinem Eimer?«

»Oh, ich kann Gewichte, Maße und so weiter immer gleich ganz gut abschätzen«, sagte Kate. Sie sah sich um. »Zum Beispiel ist der Raum hier sechs Meter sechzig lang und vier Meter achtzig breit.«

Kleber, der sich ärgerte, dass Kate im Finstern des Kanals keine Angst gehabt hatte, glaubte ihr nicht ganz. »Bist du sicher?«

»Natürlich bin ich mir sicher.«

»Lass uns nachmessen«, sagte Reynie und nahm das Lineal vom Pult der Bleistiftfrau.

Das Zimmer war tatsächlich genau sechs Meter sechzig lang und vier Meter achtzig breit.

Reynie pfiff anerkennend, und Kleber sagte: »Nicht schlecht.«

»Gut. Aber zurück zu deiner Geschichte«, sagte Reynie. »Hat Rhonda angeboten, dir beim Mogeln zu helfen?«

Kate sah ihn misstrauisch an. »Du scheinst ja viel darüber zu wissen. Habt ihr mir etwa nachspioniert? Wenn ja, dann weißt du sicher, dass ich sie beschimpft habe.«

»Wir haben dir nicht nachspioniert, aber ich habe mir so was gedacht«, sagte Reynie. »Dann hast du also das Puzzle gelöst? Oder wusstest du etwa alle Antworten?«

Kate schnaufte. »Wer in dieser Welt könnte wohl die Antworten auf all diese Fragen wissen?«

»Kleber wusste sie.«

Jetzt war es an Kate, beeindruckt zu sein. »Nicht schlecht«, sagte sie, und Kleber senkte verschämt den Kopf. »Aber von was für einem *Puzzle* redest du da?«

Wieder sahen sich Reynie und Kleber an.

»Aber wenn du es nicht erkannt hast«, sagte Kleber, »wie hast du dann die Prüfung bestehen können?«

»Ich habe sie ja nicht bestanden. Niemand in meiner Gruppe hat das. Um euch die Wahrheit zu sagen, glaube ich, dass ich nur deswegen noch hier bin, weil ich dem alten Gelbrock aus der Patsche geholfen habe.«

Natürlich wollten die Jungen wissen, was passiert war, und Kate erzählte es ihnen nur zu gern.

»Als die Prüfung vorbei war«, sagte sie, »ging der Gelbrock mit uns den Flur hinunter, um uns Doughnuts zu geben und den Eltern zu sagen, dass wir durchgefallen seien: >Ich danke Ihnen sehr, dass Sie gekommen sind ...<, und so weiter. Einige der Eltern waren wütend. Ein Vater schrie, das sei doch alles vorher schon abgesprochen gewesen, und ein anderer wollte wissen, was die Prüfungen überhaupt sollten. Der alte Gelbrock warf sehnsüchtige Blicke zum Ausgang hinüber. Man konnte sehen, dass sie nervös war, aber sie konnte nicht weg. Zwischen ihr und dem Ausgang standen eine ganze Reihe Leute. Die Gute saß in der Falle.

Sie tat mir leid, wisst ihr, weil ich mir dachte, dass sie nur ihren Job machte, was auch dahinterstecken mochte, und mir zumindest hatte sie einen interessanten Tag verschafft. Ich beschloss also, ihr aus der Patsche zu helfen. Während die Erwachsenen schrien und sich die Kinder mit Doughnuts vollstopften, holte ich mein Schweizer Taschenmesser aus dem Eimer und montierte die Klinke ab. Dann zeigte ich auf die gegenüberliegende Ecke und rief: ›Hinter der ganzen Sache steckt ein Mann! Der dahinten in der Ecke, das ist der Kerl!‹ Worauf sich alle umdrehten und drängten und drückten, um zu sehen, wer da stand — nur der alte Gelbrock nicht. Klammheimlich schlich sie außen herum zu mir zum Ausgang. Kaum dass sie draußen war, machte ich das Licht aus und schlug die Tür hinter uns zu. Wir hatten genügend Vorsprung, schließlich war es dunkel im Zimmer und die Klinke war weg. Irgendwie müssen sie es dann aber doch geschafft haben, und wahrscheinlich sind sie wie zornige Hornissen auf den Flur geschossen, aber da hatten wir uns längst in einem Schrank versteckt.

Als wir hörten, dass auch der Letzte weg war, lächelte mich der alte Gelbrock an und sagte: ›Ich glaube, du solltest auch den dritten Teil der Prüfung noch mitmachen.‹ Und hier bin ich.«

»Verrückt!«, sagte Reynie.

»Ich kann's kaum glauben!«, rief Kleber. »Du bist eine Heldin!«

»Oh, immer langsam«, sagte Kate und zog verlegen die Stirn kraus. »Das war doch nichts. Jeder hätte das tun können. Aber jetzt habe ich euch meine Geschichte erzählt, jetzt seid ihr an der Reihe. Woher kennt ihr Rhonda Kazembe? Und was soll das heißen, dass die Prüfung ein Puzzle war?«

Noch bevor sie ihr antworten konnten, steckte die Bleistiftfrau den Kopf zur Tür herein und sagte: »Zeit für die nächste Prüfung, Kinder. Bitte begebt euch sofort in Raum 7b.« Und schon war sie wieder verschwunden.

»Wo in aller Welt ist Raum 7b?«, sagte Kleber verärgert. »Sie sagt uns nie, wo etwas ist. Ich habe die halbe Nacht gebraucht, um das Haus hier ausfindig zu machen.«

»Ich bin sicher, der Raum ist einfach zu finden«, sagte Reynie, aber insgeheim dachte er über Klebers Worte nach — »die halbe Nacht«. Was machte Kleber nachts allein auf der Straße? Wo waren seine Eltern?

»Ihr erzählt mir eure Geschichten besser ganz auf die Schnelle«, sagte Kate. »Ihr wisst doch, dass der alte Gelbrock nicht besonders geduldig ist.«

»Du hast recht«, sagte Reynie. »Wir erzählen dir alles Nötige unterwegs.«

Damit machten sich die drei neuen Freunde auf die Suche nach Raum 7b.

QUADRATE UND PFEILE

Der Raum befand sich im siebten Stock, ganz wie Reynie vermutet hatte. An der Tür war kein Schild, aber nachdem sie die leeren Flure abgesucht und die Schilder an den anderen Türen gelesen hatten (es gab 7a, 7c, 7d und 7e), liefen sie zurück zu der Tür ohne Schild, und Kate klopfte laut dagegen. Nach einer Pause klopfte sie noch etwas fester. Das ging eine Weile so, bis sie schließlich eine Antwort bekamen — allerdings nicht von der anderen Seite der Tür, sondern von jemandem direkt hinter ihnen.

»Das war jetzt genug geklopft«, sagte eine tiefe Stimme. Die Kinder wirbelten überrascht herum.

Vor ihnen stand ein großer Mann mit wettergegerbtem Hut, wettergegerbter Jacke, wettergegerbter Hose und wettergegerbten Stiefeln. Auf seinen roten Backen lag ein dunkler Bartstoppelschatten, obwohl seine Haare, die unter dem Hut hervorlugten, flachsblond waren. Hätten die meerblauen Augen nicht so wach gewirkt, hätte der Mann noch am ehesten einer Vogelscheuche geglichen, die von ihrem Pfosten geklettert war. Zu alledem sah er tieftraurig aus. Das fiel den drei Kindern sofort auf. Reynie fühlte sich so betroffen, dass er gar nicht erst »Hallo« oder »Guten Tag« sagte, sondern gleich fragte: »Ist alles in Ordnung mit Ihnen, Sir?«

»Ich fürchte, nein«, sagte der Mann mit seiner tiefen Stimme. »Aber das tut nichts zur Sache. Seid ihr bereit für die nächste Prüfung?«

»Aber wir haben uns ja noch nicht mal vorgestellt«, sagte Kate und streckte die Hand aus. »Ich heiße Kate Wetherall, aber meine Freunde nennen mich ...« Sie sah die Jungen an, deren Blicke unsicher waren. »Nun, meine Freunde nennen mich Kate.«

Etwas widerstrebend schüttelte der Mann Kates Hand. Selbst sein Händeschütteln wirkte traurig. Seine Hand schien ohne jede Kraft zu sein. Auch die Jungen stellten sich vor, und der Mann schüttelte ihnen ebenfalls traurig die Hände. »Also dann«, sagte er. »Jetzt kennen wir uns.«

»Aber Sie haben uns noch nicht gesagt, wie *Sie* heißen«, sagte Kate.

Der Mann seufzte und überlegte kurz. »Nennt mich Milligan«, sagte er endlich.

»Ist das Ihr Vorname oder Ihr Nachname?«

»Einfach nur Milligan. Und jetzt keine weiteren Fragen. Wir müssen weiterkommen. Also, wer von euch ist George?«

Kate machte ein finsteres Gesicht. Sie verlor langsam die Geduld mit dem Mann. »Haben Sie nicht zugehört? Wir heißen Kleber, Reynie und Kate.«

Kleber räusperte sich. »Äh, nun, ich meine, eigentlich heiße ich George. Kleber ist mein Spitzname.«

»Du heißt George Washington? Wie der Präsident? Der Vater dieses Landes?«

»So ungewöhnlich ist das nicht«, sagte Kleber entschuldigend. »Ihr braucht mich nicht damit aufzuziehen.«

»Nimm's leicht, Kumpel«, sagte Kate. »Ich wollte dich nicht aufziehen.« Es war klar, dass Kleber etwas empfindlich war, was seinen Namen anging.

»Kleber oder George oder wie immer du heißt«, sagte Milligan. »Du kommst zuerst. Geh jetzt in den Raum und schließe die Tür gleich wieder hinter dir.«

Klebers Augen wurden groß. »Ich soll allein da hinein gehen?«

»Das ist schon in Ordnung. Es ist nur eine Prüfung. Die anderen sind bald wieder bei dir.«

»Viel Glück, Kleber«, sagte Reynie und schlug ihm auf die Schulter. »Ich bin sicher, du machst alles richtig.«

»Geh schon, Kleber!«, sagte Kate.

Kleber nahm die Brille ab, putzte sie und setzte sie wieder auf. Nachdem er eine Weile nachgedacht hatte, nahm er sie wieder ab und putzte sie noch einmal. Auf einem der Gläser schien ein Fleck zu sein, den er nicht herunter bekam.

»Schieb es nicht länger auf«, sagte Milligan. »Niemand da drin tut dir etwas.«

Endlich nickte Kleber, setzte sich die Brille zurück auf die Nase, steckte sein Brillentuch ein und trat durch die Tür. Milligan schloss sie hinter ihm und ging ohne ein Wort davon.

»Wie findest du das?«, sagte Kate. »Er hat uns nicht mal gesagt, was wir tun sollen oder wie lange wir warten müssen. Gar nichts.«

»Überraschung!«, sagte Reynie.

Milligan kam jedoch bald schon zurück und sagte, jetzt sei Reynie an der Reihe. Er gab keinen Hinweis darauf, was mit Kleber war.

»Bis später auf der anderen Seite«, sagte Kate. »Wo immer das ist.«

Reynie holte tief Luft, trat ein und schloss die Tür hinter sich. Der Raum war leer. An der Wand gegenüber, über einer weiteren geschlossenen Tür, hing ein großes Schild, und auf dem stand: DURCHQUERE DEN RAUM, OHNE EINEN FUSS IN EIN BLAUES ODER SCHWARZES QUADRAT ZU SETZEN.

Reynie sah auf den Boden. Dort, wo er stand, gleich hinter der Tür, war ein großer roter Kreis. Auf der anderen Seite des Raums, vor der anderen Tür, sah er einen weiteren roten Kreis. Zwischen diesen beiden Kreisen glich der Boden einem riesigen Schachbrett mit lauter blauen, schwarzen und gelben Vierecken. Reynie sah sich das Muster an. Es gab viel mehr Blau und Schwarz als Gelb. Es war tatsächlich so viel mehr, dass er bald schon feststellte, es würde unmöglich sein, den Raum zu durchqueren, ohne auf ein blaues oder schwarzes Feld zu treten. Die gelben Felder waren so weit verstreut, dass wahrscheinlich nicht mal ein Känguru von einem zum anderen hätte springen können. Er sah sich das Schild noch einmal an, und nachdem er eine Weile überlegt hatte, lachte er plötzlich und schüttelte den Kopf. Zuversichtlich ging er quer durch den Raum in den zweiten roten Kreis und trat durch die Tür.

Kleber und Milligan warteten hinter der Tür auf ihn. Sie hatten ihn heimlich durch kleine Löcher in der Wand beobachtet.

Kleber sah verwirrt aus und wollte Reynie etwas fragen, aber Milligan sagte: »Pssst! Ihr könnt zusehen, aber ohne ein Wort.« Dann ging er, um Kate zu sagen, dass sie an der Reihe sei.

Augenblicke später sahen sie, wie Kate mutig den Raum betrat. Sie las das Schild, studierte den Boden und überlegte, ob sie von Gelb zu Gelb springen könnte. Aber dann schüttelte sie den Kopf und gab die Idee auf. Als Nächstes sah sie von einer Tür zur anderen und schätzte die Entfernung ab. Sie nickte, holte ihr Seil aus dem Eimer und machte eine Schlinge an eines der Enden, die sie mit einem gekonnten Lassowurf über die Klinke der gegenüberliegenden Tür warf. Dann legte sie das Seil über die Klinke auf ihrer Seite, zog es stramm und verknotete es sicher. Sie kletterte hinauf. »Wenn ich doch nur ein Paddel hätte«, sagte sie laut zu sich, während sie über das Seil balancierte, »damit könnte ich bestens das Gleichgewicht halten.«

Das Paddel hätte ihr sicher geholfen, denn auf halbem Wege fiel sie fast hinunter (die Jungen hielten den Atem an), aber nachdem sie halsbrecherisch hin und her gewackelt war und mit den Armen gerudert hatte, fing sie sich wieder. Nach ein paar weiteren vorsichtigen Schritten sprang sie in den zweiten roten Kreis.

»Wow!«, flüsterte Kleber. »Sie hat es geschafft.«

Aber bevor Kate zu den Jungen herauskommen konnte, war Milligan bei ihr und brachte sie zurück in den Startkreis. Sie solle es noch einmal versuchen, allerdings ohne ihr Seil, das sie nach der Prüfung zurückbekomme.

»Das ist nicht fair«, sagte Kleber. »Niemand hat ihr gesagt, dass sie kein Seil benutzen darf.«

Kate nahm alles aus ihrem Eimer und stopfte es sich in die Taschen, die daraufhin lächerlich dick aussahen. Anschließend montierte sie auch noch den Henkel vom Eimer und steckte ihn sich hinter den Gürtel. Jetzt war sie bereit. Sie legte den Eimer auf die Seite, hüpfte auf ihn und rollte mit ihm wie ein Zirkusbär vor. Nach einigem Hin-und-her-Kreuzen erreichte sie den gegenüberliegenden Kreis.

Reynie und Kleber sahen sich ehrfurchtsvoll an. Was war das nur für ein Mädchen?

Aber als Kate sich die Taschen geleert und den Henkel wieder an den Eimer montiert hatte, erschien Milligan ein weiteres Mal und brachte sie zurück in den Startkreis. Diesmal nahm er ihr den Eimer mit sämtlichen Hilfsmitteln ab, den sie ihm nur widerwillig überließ. Sie fasste sich jedoch schnell wieder. Noch bevor Milligan die Tür hinter sich geschlossen hatte, zuckte sie mit den Schultern, drückte die Hände ineinander, dass die Knöchel knackten, setzte die Handflächen auf den Zementboden und schwang die Füße in die Luft über sich. Und so lief sie durch den Raum, auf ihren Händen, ohne auch nur einen Fuß auf den Boden zu setzen.

»Also gut«, sagte Milligan und gab ihr den Eimer zurück. »Du hast die Aufgabe gelöst.«

»Was ich nicht verstehe«, sagte Kleber zu Reynie, als sie Milligan eine dunkle Treppe hinunter folgten, »ist, wie du den Test bestanden hast. Natürlich freue ich mich, dass du es geschafft hast, aber ich verstehe nicht, wie. Ich bin auf Händen und Knien durch den Raum gekrochen, damit meine Füße keine schwarzen oder blauen Felder berührten, Kate hat ihre akrobatischen Tricks angewandt, aber du bist einfach so durch den Raum marschiert und mit beiden Füßen auf die dunklen Felder getreten!«

Sie waren unten an der Treppe angekommen, und Milligan schob die Kinder in einen feuchten, dürftig beleuchteten unterirdischen Durchgang. Tausendfüßler und andere kriechende Kreaturen hasteten in die dunklen Ecken, wo man sie nur noch hören, aber nicht mehr sehen konnte. Dieser düstere Gang würde sie an ihren »letzten Prüfungsort« bringen, wie Milligan es nannte. In Reynies Ohren klang das ziemlich unheilvoll.

»Du bist einfach drübergelaufen?«, sagte Kate. »Reynie, wie bist du damit durchgekommen?«

»Es war wieder nur ein Trick. Das auf dem Boden waren keine Quadrate, sondern *Rechtecke.* Die Seiten waren nicht alle gleich lang.«

»Himmel, das stimmt«, überlegte Kate.

Kleber schlug sich vor die Stirn. »Dann habe ich meine Hose also umsonst schmutzig gemacht und bin ohne jeden Grund wie ein Baby über den Boden gekrochen? Mann, was für ein Trottel ich doch bin! Ich kann kaum glauben, dass sie mich weitermachen lassen.«

»Du bist bestimmt kein Trottel«, sagte Reynie. »Schließlich bist du hier, oder?«

»Aber wo sind wir *hier* eigentlich?«, fragte Kate. »He, Milligan, wo sind wir hier?«

Ohne sich umzusehen oder langsamer zu werden, sagte Milligan: »Im Moment laufen wir unter der 5. Straße durch.«

»Warum können wir nicht oben gehen?«, fragte Kleber. »Wo die Sonne scheint und der Weg nicht nass ist? Und wo es nicht nach verfaultem Fisch riecht?«

»Und wo dir nichts Komisches auf den Kopf fällt«, fügte Reynie mit einem Schaudern hinzu, nachdem er einen Käfer weggewischt hatte, der ihm unter den Kragen hatte kriechen wollen.

»Die Sonne ist direkt über uns«, antwortete Milligan, und noch im selben Augenblick führte er sie eine Treppe hinauf in einen Keller und aus der Kellertür hinaus auf eine ruhige Straße, die von Ulmen und alten Häusern gesäumt wurde. Die Kinder konnten nicht gleich alles erkennen, ihre Augen mussten sich erst an das strahlende Sonnenlicht gewöhnen.

Und dann war Milligan verschwunden.

Durch die Kellertüren waren sie ihm noch gefolgt, da waren sie sicher, aber während Milligan mit seinem abgegriffenen Hut und der blank gescheuerten Jacke groß und aufrecht dahingeschritten war, wurden die Kinder nun plötzlich von einem gedrungenen kleinen Dicken mit dunkler Brille und leuchtend gelber Kappe begleitet.

»Wer sind *Sie* denn?«, rief Kate und nahm eine leicht gebückte Abwehrstellung ein. »Und wo ist Milligan?.

»Genau hier«, sagte der Mann müde und nahm die Sonnenbrille ab, hinter der zwei traurige meerblaue Augen zum Vorschein kamen. »Ich habe mich verkleidet.«

Die Kinder betrachteten ihn genau. Es war tatsächlich Milligan. Ohne dass sie es bemerkt hatten, hatte er sich Hut und Jacke unter das Hemd gesteckt, dass es aussah, als hätte er einen fetten Bauch. Dann hatte er offenbar eine Kappe und eine

Sonnenbrille hervorgezaubert (woher, konnten sie nicht sagen), die Schultern vorgebogen und einen runden Rücken gemacht, damit er kleiner wirkte, als er war. Es war eine bemerkenswerte Verwandlung.

»Sind Sie ein Zauberer?«, fragte Kleber.

»Ich bin niemand«, antwortete Milligan und deutete ohne weitere Erklärung über die Straße auf ein dreistöckiges Haus mit einer Steintreppe, die zur Eingangstür hinaufführte. »Wartet bitte auf den Stufen da drüben. Rhonda wird gleich bei euch sein.«

»Rhonda Kazembe?«, fragte Reynie. »Das grünhaarige Mädchen?«

Aber noch während er sprach, schlug die Kellertür zu, und Milligan war nun wirklich verschwunden.

»Glaubt ihr, dass wir heute noch irgendjemanden treffen, der *normal* ist?«, fragte Kate.

»Ich zweifle langsam daran«, sagte Reynie.

Die Kinder gingen über die Straße und traten durch das Tor in den Hof des Hauses, auf das Milligan gedeutet hatte. Es war ein sehr altes Haus aus grauem Stein und mit hohen Bogenfenstern. Das rote Ziegeldach glühte in der Nachmittagssonne. Rosen wuchsen entlang des Eisenzauns, und nahe beim Haus stand eine gigantische Ulme, die vielleicht noch älter war als das Haus selbst. Das Grün ihrer Blätter wurde von einem ersten herbstlichen Gelb verfärbt. Die mächtigen Ulmenäste warfen einen wohltuenden Schatten über den mit Efeu bewachsenen Hof und die Steintreppe, auf der sie warten sollten. Auch die Stufen waren zur Hälfte mit Efeu überwuchert und schienen ein einladender Ruheplatz zu sein. Nach den Anstrengungen des Tages setzten sich die Kinder erleichtert in den kühlen Schatten.

»Kleber«, sagte Reynie, als sie alle saßen, »ich wollte dich etwas wegen deiner Eltern fragen. Wussten sie, dass ...«

»Darüber haben wir doch schon gesprochen, erinnerst du dich nicht?«, unterbrach ihn Kleber, der sich gleich darauf an Kate wandte. »Die gelbe Frau wollte Reynie und mich an der Nase herumführen, als wir ihr sagten, dass wir telefonieren müssten. Reynie hatte Angst, dass sich seine Tutorin Sorgen macht, und bei mir waren es meine Eltern. Am Ende stellte sich heraus, dass sie bereits angerufen hatte, aber sie war ziemlich komisch. Wirklich ziemlich komisch. War es bei dir auch so?«

Eigentlich hatte Reynie fragen wollen, ob Klebers Eltern wussten, dass er »die halbe Nacht« nach dem Monk-Gebäude gesucht hatte. Aber aus irgendeinem Grund versuchte Kleber, dem Thema aus dem Weg zu gehen.

»Ich habe niemanden zum Anrufen«, sagte Kate mit einem Schulterzucken. »Meine Mutter ist gestorben, als ich noch ein Baby war, und dann, als ich zwei war, ist mein Vater davongelaufen und hat mich allein gelassen.«

Kleber machte ein trauriges Gesicht. »Oh, das ... das tut mir leid.«

»Ist schon gut«, sagte Kate leichthin. »Ich erinnere mich nicht mal mehr an meine Eltern.« Sie dachte einen Moment lang nach. »Das heißt, *eine* Erinnerung an meinen Vater habe ich doch noch.«

»Das ist eine mehr, als ich habe«, sagte Reynie. »Erzähl schon.«

»Bei uns zu Hause gab es ein Stück die Straße hinunter einen alten Mühlteich, und mein Vater ist einmal mit mir dort schwimmen gegangen. Ich war erst zwei, aber schon eine gute Schwimmerin. Das Wasser war kalt, der Tag heiß, und ich fand es wundervoll. Ich lachte und spritzte, bis ich nicht mehr konnte. Hinterher trug mich mein Vater auf den Schultern nach Hause. Ich sehe zwar sein Gesicht nicht mehr vor mir, spüre aber noch seine starken Arme, wie sie mich aus dem Wasser heben. Ich erinnere mich, dass ich ihn gefragt habe, ob wir nicht irgendwann wieder dort schwimmen gehen könnten, und er sagte: >Natürlich können wir das, Katie-Kätzchen.< Daran erinnere ich mich noch sehr gut. Er nannte mich immer >Katie-Kätzchen<.«

»Aber ihr seid nicht wieder hingegangen, oder?«, fragte Kleber, den Kates Geschichte noch trauriger gemacht zu haben schien.

»Nein, das Nächste, woran ich mich erinnere, ist das Waisenhaus, in das ich gekommen bin«, sagte Kate.

Reynie schüttelte den Kopf. »Das ist seltsam, Kate. Dein Vater ... Was du da über ihn erzählst, klingt ... Nun, es klingt ...«

»Als wäre er ein netter Kerl?«, beendete Kate seinen Satz. »Ich weiß. Ich habe das selbst oft gedacht. Aber es zeigt, dass die Menschen nicht immer sind, was sie zu sein scheinen. Oder er hat sich plötzlich verändert. Ich werde das wohl nie herausfinden.«

»Wie schrecklich«, flüsterte Kleber leise für sich.

»He, das ist schon okay«, rief Kate munter. »Das alles ist lange her. Ich hatte ein schönes Leben. Der Zirkus hat mir gutgetan.«

Reynies Augen wurden größer und er sah zu Kleber hinüber, aber der schien zu sehr in Gedanken versunken zu sein, um gehört zu haben, was Kate da gesagt hatte. Reynie sah wieder zu Kate. »Hast du gerade gesagt, der *Zirkus* habe dir gutgetan?«

»Oh ja«, sagte Kate mit einem Lachen. »Mit sieben bin ich aus dem Waisenhaus weggelaufen, um zum Zirkus zu gehen. Sie holten mich zurück, aber ich lief immer wieder weg, sooft sie mich auch einfingen. Am Ende gaben sie nach, und ich konnte bleiben, was allen eine Menge Ärger erspart hat. So habe ich also die letzten paar Jahre im Zirkus verbracht, und es hat riesigen Spaß gemacht, aber jetzt suche ich etwas Neues. Als ich die Anzeige las, habe ich meinen Zirkusfreunden >Adios< gesagt, und hier bin ich.«

»Das ist wirklich ein Leben«, sagte Reynie staunend. »Und hat dir ... Ich meine, hat dir das Zirkusleben geholfen? Hast du nie deine Eltern vermisst?« Er wollte immer wissen, wie sich andere Waisenkinder fühlten. Er hatte seine eigenen Eltern nie kennengelernt, und deshalb vermisste er sie auch nicht sonderlich, aber manchmal, wenn es regnete oder ihn andere Kinder ärgerten, wenn er nachts aufwachte und schlecht geträumt hatte und jemanden hätte brauchen können, der ihn in den Arm genommen und ihm eine Geschichte erzählt hätte, damit er wieder einschlief — nun, dann *vermisste* er seine Eltern zwar nicht wirklich, hätte aber doch gerne welche gehabt.

Kate empfand das offenbar anders. »Was gibt's da zu vermissen«, sagte sie fröhlich. »Ich erinnere mich ja nicht mal an sie. Und überhaupt, wer will schon einen Vater, der davonläuft und seine kleine Tochter im Stich lässt? Da bin ich doch lieber mit Elefanten und Clowns zusammen.« Sie runzelte die Stirn. »Kleber, was ist mit dir?«

Kleber sah sehr niedergeschlagen aus, seine großen Augen waren trauriger und trauriger geworden, so dass sein Gesicht genauso düster wirkte wie das des beklagenswerten Milligan.

Reynie legte Kleber eine Hand auf die Schulter. »He, ist alles in Ordnung?«

Kleber nickte. »Ja, ja«, sagte er wenig überzeugend. »Es tut mir nur leid wegen Kate, weißt du. Es muss schrecklich sein zu denken, dass man nicht gewollt wird.«

Kate lachte (ein bisschen verkrampft, fand Reynie) und sagte: »Hast du denn nicht zugehört, Kumpel? Ich hab dir doch gesagt, mir geht's prächtig!« Und dann erzählte sie ihnen vom Zirkus — wie es ist, an einem Trapez zu hängen, durch Feuerreifen zu springen oder als lebende Kanonenkugel durch die Luft zu fliegen. Kleber wurde langsam wieder munterer, und sie sprachen nicht mehr über Eltern.

Nachdem sie etwa eine Stunde gewartet hatten und zu stöhnen begannen, wie hungrig sie seien, öffnete sich die Tür, und Rhonda Kazembe erschien. Wenigstens glaubten sie, es sei Rhonda Kazembe. Ihr Gesicht war unverändert, auch die pechschwarze Haut. Genauso groß war sie auch noch, aber das aufgeplusterte weiße Kleid war weg, und sie hatte die langen grünen Haare nicht mehr. Stattdessen hingen ihr hübsche dunkle Zöpfchen um das Gesicht, und sie trug einen schönen blauen Pullover und Sandalen. Als sie die drei auf der Treppe sitzen sah, lachte sie vor Freude.

»Hallo, Kinder. Erinnert ihr euch an mich?«

»Rhonda, bist du das wirklich?«, fragte Kleber.

»Das hoffe ich doch«, antwortete sie. »Es sei denn, jemand hat sich einen ziemlich schlauen Trick mit mir erlaubt.«

Als Rhonda sich zu ihnen setzte und Reynie sie näher betrachtete, fiel ihm etwas auf, das ihm bis dahin entgangen war. »Du bist gar kein Kind mehr!«, rief er. »Du bist eine Erwachsene!«

»Nun«, sagte Rhonda, »eine sehr kleine, sehr junge Erwachsene, ja.«

»Ich *wusste,* dass du mit deinem komischen Aussehen etwas verbergen wolltest, aber ich dachte, es hätte mit deiner Mogelei zu tun.«

»Nein, ich wollte damit nur von meinem Alter ablenken und euch etwas verwirren.«

»Ich habe eine Idee«, sagte Kate, deren Magen laut knurrte. »Warum gibst du uns nicht einfach etwas zu essen und erklärst uns, was das alles soll?«

»Bald, Kate, sehr bald schon. Erst gibt es noch eine Aufgabe, aber danach, ob ihr sie löst oder nicht, gibt es ein gutes Abendessen. Das ist versprochen. Einverstanden?«

»Einverstanden«, sagte Kate.

»Dann lasst uns anfangen. Wenn ich es sage, geht ihr einzeln durch die Tür ins Haus. Ganz hinten im Haus ist eine Treppe. Ihr müsst so schnell wie möglich zu dieser Treppe gelangen, sie hinaufrennen und die Glocke läuten, die oben auf dem Treppenabsatz hängt. Die Geschwindigkeit ist wichtig, also trödelt nicht. Irgendwelche Fragen?«

»Ist die Aufgabe schwerer als die letzte?«, fragte Kate in herausforderndem Ton.

»Manche halten sie für ziemlich schwierig«, sagte Rhonda. »Aber ihr solltet sie alle mit geschlossenen Augen lösen können.«

»Kriegt man Angst dabei?«, fragte Kleber fast flüsternd. »Vielleicht, aber es ist nicht gefährlich«, sagte Rhonda, was Klebers Zuversicht nicht unbedingt wachsen ließ.

»Wer geht zuerst?«, fragte Reynie.

»Das ist einfach«, sagte Rhonda. »Du.«

Es war ein Tag voller Herausforderungen gewesen, die Reynie alle erfolgreich bestanden hatte, und so war er voller Zuversicht, als er durch die Tür trat. Mittlerweile wusste er, dass es den einen oder anderen Trick geben würde, und fühlte sich darauf vorbereitet.

Er fand sich in einem hell erleuchteten Raum mit tiefschwarzen Wänden wieder. Die Tür, die Rhonda gerade hinter ihm geschlossen hatte, besaß keine Klinke und war ebenfalls schwarz gestrichen. Der Raum war ziemlich winzig, vielleicht knapp zwei Meter breit und zwei Meter lang *(Kate würde es genau wissen,* dachte er), und völlig leer. Wenn er die fast unsichtbare Tür hinter ihm nicht mitrechnete, hatte der Raum drei Ausgänge, einen nach links, einen nach rechts und einen ihm gegenüber. Die Durchgänge waren offen, ohne Tür, und die Räume dahinter unbeleuchtet, so dass Reynie nicht in sie hineinsehen konnte.

Sollen wir durchs Dunkle gehen?, fragte er sich. *Das wird Kleber nicht gefallen.* Aber er dachte das nur, um sich selbst von dem Gedanken abzulenken, denn die Aussicht, sich im Finstern vorantasten zu müssen, machte ihm mehr Angst, als er sich eingestehen wollte.

»Nun«, sagte er laut, um sich Mut zu machen, »es gibt keine Zeit zu verschwenden, also los.« Er stürmte durch die Türöffnung direkt vor sich (das musste der direkte Weg in den hinteren Teil des Hauses sein), und wie durch einen Zauber schien er genau in den Raum zu kommen, den er gerade verlassen hatte: Der Raum war klein, hell erleuchtet, schwarz gestrichen, und in jeder der Wände konnte er einen dunklen Durchgang erkennen.

»Was um alles?«, sagte er, drehte sich, um hinter sich zu blicken — und fuhr verwirrt gleich noch einmal herum. Sofort bemerkte er seinen Fehler: Hätte er sich nicht gedreht, hätte er die Orientierung behalten und wüsste noch, wo vorne, rechts und links war, aber das wusste er jetzt nicht mehr. Er war in einem Irrgarten identischer Räume. Alles sah genau gleich aus.

Seine Zuversicht schmolz dahin.

Denk nach, sagte er sich. *Wenn ich in einen neuen Raum komme, geht das Licht automatisch an, und hinter mir geht es wieder aus. Aber bei den Durchgängen sind Schalter. Vielleicht bleibt das Licht an, wenn man sie betätigt. Vielleicht ist es ganz einfach.*

Als er das jedoch am nächsten Durchgang probierte, erwies sich seine Hoffnung als falsch. Was Reynie für Lichtschalter gehalten hatte, waren hölzerne Schmuckplatten. Er wollte sich schon wieder von ihnen abwenden und versuchen, zurück zum Eingang zu finden, als ihm der Gedanke kam, dass die Schmuckplatten eine Bedeutung haben könnten. Er betrachtete eine von ihnen näher. Die Platte war etwa spielkartengroß. Vier Pfeile in vier verschiedenen Farben waren in sie eingeritzt, die in unterschiedliche Richtungen wiesen. Ein blauer Pfeil deutete nach rechts, ein grüner nach links, ein geschlängelter gelber nach vorn und ein purpurner nach unten.

Natürlich, dachte Reynie und kam sich ungeheuer dumm vor, weil er die Platten für Lichtschalter gehalten hatte. Die Pfeile sollten kein Schmuck sein, sondern den Weg weisen. Aber welchem sollte er folgen? Nachdem er sich alle Platten im Raum angesehen hatte, war er kein Stück weiter. Vier Durchgänge mit je vier Pfeilen — das machte sechzehn Pfeile, denen er folgen konnte, und es schien kein System zu geben. Reynie zermarterte sich das Gehirn: Sollte er den grünen Pfeilen folgen? Im Straßenverkehr bedeutete Grün freie Fahrt. Aber vielleicht war das zu offensichtlich. Vielleicht musste man den roten Pfeilen folgen, und das war der Trick. Aber das wäre nicht fair. Was, wenn er farbenblind wäre und Rot und Grün nicht unterscheiden könnte?

Kaum dass ihm dieser Gedanke kam, hatte er die Lösung.

Er befühlte die eingeritzten Pfeile auf der Platte vor sich und lächelte. Der einzige, den man nur mit Berühren erkennen konnte, war der geschlängelte. Und was hatte Rhonda zu Kate gesagt? »Ihr solltet sie alle mit geschlossenen Augen lösen können.« Es hatte geklungen, als wollte sie ihnen Mut machen. Dabei hatte sie ihnen einen Hinweis gegeben: Selbst im Dunkeln, selbst mit geschlossenen Augen konnte Reynie auf den Platten den geschlängelten Pfeil erkennen.

Um sich zu versichern, lief er durch den Raum und überprüfte die einzelnen Platten, und tatsächlich: Während die anderen Pfeile keinem besonderen Muster folgten, deuteten die geschlängelten gelben alle auf denselben Durchgang, den, dessen geschlängelter Pfeil nach vorn zeigte. Reynie holte tief Luft, hoffte auf das Beste und lief los. Der nächste Raum war wieder genau gleich, aber diesmal wiesen die gelben Pfeile nach rechts, und er folgte ihnen.

Als er durch zehn Räume gekommen war, hatte Reynie keine Ahnung mehr, wo im Haus er sich befand. Er hätte leicht wieder vorne in der Nähe der Eingangstür sein können, ohne es zu wissen. Vielleicht war er aber auch in der Mitte des Irrgartens. Und da die Wände alle schwarz waren, würde er in völliger Finsternis stehen, wenn das Licht ausginge. Ob sie das Licht tatsächlich irgendwann ganz ausmachten, als Teil der Prüfung?

Der Gedanke verschaffte ihm ein ungutes Gefühl im Magen. Aber noch bevor er sich wirklich Sorgen machen konnte, stolperte er in ein Treppenhaus. Mit einem Triumphschrei rannte er die Treppe hinauf bis auf einen schmalen Absatz, fand die bronzene Glocke, von der Rhonda gesprochen hatte, und läutete sie.

Er hörte, wie schnelle Schritte eine Treppe herunterkamen, eine Tür öffnete sich, und die Bleistiftfrau trat hervor. Sie hielt eine Stoppuhr in der Hand, sah genau darauf und sagte: »Sechs Minuten und vierzehn Sekunden.«

»Ist das gut?«, fragte Reynie.

Ohne darauf zu antworten, sagte die Frau: »Bitte schließe die Augen und bleibe ruhig stehen.«

Etwas an dieser Aufforderung verursachte Reynie Unwohlsein. War er so schlecht gewesen? Sollte sein Mut damit geprüft werden? Er tat, wie ihm geheißen, schloss die Augen und verhielt sich so ruhig, wie er konnte.

»Warum zuckst du so?«, fragte die Bleistiftfrau.

»Ich weiß nicht. Aus Angst, dass Sie mich schlagen könnten.«

»Was für ein Unsinn! Dazu müsstest du die Augen nicht schließen, das ginge auch so. Ich lege dir nur eine Augenbinde um.«

Nachdem sie das getan hatte, führte sie Reynie die Treppe wieder hinunter. Mit der Hand auf seiner Schulter brachte sie ihn zurück in den ersten Raum des Irrgartens, wo sie ihm die Binde wieder abnahm. Sie drückte auf die Stoppuhr und sagte: »Bitte läute die Glocke noch einmal.«

Diesmal war es einfach. Reynie trabte durch die Räume, sah auf die Platten und hatte schon nach wenigen Minuten ein zweites Mal die Glocke geläutet. »Genau drei Minuten«, sagte die Bleistiftfrau und führte ihn eine weitere Treppe hinauf in eine Art Wohnzimmer, wo sie ihn auf ein Sofa setzte.

»Heißt das, dass ich die Prüfung bestanden habe?«

»Wir haben dich gebeten, den Irrgarten noch einmal zu durchqueren, um zu sehen, ob du das Rätsel tatsächlich gelöst hast. Wir mussten uns versichern, dass du die Treppe nicht einfach nur aus Glück gefunden hast. Wer das Geheimnis entschlüsselt, sollte beim zweiten Mal weit schneller sein als beim ersten Mal. Das warst du. Du scheinst also das Rätsel gelöst zu haben. Deshalb hast du die Prüfung bestanden. Deshalb ...« Sie unterbrach sich, nahm einen Keks aus ihrer Tasche und aß ihn schnell auf, ganz so, als hätte sie seit Tagen nichts gegessen und könnte nicht eine Sekunde mehr warten.

Reynie neigte den Kopf neugierig zur Seite. »Aber warum der ganze Umstand, wo Sie mich doch einfach hätten fragen können? Ich hätte Ihnen die Lösung doch *sagen* können.«

»Du wärst überrascht, wie wenige Kinder das erst gesagt haben«, antwortete die Bleistiftfrau und wandte sich der Tür zu.

»Sie meinen, Sie wollten wissen, ob es mir auffallen würde?«

Die Bleistiftfrau zwinkerte ihm zu. »Und jetzt wissen wir es, stimmt's?«

Darauf eilte sie hinaus und ließ Reynie allein. Der gewöhnte sich langsam an ihr plötzliches Auftauchen und Verschwinden. Trotzdem war es merkwürdig, hier in diesem fremden Haus so ganz allein auf dem Sofa zu sitzen. Er sah sich um. Die Wände waren voller Bücher, viele davon in Sprachen, die er nicht kannte. In einer Ecke stand ein altes Klavier, in einer anderen ein wunderbarer grüner Globus. Reynie ging zu ihm hin, um ihn sich anzusehen. Wenn die anderen so lange mit dem Irrgarten brauchten wie er, würde es noch einige Minuten dauern, bis er Gesellschaft bekam. Da konnte er sich gut etwas die Zeit vertreiben.

Aber er hatte den Globus kaum ein Stückchen gedreht (und noch nicht einmal nach Stonetown Harbour suchen können), als er draußen auf dem Treppenabsatz bereits die Glocke läuten hörte. Sie läutete und läutete, sehr laut, und wollte gar nicht wieder aufhören. Er nahm an, dass Kate nach ihm gekommen war, und tatsächlich führte die Bleistiftfrau kurz darauf Kate ins Zimmer. Kate grinste über das ganze Gesicht. Die Bleistiftfrau hielt sich eine Hand vor die Stirn, als hätte sie Kopfschmerzen von dem heftigen Läuten.

»Muss sie nicht noch ein zweites Mal durch den Irrgarten?«, fragte Reynie überrascht.

»Sinnlos«, sagte die Bleistiftfrau und ließ die Kinder allein.

»Was meinst du mit *ein zweites Mal?«,* fragte Kate.

»Ich musste zweimal durch den Irrgarten, um zu beweisen, dass ich das Rätsel tatsächlich gelöst habe. Aber du warst so schnell, ich glaube, noch schneller wäre es gar nicht gegangen.«

»Nicht wenn ich meinen Eimer dabeihabe«, sagte Kate.

Nachdem er das alles ein paarmal in seinem Kopf hin und her gewendet hatte, gab Reynie auf und sagte: »Okay, was hat dein Eimer damit zu tun?«

»Nun, natürlich habe ich sofort erkannt, dass es sich um einen Irrgarten handelt, und ich wusste, ich musste auf die andere Seite des Hauses. Also habe ich nach dem Heizungskanal gesucht ...«

»Dem Heizungskanal?«

»Klar. Und im Boden vom ersten Raum war praktischerweise auch gleich eine Abdeckung, also habe ich sie mit dem Schraubenzieher von meinem Taschenmesser entfernt und mich in den Kanal geschoben. Es war ganz schön eng, das sage ich dir, ich musste mir den Eimer an den Fuß binden und ihn hinter mir herziehen. Diese alten Kanäle verlaufen überall im Haus, aber der Hauptkanal führt mehr oder weniger direkt nach hinten. Mit der Taschenlampe in der einen und dem Messer in der anderen Hand bin ich also unten durchgekrochen, habe die Abdeckung am anderen Ende aufgedrückt und stand neben der Treppe. Leider musste ich die Abdeckung etwas verbiegen, und vielleicht ist mir der alte Gelbrock deshalb böse.«

»Ich wette, das vergibt sie dir.«

»Meinst du nicht auch? Nicht, dass es schwer zu reparieren wäre. Es ist eine ganz einfache Abdeckung. He, das ist aber ein toller Globus.«

Eine Weile vertrieben sie sich die Zeit damit, Orte auf dem Globus zu finden, aber irgendwann hatten sie genug davon. Kleber Washington war immer noch nicht aufgetaucht. Kate ging zum Klavier und versuchte, darauf zu spielen. Die Tasten machten keine Töne. Zusammen hoben sie den Klavierdeckel an und sahen ins Innere. Die Saiten waren entfernt worden, und an ihrer Stelle befanden sich noch mehr Bücher.

»Die Leute hier scheinen ziemlich viel zu lesen«, sagte Kate. »Aber das macht nichts, ich kann sowieso nur den Flohwalzer.«

Fast zwanzig Minuten waren vergangen, und immer noch gab es kein Zeichen von Kleber. Kate ging die Dinge in ihrem Eimer durch und versicherte sich, dass alles am richtigen Platz lag. Sie hatte eine Anordnung gefunden, die sicher war und alles leicht greifbar machte, und achtete sehr darauf, dass sie nicht durcheinandergeriet. Kate gehörte zu den Menschen, die am liebsten immer etwas zu tun hatten, wie Reynie feststellte. Mit Muße konnte sie kaum etwas anfangen. Das erinnerte Reynie an etwas, das er sie hatte fragen wollen: »Weißt du, Kate, mir geht die ganze Zeit schon etwas durch den Kopf. Du hast doch gesagt, du trägst all die Sachen in deinem Eimer mit dir herum, weil sie nützlich sind, stimmt's?«

»Genau«, sagte Kate.

»Wozu dann das Kaleidoskop? Es mag ja schön sein, hineinzusehen, aber ist es auch nützlich?«

Kate hielt inne und sah Reynie fragend an, dann nickte sie. »Okay, ich denke, ich kann dir trauen. Das kann ich schon sagen. Ich verrate dir also das Geheimnis.« Sie holte das Kaleidoskop aus dem Eimer, zog die bunte Prismenlinse herunter, und Reynie konnte sehen, dass darunter eine ganz andere Linse zum Vorschein kam.

»Das Kaleidoskop ist ein getarntes Fernrohr«, erklärte Kate. »Es ist ein gutes Fernrohr, und ich will nicht, dass es mir einer klaut. Das Kaleidoskop dagegen ist sehr schlecht. Ich glaube nicht, dass sich da jemand in Versuchung geführt fühlen könnte.«

Die Idee, ein gutes Fernrohr als ein schlechtes Kaleidoskop zu tarnen, brachte Reynie zum Lachen. »Das ist toll!«, rief er.

Kate war nicht sicher, warum Reynie lachte, aber sie war eine gesellige Person und stimmte bald schon in sein Lachen mit ein. Nachdem Reynie sich das Fernrohr ausführlich angesehen hatte, verstaute Kate es wieder in ihrem Eimer und ließ sich aufs Sofa sinken. »Glaubst du, Kleber kommt je da durch? Mir gefällt's hier ja bestens, aber ich sterbe vor Hunger.«

Wie zur Antwort auf ihre Frage läutete die Glocke — nur einmal und sehr leise, als hätte Kleber mit den Fingerspitzen dagegengeklopft. Durch die geschlossene Tür hörten sie die

Bleistiftfrau in ihrer brüsken Weise reden und darauf ein verlegenes Murmeln, das Klebers Antwort sein musste. Einen Moment später war es wieder still. Noch einmal warteten sie.

»Es sollte jetzt nicht mehr lange dauern«, sagte Reynie. »Es ist einfach, wenn man das Rätsel erst einmal gelöst hat. Ich habe beim zweiten Mal nur drei Minuten gebraucht.«

Drei Minuten vergingen. Dann vier, dann fünf. Erst nach fast einer Viertelstunde läutete die Glocke wieder, genauso leise wie zuvor. Bald darauf öffnete sich die Tür, und Kleber trat ins Zimmer. Die Bleistiftfrau war direkt hinter ihm. Kleber schenkte Kate und Reynie ein breites Lächeln, nicht so sehr, weil er die Prüfung hinter sich gebracht hatte, sondern weil er erleichtert war, nicht mehr allein zu sein.

»Ich gratuliere«, sagte die Bleistiftfrau. »Ihr habt die Prüfung alle bestanden.«

Die Kinder jubelten und schlugen sich gegenseitig auf die Schultern, und als sie mit der Jubelei fertig waren, stellten sie fest, dass die Bleistiftfrau schon wieder verschwunden war.

»Sie haut unglaublich gern einfach so ab«, sagte Kate. »Ich habe noch nie jemanden gesehen, der so oft verschwindet. Ich nehme an, sie erwartet von uns, dass wir wieder warten.«

»Vielleicht kommt Rhonda, um uns zu holen«, sagte Reynie.

»Hoffentlich. Sonst muss ich eines von den Büchern hier essen. Kleber, warum hast du nur so lange gebraucht? Wusstest du nicht, wie hungrig ich bin?«

Kleber schien nahe daran, in Tränen auszubrechen. Er wollte gerade seine Brille herunternehmen, als er sah, dass Kate ihn nur aufzog. Da lächelte er und zuckte mit den Schultern. »Ich musste zweimal durch den Irrgarten.«

»Reynie auch. Aber er sagt, es gibt eine Art Geheimnis, wie man schneller durchkommt. Warum hast du also auch beim zweiten Mal so lange gebraucht?«

»Ich war etwas schneller«, protestierte Kleber. »Von was für einem Geheimnis redet ihr da?«

»Wie man durch den Irrgarten findet«, sagte Reynie. »Du weißt schon, die Pfeile.«

»Pfeile? Du meinst die auf den Platten?«

Reynie sah Kate erstaunt an, aber Kate sagte: »Sieh mich nicht so an. Ich weiß nichts über irgendwelche Pfeile. Ich hab eine Abkürzung genommen, hast du das schon vergessen?«

»Stimmt«, sagte er. »Aber Kleber, wenn du den Pfeilen nicht gefolgt bist, wie hast du dann die Treppe gefunden?«

Kleber scharrte mit den Füßen. »Ich habe einfach eine Tür nach der anderen probiert, bis ich endlich an der Treppe war. Es war reines Glück.«

»Und beim zweiten Mal warst du schneller? Das war dein eigentliches Glück, würde ich sagen.«

»Oh nein, das war leicht«, sagte Kleber. »Ich habe mich einfach erinnert, wie ich das erste Mal gegangen bin: erst rechts, dann links, dann geradeaus und immer so weiter, bis ich wieder an der Treppe war, und dabei brauchte ich keine Zeit damit zu vergeuden, mir wegen der Platten und Pfeile den Kopf zu zerbrechen oder mir Sorgen zu machen, was passieren würde, wenn sie das Licht ausmachten. Ich bin einfach genauso wie beim ersten Mal gelaufen.«

»Genauso ...?«, begann Kate und schüttelte den Kopf. »Das ist unglaublich.«

Reynie nickte. »Da hast du den schwierigen Weg gewählt, Kleber.«

»Was wäre der einfache gewesen?«

»Den geschlängelten Pfeilen zu folgen.«

»Oh«, sagte Kleber nachdenklich. »Wenn ich das gewusst hätte.«

DER ÄRGER MIT KINDERN ODER WARUM WIR SIE BRAUCHEN

Das Abendessen wurde in einem gemütlichen Esszimmer serviert, dessen Wände mit Bücherregalen bedeckt waren und von dem aus man in den Hof hinaussehen konnte. Rot gefiederte Vögel zwitscherten in der Ulme vor dem geöffneten Fenster, und eine sanfte Brise wehte durch den Raum. Die Kinder waren in bester Stimmung, nachdem sie sämtliche Prüfungen bestanden und endlich zu essen bekommen hatten. Rhonda Kazembe hatte ihnen bereits Tomatensuppe und getoastete Käsesandwiches gebracht, die sie mit Heißhunger verschlungen hatten. Jetzt kam sie mit einer großen Schüssel Früchte, und als die Kinder glücklich nach Bananen, Weintrauben und Birnen griffen, setzte sie sich zu ihnen.

»Es gehörte alles zur Prüfung, wisst ihr? Hungrig und nervös zu sein. Es war wichtig zu sehen, wie ihr euch verhaltet, wenn andere Kinder Doughnuts bekommen und ihr nicht, und wie gut euer Verstand arbeitet, wenn ihr müde und durstig seid. Ich muss sagen, ihr habt alle bestens abgeschnitten. Wirklich bestens.«

Kleber, der immer noch Bedenken wegen seiner Leistung im Irrgarten hatte, sagte: *»Bestens* würde ich nicht sagen. Ich habe weder die Pfeile verstanden noch eine Abkürzung gefunden. Ich bin einfach nur wie ein Trottel herumgeirrt.«

»Du musst deine Leistung nicht kleiner machen, als sie ist«, sagte Rhonda. »Ich glaube, dass nur sehr wenige Leute beim zweiten Mal ganz genau den gleichen Weg wie beim ersten Mal gefunden hätten. Du bist mehr als hundertmal abgebogen!«

»Ich bezweifle, dass ich das geschafft hätte«, sagte Reynie.

»Ich *weiß,* dass ich es nicht geschafft hätte«, sagte Kate mit dem Mund voller Weintrauben.

Kleber senkte den Kopf.

»Und du bist auch nicht der Erste, der Probleme mit dem Irrgarten hatte«, sagte Rhonda. »Als ich das erste Mal durchmusste, habe ich mich fürchterlich verlaufen.«

»Du hast dich im Irrgarten verlaufen?«, fragte Kleber. Die anderen spitzten die Ohren.

»Oh ja, vor vielen Jahren, als ich die Prüfung gemacht habe. Ich dachte, ich wäre sehr schlau, weil ich sofort begriff, dass ich in einem Irrgarten mit identischen Räumen war. Ich spüre solche Dinge oft. Nun, dachte ich, wenn jeder Raum drei Ausgänge hat und ich immer den rechten nehme, dann bin ich in null Komma nichts auf der anderen Seite. Aber natürlich hatte Mr Benedict auch daran gedacht.«

»Wer ist Mr Benedict?«, fragte Reynie.

»Mr Benedict ist der Grund, aus dem ihr hier seid. Ihr werdet ihn nach dem Essen kennenlernen.«

»Und wie ist es dir dann im Irrgarten ergangen?«, fragte Kate.

»Nun, wer es so wie ich probiert, kommt nach etwa sechs Räumen in eine Sackgasse, und damit ist der schlaue kleine Plan geplatzt. Ich war so enttäuscht, dass ich gar nicht erst anfing, über die Platten nachzugrübeln. Stattdessen bin ich einfach eine Weile den grünen Pfeilen gefolgt, schließlich steht Grün für freie Fahrt. Als das nicht funktionierte, versuchte ich es mit den roten, und als ich endlich auf die Lösung kam, war fast eine Stunde um.«

»Aber du hast trotzdem bestanden?«, fragte Kleber, dem es guttat zu hören, dass noch jemand Probleme mit dem Irrgarten gehabt hatte.

»Natürlich hat sie bestanden«, sagte die Bleistiftfrau, die in diesem Moment ins Zimmer kam. »Rhonda war das begabteste Kind, das je an der Prüfung teilgenommen hat. Sie war bei allen anderen Aufgaben so gut, dass es egal war, wie sie durch den Irrgarten kam.«

»Rede keinen Unsinn«, sagte Rhonda. »Wenn du nicht das begabteste Kind warst, das je Mr Benedicts Prüfung absolviert hat, bin ich die Königin von England.«

Darauf wurden die Wangen der Bleistiftfrau so rot wie ihr Haar.

Wie er bereits zugegeben hatte, geriet Kleber oft durcheinander, wenn er aufgeregt war, und in diesem wilden Wechselspiel von Rätseln und Enthüllungen vermochte er kaum mehr geradeaus zu denken, und so wandte er sich an Rhonda und fragte: »Was hast du eben über die Königin von England gesagt? War das ein Rätsel?«

Rhonda lachte. »Das war nur ein Witz, Kleber. Ich bin wohl kaum eine Königin und komme schon gar nicht aus England. Ich stamme aus einem Land, das Sambia heißt, und bin nach Stonetown gekommen, als ich noch ein kleines Kind war.«

»Sambia? Dann sprichst du also Bemba oder eine andere Bantusprache?«

»Bemba?«, antwortete Rhonda verblüfft. »Woher um alles in der Welt weißt du das? Sprichst du Bemba?«

»Oh nein, ich bin sicher, das könnte ich nicht. Ich kann die meisten Sprachen lesen, aber es fällt mir schwer, etwas anderes als Englisch zu sprechen. Ich kriege meine Zunge nicht dazu zu tun, was sie tun sollte.«

Rhonda lächelte. »Ich kann es selbst kaum mehr. Es ist so lange her.« Sie sah ihn bedeutungsvoll an. »Man trifft sehr selten jemanden, der weiß, welche Sprachen man in Sambia spricht, und noch seltener jemanden, der sie lesen kann.«

»Kleber weiß sehr viele Dinge«, sagte Reynie.

»Ich wünschte, er könnte uns sagen, wann wir diesen Mr Benedict treffen sollen«, sagte Kate. »Es war ein ziemlich langer Tag, und ich wüsste zu gern, was das alles bedeutet.«

Bestürzt schlug sich die Bleistiftfrau mit der Hand vor die Stirn. »Oh, ich bin ein bisschen durcheinandergeraten und habe ganz vergessen, warum ich gekommen bin. Ich sollte euch sagen, dass Mr Benedict bereit ist, euch zu empfangen. Er wartet in seinem Arbeitszimmer.«

»Was ist mit der anderen?«, fragte Rhonda Kazembe.

»Da gibt es offensichtlich eine Verzögerung. Mr Benedict sagt, er möchte diese Kinder jetzt sehen, und sie kommt dazu, wann immer sie kommt.«

Die Kinder wollten wissen, wer das andere Mädchen war, aber es gab keine Zeit mehr für Fragen. Rhonda und die Bleistiftfrau schoben die Kinder bereits aus dem Zimmer und halb den Korridor hinunter in das Arbeitszimmer von Mr Benedict.

Wie alle anderen Räume in dem alten Haus war auch Mr Benedicts Zimmer voll mit Büchern — Büchern auf Regalen, die bis zur Decke hochwuchsen, Büchern auf Stapeln, die sich auf dem Boden drängten, Büchern, auf denen ein Blumentopf mit einem Veilchen balancierte, das unbedingt gegossen werden musste. Vor einem Eichentisch standen vier Stühle, auf denen natürlich auch Bücher lagen. Rhonda und die Bleistiftfrau räumten sie für die Kinder leer. Auf dem Tisch selbst türmten sich ebenfalls Bücher, und manche der Türme schienen kurz davor umzustürzen. Die Kinder setzten sich auf ihre Plätze und sahen sich um. Außer den Büchern, den Möbeln und dem Veilchen war nichts und niemand zu sehen.

»Ich dachte, Sie hätten gesagt, er wartet hier auf uns«, sagte Kate.

»Das tue ich auch«, sagte eine Stimme, und hinter dem Tisch mit den hochgetürmten Bücherstapeln kam ein bebrillter, grünäugiger Mann in einem grün karierten Anzug hervor. Sein dickes weißes Haar war zerzaust und strubbelig und seine Nase ziemlich groß und knubbelig wie eine Gemüseknolle. Offensichtlich hatte er sich vor Kurzem erst rasiert, allerdings schien er es ohne Spiegel getan zu haben, denn hier und da auf Hals und Wangen sah man, dass er sich geschnitten hatte, und die vereinzelten längeren weißen Stoppeln markierten die Stellen, an die er gar nicht erst gekommen war. Das also war Mr Benedict.

Mit einem freundlichen Lächeln kam Mr Benedict um den Tisch herum und stellte sich den Kindern vor, schüttelte ihre Hände und nannte sie bei ihren Namen. Rhonda Kazembe und die Bleistiftfrau hatten ihn in die Mitte genommen und blieben dicht bei ihm. Auch als er zurücktrat und sich gegen den Tisch lehnte, folgten ihm die beiden Frauen und standen eng neben ihm. Mit aufmerksamer Miene verfolgten sie seine Bewegungen, als seien sie besorgt darüber, was er als Nächstes tun könnte. Es war sehr merkwürdig und ein wenig beängstigend.

»Zuerst, Kinder, möchte ich euch gratulieren«, sagte Mr Benedict. »Ihr alle wart heute großartig. Es gibt natürlich viel zu erklären, aber ich fürchte, die Erklärungen müssen noch ein wenig warten, bis die Vierte im Bunde zu uns gestoßen ist.« Er holte eine Taschenuhr hervor, sah nach der Zeit und seufzte. Zur Bleistiftfrau gewandt sagte er: »Nummer Zwei, gibt es irgendeine Nachricht von Milligan über unsere fehlende Freundin?«

»Noch nicht«, antwortete die Bleistiftfrau. »Aber er sagte, es werde nicht mehr lange dauern.«

»Würden Sie bitte nach ihnen sehen? Ich möchte sicher sein, dass sie etwas zu essen bekommt.«

Die Bleistiftfrau sah ihn zweifelnd an.

»Ich komme schon zurecht«, sagte er. »Rhonda ist ja hier.«

Die Bleistiftfrau nickte unsicher und wandte sich der Tür zu.

»Haben Sie gerade Nummer Zwei gesagt?«, fragte Kate. »Sie zieht es vor, wenn wir ihren Code-Namen verwenden«, erklärte Rhonda. »Ihr eigentlicher Name macht sie verlegen. Wozu wirklich kein Grund besteht, wenn ihr mich fragt. Es ist ein absolut normaler Name.«

»Ob es Gründe dafür gibt oder nicht: Für uns alle gibt es Dinge, die uns verlegen machen«, sagte Mr Benedict mit einem bedeutungsvollen Blick auf Kleber, der sich gleich daranmachte, seine Brille zu putzen.

Kate und Reynie warfen einander rätselnde Blicke zu. Warum hatte sich Nummer Zwei so unwohl gefühlt, als sie gehen und Mr Benedict mit ihnen allein lassen sollte? Und was bedeuteten diese Code-Namen?

»Ich weiß, ihr habt viele Fragen«, sagte Mr Benedict, »und einiges mag ich euch schon beantworten können, obwohl anderes erst später kommen kann. Was habt ihr auf dem Herzen?«

»Ich würde gern wissen, auf wen wir warten«, sagte Kate.

»Das kann ich beantworten. Das Mädchen heißt Constance Contraire und hat genau wie ihr an der Prüfung teilgenommen. Ich muss sagen, sie hat uns alle ziemlich überrascht. Ein höchst amüsantes Kind. Rhonda, wie viele Bleistifte, sagtest du, hatte sie heute Morgen dabei?«

»Siebenunddreißig«, sagte Rhonda mit einem Kopfschütteln. »Wir sagen ihr, sie soll einen mitbringen, und sie hat siebenunddreißig dabei.«

»Woher wissen Sie das?«, fragte Kleber.

Rhonda zuckte mit den Schultern. »Sie hat es mir selbst gesagt. Erinnerst du dich an das Abflussgitter? Constance kam, um mir zu helfen, aber anstatt zu versuchen, den Bleistift aus dem Kanal zu holen, öffnete sie einfach ihren Regenmantel. Ihre Taschen waren übervoll mit Bleistiften. *Siebenunddreißig,* sagte sie. *Bedien dich.*«

»Aber war das nicht gemogelt?«, sagte Kate. »Musste sie da nicht ausscheiden?«

»Es war sicherlich ein Risiko«, sagte Mr Benedict. »Aber sie wollte die Antworten nicht, die Rhonda ihr anbot, und die Prüfung bestand nicht darin zu sehen, ob ihr alle nur einen Bleistift dabeihattet. Der Stift selbst war völlig belanglos.«

Reynie wollte noch etwas wissen. »Warum hatte sie einen Regenmantel an? Es war heute doch sonnig.«

»Du hörst gut zu«, sagte Mr Benedict mit einem Nicken. »Das wird dir noch nützen — wird uns allen noch nützen, wage ich zu sagen. Was den Regenmantel angeht, so glaube ich, dass sie ihn trug, um die Bleistifte zu verstecken.«

»Aber *warum* hatte sie so viele Bleistifte dabei?«, sagte Kate. »Das ist doch lächerlich!«

»Wenn dich so etwas amüsiert, Kate«, sagte Mr Benedict, »werden dir auch einige ihrer Prüfungsantworten gefallen. Lass mich mal sehen, ich glaube, ich habe sie hier.« Er verschwand hinter dem Tisch, dicht gefolgt von Rhonda, die aufmerksam zusah, wie er in seinen Papieren herumwühlte. Die Kinder konnten gerade noch seine zerzausten Haare erkennen, während er suchte.

»Ah, hier sind sie«, sagte er und kam wieder um den Tisch herum. Genau wie vorher stellte sich Rhonda direkt neben ihn. Er überflog die Seiten. »Oh, das hier ist schlau. Erinnert ihr euch an die Frage in der ersten Prüfung: >Was stimmt mit dieser Feststellung nicht?< Wisst ihr, was Constance geantwortet hat? >Was stimmt mit *Ihnen* nicht?«< Mr Benedict brach in Lachen aus, ein schnelles, stotterndes Quietschen, mit dem er fast wie ein Delfin klang.

Die Gesichter der Kinder zogen sich verwirrt in Falten. »Und die hier«, sagte Mr Benedict. »Erinnert ihr euch an die? Das Bild mit dem Schachbrett, auf dem nur ein Bauer aus der Anfangsposition gerückt war, und die Frage lautete: ›Ist diese Position nach den Schachregeln möglich?‹ Constance schreibt dazu als Antwort: ›Regeln und Gesetze hab ich so gern wie Krätze — wer mich nach solchen Regeln fragt, wird schnellstens aus dem Stall gejagt!‹«

Wieder lachte Mr Benedict sein Delfinlachen. Diesmal konnte er gar nicht mehr aufhören, sondern lachte lauter und lauter, bis ihm Tränen über die Wangen liefen. Und dann, ohne jede Vorwarnung, schlossen sich seine Augen, das Kinn sank ihm auf die Brust und er war eingeschlafen.

Rhonda sprang vor und fing die Brille auf, die ihm von der Nase fiel. Glücklicherweise hatte sich Mr Benedict gegen den Tisch gelehnt, so dass beim Einschlafen nur sein Oberkörper ein wenig vorwippte und er nicht auf den Boden fiel. Dennoch fasste ihn Rhonda um die Taille und sagte: »Schnell, bringt mir einen Stuhl.«

Kate sprang auf die Füße und schob ihren Stuhl hinüber. Rhonda setzte Mr Benedict vorsichtig darauf und brachte seinen Kopf in eine bequeme Position. Mr Benedicts Atem ging in ein sanftes Schnarchen über, als schliefe er schon seit Stunden.

Reynie, der sich von seiner Überraschung erholt hatte, begriff endlich, warum Rhonda und Nummer Zwei die ganze Zeit so nahe bei Mr Benedict geblieben waren: Wenn er öfter einfach so einschlief, fiel er sicher leicht hin und tat sich böse weh.

»Ist alles in Ordnung mit ihm?«, flüsterte Kleber.

»Oh ja, es geht ihm gut«, sagte Rhonda. »Er wacht jeden Moment wieder auf. Er schläft selten länger als ein oder zwei Minuten.«

Und tatsächlich, noch während sie sprach, öffneten sich Mr Benedicts Augen wieder. Mit einem Ruck stand er von seinem Stuhl auf und sagte: »Ah!« Er zog seine Taschenuhr hervor, blinzelte mit den Augen, um die Zeit zu entziffern, und berührte seine Nasenwurzel, als suche er nach etwas. »Ich fürchte, ohne meine Brille kann ich nicht weiterlesen.«

»Hier«, sagte Rhonda und gab sie ihm.

»Danke.« Nachdem er die Brille wieder aufgesetzt hatte, sah Mr Benedict noch einmal auf seine Uhr und nickte befriedigt. »Nur ein paar Augenblicke, das ist gut. Ich hätte euch nur ungern länger warten lassen.« Er gähnte einmal wild und fuhr sich mit der Hand durch die Haare, so wie es viele Menschen tun, wenn sie gerade aufgewacht sind. Deshalb waren sie wahrscheinlich so verstrubbelt.

»Da ist noch etwas, das ich euch erklären muss«, sagte Mr Benedict. »Ich leide an etwas, das man Narkolepsie nennt. Sagt euch das etwas?«

»Sicher, das ist eine Störung, die durch kurz andauernde, unvermittelte und unkontrollierbare Tiefschlafanfälle gekennzeichnet ist«, sagte Kleber und zog gleich darauf verlegen den Kopf ein. »So ähnlich steht es wenigstens im Lexikon.«

»Das Lexikon hat recht, auch wenn die Störung verschiedene Formen annimmt. Bei mir werden die Anfälle gewöhnlich von starken Gefühlen hervorgerufen. Deshalb versuche ich, immer möglichst ruhig zu bleiben, und trage grün karierte Anzüge. Ich habe vor Jahren festgestellt, dass sie einen beruhigenden Einfluss auf mich ausüben. Dennoch muss ich mir von Zeit zu Zeit ein herzliches Lachen erlauben, meint ihr nicht auch? Was wäre das Leben ohne Lachen?«

Die Kinder nickten unsicher.

»Also gut, wo waren wir stehen geblieben? Ah ja, Constance. Ich nehme an, ihr fandet ihre Antwort nicht so amüsant wie ich. Andererseits bin ich nicht sicher: Habt ihr vielleicht gelacht, als ich schlief?« Er sah sie hoffnungsfroh an, erntete aber eher fragende Blicke. »Verstehe. Nun, vielleicht findet ihr das hier lustiger: Statt die Fragen des zweiten Teils zu beantworten, hat sie ein langes Gedicht über die Absurdität von Fragen und Regeln geschrieben, besonders über den fehlenden vierten Schritt, der sie an die Löcher in Doughnuts erinnert zu haben scheint, denn die sind das Thema eines zweiten Gedichts. Es ärgert sie offenbar sehr, dass wirklich alle Doughnuts ein Loch in der Mitte haben. Sie hat das Gefühl, das ist Diebstahl. Ich entsinne mich eines besonders glücklichen Reims mit >Teiges beraubt< und >mehlverstaubt<. Lasst mal sehen, wo stand der noch? Ich habe das hier doch ...« Wieder blätterte er durch die Bögen in seiner Hand.

»Entschuldigen Sie«, sagte Kleber. »Sir? Wie kann das Mädchen alle Prüfungen bestanden haben, wenn sie nicht eine der Fragen beantwortet hat? Ich meine, wenn sie es nicht mal versucht hat?«

»Es gibt *solche* und *solche* Prüfungen«, sagte Mr Benedict.

»Entschuldigung?«

»Es wird gleich alles aufgeklärt werden, Kleber. Ah, da sind sie ja endlich.«

Die Tür öffnete sich, und herein kamen Nummer Zwei, die ziemlich verärgert wirkte, der trübsinnige Milligan — und die sehr, sehr kleine Constance Contraire.

Es dauerte einen Augenblick, bis die Kinder überhaupt sahen, dass Constance bei Nummer Zwei und Milligan war. Ihre Augen mussten ein ganzes Stück von Milligans traurigem Gesicht nach unten wandern, bis sie den Blick des Mädchens auffingen. Constance war wirklich sehr klein und plump, so dass sie fast die Form eines alten Feuerhydranten hatte (die Ähnlichkeit wurde durch ihren roten Regenmantel und die rosaroten Wangen noch verstärkt). Reynie dachte zuerst, er müsste Mitleid mit ihr haben, denn es war sicher nicht leicht, so viel kleiner als alle anderen Kinder zu sein. Aber dann warf Constance ihm einen zornigen Blick zu, als hätte sie etwas gegen ihn, und das Mitleid versiegte.

Nummer Zwei half Constance auf einen der Stühle (er war nicht besonders hoch, aber Constance brauchte dennoch Hilfe). »Anstatt den Irrgarten zu beenden«, sagte Nummer Zwei, »hat sich Constance eine ruhige Ecke gesucht, um ein Picknick zu veranstalten. Es war nicht leicht für Milligan, sie zu finden.«

»Ich entschuldige mich nicht«, sagte Constance.

»Niemand hat das von dir verlangt«, sagte Mr Benedict. »Es freut mich zu hören, dass du etwas zu essen bekommen hast. War dein Picknick gut? Hast du genug gegessen?«

»So gerade.«

»Sehr gut. Danke, Milligan.«

Mit einem Nicken zog sich der unglückliche Mann den Hut ins Gesicht und verließ das Arbeitszimmer. Nummer Zwei nahm unterdessen ihre Position neben Mr Benedict wieder ein, der den anderen Kindern zuerst Constance vorstellte (die ihnen so griesgrämige Blicke zuwarf, dass niemand die Hand ausstreckte, um sie zu begrüßen) und dann endlich mit seinen Erklärungen begann.

»Meine jungen Freunde«, sagte er, und sein Gesicht wurde ganz feierlich, »lasst mich endlich zur Sache kommen. Ich wünschte, ich könnte sagen, dass ihr nach bestandener Prüfung nun eine angenehme Zeit des Lernens vor euch habt. Aber im Gegenteil, was ich euch zu sagen habe, ist äußerst unangenehm, wirklich *äußerst* unangenehm.«

Die Kinder zogen verwirrt die Stirnen kraus. Machte Mr Benedict Witze? Er wirkte absolut ernst. Vielleicht war das wieder eine Prüfung, um zu testen, wie stark ihr Wille war weiterzukommen.

»Seit Jahren«, fuhr Mr Benedict fort, »führe ich nun diese Prüfungen durch und habe immer gehofft, eine Kindermannschaft bilden zu können, die mir bei einem wichtigen Projekt hilft. Ihr wisst möglicherweise, dass auch Rhonda vor einigen Jahren die Prüfung gemacht hat, genau wie Nummer Zwei. Ja, es haben schon einige Kinder hier gesessen, und doch ist es mir nie gelungen, eine ganze Mannschaft zu bilden. Warum ist das so? Zunächst einmal bestehen die Prüfung nur sehr wenige Kinder, und die wenigen, die sie bestehen, bestehen sie nicht zur *gleichen Zeit.* Aber das ist entscheidend: Ich brauche nicht einfach nur eine Mannschaft, ich brauche eine Kindermannschaft. Leider bleiben Kinder jedoch nicht lange Kinder, und das hat sich als eine Schwierigkeit erwiesen. Rhonda war noch vor wenigen Jahren ein Kind, genau wie davor Nummer Zwei, aber wie ihr seht, sind die beiden mittlerweile ziemlich erwachsen. Sie sind hiergeblieben, um mir beizustehen, und ihre wunderbaren Begabungen sind mir die allergrößte Hilfe, trotzdem sind sie genau wie ich zu alt, um noch Teil der Mannschaft sein zu können.«

Bis jetzt hatte Mr Benedict nichts gesagt, das Reynie sonderlich unangenehm vorkam. Reynie fühlte sich höchstens noch stolzer, dass ihm und seinen neuen Freunden etwas so Ungewöhnliches gelungen war. Es war offensichtlich, dass Mr Benedict ihnen zutraute, Teil seiner besonderen Mannschaft zu werden.

Und doch spürte er auch, dass ihnen Mr Benedict sicher nicht einfach so ohne Grund verkündete, dass es unangenehm werden würde. Wenn er es sagte, würde es sicher so sein. Kleber neben ihm rutschte unruhig auf seinem Stuhl hin und her und dachte wahrscheinlich das Gleiche. Auch Kate hatte gerade zu Reynie herübergesehen, die Unsicherheit in seinen Augen erkannt und in stummer Zustimmung genickt: Der schlechte Teil der Nachricht würde bald kommen.

»Ich sehe, dass ihr euch fragt, wo denn wohl das Unangenehme lauert«, sagte Mr Benedict, »und ihr habt ganz recht. Lasst es mich euch also sagen: Das Projekt ist gefährlich. Es handelt sich um eine Mission, bei der euer aller Leben in Gefahr geraten kann.«

Die Kinder setzten sich alle ein Stück aufrechter hin.

»Lasst mich dazu eines klar sagen«, fuhr Mr Benedict fort. »Mir liegt in keiner Weise daran, euch in Gefahr zu bringen. Im Gegenteil: Der Gedanke ist mir widerwärtig. Kinder sollten in völliger Sicherheit lernen und spielen, das ist meine Überzeugung. Dennoch, nehmt einfach einmal an, dass ich die Wahrheit sage: Habt ihr eine Idee, warum ich euch so ganz gegen meine Überzeugung in etwas wirklich Gefährliches verwickeln wollen könnte?«

»Warum sollten wir annehmen, dass Sie die Wahrheit sagen?«, fragte Constance herausfordernd.

»Nehmen wir es einfach einmal an«, sagte Mr Benedict, »damit wir unser Gespräch weiterführen können.«

»Wenn Sie die Wahrheit sagen«, überlegte Reynie, »kann der Grund dafür, uns in Gefahr zu bringen, nur sein, dass Sie Angst haben, wir könnten sonst in noch größere Gefahr geraten.«

Mr Benedict klopfte sich an seine Knollennase und deutete auf Reynie. »Genau. Ich bin absolut sicher, dass ihr — und viele andere Menschen — in großer Gefahr seid, selbst während wir hier sprechen, und dass diese Gefahr mit jeder Minute weiter wächst.«

Kleber hustete und murmelte etwas davon, dass er zur Toilette müsse.

Mr Benedict lächelte ihn freundlich an und sagte: »Kleber, hab keine Angst, dass dich jemand zwingen wird, in die

Mannschaft einzutreten. Ich hoffe, euch noch etwas mehr dazu erklären zu können, und dann habt ihr die freie Wahl, ob ihr bleiben oder gehen wollt. Ist das fair?« Nach kurzem Zögern nickte Kleber, und Mr Benedict fügte hinzu: »Musst du jetzt wirklich zur Toilette oder kannst du noch ein paar Minuten warten?«

Kleber musste wirklich, aber er sagte: »Ich kann noch warten.«

»Sehr gut. Nun, um alles besser erklären zu können, stelle ich euch eine weitere Frage: Was habt ihr vier alle gemeinsam? Könnt ihr mir das sagen?«

»Wir haben Ihre langweiligen Aufgaben gelöst«, sagte Constance.

»Wir haben alle eine Begabung«, sagte Kate.

»Wir sind Kinder«, sagte Kleber.

Mr Benedict nickte nach jeder Antwort, dann sah er Reynie an, und der sagte: »Wir sind alle allein.«

Mr Benedict hob die Brauen. »Erkläre das bitte.«

»Zunächst einmal«, sagte Reynie, »war schon die Zeitungsanzeige nicht an Eltern gerichtet, sondern an Kinder, und deshalb glaube ich, dass Sie nach Kindern ohne Eltern gesucht haben. Und dann bei der ersten Prüfung, da waren noch viele Eltern, aber später im Monk-Gebäude wartete nur noch eine Handvoll, und ich weiß, dass die meisten Kinder da allein gekommen sind. Und wenn ich jetzt uns hier ansehe: Ich bin ein Waisenkind und Kates Mutter starb, als Kate noch ein Baby war, und dann hat ihr Vater sie verlassen. Bei Constance kann ich nur raten, aber was Kleber angeht, nun, entschuldige, Kleber, aber ich glaube, du versuchst uns etwas zu verheimlichen. Irgendwie habe ich das Gefühl, dass auch du allein bist.«

»Bevor du etwas dazu sagst, hör mir zu«, sagte Mr Benedict zu Kleber, der Reynie erschrocken ansah. »Ich war früher grundsätzlich dagegen, Kinder aufzunehmen, die von zu Hause fortgelaufen sind. Angesichts der Umstände aber bin ich gewillt, in deinem Fall eine Ausnahme zu machen. Wenn es so weit ist, dass du dich entscheiden musst, ob du bleiben oder lieber gehen willst, denke bitte daran, dass es keinen Grund gibt, irgendwelche Geschichten zu erfinden. Und auch wenn du lieber nicht bleibst, werden dir Rhonda und Nummer Zwei auf jeden Fall weiterhelfen. Ich habe nicht vor, dich ohne Geld, Essen oder ein Dach über dem Kopf wieder hinaus in die Stadt da draußen zu schicken.«

Kleber hatte seinen erschrockenen Blick von Reynie auf Mr Benedict gerichtet. Er öffnete den Mund, um etwas zu sagen, überlegte es sich dann aber anders und sah hinunter auf seine Schuhe.

Kate beugte sich zu ihm hinüber und legte ihm eine Hand auf die Schulter. »Ein Ausreißer, wie?«, flüsterte sie. »Du hast mehr Mumm, als ich dachte, Kumpel.«

»Ihr habt alle richtig geantwortet«, sagte Mr Benedict. »Ihr seid begabte Kinder, die auf die eine oder andere Weise meine langweiligen Prüfungen bestanden haben. Ihr habt euch alle als ungewöhnlich fähig erwiesen. Ich weiß zum Beispiel zufällig, dass Constance heimlich in der öffentlichen Bibliothek einer Stadt nördlich von Stonetown gelebt und es geschafft hat, mit einem Bus, der U-Bahn und schließlich einem Taxi herzukommen. Kate ist mit einem Güterzug von Chicago hergefahren und Kleber hat sich auf einem Lastkahn versteckt. Ihr alle habt großen Einfallsreichtum bewiesen — und ja, in der einen oder anderen Weise seid ihr alle tatsächlich allein.«

Wieder machte er eine Pause und sah die Kinder mit einem Ausdruck an, in dem großer Stolz und ebenso großes Mitgefühl zu liegen schienen. Tränen hatten sich in seinen Augen gesammelt, und die Aufrichtigkeit in seinem Blick brach Reynie fast das Herz. Er, der so daran gewöhnt war, seiner Einsamkeit keine Beachtung zu schenken, empfand plötzlich große Sehnsucht nach Miss Perumal. Hatte sie ihn nicht erst heute Morgen beim Abschied damit überrascht zu weinen? Das alles schien schon so lange her.

»Oje«, rief Rhonda in diesem Augenblick, denn vor lauter Gefühl war Mr Benedict erneut eingeschlafen. Mit einem plötzlichen lauten Schnarchen fiel er nach vorn in die aufmerksamen Arme von Rhonda und Nummer Zwei, die ihn vorsichtig auf den Boden betteten.

»Was hat er denn?«, fragte Constance.

»Narkolepsie«, sagte Kate.

»Er klaut viel?«

»Das ist Kleptomanie«, sagte Kleber. »Mr Benedict *schläft* viel.«

»Ich mag das nicht«, sagte Constance mit verärgerter Stimme.

»Ich versichere dir, Constance«, sagte Nummer Zwei und schien erst recht verärgert, »dass Mr Benedict es auch nicht mag. Niemand von uns mag es. Aber es lässt sich nicht ändern.«

Bevor sonst noch jemand etwas sagen konnte, öffnete Mr Benedict wieder die Augen, blinzelte ein paarmal und fuhr sich mit der Hand durch sein verstrubbeltes weißes Haar. »Nur eine Minute, Mr Benedict«, sagte Rhonda. »Sie haben nur eine Minute geschlafen.«

»Ist das so? Sehr gut dann, sehr gut. Ich danke euch, meine Freunde. Danke wie jedes Mal.« Er tätschelte Rhonda und Nummer Zwei die Arme, und die beiden halfen ihm wieder auf die Beine.

»Normalerweise passiert es, wenn ich lache«, erklärte er den Kindern, »aber in letzter Zeit war es oft auch etwas anderes. Also gut, wo war ich stehen geblieben? Oh ja. Begabt. Alle allein. Lasst mich erklären, warum diese Dinge eine Bedeutung haben. Am wichtigsten ist, dass die Gefahr, die uns allen droht, gerade für begabte Kinder ohne Eltern oder Beistand besonders groß ist. Das werde ich denen von euch genauer erklären, die der Mannschaft beitreten. Wobei es für mich sowieso praktisch unmöglich wäre, Kinder in Gefahr zu bringen, die nicht auf sich allein gestellt sind. Ganz gleich, was auf dem Spiel steht, wehren sich Eltern normalerweise dagegen, dass ihre Kinder in Gefahr gebracht werden. Womit sie natürlich auch recht haben. Aber kurz und gut: Mit euch sitzt mir hier die bestmögliche Kindermannschaft gegenüber, auf die ich je habe hoffen dürfen — und ich suche schon sehr, sehr lange. Und die Zeit drängt, wir haben keine Minute mehr zu verlieren. Mit anderen Worten: Ihr kommt gerade noch rechtzeitig. Ihr seid unsere letzte und *einzige* Hoffnung.«

SENDER UND BOTSCHAFTEN

Am Ende willigten alle Kinder ein, der Mannschaft beizutreten, auch wenn die Entscheidung für die einen schwerer war als für die anderen. Kate nahm ihren Kaugummi aus dem Mund und sagte: »Ich bin dabei«, ohne auch nur einen Moment nachzudenken. Reynie, der weniger furchtlos war als Kate, musste erst überlegen. Was konnte er tun, wenn er nicht mitmachte? Zurück ins Waisenhaus gehen? Miss Perumal wiederzusehen wäre schön, aber dann steckte er in der gleichen alten Klemme, würde sich fehl am Platz fühlen, ohne Ziel und allein in der Welt. Wenn er aber Mr Benedict folgte (und aus irgendeinem Grund war Reynie sicher, dass er ihm trauen konnte), würden seine Ziellosigkeit und das Alleinsein bald schon seine kleinsten Probleme sein.

Etwas Schreckliches stand ihnen allen bevor, und Mr Benedict brauchte sie, um es aufzuhalten. Ein merkwürdiges Pflichtgefühl, ganz zu schweigen von seiner ungeheuren Neugier, trieb ihn dazu, mitzumachen.

Constance war skeptischer, wobei klar wurde, dass sie immer so an die Dinge heranging. »Wenn ich also bleibe und Sie mir das große fette Geheimnis erzählen«, fragte sie, »was hält mich dann hinterher davon ab, hinauszulaufen und es allen zu verraten?«

»Nichts hält dich davon ab«, sagte Mr Benedict, »du kannst gehen, wann immer du willst. Wenn ich jedoch nicht glauben würde, dass ich dir vertrauen kann, hätte ich dich nie hierher eingeladen. Und im Übrigen würde dir sowieso niemand glauben, denn du bist noch ein Kind, und ein besonders kleines dazu. Ist das nicht der Grund, warum du hergekommen bist?«

Constances Gesicht verzog sich, als wollte sie gleich in Tränen ausbrechen oder, was wahrscheinlicher war, einen Wutanfall bekommen.

»Ich will dir nicht wehtun, Kind«, sagte Mr Benedict sanft. »Lass uns einen Handel machen. Wenn du dich entscheidest, der Mannschaft beizutreten, soll Folgendes zwischen uns gelten: Du wirst meinen Anweisungen folgen, aber nur, weil du dem vorher zugestimmt hast, nicht, weil ich es dir sage. Keiner zwingt dich zu etwas. Es ist alles dein eigener freier Wille.«

»Also gut«, sagte Constance endlich. »Und wo schlafen wir?«

»Ich weiß, dass ihr müde seid, aber erst muss sich Kleber noch entscheiden.«

Kleber war auf seinen Stuhl zurückgesunken. Er hatte seine Füße auf den Sitz gezogen, die Arme um die Knie geschlungen und das Gesicht hinter ihnen vergraben. Als Mr Benedict seinen Namen nannte, sah er wie in Panik auf und verbarg sein Gesicht gleich wieder. Mit gedämpfter Stimme murmelte er: »Kann ich mich auch morgen entscheiden?«

»Ich fürchte, nein, mein Freund. Es ist keine Zeit mehr zu verlieren. Ich muss dich drängen, es geht nicht anders. Du musst dich heute Abend noch entscheiden.«

»Glauben Sie, die Mannschaft ist auch ohne mich gut genug?«, kam Klebers dumpfe Stimme hinter den Knien hervor.

»Offen gesagt, nein. Ich glaube, die Mannschaft braucht dich, um erfolgreich zu sein.«

»Wie kann ich dann Nein sagen?«

»Kleber, es ist sehr verständlich und vernünftig, dass du Angst hast. Es ist schrecklich für ein Kind, an einer so gefährlichen Mission teilnehmen zu sollen. Du hast allen Grund, Nein zu sagen, und wenn du es tust, werde ich dir keine Vorwürfe machen.«

»Komm schon, Kleber«, sagte Kate. »Es wird toll!«

Kleber hob den Kopf, sah erst zu Kate, die ihm lächelnd zuzwinkerte, und dann zu Reynie hinüber, der sagte: »Mir geht es wie Mr Benedict. Ich mache dir keine Vorwürfe, wenn du nicht mitmachst, aber ich würde mich weit besser fühlen, wenn du es tätest.«

»Das würdest du?«

Reynie nickte.

Kleber verbarg sein Gesicht wieder. Eine lange Weile war der Raum voll stiller Erwartung. Nur Constance gähnte und kratzte an einem Mückenstich auf ihrem Fuß, alle anderen schwiegen und bewegten sich nicht. Man hörte nur ihr Atmen, und irgendwo im Raum tickte eine Uhr, die hinter den Büchern versteckt sein musste. Endlich hob Kleber den Kopf.

»Ich mache mit«, sagte er. »Kann ich jetzt bitte aufs Klo?«

So viele Fragen die Kinder auch noch hatten, es war spät geworden, und ihre Augen wurden schwer. Mr Benedict meinte, dass sie ausruhen und alle weiteren Erklärungen am nächsten Morgen erfolgen sollten. Sie bekamen Zahnbürsten, Schlafanzüge und warme Pantoffeln (nachts war es zugig in dem alten Haus) und wurden in ihre Zimmer gebracht. Das Zimmer, das sich Reynie mit Kleber teilte, war klein, aber gemütlich. Auf dem Holzboden lag ein alter Teppich, es gab ein Etagenbett und natürlich noch mehr Bücher. Als Reynie vom Zähneputzen zurückkam, lag Kleber bereits tief schlafend auf dem unteren Bett. Seine Lampe brannte, die Brille saß ihm noch auf der Nase und auch die Pantoffeln trug er noch. Auf seiner Brust, die sich gleichmäßig hob und senkte, lag ein dickes Buch über die tropische Pflanzenwelt, das er von einem der Regale genommen hatte. Es war in der Mitte aufgeschlagen. Kleber hatte in den paar Minuten das halbe Buch gelesen.

Für Reynie war das ein Wunder. Er las selbst sehr schnell, schneller als die meisten Erwachsenen, aber im Vergleich mit Kleber kam er sich wie eine Schnecke vor. So eine unglaubliche Fähigkeit, und doch lag der Junge hier auf dem Bett: ein Ausreißer im Haus eines Fremden. Wovor war er davongelaufen? Während Reynie da so im hell erleuchteten Zimmer stand und über Klebers Leben nachdachte, verspürte er eine seltsame Mischung aus Bewunderung, Zuneigung und Mitgefühl — seltsam, denn er kannte diesen Jungen erst seit einem Tag, obwohl es ihm bereits wie ein halbes Leben vorkam. Mit Kate war es genauso, überlegte er. Und Constance, nun, was Constance anging, da würde er sehen, wie es sich entwickelte.

Wenn auch sonst nichts dabei herauskommt, dachte er, *auf jeden Fall habe ich hier Freunde. Die hatte ich gestern noch nicht.*

Mit diesen Gedanken zog er Kleber die Pantoffeln von den Füßen, nahm ihm die Brille von der Nase und legte sie zusammen mit dem Pflanzen-Buch auf den Nachttisch. Dann zog er die Decke über seinen Freund, machte die Lampe aus und schlich aus dem Zimmer.

Die Mädchen mussten ebenfalls schon schlafen. Reynie lief den stillen dunklen Korridor entlang und die knarzende Treppe hinunter zu Mr Benedicts Arbeitszimmer. Er klopfte leise an die Tür, und von innen rief eine Stimme: »Komm herein, Reynie.«

Reynie trat ein und fand Mr Benedict mit dem Rücken gegen den Tisch gelehnt auf dem Boden sitzen, um sich herum Bücher, Papiere und eine Vielzahl bunter Stifte. Mr Benedict deutete auf einen der Stühle und sagte: »Setzt du dich bitte, während ich hier ein wenig aufräume?« Er begann einzelne Stapel zu machen. »Es ist etwas mühsam, auf dem Boden zu arbeiten, aber das ist mein Kompromiss mit Rhonda und Nummer Zwei. Ich fürchte, sie sind übervorsichtig mit mir und wollen mich kaum mehr eine Minute allein lassen. Deshalb habe ich ihnen versprochen, so viel wie möglich zu sitzen, und das, wenn möglich, auch noch auf dem Boden. Nur so lassen sie mich manchmal in Ruhe.«

Mr Benedict hörte auf, herumzuräumen, erhob sich und setzte sich Reynie gegenüber auf einen Stuhl. »Ich habe dich erwartet«, sagte er. »Ich denke, du willst Miss Perumal anrufen und ihr erzählen, was alles passiert ist.«

Reynie nickte.

»Es ist sehr schön, dass du daran denkst. Nummer Zwei hat mir erzählt, dass du nicht nachgegeben hast, als sie dich heute Nachmittag deswegen an der Nase herumführen wollte. Ich nehme an, du weißt, dass ihre Vortäuschungen Teil unserer Prüfung waren?«

Wieder nickte Reynie. Er hatte es nicht gleich begriffen, aber im Nachhinein war es ihm wahrscheinlich erschienen.

»Du hast dich bewundernswert verhalten«, sagte Mr Benedict. »Höflich, aber standhaft und mit der nötigen Überlegung. Ich fürchte allerdings, du kannst auch jetzt deinen Anruf nicht machen, wobei das nichts mehr mit der Prüfung zu tun hat. Miss Perumal hat sich gemeldet, als euch eure Zimmer gezeigt wurden. Ihre Mutter verträgt ihre neue Medizin nicht, und Miss Perumal hielt es für notwendig, sie ins Krankenhaus zu bringen.

Sie bittet dich, keine Sorge zu haben, es ist nur eine leichte Unverträglichkeit, und der Doktor hat ihr versichert, dass ihre Mutter morgen früh schon wieder munter wie ein Rotkehlchen ist. Sie wollte, dass du weißt, wie stolz sie auf dich ist — stolz, aber nicht überrascht, sagte sie. Und sie schickt die besten Grüße.

Und jetzt«, fuhr er fort, nahm die Brille ab und sah Reynie mit seinen hellgrünen Augen (die durch seinen grün karierten Anzug noch grüner wirkten) direkt an, »werde ich dir auch noch die anderen Fragen beantworten, die du mir stellen willst. Erstens habe ich alle notwendigen Regelungen mit dem Waisenhaus getroffen: Wir verfügen hier über beachtliche Möglichkeiten und vermögen Dinge zu tun, mit denen du vielleicht nicht rechnest. Zweitens, und das klingt etwas trauriger: Nein, du kannst Miss Perumal vorerst nicht kontaktieren. Ich fürchte, die Dringlichkeit unserer Mission und die damit verbundene notwendige Geheimhaltung verbieten das. Es ist zu Miss Perumals und deiner eigenen Sicherheit. Aber wenn alles gut geht, worauf wir natürlich verzweifelt hoffen, wirst du sie wiedersehen. Soll unsere Mission Erfolg haben, muss alles sehr schnell geschehen, und so wird auch euer Wiedersehen mit etwas Glück sehr bald schon stattfinden.«

Reynie nickte wieder, wenn auch nicht mehr ganz so tapfer wie zuvor. Er sah zur Seite, um die Tränen in seinen Augen zu verbergen. Er hatte damit gerechnet, dass es so kommen würde, dennoch machte es ihn traurig, dass er womöglich nie mehr eine Tasse Tee mit Miss Perumal trinken und dabei versuchen würde, ihr in seinem beschränkten Tamilisch von seinen Abenteuern zu erzählen. Der Gedanke an das, was vor ihnen lag, bedrückte ihn nicht nur: Wenn er ehrlich war, machte er ihm auch ziemlich Angst.

»Es tut mir leid, Reynie«, sagte Mr Benedict mit einem Zittern in der Stimme.

Reynie nickte, aber sah ihn noch nicht wieder an. Er hielt seinen Blick abgewandt, bis er sich wieder ganz gefasst hatte, was ihm mit ein paar tiefen Atemzügen und einem schnellen Reiben der feuchten Augen schließlich gelang. Als er den Blick endlich wieder Mr Benedict zuwandte, war dieser auf seinem Stuhl eingeschlafen.

Bevor Reynie aufstehen und auf Zehenspitzen aus dem Zimmer schleichen konnte, öffneten sich Mr Benedicts Augen jedoch wieder, und er legte eine Hand auf Reynies Arm. »Vergib mir«, sagte er, räusperte sich und fuhr sich mit der Hand durch die strubbeligen Haare. »Bleibe bitte noch einen Moment. Ich wollte dich etwas fragen. Ich habe doch nicht lange geschlafen und dich hier aufgehalten?«

»Nein, Sir, es waren nur ein oder zwei Minuten.«

»Ah, gut. Gewöhnlich sind es nur ein oder zwei Minuten, aber manchmal dauert es länger. Doch nun zu meiner Frage.«

»Ja, Sir?«

»Es geht um das Schachproblem aus der ersten Prüfung, Reynie. Du bist das erste Kind, das die Frage überhaupt je richtig beantwortet hat, und ich würde gerne deine Erklärung dafür hören. Das Brett zeigt eindeutig, dass nur der schwarze Bauer die Grundaufstellung verlassen hat, während alle anderen Figuren und Bauern noch unverrückt auf ihren Feldern stehen. Nach den Schachregeln beginnen aber immer die weißen Figuren das Spiel. Warum hast du trotzdem geschrieben, dass die Position möglich ist?«

»Weil der weiße Springer es sich anders überlegt haben kann.«

»Der weiße Springer?«

»Oh ja, Sir. Die Bauern können sich nur vorwärts bewegen, nie rückwärts, also kann sich noch kein weißer Bauer bewegt haben, und die anderen Figuren sind hinter ihnen gefangen, nur der Springer kann über sie hinweg. Der könnte das Spiel eröffnet haben. Dann zog der schwarze Bauer, und der Springer kehrte an seinen Ausgangspunkt zurück. Deshalb sieht es jetzt so aus, als hätte Weiß noch gar nicht angefangen.«

»Bravo, Reynie. Du hast recht. Und jetzt sage mir, hältst du das für einen guten Zug?«

»Ich bin kein großer Schachspieler, aber ich würde sagen, nein. Durch das Zurückziehen verliert Weiß den Vorteil des ersten Zuges.«

»Warum, glaubst du dann, kann der weiße Spieler es getan haben?«, fragte Mr Benedict.

Reynie überlegte. Er stellte sich vor, wie er selbst den Springer vorbewegte, um ihn gleich anschließend wieder zurückzustellen. Warum würde er so etwas tun? Endlich sagte er: »Vielleicht, weil er sich unsicher war.«

»Das stimmt«, sagte Mr Benedict. »Vielleicht war es das. Danke, Reynie, du warst sehr nett und sehr geduldig, und ich bin sicher, dein Schlaf wird dir jetzt guttun. Bis zum Frühstück, in aller Frühe und Frische.«

Reynie erhob sich und ging zur Tür, wo er einen Augenblick zögerte. Er sah zurück. Mr Benedict hatte seine Brille aufgesetzt und sich wieder auf den Boden hinuntergelassen. Er lehnte sich gegen den Tisch und griff nach einem Buch. Seine Brauen hoben sich erwartungsvoll, als er bemerkte, dass der Junge zögerte hinauszugehen.

»Ja, Reynie?«

»Mr Benedict, Sir, haben Sie all die Bücher in diesem Haus gelesen?«

Mr Benedict lächelte und ließ voller Zuneigung den Blick durch sein Arbeitszimmer schweifen. »Mein lieber Junge«, sagte er, »was glaubst du?«

In aller Frühe und Frische, hatte Mr Benedict gesagt, und es war tatsächlich früh, aber alles andere als frisch und hell. Als die Kinder aufstanden und hinunter ins Esszimmer gingen (weil sie nicht wussten, wo sonst sie sich treffen sollten), schlug Regen gegen die Fenster. Im Kamin heulte der Wind, und es war so zugig, dass Zettel von den Tischen flogen und auf dem Boden landeten. Der schwarze Himmel schien sich von draußen düster ins Haus zu schieben, die Lampen zu verdunkeln und ihre Schatten zu verlängern. Zum Heulen des Kamins kam Donnergrollen, so tief, bedrohlich und nah, als streifte ein Tiger durch die dunklen Zimmer hinter den Wänden. Von Zeit zu Zeit flackerte das Licht mit dem Donner, und einmal verlosch es vollkommen. Es dauerte nur ein paar Augenblicke, gerade lang genug, um den Raum in tiefes Schwarz zu tauchen, und als es wieder hell wurde, stand Milligan wie aus dem Boden gewachsen da und hielt einen Krug mit Saft in der Hand.

Constance kreischte auf, und die anderen Kinder zuckten zusammen.

Milligan seufzte.

Er füllte ihnen die Saftgläser und sagte: »Rhonda kommt gleich mit Toast und Eiern. Nummer Zwei repariert gerade eine undichte Stelle in der Wand ihres Zimmers. Wenn sie fertig ist, bringt sie Mr Benedict her. Sie werden bald da sein.«

»Könnte ich bitte etwas Milch bekommen, Milligan?«, fragte Kate fröhlich. Sie war früher aufgestanden als alle anderen, hatte gebadet und die frischen Kleider angezogen, die Rhonda ihr gegeben hatte. Der Sturm draußen schreckte sie offenbar überhaupt nicht. Sie war sehr viel besserer Laune als die anderen.

Auf jeden Fall war sie besserer Laune als Milligan, der trübsinnig nickte und sagte: »Sonst noch etwas?«

»Hätten Sie auch Tee, Milligan?«, fragte Reynie. »Und vielleicht etwas Honig?«

»Und Süßigkeiten?«, fragte Constance.

»Keine Süßigkeiten zum Frühstück«, sagte Milligan und verließ den Raum.

Kaum war er gegangen, erschien Rhonda mit einem Tablett voller Toast, Eier und Obst. »Guten Morgen, alle zusammen«, sagte sie. »Das ist ein ganz schönes Wetter da draußen, was? An einem Tag wie heute muss man jedes einzelne Blatt Papier beschweren, wenn man nicht will, dass es einem vom Wind davongetragen wird. Gerade auf dem Flur kam mir eine Karte von Stonetown Harbour entgegengeflogen, und auf der Treppe lag eine Einkaufsliste, die ich vor zwei Wochen verloren habe!«

»Undichte Wände und Durchzug in allen Räumen«, murrte Constance. »Habt ihr kein Geld? Das sollte alles repariert werden.«

»Durchzug und feuchte Wände sind im Moment nicht so wichtig, fürchte ich«, sagte Rhonda. »Unser Projekt, das jetzt *euer* Projekt ist, erfordert alle verfügbaren Mittel. Oh, wir haben Geld genug für gutes Essen und warme Betten, aber alles andere ist in die Nachforschungen, die Untersuchung und die Prüfungen geflossen, obwohl ich glaube, dass eure die letzte war. Constance, gibst du mir bitte den Saftkrug?«

»Nein«, sagte das Mädchen und verschränkte die Arme vor der Brust.

»Vielleicht hast du bessere Laune, wenn du etwas gegessen hast«, sagte Rhonda und nahm sich den Krug selbst. Constances rosige Wangen wurden jetzt wirklich rot, ihr strähniges blondes Haar wirkte im Kontrast dazu fast weiß, und ihre wasserblauen Augen leuchteten hell wie Sterne. Rhonda sah sie an und sagte: »Constance, ich wusste ja gar nicht, was du für hübsche Augen hast. Sie sind wunderschön!«

Das Kompliment brachte Constance etwas aus der Fassung, und für eine Weile sagte sie nichts mehr.

Milligan brachte die Milch, eine Kanne Tee und ein Glas Honig. Er brummelte Rhonda ein paar Worte zu, aus denen sich »Wachdienst« heraushören ließ, und war auch schon wieder verschwunden.

»Was soll das bedeuten?«, fragte Kleber. »Wachdienst?« »Milligan ist unser, nun, wie sonst soll ich es sagen? Er ist unser Leibwächter. Er hat noch andere Aufgaben, aber seine erste Pflicht ist es, dafür zu sorgen, dass wir sicher sind. Bis jetzt waren wir nicht direkt in Gefahr, aber nun, wo ihr da seid ... Entschuldigt, ich will euch keine Angst machen. Das Wichtige ist, dass er hier ist, um euch zu beschützen.«

»Wovor zu beschützen?«, fragte Reynie.

»Ich würde Mr Benedict das alles gern erklären lassen, wenn er herunterkommt. Die Hauptregel ist, dass ihr das Haus nicht verlasst, ohne dass Milligan bei euch ist. Hier im Haus selbst seid ihr ziemlich sicher, hier gibt es etliche Schutzmaßnahmen. Der Irrgarten zum Beispiel war nicht nur Teil der Prüfung, es ist der einzige Eingang. Das erinnert mich daran: Die Pfeile im Irrgarten deuten nur zur Treppe *hin,* was euch nicht hilft, wenn ihr das Haus *verlassen* wollt. Schon deshalb solltet ihr nicht ohne Milligan gehen. Er weiß auch, wie man die Haustür öffnet. Ihr erinnert euch doch, dass sie innen keine Klinke hat? Den Irrgarten kennt er so gut wie seine Hosentasche.«

»Ich finde, das ist ein komischer Ausdruck«, sagte Kate. »Wie gut kennen die Leute ihre Hosentaschen wirklich? Könnt ihr mir ernsthaft sagen, wie eure Taschen von innen aussehen?«

Alle fuhren sich mit der Hand in die Taschen, aber in dem Moment kam Mr Benedict herein. Nummer Zwei folgte ihm auf dem Fuße und ließ ihn nicht aus den Augen. Sie trug heute nicht ihr gelbes Kostüm, sondern hatte es gegen einen bequemen gelben Overall eingetauscht, in dem sie immer noch ganz wie ein Bleistift aussah. Sie blieb nahe hinter Mr Benedict, bis er alle begrüßt und sich gesetzt hatte. Dann stürzte sie sich auf das Tablett mit Toast und Eiern, wobei sie aus Versehen Rhonda anrempelte.

»Entschuldige«, sagte sie leicht verlegen.

»Macht nichts«, antwortete Rhonda und sagte dann an die Kinder gewandt: »Nummer Zwei hat so viel Hunger, weil sie nie schläft. Ein Mensch braucht sehr viel Energie, wenn er ständig wach ist, und muss also reichlich essen.«

»Es macht mich auch etwas nervös und reizbar, fürchte ich«, sagte Nummer Zwei. Mit kleinen schnellen Bissen aß sie die Kruste von ihrem Toast, den sie dazu geschickt mit den Händen drehte.

»Sie schlafen *niemals?«,* fragte Kate, nachdem sie die seltsame Prozedur eine Weile verfolgt hatte.

Nummer Zwei schluckte. »Oh doch, aber nur sehr wenig.«

»Sind wir nicht ein tolles Paar?«, sagte Mr Benedict. »Ich kann nicht wach bleiben und Nummer Zwei kann nicht schlafen.« Er fing an zu lachen, unterbrach sich aber, weil er offenbar kein Risiko eingehen wollte. »Übrigens, Rhonda, hast du die Karte von den Inseln gesehen? Sie scheint aus meinem Arbeitszimmer verschwunden zu sein.«

»Sie ist auf dem Flur an mir vorbeigeflogen«, sagte Rhonda. »Ich habe sie neben die Glocke gelegt, unter das Schweizer Buch über Elektronen- und Positronenbeschleuniger.«

»Ah. Danke. Nun, Kinder, wo wir gerade von der Glocke sprechen — erinnert ihr euch alle, wo sie ist? Auf dem Treppenabsatz im ersten Stock? Gut. Wann immer ihr die Glocke läuten hört, möchte ich, dass ihr euch sofort bei ihr einfindet.

Die Glocke wird nur im Notfall geläutet, also wartet nicht erst lange. Lasst alles stehen und liegen und lauft sofort hin. Verstanden?«

Die Kinder nickten düster. All das Reden von Gefahr und Notfällen, ohne dass es weitere Erklärungen dazu gab, bedrückte sie.

Mr Benedict, der das spürte, blickte in die Runde. »Es tut mir leid, dass ich euch so viel Sorgen bereite, und ich habe auch nicht viel, womit ich euch trösten könnte, aber zumindest kann ich euch jetzt einige Fragen beantworten. Wer will anfangen? Ja, Constance?.

Zum großen Ärger von allen wollte Constance wissen, warum es zum Frühstück keine Süßigkeiten gab.

Mr Benedict lächelte. »Eine gute Frage. Die einfache Antwort darauf lautet, dass wir im Moment keine im Haus haben. Darüber hinaus könnte man in Betracht ziehen, wie wenig Nährwert Süßigkeiten trotz ihres ausgezeichneten Geschmacks haben. Wir essen sie sehr gern, aber sie sind keine gute Mahlzeit. Wobei ich annehme, dass du an derlei Erklärungen nicht interessiert bist, sondern nur deiner Entäuschung Ausdruck geben wolltest. Ist das richtig?«

»Vielleicht«, sagte Constance mit einem Achselzucken. Aber sie schien erst einmal befriedigt.

»Gibt es noch andere Fragen?«, sagte Mr Benedict.

Natürlich gab es noch andere Fragen, und plötzlich redeten alle durcheinander und wollten wissen, um was es sich bei dem Projekt denn nun eigentlich handele, warum Mr Benedict Kinder dafür brauche und in was für einer Gefahr sie sich befänden.

Mr Benedict setzte seine Teetasse ab. »Sehr gut. Ich werde es euch erklären, während ihr euer Frühstück beendet.« (Als er anfing, war Constance jedoch das einzige Kind, das tatsächlich weiteraß. Die anderen waren unfähig, sich auf etwas anderes als seine Geschichte zu konzentrieren.)

»Vor einigen Jahren«, sagte Mr Benedict, »bin ich im Rahmen meiner Erforschung des menschlichen Gehirns auf Botschaften gestoßen, die an Menschen auf der ganzen Welt ergingen — ohne deren Kenntnis, sollte ich noch hinzufügen. Es ist so, als versteckte ich heimlich Briefe in euren Taschen und ihr entdecktet sie erst später und würdet sie lesen, ohne zu wissen, woher sie stammen. Die Botschaften, von denen ich rede, gehen allerdings direkt in euer Gehirn, und zwar nicht nur, ohne dass das Gehirn weiß, woher sie stammen, nein, es hat nicht mal eine Ahnung davon, dass es sie überhaupt empfangen und verarbeitet hat.

Die Botschaften scheinen in einer Art Code verfasst zu sein«, fuhr Mr Benedict fort. »Sie hören sich zwar an wie poetisches Geschwafel, aber ich hatte ganz früh schon Grund zu der Annahme, dass sie eine machtvolle, höchst *unselige* Wirkung auf alle haben, die sie empfangen — und das tun wir fast alle. Ich bin der festen Überzeugung, dass die Botschaften die Quelle eines Phänomens sind, das allgemein als der *Notstand* bekannt ist, obwohl ich, das muss ich zugeben, die genaue Absicht dahinter noch nicht ganz erkennen kann. Und so habe ich mein Leben der Frage gewidmet, welchen Zweck sie verfolgen und wer es ist, der sie aussendet. Unglücklicherweise gibt es da noch offene Fragen.«

»Aber Sie haben doch eine Menge herausgefunden!«, protestierte Nummer Zwei.

»Das habe ich tatsächlich. Ich weiß zum Beispiel, wie die Botschaften versandt werden ...«

»Und Sie wissen, von wo sie verschickt werden!«, sagte Rhonda ungeduldig.

»Und wozu der Sender fähig ist!«, rief Nummer Zwei.

Offenbar machten sich Rhonda und Nummer Zwei Sorgen, dass die Kinder Mr Benedict falsch einschätzten. Er spürte das, lächelte anerkennend und fuhr fort: »Ja, meine Freunde, es ist wahr. Wir wissen durchaus einiges, zum Beispiel, dass der Sender Kinder benutzt, um seine versteckten Botschaften zu verschicken.«

»Kinder?«, sagte Kleber. »Warum Kinder?«

»Und was genau besagen die Botschaften?«, fragte Reynie.

»Wenn ihr mit dem Frühstück fertig seid, werde ich es euch zeigen. Bis dahin lasst mich euch erklären ...«

»Kann das Frühstück nicht warten?«, unterbrach ihn Kate. »Zeigen Sie es uns doch gleich.«

»Nun, wenn ihr das alle denkt ...«, sagte Mr Benedict, der die Ungeduld auf ihren Gesichtern sah.

Diesmal widersprach nicht einmal Constance (vielleicht, weil sie schon keinen Hunger mehr hatte), und so wurden die Kinder in den zweiten Stock geführt. Es ging einen langen, schmalen Flur entlang und am Ende in einen Raum, der voller Apparaturen stand. Es war ein fürchterliches Durcheinander. Auf einem Tisch vor der Wand standen ein Fernsehgerät, ein Radio und ein Computer. Auf den Regalen, den Möbeln und dem Boden lagen zahllose Werkzeuge verstreut, Kabel, Bücher, Karten, nicht eingesteckte Antennen, zerlegte Geräte und verschiedene nicht identifizierbare Merkwürdigkeiten. Die Kinder wussten kaum, wohin sie die Füße setzen sollten, als Mr Benedict, wie immer eng gefolgt von Rhonda und Nummer Zwei, sie zu dem Fernseher hinüberführte.

»Hört genau zu«, sagte er und schaltete ihn ein.

Sofort spürte Reynie ein merkwürdiges Kribbeln auf der Haut, das er schon kannte, dem er aber nie besondere Bedeutung beigemessen hatte. Auf dem Bildschirm war eine Nachrichtensendung zu sehen. Eine rothaarige Reporterin mit glänzenden Goldohrringen stand vor dem Weißen Haus, wo sich wie gewöhnlich eine Menschenmenge versammelt hatte, die Plakate schwenkte und verlangte, dass etwas gegen den Notstand getan würde.

»Diese Menschen fordern den Wechsel«, sagte die Reporterin und sah dabei so nachdenklich wie ernst in die Kamera, »und ihre Rufe treffen nicht auf taube Ohren. Der Präsident hat noch einmal seine Zustimmung bekräftigt, dass etwas geschehen soll, und zwar bald. Währenddessen hören wir aus dem Kongress ...«

Constance gähnte laut. »Ich kann nichts Ungewöhnliches hören.«

Mr Benedict nickte. »Jetzt passt bitte auf. Nummer Zwei, stellen Sie den Empfänger an.«

Nummer Zwei setzte sich an den Computer und gab mit schnellen, beweglichen Fingern eine Folge von Befehlen ein. Das Fernsehbild begann zu zucken und verzerrte sich. Die

Kinder konnten zwar immer noch das verschwommene Bild der Reporterin erkennen, die auf die Menge hinter sich deutete, aber ihre Stimme verblasste und wurde durch die eines Kindes ersetzt.

»Was um alles in der Welt ... ?«, sagte Kate.

»Hört einfach zu«, sagte Nummer Zwei.

Das unsichtbare Kind — es klang wie ein Mädchen etwa in Kates Alter — sprach schleppend. Es war ein monotones Flüstern, das halb in Störgeräuschen unterging. Erst waren nur einzelne Worte zu verstehen. *»Markt ... zu frei, um ... Konfusion ...«* Nummer Zwei gab noch ein paar Befehle in den Computer ein, und die Störgeräusche gingen zurück. Die Worte des Kindes waren jetzt klar zu verstehen. In einem langsamen Singsang erhoben sie sich über das schwache Rauschen:

»DIE VERMISSTEN SIND NICHT VERSCHWUNDEN, SIE SIND NUR ABGEREIST.

ALLE KÖPFE BEHALTEN IHRE GEDANKEN GANZ WIE GOLD - STRENG BEHÜTET ...«

Das Rauschen schwoll wieder an. Nummer Zwei schimpfte leise. Ihre Finger flogen über die Tastatur, und die langsame, flüsternde Stimme des Kindes kehrte zurück.

»SÄT DEN RASEN, MÄHT DEN RASEN.
LASST DEN FERNSEHER IMMER AN.
PUTZT DIE ZÄHNE UND TÖTET DIE BAKTERIEN.
VERGIFTETE ÄPFEL, GIFTIGE WÜRMER.«

So ging es immer weiter. Die Stimme stockte nie, hörte nie auf, sondern reihte in ihrem unheimlichen Singsang einen seltsamen Satz an den anderen. Weiter und weiter. Die Reporterin war mittlerweile von der Mattscheibe verschwunden und durch einen verschwommenen, aber gut gelaunt wirkenden Wetterfrosch ersetzt worden. Die Stimme des Kindes hörte nicht auf. Mr Benedict gab Nummer Zwei ein Zeichen, die sich erneut an der Tastatur zu schaffen machte. Die Kinderstimme verblasste, und der Wetterfrosch versprach, dass der Himmel bis zum Nachmittag aufklaren würde.

Mr Benedict schaltete den Fernseher aus. Auf der dunklen Mattscheibe konnten die Kinder plötzlich ihre eigenen

Spiegelbilder sehen. Alle hatten die Stirn in Falten gelegt. Überrascht sahen sie sich an. Was hatte das alles zu bedeuten?

»Was heißt *Konfusion?*«, fragte Constance.

»Das kommt vom lateinischen *confundere:* zusammengießen, vermischen, unkenntlich machen«, antwortete Kleber wie aus der Pistole geschossen.

Constance sah ihn mit großen Augen an.

»Denksalat«, sagte Reynie. »Ein großes Durcheinander.«

»Danke für den Wörterbucheintrag, Kleber«, sagte Mr Benedict, »und dir, Reynie, danke für die Übersetzung. Diese Kinderstimme wird im Moment von jedem Fernsehgerät, jedem Radio und jedem Handy der Welt übertragen. Was bedeutet, dass sie von Millionen von Gehirnen aufgenommen und verarbeitet wird. Aber obwohl die Botschaften des Kindes von einem wichtigen Teil des Gehirns gehört, verstanden und ernst genommen werden, bleiben sie unbewusst: Nur dieser Empfänger, den ich erfunden habe, ist fähig, sie hörbar zu machen und zu übersetzen — so wie Reynie gerade Klebers Definition übersetzt hat.«

»Aber wie können Menschen, die andere Sprachen sprechen, das Kind verstehen?«, fragte Kate. »Was ist zum Beispiel mit den Leuten in Spanien?«

»Die Botschaften übersetzen sich grundsätzlich in jede Sprache. Ich habe unseren Empfänger nur auf Englisch gestellt, weil das die Sprache ist, die wir hier alle verstehen.«

»Das ist ja unheimlich«, sagte Kleber und sah sich dabei nervös um. »Das ist ja fast so, als ob ...«

»Als ob dir ein Fremder etwas ins Ohr flüstert, während du schläfst?«, fragte Mr Benedict.

»Jetzt machen Sie es noch unheimlicher«, sagte Kleber.

Reynie schüttelte nachdenklich den Kopf. »Aber wie funktioniert das Ganze, Mr Benedict? Diese Botschaften — oder was immer es ist —, wie werden sie verschickt?«, fragte Reynie.

»Um es einfach auszudrücken«, begann Mr Benedict, »hängen sie in ihrer Bewegungsfähigkeit von externen Agenten ab...«

»Mr Benedict, das klingt alles andere als einfach«, unterbrach ihn Rhonda und sah dabei zu Constance hinüber, deren Gesicht sich wieder mal verdunkelte.

»Vergebt mir. Rhonda hat völlig recht. Wirklich *einfach* gesagt, werden die Botschaften huckepack verschickt: Fernsehen, Radio, Handys — alles funktioniert mit unsichtbaren Signalen, und der Sender hat einen Weg gefunden, wie er seine Mitteilungen auf ihnen mitschicken kann. Um was für ein Signal es sich dabei handelt, ist ziemlich egal, die Mitteilungen sind nicht wählerisch. Der Sender hat gelernt, die Adhäsionskraft der Gedanken zu kontrollieren.«

»Die was?«, fragten die Kinder wie aus einem Mund.

»Die Adhäsionskraft der Gedanken. Gemeint ist damit die Art, wie Gedanken von Signalen angezogen werden und dann an ihnen kleben bleiben, selbst an anderen Gedanken.«

»Die Botschaften sind also einfach nur Gedanken?«, fragte Kate.

»So ist es«, antwortete Mr Benedict. »Obwohl *einfach nur* nicht ganz passt. Gedanken tragen ein ziemliches Gewicht.«

»Aber warum benutzt der Sender Kinder, um sie zu verschicken?«, fragte Reynie.

»Es ist ein teuflischer Trick«, sagte Mr Benedict, »und ein notwendiger. Ihr müsst verstehen, dass sich nur die Gedanken eines Kindes so heimlich in ein Gehirn pflanzen lassen. Aus irgendeinem Grund werden sie nicht bemerkt ...«

»Kein Wunder«, sagte Constance. »Ich habe noch nie einen Erwachsenen getroffen, der geglaubt hätte, dass ich überhaupt *fähig* bin zu denken.«

»Stimmt«, sagte Nummer Zwei mit einem leicht ärgerlichen Unterton in der Stimme. »Die Leute schenken dem, was Kinder zu sagen haben, nicht viel Beachtung, und schon gar nicht dem, was sie denken.«

Rhonda klopfte Nummer Zwei auf die Schulter. »Nummer Zwei ist in diesem Punkt etwas empfindlich. Als Kind ist sie oft ignoriert worden.«

»Das ändert nichts an den Tatsachen«, knurrte Nummer Zwei.

»Schon gut«, sagte Rhonda, »war ja nur ein Spaß.«

»Entschuldige, mein Blutzuckerspiegel ist zu niedrig«, sagte Nummer Zwei und riss schnell einen Müsliriegel auf.

»Woran auch immer es liegt«, fuhr Mr Benedict fort, »ich glaube, der Sender benutzt die Kinder wie eine Art Filter. Nachdem sie die Köpfe von Kindern durchlaufen haben, werden die Botschaften praktisch unentdeckbar. Während die Gedanken von Erwachsenen wie stampfende Elefanten daherkommen, schleichen Kindergedanken auf Katzenpfoten und suchen sich ein schattiges Plätzchen, wo sie sich verstecken können.«

»Sie fallen also niemandem auf?«, fragte Kleber.

»Oh, einigen wird schon vage bewusst sein, dass sich da bei ihnen im Kopf etwas Komisches tut«, sagte Mr Benedict, »aber wenn es so ist, schreiben sie das Gefühl etwas anderem zu. Sie denken vielleicht, dass ihnen gerade eine Idee kommt oder dass sie zu viel Kaffee getrunken haben.«

»Das war bei mir noch nie so«, sagte Constance. »Dass ich das Gefühl hatte, da passierte was, und ich wusste nicht, was es war.«

Die anderen nickten, um damit auszudrücken, dass es ihnen genauso ging.

»Das liegt daran, dass ihr die Wahrheit liebt«, sagte Mr Benedict. »Seht ihr ...«

Nummer Zwei unterbrach ihn: »Mr Benedict, bevor Sie weiterreden: Warum setzen Sie sich nicht? Es macht mich ganz nervös, Sie da so stehen zu sehen. Hier gibt es viel zu viele harte Gegenstände. Sehen Sie sich nur den Stuhl an und den Tisch, den Fernsehschrank und all die Werkzeuge ...« Nummer Zwei drehte sich im Kreis und zeigte auf fast alles, was sie sah.

»Schon gut, Nummer Zwei. Setzen wir uns doch alle«, sagte Mr Benedict und ließ sich im Schneidersitz auf dem Boden nieder. Mit der Hand bedeutete er den anderen, sich ebenfalls zu setzen. Die Kinder schoben Bücher, Papiere und alte Bauteile zur Seite und schafften sich so Platz. Nummer Zwei atmete tief durch, um sich zu beruhigen.

»Seht ihr«, begann Mr Benedict wieder, »obwohl den meisten Menschen die Wahrheit wichtig ist, kann man sie — unter bestimmten Umständen und mit den richtigen Mitteln — davon abbringen. Einige wenige besitzen jedoch eine ungewöhnlich starke Wahrheitsliebe, und ihr Kinder gehört dazu. Euer Denken hat den versteckten Botschaften bisher widerstanden.«

»Gab es deshalb gestern in der Prüfung die Frage, ob wir Fernsehen und Radio mögen?«, fragte Reynie.

Mr Benedict tippte sich an die Nase. »Genau. Natürlich ist es absolut möglich, dass einige von euch bestimmte Fernsehshows mögen oder auch gerne ab und zu mal Radio hören. Aber im Grunde gefällt euch beides nicht. Das liegt daran, dass ihr euch nicht täuschen lassen wollt und euch den geheimen Botschaften widersetzt.«

»Ich verstehe nicht, warum die Mitteilungen so gefährlich sein sollen«, sagte Constance mit saurem Gesicht. »Da empfangen also ein paar Leute Kindergedanken, ohne es zu merken. Das ist doch kein Grund zur Panik.«

»Bei dem Grund sind wir auch noch nicht angelangt«, sagte Mr Benedict mit ernster Stimme.

»Oh«, sagte Constance.

»Toll«, sagte Kleber.

»Da nähert sich uns etwas«, sagte Mr Benedict. »Etwas Schreckliches. Die Botschaften haben damit zu tun, aber sie sind erst der Anfang. Was da kommt, ist schlimmer, viel schlimmer — eine drohende Finsternis, die sturmwolkengleich den Himmel überzieht.«

»Wa-was?«, stammelte Kleber. »Wa-was für eine Finsternis?«

Mr Benedict kratzte sich den Strubbelkopf. »Ich fürchte, das weiß ich nicht.«

Die Kinder trauten ihren Ohren nicht. Machte Mr Benedict Witze? Er *wusste* es nicht?

»Oh, jetzt habe ich euch verwirrt«, sagte Mr Benedict. »Ich hätte sagen sollen, ich weiß es nicht *genau.«*

Rhonda meldete sich zu Wort: »Wir haben gute Gründe, an die kommende Bedrohung zu glauben, Kinder. Es ist nur so, dass ...«

»Aber wenn ihr gute Gründe habt«, unterbrach Constance sie, »warum tut ihr dann nicht was? Ruft die Regierung an! Alarmiert die Behörden!«

»Ausgezeichnet, Constance«, sagte Mr Benedict (der, wie Reynie fand, überraschend nachsichtig mit ihr war). »Ich war früher einmal ein geachteter Berater einiger hoher Regierungsbeamter, die wichtige Behörden leiteten. Aber die Dinge haben sich verändert. Nicht nur, dass diese Behörden fast alle geschlossen und etliche gute Männer und Frauen, die dort einmal gearbeitet haben, wie vom Erdboden verschluckt wurden, auch die Leute, die noch da sind und früher auf mich gehört haben, wollen mir nicht mehr glauben. Schon lange nicht mehr. Einige betrachten mich mit solchem Argwohn, dass ich alles, was ich unternehme, nur noch heimlich tue.«

»Haben Sie gerade gesagt, dass da einige Männer und Frauen einfach so *verschwunden* sind?«, fragte Reynie, der hoffte, etwas falsch verstanden zu haben.

»Ja, verschwunden«, sagte Mr Benedict verbittert. »Als das vor Jahren zum ersten Mal passierte, habe ich natürlich nach den Betreffenden gefragt. Aber an wen ich mich auch wandte (und es waren etliche), niemand schien sich dafür zu interessieren. Es sei dumm, sagte man mir, solche Fragen zu stellen. Irgendwie herrschte die Meinung vor, die Vermissten wären von sich aus gegangen, um Traumjobs in wärmeren Breiten anzunehmen, oder vielleicht hätten sie sich auch vorzeitig pensionieren lassen — obwohl es keinerlei Hinweis darauf gab. Niemand schien sich dafür zu interessieren, was genau mit den Beamten geschehen war. Doch alle wussten (das hörte ich wieder und wieder), dass sie nicht verschwunden waren. Nein, nein, schon darüber nachzudenken galt als absurd.«

Die Kinder waren sprachlos. Regierungsbeamte waren verschwunden, und niemand kümmerte sich darum? Niemand glaubte es?

Reynie fand als Erster die Stimme wieder. »Und so sind Sie darauf gekommen, dass die komischen Botschaften bei den Leuten Wirkung zeigen.«

Mr Benedict nickte. »So ist es, Reynie. Zumindest ist es ein Beispiel dafür.«

»Moment mal«, sagte Kate. »Woher wissen Sie, dass die Botschaften damit zu tun haben?«

»Wegen des Satzes, den wir eben gehört haben«, sagte Reynie. *»Die Vermissten sind nicht verschwunden, sie sind nur abgereist.* Glaubst du nicht, dass es da eine Verbindung gibt?«

»He, du hast recht!«, sagte Kate, die den Satz schon wieder vergessen hatte.

Constance wirkte verärgert. »Okay, die Leute sind also von den geheimen Mitteilungen beeinflusst worden. Aber was können sie gegen die Tatsachen sagen? Zeigen sie denen Ihren Empfänger-Schnickschnack, dann *müssen* sie Ihnen glauben.«

»Ich fürchte, nein«, sagte Mr Benedict. »Das würden sie nicht als Beweis gelten lassen. Sie würden sagen, das sei alles meine Erfindung und der Empfänger produziere die Mitteilungen selbst. Ich gelte bei den Herrschaften nicht länger als vertrauenswürdig.«

Reynie war verwirrt. »Aber Mr Benedict, wenn Sie ihnen erklären, wie es funktioniert — wissenschaftlich, meine ich —, wie können die Ihnen dann nicht glauben? Sie können den Leuten doch sicher das Prinzip erläutern!«

Mr Benedict zögerte. »Das ist eine vernünftige Frage, Reynie. Eine sehr ... Wie soll ich sagen? Ich kann nicht ... Nun ...«

Nummer Zwei unterbrach ihn. »Es macht Mr Benedict verlegen, es so offen zu sagen, Kinder, aber selbst wenn er es ihnen erklärte, würde ihm keiner glauben — weil es nämlich niemand *verstehen* würde. Das ist der Nachteil, wenn man ein Genie ist: Bloß weil man selbst etwas versteht, heißt das noch lange nicht, dass es auch die *anderen* verstehen. Mr Benedict ist zu bescheiden. Er bringt es nie über sich, das so klar zu sagen.«

»Er hat versucht, es einer ganzen Reihe von Leuten zu erklären«, warf Rhonda ein. »Aber es ist nicht nur so, dass sie ihm nicht glauben wollen, es ist noch viel schlimmer: Nummer Zwei und ich — und ein paar von den anderen Assistenten — sind die Einzigen, die ihn überhaupt verstanden haben.«

Mr Benedict war vor Verlegenheit ganz rot geworden. Er hustete. »Wie gewöhnlich, meine Lieben, schätzt ihr meine Fähigkeiten viel zu hoch ein. Im Prinzip habt ihr jedoch recht: Es ist schwer, heute in den Behörden noch auf interessierte Zuhörer zu stoßen.«

»Mit anderen Worten, verglichen mit Ihnen gibt‘s da nur Dummköpfe«, sagte Kate mit einem Lachen.

»Es so auszudrücken, ist nicht unbedingt nett, Kate«, sagte Mr Benedict.

Im Gegensatz zu Kate war den anderen absolut nicht nach Lachen zumute. Geheime Botschaften, die in die Welt hinausgesandt wurden, Männer und Frauen, die spurlos verschwanden, Regierungsbeamte, die nicht zuhören wollten — und sie sollten daran etwas ändern? Eine bedrohliche, unbestimmte Angst senkte sich wie kalter Tau auf sie herab.

Constance machte ihrer Beklemmung wie gewohnt mit Ärger Luft: »Toll, schon kapiert. Eine Menge Leute verschwinden auf Nimmerwiedersehen, irgendwer sendet geheime Botschaften aus, und keiner will davon was hören. Aber *wir* sind doch nicht wirklich in Gefahr, oder?« (Obwohl sie sich Mühe gab, spöttisch und gelangweilt zu klingen, sah man ihren Augen doch an, dass sie es mit der Angst bekam.) »Sie sagten, wir sind alle in Gefahr ... Aber das war eine Übertreibung, oder?«

»Es tut mir leid, Constance«, sagte Mr Benedict düster, »mir wäre das auch sehr viel lieber, aber ich habe nicht im Mindesten übertrieben. Selbst jetzt, in diesem Moment, seid ihr in Gefahr.«

Und tatsächlich, noch während er sprach, begann die Glocke auf dem Treppenabsatz wie wild zu läuten.

DIE MÄNNER IM IRRGARTEN

Nun passierte sehr viel in sehr kurzer Zeit: Mr Benedict wurde so von der Alarmglocke überrascht, dass er auf der Stelle einschlief und in die Arme von Nummer Zwei kippte. Die Kinder hatten kaum Zeit, sich erschrocken anzusehen, als die Glocke auch schon wieder verstummte, das Licht ausging und Constance anfing zu schreien. Und dann, nach einigem Drängeln, Ellbogenstoßen und Im-Dunkeln-Herumsuchen, holte Kate endlich die Taschenlampe aus ihrem Eimer, schaltete sie ein — und Constance war verschwunden.

»Wo ist sie hin?«, rief Reynie.

»Vielleicht ist sie hinunter zur Glocke, wie es uns aufgetragen wurde«, sagte Kleber.

»Das bezweifle ich irgendwie«, sagte Kate.

»Okay, alle zusammen«, rief Rhonda, während Nummer Zwei versuchte, Mr Benedict wach zu rütteln, »lauft zur Glocke. Milligan wird dort sein und kann, wenn nötig, nach Constance suchen. Nummer Zwei und ich kommen nach, sobald Mr Benedict aufwacht. Los jetzt!«

Die Kinder stolperten hinter Kate her, die ihnen mit ihrer Taschenlampe den Weg hinaus in den dunklen Flur wies. Draußen donnerte es, der Wind heulte und Regen peitschte aufs Dach, und in all dem Lärm war es so gut wie unmöglich zu hören, ob ihnen womöglich jemand auflauerte. Verängstigt klammerten sich die Kinder aneinander und liefen auf die Treppe zu, dann ging es die Stufen hinab, und jeder einzelne Donner ließ sie erneut zusammenfahren. Endlich erreichten sie den Treppenabsatz. Der Lichtkegel von Kates Taschenlampe strich über die ruhig und bewegungslos dahängende Glocke und erfasste ein trauriges Gesicht.

»Wo ist Constance?«, fragte Milligan.

»Hab ich's doch gewusst«, sagte Kate zu den Jungen.

»Wir hatten gehofft, sie wäre schon hier«, sagte Reynie.

Milligan sah finster aus, noch finsterer als gewöhnlich. »Sie könnte im Dunkeln an mir vorbeigeschlüpft sein. Das kompliziert die Sache. Es bleibt keine Zeit, euch an einen sicheren Ort zu bringen. Wenn Constance im Irrgarten ist, können wir sie jeden Augenblick verlieren. Aber ich kann euch hier nicht allein lassen. Ihr müsst mit mir kommen.«

»In den Irrgarten?«, fragte Kleber. »Im Dunkeln?«

»Richtig. Und jetzt halte dich an meiner Jacke fest, Kleber, und ihr zwei haltet euch an ihm fest. Bleibt immer hinter mir. Kate, mach die Lampe aus. Die hilft ihnen nur, uns aufzuspüren.«

»Ihnen?«

»Ja«, sagte Milligan. »Sie sind hinter euch her. Und jetzt Ruhe.«

Keines der Kinder sagte ein Wort (wenn auch zwei von ihnen laut schluckten), und schon ging es hinunter in den Irrgarten. Auch hier gab es kein Licht — nicht eine Lampe leuchtete mehr auf, wenn man in einen neuen Raum kam. Es war völlig finster, und durch diese völlige Finsternis bewegten sie sich, pirschten von Raum zu Raum, bis Milligan plötzlich erstarrte. Die Kinder hielten den Atem an. Erst sah Reynie nichts. Dann entdeckte er zwei Lichtkegel, die sich durch die anderen Räume bewegten. Er drückte Klebers Arm, und Kleber drückte noch fester zurück.

Aus Richtung des Lichts klang ein kurzer Schmerzensschrei herüber — das war Constance —, gefolgt von einem dumpfen Geräusch, als sei jemand zu Boden gegangen. Dann zischte eine Männerstimme: »Ich hab sie!«

»Kommt«, flüsterte Milligan und eilte in Richtung des Lichts, die Kinder hinter sich herziehend. Es war komisch, so schnell zusammen zu laufen. Während Kate sich mit der Anmut einer Katze bewegte, holperten die Jungen ungelenk hinter Milligan her. Vielleicht bremsten sie ihn zu sehr, denn als sie Momente später in den angesteuerten Raum kamen, waren die Lichter verschwunden. Alles war schwarz und ruhig, aber ein scharfer, würziger Geruch lag in der Luft.

»Ich rieche euer Rasierwasser«, sagte Milligan in die Finsternis hinein.

»Ich hoffe, es gefällt dir«, antwortete eine Männerstimme, und hinter ihnen leuchteten zwei Taschenlampen auf, die ihre Schatten an die Wand warfen. »Und jetzt dreht euch langsam um. Ganz langsam, und bleibt dabei friedlich.«

Milligan begann sich zu drehen, die verschreckten Kinder jedoch, die begriffen, dass sie in der Falle saßen, es aber nicht wahrhaben wollten, hielten einander gefasst und bewegten sich nicht.

»Das geht ein bisschen zu langsam«, sagte die Stimme. »Kommt schon. Lasst euch ansehen. Keine Angst, wir leuchten euch schon nicht in die Augen. Ich weiß, das ist unangenehm.«

Milligan drückte ihre Schultern, und langsam wandten sie sich zu der Stimme um. Der Mann hatte die Wahrheit gesagt, die Taschenlampen deuteten nach unten, und im Dämmer ihrer Lichtkegel konnte Reynie undeutlich ausmachen, wem sie da gegenüberstanden. Er wusste nicht, was er erwartet hatte, das, was er da sah, auf jeden Fall nicht: zwei gutaussehende Männer, die sie nett und einladend ansahen. Einer von ihnen war beeindruckend groß. Die Männer trugen Maßanzüge, klobige silberne, teuer aussehende Uhren und über den Anzügen elegante Regenmäntel, von denen es unablässig auf den Boden tropfte. Warum lächelten sie ihnen nur so freundlich zu? Fast hätte Reynie aufgeatmet, so überrascht und entwaffnet war er. Aber nur fast. Denn in diesem Moment fiel sein Blick auf einen Leinensack, der im Schatten hinter den Männern lag und aus dem Constances kleine Füße ragten.

»Habt ihr wirklich geglaubt, wir hätten euch nicht kommen hören?«, fragte der Große in einem Tonfall, als amüsierte er sich zusammen mit den Kindern über einen Scherz. »Wie eine Büffelherde seid ihr herangestampft gekommen! Und jetzt hebt bitte die Hände über den Kopf.«

Reynie hatte Angst, aber er sah keinen Grund, warum sie gehorchen sollten. Die Männer schienen keine Waffen bei sich zu haben. Milligan folgte jedoch dem Befehl des Mannes — offenbar wusste er etwas, das Reynie nicht wusste —, und so ließen sich Kate und Reynie mit klopfendem Herzen los und hoben ebenfalls die Hände in die Höhe. Nur Kleber war vor Angst so durcheinander, dass er Milligans Jacke nicht loslassen wollte.

»Sagt dem glatzköpfigen Jungen, er soll seine Hände heben«, sagte der Große noch einmal.

»Ist schon in Ordnung, Kleber«, sagte Milligan. »Tu, was er sagt, Kind. Komm schon, lass los.«

Endlich vermochte Kleber seinen Griff zu lösen. Kaum hatte er das getan, sprang Milligan zur großen Überraschung aller durch eine offene Türöffnung und verschwand aus dem Raum. Er bewegte sich so schnell und so unerwartet, dass niemand reagieren konnte, bevor er verschwunden war. Die Männer sahen sich an und brachen in Lachen aus.

Reynie spürte, wie ihm der Mund austrocknete. Kleber ließ ein Wimmern hören.

»Einen schönen Beschützer habt ihr da!«, lachte der Kleinere. »Das muss man ihm lassen, sich *selbst* weiß er bestens zu beschützen. Ich habe noch nie jemanden so schnell verschwinden sehen.«

Der Große kicherte. »Ist er dir nicht auch irgendwie bekannt vorgekommen?«

»Jetzt, wo du es sagst, ja«, sagte der andere und kratzte sich am Kopf. »Auch wenn ich nicht weiß, woher. Aber lass uns lieber sehen, dass wir weiterkommen.«

»Was haben Sie mit uns vor?«, fragte Kate. Obwohl ihr die Knie zitterten, war ihre Stimme voller Trotz.

Der große Mann klemmte sich seine Lampe unter den Arm und streckte ihnen die geöffneten Hände entgegen, was wohl eine tröstende Geste sein sollte. »Bleibt ganz ruhig«, beschwichtigte er sie. Der Kleine tat das Gleiche — klemmte seine Lampe unter den Arm und streckte die Hände aus. Reynie fiel auf, dass die silbernen Uhren der Männer völlig identisch waren, und nicht nur das: Aus irgendeinem Grund trugen beide *zwei,* an jedem Arm eine.

»Wenn ihr Kinder schön folgsam seid«, sagte der große Mann und lächelte verständnisvoll, »verspreche ich euch, dass es kein bisschen wehtun wird.«

»Ach, komm schon, lass uns endlich einmal die Wahrheit sagen«, unterbrach ihn der andere. »Nur so zum Spaß.«

Der Große rollte mit den Augen. »Also gut, die Wahrheit ist, *dass* es wehtut. Und zwar *heftig*. Aber wenn ihr stillhaltet«, sagte er und wackelte dabei mit den Armen, um die Uhren ganz unter den Manschetten hervorrutschen zu lassen, »verspreche ich, dass der Schmerz nicht so *lange* anhält.«

Reynie spürte, wie sich Kate und Kleber neben ihm verkrampften. Sie wussten nicht, was sie zu erwarten hatten, aber es würde mit Sicherheit schlimm werden. Die Männer fingen wieder an zu lachen. Da hörte Reynie ein elektrisches Summen ...

Das Lachen brach abrupt ab und wurde abgelöst von zwei merkwürdigen Pfeifgeräuschen — *switt, switt* —, worauf einer der Männer die Augen schloss, seine Lampe fallen ließ und zu Boden sank. Der andere tat genau das Gleiche und fiel bewusstlos auf seinen Freund. Die Taschenlampen rollten über den Boden und schickten ihre hellen Lichtkegel durch den Raum.

Einer der Lichtkegel richtete sich schließlich auf die Türöffnung hinter den beiden Männern, wo Milligan mit einem Betäubungsgewehr stand. Er trat vor, um die winzigen gefiederten Pfeile aus den Schultern der Männer zu ziehen, und sagte: »Denkt immer daran, Kinder. Wo ein Ausgang ist, ist auch ein Eingang.«

Das Esszimmer kam ihnen wie ein völlig neuer Raum vor. Der Regen hatte aufgehört, es zog nicht mehr und helles Sonnenlicht strömte durchs Fenster. Dennoch war die Stimmung gedrückt. Das Frühstück stand immer noch so da, wie sie es zurückgelassen hatten — erst vor einer Stunde hatte Reynie Milligan nach Tee und Honig gefragt, aber Teekanne und Honigglas wirkten so unwirklich und fehl am Platz, als wären sie Requisiten in einem Theaterstück.

Alle setzten sich an den Tisch, nur Constance saß auf dem Boden. Die Männer im Irrgarten hatten ihr einen ziemlichen Schock versetzt (einen wirklichen richtigen Elektroschock, mit Drähten, die wie Schlangenzungen aus ihren Uhren geschnellt seien, hatte sie gesagt), und sie war immer noch etwas benebelt. Das dünne blonde Haar stand ihr vom Kopf ab, gerade so wie kleine Kinder Sonnenstrahlen malten, und ihre Augen schienen unabhängig voneinander in ihrem Kopf herumzuwandern. Zuerst war sie im Kreis um ihren Stuhl gelaufen und hatte erfolglos versucht, hinaufzuklettern. Dann hatte sie sich zu Boden sinken lassen und gesagt, da wolle sie erst einmal bleiben.

Mr Benedict sah sie besorgt an. »Bist du sicher, dass mit ihr alles in Ordnung ist, Rhonda? Hast du sie sorgfältig untersucht?«

Rhonda nickte. »Sie wird sich bald schon wieder besser fühlen.«

»Okay, wer waren diese Männer?«, brach es jetzt aus Kate heraus.

»Profi-Kidnapper«, sagte Mr Benedict. »Schlaue Burschen, die für den Sender arbeiten. Wie ich schon sagte, benutzt er Kinder, um seine Botschaften auszusenden.« »Und er *fängt* sie sich?«, fragte Kate.

»Er hat auch raffiniertere Methoden. Aber einige Kinder, ja, die fängt er. Seine Kundschafter haben eine feine Nase für verwundbare Kinder. Aber habt keine Angst, wir haben sie weit von hier weggeschafft, und sie werden eine ganze Weile bewusstlos sein, dank Milligan.«

Nummer Zwei schnalzte mit der Zunge. »Wenn Constance bloß nicht in den Irrgarten gelaufen wäre. Constance, was um alles in der Welt wolltest du da unten?«

»Ich *wollte* da gar nichts«, fuhr Constance sie an. »Ich hab nur versucht, auf den Treppenabsatz zu gelangen, so wie Mr Benedict es uns gesagt hat ...« Die Jungen sahen Kate an, die mit einem Achselzucken zugab, dass sie unrecht gehabt hatte. »Aber ich bin eine Treppe zu weit gelaufen, und dann hörte ich jemanden hinter mir und bin tiefer in den Irrgarten hineingeflohen, um ihm zu entkommen. Aber sie haben mich gefunden«, sagte sie mit einem Schaudern. »Sie haben mich ganz eindeutig gefunden.«

Nummer Zwei tätschelte ihr die Schulter. »Keine Angst, Connie, jetzt bist du in Sicherheit.«

»Nennen Sie mich nicht Connie«, sagte Constance verärgert. Sie erhob sich unsicher vom Boden und unternahm einen weiteren Versuch, auf ihren Stuhl zu kommen, diesmal mit Erfolg.

»Ich bin froh, dass es dir wieder besser geht, Constance«, sagte Mr Benedict.

»Aber werden die Männer nicht zurückkommen?«, fragte Reynie.

»Das ist schon möglich«, sagte Mr Benedict. »Genau deshalb müssen wir uns beeilen. Wie die Dinge liegen, hoffe ich, dass wir lange genug unentdeckt bleiben, um unsere Untersuchung in Gang zu setzen.«

»Und wenn nicht?«, fragte Constance, als rechnete sie bereits mit einem Misserfolg.

»Wenn nicht, Kind, ist alles verloren!«, rief Mr Benedict und bedauerte gleich seinen Ausbruch. »Entschuldigt, dass ich so laut werde«, fuhr er mit leiserer Stimme fort. »Ein Misserfolg ist im Augenblick eine schlimme Aussicht. Aber lasst mich bitte erklären. Diese Männer wollten euch in eine Schule bringen, ins Lerninstitut für die besonders Erleuchteten.«

»Davon habe ich schon gehört«, sagte Reynie. »Ein paar Kinder aus dem Waisenhaus wollten dorthin, aber Mr Rutger sagte, das sei gegen die Gepflogenheiten, und er werde es nicht erlauben.«

»Das war es zweifellos, wenigstens gegen *seine* Gepflogenheiten. Mr Rutger ist nicht nur der Direktor des Waisenhauses, sondern auch Rektor der Waisenhausschule, nicht wahr? Ich glaube, er wird nach der Anzahl seiner Schüler bezahlt.«

»Auch für die mit eigenen Tutoren?«, fragte Reynie.

Mr Benedict warf ihm einen bedeutungsschweren Blick zu.

In Reynie kam Wut auf. »Das erklärt, warum er mich nicht auf eine höhere Schule lassen wollte. Er brauchte meinen Namen auf der Schülerliste, aus reiner Gier!«

»Es ist durchaus möglich, dass er dachte, es sei zu deinem Besten«, sagte Mr Benedict. »Gier bringt die Menschen manchmal auf Gründe, die ihnen sonst verschlossen geblieben wären, und es war *tatsächlich* zu deinem Besten, dass er dich nicht dorthin geschickt hat. Das Institut nimmt alle Kinder an, ist aber besonders an Waisen und Ausreißern interessiert. Manchmal werden sie sogar gegen ihren Willen in die Schule geschafft, wie ihr gesehen habt.«

»Die geheimen Botschaften kommen aus dem Institut, nicht wahr?«, sagte Reynie.

»Ich glaube, die Schule wurde allein zu diesem Zweck gegründet«, antwortete Mr Benedict. »Der Sender braucht ständig neue Kinder, und das Institut verschafft ihm einen stetigen Zustrom.«

»Ich kann nicht glauben, dass er damit durchkommt«, sagte Kleber.

»Er ist sehr schlau, Kleber. Das Institut ist eine äußerst verschlossene, gut bewachte Einrichtung, was für eine Schule nicht gerade typisch ist, und dennoch genießt es einen ausgezeichneten Ruf. Die geheimen Botschaften haben alle vom großen Wert des Instituts überzeugt.«

»In den Botschaften wird oft ein Satz wiederholt«, erklärte Rhonda. *»Wagt nicht, euch gegen das Institut zu wenden.* Das ist eindeutig eine Art Verteidigungsmechanismus.«

»Auf die Weise hat das Institut allen Vorschriften entgehen können«, sagte Mr Benedict. »Es arbeitet ganz nach seinen eigenen Regeln, ohne jede Einmischung von außen.«

»Das ist ja unglaublich!«, rief Kate. »Ich kann nicht glauben, dass niemand nach den Kindern dort sieht!«

»Ich fürchte, Ausreißer und Waisenkinder verschwinden noch leichter als Regierungsbeamte«, sagte Mr Benedict. »Und vergesst nicht: *Die Vermissten sind nicht verschwunden, sie sind nur abgereist.«*

Entsetzt sahen die Kinder einander an.

»Ich bin froh, dass Milligan da war, um uns zu beschützen«, sagte Kleber mit einem Schaudern. »Das Institut ist der letzte Platz auf dieser Welt, an dem ich sein möchte.«

Mr Benedict schien dieser letzte Satz etwas Unwohlsein zu bereiten. Er räusperte sich. »Ja, nun, die Kundschafter haben wir abgewehrt, und sie werden euch nicht gegen euren Willen ins Institut verschleppen, das stimmt. Aber hin müsst ihr dennoch. Als meine Geheimagenten.«

CODES UND GESCHICHTEN

Kate Wetherall brauchte ungefähr drei Sekunden, um sich in ihre neue Rolle als Geheimagentin einzufühlen. Während die anderen Kinder vor Staunen noch Mund und Nase aufrissen, kurz die Augen zudrückten und sich kniffen, um sicherzugehen, dass sie nicht träumten (genauer gesagt, kniff Constance Kleber, der aufjaulte und sie zurückkniff) — kurz: während die übrigen Kinder die Neuigkeit erst noch verdauen mussten, bombardierte Kate Mr Benedict bereits mit Fragen: Wie lautete ihr Auftrag? Würden sie Code-Namen bekommen? Bestand auch die Möglichkeit für einen etwas *längeren* Code-Namen?

Mr Benedict wartete, bis sich alle beruhigt hatten. Dann erklärte er ihnen ihren Auftrag: Dass sie bereits am nächsten Tag im Lerninstitut für die besonders Erleuchteten eingeschult werden sollten, dass er, Mr Benedict selbst, ihnen alle dazu notwendigen Papiere beschaffen würde und die gesamte Unternehmung (zu Kates großer Enttäuschung) ohne Code-Namen ablaufen werde. Sie müssten sie selbst sein, sagte Mr Benedict. Sie würden schon genug Geheimnisse zu bewahren haben.

»Aber was genau sollen wir dort tun?«, fragte Kleber.

»Genau das, was sie von euch verlangen«, sagte Mr Benedict. »Lernen. Ihr müsst ausgezeichnete Schüler sein. Wir wissen über das Institut, dass es dort sogenannte >Privilegien< gibt, die nur den besten Schülern gewährt werden, und ich habe keinen Zweifel daran, dass es genau diese Schüler sind, die der Sender für seine Mitteilungen benutzt.«

»Und Sie hoffen, dass wir mehr über das alles in Erfahrung bringen können«, sagte Reynie.

»Genau. Zum Beispiel, warum die Botschaften so wirksam sind und was der Sender damit letztlich vorhat — alles, was ihr herausfindet, könnte uns helfen, ihn zu stoppen und auszuschalten.«

»Das ist alles?«, fragte Kleber. »Sie wollen nur, dass wir dort auf die Schule gehen?«

»Nein, ich will viel mehr als das«, sagte Mr Benedict. »Ihr sollt nicht nur herausfinden, was den Kindern dort beigebracht wird, sondern auch, was man ihnen verheimlicht. Alles, was euch seltsam erscheint, jede verdächtige Einzelheit — kurz: alle ungewöhnlichen Dinge — sollt ihr mir mitteilen. Man kann nie wissen, welches kleine Fitzechen Information den Schlüssel zum Plan des Senders in sich birgt. Alles, was euch auffällt, könnte von Wichtigkeit sein.«

Kate rieb sich die Hände. »Wir sollen also herumschnüffeln, vielleicht hier und da in ein Büro einbrechen und ...«

Mr Benedict schüttelte den Kopf. »Ganz und gar nicht.«

Kate hielt inne. »Nein?«

»Ihr sollt zwar möglichst viel herausfinden«, sagte Mr Benedict streng, »und es mir berichten, dabei dürft ihr aber keine unnötigen Risiken eingehen. Eure Unternehmung ist auch so schon gefährlich genug.«

Kate wirkte niedergeschlagen, die übrigen Kinder dagegen schienen eher erleichtert.

»Wir müssen«, fuhr Mr Benedict fort, »oft in Verbindung treten, und das natürlich, ohne dass es jemand merkt. Dazu werden wir das Morsealphabet benutzen.«

»Das Morsealphabet!«, rief Reynie verwundert.

»*Niemand* benutzt noch das Morsealphabet!«, sagte Kate.

»Genau deshalb ist es nützlich für uns«, entgegnete Mr Benedict. »Wie ihr vielleicht wisst, liegt das Institut auf der Insel Nomansan, etwa einen Kilometer vor der Küste von Stonetown Harbour. Wir werden die Insel von einer versteckten Stelle an der Küste aus ständig mit einem starken Teleskop beobachten. Jeden Tag, jede Nacht, jeden einzelnen Augenblick werdet ihr beobachtet werden. Es hängt von euch ab, was ihr für die beste Zeit haltet, um eure Informationen zu senden. Wir sind auf jeden Fall bereit.«

»Aber wir sollen morgen schon hin und kennen das Morsealphabet noch nicht einmal!«, murrte Constance.

»Ich schon«, sagte Kleber. »Ich kann es euch beibringen, wenn ihr wollt.«

Constance streckte ihm die Zunge heraus und rollte mit den Augen.

»Ihr lernt alle sehr schnell«, sagte Mr Benedict. »Da mache ich mir keine Sorgen. Und, Constance«, fuhr er fort und hob eine Braue, »ich rate dir, Klebers Angebot anzunehmen. Das war die andere wichtige Sache, die ich mit euch besprechen wollte. Ihr seid jetzt eine Mannschaft. Ihr müsst euch in allen Dingen aufeinander verlassen. Ob ihr immer einer Meinung seid, ist belanglos: Ihr *müsst* euch umeinander kümmern und gegenseitig helfen. Ich übertreibe nicht, wenn ich sage, dass jeder von euch, jeder Einzelne, unverzichtbar für den Erfolg der Mannschaft ist, und damit für eure Mission und das Schicksal von uns allen. Denkt daran, immer und überall.«

»Gut. Also los, George Washington«, sagte Constance zu Kleber. »Fang schon an und bring mir dein lausiges Morsealphabet bei.«

»Nenn mich bitte Kleber. Einfach nur Kleber. Meinen Nachnamen brauchst du schon gar nicht.«

»Wann fangen wir denn nun an, George Washington?«

Kleber knurrte. »Nenn mich nicht so!«

Kate lehnte sich zu Reynie hinüber und flüsterte: »Ich glaube, wir werden mehr Schwierigkeiten haben, als Mr Benedict erwartet.«

Die Kinder sollten das Morsealphabet im Esszimmer lernen, aber der Nachmittag war so schön und der schattige Hof wirkte so einladend, dass sie fragten, ob es nicht auch draußen ginge. Mr Benedict stimmte dem unter der Bedingung zu, dass niemand hinaus auf die Straße lief und Milligan die ganze Zeit über bei ihnen blieb. So gingen sie also hinaus auf den Hof, wo sich Kleber und Constance auf die steinerne Bank unter der Ulme setzten. Kate und Reynie ließen sich auf dem efeuüberwucherten Boden davor nieder. Milligan hatte sich in einen grauhaarigem Gärtner mit Strohhut verwandelt, der sich unbeholfen und mit finsterer Miene um die Rosenbüsche am Eisenzaun kümmerte.

»Der Code ist einfach«, sagte Kleber. »Er arbeitet mit Punkten und Strichen, kurzen und langen Signalen, die Buchstaben und Zahlen repräsentieren. Der Buchstabe >A< zum Bespiel ist ein kurzes und ein langes Signal, ein Punkt und ein Strich. Hier, ich zeig's euch.« Er lieh sich Kates Taschenlampe aus (Kate hatte natürlich wie immer ihren Eimer dabei) und ließ sie ganz kurz aufleuchten. »Das war das kurze Signal, der Punkt«, sagte er. Dann ließ er sie für eine volle Sekunde brennen. »Und das ist das lange Signal, der Strich. Nacheinander gesandt bedeuten sie >A<, und die anderen Buchstaben funktionieren ganz ähnlich. Das >B< ist ein Strich mit drei Punkten, das >C< ein Strich, ein Punkt, ein Strich und ein Punkt: lang, kurz, lang, kurz. Und so weiter. Es steht alles hier drauf«, sagte er und deutete auf den Zettel, den Mr Benedict Constance gegeben hatte.

»Lasst uns ein paar Übungen machen«, sagte Kleber. »Constance, du nimmst die Taschenlampe und den Zettel, um uns eine Mitteilung zu buchstabieren, und wir entschlüsseln, was du sagst.«

Da Constance beide Hände brauchte, um die Taschenlampe halten zu können, hielt Kleber den Zettel vor sie hin. Sie sah angestrengt auf das Papier und ließ die Lampe dann einmal kurz und zweimal lang aufleuchten. Dann machte sie eine Pause.

»Punkt, Strich, Strich«, sagte Kleber.

Kate sah nach und sagte: »Das ist ein >W<, nicht wahr?« Constance nickte und blinkte wieder: einmal kurz, einmal lang.

»Ein Punkt und ein Strich«, sagte Reynie. »Das ist ein >A<.«

Wieder nickte Constance, und so arbeiteten sie sich durch den Rest ihrer Mitteilung. Wie Mr Benedict bereits gesagt hatte, lernten sie alle sehr schnell, aber dennoch brauchten sie einige Minuten, denn alle bis auf Kleber mussten immer wieder auf den Zettel sehen. Endlich ließ Constance den Code für ihren letzten Buchstaben aufleuchten (lang, kurz — ein »N«) und sah erwartungsvoll Kleber an, der nervös begann, den Zettel zusammenzufalten und wieder auszubreiten und ihn in seinen Händen hin und her zu drehen. Constances Mitteilung war eine Frage: *»Warum bist du davongelaufen?«*

»He, das ist eine gute Frage«, sagte Kate. »Warum bist du davongelaufen, Kleber?«

»Das wäre eine sehr lange Antwort im Morsecode«, sagte Kleber. »Lasst uns mit etwas anderem weitermachen, etwas Kürzerem.«

»Vergiss den Code und erzähl es uns«, sagte Kate. »Wenn wir eine Mannschaft sein sollen, müssen wir uns besser kennenlernen. Meinst du nicht auch, Reynie?«

»Sie hat recht«, sagte Reynie. »Das Beste ist, wir wissen alle Bescheid.«

»Ich glaube auch«, sagte Kleber niedergeschlagen. »Aber es ist nicht schön, es zu erzählen.«

Es war auch nicht schön zuzuhören. Während Kleber seine Geschichte erzählte, wurden die Gesichter der anderen immer länger, bis sie alle aussahen wie kleine Milligans (der ganz still ein Stück näher gekommen war, um mit zuzuhören). Wie sich herausstellte, war Kleber früher ziemlich glücklich gewesen, ein nettes Kind mit netten Eltern, aber die Situation änderte sich schnell, als seine Begabung offensichtlich wurde.

Begonnen hatte alles an einem Apriltag, als seine Mutter (die unter Arthrose in den Knien litt und deren Rollstuhl bei feuchtem Wetter besonders geölt werden musste), als seine Mutter sich also darüber beklagte, dass es so oft regnete. Es kam nur selten vor, dass der Ärger so aus ihr herausbrach. Kleber half seiner Mutter in ihren Rollstuhl und gab eine detaillierte Erklärung zu Wettersystemen und geografischen Eigenheiten der Gegend, in der sie lebten. Kleber war sehr still und schüchtern, und es war das erste Mal, dass er etwas von seinem enormen Wissen preisgab. Seine Mutter versicherte sich, dass er kein Fieber hatte.

Abends erzählte sie seinem Vater davon, der Kleber sagte, er solle noch einmal wiederholen, was er der Mutter erklärt hatte. Kleber tat es, Wort für Wort. Sein Vater musste sich setzen. Dann stand er wieder auf, ging ins Arbeitszimmer hinüber und kam mit mehreren Bänden einer veralteten Enzyklopädie zurück. Einige der Bände gab er Mrs Washington, einige behielt er selbst. Zusammen befragten sie Kleber und stellten bald schon fest, dass ihr Sohn, der damals erst sieben war, mehr Informationen in seinem Kopf gespeichert hatte als ein Professor, vielleicht sogar mehr als *zwei* Professoren und dazu noch ein Ingenieur für die eher technischen Fragen. Die Washingtons waren erstaunt und stolz und hätten nicht aufgeregter sein können, wenn sie einen vergrabenen Schatz entdeckt hätten.

In gewisser Weise hatten sie das auch, denn sie schickten ihn gleich in Quizsendungen, die er mit Leichtigkeit gewann, und so beachtliche Preise nach Hause brachte: eine neue Enzyklopädie, um die alte zu ersetzen, einen neuen Schreibtisch, eine Geldprämie, ein Sparkonto. Je mehr Kleber gewann, desto aufgeregter wurden seine Eltern. Sie trieben ihn ständig zum Lernen an. Während des Essens musste er lesen, abends lange aufbleiben, um die Zeit nicht mit Schlafen zu vergeuden, und schon gar nicht mit Freunden. Der Druck, immer gewinnen zu müssen, beeinträchtigte allerdings seine Aufmerksamkeit. Seine Eltern wurden zornig, wenn er einmal eine Frage nicht beantworten konnte, was ihm immer öfter passierte, denn er geriet durcheinander, wenn er nervös wurde. Sie warfen ihm vor, er kümmere sich nur um sich selbst und sie seien ihm egal. Wenn sie ihm wirklich etwas bedeuteten, würde er sich mehr anstrengen, um zu gewinnen, denn nur wenn er gewinne, könne die Familie in Wohlstand und Glück leben.

Das überraschte Kleber, schließlich war die Familie nie wohlhabend gewesen — dass sie deswegen unglücklich gewesen wären, war ihm nicht aufgefallen. Und für ihn war es sowieso andersherum: Je mehr er gewann, desto unglücklicher wurde er. Aber auch wenn er manchmal eine Frage ausließ, obwohl er die Antwort doch eigentlich wusste, gewann er meist ohne Schwierigkeiten, wurde zu immer größeren Wettbewerben zugelassen und bekam immer größere Preise, bis seine Eltern am Ende völlig geblendet waren von der Aussicht auf stetig weiterwachsenden Reichtum und er selbst völlig erschöpft. Weder mit Klagen noch mit Bitten konnte er sie jedoch dazu bringen, ihn aufhören zu lassen. Wenn er reich und berühmt sein wolle, sagten sie, müsse er immer weiter gewinnen. Als er darauf antwortete, er mache sich nichts aus Reichtum und Berühmtheit, glaubten sie ihm nicht und sagten, er sei nur zu faul.

Endlich entschied sich Kleber, seinen Standpunkt dadurch zu unterstreichen, dass er so tat, als sei er weggelaufen. Er schrieb einen Abschiedsbrief und versteckte sich für einige Tage in einem Teil des Kellers, von dem seine Eltern glaubten, er sei mit Brettern vernagelt, zu dem er aber einen geheimen Zugang gefunden hatte. Von dort aus konnte er sich genug zu essen besorgen und auch zwischendurch zur Toilette gehen, vor allem aber seine Eltern beobachten. Erst gefiel ihm, was er sah: Die Washingtons waren äußerst verstört, beklagten lauthals den Verlust ihres Sohnes und baten überall in der Stadt um Hilfe. Aber dann geschah etwas Unglückliches: Ein reicher Mann, der selbst einmal ein Quizchampion gewesen war, hörte von dem Fall und gab den Washingtons eine große Summe Geld, um ihnen bei der Suche zu helfen. Die Nachricht von seiner Großzügigkeit verbreitete sich rasch und inspirierte andere Menschenfreunde, die nicht einfach so zurückstehen wollten, noch mehr Geld zu schicken. Es dauerte nicht lange, und Leute von überall her schickten den Washingtons Geschenke, Klebers Eltern wurden immer reicher, und er selbst musste erstaunt und gedemütigt mit ansehen, wie sie kaum mehr nach ihm suchten und stattdessen alle Zeit und Kraft darauf verwandten, ihre neuen Reichtümer möglichst gewinnbringend anzulegen. Als er schließlich eines Tages hörte, wie sein Vater so etwas sagte wie, dass es nun »besser ging« — besser, weil er *weg* war, wie Kleber begriff —, da hatte er genug von ihrem Verrat und lief wirklich weg.

»Ich war schon wochenlang unterwegs, als ich Mr Benedicts Anzeige sah«, schloss er und nahm die Brille ab, um sich eine Träne aus den Augen zu wischen. »Das ist meine Geschichte. Den Rest kennt ihr alle. Können wir jetzt weiterüben?«

Nach einem kurzen unglücklichen Schweigen stimmten ihm die anderen zu, und Constance nahm die Taschenlampe. Ihre Mitteilung war diesmal etwas kürzer: *»Es tut mir leid.«* Die anderen staunten. Selbst Milligan, der wieder zu seinen Rosen gegangen war und so gewirkt hatte, als verfolgte er nicht mehr, was sie taten, hob die Brauen.

»Ist schon gut«, sagte Kleber.

»Sind wir nicht ein deprimierender Haufen?«, sagte Kate. »Wenn wir so weitermachen, lernen wir das Morsealphabet vor lauter Traurigkeit nie.«

»Oh, fühlst du dich traurig, George Washington?«, fragte Constance.

Kleber schnaufte. »Damit meinte sie *dich*. Und bitte nenn mich nicht so.«

»Ich habe dich nicht >So< genannt. Ich habe >George Washington< gesagt. Frag die anderen. Die haben es gehört. Ich habe ganz klar nicht >So< gesagt, sondern >George Washington<.«

Kate seufzte und murmelte: »So viel zum Thema Traurigkeit.«

»Und was ist mit Milligan?«, sagte Constance. »Warum ist der so traurig?«

Alle Augen richteten sich auf ihren Leibwächter, der mit den Rosen fertig war und gerade das Tor ölte. Er sah aus, als könnte er selbst etwas Öl gebrauchen. Fast meinte man, ihn knarren zu hören, wenn er sich bewegte. Dazu machte er einen Buckel und wirkte tatsächlich so alt, wie es zu seiner Verkleidung passte. Er reagierte nicht auf Constances Frage. Entweder hatte er sie nicht gehört, oder er tat nur so. Aber Constance ließ nicht von ihm ab.

»Milligan!«, rief sie. »Kommen Sie her und sagen Sie uns, warum Sie so schrecklich verdrießlich sind!«

»Himmel noch mal«, sagte Kleber. »Musst du allen Leuten ihre traurigen Geschichten aus der Nase ziehen? Warum lässt du ihn nicht in Ruhe?«

Aber Constance wollte nicht hören, und nachdem sie noch ein paarmal stur nachgefragt hatte, setzte Milligan seine Ölkanne ab und schlurfte zu ihnen herüber.

»Also gut«, sagte er resigniert, »ich werde es euch erzählen.«

Die Kinder sahen ihn aufmerksam an.

»Vor Jahren«, begann Milligan, »wachte ich auf einem harten Metallstuhl auf. Ich war an Händen und Füßen gefesselt und mein Kopf steckte in einer seltsamen metallenen Halterung. >Diese Nuss war schwerer zu knacken als die anderen<, hörte ich eine Männerstimme sagen — und ich fühlte mich tatsächlich so, als hätte man mich geknackt. Ich hatte wahnsinnige Kopfschmerzen, war unglaublich hungrig und erschöpft, und aus irgendeinem Grund stachen mir Finger und Zehen. Aber am schlimmsten war, dass ich absolut nicht wusste, wo ich war oder wie ich dorthin gekommen war.«

»Sie hatten einen Gedächtnisverlust?«, sagte Reynie.

Milligan nickte. »Offenbar hatte ich einen mächtigen Schlag auf den Kopf erhalten. Ich konnte mich an absolut nichts erinnern — weder an meine Vergangenheit noch an das, was ich hatte tun wollen. Nicht mal mein Name fiel mir mehr ein. Bis auf den heutigen Tag weiß ich nicht, wer ich bin.«

»Warum sagen Sie dann, dass Sie Milligan heißen?«, fragte Constance fast schon vorwurfsvoll, als hätte er sie angelogen.

»Als ich wieder zu mir kam, war das der erste Name, der mir durch den Kopf ging. Vielleicht war es tatsächlich mein Name, auch wenn es sich nicht so *anfühlte,* falls ihr versteht, was ich meine. Aber er schien mit mir zu tun zu haben und wichtig für mich zu sein, also heiße ich vielleicht tatsächlich so. Ich fürchte allerdings, ich werde es nie erfahren.«

»Was ist dann passiert?«, fragte Kate.

»Nun, dann hörte ich, wie die Stimme sagte: >Wecken wir ihn auf. Der Kerl geht mir langsam auf die Nerven.< Darauf schüttelte er meinen Arm und sagte in einem ganz anderen, sanfteren Ton: >Wach auf, mein Freund, wach auf<, dabei war ich doch bereits lange genug wach, um gehört zu haben, dass er über mich geredet hatte wie über ein lebloses Stück Fleisch.

Ich tat so, als wachte ich gerade erst auf. >Was?<, sagte ich. >Habe ich geschlafen? Wo bin ich?< Worauf er antwortete: >Du bist in Sicherheit. Das ist das Wichtigste. Wir haben dich vor dem sicheren Tod gerettet und sind hier, um dir zu helfen. Aber jetzt sag mir: Stimmt es, dass du dich an gar nichts mehr erinnerst?<

Ich tat es tatsächlich nicht, wie ich euch schon sagte, und offenbar hatte ich das dem Mann auch schon einmal gesagt. Aber da er so mit dieser Antwort zu rechnen und irgendwie einen Vorteil daraus ziehen zu wollen schien, sagte ich: >Im Gegenteil. Ich erinnere mich an alles.<

Der Mann rief: >Was? Du lügst!<

>Wohl kaum<, sagte ich. >Es tut mir leid, wenn Sie das betrüblich finden.<

Mit einem Mal klang die Stimme durchtrieben, und der Mann sagte: >Wenn du dich an alles so deutlich erinnerst, dann sage mir doch, warum du hier bist.<

>Die Erklärung überlasse ich lieber Ihnen<, antwortete ich.

>Schlaumeier! Du lügst uns an, du dreckiger ...<, rief der Mann, und dann war plötzlich seltsamerweise alles ruhig, ganz so, als hielte jemand dem Mann den Mund zu.

Nach einer Weile sagte ich: >Dreckiger *was?* Bitte, sagen Sie es mir — die Spannung bringt mich noch um.<

Die Stimme war jetzt viel ruhiger. >Nicht die Spannung wird dich umbringen<, sagte der Mann. >Wenn wir dich morgen nicht knacken, werfen wir dich in den Hafen.<

>Was mir unendlich viel lieber wäre, als Ihren Mundgeruch riechen zu müssen<, antwortete ich, worauf er mir ins Gesicht schlug und befahl, mich aus dem Zimmer zu bringen.

Ironischerweise half mir der Schlag, denn er lockerte meine Augenbinde. Kaum hatten wir das Zimmer verlassen, rutschte sie etwas herunter, und ohne dass meine Bewacher etwas davon merkten, konnte ich ziemlich gut sehen. Zwei Männer in Anzügen führten mich einen steinernen Korridor entlang, wobei sie ihren Schritt meinem anglichen, der durch die Fußfesseln behindert war. Während wir gingen, sah ich auf meine Hände, die immer noch in Handschellen steckten, und mir wurde bewusst, dass eine von ihnen etwas gefasst hielt. Ich fragte mich, was das sein mochte, öffnete die Faust und musste feststellen, dass meine Fingernägel völlig heruntergebissen und die Fingerspitzen rot und wund waren. (Das erklärte mir, warum sie so stachen — und nach den Schmerzen in meinen Zehen zu urteilen, war es mit ihnen das Gleiche.) In meiner Hand entdeckte ich eine winzige Vorrichtung, die einer verbogenen Haarnadel glich, und zu meiner großen Überraschung erkannte ich, dass sie aus meinen Finger- und Zehennägeln bestand. All das musste ich selbst getan haben, aber ich hatte keine Erinnerung daran.

Stellt euch vor, wie verblüfft ich war, als ich herausfand, wozu die kleine Vorrichtung diente. Während wir noch den Korridor entlangschlichen, steckte ich sie in das Schloss meiner Handschellen (meine Finger schienen zu wissen, was sie taten, wenn ich auch selbst erst keine Ahnung hatte), und als wir eine Treppe erreichten, hörte ich, wie das Schloss aufsprang. Ich hatte weniger als eine Minute dazu gebraucht, es zu knacken. Bevor meine Bewacher merkten, dass ich mich befreit hatte, beugte ich mich bereits nach unten, schloss den linken Fuß des einen an den rechten Fuß des anderen und hüpfte außer Reichweite. Die beiden Männer versuchten mir zu folgen und fielen der Länge nach hin. Bevor sie sich wieder aufrappeln konnten, hatte ich auch schon meine Fußfesseln gelöst, ließ sie um die Handgelenke der Männer schnappen und rannte die Treppe hinunter.

Der Rest meiner Flucht war ziemlich einfach, obwohl ich natürlich verfolgt wurde. Ich fand den Weg nach draußen in die Dunkelheit einer verregneten Nacht, lief durch hügeliges Gelände und gelangte auf einen Felsen, von dem aus ich den Hafen überblicken konnte. Das Wasser dreißig Meter unter mir war kaum zu sehen, aber mir blieb keine andere Wahl, und ich sprang hinein. Es war nicht ganz einfach, zum Festland zu gelangen, mit Netzen und Haken waren sie hinter mir her. Sie ließen nichts aus, aber ich war ein ziemlich guter Schwimmer, und die Felsen waren äußerst gefährlich für ihre Boote, so dass ich am Ende entkam.«

All das hatte Milligan ihnen leise erzählt, ohne auch nur eine Spur von Aufregung oder Dramatik in der Stimme. Dennoch wussten die Kinder sich kaum zu halten, und als er fertig war, überschütteten sie ihn mit Fragen: Wie war er anschließend hierhergekommen? Was war mit seinem Gedächtnis passiert? Was hatte er überhaupt auf Nomansan gemacht? Es *war* doch die Insel Nomansan gewesen? Und diese Männer in ihren Anzügen ...

»Ja, es waren dieselben Männer, die ihr im Irrgarten gesehen habt. Sie wussten nicht mehr, woher sie mich kannten, aber ich erinnere mich sehr gut an sie. Und ja, es war auch Nomansan, das Institut, aus dem ich geflohen bin. Warum ich dort war, kann ich nicht sagen, aber Mr Benedict ist überzeugt, dass ich ein Geheimagent war, der Spion einer Regierungsbehörde, die es längst nicht mehr gibt. Ich kann es absolut nicht sagen.«

»Vielleicht kann Mr Benedict es herausfinden«, sagte Reynie.

»Genau die Hoffnung hat mich zu ihm geführt«, gab Milligan zu. »Ich habe Monate damit verbracht, Informationen über meine Vergangenheit zu suchen, aber niemand wollte meiner Geschichte glauben und niemand hatte irgendwelche Antworten für mich. Endlich hörte ich von einem Mann, der mir vielleicht helfen könnte, kein Regierungsmann, sondern ein brillanter Kopf, der sich um allerlei geheimnisvolle Dinge kümmerte und immer mehr zu wissen schien als andere. Das war natürlich Mr Benedict. Aber obwohl er mir geholfen hat, einen Zusammenhang hinter allem zu sehen, und ich ihm heute treu diene, ist die ganze Sache doch so außerordentlich geheim und verwoben, dass ich seit Langem schon überzeugt bin, niemals Klarheit über meine Vergangenheit erlangen zu können.«

»Wie schrecklich«, sagte Reynie.

»Ja, das ist nicht schön«, sagte Kleber, obwohl er nicht gerade überzeugt klang, hätte er doch selbst gern für eine Weile seine Vergangenheit vergessen und den Schmerz, den sie ihm gebracht hatte.

»He, hat Ihr Gedächtnisverlust etwas mit Ihren dummen Verkleidungen zu tun?«, fragte Constance.

Milligan zog sich seinen Strohhut noch etwas tiefer in die Stirn. »Meine ›dummen‹ Verkleidungen dienen verschiedenen Zwecken — aber ja, Constance, es wäre schlecht, wenn mich ein Feind aus meiner Vergangenheit erkennen würde, ohne dass ich etwas davon bemerkte. Am besten erkennt mich überhaupt keiner.«

»Gibt es wirklich keine Hoffnung, dass Sie Ihr Gedächtnis eines Tages wiedererlangen?«, fragte Kate.

»Oh, ich nehme an, eine *kleine* Hoffnung schon. Mr Benedict hat es mit Hypnose und anderen Methoden versucht, aber bisher ohne Erfolg. Allerdings meint er, die Möglichkeit besteht, dass ein bedeutender Vorfall, das Auftauchen eines wichtigen Objekts oder einer Person aus meiner Vergangenheit — oder sonst etwas, von dem wir nicht wissen, was es sein könnte — gleichsam eine Schleuse öffnet und meine Erinnerungen freisetzt. Ich fürchte allerdings, dass meine Hoffnung nicht mehr sehr groß ist.«

»Wenn Sie keine Hoffnung mehr haben, warum machen Sie dann trotzdem weiter?«, fragte Reynie, der den hässlichen Verdacht hatte, ihm könne es bald schon ähnlich gehen.

»Aus einer Art Pflichtgefühl heraus«, sagte Milligan. »Ich weiß, dass der Sender Schlimmes im Schilde führt, und fühle die Pflicht, ihn daran zu hindern. Oder es wenigstens zu versuchen.«

»Und glauben Sie, es kann uns gelingen?«, fragte Reynie. »Glauben Sie, dass er sich aufhalten lässt?«

Statt zu antworten, griff Milligan wieder nach seiner Ölkanne. Er sah die Kinder nicht mehr an.

WAS KOMMEN WIRD

Die Kinder lernten das Morsealphabet, bis ihnen vor lauter Punkten und Strichen die Köpfe zu platzen drohten. Endlich rief Rhonda sie ins Haus. Es war mittlerweile später Nachmittag. Das Licht, das durchs Esszimmerfenster fiel, hatte eine warme bernsteinfarbene Tönung, und überall im Haus knarrten und ächzten die hölzernen Bodendielen. Man hätte fast denken können, man sei auf einem Schiff auf hoher See.

»Wenn es morgens geregnet hat, knarrt es manchmal so«, sagte Rhonda, als sich die Kinder an den Tisch setzten. »Keine Angst, es ist ein stabiles altes Haus — wir werden schon nicht sinken.« Rhonda ging herum und legte ein paar Zettel mit Notizen vor jedes der Kinder hin. »Jetzt, wo ihr euren Auftrag kennt und euch mit dem Morsealphabet vertraut gemacht habt, hätte Mr Benedict gerne, dass ihr mehr darüber erfahrt, womit wir es eigentlich zu tun haben.«

Die Kinder spitzten die Ohren. Gab es da noch mehr? Reynie blätterte durch die Papiere vor sich, auf denen hier und da etwas Erdnussbutter klebte.

»Nummer Zwei hat alles auf diesen Zetteln zusammengefasst«, sagte Rhonda. »Wenn ihr euch beeilt, könnt ihr es noch vor dem Abendessen durchgelesen haben. Mr Benedict kommt nachher, um euch eure Fragen dazu zu beantworten.«

»Er will, dass wir das *alles* lesen?«, sagte Constance, als könne sie nicht glauben, dass Mr Benedict so etwas von ihr verlangte.

Rhonda lächelte nur und ging hinaus.

Alle Kinder bis auf Constance, die sich kaum zu fassen vermochte, fingen an zu lesen. Kleber war so schnell, dass er fertig war, bevor er überhaupt angefangen zu haben schien. Dann saß er tief in Gedanken versunken da und wartete auf die anderen.

Zehn Minuten später war auch Reynie fertig, und Kate legte ihre Zettel zur Seite und bat die Jungen, ihr den Rest zu erzählen.

Was die Kinder aus der Zusammenfassung erfuhren, war Folgendes: Das Institut auf der Insel Nomansan produzierte seine eigene Elektrizität mit der Kraft von Ebbe und Flut, einer ewigen Energiequelle. Die Gezeitenturbinen des Instituts galten weltweit als die besten. Sie erzeugten genug Energie, dass *hundert* solcher Institute hätten versorgt werden können.

Die Turbinen waren von einem Mann namens Ledroptha Curtain erfunden worden, der schon als junger Wissenschaftler eine beeindruckende Anzahl von Untersuchungen zu allen möglichen Themen verfasst hatte — vom Problem der Gezeitenenergie bis zu einer Kartografierung des Gehirns. Dann brachen die Veröffentlichungen plötzlich ab. Jahrelang hörte niemand etwas von ihm, bis er eines Tages wieder auftauchte und das Institut gründete. Offenbar wollte er seine genialen Fähigkeiten der Erziehung widmen.

Es bestand kein Zweifel: Ledroptha Curtain war der Sender. Davon abgesehen war aber noch sehr viel unklar. Zum Beispiel wussten sie nicht, warum die geheimen Mitteilungen täglich nur ein paarmal ausgesandt wurden, und zwar auf einem verhältnismäßig schwachen Signal. Die Gezeitenturbinen vermochten weit mehr Energie zu erzeugen, als das Institut brauchte, und so hätte der Sender seine Botschaften auch mit einem viel stärkeren Signal in die Welt hinausschicken können. Warum hatte Curtain so leistungsstarke Turbinen entwickelt, wenn er sie nicht benutzen wollte? Und warum sandte er seine Mitteilungen nicht ohne Unterbrechung rund um die Uhr aus?

»Er bereitet sich auf etwas vor«, sagte Reynie und zog die Augen zu zwei schmalen Schlitzen zusammen. »Genau wie es Mr Benedict heute Morgen gesagt hat: Da kommt etwas Schreckliches auf uns zu. Etwas *Neues ...*«

»Ja, da kommt etwas«, sagte Mr Benedict, der in diesem Augenblick in der Tür erschien. Mit einem Nicken setzte er sich zu ihnen an den Tisch, begleitet von Nummer Zwei. »Es hört sich so an, als hättet ihr eure Lektüre beendet. Ich weiß, das alles klingt kompliziert — habt ihr Fragen dazu?«

»Ich denke, ich verstehe die Sache ganz gut«, sagte Constance (die anderen sahen sie ungläubig an). »Im Moment werden die Mitteilungen nur mit beschränkter Energie ausgesandt, und das auch nicht ständig — von einem Mann namens Ledroptha Curtain, dem Sender. Aber die Turbinen sind unglaublich leistungsfähig, und es sieht so aus, als wolle er die Kraft an einem bestimmten Punkt stark erhöhen.«

»Bravo, Constance!«, sagte Mr Benedict. »Gut gedacht!« Die anderen Kinder machten verdrießliche Gesichter. »Alle seid ihr zu loben«, fügte Mr Benedict mit einem Zwinkern hinzu, das ihre Stimmung ein bisschen hob.

»Und — habt ihr dazu irgendwelche Fragen?«

»Ja«, sagte Kate. »Was passiert, wenn der Sender die Energie erhöht?«

»Wir wissen nur eines sicher«, sagte Mr Benedict. »Schon bei einer leichten Erhöhung der Energie wird der Sender gänzlich auf Fernseh- und Radiowellen als Transportsignale verzichten können. Dann kann er seine Botschaften direkt in die Köpfe der Menschen schicken. Selbst die unter uns mit einer besonderen Liebe für die Wahrheit werden den Botschaften dann nicht länger entgehen können.«

Kleber war entsetzt. »Wie ... wie wird sich das anfühlen?«,

»Sagen Sie mir nicht, wir werden diese Kinderstimmen in unseren Köpfen hören«, sagte Kate mit einem Ausdruck von Abscheu auf dem Gesicht.

»In seltenen Fällen vielleicht schon«, sagte Mr Benedict, »bei außergewöhnlich empfindsamen Menschen. Aber die meisten von uns werden einfach nur Ärger und Verwirrung spüren — in etwa so wie heute, wenn der Fernseher läuft und die Mitteilungen ausgesandt werden.«

»Sie sagen, mit einer ganz leichten Verstärkung«, sagte Reynie. »Aber was passiert, wenn die Energie ganz aufgedreht wird und die Botschaften mit voller Lautstärke verschickt werden?«

Mr Benedict tippte sich gegen die Nase. »*Dann* hören wir die Stimmen ganz sicher in unseren Köpfen, und ich kann mir nicht vorstellen, dass das angenehm wird.«

»Das klingt fürchterlich«, sagte Kate und schnitt bei dem Gedanken daran eine Grimasse. »Aber warum will er, dass wir alle denken, wir werden wahnsinnig?«

Ein Schatten verdunkelte Reynies Gesicht. »Das will er *nicht,* stimmt's, Mr Benedict? Wenigstens nicht hauptsächlich. Warum sonst sollte er damit noch warten?«

»Also jetzt verstehe ich wirklich gar nichts mehr«, sagte Kate, und Kleber und Constance nickten zustimmend.

»Ich glaube«, sagte Mr Benedict, »Reynie fragt sich, warum der Sender so lange gewartet hat, wo er die Energie doch schon vor Jahren hätte aufdrehen können. Richtig?«

Reynie nickte.

»Ich stimme dir zu«, sagte Mr Benedict. »Die Stimmen sind nicht das Wichtigste, sondern eher eine Art Nebeneffekt, die ungewollte Folge einer finsteren, ehrgeizigen Unternehmung. Der Sender hat all die Jahre damit zugebracht, die Leute auf etwas vorzubereiten — sie für das, was da kommen wird, empfänglich zu machen.«

»Aber *was* wird kommen?«, fragte Constance.

»Das genau wollen wir herausfinden«, sagte Mr Benedict, »bevor es zu spät ist.«

»Und *wenn* wir zu spät kommen?«, fragte Kleber nervös. »Wird es dann wirklich so schrecklich?«

Mr Benedict wurde sehr ernst. »Für uns und für alle Menschen, die wie wir die Wahrheit so sehr lieben — für uns alle wird es, da bin ich überzeugt ..., höchst unangenehm. Ihr müsst verstehen, dass der Sender nicht so viel Zeit und Mühe investiert hat, um sich am Ende einen Strich durch die Rechnung machen zu lassen. Er hat bereits bewiesen, dass er äußerst rücksichtslos ist. Nein, Kinder, ich glaube, dass wir aufgrund der besonderen Widerstandskraft unseres Denkens eine — wie soll ich es ausdrücken — besondere Behandlung erfahren werden.«

Eine schwarze, drohende Wolke zog vor den Kindern am Horizont auf, in der üble, Furcht einflößende Blitze zuckten.

Eine besondere Behandlung.

Ihre Münder wurden trocken wie die Wüste Sahara.

In Reynies Kopf wirbelte es. Ein Teil von ihm wollte Mr Benedict *nicht* glauben. War ihm wirklich zu trauen? Mr Benedict war ein komischer Kauz, und die Dinge, die er ihnen erzählte, waren noch komischer. Was für eine Erleichterung es doch wäre, wenn man annehmen könnte, seine Voraussagen wären nichts als wilde Fantastereien. Aber Reynie traute Mr Benedict. Vom ersten Moment an hatte er ihm getraut. Sein Problem war eher, dass er sich so sehr *wünschte,* Mr Benedict trauen zu können, diesem Mann, der so an ihn glaubte. Und er *wünschte* sich auch, mit diesen Kindern zusammenzubleiben, die ihn genauso sehr zu mögen und zu respektieren schienen wie er sie.

Somit lautete die Frage am Ende nicht, ob Reynie Mr Benedict trauen konnte, sondern ob er sich selbst trauen konnte. Wer, der noch richtig bei Verstand war, würde sich schon in Gefahr bringen lassen wollen, nur weil er dadurch zu etwas dazugehörte?

Reynie wusste es nicht. Er wusste nur, dass er nicht wieder zurückwollte.

DIE MANNSCHAFT WIRD BENANNT

In Vorbereitung des Aufbruchs der Kinder mussten noch reichlich Informationen gesammelt, Formulare ausgefüllt, Befehle gegeben, Gebühren bezahlt und Telefonanrufe getätigt werden. Bis auf ihr kurzes Treffen mit den Kindern hatten weder Mr Benedict noch Nummer Zwei während der letzten Stunden Zeit gehabt, ihren Schreibtisch zu verlassen. Und da Milligan Wache zu halten und auch Rhonda zu viel zu tun hatte, aßen die Kinder ihr Abendbrot allein. Rhonda hatte es ihnen nur gebracht und sich gleich wieder entschuldigt.

Nach dem Essen gingen Reynie und Kate ins Wohnzimmer, um sich im Morsen zu üben. Constance, die sie ebenfalls dazu drängten, lehnte mürrisch ab. Während Kleber den beiden anderen half, schrieb Constance ein Gedicht über eine Gruppe tyrannischer Wasserspeier, die gerne Katzenfutter aßen und sich in den Ohren bohrten. Es war ein widerwärtiges Gedicht, und die Namen der Wasserspeier waren nicht sonderlich gut verfälscht. Sie lauteten Kateena, Reynardo und Georgette. Nachdem sie es den anderen vorgelesen hatte, ging Constance ins Bett, ohne sich auch nur die Zähne zu putzen oder Gute Nacht zu sagen.

Tatsächlich fühlten sich Reynie, Kleber und Kate dadurch von einer Last befreit. Sie waren Constances Art leid und setzten sich im Zimmer der Jungen zusammen, um darüber zu sprechen. Constance hatte ihre Geduld den ganzen Abend über auf die Probe gestellt, eigentlich sogar schon vom allerersten Augenblick an. Die Aussicht, sie bei solch einer wichtigen, ja gefährlichen Mission dabei zuhaben, machte ihnen, vorsichtig ausgedrückt, Sorgen.

»Es geht einfach nicht«, sagte Kate zum zehnten Mal. Sie hing kopfüber vom oberen Bett herunter, um zu sehen, ob ihre Haare bis auf den Boden reichten, aber die goldenen Locken waren um Zentimeter zu kurz, wie sie es geahnt hatte. »Sie ist nichts als eine Last. Sie ist launisch, widerspenstig und ich glaube, auch nicht besonders schlau. Dazu ist sie so absurd klein, dass man ihr sogar auf einen normalen Stuhl helfen muss! Wie sollen wir mit einem solchen Kind in der Mannschaft Erfolg haben?«

»Kate hat recht«, sagte Kleber und sah von einem Geologiebuch auf. »Constance wird alles nur schwerer machen.«

»Ich sehe das so wie ihr«, sagte Reynie. »Aber ich frage mich, warum Mr Benedict sie ins Team nimmt, wenn wir auf sie verzichten können?«

»Er mag ein Genie sein, aber auch Genies machen Fehler«, sagte Kate, deren Gesicht rot wie eine Tomate geworden war. Sie ließ sich rückwärts vom Bett fallen, drehte sich in der Luft und landete auf den Füßen. Lässig schob sie sich das Haar auf den Rücken. »Vielleicht tut sie ihm einfach leid, wo sie doch so klein ist und keine Eltern mehr hat und so weiter.«

»Vielleicht tut sie das«, sagte Reynie, »aber ganz sicher würde er die Mission nicht durch seine Gefühle in Gefahr bringen. Er muss Gründe haben, warum sie dabei ist.«

»Es gibt nur einen Weg, das herauszufinden«, sagte Kate. »Du musst mit ihm sprechen.«

»Ich? Warum ich?«

»Weil du der Einzige bist, der das kann. Wenn Kleber geht, wird er ein paar Worte murmeln und sich die Brille putzen, und wenn ich gehe, werde ich mich am Ende nur über sie beschweren, wie schon jetzt die letzte halbe Stunde. Ich würde ihr am liebsten einen Eimer kaltes Wasser ins Gesicht schütten. Hast du gesehen, wie sie beim Essen ein Stück von meinem Kuchen abgebissen hat? Das war der einzige Nachtisch, den wir heute bekommen haben!«

»Das stimmt«, sagte Kleber, der sein Buch beendet hatte und es mit einem Schlag zusammenklappte. »Ich verhaspele mich und Kate explodiert. *Du* musst gehen, Reynie.«

Und so klopfte Reynie ein paar Minuten später an die Tür des Arbeitszimmers von Mr Benedict.

»Komm herein, Reynie«, sagte Mr Benedict. Wie beim letzten Mal fand ihn Reynie auf dem Boden sitzend vor, mit einem kalten, halb gegessenen Gemüsekuchen in der einen und einer Art Tabelle in der anderen Hand. Sein grüner Anzug war voller Krümel. »Ich bin gerade bei einem späten Abendessen. Hättest du gern ein Stück? Oben auf dem Tisch steht noch eins, obwohl ich fürchte, dass es mittlerweile kalt ist. Ich war so in meine Arbeit vertieft, als Milligan mit dem Teller kam, dass ich bis eben zu essen vergessen habe.«

»Nein danke«, sagte Reynie und setzte sich ebenfalls auf den Boden. Selbst wenn er hungrig gewesen wäre, hätte er keinen Bissen heruntergebracht. Er fühlte sich sehr unwohl. Es schien ihm nicht ganz anständig, sich über Constance zu beklagen, und es gefiel ihm auch nicht, Zweifel an Mr Benedicts Entscheidung zu äußern, wo er ihn doch so sehr mochte. Aber es musste getan werden, und er sammelte sich gerade, um anzufangen, als Mr Benedict sagte: »Ich nehme an, du kommst wegen Constance.«

Reynie schluckte und nickte.

»Und du kommst nicht allein aus eigenem Antrieb, sondern sprichst auch für Kleber und Kate?«

Wieder nickte Reynie. Vielleicht würde er sich eines Tages daran gewöhnen, dachte er, dass Mr Benedict immer wusste, was er auf dem Herzen hatte.

»Ich verstehe das vollkommen«, sagte Mr Benedict. »Und wenn wir genug Zeit hätten, würde ich euch gerne meine Auswahl bis in die kleinste Einzelheit erklären. Aber da wir sie nicht haben, lass mich dir versichern, dass Constance weit begabter ist, als sie scheint, und ich sie nicht aus Mitleid, Blindheit oder voreiliger Hoffnung auf etwas ausgewählt habe. Im Gegenteil, ich glaube, dass sie der eigentliche Schlüssel zu unserem Erfolg sein kann.«

»Wenn das so ist, ist sie den Ärger wohl wert.«

»Manchmal, Reynie, ist Ärger selbst der Schlüssel.«

»Sir?«

»Ich wage zu behaupten, dass du mich rechtzeitig verstehen wirst. Hör zu, es stimmt, ich hege eine gewisse Sympathie für Constance. Wie sie, und wie auch du, bin ich als Waise aufgewachsen, und ich weiß, wie es ist, sich elend und allein zu fühlen. Dennoch ...«

»Sie sind eine Waise?«

»Sicher. Meine Eltern waren holländische Wissenschaftler, die bei einem Laboratoriumsunglück ums Leben kamen, als ich noch ein Baby war. Ich kam in dieses Land, weil ich hier eine Tante hatte, aber auch die starb bald, und so kam ich in ein Waisenhaus. Aber was ich dir sagen will, ist, dass ich zwar Mitgefühl mit Constance habe, sie aber nicht aus diesem Grund ausgewählt habe, genauso wenig wie sonst einen von euch. Das verspreche ich dir. Ist das in Ordnung?«

»Ich glaube schon.«

»Sehr gut. Kannst du mir dann einen großen Gefallen tun? Kannst du deinen Freunden das alles so erklären und hinterher noch einmal kommen und mir berichten, was sie dazu sagen? Wenn jemand nicht mehr mitmachen will, sollte ich es gleich erfahren.«

Mr Benedicts Stimme machte deutlich, wie dringlich ihm diese Frage war, und Reynie verlor keine Zeit. Er eilte zurück, um Kleber und Kate die Antwort zu übermitteln. Die beiden saßen im Schneidersitz auf dem Boden und vertrieben sich die Zeit mit Daumenringen. Mr Benedicts Erklärung machte die beiden nicht glücklich, aber sie wollten auch nicht aussteigen, und so überließ Reynie sie ihrem Spiel und lief zurück zu Mr Benedicts Arbeitszimmer. Reynie hob gerade die Hand, um anzuklopfen, als er von drinnen Stimmen hörte. Er zögerte einen Moment, weil er nicht stören wollte.

»Ich ertrage das nicht!«, sagte Mr Benedict. »Ich ertrage es nicht, sie in Gefahr zu bringen! Das widerspricht allem, woran ich glaube.«

»Ich weiß«, kam die Antwort, und Reynie erkannte die Stimme von Nummer Zwei. »Ich weiß, Mr Benedict. Wir alle empfinden so. Aber wenn sie nicht gehen, ist es vorbei, dann fällt der Vorhang. Das haben Sie selbst gesagt. Wir haben keine Wahl. Und jetzt beruhigen Sie sich bitte, bevor…«

Mr Benedict sagte etwas, das Reynie nicht verstand, aber es war eindeutig der Ausdruck von Ärger, vielleicht sogar Zorn, und dann sagte Nummer Zwei: »Oje. Und auch noch mit dem Mund voller Gemüsekuchen. Wach auf, lieber Benedict ...« Er hörte ein klopfendes Geräusch. »... wach auf oder du erstickst noch daran.«

Nach einem Moment kam ein schnaufendes Geräusch, ein Husten, und Mr Benedict sagte: »Ah. War ich sehr lange weg?«

»Nur einen Augenblick«, sagte Nummer Zwei sanft.

»Gut, gut. Danke für Ihr Mitgefühl, meine Liebe, und jetzt gehen Sie am besten wieder zurück an Ihren verwünschten Computer. Es tut mir leid, dass ich Sie so antreibe.«

»Ich weiß so gut wie Sie, dass es getan werden muss. Lassen Sie mich schnell das Veilchen gießen, damit ich kein schlechtes Gewissen habe, und dann verschwinde ich schon. Das arme Ding ist fast am Verdursten.«

»Ich weiß, ich habe es schändlich vernachlässigt. Ich hatte kaum einen Moment Zeit. Danke, Nummer Zwei. Und jetzt gehen Sie und nehmen Sie das Stück Kuchen mit. Kein Protest bitte, ich habe gesehen, wie Sie es angestarrt haben — und wenn Sie unseren jungen Helden auf dem Flur draußen sehen, sagen Sie ihm, er soll hereinkommen.«

Reynies Herz begann zu flattern. Helden? Meinte Mr Benedict etwa *ihn?*

»Er ist ein außergewöhnlicher Junge, nicht wahr?«, sagte Nummer Zwei, deren Stimme von einem Mund voller Kuchen behindert wurde.

»Ja, das ist er. Sie alle sind ganz besondere Kinder, weshalb ich den Gedanken ja auch so verabscheue ... Aber nein, ich werde nicht wieder davon anfangen. Sonst schlafe ich gleich wieder ein, und wir werden auch so schon die ganze Nacht zu tun haben. Sollen wir uns um zwölf wieder treffen, um zu sehen, wie weit wir sind?«

»Um Mitternacht. Ich gebe Rhonda Bescheid«, sagte Nummer Zwei und machte die Tür auf. »Schau an, Reynie, da bist du ja. Wenn man vom Teufel spricht, Mr Benedict, hier ist er. Geh hinein, Kind. Ich muss mich beeilen.«

Reynie trat ein. »Alle wollen weiter mitmachen, Mr Benedict. Wir werden unser Bestes tun, um uns mit Constance zu vertragen.«

»Ich freue mich, das zu hören, und ich habe keinen Zweifel, dass ihr das auch tun werdet, Reynie, nicht den geringsten Zweifel«, sagte Mr Benedict, und seine Augen kehrten bereits zu der Tabelle in seiner Hand zurück. »Nochmals herzlichen Dank. Jetzt gehst du am besten schlafen. Ihr habt morgen einen anstrengenden Tag vor euch.«

Reynie zögerte. »Sir, wenn ich nicht schlafen kann, darf ich dann wieder herkommen? Ich verspreche Ihnen, ich störe Sie nicht. Ich werde ganz ruhig sein. Ich bin nur so aufgeregt.«

»Es ist schon gut, Reynie«, sagte Mr Benedict, der mit der einen Hand einen Punkt auf einer Kurve ausrechnete und mit der anderen Ziffern in eine Tabelle eintrug, als verlangte beides nicht mehr Konzentration, als sich ein Paar Socken anzuziehen. »Mein Arbeitszimmer ist dein Arbeitszimmer. Komm, wann immer du magst.«

Reynie nickte, legte die Hand auf die Klinke und zögerte immer noch. »Mr Benedict?.

»Hmm? Was gibt's, Reynie?«

»Ich wollte Ihnen danken, Sir.«

Mr Benedict sah auf. *»Danken?* Wofür das denn nur?«

»Einfach ... einfach nur danken, Sir. Das ist alles.«

Mr Benedict sah ihn lange an. Endlich zuckte er mit den Schultern, schüttelte den Kopf und schenkte ihm ein warmes, liebevolles Lächeln. »Reynie, mein guter junger Freund, das alles kommt von ganzem, ganzem Herzen.«

In aller Frühe, noch bevor die Sonne ihre ersten Strahlen über die Welt geworfen oder ein rot gefiederter kleiner Vogel auch nur einen Ton gesungen hatte, versammelten sich die vier Kinder im Zimmer der Jungen. Sie waren zu aufgeregt, um noch zu schlafen, und hatten auf fast magische Weise gleichzeitig nacheinander gesucht. Jetzt saßen sie auf dem Boden und sprachen leise miteinander. Das Haus war ruhig, aber sie waren nicht die Einzigen, die schon wach waren. Neben ihren Stimmen hörten sie ein frenetisches, gedämpftes Tippen über den zugigen Flur zu ihnen dringen, das von der schlaflosen Nummer Zwei an ihrem Computer kam, und irgendwo weiter oben knarrte ab und zu eine Bodendiele.

Die Kinder befanden sich in einer geflüsterten Debatte. Sie hatten entschieden, sich einen Namen zu geben. Es war natürlich Kate Wetheralls Idee, aber alle hatten zugestimmt, selbst Constance. Wenn sie in geheimer Mission an einen Ort gehen würden, wo sie völlig allein unter Fremden waren, wenn sie sich als Agentenkollegen und Freunde absolut aufeinander verlassen mussten, wenn sie, kurz gesagt, eine *Mannschaft* bildeten, dann brauchten sie eindeutig auch einen Namen. Und so waren sie dabei zu überlegen, wie sie sich nennen sollten.

»Ich hatte an so etwas gedacht wie >Die Große-Kate-Wettermaschine und ihre stürmischen Freunde<«, sagte Kate. »Das würde mit dem Wettermotiv spielen.«

Ihr Vorschlag erntete allgemeines Schweigen, und von Constance kam tatsächlich ein stürmischer Blick. Nach einer Pause sagte Kate: »Hat noch jemand eine Idee?«

»Wie wäre es mit >Die Vier-Kinder-Bande<?«, schlug Kleber vor. »Oder mit >Die geheime Kinder-Agenten-Gruppe<?«

Constances sturmumwölkter Blick wurde noch düsterer. Reynie räusperte sich, und Kate sagte: »Puuh, Kleber. Das sind ja wohl die größten Gähn-Erfolge, die ich je gehört habe.«

»Aber sie treffen es«, sagte Kleber und sah dabei hoffnungsvoll zu Reynie, aber der schüttelte nur den Kopf.

»Wenn der Name einfach nur zutreffend sein soll, warum nennen wir uns dann nicht >Die Zum-Misserfolg-Verdammten<?«, sagte Constance. »Wirklich! Wir schaffen es nicht mal, uns einen Namen zu geben!«

»Hört zu«, sagte Reynie und achtete nicht weiter auf sie. »Was hat uns alle zusammengebracht? Vielleicht ist das der richtige Ansatzpunkt.«

»Mr Benedict«, sagten Kate und Kleber gleichzeitig. »Okay. Wie wäre es also mit etwas, in dem sein Name vorkommt, damit wir an unsere Mission erinnert werden?« »>Mr Benedicts sehr geheime Mannschaft<?«, sagte Kleber.

Alle stöhnten.

»Wie wäre es mit >Mr Benedict und die Große-Kate-Wetter...<«, fing Kate an.

»Sprich es gar nicht erst aus«, sagte Reynie.

»>Die geheime Benedict-Gesellschaft<«, sagte Constance und stand auf. Dann verließ sie das Zimmer und war offenbar überzeugt, dass keine weitere Diskussion mehr nötig war.

Wie sich herausstellte, hatte sie recht.

DIE INSEL NOMANSAN

Stonetown Harbour war immer ein sehr geschäftiger Hafen gewesen: Zu allen Stunden des Tages kamen Schiffe herein und legten wieder ab, und zahllose Hafenarbeiter, Schauerleute und Seemänner liefen wie Ameisen über Kaianlagen und Docks, auf denen sich die Güter stapelten. Das alles fand im Schatten von Stonetown selbst statt, einer Stadt, die nur wegen ihres Hafens existierte und nur durch ihn so gewachsen und voller Leben war. Hinter der südlichen Hafenmauer jedoch lag ein Kanal voller trügerischer Untiefen, die mit großen Felsbrocken gespickt waren, zwischen denen sich immer noch alte Wracks finden ließen. Dieser südliche Teil der Bucht war eher ruhig. Und dort, zwischen gefährlichen Felsen, lag die Insel Nomansan.

Das Ufer der Insel bestand ebenfalls aus zerklüftetem Fels, mit nur wenigen schmalen sandigen Zwischenräumen, in denen ein kleines Boot hätte anlegen können. Aber jeder Kapitän, der versuchte, mit seinem Schiff direkt auf der Insel anzulegen, musste entweder sehr mutig oder sehr dumm sein, denn die Strömungen des Meeres um sie herum waren unvorhersagbar und die Untiefen nur schwer zu umschiffen. Der einzige taugliche Zugang zur Insel führte über eine lange schmale — und bewachte — Brücke, die vom etwa achthundert Meter entfernten Festland zu ihr hinüber reichte. Die Stadt hatte sich nicht in dieser Richtung, sondern nördlich den Fluss hinauf ausgebreitet, und so gab es an diesem Stück der Küste noch einige Morgen unberührten Waldes. Zweifellos würde das jemandem eines Tages keine Ruhe mehr lassen, wie eine Stelle, die einen immer wieder juckt, und dann würde dieser Wald in null Komma nichts abgeholzt werden, aber im Moment gab es ihn noch — und in Richtung dieses Waldes und der langen Brücke waren die frischgebackenen Mitglieder der geheimen Benedict-Gesellschaft in diesem Augenblick unterwegs.

Rhonda Kazembe fuhr sie in einem müden alten Kombi über die kaum befahrene Straße. Während der Wagen in schnellem Tempo unter den Bäumen dahinbrummte, sah Reynie die ersten Herbstfarben in den weit über die Straße ragenden Ästen. Die äußeren Blätter verfärbten sich bereits rot, gelb und orange, während die inneren noch ein tiefes Sommergrün zeigten, was die Bäume aussehen ließ, als wären sie mit süßem Zuckerguss überzogen. Der Anblick war wunderschön, aber Reynie fühlte sich nicht in der Verfassung, ihn zu genießen. Seinen Freunden ging es genauso. Noch ein paar Minuten, und sie würden auf Nomansan ankommen und ins Lerninstitut für die besonders Erleuchteten aufgenommen werden. Ihnen war bang ums Herz. Je mehr sie sich der Insel näherten, desto greifbarer erschien ihnen die Gefahr.

Rhonda deutete durch die Bäume Richtung Meer. »Unsere Teleskope werden dort hinten im Unterholz versteckt sein«, sagte sie. »Wir stellen sie auf, sobald ich euch abgesetzt habe, und von da an wird dort immer jemand sitzen. Wenn ihr irgendwo auf dieser Seite der Insel steht, sollten wir euch so genau sehen können, als wärt ihr nur einen halben Meter entfernt. Wann immer ihr etwas zu berichten habt, sind wir da, und wenn wir euch etwas mitteilen wollen, tun wir es gleich anschließend. Ihr müsst die sicherste Zeit für eine Verbindung herausfinden. Wahrscheinlich wird es nach Einbruch der Dunkelheit sein, wenn die anderen schlafen.

Aber selbst dann«, fügte sie hinzu, »besteht immer noch die Möglichkeit, dass irgendwer auf der Insel eure Mitteilungen sieht, deshalb müssen sie unbedingt kryptisch bleiben ...«

»Was heißt >kryptisch<?«, rief eine schrille Stimme von hinten. »Könntest du bitte Englisch sprechen?«

»Entschuldige, Constance. >Kryptisch< heißt >etwas vage< oder >geheimnisvoll<. Wir werden niemals Namen benutzen und wahrscheinlich auch keine klaren Anweisungen austauschen, es sei denn, es handelt sich um einen Notfall. Meist werden wir uns darauf verlassen, dass ihr versteht, was wir meinen. Das macht es schwieriger, aber wir müssen an eure Sicherheit denken. Ihr werdet sowieso schon in größter Gefahr sein.«

Die Worte »in größter Gefahr« klangen noch in den Ohren der Kinder nach, als der Wagen den Wald hinter sich ließ und die Insel Nomansan in den Blick kam. Und da, auf der dem Festland zugewandten Seite, lag das Institut: eine Gruppe mächtiger grauer Gebäude mit einem weiten Platz und einem schlanken Turm, der fast wie ein Leuchtturm wirkte. Das Institut war ganz aus massivem Stein gebaut und fügte sich so perfekt in die Spalten und Öffnungen von Nomansan ein, dass es wirkte, als wäre es aus dem Fels herausgemeißelt worden. Seitlich und hinter ihm erhoben sich steile Hügel, denen zum offenen Meer hin immer noch höhere zu folgen schienen. Oben aus dem Turm wuchs eine Fahnenstange, an der sich eine wunderschöne rote Flagge sanft im Seewind bauschte. »LE.B.EN« stand in großen, selbst noch vom Festland aus lesbaren Lettern darauf geschrieben, was offenbar eine Art Abkürzung des Institutsnamens sein sollte: LErninstitut für die Besonders ErleuchteteN.

»Wenigstens heißt es nicht TOD«, sagte Kate.

»Oh ja, das ist wirklich ermutigend«, sagte Kleber, dessen Stirn voller kleiner Schweißperlen stand.

Reynie starrte aus dem Fenster, als sie sich der Brücke näherten. Um sie zu überqueren, mussten sie sich erst an einem Wachhäuschen melden, und Reynie war nervös, obwohl Mr Benedict sie beruhigt hatte. Das Institut nahm ständig neue Schüler an, und Mr Benedict hatte alle nötigen Formalitäten erfüllt, alle Voraussetzungen beachtet, aber dennoch ... Es sei normal, nervös zu sein, hatte Mr Benedict erklärt. Alle Kinder seien an ihrem ersten Schultag nervös — genau wie alle Geheimagenten zu Beginn eines neuen Auftrags. Und wenn beides zusammenkomme, sei die Nervosität gleichsam ein Muss.

Zwei Personen traten aus dem Wachhäuschen vorne an der Brücke und winkten das Auto zu sich heran.

»Ganz ruhig jetzt«, sagte Rhonda mit gedämpfter Stimme. »Hier kann noch nichts passieren.«

Die beiden Wachen waren ein junger Mann und eine junge Frau mit Sonnenbrillen, teuren Anzügen und auf Hochglanz polierten Schuhen, die in der Morgensonne schimmerten. Als die Frau Rhonda mit einer Geste bedeutete, ihr Fenster herunterzukurbeln, konnte man gut die großen silbernen Uhren an ihren Handgelenken sehen. Reynie grub die Finger in seinen Sitz.

»Kann ich Ihnen helfen?«, fragte die Frau und sah zu ihnen hinein. Ein süßer Zitronenduft wehte durchs Fenster, die Frau lächelte und schien der Inbegriff von Freundlichkeit zu sein. Ihr Kollege lächelte ebenfalls, aber Reynie konnte sehen, dass er sie alle mit großer Aufmerksamkeit studierte.

»Ich bringe Ihnen Ihre neuen Schüler«, sagte Rhonda. »Drei von der Binnud Akademie und einen aus dem Stonetowner Waisenhaus.«

»Warten Sie bitte einen Moment.« Die Frau ging zurück ins Wachhäuschen, der Mann rührte sich nicht. Er verdrehte den Kopf ein wenig, um die Frau hören zu können, falls sie ihm etwas zurufen sollte, behielt dabei aber den Wagen im Blick.

»Ruhig«, brummte Rhonda noch einmal, gerade laut genug, dass die Kinder sie hören konnten. Reynie sah, dass sie unbemerkt den Rückwärtsgang eingelegt hatte, nur für den Fall.

Reynie holte tief Luft. Er hoffte, dass sich seine neuen Freunde an ihre Geschichten erinnerten. Seine eigene war sehr einfach, denn sie entsprach der Wahrheit: Mr Rutger war tatsächlich überredet worden, ihn nach Nomansan zu schicken, und hatte eine Ausnahme erlaubt. Die anderen sollten jedoch alle aus einer besonderen Waisenschule kommen, der Binnud Akademie. Morgens beim Frühstück hatte Mr Benedict ihnen gesagt, der Name würde sie daran erinnern, dass seine Gedanken immer bei ihnen wären.

»Genau wie meine«, hatte Nummer Zwei gesagt. Von ihren Gefühlen überwältigt, hatte sie sich die Augen mit einer Scheibe Brot getrocknet. »Meine Gedanken und meine Gebete.«

Die Erwachsenen hatten besonders verschlafen, erschöpft und traurig gewirkt — bis auf Milligan, der immer so aussah —, und doch blitzte in ihren Augen auch so etwas wie Begeisterung, ja Hoffnung auf.

»Geht jetzt, Kinder«, hatte Mr Benedict gesagt. »Geht und zeigt ihnen, aus was für einem Holz ihr geschnitzt seid.«

Im Moment hatte Reynie eher das Gefühl, er wäre aus Wackelpudding. Seine Knie zitterten, und er konnte die Zähne kaum zusammenhalten, die unbedingt wild losklappern wollten. Kleber putzte so heftig an seiner Brille herum, dass die Gläser quietschten, und Constance hielt die Augen zugekniffen und tat, nicht sehr überzeugend, so, als schliefe sie. Selbst Kate schien sich nicht ganz wohl in ihrer Haut zu fühlen. Die Wache brauchte fürchterlich lange.

Als sie endlich wieder aus dem Häuschen kam, war ihr Lächeln kein bisschen weniger geworden. Reynie überlegte, ob das bedeutete, dass sie etwas — oder eben *nichts* — *zu* verbergen hatte ... Und schon stand sie am Wagen und sagte: »Willkommen, Kinder! Alles in Ordnung, ihr seid super pünktlich. Bitte fahrt hinüber zum Inseltor. Ich gebe Bescheid, damit man euch hineinlässt.«

Während Rhonda die Scheibe wieder hochkurbelte und den richtigen Gang einlegte, atmeten alle hörbar aus. Dann fuhren sie über die lange Brücke ihrem Schicksal entgegen.

Nachdem sie ihre Koffer aus dem Wagen geladen hatten, unterschrieb Rhonda ein Formular und verabschiedete sich von ihnen. Die Kinder blieben allein im Ladebereich beim Brückentor zurück. Sie würden gleich abgeholt, hatten die Wachen ihnen gesagt. Bis dahin sollten sie bitte etwas zur Seite treten, denn hier gehe es immer etwas hektisch zu und es sei nicht der rechte Ort für Kinder. Arbeiter in weißen Uniformen schleppten Kästen aus einem nahe gelegenen Schuppen und luden sie auf einen großen Lastwagen. Sie schienen es tatsächlich ziemlich eilig zu haben und schleppten und rackerten, dass einem schon vom bloßen Zusehen der Rücken wehtat.

Die Kinder trugen ihre Koffer ganz an den Rand des Ladebereichs. (Rhonda hatte für alle Sachen zum Wechseln eingepackt und auch für Constance über Nacht etwas passendes Kleines genäht.) Es gab nicht viel zu sehen oder zu tun, so gerne sie sich auch irgendwie abgelenkt hätten. Hinter dem Ladebereich mit Wachhaus und Schuppen — zu dem offenbar niemand sonst Zutritt hatte — verlief eine steinerne Mauer, die den Blick Richtung Hafen versperrte. Nachdem sie ein paar Minuten

Däumchen drehend dagestanden hatten, packten die Kinder ihre Koffer aufeinander und kletterten abwechselnd darauf, um einen Blick über die Mauer zu werfen. (Constance brauchte alle vier Koffer, den anderen genügten zwei.)

Mit Interesse verfolgten sie, wie hinter der Mauer noch mehr Arbeiter in weißer Uniform ein Boot zwischen den Pfählen hindurchsteuerten. Die Arbeiter trugen riesige Schraubenschlüssel, Kurbeln und anderes Werkzeug, mit dem sie Dinge an einer nicht sichtbaren Apparatur unter der Wasseroberfläche einzustellen schienen. Wie die Arbeiter, die den Lastwagen beluden, waren auch die im Boot äußerst ernst und eifrig bei der Sache. Wenn sie einmal ein Wort wechselten, dann nur in gedämpftem Ton, als wären sie voller Ehrfurcht vor ihrer Aufgabe.

Das müssen die Turbinen sein, dachte Reynie und kletterte von den Koffern herunter. Kleber und Kate waren zum gleichen Schluss gekommen, nur Constance fragte sich laut, was in aller Welt diese Leute da wohl machten. Versuchten sie das *Wasser* zu reparieren?

Reynie war nicht sicher, ob Constance einen Witz machen wollte. Er wollte ihr gerade antworten, aber seine Stimme ging im Lärm eines Motors unter. Die Arbeiter hatten den Lastwagen vollgeladen. Zwei Männer in Anzügen kletterten ins Fahrerhäuschen, und als sich das Tor öffnete, winkten sie den Kindern freundlich zu und fuhren auf die Brücke hinaus.

»Habt ihr gesehen?«, rief Constance. »Sie hatten diese Schock-Uhren! Die Brückenwachen auch. Habt ihr‘s gesehen?«

»Nicht so laut«, zischte Kate. »Bist du verrückt? Natürlich haben wir es gesehen.«

Constance war verärgert, aber es war keine Zeit zum Streiten, denn in diesem Moment wurden die Kinder abgeholt.

Ihre Begleiter, ein Mann und eine Frau, trugen beide die gleichen blauen Hosen, schicke weiße Jacken und blaue Schärpen, dennoch hätten sie kaum verschiedener sein können. Er war jung, gedrungen, rothaarig und hatte eisblaue Augen und eine Nase, die so schmal und scharf war, dass sie einem Messer ähnelte. Sie war jung wie er, athletisch gebaut, hatte einen fettigen braunen Pferdeschwanz, und ihre kleinen Schweinsaugen waren von einer undefinierbaren Farbe. Die beiden stellten sich als Jackson und Jillson vor.

Reynie streckte die Hand aus. »Ich bin ...«

»Dazu kommen wir noch«, unterbrach ihn Jillson und drehte sich weg. »Bewegt euch. Wir bringen euch zuerst in eure Zimmer, damit ihr euer Gepäck abstellen könnt.«

Überrascht ließ Reynie die Hand sinken. Er wusste, es war Jillson, die sich danebenbenommen hatte (sie und Jackson machten auch keinerlei Anstalten, ihnen mit dem Gepäck zu helfen), dennoch kam er sich dumm vor.

»Die ist nett, was?«, flüsterte Kate.

Die Kinder wurden über einen langen Kiesweg zum Institut geführt. Sie überquerten den großen steinernen Platz, kamen durch einen kargen Felsengarten und mussten warten, weil Constance Steine im Schuh hatte. Dann waren es nur noch ein paar Schritte bis zum Wohnheim mit ihren Zimmern, wo sie sich voneinander trennen mussten — die Mädchen wurden am einen Ende eines langen, steinernen Korridors untergebracht, die Jungen am anderen.

Reynies und Klebers Zimmer war sehr sauber und ordentlich und ganz so, wie sie es erwartet hatten: Es gab ein Etagenbett, zwei Schreibtische und Stühle (aber keine Bücherregale), einen Kleiderschrank, eine Heizung, einen großen Fernsehschrank (nun, *der* kam unerwartet) und dahinter ein Fenster, von dem aus man auf den Platz hinaus sah, über den sie gekommen waren. Reynie ging ans Fenster. Hinter dem Platz sah man das Wasser im Sonnenlicht glänzen, kabbelig und mit hübschen weißen Schaumkronen bedeckt. Dahinter lag die bewaldete Küste, wo Mr Benedicts Teleskope stationiert werden würden. Reynies Magen tat einen Hüpfer. Natürlich wusste er, dass er jetzt ein Geheimagent war, aber sein Körper schien es noch nicht ganz begriffen zu haben.

Jackson lehnte sich gegen den Türrahmen. »Wenn ihr was braucht, fragt einen Manager. Die erkennt ihr an ihrer Uniform: blaue Hose, weiße Jacke, blaue Schärpe. Die Manager halten den Laden am Laufen. Viele von uns sind ehemalige Schüler, die als Botschafter so gut waren, dass Mr Curtain sie fest eingestellt hat. Verwechselt uns aber nicht mit den Botschaftern, die auch so eine Jacke und Schärpe tragen, aber gestreifte Hosen haben. Das sind Schüler so wie ihr, allerdings sind sie die besten in ihrer Klasse und genießen besondere Privilegien. *Geheime* Privilegien, wie ich hinzufügen möchte. Aber egal, ihr werdet das alles schon früh genug lernen. Jetzt packt erst einmal aus und seht etwas fern, wenn ihr wollt.« Er schaltete den Fernseher ein. »In einer Stunde werdet ihr herumgeführt, damit ihr euch orientieren könnt, und anschließend Mr Curtain vorgestellt.«

»Wer ist Mr Curtain?«, fragte Reynie, der davon ausging, es sei das Beste, so zu tun, als wüssten sie sehr wenig über das Institut. Dann erwarteten die Leute nichts von ihnen — und erzählten ihnen womöglich mehr.

Jackson verzog höhnisch das Gesicht, zwang sich dann aber zu einem Lächeln. Er sah ein wenig so aus wie ein rothaariges Krokodil. »Ich vergesse immer wieder, wie wenig ihr Jungs wisst, wenn ihr hier ankommt. Mr Curtain ist mein Chef. Er ist Gründer und Präsident des Instituts. Er hat das alles hier in der Hand. Kapiert?«

Es war klar, dass Jackson zu der Sorte junger Männer gehörte, die sich für weit klüger hielten, als sie waren, und eine Veranlagung zur Grausamkeit hatten, obwohl sie selbst glaubten, anständige Kerle zu sein. Als die Jungen nicht schnell genug antworteten, fuhr er sie an: »Kapiert oder nicht? Ihr versteht doch Englisch, oder?«

Die Jungen nickten.

»Okay dann«, sagte er. »Gut. Jetzt lasst es erst mal langsam angehen, und in einer Stunde sehen wir uns wieder.«

Nachdem Jackson gegangen war, schaltete Kleber den Fernseher aus und flüsterte: »Hast du das gehört? *Botschafter.* Wir wissen, was das heißt, oder?«

»Lass uns besser nach den Mädchen sehen«, sagte Reynie.

»Wir sind schon da«, erklang eine gedämpfte Stimme über ihnen. Eine Deckenplatte wurde zur Seite geschoben, ein abgeschnittenes Stück Isoliermaterial fiel zu Boden, und Kate Wetheralls Kopf erschien in der Öffnung. »Über eurem Bett gibt es keine tragenden Verstrebungen, könnte also einer von euch den Stuhl da heranschieben? Ich werde Constance herunterlassen. Was *macht* ihr da überhaupt?«, fragte sie und sah die beiden Jungen neugierig an.

Die Jungen waren sowieso schon schrecklich nervös gewesen, und als er die unerwartete Stimme direkt über sich hörte, hatte Reynie die Hände in die Luft geworfen, als müsste er einen Schlag abwehren. Kleber hatte versucht, sich hinter seinem Koffer zu verstecken. Reynie fasste sich als Erster halbwegs wieder. Mit einem verlegenen Lächeln schob er den Stuhl unter die Öffnung. Einen Augenblick später erschienen die winzigen Füße von Constance, dann der Rest ihres Körpers, als Kate, die mit den Beinen an irgendeinem tragenden Balken hing, sie vorsichtig auf den Stuhl hinunterließ. Die Jungen halfen ihr auf den Boden, und Kate, die inzwischen ihr Seil an den Balken gebunden hatte, ließ sich jetzt ebenfalls herunter.

»Mach dir nicht die Mühe, mir zu danken«, sagte sie zu Constance, die ein finsteres Gesicht schnitt und sich Stücke des Isoliermaterials von der Kleidung strich.

»Warum sollte ich dir danken? Erst zerrst du mich hoch in die Decke, schubst mich durch einen dunklen Heizungskanal voller Spinnweben, über endlose harte Bretter und sagst: ›Knie dich nicht dahin, da krachst du durch und brichst dir das Genick!‹ und ›Atme nicht so laut, sonst hört uns noch einer!‹, bis mir das Herz zum Hals rausschlägt und meine Knie zum Sterben wehtun. Und jetzt soll ich dir auch noch danken?«

»Aber nein, ganz und gar nicht«, sagte Kate. »Es war der reine Spaß für mich.«

Constances Augen schienen kurz davor zu sein, ihr aus dem Kopf zu springen.

Kleber sah Kate an. »Warum seid ihr nicht einfach über den Flur gekommen?«, fragte er.

»Ich denke, eine versteckte Verbindung ist besser«, antwortete sie, »für den Fall, dass wir uns heimlich treffen wollen. Ich wette, diese Manager patrouillieren ständig über die Gänge. Ich mag die kein Stück. Jillson hat sich über meinen Eimer lustig gemacht und uns ständig ›Winzlinge‹ genannt und herumkommandiert. Ich dachte schon, Constance würde ihr ein Bein abbeißen.«

»Ich hab drüber nachgedacht«, sagte Constance.

»Sie ist allerdings ziemlich kräftig«, überlegte Kate. »Gut eins achtzig groß, Arme wie ein Gorilla, und den Zopf hat sie sich mit Draht zusammengebunden. Den braucht sie wahrscheinlich, um die Kinder zu erwürgen, die ihr dumm kommen.«

»Dann sollten wir darauf achten, ihr *nicht* dumm zu kommen«, sagte Reynie und erzählte ihnen, was Jackson ihnen über die Botschafter gesagt hatte.

»Jillson hat uns genau das Gleiche erzählt«, sagte Kate. »Das heißt, die Stimme, die wir über den Fernsehapparat gehört haben, muss von so einem Botschafter-Kind sein, oder?«

»Genau. Und es hört sich so an, als wüssten die anderen Schüler nicht viel von dem, was die Botschafter tun. Das erfährt man erst, wenn man selbst einer wird und in den Genuss der ›geheimen Privilegien‹ kommt. Dazu muss man allerdings zu den besten Schülern gehören. Das heißt, wir müssen uns anstrengen, um möglichst schnell nach oben zu kommen und Botschafter zu werden.«

»Warum sehen wir uns nicht einfach jetzt schon ein bisschen um und versuchen, ein paar Dinge herauszufinden?«, schlug Kate vor, die sich leidenschaftlich gern »umsah«.

Die anderen stimmten ihr zu. Kate holte ihr Seil ein, rückte die Deckenplatte wieder an ihren Platz, und schon liefen sie den Korridor hinunter, immer hinter Kate her, die gleich wieder in den höchsten Gang schaltete. Sie waren schon fast an der Tür nach draußen, als Reynie merkte, dass sie Constance verloren hatten. Sofort drehten sie um. Constance stand noch vor der Tür zum Jungenzimmer, zeigte auf einen Schimmelfleck an der Decke und zog die Nase kraus. »Das ist ja eklig! Ich meine, das ist fies! Ich *hasse* Schimmel!«

»Hmm, Constance«, sagte Reynie. »Wir haben es eilig, weißt du?«

Wieder ging es Richtung Tür, aber diesmal hatten sie ein Auge auf Constance, die sich nicht nur leicht ablenken ließ, sondern auch sehr langsam lief und gereizt reagierte, wenn man versuchte, sie anzutreiben, oder ein Stück vorauslief.

»Es ist nicht mein Fehler, dass meine Beine kürzer als eure sind«, beklagte sie sich. »Ihr könnt nicht von mir erwarten, dass ich so schnell laufe wie ihr.«

»Wie wäre es, wenn dich einer von uns huckepack nimmt?«, schlug Reynie vor.

»Das ist dumm«, sagte Constance. Aber am Ende ließ sie sich von Kate tragen, und so kamen sie endlich hinaus ins Sonnenlicht.

Die Kinder entschieden sich, einem schmalen, gepflegten Kiesweg zu folgen, der im Zickzack hinauf auf den Hügel neben ihrem Wohnheim führte. Minuten später standen sie oben auf seiner Spitze und hatten einen ausgezeichneten Blick über die ganze Insel, die aus lauter Hügeln bestand, von denen einige sanft anstiegen, andere steil in die Höhe ragten.

Die Kinder betrachteten ihre neue Schule. Die grauen Steingebäude des Instituts waren einander so ähnlich und standen so nahe beisammen, dass sich kaum genau sagen ließ, wo das eine aufhörte und das andere anfing. Grob gesagt, waren sie in Hufeisenform um den steinernen Platz angeordnet und durch Steinpfade und -stufen miteinander verbunden. Nicht zuletzt durch den Turm, der hinter einem der Gebäude in die Höhe wuchs, wirkte das Institut von hier oben aus gesehen eher wie eine Festung als wie eine Schule.

Und doch schien es sich — so im hellen Sonnenlicht — nicht um einen verbotenen Ort zu handeln. Was sie da sahen, kam ihnen längst nicht so bedrohlich vor, wie sie es sich vorgestellt hatten. Im Gegenteil, die Insel war ausgesprochen hübsch. Die Hügel boten einen Flickenteppich aus Sand, Grün und Felsformationen, der durch ein Netz von Kieswegen zusammengehalten wurde. Entlang der Wege blühten Kakteen in großen steinernen Blumenkübeln, und ein lebhafter Bach plätscherte einen nahen Hügel hinunter, über und um Steine und Felsen und bildete hier und da kleine Wasserfälle, bis er das Inselufer erreichte. Abgesehen vom Plätschern und Murmeln des Wassers und den fernen Rufen einiger Seeschwalben, war die Insel bemerkenswert ruhig. Nicht ein Kind war zu entdecken, und nur gelegentlich sahen sie einen weiß uniformierten Erwachsenen, der einen Weg fegte oder einer unbekannten Aufgabe zueilte.

»Ich nehme an, es ist gerade Unterricht«, sagte Kleber. Er sah Kate fragend an. »Warum holst du nicht dein Kaleidoskop raus?«

»Es ist ein getarntes Fernrohr«, sagte Reynie, während Kate die bunte Linse herunternahm.

Sie richtete das Fernrohr auf den steinernen Turm.

»Seht, genau über der Institutsflagge ist ein Fenster. Ich wette, dahinter liegt etwas Wichtiges. Es ist das höchstgelegene Fenster der Insel. Hinter dem höchsten Fenster ist immer etwas Wichtiges.« Sie gab das Fernrohr an Constance weiter.

»Wahrscheinlich ist es nur da, damit sie an die Flagge herankommen«, sagte Kleber. »Irgendwie müssen sie die schließlich auch mal einholen und waschen.«

»Vielleicht«, sagte Kate. »Auf jeden Fall wäre es ziemlich einfach, da oben mal hineinzuklettern und nachzusehen. Das Fenster liegt nicht wirklich so hoch, wie es von hier aussehen mag, nicht wenn man auf dem Hügel selbst steht. Erst müsste man über die Felswand da ...«, sie deutete auf den oberen Teil des Hügels, »dann über den Bach springen und bis hoch an die Turmmauer klettern. Der Turm ist direkt in den Hügel gebaut, seht ihr? Man könnte eine Schlinge über den Fahnenmast werfen, daran hochklettern und sich auf den Mast stellen, um das Fenster zu öffnen.«

»Das nennst du einfach?«, sagte Reynie.

Kate zuckte mit den Schultern. »Ziemlich einfach.«

»Aber der Turm ist von überall bestens zu sehen«, sagte Reynie, »und du würdest sicher entdeckt. Ich glaube nicht, dass Mr Benedict an so was dachte, als er sagte, wir sollten keine unnötigen Risiken eingehen.«

Kate seufzte. »Ich nehme an, du hast recht.«

Constance verzog unterdessen ihr Gesicht. »Das ist ein bescheuertes Fernrohr, Kate. Das macht ja alles nur noch kleiner.«

Kate drehte das Fernrohr um und gab es ihr zurück.

Die Kinder blieben noch eine Weile auf dem Hügel und genossen den herrlichen Blick und die sanfte Brise, die vom Meer herüberwehte. Es war angenehm dort oben, und obwohl es niemand von ihnen aussprach, hatten sie keine große Lust zurückzugehen und die Manager zu treffen, Kate am allerwenigsten. Sie hatte zwar keine Angst, als Spionin enttarnt zu werden (obwohl sie der Gedanke natürlich ähnlich nervös machte wie die anderen), aber sie hätte sich gerne noch etwas länger auf der Insel umgesehen. Dinge zu erkunden war ihre starke Seite, und wie die meisten Menschen tat sie nun mal am liebsten, was sie am besten konnte. Nicht, dass sie sonst herumgenörgelt hätte, im Gegenteil, aber seit ihr Vater sie verlassen hatte — was ihr mehr zu schaffen machte, als sie zugeben wollte —, verbrachte sie ihr ganzes Leben damit, zu beweisen, dass sie von niemandem Hilfe brauchte. Weshalb sie besonders gerne tat, worin sie am besten war.

Als Kleber also vorschlug zurückzugehen, stieß Kate einen tiefen Seufzer aus, und da alle in etwa ähnlich empfanden, fragte keiner, was sie denn habe.

Reynie half Constance auf Kates Rücken, und die Kinder machten sich auf den Weg zurück in ihre Zimmer. Kate hielt hoffnungsvoll nach ungewöhnlichen Dingen Ausschau, aber leider gab es nichts zu sehen außer Felsen, Sand und grünen Pflanzen.

Sie waren den Hügel kaum halb hinunter, als Kleber plötzlich stehen blieb. »Wie komisch.«

Kates Miene hellte sich auf. Sie sah sich um. »Da ist was komisch? Was ist komisch?«

Kleber zeigte auf einen Fleck mit saftigem Efeu — oder etwas Ähnlichem —, der ein Stück Boden neben ein paar Felsen bedeckte. »Seht ihr die Ranken mit den kleinen Blättern da? Die sind ziemlich selten und wachsen mit Vorliebe auf kargem Boden.«

»Oh, toll«, sagte Constance, »eine seltene Pflanze.«

Kates hoffnungsvoller Ausdruck schwand wieder.

»Was ich sagen will«, fuhr Kleber fort, »ist, dass etwas davon erst kürzlich gepflanzt worden ist. Ältere Ranken haben holzige braune Stängel, aber das sind junge, frische grüne Triebe. Die wachsen da noch nicht lange.«

Die anderen sahen zu den Ranken hinüber und versuchten, die Triebe und Stängel unter den Blättern zu erkennen. Es stimmte: Ein großer Teil in der Mitte sah anders aus als der Rest, wenn der Unterschied auch so gering war, dass er nur einem Botaniker — oder Kleber — auffallen konnte.

»Was denkst du?«, sagte Constance. »Ist da vielleicht was vergraben worden?«

»Oder jemand begraben«, sagte Kate. Sie sah Reynie an. »Sollten wir nicht mal nachsehen?«

Reynie war angenehm überrascht. Er war es nicht gewohnt, dass ihn andere Kinder um Rat fragten. »Ich denke schon«, sagte er nach kurzem Überlegen. »Aber lasst uns vorsichtig sein.«

»Vorsichtig womit?«, fragte Kate. »Es ist eine Pflanze.«

»Ich weiß nicht. Irgendwie habe ich kein gutes Gefühl dabei.«

»Wahrscheinlich hat das alles nichts zu bedeuten«, sagte Kleber, der anfing zu bereuen, dass er überhaupt damit angefangen hatte. Er folgte den anderen vom Weg hinunter. »Vielleicht ist da ein Teil der Ranke von einem Pilz befallen worden und eingegangen, und dann hat ein Gärtner neue gepflanzt.«

Die anderen blieben vor den Ranken stehen. Die Fläche, die davon bedeckt wurde, war etwa zweimal so groß wie ein normaler Wohnzimmerteppich und zumindest für Kate halb so interessant. »Sieht aus wie Efeu«, sagte Kate und hob Constance ein Stück höher auf ihren Rücken. »Brennt es, wenn man es anfasst?«

»Nein, es ist völlig harmlos«, sagte Kleber und stieg vorsichtig auf den Rankenteppich. Kate schickte sich an, ihm mit Constance zu folgen. »Ich pflücke euch einen jüngeren Trieb, damit ihr ...«

In diesem Moment tat sich der Boden auf, und die Ranken verschluckten ihn.

FALLEN UND UNSINN

Kate und Constance waren zwei Schritte hinter Kleber, als er von den Ranken verschlungen wurde. Hätte Kate nur ein wenig mehr Abstand gehalten, wäre er nicht mehr zu retten gewesen. Genauso wenig hätte Kleber eine Chance gehabt, hätte ein anderes Kind versucht, ihn vor dem Sturz in die Tiefe zu bewahren. Aber Kate ließ sich auf den Bauch fallen und bekam gerade noch seine Hand zu fassen, bevor sie verschwand.

Damit war die Gefahr aber noch lange nicht abgewandt. Kates Bauchlandung hatte Constance über ihre Schultern kugeln lassen, und nur aus einem Reflex heraus gelang es Kate, Constances Fuß zu erwischen, bevor auch sie vom Boden verschluckt wurde — und jetzt zog das Gewicht der beiden Kate langsam, aber sicher ebenfalls auf die Öffnung zu.

»Hmm, Reynie?«, rief Kate mit zusammengebissenen Zähnen. »Könntest du uns vielleicht ein bisschen helfen?« Reynie war bereits da und packte Kates Beine.

Kleber und Constance wieder auf festen Boden zu ziehen, war so anstrengend wie schwierig (und unangenehm, schimpfte Constance doch die ganze Zeit, weil ihr Klebers Ellbogen in die Rippen drückte). Aber endlich bekamen Reynie und Kate die beiden zurück an die Oberfläche. Zu viert ließen sie sich auf den Rücken fallen, sahen hinauf in den Himmel und keuchten erschöpft.

»Offenbar sind deine Ranken tatsächlich völlig harmlos«, sagte Constance.

Kleber sah sie an. Er wollte sich ärgern, stellte aber fest, dass er vor Erleichterung nur lächeln konnte.

»Die Dinger scheinen Fleischfresser zu sein«, sagte Kate.

Es dauerte nicht lange, und sie kicherten alle. Die Gefahr war vorbei, und irgendwie schien ihnen die Aufregung dabei geholfen zu haben, ein wenig von ihrer Angst abzuschütteln. Befriedigt lächelten sie einander an (als wollten sie sagen: Das haben wir geschafft, oder? Zusammen haben wir es geschafft!), standen auf und klopften sich den Schmutz von den Kleidern. Sie traten an das Loch heran — nur nicht *zu* nah! — und versuchten hineinzusehen. Aber da drinnen war es finster, und sie konnten nur ein paar herunterhängende Ranken erkennen, und selbst die verschwanden bereits wieder: Die biegsamen Stängel und Triebe, die von Kleber und Constance zur Seite gedrückt worden waren, versteiften sich und drängten zurück in ihre alte Stellung. Wie ein Fußabdruck im Gras würde das Loch bald wieder völlig verschwunden sein.

Kate kroch an den Rand des Lochs, schob ein paar Ranken zur Seite und leuchtete mit ihrer Taschenlampe in die Dunkelheit hinunter. »Es ist eine Grube. Sechs, sieben Meter tief.« Sie sah Kleber an. »Das reicht, um dir die Beine zu brechen.«

Kleber wischte sich den Schweiß von der Stirn. »Danke, dass du mich noch erwischt hast, Kate. Ich mag meine Beine.«

»Ich würde dir ja auch danken«, sagte Constance, »allerdings wäre ich gar nicht erst gefallen, wärst du nicht so vorgesprungen, und mein Dank und deine Entschuldigung heben sich gegenseitig auf.«

Kate lachte. »Schon gut, Constance. Solange ich mich nicht bei dir entschuldigen soll, ist das okay.«

Die Kinder standen noch eine Weile neben den Ranken und grübelten über ihre Entdeckung nach. Keinem von ihnen wollte ein vernünftiger Grund für das alles einfallen. Warum hatte sich da jemand die Mühe gemacht, so ein gefährliches Loch zu verstecken?

»Mir fällt darauf höchstens eine Antwort ein«, sagte Reynie schließlich.

»Eine Falle?«, sagte Kate.

Reynie nickte.

»Na super«, sagte Kate. »Jetzt gibt's hier auch noch Fallen.«

»Aber warum gerade an dieser Stelle?«, fragte Kleber. »Was soll sie hier?«

Kate schnaufte. »Wirklich, Kleber, du erstaunst mich! Mit einer Falle fängt man was. Sachen, Leute ...«

Kleber antwortete nicht. Er ging vorsichtig zurück zum Weg.

Die Kinder kamen genau pünktlich zurück in ihre Zimmer. Die Manager mussten jeden Moment kommen. Es sei sicher keine gute Idee, die Manager warten zu lassen, hatte Kleber gemeint. Aber jetzt mussten *sie* warten, nicht die Manager. Als auch noch nach einer halben Stunde nichts von Jillson zu sehen war, sang Constance plötzlich los:

»Jetzt warten wir schon dreißig Minuten auf eine dieser blöden Manager-Puten. Dreißig Minuten, das kann doch nicht sein, aber die hält ihre Verabredung nicht ein.«

Kate schreckte hoch. »Was bist du? Eine Haus-Dichterin? Hör auf, sie könnte draußen vor der Tür stehen!«

Wie sich herausstellte, stand Jillson tatsächlich draußen vor der Tür, aber zu Kates Erleichterung war sie nicht anders als vorher und schien in keiner Weise entrüstet. Die Wände und Türen müssen ziemlich massiv sein, überlegte Kate. Es würde schwer werden, irgendwo zu lauschen. Das war von Vorteil für sie, wenn sie geheime Dinge zu besprechen hatten, machte es aber auch schwieriger, andere auszuspionieren — doch das ärgerte Kate längst nicht so sehr wie das, was Jillson jetzt sagte. »Beeilt euch schon, Winzlinge. Ich kann nicht den ganzen Tag auf euch war ten.«

Kate biss sich auf die Zunge. »Wir sind so weit«, sagte sie fröhlich.

»Das hoffe ich«, sagte Jillson. Dann verfinsterte sich ihr Gesicht. »He, warum ist euer Fernseher nicht an? Ist er kaputt?.

»Wir, äh, wir haben ihn gerade eben ausgeschaltet«, log Kate.

»Warum das denn?«

Kate blinzelte. »Vielleicht, weil wir jetzt gehen?«

»Oh«, sagte Jillson, und sie schien zu überlegen. Endlich knurrte sie: »Nun, wie ihr es für richtig haltet.«

Auf dem Flur trafen sie mit Jackson und den Jungen zusammen. Die Manager hatten einen Zettel dabei, auf dem die Namen der Kinder standen, und nachdem sie überprüft hatten, dass sie auch alle darauf verzeichnet waren (die Mühe, ihnen die Hand zu schütteln, machten sie sich immer noch nicht), begann die Führung durch das Institut. Nach einem schnellen Gang durch das Wohnheim, in dem es neben den Schülerzimmern sonst nur noch Toiletten und Gemeinschaftsduschen gab, gingen sie nach draußen, wo Jillson ihnen erklärte, sie dürften überall herumlaufen, solange sie nur auf den Wegen blieben. »Daneben ist es zu gefährlich«, sagte sie. »Die Insel ist voller verlassener Minenschächte.«

Die Kinder tauschten vielsagende Blicke aus.

»Die Schächte stammen noch aus den frühen Tagen, als Mr Curtain das Institut gebaut hat«, erklärte Jillson. »Bevor Mr Curtain die Insel kaufte, sagten die Leute, es gebe hier nichts als Felsen. Was sie nicht wussten, war, um *was* für Felsen es sich dabei handelte. Wie sich herausstellte, gab es hier sehr viele wertvolle Mineralien. Mr Curtain wusste das. Er baute die Brücke und brachte die nötige Minenausrüstung her, dazu Arbeiter — eine ganze *Kolonie* von Minenarbeitern. Deren Haus war das erste Gebäude, das auf der Insel errichtet wurde. Heute schlaft ihr darin.« Wie eine richtige Führerin deutete Jillson auf das Wohnheim, obwohl sie doch längst wussten, wo es war.

Pflichtbewusst sahen die Kinder es an und nickten.

»Mr Curtain wurde einer der reichsten Männer der Welt«, fuhr Jillson fort und lächelte dabei stolz. »Und könnt ihr euch vorstellen, wofür er seinen Reichtum verwendet hat?«

»Diese Knirpse doch nicht«, murmelte Jackson.

»Er hat das Institut damit gebaut?«, antwortete Reynie. Jackson wirkte überrascht.

»Genau«, sagte Jillson. »Wie ihr wisst, ist die Schule umsonst. Sie kostet euch keinen Cent, und das nur, weil Mr Curtain so großzügig ist. Und er will nichts dafür, nicht mal Aufmerksamkeit. Mr Curtain lebt völlig zurückgezogen. Er verlässt das Institut niemals, fährt nie in Urlaub. Er sagt, es ist weit wichtiger, der kommenden Generation den Blick zu öffnen.«

Die Manager führten sie durch den Felsengarten auf den großen zentralen Platz, der von den massigen Institutsgebäuden umgeben war. Unterwegs erklärte Jackson, was in den einzelnen Gebäuden untergebracht war. »Rechts angefangen ist da zunächst mal das Haus, in dem ihr wohnt — das wisst ihr natürlich, oder? Das Haus links daneben ist das Kontrollgebäude des Instituts mit Mr Curtains Büro, den Quartieren der Wachen und Anwerber und den Suiten der Manager. Ihr müsst dort nie hinein, es sei denn, Mr Curtain will etwas von euch, oder ihr werdet eines Tages Manager.« Jackson sah die Kinder an und schüttelte den Kopf, als zweifelte er sehr an dieser Möglichkeit.

»Neben dem Kontrollgebäude, und damit genau vor uns«, fuhr er fort, »seht ihr die Cafeteria, dann kommt das eigentliche Schulgebäude mit den Klassenräumen. Das Haus dort auf der Seite ist das Gesundheitszentrum oder die Krankenstation, und den Weg dort hinauf kommt ihr zur Sporthalle. Die Sporthalle ist immer offen, wenn sie nicht gerade zu ist. Und das wär's auch schon. Das sind die Gebäude des Instituts.«

»Was ist mit dem dahinten?«, fragte Reynie und zeigte auf ein Dach, das hinter dem Schulgebäude zu sehen war.

Jackson machte ein mürrisches Gesicht. »Dazu wollte ich *gerade* etwas sagen, Reynard. Das ist die Unterkunft der Helfer. Eine Unterkunft, verstehst du? Da wohnen die Helfer.«

»Helfer?«

»Hast du keine Augen im Kopf?«, spottete Jackson. »Hast du nicht die Leute in den weißen Uniformen gesehen, die überall herumlaufen, Wege fegen, Müll einsammeln und so weiter?«

Reynie nickte. Er hätte natürlich nicht wissen können, dass das die Helfer waren, zog es aber vor, nicht darauf hinzuweisen.

»Die Helfer kümmern sich um den Alltagskram«, erklärte Jillson, »ums Putzen, Waschen, Kochen — alle unwichtigen Aufgaben, wisst ihr. Und jetzt kommt schon, Winzlinge, trödelt nicht so herum. Es gibt drinnen noch jede Menge zu sehen.«

Die Manager schoben sie ins Schulgebäude, das von außen schon groß wirkte, innen aber absolut riesig war. Hell erleuchtete Korridore führten vom Eingang aus in alle Richtungen. Sie folgten einem von ihnen, bogen wieder und wieder ab — Constance hatte Schwierigkeiten, mit den anderen Schritt zu halten, und schien sehr unglücklich darüber —, bis sie schließlich in einen Gang kamen, von dem links und rechts Klassenzimmer abzweigten.

»Es gibt in diesem Gebäude unglaublich viele Gänge«, sagte Jillson.

»Und nicht nur in diesem Gebäude«, fügte Jackson hinzu. »Einige führen in die Unterkünfte der Helfer und in die Cafeteria, und da gibt es natürlich noch mehr Gänge.«

»Natürlich«, sagte Jillson. »Ihr Zwerge müsst also zunächst mal lernen, wie ihr euch zurechtfindet. Aber keine Angst. Es sieht zwar verwirrend aus, ist aber *nicht* verwirrend. Das ist ein wichtiges Prinzip, das ihr hier am Institut lernt.«

»Es ist nicht verwirrend?«, sagte Constance, die sich im Kreis drehte und sehr verwirrt wirkte.

»Seht auf den Boden«, sagte Jackson. »Seht ihr den Streifen gelbe Kacheln? Bleibt einfach auf den Gängen mit den gelben Kacheln, und ihr könnt euch nicht verirren.«

Gehorsam sahen die Kinder auf den Boden. Reynie waren die Kacheln bereits aufgefallen, er hatte sich aber nichts dabei gedacht, sondern angenommen, sie dienten allein der Dekoration. Er musste sich angewöhnen, hier auf der Insel *nichts* einfach so anzunehmen.

Jillson legte einen Finger auf die Lippen und zog die Kinder zu einer Tür, damit sie einen Blick durch das Fenster darin warfen. Ein schlaksiger Manager stand vor einer Klasse von rund dreißig aufmerksamen jungen Schülern und machte eine Gedächtnisübung mit ihnen:

»DER FREIE MARKT MUSS IMMER VÖLLIG FREI BLEIBEN. DER FREIE MARKT MUSS IN EINZELFÄLLEN KONTROLLIERT WERDEN.

DER FREIE MARKT MUSS FREI GENUG SEIN, UM SEINE FREIHEIT IN EINZELFÄLLEN ZU KONTROLLIEREN.

DER FREIE MARKT MUSS GENUG KONTROLLE BESITZEN, UM SICH IN EINZELFÄLLEN SELBST ZU BEFREIEN. DER FREIE MARKT ...«

»Was um alles in der Welt reden die da?«, flüsterte Kleber.

»Oh, das ist die Deklination des freien Markts«, sagte Jackson. »Ist ganz einfach. Das lernt ihr im Handumdrehen.«

»Für mich klingt es wie Unsinn«, sagte Constance.

»In gewisser Weise klingt alles wie Unsinn, oder?«, sagte Jillson, als sie mit ihrem Rundgang fortfuhren. »Das ist genau das, was ihr hier im Institut lernt. Nehmt zum Beispiel das Wort ›Essen‹. Seht es euch in eurem Kopf an und fragt euch: Warum heißt das so? Das Wort klingt doch komisch, oder? Essen! Man könnte es leicht für Unsinn halten. Dabei ist es außerordentlich wichtig. Ohne könnten wir nicht leben.«

»Trotzdem klang das gerade wie Unsinn«, murmelte Constance. »Und jetzt habe ich Hunger.«

Es war nicht nur die Rede von »Essen«, die Constance das Wasser im Mund zusammenlaufen ließ, sondern auch der *Geruch* von Essen. Den anderen ging es genauso. Sie wurden jetzt durch die Cafeteria geführt, einen riesigen Raum voller Tische. Durch die Luft zogen Tausende von guten Gerüchen: nach frischen Hotdogs, Hamburgern und allem möglichen Gemüse, nach geschmolzenem Käse, Tomatensoße, Würstchen und gebratenem Fisch, nach frisch gebackenem Kuchen, Zimt und Zucker, Apfeltörtchen und immer so weiter. Hinter den leeren Tischen konnten sie Erwachsene sehen, die in weißen Uniformen in der Küche herumeilten, halb versteckt hinter Wolken aus Grill- und Bratendünsten.

Kate hob die Nase wie ein Bluthund. »Hier riecht‘s wie in einer Bäckerei, einer Pizzeria und einer Garküche — und das alles auf einmal.«

»Die Cafeteria gehört zu den wunderbaren Einrichtungen des Instituts«, sagte Jackson. »Die Helfer kochen und backen die besten Sachen. Ihr könnt essen, was ihr wollt und so viel ihr wollt. Geht einfach hin und sagt ihnen, was sie euch geben sollen, und seid nicht beleidigt, wenn sie nichts antworten. Die Helfer sollen nicht reden, es sei denn, ihr stellt ihnen eine Frage. Ihr werdet sie bald schon gar nicht mehr bemerken. Als ich noch Schüler war, habe ich ihnen gern Streiche gespielt. Sie konnten nichts dagegen tun, versteht ihr, weil es keine Regel gab, die es verbot. Heute beachte ich sie kaum noch, höchstens wenn sie eine Zurechtweisung brauchen.«

»Es klingt fast so, als gäbe es hier gar keine Regeln«, sagte Kleber.

»Das ist richtig, George«, sagte Jillson. »Praktisch überhaupt keine. Du kannst dich anziehen, wie immer du willst, solange du eine Hose, Schuhe und ein Hemd trägst. Du kannst duschen, sooft du willst, oder auch gar nicht, Hauptsache, du kommst sauber in den Unterricht. Genauso kannst du essen, was du willst, solange du dich an die Essenszeiten hältst und dazu in die Cafeteria kommst. In euren Zimmern könnt ihr das Licht die ganze Nacht brennen lassen, solange ihr es um zehn ausschaltet. Und ihr könnt überall hin, wenn ihr nur auf den Wegen und den gelb gekachelten Gängen bleibt.«

»Aber«, sagte Reynie, *»sind* das nicht alles Regeln?«

Jackson rollte mit seinen eisblauen Augen. »Das ist heute euer erster Tag, also glaube nicht gleich, du hast alles kapiert, Reynard. Aber das ist eine der Lebensregeln, die du hier im Institut lernst: Viele Dinge, die wie Regeln klingen, sind nicht wirklich welche. Es sieht immer so aus, als gäbe es mehr Regeln, als es tatsächlich gibt.«

»Das klingt wie *zwei* Regeln, die ich lernen soll«, sagte Reynie.

»Genau das sage ich doch. Aber jetzt kommt, wir müssen uns beeilen. Mr Curtain will euch zusammen mit den anderen Neuankömmlingen begrüßen. Constance, trödele nicht, und auch du, George, ein bisschen Beeilung.«

»Hätten Sie etwas dagegen, mich Kleber zu nennen?«, fragte der Junge und beeilte sich.

»Ist Kleber dein richtiger Name?«, fragte Jackson.

»Alle nennen mich so«, antwortete Kleber.

»Aber ist er offiziell? Ich meine, gibt es ein offizielles Dokument, in dem Kleber als dein offizieller Name verzeichnet ist?«

»Äh, nein, aber ...«

»Nun, wenn es nicht dein offizieller Name ist, kann er nicht echt sein, oder?«

Kleber starrte ihn an.

»Bist ein guter Junge, George«, sagte Jackson und führte sie zurück zu den Klassenräumen.

DENKT AN KASTOR UND POLLUX

Die Kinder wurden in ein normales Klassenzimmer gebracht. Durch die Fenster fiel helles Sonnenlicht, die Tische waren leer, und vorne am Pult stand ein Manager, der Jackson und Jillson begrüßte. Während die Kinder sich einen Platz suchten, hielten die Manager eine kleine Besprechung ab. Schließlich eilten Jillson und der andere Manager hinaus.

»Es sollte nicht mehr lange dauern«, erklärte Jackson den Kindern. »Die andere Gruppe beendet gerade ihren Rundgang. Offenbar haben unsere Anwerber ein paar unerwartete Neulinge gebracht. Sie sind eben erst angekommen, deshalb fangen wir ein paar Minuten später an. Okay?« Er verließ kurz das Zimmer und kam dann wieder herein. *»Okay?«*

»Okay«, antworteten die Kinder.

Jackson schüttelte verächtlich den Kopf und verschwand. »Was für ein Herzchen dieser Jackson doch ist«, sagte Kate.

»Ich verstehe nicht, wie du darüber Witze machen kannst«, sagte Kleber. »Mein Magen fühlt sich an wie ein einziger großer Knoten.«

Reynie ging es nicht viel besser. »Habt ihr gehört, was Jillson über die Minenschächte gesagt hat?«

»Darauf kannst du wetten«, sagte Kate. »Das klingt wie der reine Unsinn. Warum baut man erst Fallen und warnt die Leute dann davor?«

»Sie wollen nicht, dass wir die Wege verlassen«, spekulierte Reynie. »Und wenn wir es tun, wollen sie es wissen — sie wollen uns auf frischer Tat ertappen.«

Kates blaue Augen flackerten aufgeregt. »Wenn das stimmt, könnten *überall* Fallen sein.«

»Ihr zwei helft meinem Magen überhaupt nicht«, sagte Kleber.

Bald schon öffnete sich die Tür, und ein Dutzend weiterer Neuankömmlinge trat ins Klassenzimmer, begleitet von ein paar Managern und zwei Männern in eleganten Anzügen mit einer Uhr an jedem Arm. Es begann ein allgemeines Durcheinander mit gegenseitigem Sichvorstellen und Plätzeaussuchen. Die Manager beobachteten die Kinder ganz genau, als trauten sie ihnen zu, plötzlich aus dem Zimmer zu rennen oder eine Schlägerei anzuzetteln. Reynie spürte ihre Blicke auf sich. Er fühlte sich wie halb durchschaut. Aber als Neuer fühlte man sich immer so, erinnerte er sich. Deshalb lächelte er und nickte und tat alles, um so glücklich und eifrig auszusehen wie die anderen Neulinge.

Die übrigen Mitglieder der geheimen Benedict-Gesellschaft machten es genauso, die einen mit mehr Erfolg als die anderen. Kate hatte ein allerliebstes Lächeln aufgesetzt. Kleber zog eine Grimasse, die einem Lächeln ähnelte, irgendwie sah er aber auch aus, als wäre er in einen Sandsturm geraten. Constance nickte ein paarmal freundlich, bis das Nicken erlahmte und ihr die Augenlider zufielen. Reynie stieß sie an, worauf sie den Kopf hochriss und sich überrascht umsah, als wüsste sie nicht recht, wo sie war.

Zwei der übrigen Neuankömmlinge, ein stämmiges, glockenförmiges Mädchen und ein dürrer Junge, schienen die gleichen Schwierigkeiten zu haben. Die beiden hatten sich ganz nach vorn gesetzt und wirkten ziemlich benebelt. Sie trugen schlecht passende Sachen (ihre waren zu klein, seine zu groß) und hatten nasse Haare, weil sie offenbar gerade erst geduscht hatten. Mit Ausnahme von Constance waren sie die einzigen Kinder, die nicht glücklich und aufgeregt wirkten. Aber vielleicht waren sie ja einfach nur müde, obwohl man hätte meinen sollen, ihre Dusche und die Angst vor der neuen Schule hätten sie hellwach machen sollen.

Reynie sah, wie einer der beiden Anzugmänner die zwei müde dreinblickenden Kinder musterte, ihnen zuzwinkerte und freundlich zulächelte — und plötzlich durchfuhr es ihn. *Anwerber,* hatte Jackson gesagt. So wurden sicher die Kundschafter des Instituts genannt. Was wahrscheinlich bedeutete, dass es sich bei den »unerwarteten Neuankömmlingen«, von denen Jackson gesprochen hatte, um … Konnte das sein? Konnten diese Kinder wirklich entführt worden sein? Und jetzt saßen sie einfach so da und schliefen fast ein? Das war unwahrscheinlich, dachte Reynie. Er musste etwas übersehen haben. Und doch …

Reynie sah sich um. Die Unruhe im Raum erstarb. Jillson hatte sich vorne auf ihren Platz gesetzt und wartete offenbar auf ein Zeichen von Jackson, der in der Tür stand und den Flur hinuntersah. Jackson nickte, und Jillson hob die Hände. Es wurde still, und Jillson verkündete lautstark: »Und jetzt, ihr alle, ist es uns ein großes Vergnügen, euch den Gründer, Präsidenten und Rektor unseres geliebten Instituts vorstellen zu dürfen: Mr Ledroptha Curtain!«

Alle sahen mit ängstlichen Augen zur Tür. Eine lange Weile hörten sie nichts als ein fernes Summen, das immer lauter wurde und endlich in ein ungeheures Kreischen und Quietschen überging — als schaltete ein Auto in einen anderen Gang und ließ die Räder durchdrehen. Und dann schoss ein Mann in einem motorisierten Rollstuhl in den Raum. Er fuhr so schnell und rücksichtslos, dass die Kinder zurückwichen, weil sie Angst hatten, von ihm angefahren zu werden. Mr Curtain hatte seinen Rollstuhl aber völlig im Griff. Er raste zwischen den Bänken hindurch, wich gekonnt allen Hindernissen aus — Kinderfüßen und scharfen Ecken — und lächelte um sich herum.

So einen Rollstuhl hatten sie noch nie gesehen: Er hatte vier gleich große Räder wie ein Gokart, Hebel und Knöpfe auf den Armlehnen und ein Pedal unter jedem Fuß. Mr Curtain saß tief in den dicken Polstern, die ihn aufrecht hielten, und über Brust und Schoß verlief ein Gurt. Er fuhr so schnell, dass ihm das weiße Haar nach hinten flog, und trug eine Brille mit großen runden Gläsern, die wie silberne Spiegel waren, so dass man seine Augen nicht sehen konnte. Die Wangen und das Kinn waren gerötet wie nach einer frischen Rasur, die Nase war groß und knubbelig wie eine Gemüseknolle.

Sein Auftritt und Anblick war für alle Neuankömmlinge erschreckend, aber besonders schlimm war es für die Mitglieder der geheimen Benedict-Gesellschaft. Die Nase (die derartig an eine Gemüseknolle erinnerte) und die Haare (so dicht und so weiß) hätten längst ausgereicht, um ihnen einen Schock zu versetzen, aber der Anzug, den er trug, dieses grüne Karo, gab ihnen den Rest. Entsetzt starrten die vier Kinder erst den Mann und dann einander an, denn Mr Curtain war niemand anderes als Mr Benedict selbst.

Reynies Gedanken überschlugen sich. Was konnte das bedeuten? War Mr Benedict entführt worden? Hatte man ihn irgendwie gezwungen, so zu tun, als sei er Mr Curtain? Aber warum? Und wie konnte das so schnell getan worden sein? Schließlich hatten sie Mr Benedict noch an diesem Morgen gesehen. Oder hatte Mr Benedict eine gespaltene Persönlichkeit wie Dr. Jekyll und Mr Hyde? Auch das schien wenig wahrscheinlich. Aber *alles* war in diesen Tagen so unwahrscheinlich, und Reynie gefiel diese letzte Erklärung immer noch besser als die, die ihm sofort vor Augen gestanden hatte und am plausibelsten zu sein schien: Aus irgendeinem schrecklichen, unbekannten Grund hatte Mr Benedict sie hereingelegt.

Als er das alles noch dachte, bremste der Mann, der ihnen als Mr Curtain vorgestellt worden war, seinen Rollstuhl quietschend ab, wirbelte herum und schoss vor, bis er genau neben Reynie saß. Er kam so nahe an ihn heran, dass Reynie sein eigenes alarmiertes, nach einer Antwort suchendes Gesicht in den glänzenden silbernen Brillengläsern reflektiert sah und den beißenden Atem des Mannes riechen konnte. Die Knollennase berührte ihn fast. »Was ist, junger Mann? Warum siehst du mich so an?«

Reynie dachte sehr schnell. Entweder erkannte Mr Benedict, das hieß Mr Curtain, sie aus irgendeinem Grund nicht, oder er tat zumindest so. »Es ist ... es ist Ihre Nase!«, rief er. »Sie sieht aus wie eine rosarote Gurke!«

Seine Freunde starrten Reynie erstaunt an, aber etliche andere Kinder im Raum fingen an zu kichern. Mr Curtains Miene verfinsterte sich, er ballte die Hände zu Fäusten und sein Gesicht wurde puterrot — und doch sagte er eine lange Weile nichts. Sein Zorn schien zu einer Explosion anzuschwellen, und Reynies Furcht wuchs und wuchs. Aber dann wich die Farbe aus Mr

Curtains Gesicht, seine Stirn glättete sich und ein Ausdruck von Befriedigung überzog seine Miene. Am Ende lächelte er sogar.

»Ihr seid Kinder«, sagte er, »ich vergesse es immer wieder. Kinder sind zu solcher Grobheit fähig. Es ist schon gut, junger Mann, ich werde dir das nicht nachtragen. Wir brauchen Schüler, die keine Angst davor haben, die Wahrheit zu sagen. Wie heißt du?«

»Reynard Muldoon, Sir. Aber alle nennen mich Reynie.«

»Willkommen, Reynard«, sagte Mr Curtain, und damit drehte er sich um und schoss wieder nach vorn, wo er sich noch einmal den Schülern zuwandte und die Arme zu einer freundlichen Willkommensgeste ausbreitete. »Willkommen, Reynard Muldoon, und willkommen ihr alle! Willkommen im Lerninstitut für die besonders Erleuchteten!«

Applaus brach aus, und Reynie und seine Freunde warfen sich erneut Blicke zu, heimlicher jetzt und voller Bestürzung. *Alles steht Kopf,* dachte Reynie. *Mr Benedict beruhigt dich, aber Mr Curtain erschreckt dich zu Tode. Mr Benedict bewundert Kinder, und Mr Curtain sieht auf sie herab. Mr Benedict scheint alles von einem zu wissen, aber Mr Curtain weiß nicht das kleinste bisschen — wenigstens jetzt noch nicht.*

In der Zwischenzeit hatte Mr Curtain seine Willkommensrede angefangen. »An anderen Akademien«, erklärte er, »lehrt man Kinder wie euch nur, zu überleben. Lesen, Rechnen, Kunst, Musik — was für eine Zeitverschwendung für begabte Schüler! Wir im Lerninstitut für die besonders Erleuchteten«, rief Mr Curtain erregt, schrieb den Namen an die Tafel und malte Kreise um fünf der Buchstaben, »wir zeigen unseren Schülern, richtig zu LEBEN!«

Wieder gab es lauten Applaus, aber Reynie grübelte noch immer. *Alles ist umgedreht,* dachte er, und mit diesem Gedanken im Kopf sah er vor zur Tafel und spürte einen plötzlichen schrecklichen Schauer: LEBEN hieß *to LIVE* — und das rückwärts *EVIL:* das BÖSE.

Wie Jillson erklärt hatte, durften die Kinder ihre Lichter und die Fernseher »die ganze Nacht über« anlassen, wenn sie wollten, solange es in ihren Zimmern ab zehn Uhr dunkel war. Als es so weit war, linste Reynie durch einen Spalt in der offenen Tür, und genau wie Kate es vorausgesagt hatte, patrouillierte ein Manager über den Flur. Es war ein schlaksiger Teenager mit riesigen Füßen, der gerade das Flurlicht ausgeschaltet hatte und jetzt in der Dunkelheit nachsah, ob irgendwo noch Licht unter den Türen hervor drang. Reynie schaltete auch ihr eigenes Licht aus und machte die Tür leise zu.

»Wer ist da draußen?«, fragte Kleber.

»S. Q. Pedalian. Er war auch bei der Vorstellung eben, du weißt schon ...«

In diesem Moment klopfte es an ihrer Tür. Als Reynie aufmachte, stand S. Q. Pedalian vor ihm. Er hielt die Arme vor der Brust verschränkt, und sein gutmütiges Gesicht war im Mondlicht, das durch ihr Fenster fiel, kaum zu erkennen. »Ihr Jungs müsst ruhiger sein«, sagte er, allerdings nicht unfreundlich. »Ihr seid neu, und ich dachte mir, vielleicht habt ihr die Regeln noch nicht kapiert oder nicht richtig mitbekommen, dass es keine Regeln gibt, deshalb habe ich mein Ohr an eure Tür gelegt, und tatsächlich konnte ich da ein Murmeln hören, was heißt, dass ihr geredet habt — und das geht nicht. Natürlich dürft ihr euch unterhalten, aber nur, wenn es völlig lautlos geschieht.«

»In Ordnung«, sagten die Jungen stumm mit ihren Mündern.

»Okay, nur dass ihr's wisst. Und jetzt schlaft gut«, sagte S. Q. Pedalian, zog die Tür zu und schrie vor Schmerz auf. Schnell öffnete sich die Tür wieder ein Stück, S. Q. zog seine Zehen zurück, und die Tür schloss sich wieder.

»Das muss ihm oft passieren«, flüsterte Reynie.

Da raschelte es oben in der Decke, eine Deckenplatte wurde zur Seite geschoben, und im Schein einer Taschenlampe sahen sie Constances staubiges, mit Spinnweben überzogenes, verzweifelt dreinblickendes Gesicht. Kleber holte einen Stuhl, und Augenblicke später standen Constance und Kate bei ihnen im Zimmer. Kate schaltete ihre Lampe aus. Genau in diesem Augenblick schob sich draußen eine Wolke vor den Mond, und sofort wurde es finster im Zimmer.

»Was kann das nur zu bedeuten haben?«, flüsterte Kate.

»Es ist nichts als ein übler Trick«, sagte Constance.

»Ich glaube, er ist verrückt«, sagte Kleber. »Was denkst du, Reynie?«

Reynie hatte die ganze Zeit darüber nachgegrübelt. »Ich denke, wir sollten eine Nachricht senden. Wenn man uns *nicht* hereingelegt hat — wenn Mr Benedict zum Beispiel gegen seinen Willen hierher verschleppt wurde oder es sonst eine Erklärung gibt —, könnte uns die Antwort Aufschluss darüber geben, was wir tun sollen.«

Die anderen stimmten ihm zu. Kleber sollte die Nachricht schicken, da er der schnellste Morser war. Er kletterte auf den Fernsehschrank und sah hinaus auf den Platz. Ganz am Rand sah er eine vertraute Gestalt, die vom Institut zur Brücke hinübersah. »Wir müssen etwas warten. Ich kann Mr Benedict sehen — ich meine, Mr Curtain.«

»Was macht er?«, fragte Constance.

»Er sitzt da in seinem Stuhl und macht gar nichts.«

»Vielleicht denkt er drüber nach, was für ein völlig Wahnsinniger er ist«, sagte Kate.

»Moment mal«, sagte Kleber. »Da kommen ein paar Manager, und jetzt verschwinden sie zusammen. Junge, ist der schnell mit dem Ding. Die müssen sich ganz schön beeilen, um mitzukommen.« Kleber ließ den Blick noch einmal schweifen. Der Platz war leer, und auch auf den Wegen waren keine Posten oder sonst jemand zu entdecken. Auf dem Wasser sah er keine Boote, und es war auch niemand auf der Brücke. »In Ordnung, die Luft ist rein.«

Kate gab ihm ihre Taschenlampe, und Kleber morste ihre Nachricht zur Küste hinüber: *Wir sehen Mr B statt Mr C. Was ist der Dreh?*

Gemäß Rhondas Mahnung hatten sie entschieden, sich möglichst kurz und kryptisch zu fassen, falls einer der Manager die Nachricht auffangen sollte. Aber je länger sie nun auf die

Antwort warteten, desto mehr wuchs ihre Angst, dass man sie nicht verstanden hatte. Oder schlimmer noch: Dass sie niemand gesehen hatte.

»Da ist überhaupt keiner«, sagte Constance laut. Die anderen zischten leise und legten die Finger an die Lippen. Constance streckte ihnen die Zunge heraus, flüsterte aber weiter: »Das beweist, dass es eine Falle war. Die stecken alle mit drin. Sie wollten uns auf die Insel schaffen, und jetzt kommen wir hier nie wieder weg.«

»Lasst uns noch ein bisschen warten«, sagte Reynie. »Wenn sie dann nicht geantwortet haben, senden wir die Nachricht noch mal. Wenn sie dann immer noch nicht antworten, hat Constance recht: Dann haben sie uns reingelegt, oder irgendwas ist ganz schrecklich schiefgegangen, und wir sollten uns überlegen, wie wir hier wieder rauskommen.«

»Augenblick mal!«, sagte Kleber. »Ich sehe ein Licht zwischen den Bäumen! Sie morsen eine Antwort.«

Die anderen hielten den Atem an. Es schien ewig zu dauern. Dann flüsterte Kleber: »Gott, als Rhonda sagte, sie würden verschlüsselt antworten, hat sie nicht übertrieben.«

»Was sagen sie?«, fragte Kate.

»Es ist eine Art Rätsel«, sagte Kleber. Er las es ihnen vor.

»Im Glas mein Gesicht, doch nein, das bin ich nicht. Vorsicht, das ist kein Jux. Denkt an Kastor und Pollux.«

»Das hilft uns wirklich weiter«, sagte Constance und rollte mit den Augen.

»Klingt so, als guckte einer in den Spiegel und sagte, der, den er da sieht, das sei er nicht«, überlegte Kate. »Ich fürchte, das klärt die Sache auf — Mr Benedict ist wirklich wahnsinnig.«

Kleber schüttelte den Kopf. »Mr Benedict hat die Nachricht nicht geschickt. Ich habe ihn doch eben erst unten auf dem Platz gesehen.«

»Richtig«, sagte Kate. »Das heißt, sie muss von einem der anderen kommen. Aber was soll sie bedeuten?«

Reynie biss sich nachdenklich auf die Lippe. »Lies noch einmal vor, Kleber.«

Kleber wiederholte die Nachricht.

»Wer sind Kastor und Pollux?«, fragte Constance.

»Zwei Sterne, die zu einem Sternkreiszeichen gehören oder zu einer Person, die in diesem Zeichen geboren wurde«, antwortete Kleber.

»Das hilft mir nicht viel, George Washington«, sagte Constance. »Was sind das für komische Kreise, und warum sind sie so scharf drauf, Zeichen zu machen?«

»Viele Sterne formen Sternbilder, und die wieder einen Kreis, der genau ein Jahr umspannt«, sagte Reynie, um es Constance verständlich zu machen. *»Dein* Sternzeichen, wie man so sagt, hat damit zu tun, wann du geboren wurdest. Wenn du zum Beispiel spät im April Geburtstag hast, bist du im Zeichen des Stiers geboren. Man kann auch ein Fisch sein oder ein, äh ...«

»Ein Widder zum Beispiel«, sagte Kleber.

»Richtig, und immer so weiter — du verstehst schon. Insgesamt gibt es zwölf Zeichen, und *deines* hängt von *deinem* Geburtstag ab.«

»Sollen wir also herausfinden, wann jemand geboren wurde? Aber wer? Das ist doch lächerlich!«, sagte Constance.

»Ich glaube, ich weiß, was die Nachricht bedeutet«, flüsterte Kate plötzlich, und ihre Erkenntnis schien ihr unangenehm zu sein. »Sie besagt, dass manche Leute nicht sind, was sie scheinen — dass wir irgendwem nicht trauen können, obwohl wir es geglaubt haben. Mit anderen Worten: Constance hat recht, wir sind in eine Falle getappt, und wer immer uns die Nachricht geschickt hat, ist ebenfalls betrogen worden. Es müssen Rhonda oder Nummer Zwei sein, die uns warnen wollen.«

»Das ist etwas spät, oder?«, sagte Reynie. »Und warum Kastor und Pollux?«

Kate fühlte sich eindeutig nicht wohl in ihrer Haut. »Sie nehmen an, dass einer von uns an dem Betrug beteiligt ist. Dass jemand einen geheimen Pakt mit Mr Benedict geschlossen hat, um die anderen auf die Insel zu bekommen.«

»Willst du damit sagen, es ist *der* von uns, der im Zeichen von Kastor und Pollux geboren wurde?«, fragte Kleber entsetzt.

»Tut mir leid«, sagte Kate. »Anders kann ich es mir nicht erklären.«

Nach ihren Worten schwiegen alle und spürten, wie sich Misstrauen zwischen sie drängte.

»Es hat keinen Sinn, es hinauszuschieben«, sagte Kate. »Wenn ich recht habe, sollten wir es ziemlich schnell herausfinden können. Wann habt ihr Geburtstag?«

Alle bis auf Constance nannten ihr Datum sofort. Keines passte auf Kastor und Pollux, die Ende Mai und fast den ganzen Juni einnahmen. Constance wollte ihr Datum nicht verraten. »Das ist doch Unsinn«, sagte sie. »Selbst *wenn* ich da geboren wäre, wüssten wir nicht, was die Nachricht bedeutet.«

»Wenn es nicht auf dich zutrifft«, sagte Kleber, »warum beweist du es dann nicht?«

»Beweis du es doch selber, Mr Steinbock«, fuhr Constance ihn an. »Wer sagt denn, dass du nicht lügst und uns alle betrügst?«

»Oh ...«, fing Kleber an und verstummte.

Constance wandte sich an Kate. »Und *Ihr,* Mrs *Stier?*«

Kate knurrte und versuchte auf eine empörte Antwort zu kommen, die sich ebenfalls reimte. Aber ihr fiel nichts ein, das sich auf Constance reimte.

»Kann es *irgendwer* hier beweisen?«, fragte Constance.

»Sie hat recht«, sagte Reynie mit einem Gefühl der Erleichterung. »Es ist nicht wichtig, ob einer von uns zu der Zeit geboren wurde, weil es nicht zu beweisen ist.« (Selbst im düsteren Mondlicht sah er Constances dankbaren Blick. Sie hatte sich große Sorgen gemacht, für eine Verräterin gehalten zu werden.) »Und das ist gut so«, fuhr er fort, »weil ich überzeugt bin, dass uns Mr Benedict keine Nachricht schicken würde, die uns gegeneinander aufbringen könnte — nicht, wenn es nicht einen Weg gibt, wie sich die Wahrheit beweisen lässt. Ich glaube, die Nachricht muss etwas anderes besagen.«

»Du vergisst«, sagte Kleber, »dass Mr Benedict hier auf der Insel ist. Er schickt uns keine Nachrichten. Er kann nicht an zwei Orten gleichzeitig sein.«

»Das ist es!«, rief Reynie, und die anderen machten gleich wieder »Pssst!«.

»Das ist es«, wiederholte Reynie noch einmal aufgeregt flüsternd. »Er *kann* tatsächlich an zwei Plätzen gleichzeitig sein. Kleber, wie heißt das Zeichen von Kastor und Pollux?«

»Das sind die Zwillinge«, sagte Kleber leichthin. Seine Augen wurden größer. »Moment mal!«

»Genau«, sagte Reynie. »Ich glaube, Mr Benedict hat einen verloren geglaubten Bruder.«

Wie es immer bei einer »Gesellschaft« ist, musste zunächst noch debattiert werden. Kate wollte wissen, warum Mr Benedict ihnen nicht von seinem Zwilling auf der Insel erzählt hatte, worauf Reynie antwortete, dass er es wahrscheinlich nicht gewusst hatte. Aber Kate gab nicht nach: Wenn er es nicht gewusst hatte, woher wusste er es denn *jetzt?* Woher kam dieses plötzliche Wissen?

»Das Glas in der Nachricht«, sagte Reynie mit einem Grinsen. *»Im Glas mein Gesicht* — erinnert ihr euch? Damit meint Mr Benedict keinen Spiegel, sondern sein *Fernglas.* Das Teleskop. Das haben sie heute erst aufgestellt.«

»Und er hat Mr Curtain heute zum ersten Mal gesehen«, sagte Kleber, »als er durch das Teleskop sah.«

»Das muss ein ganz schöner Schock gewesen sein«, sagte Reynie.

»Aber wie konnte er nicht wissen, dass er einen Zwilling hat?«, sagte Kate. »Schließlich wurden sie zusammen *geboren.«*

»Wahrscheinlich hat man sie schon als Babys voneinander getrennt«, sagte Reynie. »Mr Benedict hat mir erzählt, dass er selbst eine Waise ist. Als seine Eltern starben, wurde er aus Holland hierher zu seiner Tante geschickt. Mr Curtain muss irgendwo anders aufgewachsen sein.«

»Aber beide sind ziemlich genial und waren immer an den gleichen Dingen interessiert«, sagte Kate. Ihre Fantasie übernahm langsam die Führung. »Und so wurden sie wieder zueinander hingezogen!«

»Verrückt!«, sagte Kleber.

»Puuh, bin ich müde«, sagte Constance, die sich nicht sonderlich beeindruckt gab.

Reynie beachtete sie nicht. »Das alles ist äußerst merkwürdig, aber wenigstens wissen wir jetzt, dass man uns keine Falle gestellt hat. Kleber, schick am besten noch eine kurze Nachricht, dass wir verstanden haben.«

Kleber tat es. Sofort blitzte die Antwort zurück. *Gut gemacht. Gute Nacht. Viel Gl...*

»Die Nachricht bricht ab«, flüsterte Kleber und legte die Stirn in Falten. In dem Augenblick sah er den Grund. »Da sind zwei Manager unten auf den Platz gekommen! Sie stehen da und unterhalten sich. Jetzt setzen sie sich auf eine Bank. Es sieht ganz so aus, als wollten sie noch eine Weile dableiben.«

»Die Nachricht war sowieso so gut wie beendet«, sagte Kate und gähnte fürchterlich. »Und offen gesagt, bin ich hundemüde. Sollten wir nicht schlafen gehen?«

Reynie und Kleber stimmten ihr zu, nur Constance widersprach. »Wie können wir so einfach schlafen gehen? Wo wir nicht wissen, was sie noch sagen wollten?«

Kate lachte. »Große Güte, Constance! Machst du Witze?«

Constance fuhr auf. »Machst *du* Witze? ›Große Güte‹ war es sicher nicht! Das letzte Wort fing mit einem ›G‹ und einem ›l‹ an.«

Verblüfft öffnete Kate den Mund, um etwas zu sagen, aber Reynie kam ihr zuvor. »Richtig, Constance. Und ich bin so gut wie sicher, dass es *Glück* heißen sollte. *Viel Glück.* Meinst du nicht?«

Constance war nicht so leicht zu überzeugen. Sicher sein könnten sie nicht, sagte sie. Aber sie war müder als alle zusammen — schon seit einer Stunde hatte sie sich die Augen gerieben —, und so willigte sie schließlich ein, das Treffen zu beenden.

»Damit ist die Sitzung also geschlossen«, sagten die anderen.

DIE LEKTIONEN GELERNT

Das Lerninstitut für die besonders Erleuchteten war wie keine andere Schule. Das fing schon damit an, dass das Essen in der Cafeteria ganz ausgezeichnet roch und noch besser schmeckte. Darüber hinaus gab es keine Schulbücher, keine Exkursionen, keine Zeugnisse, es wurden keine Namen aufgerufen, und wenn jemand fehlte, sah ein Manager nach ihm. Es gab keine klapprigen Filmprojektoren, keine Spinde, keine Sportmannschaften, keine Bibliothek, und komischerweise fand sich auch nirgends ein Spiegel. Des Weiteren bestand keine Trennung zwischen Schulanfängern und Fortgeschrittenen: Egal wie alt oder wie weit jemand war, alle saßen in den gleichen Klassen zusammen und lernten die gleichen Dinge. Die Unterrichtsstunden waren von Mr Curtain höchstpersönlich entworfen worden, und wenn der Stoff einmal durchgenommen war, ging es gleich wieder von vorne los. Auf die Weise wurde alles ständig wiederholt — und die Schüler, die ihn am besten lernten, wurden zu Botschaftern gemacht.

All das war für die Mitglieder der geheimen Benedict-Gesellschaft neu, und doch erinnerte sie das Institut in mancher Hinsicht an andere Schulen: Auswendiglernen wurde für altmodisch erklärt, aber verlangt. Die aktive Teilnahme am Unterricht galt als erwünscht, wurde aber kaum erlaubt. Und auch wenn der Stoff *jeden Tag* und *in jeder Klasse* neu abgefragt wurde, gab es doch mindestens *einen* Schüler, der aufstöhnte, einen *anderen,* der ernsthaft überrascht tat, und *einen,* der den Lehrer vergeblich bat, heute eine Ausnahme zu machen.

»Die Zeit ist um!«, rief S. Q. Pedalian eines Morgens während des Unterrichts. »Gebt mir eure Tests — und trödelt bitte nicht. Was ihr heute könnt besorgen, braucht ihr morgen nicht zu borgen.«

»*Das verschiebet nicht auf morgen*«, berichtigte ihn eine Botschafterin in der mittleren Tischreihe. Reynie hatte das Mädchen bereits in anderen Klassen gesehen. Sie war groß, athletisch, hatte einen durchdringenden Blick, rabenschwarzes Haar und war viel älter — und bestimmter — als die meisten Schüler. Sie galt als so etwas wie die Anführerin der Botschafter und hieß Martina Crowe.

»Nicht *verschieben,* jetzt sollt ihr sie mir geben«, sagte S. Q. »Verstehst du nicht, Martina?«

»Das verschiebet *nicht* auf morgen«, stöhnte Martina.

»Sag ich doch«, antwortete S. Q.

Als die Tests eingesammelt waren, wurde es ruhig. S. Q. sah die Zettel durch und schrieb sich die Noten in sein Buch. So ging es stündlich: Zunächst präsentierte der Manager den Stoff, dann gingen sie den Stoff noch einmal durch — manchmal auch noch ein zweites Mal —, und am Ende wurde der Stoff vom Vortag abgefragt. Wäre der Stoff nicht so seltsam gewesen, hätte man ihn zweifellos schnell beherrscht.

Es war der dritte volle Schultag für die Mitglieder der geheimen Benedict-Gesellschaft, und S. Q.s Stunde hatte das Thema gehabt: »Persönliche Hygiene: Unvermeidbare Gefahren und was getan werden muss, um sie zu vermeiden.« Wie in allen Unterrichtsstunden im Institut waren sie mit einer Unzahl Einzelheiten überschüttet worden, die auf Seiten über Seiten aufgelistet waren. Und am Ende lief alles darauf hinaus, dass in allen Ecken und Winkeln, praktisch überall, Krankheiten lauerten. Jede berührbare Oberfläche bedeutete eine Krankheit, die man sich einfangen konnte, jedes Staubkorn konnte eine Allergie auslösen und einem Nase und Atemwege anschwellen lassen, jede Borste einer Zahnbürste war ein wüster Tummelplatz für Bakterien — immer weiter ging die Litanei. Das alles war fürchterlich übertrieben, dachte Reynie, wenn auch nicht völlig falsch. Was den Unterricht so verwirrend machte, war die logische Konsequenz, die laut S. Q. daraus zu ziehen war: Weil es am Ende unmöglich war, sich auch nur vor *irgendetwas* zu schützen — sosehr man sich auch bemühte —, war es wichtig, alles daranzusetzen, sich vor *allem* zu schützen.

Vielleicht schlummerte darin ja eine tiefere Wahrheit. Aber wenn es so war, hatte man sie unter reichlich Unsinn versteckt. Kein Wunder, dass einige Schüler damit Schwierigkeiten hatten. Zum Glück bekamen er und Kleber immer die volle Punktzahl. Reynie sah zu seinem Freund hinüber, der ihm kaum merklich zunickte und vorsichtig einen Daumen hob. Für Kleber war das alles wahrscheinlich gar nichts, da er alles behielt, was er einmal sah. So weit, so gut. Reynie wandte sich Kate zu, die dicke Backen machte und die Augen verdrehte. Dazu legte sie die Hände an den Kopf, als wollte er explodieren. Das sah *nicht* gut aus. Zu Constance sah Reynie erst gar nicht hin, dennoch war es mit seinem Optimismus schon wieder so gut wie vorbei.

Die anderen Schüler saßen fast alle wie benebelt da, erschöpft vom Unterricht, oder sahen ihre Notizen durch und hofften darauf, festzustellen, dass sie besser gewesen waren, als sie dachten. Die Botschafter mit ihren schicken weißen Jacken und blauen Schärpen — es gab vier davon in der Klasse — gaben sich dagegen einer besonderen Gewohnheit hin, die Reynie gleich aufgefallen war. Alle paar Augenblicke sah einer von ihnen zur Tür, die Augen voller begieriger Erwartung, Martina Crowe mehr noch als die anderen.

Sie warteten darauf, von einem Manager zu ihren »besonderen Privilegien« gerufen zu werden. Wann immer einer der Manager in der Tür erschien, so wie Jackson in diesem Moment, richteten sich die Botschafter erwartungsvoll auf.

»S. Q.«, verkündete Jackson. »Ich brauche Corliss Danton und Sylvie Biggs.«

Die genannten Botschafter sprangen von ihren Stühlen auf und sammelten ihre Sachen zusammen. Mit strahlenden Gesichtern und ohne sich noch einmal umzudrehen folgten sie Jackson nach draußen. Martina Crowe sah ihnen lechzend hinterher.

»Ich möchte die Neuen unter uns noch einmal daran erinnern«, sagte S. Q., »dass auch ihr in den Genuss der besonderen Privilegien kommen könnt, die unseren Botschaftern zuteil werden. Lernt eifrig! Besonders ihr brandneu Angeworbenen, Rosie Gardener und Eustace Crust — nebenbei gesagt, seid ihr bereits auf einem sehr guten Weg ... wirklich auf einem *sehr* guten Weg.

Ihr habt beide schon einige Fragen richtig beantwortet. Macht weiter so.« Er lächelte ermutigend in den hinteren Teil der Klasse und wandte sich wieder den Zetteln zu.

Reynie drehte sich auf seinem Sitz, um zu sehen, wem S. Q. da so zugelächelt hatte — und er bekam vor Staunen beinahe den Mund nicht mehr zu. *Brandneu Angeworbene* hatte S. Q. sie genannt, und tatsächlich, es waren die beiden, die am ersten Tag beim Treffen mit Mr Curtain so benebelt und weggetreten gewirkt hatten: das glockenförmige Mädchen und der dürre Junge, von denen er annahm, dass sie entführt worden waren. Sie schienen kaum noch dieselben Kinder zu sein. Von schläfriger Verwirrung war nichts mehr zu sehen, sie wirkten entschlossen und hatten offenbar sogar Spaß an der Sache. So sahen keine Kinder aus, die entführt worden waren und gegen ihren Willen gefangen gehalten wurden. Aber warum waren sie dann von Anwerbern gebracht worden? Und warum sonst wurden sie »Angeworbene« genannt?

Reynie fürchtete, voreilig geurteilt zu haben. Dabei hatte er immer angenommen, ein gutes Verständnis für andere Menschen zu haben — Miss Perumal hatte ihm das mehr als einmal bestätigt. Aber diese Kinder waren ihm ein Rätsel. Irgendwie lag er bei ihnen völlig falsch, anders konnte es nicht sein. Reynies Augen fielen auf Constance, die den Kopf auf dem Tisch liegen hatte und tief und fest schlief. Plötzlich fühlte Reynie sich mutlos. Er sollte sich nicht so oft umdrehen.

S. Q. hatte die Tests endlich alle durchgesehen und legte sie auf seinen Tisch. »In Ordnung, damit ist die Stunde beendet. Nehmt eure Tests beim Hinausgehen mit, und vielleicht sollte jemand Miss Contraire aufwecken. Ich bin ziemlich sicher, dass sie noch lebt. Ich glaube, ich habe sie zucken sehen. Reynard Muldoon und George Washington, ihr bleibt bitte noch hier. Ich muss mit euch sprechen.«

Reynies Kehle zog sich zusammen, und er warf einen Blick zu Kleber hinüber, der aussah wie von einer Hornisse gestochen. Hatte jemand Verdacht geschöpft? Kate sah die Jungen bedeutungsvoll an. *Viel Glück,* sagten ihre Augen, dann schloss sie sich den übrigen Schülern an, die aus dem Klassenraum drängten.

Constance schien nichts mitbekommen zu haben. Sie stolperte benommen an ihnen vorbei, ohne auf sie zu achten. Reynie und Kleber gingen vor zu S. Q.

Plötzlich trat ihnen Martina Crowe in den Weg und starrte sie mit böse funkelnden Augen an. Erschrocken, als hätten sie eine Klapperschlange vor sich, wichen die Jungen einen Schritt zurück.

»Genau«, fauchte Martina. »Zurück.« Ihr Blick wirkte bedrohlich, und Reynie fragte sich, was sie tun sollten. Sollte er sie fragen, was sie hatte? Oder würde sie das nur noch mehr reizen?

»Martina?«, sagte S. Q., der sich hinter seinen Tisch gesetzt hatte. »Brauchst du etwas?«

»Ich weiß, warum Sie mit ihnen sprechen wollen«, sagte sie, ohne den Blick von den beiden verängstigten Jungen zu nehmen.

»Wie schön für dich. Aber jetzt muss ich tatsächlich mit ihnen sprechen, würdest du uns also bitte entschuldigen.«

»Ich gehe«, sagte Martina. »Aber nicht weit.« Sie beugte sich zu den Jungen vor und flüsterte: »Hört ihr? Nicht weit!«

Auf jeden Fall nicht weit genug, dachte Reynie, als sie aus dem Zimmer stolzierte. Was war mit ihr? Hegte auch sie irgendeinen Verdacht gegen sie? Zitternd traten die Jungen vor.

S. Q. sah sie ernst an. »Ich fürchte, ihr zwei sitzt ganz schön in der Klemme.«

»Aber warum?«, fragte Reynie. Kleber wankte so, als wollte er gleich zusammenbrechen.

»Weil ihr Martina gereizt habt, deshalb. Offen gesagt, Jungs, bin ich verstaunt, oder besser, ich meine ... verblüfft. Nein, das ist nicht ganz, nicht ganz ...«

»Erstaunt?«, versuchte Reynie ihm zu helfen. »Verblüfft?«

S. Q. nickte. »Genau. Beides. Und verwundert. Wie könnt ihr zwei in den Tests schon so gut sein? Ihr macht keine Fehler! Ich glaube übrigens, Martina hat gehört, wie ich darüber mit einem anderen Manager gesprochen habe, und deshalb mag sie euch nicht.«

Kleber gewann langsam seine Fassung zurück. Reynies Atem ging ruhiger. Sie waren also gar nicht in Schwierigkeiten, sah man von Martina Crowe einmal ab.

S. Q. schenkte ihnen einen anerkennenden Blick. »Wie erklärt ihr eure guten Noten? Es ist nicht sehr wahrscheinlich, dass euch jemand hilft, schließlich seid ihr noch ganz neu, und die Neuen werden meistens gemieden. Helfen würde euch sicher keiner.«

»Ich habe ein gutes Gedächtnis«, sagte Kleber.

»Ich strenge mich an«, sagte Reynie.

S. Q. sah aus, als hätte er genau das angenommen. »Gedächtnisstärke und Anstrengungs... Anstrengungsstärke, das sind zwei gute Eigenschaften, und es scheint, ihr habt beide reichlich davon. Ich wollte euch einfach nur gratu..., ich meine, beglückwünschen und euch auffordern, so weiterzumachen.«

»Wie Eustace und Rosie?«, fragte Reynie.

»Oh, die beiden? Das ist etwas anderes, Jungs. Das sind speziell Angeworbene, und denen schenken wir in den ersten Tagen besondere Beachtung, auf Befehl von Mr Curtain. Sie sind noch ein bisschen langsam und brauchen Ermutigung. Aber passt nur auf, eines Tages werden sie Spitzenschüler sein. Aus speziell Angeworbenen werden oft Botschafter, viele werden Manager. Nehmt nur Jackson und Jillson, das sind auch speziell Angeworbene.«

»Was ist das Besondere an speziell Angeworbenen?«, fragte Kleber. Er klang fast schon eifersüchtig.

S. Q. schien seine Frage Schwierigkeiten zu bereiten. »Nun, was das angeht, kann ich nicht wirklich ... kann ich nichts sagen, äh, weder hier noch dort. Ihr müsst nur wissen, dass ... Nun, ihr müsst gar nichts wissen. Bis auf den Stoff natürlich. Den müsst ihr selbstverständlich lernen. Und wie ihr ... Nun, ich würde sagen, es gibt viele Dinge, die ihr ... die ihr wissen *solltet,* aber ...«, er hielt inne, räusperte sich und sagte: »Strengt euch an, Jungs, und ihr müsst euch wegen nichts Sorgen machen.«

»Bis auf Martina«, sagte Reynie. »Sie sah aus, als wollte sie uns erwürgen.«

S. Q. lachte. »Das will sie wahrscheinlich tatsächlich! Weil ihr zwei es ihr zeigt. Fehlerlose Testergebnisse sind äußerst selten. Wenn ihr so weitermacht, seid ihr in null Komma nichts Botschafter — und dafür hassen euch die anderen Botschafter natürlich. Es gibt immer nur eine begrenzte Anzahl von ihnen, versteht ihr, und keine Garantie, dass man Botschafter *bleibt.* Ein paar schlechte Tests, und ein anderer Schüler nimmt euren Platz ein.«

»Geschieht das oft?«, fragte Reynie.

»Kaum einmal«, sagte S. Q. »Botschafter ertragen es nicht, ihre besonderen Privilegien zu verlieren. Ich erinnere mich noch gut, wie schrecklich es war, als ich *meine* Schärpe samt Jacke wieder abgeben musste. Ist mir ein paarmal passiert. Aber am Ende hatte ich den Stoff intus wie Butter, äh, wie Öl, ich meine ganz intus, und ich habe meine Position nicht mehr verloren. Bis ich Manager wurde, natürlich. Aber egal, ich glaube, für Martina seid ihr eine Bedrohung. Ich verstehe, was sie fühlt, obwohl das noch lange kein Grund ist, so griesgrämig zu reagieren.«

Griesgrämig war wohl kaum das richtige Wort, dachte Reynie. *Giftig* traf es schon eher. Sie würden sich vor Martina Crowe hüten müssen.

LEUTE UND ORTE, DIE MAN MEIDEN SOLLTE

Kleber und Reynie verbrachten den Rest des Morgens damit, sich argwöhnisch immer wieder umzusehen. Zwischen den Unterrichtsstunden eilten sie über die Flure, um Martina möglichst wenig Gelegenheit zu geben, ihnen aufzulauern. Mittags in der Cafeteria sahen sie, wie sich Martina an der Essensausgabe herumdrückte, und so holten sie sich nicht gleich einen Teller, sosehr ihre Mägen auch knurrten, sondern suchten erst einmal einen freien Tisch und warteten auf Kate und Constance. Als die Mädchen mit ihren vollen Tabletts kamen, erklärten Reynie und Kleber ihnen schnell, was sie von S. Q. über die Botschafter erfahren hatten, und auch, was mit Martina war. In der Cafeteria war es absurd laut, und sie konnten normal reden, ohne dass jemand Unerwünschtes etwas mitbekommen hätte, aber Kate musste sich zurückhalten, um nicht empört aufzuschreien.

»Wo ist sie jetzt?«, fragte sie und ließ den Blick kreisen.

»Ich versuche, sie *nicht* zu sehen«, sagte Kleber.

»Ruhig, Kate«, sagte Reynie. Er nickte dezent zu einem anderen Tisch hinüber. »Sie hat sich gerade an einen der Botschaftertische gesetzt und blitzt immer wieder mit den Augen zu uns herüber. Aber machen wir uns wegen ihr keine Sorgen. Wir müssen ihr nur aus dem Weg gehen, das ist alles.«

Constance wischte sich den Mund mit dem Ärmel ab. »He, wenn ihr Jungs euch euer Essen holt, bringt mir ein Eis mit.«

»Geht das auch als Frage?«, sagte Kleber. »Und vielleicht mit einem Bitte?«

Reynie sah Constance an, die Kleber zur Antwort die Zunge rausstreckte. Sie hatte schreckliche Manieren, das war sicher. Sie kleckerte fürchterlich, kaute ständig mit offenem Mund und hielt ihr Besteck wie zwei Schaufeln. Aber ihr Verhalten stimmte Reynie eher traurig, als dass es ihn ärgerte. Er wusste, sie hatte nie jemanden gehabt, der ihr bessere Manieren beigebracht hatte. Er hatte keine Ahnung, was für ein Leben sie bisher geführt hatte — Constance hasste es, danach gefragt zu werden, und antwortete auf derartige Fragen, wenn überhaupt, nur mit unflätigen Geräuschen. Es war klar, dass sie es bisher alles andere als leicht gehabt hatte.

Constance merkte, dass Reynie sie ansah. Sie machte große Augen, öffnete den Mund und zeigte ihm ihr zerkautes Essen. Angesehen zu werden mochte sie genauso wenig wie persönliche Fragen.

Reynie und Kleber gingen zur Theke vor, um sich etwas zu essen zu holen. Die Helfer rührten in Suppen, kneteten Pizzateig und kümmerten sich um alle möglichen Gerichte. Es roch köstlich, und den Jungen lief das Wasser im Mund zusammen. Reynie bestellte eine Lasagne und Schokoladenmilch — und ein Eis, da Kleber sich weigerte, Constance etwas mitzubringen. Reynie hatte keine Lust, sich ihr Geheule anzuhören, wenn sie ihr nichts mitbrachten.

Der Helfer, der die Bestellung aufnahm, nickte stumm, hielt den Blick abgewandt und machte sich daran, alles auf einem Tablett zusammenzutragen. Bisher hatten nur ein paar Helfer etwas zu Reynie gesagt und dabei immer seinen Blick gemieden. Offenbar hatte Mr Curtain strenge Regeln zum Umgang mit den Schülern erlassen. Die Unterwürfigkeit, mit der die Helfer ihre Aufgaben zu erledigen hatten, war merkwürdig, aber alle hielten sich daran. Sie waren so schweigsam und scheu, dass auch Reynie sie kaum anschauen oder gar mit ihnen reden wollte. Das kam ihm zwar äußerst unhöflich vor, alles andere schien die Helfer jedoch in eine unangenehme Lage zu bringen.

Kleber musste das Gleiche gedacht haben, denn als sie wieder am Tisch bei den Mädchen saßen, sagte er: »Kann sich jemand einen dümmeren Job vorstellen, als hier als Helfer angestellt zu sein?«

»Ist das nicht ein trauriger Haufen?«, pflichtete Kate ihm bei. »Kein Reden, immer nur Weggucken. Nie und nimmer würde ich das aushalten, da müsste man mir schon was in die Milch mischen.«

»He, vielleicht geben sie ihnen ja tatsächlich was«, sagte Kleber. »Vielleicht bekommen sie es ins Essen gerührt!«

Kate schüttelte den Kopf. »Sie essen das Gleiche, was wir bekommen, das habe ich schon gesehen. Und uns geht's doch gut, oder?«

Alle drei sahen unbehaglich zu Constance hin, die ihr Eis verschlungen hatte und das klebrige Kinn auf die Brust sinken ließ, um gleich tiefer zu atmen und ein Schnarchen hören zu lassen.

»Na ja, sie war schon so, bevor wir hergekommen sind«, sagte Reynie.

Er wurde ein langer, erschöpfender Tag. Der Nachmittagsunterricht unterschied sich kaum von dem des Vormittags: Erst freute sich Reynie, wie gut er und Kleber bei den Tests abschnitten, und dann sank ihm das Herz, wenn er sah, wie viele hasserfüllte Blicke sie dafür ernteten, von den anderen Schülern und den Botschaftern, aber ganz besonders von Martina Crowe. Und dass Kate und Constance nicht mit so unfreundlichen Blicken bombardiert wurden, lag allein daran, dass sie große Schwierigkeiten mit den Tests hatten, was ebenfalls entmutigend war.

Nach Ende der letzten Stunde gingen die vier hinaus auf den großen Platz und setzten sich auf eine Steinbank. (Alle bis auf Kate, die auf und ab hüpfte und vor Energie nicht wusste, wohin.) Die meisten Schüler verbrachten die Stunde vor dem Abendessen in der Sporthalle oder gingen in ihre Zimmer und sahen fern, die geheime Benedict-Gesellschaft wollte jedoch eine Weile für sich sein. Dennoch blieben sie den Großteil der Zeit so gut wie stumm, obwohl sie weder von Martina noch von sonst jemandem gestört wurden. Von einer seltsamen Mischung aus Faszination, Furcht und Unwohlsein getrieben, mussten sie einfach fortwährend Mr Curtain anstarren, der in seinem grün karierten Anzug und mit der silbrigen Brille auf der Nase in seinem dämonischen Rollstuhl hockte.

Der große steinerne Platz schien einer seiner liebsten Aufenthaltsorte zu sein. Die Kinder hatten ihn schon tags zuvor hier gesehen, und auch am Abend. Es war allgemein bekannt, dass Mr Curtain hier nachmittags oft ein Stündchen saß und nur von den Managern gestört werden durfte — wobei auch die nur mit wirklich dringenden Angelegenheiten kamen. Heute war es nicht anders. Wer immer über den Platz kam, machte einen großen Bogen um Mr Curtain, und niemand ging jemals direkt vor ihm her, schien er doch eine merkwürdige Freude daran zu haben, immer wieder über die Brücke in die Ferne hinauszusehen. Keiner wollte ihn dabei stören.

Das hieß jedoch nicht, dass Mr Curtain untätig gewesen wäre. Er hatte immer einen Stapel Zeitungen dabei, die er sorgfältig studierte, strich hin und wieder etwas an und lächelte geheimnisvoll. Zwischendurch schlug er ein großes Buch auf, das er auf dem Schoß hielt, und machte sich Notizen. Dann sah er wieder in die Ferne hinaus. Endlich wirbelte Mr Curtain herum, schoss über den Platz zum Kontrollgebäude des Instituts und riss die Kinder aus ihrer Lethargie.

Nachdem sie so viel Zeit mit Starren verbracht und beim Abendessen keinen Tisch für sich allein bekommen hatten, mussten die Kinder bis nach dem Ausmachen des Lichts warten, um richtig miteinander reden zu können, da die Zeit bis zum Schlafengehen den Hausaufgaben vorbehalten war. Es war wichtig, dass Reynie und Kleber auch weiterhin gute Ergebnisse erzielten, besonders, solange Kate und Constance es *nicht* taten. Und eine der wenigen Regeln, die auch die Manager Regeln nannten, war sowieso, dass sich die Schüler nicht gegenseitig in ihren Zimmern besuchen durften. Persönliche Kontakte unter normalen Schülern wurden mit Argwohn betrachtet, Geheimnisse blieben Botschaftern und Managern vorbehalten.

Für die Flure gab es während der Hausaufgabenzeit jedoch keine Verbote, und bevor sich die Kinder in ihre Zimmer zurückzogen, um zu lernen, standen sie eine Weile vor der Tür zu Reynies und Klebers Zimmer zusammen. Allerdings redeten sie nicht miteinander, sondern lauschten dem, was sie von den Vorbeikommenden aufschnappen konnten. Sie hatten festgestellt, dass es um diese Tageszeit auf den Korridoren ziemlich lebhaft zuging und immer die Möglichkeit bestand, etwas Nützliches zu hören. Hier und da standen kleine Grüppchen beisammen und drückten sich noch davor, endlich an die Hausaufgaben zu gehen. Dazu kam ein ständiger Strom von Kindern mit Zahnbürsten und Waschsachen, die ins Bad gingen oder wieder heraus kamen.

Am besten ließen sich heute Abend Reynies und Klebers direkte Nachbarn belauschen, zwei sture, dickliche Jungs, die schon etwas älter waren und bewusst kein Wort mit Reynie und Kleber redeten. Die beiden standen in ihrer Tür und spielten ein Spiel, bei dem man sich gegenseitig vor die Schienbeine trat, ohne einen Mucks von sich geben zu dürfen. Während sich die beiden also traten und vor Schmerz die dümmsten Grimassen zogen, stellten sie endlose Vermutungen über die geheimen Privilegien der Botschafter an. Das war das Lieblingsthema zwischen Nicht-Botschaftern, wenn es auch zu nichts führte, was bei diesen beiden nicht anders war. Bald schon wurde klar, dass sie zwar keine Ahnung hatten, was es mit den Privilegien auf sich haben mochte, sich aber ungeheuer danach sehnten, selbst einmal in den Genuss dieser Privilegien zu kommen.

Die Unterhaltung der beiden wurde schnell langweilig, und Reynie wollte schon aufgeben und sich an die Hausaufgaben machen, als Jacksons Stimme den Korridor herunterschallte. »Corliss Danton! Da bist du ja!«

Ein paar Türen weiter zuckte Corliss Danton zusammen. (*Alle* erschraken, aber Corliss Danton am meisten.) Er drehte sich mit seltsam schuldig dreinblickenden Augen zu Jackson um, der zwischen den verschiedenen Grüppchen von Schülern hindurch auf ihn zumarschiert kam. Alle wichen zur Seite, und war vorher noch überall geredet und gelacht worden, so kehrte jetzt eine wahre Friedhofsstille ein. Corliss zog sich seine Botschafterschärpe zurecht. »Was ... Was gibt es, Jackson?«

»Du weißt genau, worum es geht, Corliss«, sagte Jackson. »Mr Curtain muss mit dir reden. Ich bringe dich ins Wartezimmer.«

Bei dem Wort »Wartezimmer« wurde Corliss, der auch so schon ein eher blasser Typ war, kreidebleich. Reynies und

Klebers Nachbarn zuckten zusammen und traten einen Schritt zurück. Ein Raunen ging durch den Flur.

»Aber ... aber ...« Corliss räusperte sich. Er zog an seiner Jacke. »Aber warum denn, Jackson? Wofür sollte ich bestraft werden? Was ...«

»Du wirst nicht bestraft. Mr Curtain will nur mit dir sprechen. Allerdings hat er im Moment noch zu tun und du wirst eine Weile warten müssen. Komm gleich mit.«

Corliss schüttelte den Kopf und tat einen Schritt zurück. »Ich ... Wissen Sie, was? Ich glaube, ich komme nicht. Ich glaube, ich werde einfach ... einfach ...« Er sah nach links und rechts zu den Ausgängen hinüber.

Jacksons Ton war locker, aber bestimmt. »Ich verstehe, dass du nicht warten magst, Corliss. Keiner wartet gerne. Aber wenn du nach deinem Besuch des Wartezimmers nicht auch noch deine Privilegien verlieren willst, kommst du jetzt besser mit.«

Corliss machte sich ganz klein. »N-nein, das wird nicht ... nicht nötig sein. Ich komme schon, Jackson. Wahrscheinlich werde ich so oder so warten müssen, oder?«

»So oder so.«

Corliss holte tief Luft, um sich zu fassen. »In Ordnung, gut. Was immer Mr Curtain möchte. Ich werde mich nicht beklagen.«

Jackson zwinkerte ihm zu. »Das ist ein Wort. Also los dann.« Er legte Corliss eine Hand auf die Schulter und führte ihn zum Ausgang.

Kaum dass die beiden draußen waren, setzte ein wildes Durcheinandergerede ein. Ein Mädchen brach in Tränen aus. Sie war offenbar selbst schon einmal im Wartezimmer gewesen, und die bloße Erwähnung des Orts reichte, sie völlig aus der Fassung zu bringen. Während ihre Freundinnen sie zu trösten versuchten, starrten Reynies und Klebers sture Nachbarn immer noch zur Tür hinüber, durch die Corliss Danton verschwunden war, als stünde ihm das Jüngste Gericht bevor.

»Das Wartezimmer«, sagte einer der beiden. »Ich wusste nicht, dass Botschafter da auch hingeschickt werden können.«

»Reden wir lieber nicht davon«, sagte der andere und schüttelte den Kopf. »Ich glaube, es bringt Unglück, darüber zu reden.«

Die Jungen gingen in ihr Zimmer und zogen die Tür hinter sich zu.

Reynie und die anderen sahen sich verstört an.

»Es sieht so aus, als sollten wir vermeiden, ins Wartezimmer geschickt zu werden«, sagte Constance.

»Denkst du?«, sagte Kate.

Kleber holte sein Brillentuch hervor.

LOGISCHE SCHLÜSSE UND FEHLER

Die Deckenplatte rutschte zur Seite, aber nur Kates Gesicht erschien.

»Wo ist Constance?«, flüsterte Reynie.

»Die ist ausgezählt«, sagte Kate. »Sie ist das verschlafenste Kind, das mir je begegnet ist. Sie ist an ihrem Schreibtisch eingeschlafen, und ich hab sie nicht wieder wach gekriegt.«

»Du kannst ihr ja später alles erzählen«, sagte Reynie zweifelnd, und Kleber schüttelte missbilligend den Kopf.

»Ich bin so froh, euch zwei zu sehen«, sagte Kate und setzte sich auf den Boden. Sie verschränkte die Beine zu einer Brezelform, die auf den ersten Blick unmöglich schien. »Ich hab die Paukerei satt. Ich hab meine Notizen sicher hundertmal gelesen, aber nichts davon will in meinem Kopf bleiben. Das ist doch alles völlig ohne Sinn! ›Du musst länger arbeiten, um mehr Zeit zur Entspannung zu haben‹? ›Ohne Krieg kein Frieden‹? Was soll daran logisch sein? Erklärt mir das mal!«

Reynie lachte müde. »Was ist mit ›Es ist wichtig, dich zu schützen, weil es unmöglich ist, dich zu schützen‹?«

»Oh ja, genau, die Hygiene-Lektion«, sagte Kate voller Abscheu. »Das ist das Beste. Ich hätte nie gedacht, dass ich mich beim Zähneputzen so elend fühlen könnte.«

Reynie legte den Kopf schief. Etwas an dem, was Kate da sagte, kam ihm bekannt vor. Aber was?

»Der Stoff ergibt auch für mich absolut keinen Sinn«, sagte Kleber, »aber ich habe keine Probleme, ihn mir zu merken. Ich kann dir beim Lernen helfen, Kate.«

»Wann?«, fragte Kate verzweifelt. »Wir haben nie Zeit dafür! Nein, ich muss es selbst schaffen.«

»Ja ... wenn du meinst«, sagte Kleber, der sich offenbar etwas verletzt fühlte.

Kate war viel zu sehr mit sich selbst beschäftigt, um es zu merken. Nachdenklich flocht sie ihr Haar in komplizierte Knoten und öffnete sie wieder. »Ich kapier das alles nicht, Jungs. Was soll bei dieser Lernerei bloß herauskommen?«

Mit einem Mal begriff Reynie, warum ihm die Sätze so bekannt vorkamen. »He, ich glaube, das hat alles mit den versteckten Botschaften zu tun! Erinnert ihr euch an den Satz, den wir über den Fernseher empfangen haben? >Putzt die Zähne und tötet die Bakterien<? Das muss mit der Hygiene-Lektion zu tun haben, was meint ihr?«

»Mann, du hast recht«, sagte Kate, und ihre Miene hellte sich auf.

»Und wenn ich mich richtig erinnere, an unserem ersten Tag hier, als wir den Kindern in S. Q.s Klasse zugehört haben — da ging es um den Markt: Der Markt dies, der Markt das ...«

»Die Deklination des Freien Markts«, sagte Kleber.

»Genau! Und >Markt< war das erste Wort, das wir aus Mr Benedicts Lautsprecher hörten, erinnert ihr euch?«

Kleber nickte, natürlich erinnerte er sich. Kate zuckte nur mit den Schultern.

»Ich glaube es euch einfach«, sagte sie. »Natürlich hat der Unterricht mit den versteckten Mitteilungen zu tun. Die Frage ist nur, *wie* das alles zusammenpasst.«

»Je eher wir Botschafter werden, desto schneller finden wir es heraus«, sagte Reynie aufgeregt.

»Wir sind noch keine Botschafter, also immer langsam«, sagte Kleber, der sich immer noch verletzt fühlte und dadurch etwas gereizt war. »Wir sind erst seit ein paar Tagen hier.«

»Stimmt«, seufzte Reynie. »Also gut, berichten wir erst einmal Mr Benedict, was geschehen ist.«

Sie bereiteten eine Nachricht für das Festland vor, aber dann kam ihnen Mr Curtain unten auf dem Platz dazwischen, und als er endlich wieder ins Haus fuhr, machten ein paar Manager einen ausgiebigen Spaziergang über die Insel. Sie schienen es sich zum Ziel gesetzt zu haben, jeden einzelnen Weg zu gehen.

Es wurde spät, und die Kinder beschlossen, die Nachricht zu verschieben. Sie würden keinen Erfolg im Unterricht haben, wenn sie die Augen nicht aufzuhalten vermochten.

»Die Nachricht wird ja nicht schlecht«, sagte Kate mit einem Gähnen, »und jetzt schlafen wir lieber. Gute Nacht, Jungs.«

Sie kletterte an ihrem Seil hoch, holte es hinter sich ein und verschwand. Amüsiert und voller Bewunderung sahen die Jungen ihr nach. An Kates Art zu kommen und zu gehen musste man sich erst gewöhnen.

»Wie es wohl ist, sich so fortzubewegen?«, überlegte Kleber.

Reynie zuckte mit den Schultern. »Ich stell's mir staubig vor.«

Lange nachdem Kate in ihren staubigen Kanal gekrochen und die Jungen zu Bett gegangen waren, lag Reynie immer noch wach und beruhigte seine Nerven, indem er in Gedanken einen Brief an Miss Perumal schrieb. Wirklich schreiben konnte er ihn nicht, denn wie hätte er ihn ihr wohl schicken sollen? Aber es tat ihm gut, an seine Tutorin zu denken und sich in eine Situation fern von Verantwortung und Gefahr zu versetzen. In seiner Vorstellung tranken sie Tee und feilten an seiner tamilischen Grammatik. Wie schön waren doch die Nachmittage im Oldwood Park gewesen, wo sie beim Spazierengehen über dies und das geredet hatten — über ihre Mutter, die alten Bäume, Baseball oder Hunde. Manchmal hatte er ihr auch von den wilden Hänseleien der anderen Kinder erzählt, wozu Miss Perumal ihm niemals Rat gegeben — der sowieso nutzlos gewesen wäre —, sondern immer nur genickt und mit der Zunge geschnalzt hatte. Ein trauriges Lächeln erschien dann auf ihrem Gesicht, als wäre es ihr früher genauso ergangen und als teilten sie diese Erfahrung. Nun, er nahm an, dass sie das wirklich taten, jetzt, nachdem er ihr davon erzählt hatte. Und irgendwie hatte ihm das immer geholfen — hatte ihn manchmal sogar in gute Laune versetzt.

Reynie hatte seinen Brief gerade beendet, als er Kleber aufstehen und durchs Zimmer geistern hörte. »Reynie, bist du noch wach?«, flüsterte Kleber.

Es wäre schön gewesen, jetzt einfach so einzuschlafen. Zum ersten Mal an diesem Tag fühlte Reynie sich ruhig und friedlich.

Aber wie konnte er Miss Perumal in seinem Brief dafür danken, dass sie ihm immer zuhörte, und dann selbst nicht für Kleber da sein?

»Ja, ich bin wach«, antwortete er.

»Die Luft ist jetzt rein.«

Reynie sah von seinem Bett herunter.

Kleber hatte die Brille aufgesetzt und sah aus dem Fenster. »Wenn Kate ihre Taschenlampe nicht mitgenommen hätte, könnten wir unseren Bericht morsen. Das nächste Mal sollten wir daran denken. Wenn wir schon nicht schlafen können, sollten wir die Zeit nicht ungenutzt verstreichen lassen.«

»Wir könnten es mit dem großen Licht versuchen«, schlug Reynie vor.

»Wahrscheinlich schon«, sagte Kleber zweifelnd. In seiner Stimme schwang Sorge mit. »Aber was, wenn es von draußen einer sieht? Vom Lichtschalter aus kann ich nicht aufpassen, ob da jemand auftaucht.«

»Wir sind zu zweit, oder? Ich sehe aus dem Fenster.«

Kleber suchte nach seinem Brillenputztuch. »Der Gedanke macht mich nervös«, sagte er, fand das Tuch schließlich auf seinem Schreibtisch und fing wild an, seine Brille zu polieren. »Ich muss immer wieder an das Gesicht des Botschafters denken, als Jackson sagte, er müsse ins Wartezimmer. Es wäre zu dumm, wenn wir uns verdächtig machten.« Er setzte die Brille auf und seufzte. »Ach was, es hilft ja nichts. Ich denke, wir sollten es versuchen, oder?«

»Wir machen schnell und bringen es hinter uns«, sagte Reynie.

Der Lichtschalter klickte unglücklicherweise sehr laut und ließ Kleber bei jedem An- und Abschalten zusammenzucken. Als er fertig war, rutschten seine verschwitzten, zitternden Finger vom Schalter ab. Aber die Nachricht war durch, und niemand hatte sie entdeckt.

Reynie sah zum Festland hinüber und kicherte. »Sie wollen wissen, warum wir noch wach sind.«

Kleber war zu verängstigt, um lächeln zu können. »Sonst noch was?«

»Wir leisten ausgezeichnete Arbeit, wir müssen uns auch weiter vorsehen und sollten jetzt wirklich schlafen gehen.«

»So *viel* haben sie gemorst?«

Reynie kletterte vom Fernsehschrank. »Nun, in verkürzter Form: >Ausgezeichnet. Vorsicht. Schlafen.<«

»Das müssen sie mir nicht zweimal sagen«, meinte Kleber und schlüpfte in sein Bett. »Besonders nicht das mit dem Vorsichtigsein. Mein Magen ist ein einziger Knoten, schon die ganze Zeit.«

»Ich weiß«, sagte Reynie und kletterte hoch auf sein Bett. »Mir geht es genauso. Aber Mr Benedict und seine Mannschaft sitzen da draußen und sehen zu uns herüber. Wir sind also nicht allein.«

»Das sollte uns wohl Mut machen«, sagte Kleber, klang aber nicht sehr überzeugt.

»Heißt das, es hilft dir nicht viel?«

»Nein«, sagte Kleber und zog sich die Decke bis unters Kinn. »Seit ich Mr Curtain zum ersten Mal gesehen habe, stelle ich mir ständig vor, dass er mich verfolgt und näher und näher kommt. Viel näher als Mr Benedict und die anderen da draußen an der Küste.«

Diesmal antwortete Reynie nicht. Er verstand nur zu gut, was Kleber empfand. Wenn er nur etwas Tröstliches zu sagen gehabt hätte, etwas, um Kleber die Angst zu nehmen — und ja, auch um sich selbst Mut zu machen. Er überlegte und überlegte. Lange lag er grübelnd da. Ganz sicher gab es da *etwas.*

Aber wenn es so war, fiel es ihm nicht ein.

Klebers Angst forderte ihren Tribut. Er schlief sehr schlecht, und den ganzen nächsten Morgen über konnte er sich kaum wach halten. Als Jacksons Unterricht anfing, kamen ihm seine Lider schwer vor wie Blei. Es kostete ihn eine heldenhafte Anstrengung — einschließlich kräftiger Kniffe in die Beine —, die Augen offen zu halten und Jacksons ewig langem

Dahinleiern zu folgen. Dennoch gelang es Kleber, trotz seiner Schläfrigkeit alle Informationen sicher in seinem Kopf zu speichern. Der Wiederholung brauchte er also nicht mehr zu lauschen, was bedeutete, dass er nun alle Willenskraft aufbieten musste, um nicht einzuschlafen. Dazu musste er seinen Kopf mit etwas anderem beschäftigen.

Und so konzentrierte sich Kleber auf Corliss Danton, der heute Morgen wieder in den Unterricht gekommen war und ganz und gar nicht mitgenommen wirkte. Im Gegenteil, wie ein Musterschüler saß er da, hörte aufmerksam zu, und seine Botschafteruniform war makellos. Irgendwie schien er sogar von Kopf bis Fuß zu leuchten. Seine blasse Haut war rosig geschrubbt und selbst seine Fingernägel schienen in tadellosem Zustand. Er sah aus, als röche er wie ein Stück Seife. Corliss war ganz offensichtlich darauf bedacht, einen guten Eindruck zu machen, dachte Kleber. Er wollte alle vergangenen Fehler von sich abschütteln.

Erst als Corliss ein paarmal an ihm vorbei zur Tür hinübersah, konnte Kleber erkennen, dass er sich noch nicht ganz von seinem Besuch im Wartezimmer erholt hatte. Bei genauerem Hinsehen wirkte sein Blick müde, fast schon wie benebelt, als hätte er die ganze Nacht kein Auge zugetan. Ihm war zweifellos elend zumute. Nicht zum ersten Mal fragte sich Kleber, was Corliss wohl hatte durchmachen müssen. Aber er wollte nicht schon wieder darüber nach grübeln, weil es ihm Magenschmerzen bereitete. Und dann begriff er, dass er eingeschlafen war.

Kleber wäre nicht bewusst geworden, dass er schlief, hätte ihn Martina Crowe nicht angefaucht: »Du! Du magerer, vieräugiger Kahlkopf! Wie kannst du hier schlafen? Ich dachte, du wärst ein Superschüler?«

Klebers Augen flogen auf, und er sah sich um. Die Schüler um ihn herum kicherten und die Botschafter (Corliss eingeschlossen) grinsten ihn verächtlich an. Verlegen griff Kleber nach seiner Brille.

»Seht nur, wie er sich die Brille putzt!«, sagte Martina. »Was für 'n Spinner!«

»Ruhe!«, rief Jackson, der am Pult vor der Klasse stand. Sein eisharter Blick fiel auf Kleber. »Du kannst sagen, was immer dir gefällt, wenn du die Erlaubnis dazu hast«, sagte Jackson. »Aber im Augenblick hast du sie nicht.«

Kleber war wie gelähmt und vermochte nicht einmal zu nicken.

Kate dagegen war zu wütend, um den Mund zu halten: »Aber er hat doch gar nichts gesagt!«

Martina Crowe, die direkt vor Kate saß, wirbelte erschrocken herum. Kate sah sie herausfordernd an, was Martina noch mehr überraschte. Bevor jedoch noch weitere Worte fallen konnten, kam Jackson den Gang zwischen den Tischen entlanggeschossen und blieb direkt vor Kate stehen. »Hast du deine Hand gehoben, um die Erlaubnis zum Sprechen zu bekommen?«

Kate schüttelte den Kopf und hob strahlend die Hand.

»Nein«, sagte Jackson. »Du hast auch nicht die Erlaubnis, die Hand zu heben. Und du und dein Freund«, sagte er mit einem Seitenblick auf Kleber, »seid gewarnt. Es führt zu nichts, einen Botschafter herauszufordern.«

Martina fuhr sich mit der Hand durch das rabenschwarze Haar und nickte mit bemerkenswerter Selbstgefälligkeit. Kates Gesicht glühte rot wie eine Laterne — die Wut schien nur so aus ihr zu sprühen! —, aber sie biss sich auf die Zunge. Jackson ging zurück an seinen Platz, nahm den Unterricht wieder auf und die Schüler fuhren fort, sich Notizen zu machen.

Nur Kleber nicht, der viel zu aufgeregt war, um sich konzentrieren zu können. Stattdessen starrte er mit einem elenden Gefühl im Bauch abwechselnd Jackson und Martina an, die ungeheuer zufrieden mit sich zu sein schien. Dann aber wurde er von einer Bewegung unter Martinas Tisch abgelenkt. Kate, die hinter ihr saß, schlüpfte mit den Füßen gerade wieder in ihre Schuhe. Warum hatte sie die Schuhe ausgezogen? Es war viel zu kalt, um barfuß zu gehen. In diesem Moment sah Martina zu Kleber hinüber, der sofort den Blick abwandte und nicht wieder in ihre Richtung sah.

Und so sah er auch nicht, was passierte, als Jackson den Unterricht für beendet erklärte und Martina von ihrem Stuhl aufsprang.

Er hörte nur, wie Martina mit dem Gesicht flach auf den Boden schlug, und fuhr überrascht zu ihr herum. Bücher, Papiere und Stifte flogen quer durch den Raum. Martina stemmte sich langsam auf Hände und Knie, schnaubte und schüttelte den Kopf, um wieder zu sich zu kommen. Botschafterin oder nicht, sie wurde gehörig ausgelacht, nur von Kate nicht, die so tat, als hätte sie nichts bemerkt. Sie nahm Kleber beim Arm und zog ihn zur Tür.

»Ich hab ihre Schnürsenkel am Tisch festgebunden«, flüsterte sie Kleber zu. »Mit den Zehen.«

»Toll«, sagte Constance. »Jetzt haben wir nicht nur eine gefährliche geheime Mission, sondern auch noch Feinde. Gut gemacht, Kate.«

Kate lachte. »Die Jungs hatte sie schon vorher auf ihrer Liste. Ich hab mich nur dazugesetzt. Was hätte ich denn tun sollen? Sie davonkommen lassen? Sie hat ihn einen Kahlkopf genannt, zum Teufel noch mal!«

»Aber das bin ich ja auch«, sagte Kleber und fuhr sich mit der Hand über den Kopf. »Es ist mein eigener Fehler. Als ich weggelaufen bin, habe ich mir Haarentferner auf den Kopf geschüttet, damit mich keiner erkennt.«

»Das erklärt es«, sagte Reynie. »Ich hatte mich schon gewundert, wollte dich aber nicht danach fragen.«

»Brennt Haarentferner nicht wie der Teufel?«, fragte Kate.

»Das hatte ich auch gehört. Also habe ich meine eigene Mischung erfunden und Verschiedenes hinzugefügt, damit es nicht brennt.«

»Hat es funktioniert?«, fragte Constance und hoffte klar ersichtlich, dass nicht.

»Nein«, gab Kleber zu. »Es fühlte sich an, als stünde mein Kopf in Flammen, und aus irgendeinem Grund ist mein Haar bis heute noch nicht nachgewachsen.«

Die anderen lächelten. Grinsten. Kicherten. Und am Ende wussten sie sich nicht mehr zu helfen und brachen in lautes

Lachen aus. Kleber stöhnte und zog den Kopf ein, aber schließlich musste er auch lachen. Für ein paar Minuten wischte das Lachen die Angst beiseite, und sie wollten nicht, dass es aufhörte.

Aber am Ende — viel zu schnell — wurden sie wieder ernst. Und im Unterschied zu Klebers Haaren hatten ihre Sorgen und Ängste *keine* Schwierigkeiten, erneut zu wachsen.

VERGIFTETE ÄPFEL, GIFTIGE WÜRMER

Nachmittags im Unterricht bei Jillson ging es um die Nationalökonomie. Sie sprach auch über Erziehung, Verbrechen, Umwelt, Kriege, Steuern, Versicherungen, Gesundheit, Medizin, das Rechtssystem ... und *Obst.*

»Seht ihr«, sagte Jillson gegen Ende der Stunde, »all diese schrecklichen Probleme haben einen einzigen Grund: die schlechte Regierung! Versteht mich nicht falsch, eine Regierung ist an sich eine gute Sache. Ohne Regierung lassen sich die fürchterlichen Probleme dieser Welt nicht lösen — allerdings nicht mit einer *schlechten* Regierung, die alles nur noch schlimmer macht. Leider sind aber *alle* Regierungen dieser Welt schlecht. Wie ein vergifteter Apfel ...« — Reynies Ohren spitzten sich — »... sehen unsere Regierungen nach außen hin bestens aus, schön, strahlend und gesund, aber wenn man ein Stück davon zu kosten bekommt, erweisen sie sich als todbringend. Sie bieten weit mehr als nur *einem* Schurken Unterschlupf — der vergiftete Apfel steckt *voller* giftiger Würmer.«

Vergiftete Äpfel, giftige Würmer, dachte Reynie. War das nicht eine der Botschaften, die sie bei Mr Benedict gehört hatten? Überrascht war er nicht, er wusste, dass der Unterricht mit den geheimen Mitteilungen zu tun hatte, aber es wunderte ihn, wie einfach das alles zusammenpasste. Er war sicher, dass sie alles herausbekommen würden, wenn sie nur ...

Und dann, ganz ohne Vorwarnung, sank Reynies Laune. Seine Zuversicht schwand, und plötzlich war er voller Zorn auf Jillson — die dumme, neunmalkluge Jillson! —, und nicht nur Jillson, nein ... Er war zornig auf alle, die ihm überhaupt einfielen. Das war ungewöhnlich für Reynie und bedrückte ihn ungemein. Er hatte das Gefühl, die Wände des Klassenzimmers wollten ihn zerquetschen — als müsste er aufspringen und davonlaufen. Er wollte schreien und treten, besonders Jillson.

Was war das? Wurde der Druck langsam zu groß? Völlig mit den Nerven am Ende, legte Reynie seinen Stift zur Seite und sah zu Kleber hinüber, der auf seinen Test starrte, als wollte er ihn zerreißen und ins Feuer werfen. *Oh nein,* dachte Reynie, *er hat irgendwas vermasselt.* Einen Moment lang spürte er auch Zorn auf Kleber. Aber da fing der seinen Blick auf, nickte wie gewöhnlich und hob ganz leicht den Daumen. Der Test war es also nicht. Und dann sah Kleber Reynie äußerst besorgt an — worauf Reynie erst merkte, was für eine Grimasse er selbst zog. Er sah zu Kate und Constance hinüber, die beide die Köpfe in die Hände gelegt hatten und den Eindruck machten, als wollten sie gleich losschreien. Die anderen Schüler schienen jedoch alle in Ordnung. Warum waren plötzlich nur sie vier ... ?

Martina hat uns vergiftet!, dachte Reynie. Er war überzeugt davon, dass Martina ihnen etwas ins Mittagessen gemischt hatte. Vielleicht hatte sie auch den Helfern befohlen, es zu tun. Sein ganzer Zorn floss jetzt in Martinas Richtung.

Als die Stunde endlich vorbei war, brauchte Reynie eine Weile, um zu merken, dass die anderen Schüler bereits aufstanden und hinausgingen. Jillson starrte ihn und seine Freunde wie einen Haufen Wahnsinniger an. »Ich sagte, ihr sollt gehen!«, bellte sie. »Oder wollt ihr den ganzen Tag hier hocken bleiben?«

Die vier sprangen von ihren Stühlen auf. Sie mussten sich unbedingt besprechen.

Wie immer gingen die meisten Schüler in die Sporthalle, um vor dem Essen ein Spiel zu machen. Mr Curtain war nirgends zu sehen. Der große Platz war leer. Die Kinder setzten sich auf die hinterste Bank, versicherten sich, dass niemand in Hörweite war, und schon redeten alle auf einmal los.

»Fühlt ihr euch so, wie ich mich fühle?«, fragte Reynie.

»Was hat das zu bedeuten?«, fragte Kate.

»Ihr spürt es also auch? Ich glaube, mir platzt gleich der Kopf!«, sagte Kleber.

»Ich habe schon gedacht, Martina hat uns vergiftet«, sagte Reynie, »aber ...«

»Vergiftet?«, fragte Kate. »Das glaube ich nicht. Das ist alles in meinem Kopf.«

Reynie und Kleber stimmten ihr zu. Es war kein ... kein körperliches Problem, sondern etwas anderes. Aber *was?* Die drei begannen ihre Symptome zu vergleichen.

Nur Constance sagte nichts. Sie hörte den dreien zu, die sich erzählten, wie gereizt und zornig sie sich fühlten, ganz so, als wären sie in einem wütenden Streit. Und während sie sprachen, schien Constance in sich zusammenzuschrumpfen. Verwirrt und ängstlich kauerte sie sich zusammen, als müsse sie sich vor einem Angriff schützen; Reynie fiel es als Erstem auf.

»Constance, was hast du?«, fragte er und zog besorgt die Brauen zusammen. »Was ist passiert?«

»Ist das alles?«, fragte Constance mit schwacher Stimme. »Ihr spürt nur Ärger und Wut auf alles?«

»Und wie!«, sagte Kate. »Ich glaube, ich war in meinem ganzen Leben noch nicht so sauer.«

»Ihr ... ihr hört es also nicht ...?« Constance verstummte.

Sie musste nicht weiterreden. Reynie konnte kaum glauben, dass sie nicht gleich darauf gekommen waren. Es hatte ihnen wohl das letzte Fünkchen Verstand aus dem Kopf geblasen. Aber hatte Mr Benedict nicht genau das vorausgesagt? *Die meisten von uns werden einfach nur Ärger und Verwirrung spüren — in etwa so wie jetzt, wenn der Fernseher läuft und die Mitteilungen ausgesandt werden.*

»Mr Curtain hat die Leistung erhöht«, sagte Reynie ernst, und als Kate und Kleber ihn verständnislos ansahen, sagte er: »Es sind die geheimen Mitteilungen. Unsere Köpfe reagieren darauf.«

Kleber holte tief Luft. Kate schlug sich vor die Stirn. Natürlich! Die geheimen Mitteilungen drangen jetzt direkt in ihre Köpfe ein, sie brauchten keine Fernseh- oder Radiosignale mehr, um transportiert zu werden. Den anderen Schülern machte das nichts, denn genau wie Mr Benedict gesagt hatte, spürten nur Menschen mit einer ungewöhnlich starken Wahrheitsliebe, was da vor sich ging.

»Wir können ihnen also nicht mehr entgehen?«, fragte Kate. »Wie schrecklich!«

»Ich glaube, da ist noch mehr«, sagte Reynie. Er kniete sich neben Constance und legte ihr eine Hand auf die Schulter, und endlich einmal beschwerte sie sich nicht. »Da ist noch etwas, nicht wahr, Constance?.

Kate und Kleber sahen von Reynie zu Constance, die nickte und das Gesicht in ihren Händen verbarg. Sie schien mit den Tränen zu kämpfen. Sie alle spürten die geheimen Mitteilungen, aber Constance — und nur Constance — vermochte die *Stimme* des Senders zu hören.

Das sei ganz selten der Fall, hatte Mr Benedict gesagt, bei besonders empfindsamen Menschen. Und hier war so ein Mensch: Constance Contraire. Die Entwicklung schockierte sie alle, besonders Constance, die das alles derartig mitnahm, dass sie den Abend mit dem Kopf unter ihrem Kopfkissen verbrachte.

»Vielleicht hilft es uns, weißt du«, flüsterte Kleber und versuchte, sie etwas aufzumuntern. »So können wir Mr Curtains Fortschritte verfolgen. An einem wirklich schrecklichen Tag können *wir* möglicherweise nicht entscheiden, ob wir einfach nur schlechte Laune haben oder ob es sich um eine Geheime-Mitteilungs-Laune handelt. Aber *du,* du kannst die Stimmen hören. Damit bist du eine Art Kanarienvogel in einem Kohlebergwerk!«

»Ein Kanarienvogel in einem Kohlebergwerk?«, murmelte Constance, ohne aufzublicken.

Kleber sah Reynies warnenden Blick nicht. »Oh ja — früher nahmen die Bergleute Kanarienvögel mit in die Stollen, um den Sauerstoffgehalt der Luft zu überprüfen. Wenn der Vogel starb, wussten sie, es gibt nicht mehr genug Sauerstoff, und sahen zu, dass sie nach oben kamen.«

»Wenn der Kanarienvogel *starb?«,* wiederholte Constance.

Kleber schien plötzlich zu bedauern, was er da gesagt hatte.

»Der Vergleich war sicher nicht ganz so glücklich«, sagte Reynie.

»Die Sache ist, dass du wichtig bist«, sagte Kate. »Okay?«

»Das weiß ich auch so«, fuhr Constance auf. »Dafür brauche ich nicht dieses Kauderwelsch in meinem Kopf. Und schon gar nicht Martina Crowes Geflüster — die war zuletzt dran, wenn ihr es wissen wollt. Ich mag sie schon *außerhalb* meines Kopfes nicht, und noch weniger *drinnen.* Ich glaube, ich schreibe ein böses Gedicht über sie ..., obwohl sich auf Martina nicht viel reimt.«

Reynie, Kate und Kleber sahen sich vorsichtig optimistisch an. Constance schien sich langsam etwas besser zu fühlen. Alle taten sie das. Den ganzen Abend über hatten sie versucht, sich an die geheimen Mitteilungen zu gewöhnen (nach Jillsons Unterricht hatte es drei gegeben), hatten versucht, sich nicht anzufauchen, mit der Faust auf den Tisch zu hauen oder Schubladen zuzudonnern. Das Lernen war ihnen besonders schwergefallen, es war so, als versuchte man etwas zu lesen, während jemand eine unerträgliche Melodie auf dem Klavier spielte und dabei auch noch ständig danebengriff. Aber nun war seit der letzten Mitteilung etwa éine Stunde vergangen, und die Laune der Kinder hatte sich merklich verbessert. Was ihnen allerdings nur noch deutlicher machte, dass sich ihre Situation *nicht* verbessert hatte.

Das, was da kommen sollte, näherte sich unaufhaltsam. Mr Curtain sandte die Botschaften immer noch nicht mit voller Leistung aus, sonst hätten alle die Stimmen gehört, nicht nur Constance. Aber die Lage wurde brenzliger, dabei waren die Kinder doch gerade erst auf der Insel eingetroffen. Kamen sie zu spät? Was sollten sie tun?

»Die Luft ist rein«, sagte Kleber, der auf den Fernsehschrank geklettert war und nach draußen sah. Er nahm Kates Taschenlampe. »Was soll ich morsen?«

»Mr Benedict wird gemerkt haben, dass sie die Mitteilungsstärke erhöht haben«, überlegte Reynie. »Er und die anderen spüren es sicher auch. Sag ihnen nur, dass Constance die Stimmen hören kann. Damit hat er nicht gerechnet.«

»Klar«, sagte Kleber und wandte sich dem Fenster zu. »>Constance hört Stimmen.< Los geht's.«

»Aber benutze nicht ihren richtigen Namen!«, warnte ihn Reynie.

»Ach ja«, sagte Kleber etwas verlegen. »Natürlich nicht.«

»Willst du, dass man mich erwischt, George Washington?«, brummte Constance.

»Entschuldigung«, sagte Kleber und knirschte dabei mit den Zähnen, wie er es immer tat, wenn Constance seinen richtigen Namen benutzte. »Ich sage einfach, äh ...« Er sah sich Hilfe suchend nach den anderen um.

Reynie warf Constance einen Blick zu, die beeindruckend düster dreinschaute, bereit, sich zu beschweren, was immer jemand sagen würde. Nach kurzem Zögern schlug er vor, sie »die Kleinste« zu nennen.

Knurrend akzeptierte Constance das, und schon hatte Kleber die Nachricht versandt. Ein paar Minuten später kam die Antwort vom Festland.

»Zeit ist kürzer als gedacht.
Für das, was wir brauchen,
macht aus euch, was ihr nicht seid.«

»Das klingt, als sollten wir uns beeilen«, sagte Kleber, während er vom Fernsehschrank kletterte.

»Dagegen habe ich nichts«, sagte Kate. »Aber *wie?* Und was ist das, *was wir brauchen?*«

»Was immer es ist — wir scheinen uns verwandeln zu müssen, um es zu bekommen«, sagte Reynie.

»Aber was könnte es sein?«, fragte Constance.

Sie sahen einander an. Keiner hatte eine Idee. Sie hingen völlig in der Luft.

EIN ÜBERRASCHENDER VORSCHLAG

Die Mitteilungen machten ihnen schwer zu schaffen. Beim Mittagessen am nächsten Tag spürten sie wieder eine (von Corliss Danton, wie Constance sagte), und sie knirschten mit den Zähnen, knurrten sich an und mussten gegen den Drang ankämpfen, mit dem Besteck um sich zu werfen. Abends dann gab es wieder eine, so dass sie ihre Hausaufgaben machen mussten, während sie das Gefühl hatten, jemand spielte auf ihren Nerven Banjo. Die letzte Mitteilung hörte genau in dem Moment auf, als Reynie sein Notizbuch zumachte. Erleichtert ließ er den Kopf auf den Schreibtisch sinken.

»Ich bin so froh, dass es vorbei ist«, sagte Kleber, der die Hausaufgabenzeit auf dem Bett liegend und Grimassen ziehend verbracht hatte. »Bist du fertig?«

Es kostete Reynie einige Kraft zu nicken.

Draußen auf dem Flur erklang Jacksons dröhnende Stimme, der befahl, die Lichter zu löschen.

»Ich mach schon aus«, sagte Kate, die in diesem Augenblick hinter Reynie auf den Boden landete.

Reynie zuckte zusammen und fiel von seinem Stuhl. Kleber fuhr auf und knallte mit dem Kopf an das obere Bett. Kate machte das Licht aus und kletterte auf einen Stuhl, um Constance aus der Decke herunterzuhelfen.

»Vielleicht solltest du beim nächsten Mal anklopfen«, brummte Kleber und rieb sich den Kopf.

»Und mir damit den Spaß verderben?«, fragte Kate.

»Hört mal zu«, sagte Reynie und rappelte sich wieder hoch. »Ich habe über Mr Benedicts Nachricht nachgedacht, und ich glaube, ich fange an zu begreifen, was er uns sagen will. Weshalb hat uns Mr Benedict hergeschickt?«

»Damit wir herausfinden, was hier vorgeht«, sagte Kleber. »Meinst du, das meint er mit dem, was wir brauchen? Einfach nur ... Informationen?«

»*Geheime* Informationen«, sagte Reynie. »Für die wir möglichst schnell Botschafter werden müssen. Etwas, das wir noch nicht sind.«

Constance rollte mit den Augen. »Aber das ist doch klar! Das wissen wir doch längst!«

»Da hast du recht«, gab Reynie zu. »Deshalb sage ich ja, ich *fange an zu* begreifen, was er uns sagen will. Ich glaube allerdings, da steckt noch mehr drin. Ich weiß bloß nicht, was — nur, dass wir uns beeilen müssen.«

»Wir tun doch schon, was wir können«, sagte Kate. »Ihr Jungs bekommt die besten Noten, und Constance und ich — nun, wir strengen uns an, so gut es geht, oder?« Mit leichtem Zweifel im Blick sah sie Constance an. »Wenigstens kann ich das für *mich* sagen.«

»Was soll das denn heißen?«, fragte Constance düster.

»Ich will nur nicht für dich reden«, sagte Kate ausweichend.

»Was ich sagen will«, unterbrach Reynie die beiden, »ist, dass wir einen Weg finden müssen, wie du und Constance in den Tests besser werdet.«

»Uch«, sagte Kate und ließ sich mit einem dramatischen Seufzer zu Boden fallen. Dabei streckte sie die Arme von sich, als hätte sie jemand k. o. geschlagen. »Um die Wahrheit zu sagen, glaube ich nicht, dass mir einer helfen kann. Mein Kopf kriegt den Unsinn einfach nicht in sich rein, sosehr ich mich auch anstrenge.«

»Mir geht es genauso«, sagte Constance. »Ich werde in den Tests nicht besser, und ich bin zu müde, um mich noch mehr anstrengen zu können, als ich es schon tue.«

»Was so gut wie gar nichts ist«, murmelte Kate.

Constance fuhr auf: »Ich möchte mal sehen, wie du lernen würdest, wenn dir die Stimmen lauter Schwachsinn in den Kopf blasen würden!«

»Ich versuch's wenigstens!«

»Hört auf, hört auf«, sagte Reynie. »Kommen wir zurück zu Mr Benedicts Nachricht. Was fällt uns ein, was wir alle nicht sind?«

»Erwachsene?«, schlug Kleber vor.

»Stimmt«, sagte Reynie ruhig. »Aber ich glaube nicht, dass wir uns mit dem Älterwerden beeilen können, oder?«

Constance sagte, sie seien alle keine Löwen und fräßen Möwen, Romane voller Sahne oder Ochsen beim Boxen.

»Du setzt alles daran, uns auf die Nerven zu gehen, was?«, sagte Kate.

Constance grinste.

»Tatsache ist«, sagte Kleber mutlos, »dass wir unendlich viele Dinge *nicht* sind.«

»Ja, aber Mr Benedict erwartet, dass wir herausfinden, was er meint«, sagte Reynie. »Das sollte uns helfen, es einzugrenzen. Überlegen wir, was er über uns weiß — etwas, das wir gemeinsam haben und das sich verändern ließe.«

»Er kennt uns doch erst seit Kurzem«, sagte Kate. »Da kann er nicht viel von uns wissen.«

»Nun, er weiß, wir sind Waisen und Ausreißer«, sagte Kleber und fügte dann schnell noch hinzu: »Ich weiß, ich weiß, wir können nicht plötzlich alle Familien bekommen. Was sonst noch?«

»Wir sind alle talentiert«, sagte Constance, »und haben diese dummen Prüfungen bestanden.«

»Und keiner von uns sieht gern fern oder hört Radio«, sagte Kate. »Wegen unserer ungewöhnlich großen Wahrheitsliebe, richtig?«

Kleber kratzte sich am Kopf. »Ich glaube nicht, dass uns Fernsehen schneller zu Botschaftern machen würde.«

»Warte mal!«, sagte Reynie und sprang auf. »Unsere Wahrheitsliebe!«

Die anderen verstummten und sahen ihn an. Reynie lief im Zimmer auf und ab und sprach mit sich selbst. »Werden, was wir nicht sind ... schneller Botschafter werden ... Und Mr Benedict weiß, was wir nicht sind, weil :.. Ja, ich glaube, jetzt habe ich es!«

Kate richtete ihre Taschenlampe auf Reynie, der unvermittelt stehen geblieben war. Sein triumphierender Ausdruck füllte sich gleich wieder mit Zweifel. Reynie blinzelte ins Licht der Taschenlampe, räusperte sich, zögerte und räusperte sich noch einmal.

»Nun?«, fragte Constance. »Wie lautet der große Geistesblitz?«

Endlich kam Reynie damit heraus, und es war kein Wunder, dass die anderen nicht darauf gekommen waren, denn was Reynie da sagte, widersprach ihrer Natur. Es war etwas, das sie nie versucht hatten.

Sie mussten lernen zu betrügen.

»Es ist das Einzige, was einen Sinn ergibt«, erklärte Reynie schnell, als er die erschrockenen Gesichter seiner Freunde sah. »Keiner von uns hat Rhondas Angebot zu mogeln angenommen, erinnert ihr euch? Das gehörte zur Prüfung. Mr Benedict sagt, wir müssen werden, was wir nicht sind — *Mogler, Betrüger* —, damit wir schneller Botschafter werden!«

»Du machst wohl Witze!«, rief Kate. »Das *kann* Mr Benedict nicht meinen!«

Kleber schüttelte den Kopf. »Hat er uns denn nicht ausgewählt, weil wir *nicht* mogeln wollten?«

»Also, ich bin dabei«, sagte Constance mit einem Schnauben. »Mogeln wir, dass sich die Balken biegen.«

Kate war entsetzt. »Ich kann es nicht glauben! Und was ist mit der mächtigen Wahrheitsliebe, von der Mr Benedict gesprochen hat?«

Reynie überraschte die Reaktion seiner Freunde nicht. Auch er war seinem Einfall erst mit Misstrauen begegnet. Aber waren sie keine Geheimagenten? War nicht schon ihr Aufenthalt auf dieser Insel so etwas wie Betrug? Kate und Kleber reagierten ihrer Natur gemäß, dachte Reynie, aber sie würden ihm bald schon recht geben.

Trotzdem bereitete Kates Frage Reynie Sorgen. Was *war* mit seiner mächtigen Wahrheitsliebe? Sicher, er widerstand den geheimen Botschaften ..., aber vielleicht nicht so gut wie seine Freunde. Wie konnte er das herausfinden? War er nicht nahe daran gewesen, auf Rhondas Angebot einzugehen? War er vielleicht doch nicht so ganz die wahrheitsliebende, tapfere Seele, die Mr Benedict und die anderen in ihm sahen?

»Jetzt kommt mal auf den Teppich«, sagte Constance. »Mr Curtain ist der große Betrüger, vergesst das nicht. Wir müssen ihn mit seinen eigenen Waffen schlagen!«

Kate und Kleber hatten immer noch ihre Zweifel, aber ihr Widerstand schwand. Kleber putzte sich die Brille und sagte, *vielleicht* sei es ja richtig. Kate lief auf und ab und sagte: »Ich habe so was noch nie ... Ich meine, ich habe mich immer anders gesehen, und es fällt mir schwer, plötzlich so zu denken. Glaubst du wirklich, dass Mr Benedict das meint, Reynie?«

»Es gibt nur einen Weg, das herauszufinden«, sagte Reynie, der hoffte, dass er recht hatte — nicht, weil er mogeln *wollte,* sondern weil er sich besser fühlen würde, wenn die Idee tatsächlich von Mr Benedict kam.

Kleber morste gleich ihre Frage: *»Bitten um Rat wegen Mogeln.«*

Ein paar Minuten später blitzte es aus dem Wald herüber. Kleber übersetzte Wort für Wort: *»Bitte ... nicht ...«*

»Damit dürfte der Fall geklärt sein«, sagte Kate.

»Moment, da kommt noch mehr«, sagte Kleber.

Der Rest der Antwort lautete: *»... erwischen lassen.«*

»Genau das klärt es«, sagte Constance.

An diesem Abend übte sich die geheime Benedict-Gesellschaft volle zwei Stunden lang im Mogeln. Nachdem sie sozusagen die Erlaubnis bekommen hatten, machten sich die Kinder daran, die besten Strategien zu finden, »ohne Plagen den Feind zu schlagen«, wie Constance es nannte. Keiner von ihnen hatte früher schon einmal zu mogeln versucht, und am Anfang stellten sie sich ziemlich ungeschickt an. Aber sie lernten schnell, und als sie endlich zu Bett gingen, waren sie zuversichtlich, auch noch den schlimmsten Betrüger so übers Ohr hauen zu können, dass er es nicht merkte. Wenigstens in neun von zehn Fallen nicht.

Ihre Mühen zahlten sich tags darauf bereits aus. Die Noten der Mädchen wurden besser. Bei ihrer Größe fiel es Kate nicht schwer, Reynie über die Schulter zu linsen und mit ihren scharfen

Augen zu entziffern, was er hilfreich in ihre Richtung hielt. Die größte Schwierigkeit bestand darin, auf mögliche Zeugen zu achten, aber Kate und Reynie stellten sich äußerst geschickt an, und ihre Zusammenarbeit führte zu ausgezeichneten Ergebnissen. Die Freude über den Erfolg war so groß, dass nicht einmal die morgendlichen geheimen Mitteilungen ihre Laune trüben konnten.

Für Kleber und Constance war es komplizierter. Constance war zu klein, um ihm über die Schulter zu sehen, und ihr einen Zettel zuzustecken, war viel zu gefährlich. Deshalb hatte Reynie am Ende vorgeschlagen, es mit dem Morsecode zu versuchen. Der sowieso für seine Zappeligkeit bekannte Kleber sollte die Antworten mit Ziehen am Ohr und Klopfen gegen die Schläfe signalisieren — versteckt zwischen Kopfkratzen, Kragenziehen und Brilleputzen.

Constance saß in der letzten Reihe, da würde niemand merken, wenn sie ihn beobachtete.

Es funktionierte, wenn auch nicht ohne Probleme. Auf dem Flur in der Pause beschwerte sich Constance leise: »Jedes Mal, wenn es dich wirklich juckt, kriege ich die falsche Antwort.«

»Tut mir leid«, sagte Kleber. »Wenn ich nervös bin, juckt's mich ständig. Ich versuche mich zu bessern.«

»Versuch es nicht einfach nur«, sagte Constance, »sondern *tu* es.«

»He, mein Kratzen ist nicht das einzige Problem!«, zischte Kleber. »Es würde helfen, wenn du *überhaupt* mal ein bisschen Morsen geübt hättest!«

Constance lief daraufhin so rot an, ihre blassblauen Augen blitzten so hell hinter Tränen der Wut hervor und ihr dünnes blondes Haar stand ihr so wild vom Kopf ab, dass sie eher wie eine Kinderzeichnung aussah als wie ein lebendiger Mensch. Farben und Proportionen erweckten den Eindruck, als wäre sie einzig und allein aus einem Bilderrahmen geklettert, um gleich einen Wutanfall zu kriegen.

»Kommt, Kinder«, sagte Kate in mütterlichem Ton und trat zwischen die beiden. »Streiten wir nicht darüber, wer schuld ist. Sich gegenseitig zu beschuldigen ist falsch. Wir müssen uns vertragen, damit wir mehr Chancen haben, erfolgreich zu mogeln.«

»Wie komisch«, sagte Constance, aber ihr Zorn war fast schon wieder verraucht, und sie sagte nichts mehr.

Kleber auch nicht, der seinen Ausbruch bedauerte, nicht zuletzt, weil es dumm war, solche Dinge auf dem Flur zu besprechen — und dabei auch noch vom Morsen zu reden! War er verrückt? Was, wenn jemand gelauscht hatte? Schon der Gedanke ans Wartezimmer verursachte ihm Schwindel.

Und so verging der Morgen: Sie kämpften gegen die geheimen Mitteilungen an, konzentrierten sich auf den Unterricht und mogelten bei jedem einzelnen Test. Die vier hatten es schwerer als die anderen Schüler, und doch gelangen den Jungen die besten Noten, und auch die Mädchen machten gute Fortschritte. Endlich hörten die Mitteilungen wieder auf, und mittags waren alle bester Stimmung.

Gleichzeitig jedoch hatten sie die Ohren überall. In einer Pause hatten sie gehört, dass Charlie Peters, einer der ältesten Botschafter des Instituts, seinen Abschluss machen würde. Er war den ganzen Tag nicht im Unterricht gewesen und morgens gesehen worden, wie er zusammen mit einigen Managern in sein Zimmer ging. So sei es immer, sagte einer. Abgänger sagten keiner Seele etwas, bevor sie die Insel verließen — offenbar trugen sie die Nase zu hoch, um sich von irgendwem zu verabschieden, selbst wenn es gute Freunde waren. Ihnen bleibe keine andere Wahl, sagte ein anderer Schüler, die Manager erlaubten es nicht.

»Ich frage mich, was das alles zu bedeuten hat«, sagte Reynie, als sie zum Mittagessen in die Cafeteria hinübergingen.

»Gute Frage«, sagte Kate. »Und hier kommt unsere Chance auf ein paar Antworten.« Sie zeigte einen abzweigenden Flur hinunter, wo in diesem Moment S. Q. Pedalian auftauchte, neben sich Charlie, den er zum Ausgang führte. »Schnell, ihr versucht, was aus ihm rauszubringen, während ich S. Q. ablenke.«

»Und wie willst du das anstellen?«, fragte Constance. Aber Kate rannte schon den Flur hinunter, und Reynie und Kleber liefen hinter ihr her.

»S. Q.! He, S.Q.!«, rief Kate. »Ich wollte Sie etwas zu Ihrer Stunde heute Morgen fragen!«

S. Q. drehte sich um und sah Kate auf sich zulaufen. »Ich fürchte, ich kann gerade nicht reden, K...«

Bevor S. Q. seinen Satz beenden konnte, vollführte Kate einen ungeheuer spektakulären Sturz — Arme und Beine flogen wild durcheinander und der Eimer schepperte und schrappte über den steinernen Boden, dass die Funken flogen. Kate wirbelte herum, taumelte, rollte und blieb endlich — erst mit den Beinen voraus, dann hinter sich — ein paar Meter vor S. Q. liegen, wobei sie äußerst überzeugend die Augen verdrehte, so dass nur noch das Weiße zu sehen war.

»Kate!«, rief S. Q. und lief zu ihr. Die Jungen kamen ebenfalls heran, aber S. Q. befahl: »Zurück! Lasst ihr Platz zum Atmen!«

Während Kate mit großem Aufwand die Augenlider flattern und die Augäpfel in ihren Höhlen kreisen ließ, drängten sich Kleber und Reynie an S. Q. vorbei, um mit Charlie Peters zu sprechen, der etwas abseits stand und wie benebelt den Flur hinunterstarrte, offenbar absolut nicht daran interessiert, was mit Kate geschehen war. Er war ein schrecklich blasser Junge mit farblosen Augen, farblosen Haaren und einer farblosen Haut — man hätte glauben können, er käme direkt aus einem Wachsfigurenkabinett. Als Reynie und Kleber zu ihm traten, zeigte er keinerlei Reaktion. Auf seinem Gesicht lag ein leicht verwirrter Ausdruck, als könnte er nicht verstehen, warum er das Institut verlassen musste und nicht auf ewig Botschafter bleiben konnte.

»Sie kommt schon wieder in Ordnung«, sagte Reynie und deutete mit dem Daumen in Kates Richtung. »Sie fällt ständig hin, erholt sich aber immer wieder.«

»Was?«, fragte Charlie und schien die Jungen jetzt erst zu bemerken.

Reynie heuchelte Verständnis. »Oh, dir geht wahrscheinlich anderes im Kopf herum, nachdem du gerade deinen Abschluss gemacht hast. Das kann dir keiner vorwerfen. Ich wette, du bist traurig, dass du gehen musst, was? Du wirst deine Privilegien vermissen.«

»Welche Privilegien?«, fragte Charlie benommen. »Ich weiß nichts von Privilegien. Als Botschafter trägt man Verantwortung, es geht um Führungskraft. Als Botschafter habt ihr so viel damit zu tun, Mr Curtain zu helfen, dass kaum Zeit zum Nachdenken bleibt. Ehrlich gesagt ...« Charlie schien ernsthaft enttäuscht, »kommt es mir vor, als wäre ich erst gestern Botschafter geworden, und jetzt gehe ich schon nach Hause. Ich war so beschäftigt, dass nur noch ein Nebel davon bleibt.«

»Womit beschäftigt?«, fragte Kleber.

Hinter ihnen mühte sich S. Q. ab, Kate wieder auf die Füße zu stellen. Kate machte es ihm nicht leicht, weil sie immer wieder auf den Dingen ausrutschte, die ihr aus dem Eimer gefallen waren.

Charlie wurde mit einem Mal ganz aufgeregt. Er wandte den Kopf nach links und rechts und sah sie argwöhnisch an. »Das kann ich nicht sagen.«

»Aber warum nicht?«, drängte ihn Reynie. »Haben sie dir gedroht? Kannst du denn *gar* nichts sagen?«

Charlie schüttelte zweifelnd den Kopf. Aber er schien zu überlegen, und die Jungen schöpften Hoffnung. Dann aber schüttelte er wieder den Kopf, kräftiger jetzt, und schien sich von ihnen in die Enge getrieben zu fühlen. »Ich kann nichts sagen!«, wiederholte er. »Ich kann es wirklich nicht!«

»... du hast Glück, dass du dir nicht den Hals gebrochen hast«, sagte S. Q. hinter ihnen zu Kate. Dann wurde seine Stimme schärfer: »He, Jungs, lasst mir Charlie in ... in Ruhe!«

»Okay, bis dann, Charlie«, sagte Reynie schnell, und Kleber salutierte spielerisch, aber Charlie starrte sie nur entgeistert an, als hätten sie ihm ein schreiendes Unrecht zugefügt. S. Q. schenkte den Jungen einen missbilligenden Blick, nahm Charlie beim Arm und führte ihn zum Ausgang.

»Habt ihr was rausgekriegt?«, fragte Constance, die endlich auch bei ihnen angekommen war und auffallend untätig dastand, während Kate ihre Sachen einsammelte.

Reynie hob Kates Seil auf und gab es ihr. »Er redet nicht drüber — und warum nicht, wollte er auch nicht sagen.«

»Dann habe ich das Ganze also umsonst angestellt?«, sagte Kate und konnte es kaum glauben.

»Ich bin nicht sicher«, sagte Reynie. »Da war was Seltsames an dem, was er gesagt hat. Etwas …« Er zog die Stirn kraus. »Ich muss drüber nachdenken.«

»Jetzt sag bloß nicht, Kate, dass dir die Sache keinen Spaß gemacht hat«, sagte Kleber.

»Stimmt, das hat sie«, gab Kate zu und grinste durchtrieben. »Wie sah es aus?«

»Als wärst du aus einem Flugzeug gestürzt«, sagte Reynie, und sie machten sich wieder auf den Weg in die Cafeteria.

»Wirklich?« Kate sah ihn mit glänzenden Augen an. Sie war tief gerührt.

VERSUCHE UND EINLADUNGEN

In der letzten Unterrichtsstunde des Tages, gegen Ende der Wiederholung, flog die Tür auf und Jackson stürmte herein. »Lassen Sie sich nicht stören«, sagte er zu dem Manager, den er unterbrochen hatte, aber so, wie er daherstolzierte, war klar, dass er die Aufmerksamkeit genoss. »Ich hänge nur die neue Botschafterliste auf.«

Die Schüler reckten die Köpfe. Die neue Botschafterliste! Alle wussten, dass die Liste den ganzen letzten Monat über unverändert geblieben war, aber jetzt, nachdem Charlie Peters seinen Abschluss gemacht hatte, war wenigstens ein Platz frei geworden. Wer würde aufrücken? Jackson hängte den Zettel ganz vorne ins Klassenzimmer, und alle strengten die Augen an, um die Namen entziffern zu können. Kate war die Einzige, deren Augen scharf genug waren. »Wir haben noch kein Glück«, flüsterte sie Reynie zu. »Dein Name ist nicht mit drauf.«

Sobald der Unterricht beendet war, schwärmten die Schüler vor zur Liste. Martina Crowe stand dank ihrer kräftigen Ellbogen ganz vorne und verkündete, Bonnie Hedrickson sei die neue Botschafterin, worauf alle enttäuscht aufstöhnten. Trotzdem trat niemand zurück. Jeder wollte es selbst sehen und hoffte vielleicht insgeheim, dass Martina sich einen Scherz erlaubt hatte und statt Bonnies Namen der eigene auf der Liste stand.

Die geheime Benedict-Gesellschaft fand sich hinter den anderen zusammen. »Gehen wir«, sagte Kate. »Es ist Bonnie, ich habe ihren Namen gesehen.«

»Ihr drei geht voraus«, sagte Reynie, der das seltsame Verlangen spürte, die Liste aus der Nähe zu sehen. »Wir treffen uns draußen auf dem Platz.« Und so gingen die anderen, und Reynie stellte sich an, ohne zu wissen, warum er unbedingt selbst einen Blick auf die Namen werfen wollte. Vielleicht war er doch nicht so anders als die anderen Schüler. Vielleicht hoffte auch er auf das Unmögliche.

»Die geheimen Privilegien«, sagte ein Mädchen vor ihm sehnsüchtig.

»Und die schönen Jacken!«, sagte ein Junge. »Ich werde auf diese Liste kommen, und wenn es mich umbringt!«

Reynie stellte sich auf die Zehenspitzen, um zu sehen, wer vorne stand — Rosie Gardener und Eustace Crust, die beiden besonders Angeworbenen. Trotz ihres Verhaltens nahm Reynie immer noch an, dass sie entführt worden waren, und er fragte sich erneut, wie es sein konnte, dass sie so zufrieden mit ihrem Schicksal schienen. Von ihrer anfänglichen Benommenheit war rein gar nichts mehr zu spüren, nein, sie waren voller Eifer und trugen ein gieriges Glitzern in den Augen. Reynie sah ihnen nach, als sie aus der Klasse gingen, und empfand unerwartet Sympathie für sie. Wer waren sie früher gewesen? Waren sie wie Kleber von zu Hause weggelaufen? Wussten sie überhaupt, wer ihre Eltern waren? Was für ein elendes Leben mochten sie geführt haben, dass ihnen das Institut so wundervoll vorkam?

Während sich die Reihen vor ihm lichteten, stellte sich Reynie die Zukunft der besonders Angeworbenen vor, wie sie sie selbst sehen mussten: Da sie sonst nirgends hinkonnten und weder Eltern noch Großeltern hatten, die um ihre Rückkehr bettelten, würden sie sich ganz dem Institut widmen, würden Botschafter werden, deren hübsche Jacken und Schärpen tragen, und eines Tages, wenn die Zeit reif war, würden sie der Welt da draußen gänzlich den Rücken kehren und Manager werden. Dann spielte es keine Rolle mehr, wie sie hergekommen oder was sie vorher gewesen waren. Das war vergessen oder würde in dem angenehmen Gefühl, endlich wichtig zu sein, Teil von etwas Größerem zu sein, vergessen werden.

Reynie stand jetzt direkt vor der Liste, aber er sah sie nicht einmal an. Seine Sympathie war, das merkte er, zu etwas ganz anderem geworden. Was war das? Schön war es ganz sicher nicht. Und dann begriff er überrascht: Es war *Eifersucht.*

»Wie merkwürdig«, sagte er.

»Was ist merkwürdig?«, fragte eine Männerstimme hinter ihm. Reynie fuhr herum und sah erschrocken Mr Curtain an, der ihn durch seine silbernen Brillengläser aufmerksam betrachtete. Gedankenverloren war Reynie vor der Liste stehen geblieben, bis alle gegangen waren, und fand sich plötzlich dem Sender höchstpersönlich gegenüber.

»Ent... Entschuldigen Sie bitte, Sir?«

»Du sagtest, etwas sei merkwürdig«, sagte Mr Curtain und trommelte dabei mit den Fingern auf ein großes dickes Buch auf seinem Schoß, »und ich wage zu behaupten, dass du damit die Botschafterliste meintest.«

»Oh ja, Sir«, sagte Reynie und log dann: »Ich hatte erwartet, meinen Namen darauf zu finden. Ich bekomme immer nur die besten Noten.«

»Das habe ich mir gedacht«, sagte Mr Curtain. »Die Gedanken von Kindern lassen sich so leicht lesen, auch von begabten Kindern wie dir, Reynard.«

»Ich freue mich, dass Sie denken, ich bin begabt«, sagte Reynie, der da eine Möglichkeit spürte. »Ich möchte sehr gern Botschafter werden.«

»Natürlich möchtest du das«, sagte Mr Curtain. »Alle Manager haben berichtet, wie gut du bist. Du und dein Freund George Washington, ihr beide übertrefft alle Erwartungen. Es gibt in der Geschichte des Instituts keine anderen Schüler, die so schnell so viel Stoff gelernt haben wie ihr zwei.«

Mr Curtain war mit seinem Rollstuhl immer näher herangefahren, fast unmerklich, so dass sich ihre Gesichter jetzt fast berührten. »Ist es nicht ein seltsamer Zufall, dass zwei so begabte Schüler wie ihr zur gleichen Zeit ins Institut aufgenommen werden und dass sie dann auch noch Freundschaft schließen?«

Da Mr Curtain seine Augen hinter den spiegelnden Gläsern seiner Brille versteckte, war sein Gesichtsausdruck nur schwer zu ergründen. Hatte er einen Verdacht? Reynies Herz, dass sowieso schon in doppeltem Tempo klopfte, schaltete in einen noch höheren Gang. »Dass wir gleichzeitig hier aufgenommen wurden«, sagte er, »das *ist* ein seltsamer Zufall. Aber dass zwei gute Schüler auch gute Freunde werden, das ist keine

Überraschung, vor allem, wenn sie zusammen in einem Zimmer wohnen.«

»Sehr wahr, sehr wahr«, sagte Mr Curtain und zog wohlwollend eine Braue hoch. »Du bist ein intelligentes Kind, ein *sehr* intelligentes Kind, Reynard, und ich glaube, dass du ein guter Botschafter wärst. Glaubst du das auch?«

»Ja, Sir, ganz bestimmt!«, rief Reynie mit aller Begeisterung, die er aufzubringen vermochte.

»Gut. Aber du musst verstehen, Reynard, dass du noch neu bist. Deine Zeit ist noch nicht gekommen. Noch nicht. Aber wenn du geduldig bist, dauert es nicht mehr lange. Ich glaube doch, dass du ein wenig Geduld aufzubringen verstehst?«

»Ich werde mein Bestes tun, Mr Curtain.«

»Mehr verlangen wir nicht, mein Junge, mehr verlangen wir nicht. Ich muss gestehen, dass ich selbst kein geduldiger Mann bin.« Plötzlich änderte sich Mr Curtains Stimme und der ermutigende, fast väterliche Ton bekam etwas Forschendes: »Nimm zum Beispiel deine Freundin, die winzige Constance Contraire. Meine Geduld mit ihr ist fast erschöpft. Meine Manager berichten, dass sie zwar ihre Prüfungsergebnisse verbessert hat, aber fürchterlich widerspenstig ist — sie schläft im Unterricht, weigert sich zu antworten, wenn sie gefragt wird, zieht den Managern gegenüber saure Gesichter und tut auch sonst noch einiges, was sie besser nicht täte.«

Reynie stöhnte innerlich auf.

»Sie scheint nicht mit dem Herzen dabei zu sein«, fuhr Mr Curtain fort. »Ihr Verhalten entspricht nicht ihren Prüfungsergebnissen. Ich bin nicht sicher, ob ich verstehe, was sie antreibt, und wenn ich etwas nicht verstehe, Reynard, dann ist es nur natürlich, dass ich misstrauisch werde.«

»Völlig natürlich, Sir«, stimmte Reynard ihm zu. »Aber Sie wissen ja, was man über Menschen sagt, denen man nicht traut?«

»Nein«, sagte Mr Curtain und hob wieder eine Braue. »Was sagt man über sie?«

»Wem du nicht traust, den halte nahe bei dir.«

Mr Curtain lachte so unvermittelt krächzend auf, dass Reynie zusammenzuckte. »Nahe bei dir. Sehr gut. Du bist noch eine

Nummer gewitzter, als ich dachte, Reynard Muldoon. Nun, das erklärt, warum du mit dem Mädchen befreundet bist. Sehr gut, ich werde sie also nahe bei mir halten, genau wie du, und vielleicht ist sie uns eines Tages sogar von Nutzen.«

»Vielleicht«, sagte Reynie, der sich sicher war, dass sich damit etwas zwischen ihnen geändert hatte — als hätte er einen Test bestanden. *Einen Test, von dem ich nicht wusste,* dachte er und fühlte sich auf seltsame Weise an Mr Benedicts Prüfungen erinnert.

»Ja, halte sie nahe bei dir«, sagte Mr Curtain und rieb sich das Kinn. Er schien zu überlegen. »Das ist der beste Weg, ein Problem unter Kontrolle zu halten, und Kontrolle ist der Schlüssel, mein Junge. Vergiss das nie. Kontrolle ist der Schlüssel zu allem.«

»Ja, Sir«, sagte Reynie. »Ich werde es nicht vergessen.«

Mr Curtain lächelte. »Sehr gut, Reynard. Hör zu, ich habe gerade etwas beschlossen. Ich würde mich gerne noch etwas länger mit dir unterhalten. Komm mit in mein Büro. Schnell jetzt. Ich hasse es, Zeit damit zu vergeuden, sich von einem Ort zum anderen zu bewegen.« Und schon wirbelte er herum und schoss aus dem Raum.

Reynie zögerte nur so lange, wie er brauchte, um tief Luft zu holen, und lief ihm hinterher.

Mr Curtain hasste es tatsächlich, Zeit zu vergeuden. Reynie musste rennen, um mit ihm mitzuhalten. Es ging über leere Flure und durch die Cafeteria, wo die Helfer damit beschäftigt waren, das Abendessen vorzubereiten. Mr Curtain ging nicht ein einziges Mal mit der Geschwindigkeit herunter, nicht mal, als er sich der Tür hinaus auf den Platz näherte — er rammte mit dem Rollstuhl dagegen, dass die beiden Flügel nur so zur Seite schlugen (und erschrockene Schüler dahinter eine Gasse bildeten). Schon raste er über den Platz und durch den Felsengarten, und die Räder wirbelten kleine Kieselsteine in die Luft, die Reynie in die Arme stachen. Im Vorbeirennen sah er seine

Freunde, die ihm verwundert und verängstigt hinterherstarrten. Er winkte ihnen zu, um sie zu beruhigen, wobei er auch selbst einige Beruhigung hätte vertragen können.

Als Mr Curtain durch die Tür des Kontrollgebäudes donnerte, kam Reynie der Gedanke, dass sämtliche Türen des Instituts darauf ausgelegt sein mussten, auf so gewalttätige Art geöffnet zu werden. Mr Curtain ertrug es offenbar nicht, so lange zu warten, bis sich eine Tür für ihn öffnete — genauso wenig wie es ihm gefallen würde, auf zurückbleibende Schüler warten zu müssen. Reynie lief noch etwas schneller. Wieder ging es über eine Anzahl Flure. Hier mussten die Anwerber und Manager wohnen. Endlich kamen sie an eine schlichte Eisentür, vor der Mr Curtain so abrupt stoppte, dass Reynie, der damit gerechnet hatte, dass er auch durch sie hindurchdonnern würde, fast hinten in den Rollstuhl hineingerannt wäre. Jetzt erst sah er das Zahlenfeld neben der Tür. Mr Curtain hielt sein Büro verschlossen. Reynie musste zur Seite sehen, während Mr Curtain den Code eingab, worauf sich die Tür geräuschlos öffnete und Mr Curtain in sein Büro schoss. Nur mit einem beherzten Sprung gelang es Reynie, hinter ihm herzukommen, bevor sich die Tür wieder schloss.

Mr Curtains Büro war ein rechteckiger, weiß getünchter Raum ohne Fenster, der knochig und kalt wirkte wie ein ausgehöhlter Schädel. Auf dem nackten Steinboden lag kein Teppich, dafür gab es einen Abfluss, vielleicht zum leichteren Saubermachen. In einem schweren Silberrahmen hoch an der Wand hinter Mr Curtains Schreibtisch hing eine alte Landkarte von Holland (Mr Curtain war da geboren worden, wie Reynie sich erinnerte). Dazu gab es einige Skizzen von Stonetown Harbour und der Insel Nomansan. Unter den Skizzen stand eine Reihe Schränke — Bücherschränke, wie Reynie sah, aber verschlossen, damit niemand an die Bücher herankam. Mr Curtains Schreibtisch war sehr einfach, aus Metall, matt poliert und ordentlich aufgeräumt. Neben ein paar Aktenkörben lagen säuberlich ausgerichtete kleine Papierstapel. Ganz hinten in der Ecke des Tischs stand ein künstliches Veilchen. Die Blume sah täuschend echt aus, war in bestem Zustand, verlangte aber im Unterschied zu

Mr Benedicts *echtem* Veilchen keinerlei Pflege. Wie merkwürdig ähnlich sich die beiden Männer doch waren, dachte Reynie, und wie völlig verschieden.

Mr Curtain bedeutete Reynie, sich ihm gegenüber vor den Schreibtisch zu setzen, und legte sein großes schwarzes Buch auf den Tisch. Es war fraglos ein altes Buch. Die Bindung war mehrfach geklebt worden, und überall waren Eselsohren zu sehen. Mr Curtain öffnete das Buch auf einer Seite, die er mit einer Büroklammer markiert hatte, und Reynie konnte sehen, dass die Seiten voller handschriftlicher Notizen waren. Es musste eine Art Tagebuch sein!

Mr Curtain trommelte mit den Fingern auf die Tischplatte und sah Reynie schweigend an. Reynie kam der Gedanke, dass womöglich von *ihm* erwartet wurde, etwas zu sagen. »Wollten Sie ... Wollten Sie mir etwas in dem Buch dort zeigen?«

Mr Curtain zog die Stirn kraus. »In *diesem* Buch? Ganz sicher nicht.« Er schlug das Buch wieder zu. »Ich habe nur meine Gedanken gesammelt, Reynard. Sag mir, was hältst du von meiner Landkarte? Mir ist aufgefallen, wie du sie beim Hereinkommen angesehen hast.«

»Ihre Hollandkarte, Sir? Sie ist schön.«

»Nicht wahr?« Mr Curtains Ton bekam etwas Warmes. »Ich wurde in Holland geboren, weißt du — ich bin eine Waise wie du. Meine Kindheit habe ich auch dort verbracht, sie war schrecklich. Von anderen Kindern verspottet, eingeschüchtert, lächerlich gemacht und gequält. Nein, meine Kindheit vermisse ich nicht, aber manchmal dieses Land: Holland hat eine bemerkenswerte Geschichte.«

»Wenn ich Sie das fragen darf, Sir: Warum haben die anderen Kinder Sie gequält?«

»Das darfst du *nicht«,* sagte Mr Curtain mit kalter Stimme, aber dann schien er sich einen Ruck zu geben und sagte weit freundlicher: »Wir wissen beide, dass es dir oft ähnlich ergangen ist — habe ich recht, Reynard? Weil du anders warst?«

Reynie zögerte, dann nickte er.

»Die Menschen sind zu großer Bosheit fähig, Reynard. Sie fügen sich solches Leid zu. Deshalb bin ich besonders stolz auf meine Arbeit. Obwohl ich selbst so habe leiden müssen, besteht mein großes Ziel darin, den Menschen Glück zu bringen.« Er lächelte gewollt, und Reynie hatte den Eindruck, dass Mr Curtain selbst nur halb glaubte, was er da sagte — vor allem aber, dass noch etwas weit Größeres, Dunkleres dahintersteckte.

»Aber kommen wir zum Wesentlichen«, sagte Mr Curtain. »Ich glaube, ich habe noch nie einen so schlauen Schüler in meinem Institut gehabt wie dich. Du bist scharfsinnig und weißt, was du willst. Das habe ich gleich erkannt. Und du bist ein natürlicher Anführer.«

»Da bin ich nicht so sicher, Sir. Ich ...«

»Widersprich mir nicht, Reynard«, sagte Mr Curtain. »Ich mag keinen Widerspruch.«

»Entschuldigen Sie, Sir.«

Mr Curtains Stimme wurde sanfter. »Ein natürlicher Anführer, sage ich. Oh, vielleicht siehst du es selbst nicht so, aber ich wage zu sagen, dass ich mehr davon verstehe als du. Die Art, wie sich deine Freunde um dich sammeln und dich deine Feinde am liebsten auslöschen würden — glaube nicht, mir sei das nicht aufgefallen. Du erinnerst mich an mich selbst in deinem Alter.«

»Das ... schmeichelt mir sehr, Sir. Sie waren sicher ein ausgezeichneter Schüler.«

»Zweifellos«, sagte Mr Curtain lächelnd. »Und ich hatte auch ausreichend Feinde. Kinder, die keine Überlegenheit ertragen konnten, weißt du, besonders nicht von Anführern, die oft unbeliebte Entscheidungen zu treffen haben.«

Reynie musste plötzlich daran denken, wie schockiert Kate und Kleber gewesen waren, als er vorgeschlagen hatte, es mit Mogeln zu probieren. Aber sie *hassten* ihn nicht, das wusste er ...

»Wenn du ein Anführer bist«, sagte Mr Curtain, »bist du selbst unter Freunden allein, denn dann bist du es — und nur du —, von dem am Ende alle erwarten, dass er ihnen den Weg weist.« (Reynie fühlte einen Stich in seinem Herzen. Das stimmte, dachte er. Genauso fühlte er sich manchmal.) »Ich sage nicht, dass es dir *jetzt* schon so geht«, fuhr Mr Curtain fort, »denn noch bist du ein Junge. Aber in der Zukunft solltest du dir sorgfältig überlegen, mit wem du dich umgibst. Es hat keinen Sinn für dich, Reynard, normal sein zu wollen. Du bist zu Höherem berufen und hast eine Verpflichtung dir gegenüber, die du mit aller Kraft verfolgen solltest.«

»Und ... wie soll ich das machen?«, fragte Reynie.

»Darauf komme ich gerade«, sagte Mr Curtain. »Wenn du etwas älter und erfahrener bist, stelle ich mir dich als Manager vor.«

»Als Manager!«

»Das erstaunt dich. Sollte es aber nicht. Nein, die Frage ist nicht, ob du das Zeug zum Manager hast — da gibt es keinen Zweifel —, sondern es geht um deine Neigung. Du bist eine Waise, was bedeutet, dass dich nicht viel in deinem alten Leben hält, und so rate ich dir dringend, darüber nachzudenken, wie ein *neues* Leben für dich aussehen könnte — ein Leben als Manager.«

»Nun, nach allem, was ich gesehen habe ...«

Mr Curtain krächzte — das hieß, er lachte — und fuhr Reynie in die Rede: »Was du *gesehen* hast! Ein Manager zu sein bedeutet weit mehr, als du *gesehen* hast, Reynard. Auf jeden Fall bald schon. Hör zu, ich werde dir jetzt etwas erzählen, wovon nur meine Manager und eine Handvoll Botschafter wissen. Du musst darüber absolutes Stillschweigen bewahren. Sollte ich aus unberufenem Mund davon hören, weiß ich, dass du es ausgeplaudert hast, verstehst du?«

Reynie konnte sich nicht vorstellen, was ihm da erzählt werden sollte. Sein Herz und sein Magen schienen die Plätze tauschen zu wollen, es sich dann aber anders zu überlegen und gleich wieder zurückzudrängen. »Ich verstehe, Sir.«

»Sehr gut«, sagte Mr Curtain. »Hier ist das Geheimnis: Die Dinge werden sich ändern, Reynard. Sie werden sich *bessern.* Ich werde dir nicht genau sagen, wie. Das kommt später, nachdem du dich bewiesen hast. Im Augenblick genügt es zu sagen, dass auch das Institut, so wie du es kennst, sich ändern wird. Große Dinge stehen bevor. Die Besserung kommt bald, und danach werden wir keine Botschafter mehr brauchen. Meine Schüler werden es bedauern, einigen wird es das Herz brechen, aber ich weiß, es ist besser so.«

Reynie fuhr fast von seinem Platz hoch. Keine Botschafter mehr? Warum?

»Dennoch«, sagte Mr Curtain, »werde ich auch weiter Manager brauchen, und ich habe vor, wenigstens ein paar Botschafter auf höhere Aufgaben vorzubereiten, für die Zeit, wenn sie erwachsen werden. Natürlich denke ich dabei an dich ... und vielleicht auch an deinen Freund George Washington, obwohl ich mir bei ihm nicht so sicher bin. Er hat enormes Talent, aber ich fürchte, seine Zappeligkeit deutet auf eine tiefer liegende Schwäche. Trotzdem würde ich ihn nur ungern verlieren. Ich bin da ganz offen, siehst du. Um die Wahrheit zu sagen«, fügte er mit einem seiner kurzen, krächzigen Lacher hinzu, »schätze ich offene Geister am allerhöchsten ein!«

Mr Curtain drückte einen Knopf auf seinem Stuhl, und die Bürotür öffnete sich. Reynie war entlassen.

»Vielen Dank, Sir«, sagte Reynie und trat hinaus auf den Korridor, wo Jackson wartend stand.

»Danke mir nicht!«, rief Mr Curtain ihm hinterher, als die Tür sich schloss. »Beeindrucke mich!«

Als endlich die Lichter ausgemacht wurden, kletterten die Mädchen aus der Decke, und Reynie erzählte seinen Freunden, was geschehen war. Das Erste, was Constance darauf zu sagen einfiel, war: »Du vertraust mir nicht?«

»Komm schon, Constance«, sagte Kleber. »Das sollte doch nur Mr Curtain denken. Das ist besser, als wenn er auch auf Reynie argwöhnisch reagiert.«

Kate ging in ihren Brezelsitz und stützte das Kinn auf die Hände. »Die Besserung«, sagte sie. »So nennt Mr Curtain das also, was da kommen soll. Und er sagt, er braucht dann keine Botschafter mehr?«

»Genau«, sagte Reynie. »Aber ich habe ihn nicht gefragt, warum. Ich muss mich ihm erst noch beweisen.«

»Nun, ich würde sagen, wir geben das alles Mr Benedict durch«, sagte Kleber und kletterte auf den Fernsehschrank. Sobald die Luft rein war, morste er ihren Bericht, in dem sie kurz umrissen, was sie erfahren hatten: Dass Mr Curtain das, was da kommen sollte, die »Besserung« nannte und danach keine Botschafter mehr gebraucht würden. Minuten später blitzte die Antwort zurück.

»Aufgepasst«, sagte Kleber.

»Sorgt euch nicht«, lautete die Antwort.

Und nach einer kurzen Pause: »... *aber beeilt euch.«*

ALLES, WIE ES SEIN SOLLTE

Auf der Suche nach neuen Hinweisen kletterte die geheime Benedict-Gesellschaft am nächsten Tag vor dem Abendessen auf den Hügel hinter der Sporthalle. Der Hügel war ziemlich hoch, aber wenn man sich beeilte — und Kate beeilte sich *immer,* selbst mit Constance auf dem Rücken —, schaffte man es in wenigen Minuten über den sich windenden Pfad bis hinauf auf den Gipfel. Reynie und Kleber keuchten mit einigem Abstand hinter Kate her. Als sie oben ankamen, suchte Kate bereits mit dem Fernrohr die Umgebung ab.

Reynie wischte sich den Schweiß von der Stirn. »Siehst du was?«

Kate zuckte mit den Schultern. »Gras und Felsen, Büsche und Felsen, Ranken und Felsen, Sand und Felsen. Jede Menge Felsen«, sagte sie, ließ das Fernrohr sinken und fügte ganz nebenbei noch hinzu: »Und eine weitere Falle habe ich gefunden.«

»Eine Falle?«, sagte Kleber und drehte sich im Kreis, als könnte sie herankriechen und nach ihm schnappen.

»Keine Angst, sie ist da ganz unten, auf einem grasbewachsenen Stück Land hinter dem Kontrollgebäude. Man kann sie von nirgends sonst sehen, nur von hier, wenn man das Fernrohr knapp über das Dach des Schulgebäudes richtet.« Sie hielt Kleber das Fernrohr hin, doch der wollte nicht hindurchsehen. Er hatte kein Bedürfnis nach weiteren Fallen. Reynie war neugieriger, und er konnte geradeso die verräterischen Ranken erkennen — und eine Felsengruppe.

Reynie gab Kate das Fernrohr zurück. »Ich frage mich, warum beide Fallen gleich neben einer Felsengruppe liegen.«

»Glaubst du nicht, dass sie dadurch schwerer zu sehen sind?«, sagte Kate. »Im Mond- oder Sonnenlicht, wenn die Ranken im Schatten liegen?«

»Wie schlau«, sagte Constance.

»Und die Ranken lieben den Schatten. Das passt bestens«, sagte Kleber.

»Steck das Fernrohr weg«, murmelte Reynie. »Wir bekommen Gesellschaft.«

Zwei Helfer waren auf dem Weg unter ihnen aufgetaucht, beide mit zwei Eimern voller Gartengeräte. Sie kamen langsam den Hügel herauf, zupften Unkraut und sammelten Abfall ein. Als sie bei ihnen ankamen, drängten sie sich wortlos ganz an den Rand des Wegs, als wollten sie niemanden behindern.

»Guten Tag«, sagte Reynie und vergaß ganz, dass er Helfer normalerweise nicht begrüßte. Er war nervös wegen des Fernrohrs und wollte möglichst locker wirken.

Die Helfer, ein Mann und eine Frau, sahen Reynie argwöhnisch an. Um ihnen ihre Angst zu nehmen, lächelte er ihnen zu und hob die Hand zu einem Gruß. Die Helfer, die sich bemüßigt fühlten, seinen Gruß zu erwidern, stellten die Eimer ab, damit sie ebenfalls die Hände heben konnten.

»Schöne Eimer«, sagte Kate.

»Danke, Miss. Sie tun ihren Dienst«, sagte der Mann, der klein und rund war, mit einer Stimme wie ein Ochsenfrosch.

Der Klang seiner Stimme ließ Reynie zusammenzucken. Er kannte diesen Mann! Er machte einen Schritt auf ihn zu und sah ihm ins Gesicht. Der Helfer wich einen Schritt zurück und wandte den Blick ab.

»Mr … Mr *Bloomburg?*«, sagte Reynie. »Entschuldigen Sie, ich hätte Sie fast nicht wiedererkannt!«

Dem Helfer wurde eindeutig unwohl in seiner Haut, und er wandte sich seiner Begleiterin zu. »Spricht er mit dir?«

»Bist du verrückt geworden?«, fauchte die Frau ihn an und rollte mit den Augen. Dann warf sie den Kindern ein unterwürfiges, versöhnliches Lächeln zu. Sie bemühte sich, ruhig zu sprechen: »Er hat *Mister* gesagt. Nicht wahr, junger Mann? Und Bloomburg heiße ich auch nicht.«

»Nun, ich auch nicht«, sagte der Mann. Er sah auf den Boden vor Reynies Füßen. »Bitte nehmen Sie es mir nicht übel, aber ich heiße Harry Harrison.«

»Sie sind nicht Mr Bloomburg?«

»Ich möchte nicht widersprechen«, sagte Harry Harrison (seine Kollegin signalisierte ihr heftiges Einverständnis), »und hoffe, es wird Sie nicht verärgern, aber nein.«

Die anderen Kinder starrten Reynie an, der völlig verwirrt zu sein schien. »Aber ... aber ... wie lange arbeiten Sie denn schon hier?«

Der Helfer sah seine Kollegin an. »Eine lange Zeit, würde ich sagen. Was meinst du, Mary?«

»Ich weiß, dass *ich* schon eine lange Zeit hier bin«, sagte die Frau und sah zu Boden, »und du warst auch fast die ganze Zeit da. Also ja.«

»Ich hoffe, das ist so in Ordnung«, sagte Harry.

»Aber wie lange genau?«, setzte Reynie noch einmal nach.

»Es tut mir leid«, sagte Harry, und er wirkte tatsächlich, als bedauerte er es sehr. »Ich glaube nicht, dass ich mich an das genaue Datum erinnern kann. Du etwa, Mary?«

»An das genaue Datum nicht, aber es ist lange her.«

Reynie hielt sich den Kopf. »Waren Sie früher nicht öfter im Stonetowner Waisenhaus?«

»Sie scheinen ganz aufgeregt«, sagte Mary mit besorgter Stimme. »Es tut uns leid, wenn wir Sie erregt haben. Tut uns das nicht leid, Harry?«

»Es tut uns wirklich sehr leid«, sagte Harry. »Wir wollten Ihnen kein Unwohlsein bereiten.«

»Sie bereiten mir kein Unwohlsein«, sagte Reynie, und dabei war ihm offenbar *sehr* unwohl. »Aber macht es Ihnen überhaupt nichts aus, dass Sie nicht wissen, wie und warum sie hergekommen sind?«

Darauf schüttelten die Helfer die Köpfe und sagten wie aus einem Munde: »Alles ist genau so, wie es sein sollte.«

Die Kinder sahen einander an, aber die Helfer schienen sich der Merkwürdigkeit ihrer Antwort nicht bewusst zu sein. Sie warteten nur darauf, entlassen zu werden, und hofften, dass die Kinder sie nicht beschimpfen oder ihnen Schwierigkeiten machen würden.

»Ich freue mich, das zu hören«, sagte Reynie endlich. Er schien sich langsam zu erholen. Ihm gelang sogar ein Kichern, als er sagte: »Entschuldigen Sie, ich bin wirklich ein Trottel. Aber Sie sehen jemandem so ähnlich … Diesem Mann, wissen Sie. Ich muss mich da irren. War trotzdem schön, mit Ihnen zu sprechen.«

Die Helfer wirkten erleichtert. »Oh ja, bestimmt … sehr schön … ein großes Vergnügen …«, sagten sie, nahmen ihre Eimer und liefen an ihnen vorbei den Hügel hinunter.

»Okay, was sollte *das* wieder?«, fragte Kate, als sie außer Hörweite waren.

Reynie furchte angestrengt die Stirn. »Das war Mr Bloomburg, daran besteht kein Zweifel. Sein Gesicht, seine Figur, die froschige Stimme. Keine Frage, er war es. Und doch hat er so getan, als würde er mich nicht kennen — und nicht mal sich *selbst.* Warum bloß?«

»Vielleicht ist er ein Geheimagent«, sagte Constance. »Wie Milligan, wisst ihr. Und du hättest ihm beinahe die Tarnung kaputt gemacht.«

»Mr Bloomburg?«, sagte Reynie. »Das bezweifle ich.«

»Irgendwie hat er mich aber schon an Milligan erinnert«, sagte Kleber. »Habt ihr nicht gesehen, wie traurig er wirkte? Nein, nicht nur er: alle beide. Ihre Augen, meine ich. Ich habe noch nie einem Helfer so direkt in die Augen gesehen, weil sie immer weggucken. Aber bei den beiden war es so.«

»Du hast recht«, sagte Kate. »Ich glaube, ich habe noch nie jemanden gesehen, der so traurig guckt wie Milligan, aber die beiden hier kamen nahe heran. Worüber denkst du nach, Reynie? Stimmt was nicht mit dir?«

Aus Reynies Gesicht war alle Farbe gewichen. Er starrte in die Ferne auf nichts Bestimmtes, und es sah ganz so aus, als wäre nichts genau das, was er sehen wollte.

»Alles in Ordnung?«, fragte Kleber.

Reynie antwortete nicht.

Er hatte endlich etwas begriffen, das völlig offensichtlich gewesen wäre, hätte er es bis jetzt nicht für unmöglich gehalten: Milligan, den verschwundenen Agenten, Mr Bloomburg — ihnen allen war das Gedächtnis gestohlen worden.

Als ihm das klar wurde, fügten sich plötzlich etliche Puzzleteile zusammen. Als Milligan danach aus seiner Bewusstlosigkeit aufgewacht war, hatte er gedacht, er hätte sein Gedächtnis durch einen Schlag auf den Kopf oder einen Unfall verloren, dabei hatten die Männer es ihm ausgelöscht. Deshalb war der eine — vielleicht war es sogar Mr Curtain selbst gewesen — auch so wütend geworden, als Milligan behauptet hatte, sein Gedächtnis sei in Ordnung. Mr Curtain hatte ihm sein Gedächtnis nehmen wollen, es auswischen wollen — oder was immer man mit Erinnerungen machen konnte —, um anschließend einen Helfer aus ihm zu machen. Wie er es auch mit den anderen Agenten gemacht hatte. Mr Curtain hatte aus all den Eindringlingen eine Arbeitstruppe geformt, und keiner wusste, was ihm zugestoßen war.

Die Helfer waren programmiert worden zu glauben, *dass alles so war, wie es sein sollte.* Aber man sah es in ihren Augen. Ihre verlorenen Leben, ihre verlorenen Familien — da war etwas in ihnen, das diese Dinge fürchterlich vermisste.

»Reynie, mach uns keine Angst!«, sagte Kate. »Was ist mit dir? Reynie!«

Endlich tauchte Reynie wieder aus seinen Gedanken auf. Er sah seine Freunde an und erzählte ihnen, was er gerade begriffen hatte.

Kate, Kleber und Constance standen sprachlos da und bemühten sich zu verstehen, dass so etwas möglich war. Aber wenn man es erst einmal akzeptiert hatte, ließ sich so vieles erklären. Endlich war auch zu verstehen, warum die besonders Angeworbenen so sorglos waren, obwohl man sie doch entführt hatte: Ja, sie waren entführt worden, aber sie erinnerten sich nicht mehr daran! Und Charlie Peters! Er war ihnen so abwesend vorgekommen — und dann so verwirrt, als ihn die Jungen nach den Privilegien gefragt hatten. »Ich kann es nicht sagen«, hatte er ihnen erklärt. Er war so verwirrt gewesen, weil er es *tatsächlich* nicht sagen konnte: Er konnte sich an nichts erinnern!

»Es ist der reine Wahnsinn, aber es passt alles zusammen«, sagte Kate und lief auf dem Pfad hin und her. »Aber warum sind die besonders Angeworbenen nicht so traurig wie die anderen? Sie scheinen sich hier richtig wohlzufühlen.«

»Charlie kam mir auch nicht so traurig vor«, überlegte Kleber. »Er war durcheinander, aber nicht traurig. Wahrscheinlich ist es bei einer partiellen Amnesie anders. Vielleicht ...«

»Moment mal«, sagte Constance. »Sag diese komischen Worte noch mal.«

»Partielle Amnesie? Das heißt, dass man sich an ein ganz bestimmtes Ereignis nicht mehr erinnern kann.«

»Das würde es erklären«, sagte Reynie. »Traurig wird man nur, wenn man sich an all die Sachen nicht mehr erinnern kann, die einem lieb waren. Wer nur ein bisschen von seinem Gedächtnis verliert, ist eine Weile verwirrt, verfällt aber nicht in tiefe Traurigkeit.«

»Verwirrt fühle ich mich im Moment auch«, sagte Kate. »Wer ist Mr Bloomburg, Reynie? Warum ist er hier?«

»Er war Schulinspektor und kam etwa alle sechs Monate ins Waisenhaus. Mr Rutger hatte Angst, dass er etwas finden könnte, was nicht in Ordnung wäre, und dass das Waisenhaus dann dafür zahlen müsste, die Sache in Ordnung zu bringen. Aber Mr Bloomburg war ein guter Mensch. Immer lachte er und hatte etwas zu erzählen. Sobald ihm jemand zuhörte, wollte er sich unterhalten. So ein freundlicher, netter Mann ...«

Reynie verstummte. Er starrte immer noch zum dunklen Festland hinüber, als könnte er so dorthin zurückgelangen, nicht einfach nur weg von der Insel, sondern auch gleich in eine andere Zeit, als er noch nichts von den Dingen gehört hatte, von denen er heute wusste.

»Und wovon hat er die ganze Zeit geredet?«, wollte Kate wissen.

»Von seinen Kindern«, sagte Reynie.

»Oh«, sagte Kate ernüchtert.

»Er liebte sie mehr als alles auf der Welt«, sagte Reynie. »Und seht ihn euch jetzt an, jetzt hat er Angst vor Kindern. Es ist kaum ein Jahr her, dass er zuletzt im Waisenhaus war.«

Kate puzzelte die Geschichte zusammen: »Mr Bloomburg kam eines Tages hier ins Institut, um eine Inspektion vorzunehmen, und ihm gefiel gar nicht, was er da sah ...«

»Also sorgte Mr Curtain dafür, dass er nie wieder wegging«, führte Reynie ihren Gedanken zu Ende.

»Aber wie konnte Mr Bloomburg seine Kinder vergessen?«, protestierte Kleber. »Das scheint so unglaublich. Kann so etwas wirklich möglich sein? Kann *überhaupt* etwas von dem hier möglich sein?«

Reynie gab keine Antwort.

»Ich kann es einfach nicht glauben«, sagte Kleber und wünschte, es wäre wirklich so.

VON VERLORENEN UND GEFUNDENEN FAMILIEN

Die Stimmung bei ihrem Treffen an diesem Abend war gedrückt: Es gab keine Sticheleien, kein Lachen, nur das Gefühl erbitterter Entschlossenheit. Jetzt, wo die Kinder endlich ein paar Dinge herausgefunden hatten, vermissten sie die Zeit, als sie noch *nicht* so viel gewusst hatten.

Wenn sie doch nur Beweise für das alles hätten! Ohne Beweise würde ihnen niemand glauben. Warum sollte die Regierung auf die Worte von Kindern hören, wenn sie Mr Benedict schon nicht glaubte! Da würden Reynie und sie alle tagelang predigen können, dass Mr Curtain den Menschen die Gedächtnisse auslöschte und Dutzende von Regierungsagenten auf der Insel Nomansan gefangen gehalten wurden. Sie wussten ja nicht einmal, *warum* er es tat, und ohne Beweise würde ihnen keiner helfen, es herauszufinden.

»Wenn wir nur sein Tagebuch in die Hände bekommen könnten«, überlegte Kate, »meinst du, dass das Beweis genug wäre?«

»Keine Chance«, sagte Kleber. »Mr Curtain hat es immer bei sich.«

»Und selbst wenn wir es ihm wegnehmen und ein paar Leute dazu bringen könnten, es zu lesen«, sagte Reynie, »würden sie wahrscheinlich immer noch glauben, das Ganze sei ein Schwindel. Dafür sorgen schon Mr Curtains Botschaften.«

»Wenigstens könnten *wir* es lesen«, sagte Kate. »Da muss jede Menge zu erfahren sein, und einiges von dem könnte genau das sein, was Mr Benedict braucht ...« Sie seufzte. »Aber du hast recht, es ihm wegzunehmen wäre ein zu großes Risiko. Trotzdem wünschte ich, wir könnten *irgendwas* tun.«

»Wir tun, was wir können, oder?«, sagte Kleber. »Und wir berichten Mr Benedict alles, was wir wissen.«

»Wo wir schon davon reden«, sagte Reynie. »Wir sollten unseren Bericht durchmorsen. Es gibt jede Menge mitzuteilen.«

Es war so viel, dass Kleber hinterher eine Blase am Finger hatte. Minuten später schon blitzte die Antwort vom Festland herüber: *»Verlorenes kann sich wiederfinden. Es gibt Hoffnung.«*

»Meinen sie damit, dass *sie* Hoffnung haben«, sagte Constance, »oder wollen sie *uns* Hoffnung machen?«

»Das ist gleich«, sagte Reynie. »Ich denke, Mr Benedict glaubt, diese Leute könnten womöglich ihr Gedächtnis wiedererlangen. Vielleicht findet er ja einen Weg, wie er es ihnen zurückgeben kann. Das ist doch ein ziemlicher Grund zur Hoffnung, meinst du nicht?«

»Immer angenommen, wir können verhindern, was Mr Curtain als Nächstes vorhat«, sagte Kleber.

Constance stand auf. »Das hilft meiner Hoffnung nicht, George Washington. Ich gehe ins Bett.« Sie sah düster zur Decke und dann Kate an. »Jemand muss mich bringen.«

Als die Mädchen weg waren, kletterten Kleber und Reynie in ihre Betten. Reynie war nicht nach schlafen zumute, aber er musste sich beruhigen und seine Gedanken sortieren, und so lag er unter seiner Decke und schrieb — wie schon so oft — in Gedanken einen Brief an Miss Perumal.

Liebe Miss Perumal,

wenn ich den armen Mr Bloomburg und seine Familie vor mir sehe, muss ich auch an Sie denken. Was würde Ihre Mutter empfinden — die Sie, wie ich weiß, so sehr lieben —, wenn Sie plötzlich aus ihrem Leben verschwänden? Ist das nicht ein schrecklicher Gedanke? Sie liebt Sie und ist auf Sie angewiesen, und ich weiß, dass auch Sie kaum ohne sie sein können. Wenn ich an Sie denke, Miss Perumal, denke ich immer auch an Ihre Mutter.

Eben, als wir alle zusammen waren, hatte ich ein merkwürdiges Gefühl. Ich sah Kleber, Kate und Constance an und fragte mich, wie es wäre, wenn einer von ihnen verschwände. Constance bringt mich manchmal auf die Palme, trotzdem könnte ich mir nicht vorstellen, ohne sie hier zu sein. Ich bin nicht ganz sicher, weil mir die Erfahrung fehlt, aber ... ist das so etwas wie ein

Familiengefühl? Das Gefühl, dass alle miteinander verbunden sind, und wenn nur einer fehlt, ist alles kaputt?

Reynie unterbrach seinen Brief, um nachzudenken. Kleber war der Einzige von ihnen, der eine Erinnerung an ein Familienleben hatte. Was war schlimmer, überlegte Reynie: Sich wie Kleber zurückgestoßen zu fühlen, nachdem man einmal geliebt worden war, oder schon immer allein gewesen zu sein? Kate sagte, sie könne sich weder an ihre tote Mutter noch an ihren Vater erinnern, der sie verlassen hatte. Und Constance — nun, sie wussten so gut wie nichts von Constance, aber Reynie hatte das Gefühl, dass auch sie nie eine Familie gehabt hatte.

Reynies Gedanken wanderten zurück zu seiner letzten Nacht in Mr Benedicts Haus. Es schien schon so lange her zu sein, obwohl er sich mit absoluter Klarheit daran erinnern konnte. Ähnlich wie heute war er zu aufgeregt gewesen, um schlafen zu können, und so war er leise aus dem Bett geschlüpft und hinunter in Mr Benedicts Büro geschlichen. Reynie solle ruhig kommen, falls er nicht schlafen könne, hatte Mr Benedict ihm zuvor gesagt, und ganz offenbar erwartete er ihn schon. Als Reynie hereinkam, stand bereits eine heiße Tasse Tee für ihn auf dem Schreibtisch, zusammen mit einem Glas Honig (an dem sich auch Mr Benedict schon gütlich getan hatte, urteilte man danach, wie ihm die Zettel an den Fingern klebten).

»Willst du mich etwas fragen?«, sagte Mr Benedict, als Reynie sich setzte.

Reynie lachte. »Woher wissen Sie immer alles schon vorher?«

»Das kann ich nicht sagen«, antwortete Mr Benedict. »Vielleicht ist es eine Art Einfühlungsvermögen, und ich weiß, dass *ich* an deiner Stelle Fragen hätte.« Er kratzte sich mit einem seiner Bleistifte am Kopf. »Andererseits, wenn ich so darüber nachdenke, ist es womöglich einfach eine Wahrscheinlichkeitsrechnung: Du scheinst der Typ zu sein, der immer Fragen hat, weshalb ich mit ziemlicher Sicherheit davon ausgehen kann, dass du mir auch jetzt eine stellen wirst.«

»Ich würde gerne wissen, ob Sie sich jemals gewünscht haben, eine Familie zu haben«, sprudelte es da aus Reynie heraus. Er hatte eigentlich nicht so direkt sein wollen, aber die Worte waren kaum mehr aufzuhalten.

Mr Benedict nickte. »In deinem Alter schon, heute aber nicht mehr.«

Reynie war nicht sicher, ob das ein Trost war. Er hatte sich gefragt, wie es sein würde, ohne Verwandte erwachsen zu werden. »Sie ... Sie haben den Wunsch also irgendwann hinter sich gelassen? Irgendwann war er weg?«

»Oh nein, Reynie, so einen Wunsch lässt man nie hinter sich. Aber wenn du erst eine Familie hast, musst du dir keine mehr wünschen.«

Reynie wusste einen Moment lang nicht, was er sagen sollte. »Sie *haben* eine Familie?«

»Aber ja«, antwortete Mr Benedict. »Vergiss nicht, eine Familie besteht zwar meist aus Verwandtschaft, eigenen Kindern und so weiter, aber das *muss nicht* so sein. Genau so wenig wie sich Verwandtschaft und Freundschaft gegenseitig ausschließen. Familienmitglieder können auch Freunde sein. Und gute Freunde, ob sie nun mit dir verwandt sind oder nicht, können deine Familie sein.«

Reynie hatte diese Worte in sich aufgenommen wie eine lebensrettende Medizin. Obwohl er schon am nächsten Morgen auf eine gefährliche Mission gehen würde und obwohl er wusste, dass sich ihnen etwas Schreckliches näherte, hatten Mr Benedicts Worte plötzlich alles erdenklich Gute möglich gemacht. Als Reynie zurück ins Bett geschlichen war, hatte er an all die Menschen gedacht, die er — wenn alles gut ging — einmal als Teil *seiner* Familie betrachten würde.

Und jetzt, hier im Dunkel des Instituts und in einer ganz anderen Stimmung, beendete Reynie den Brief, den er im Geiste an einen von diesen Menschen schrieb.

Wenigstens hatte ich Sie, Miss Perumal, wenn auch nur für kurze Zeit. Vielleicht waren Sie nicht meine Familie, aber niemand war mir je so nahe wie Sie — und wird es vielleicht je sein. Im Moment sieht alles schrecklich aus und scheint immer nur noch schlimmer werden zu können, und ich sorge mich, dass ich Ihnen nie werde sagen können, was Sie mir ...

»Reynie?«, flüsterte Kleber vom Fenster herüber, wohin er unbemerkt geklettert sein musste.

Reynie räusperte sich. »Ja?«

»Hattest du einen bösen Traum? Es klang fast so, als würdest du weinen.«

Reynie wischte sich über die Augen. »Ich kann... Ich kann einfach nicht glauben, was er diesen armen Leuten angetan hat.«

Kleber schüttelte den Kopf. »Und mich macht ganz verrückt, mir vorzustellen, was da wohl alles in seinem Tagebuch steht und uns helfen könnte, ihn aufzuhalten ... Aber ich weiß, dass wir es nie in die Hände bekommen werden.«

Reynie schoss plötzlich in seinem Bett hoch. »Kleber!«

Kleber wäre fast vom Fernsehschrank gefallen. »Was? Was ist?«

»Vielleicht betrachten wir es nur falsch«, sagte Reynie. »Vielleicht müssen wir es gar nicht in die Hände bekommen.«

EIN TAKTISCHER KAKTOPUS

Der Unterricht war vorbei, und die Kinder erwartete ein herrlicher Herbstnachmittag. Am Himmel war keine Wolke zu sehen, es war angenehm warm, und eine samtige Brise strich über die Insel. Wie eine riesige Orange lag die Sonne auf einem fernen Berggipfel.

Mr Curtain saß in seinem Rollstuhl auf dem großen Platz, las Zeitung und sah zwischendurch immer wieder zufrieden zur Brücke hinüber. Ab und zu schrieb er etwas in sein Tagebuch. Ein paar Schüler hatten sich im Felsengarten am Rand des Platzes versammelt, um sich die Zeit bis zum Abendessen zu vertreiben. Wie gewohnt hielten sie großen Abstand zu Mr Curtain und seinem Rollstuhl. Niemand traute sich in seine Nähe, während er arbeitete — weshalb auch alle völlig entgeistert guckten, als sie Reynard Muldoon auf Mr Curtain zusteuern sahen. Wusste der neue Junge nicht, welches Risiko er da einging? Wollte er unbedingt ins Wartezimmer geschickt werden? Noch nie hatte ein Schüler Mr Curtain auf dem Platz einfach so angesprochen.

Reynie war das durchaus bewusst, und sein Herz schlug ihm bis zum Hals. Aber er reckte sich, legte eine Hand hinter den Rücken und tat, was sich noch kein anderer Schüler getraut hatte. Er wusste, sein Plan würde misslingen, wenn Mr Curtain den Rollstuhl auch nur etwas zur Seite drehte, und so trat er genau von vorne an ihn heran. Er hatte nur einen Versuch.

»Mr Curtain, Sir?«

Mr Curtain sah auf. Seine Brillengläser glänzten im späten Sonnenlicht wie poliertes Chrom.

»Es tut mir leid, wenn ich Sie störe«, sagte Reynie schnell. »Aber mir ist aufgefallen, wie viel Eselsohren Sie in Ihrem Buch haben. Das hat mich, ehrlich gesagt, überrascht.«

Mr Curtain schien nicht sicher zu sein, ob er wütend werden sollte oder nicht. »Du bist überrascht, dass es in meinem Buch Seiten gibt, zu denen ich immer wieder zurückblättere?«, fragte er ungläubig.

»Oh nein, Sir! Ich bin überrascht, dass Ihnen nie jemand ein entsprechendes Geschenk gemacht hat.« Reynie zeigte Mr Curtain, was er hinter dem Rücken gehalten hatte — eine Handvoll schmaler blauer Bänder. »Lesezeichen! Ich dachte, sie sollten etwas Besonderes sein, deshalb habe ich eine Wäsche-Helferin um ein Stück Schärpenstoff gebeten — sicher erkennen Sie das Blau wieder —, und sie hat sie zugeschnitten und hübsch gesäumt.« Reynie hielt die Bänder hoch, die in der Tat höchst kunstvoll umsäumt waren. »Ich hoffe, sie gefallen Ihnen.«

Mr Curtain konnte nur staunen. Er war geschmeichelt, sicher, aber sein Ausdruck zeigte auch deutlich, dass er Reynie zustimmte und dachte, ihm hätte tatsächlich längst schon jemand dieses Geschenk machen sollen. Es handelte sich eindeutig um einen Fall von Achtlosigkeit. »Ich danke dir, Reynard«, sagte er mit einem knappen Nicken. »Das ist wirklich ein angemessenes Geschenk von einem jungen Schüler für seinen Lehrer. Ich werde es zu nutzen wissen.« Damit wandte sich Mr Curtain wieder seiner Zeitung zu.

»Sir?«, sagte Reynie. »Wollen Sie die Lesezeichen nicht ins Buch legen?«

Mr Curtain grunzte ungeduldig, und sein Ausdruck verdunkelte sich. Der Junge war eine Plage. Aber diese Plage hatte ihm geschmeichelt, und die Bänder würden tatsächlich hilfreich sein. Sein Ausdruck wurde etwas weicher. Endlich legte er mit einem Seufzen die Zeitung zur Seite, öffnete sein Tagebuch bei einem Eselsohr, strich das Eselsohr glatt und legte stattdessen eines der Bänder hinein. Er wollte schon weiterblättern, als Reynie sagte: »Was für ein Buch *ist* das eigentlich?«

Mr Curtain hielt inne. »Das ist ein Tagebuch, Reynard. Alle großen Denker führen Tagebuch, weißt du?« Er blätterte weiter.

»Ein schrecklich großes Tagebuch, muss ich sagen.«

»Was wäre besser geeignet, um *schrecklich große* Ideen darin aufzubewahren?«, sagte Mr Curtain. Mit genau dieser Antwort hatte Reynie gerechnet. »Und jetzt, Reynard, keine weiteren Unterbrechungen. Ich habe eine Menge Arbeit zu erledigen.« Mr Curtain blätterte zum nächsten Eselsohr.

»Sir? Eine letzte Frage?«

»Eine allerletzte Frage, Reynard«, sagte Mr Curtain und sah noch einmal auf. »Also was?«

»Warum sehen Sie immer so zur Brücke hinüber?«

»Es mag vielleicht so aussehen, als sähe ich zur Brücke hinüber«, sagte Mr Curtain lächelnd, »aber es sind die Gezeitenturbinen, eine meiner größten Errungenschaften, die ich mir anschaue. Du weißt doch von ihnen?« Reynie nickte. »Das habe ich mir gedacht. Sie sind ziemlich berühmt, eine außergewöhnliche Erfindung, verstehst du, und Teil der großen Tradition.«

»Der Tradition, Sir?«

»Erinnerst du dich nicht, dass ich dir von der bemerkenswerten Tradition meiner Heimat erzählt habe? Damit meinte ich die große Eroberung — die Eroberung des Meeres. Holland hat sehr viel Land aus dem Meer gewonnen, weißt du. Deiche und Polder, mein Junge! Nichts auf der Welt ist schwerer zu kontrollieren als das Meer, aber den Holländern ist es gelungen, und ich habe ihren Sieg auf meine Weise noch einmal wiederholt. Meine Turbinen fangen die unendliche Energie des Ozeans ein, die ich für meine Zwecke einsetze. Ist das nicht bemerkenswert?«

»Es ist das Bemerkenswerteste, was ich je gehört habe, Sir«, sagte Reynie, den Mr Curtains bemerkenswerte Eitelkeit mindestens genauso sehr beeindruckte.

»Zweifellos«, sagte Mr Curtain und klatschte in die Hände. »Aber genug davon. Es liegen noch größere Dinge vor uns, Reynard, viel größere Dinge, und ihre Verwirklichung duldet keinen Aufschub.« Er sah auf sein Tagebuch und verteilte die Lesezeichen darin.

Mr Curtain blätterte mit entmutigender Geschwindigkeit die Seiten durch, aber Reynie traute sich nicht, ihn ein weiteres Mal zu unterbrechen. Stattdessen erlaubte er sich einen halben Blick — einen schnellen halben Blick — hinter Mr Curtain den Weg hinauf, der an ihrem Wohnheim vorbeiführte. Nach einem kleinen Stück wand sich der Weg um ein paar große eingetopfte Kakteen. Daran war nichts Ungewöhnliches — es gab viele Kakteen entlang der Inselwege —, aber eine von denen dort schien mehrere *Arme* zu haben, wie ein Oktopus, ein großer Krake. *Ein Kaktopus,* dachte Reynie und musste dabei lächeln.

»Da, sieh«, sagte Mr Curtain und hielt das Tagebuch mit den heraushängenden Bändern in die Höhe. »Zufrieden?«

»Oh ja, Sir«, sagte Reynie, obwohl er eigentlich enttäuscht war. Er sah, dass es immer noch viele Seiten mit Eselsohren gab. (Er hätte gerne mehr Bänder mitgebracht, aber die schüchterne Helferin hatte ihm allen Schärpenstoff gegeben, den sie erübrigen konnte. Sie hatte ihn nicht enttäuschen wollen, aber zu viel Angst gehabt, um ihm mehr zu geben.)

»Es sei dir gegönnt«, sagte Mr Curtain, als wäre er es gewesen, der ihm ein Geschenk gemacht hatte, und nicht umgekehrt. »Und jetzt kannst du gehen.«

Dieses Mal musste Reynie nicht gedrängt werden. Er lief vom Platz durch den Felsengarten, wo ihn mehrere Schüler anstarrten und überrascht zu sein schienen, dass er noch lebte. Er wirkte sogar *froh.* Reynie erreichte den Weg, der auf den Hügel führte, und eilte auf den Kaktopus zu.

Constance stand noch ein Stück weiter oben und hielt nach allen Seiten Ausschau. Endlich einmal tat sie, worum man sie gebeten hatte, was immerhin ein Hoffnungsschimmer war. Kate hockte auf allen vieren hinter dem Kaktus und Kleber balancierte auf ihrem Rücken. Er sah durch Kates Fernrohr, das er auf einen Kaktuszweig stützte.

»Hat er was lesen können?«, flüsterte Reynie Kate zu, um Kleber nicht zu stören.

»Du musst nicht flüstern«, sagte Kleber. »Ich habe ein bisschen was sehen können, und ich bekomme noch mehr, wenn er wieder was schreibt. Er hat eine neue Seite angefangen, aber jetzt starrt er wieder in die Ferne.«

»Nur ein bisschen?«, fragte Reynie.

»Er hat ziemlich schnell umgeblättert ...«

»Tut mir leid, ich habe versucht, ihn möglichst viel aufzuhalten.«

»Ich konnte sowieso immer nur einen Teil der Seite sehen«, sagte Kleber und blickte mit einem lausbübischen Lächeln zu Reynie hinunter. »Aber das, was ich gesehen habe, ist hier drin.« Dabei klopfte er sich an den Kopf.

»Und? Taugt es was?«, fragte Reynie.

»Nicht so schnell! Darüber konnte ich noch nicht nachdenken. Es gibt einen Unterschied zwischen Sich-was-Merken und Drüber-Nachdenken.« Er sah wieder durch das Fernrohr. »Konntest du uns sehen?«

»Kates Unterarme und deine Ellbogen, aber ihr seid ziemlich gut versteckt«, sagte Reynie. »Auf jeden Fall kann man von unten unmöglich erkennen, was ihr hier macht.«

»Wie steht's mit von oben?«, fragte Kleber. »Ist da die Luft noch rein?«

Reynie drehte den Kopf, um nach Constance zu sehen. Es war gut, dass er das tat, denn sie kam den Weg zu ihnen heruntergerannt. Wobei Rennen bei Constance bedeutete, dass sie ein paar Schritte lief, ins Stolpern geriet, wieder ein paar Schritte lief und gleich wieder ins Stolpern geriet ...

Ungefähr zwanzig Meter hinter ihr kam Jackson anmarschiert.

»Jackson kommt!«, zischte Reynie, worauf Kleber vor Schreck von Kates Rücken fiel und Reynie mit sich umriss. Das Fernrohr flog aus Klebers Hand und landete auf dem Kiesweg ... Und bevor die Jungen wieder richtig auf die Beine kamen, drängte Jackson so unsanft an Constance vorbei, dass sie auf die Knie stürzte, und stand über ihnen.

»Was geht hier vor?«

»Wir ... Wir wollten eine menschliche Pyramide bauen«, sagte Reynie.

»Eine menschliche Pyramide? Mit drei Kindern?«, schnarrte Jackson höhnisch. »Das ist ja erbärmlich! Und was ist das hier?« Er hatte das Fernrohr entdeckt und bückte sich, um es aufzuheben.

Kate sprang vor und schnappte es ihm weg. »Das ist meins, genau das ist es.«

Jackson starrte Kate an, erstaunt, dass eine Schülerin so mit ihm redete, aber schon wandelte sich sein Erstaunen in Zorn.

»Zeig es mir«, sagte er in drohendem Tonfall, »jetzt hier — oder später im Wartezimmer. Du hast die Wahl, Wetherall.«

Kate starrte ihn trotzig an. Die anderen wagten kaum zu atmen.

»Also schön«, sagte Jackson mit einem Lächeln. Langsam machte ihm die Sache Spaß. »Ich will dir erklären, was passiert, wenn du es mir jetzt nicht sofort gibst: Dann packe ich dich beim Arm — und zwar so fest, dass es wehtut — und verfrachte dich ins Wartezimmer, und wenn du wegzulaufen oder dich zu wehren versuchst, sorge ich persönlich dafür, dass du aus dem Institut geworfen wirst ... Das natürlich erst, nachdem du dich gehörig im Wartezimmer amüsiert hast. Wie klingt das?«

Kate hatte keine Wahl. Widerstrebend hielt sie ihm das Fernrohr hin. Als Jackson es ihr aus der Hand nahm, drehte sich Kleber weg und schlug die Hände vors Gesicht. Er konnte nicht weiter zusehen.

Jackson brach in Lachen aus. »Ein Kaleidoskop? Du riskierst, wegen eines *Kaleidoskops* im Wartezimmer zu landen?« Er sah durch die Linse.

»Ja, aber es ist mein Kaleidoskop«, sagte Kate.

»Du kannst es gerne behalten«, sagte Jackson mit Abscheu in der Stimme. Er gab Kate ihr Fernrohr zurück. »Das ist das mieseste Kaleidoskop, das mir je untergekommen ist.«

Reynie zog die gesamte Hausaufgabenzeit Grimassen und versuchte, sich gegen eine Mitteilung zu wehren, die volle zwei Stunden dauerte. Nachdem sie endlich vorbei war, sah er, dass Kleber an seinem Schreibtisch immer noch das Gesicht verzog. Kleber hatte die gesamte Lernzeit darauf verwandt, aufzuschreiben, was er in Mr Curtains Tagebuch gesehen hatte. »Was ist?«, fragte Reynie ihn. »Hast du etwas vergessen?«

Kleber stöhnte. »Nicht *vergessen,* aber ich kann nun mal nicht zeichnen.« Er ließ seinen Bleistift fallen. »Da war eine Art Diagramm, ein Schaubild, das ich nicht richtig hinbekomme.

Mit Worten und Zahlen habe ich keine Schwierigkeiten, aber Bilder? Es ist hoffnungslos.«

»Probier es noch einmal«, sagte Reynie und sah Kleber dabei über die Schulter. Was sein Freund da gezeichnet hatte, glich einem Klumpen Spaghetti mit durchnummerierten Fleischbällchen. »Wir haben noch etwas Zeit, bis das Licht ausgeht. Im Licht der Taschenlampe wird es noch schwieriger.«

»Taschenlampe oder Flutlicht, es ändert nichts. Genauso gut könnte ich es im Finstern versuchen. Das hier ist mein vierter Versuch. Es soll ein Schaubild von Mr Curtains Gehirn sein, mit lauter Ziffern überall.«

Reynie starrte zweifelnd auf das Stück Papier. »Bist du sicher, es war Mr Curtains Gehirn?«

»Oben auf der Seite stand >MEIN GEHIRN<.«

»Oh. Und gab es Erklärungen für die Nummern?«

Kleber schüttelte den Kopf. »Nicht auf dieser Seite.«

Reynie schlug ihm auf den Rücken. »Mach dir deswegen keine Sorgen. Wir brauchen kein Schaubild, um zu wissen, wie ein Gehirn aussieht.«

Kleber wirkte erleichtert. »Ernsthaft? Ich hatte gehofft, dass du das sagen würdest.« Er zerriss die Seite in kleine Fetzen. Reynie half ihm, auch die anderen Zeichenversuche zu zerstören, von denen die meisten aussahen wie zerzauste Garnknäuel mit nummerierten Fäden. Als sie fertig waren, streckten die Mädchen ihre Köpfe aus der Decke.

Alle waren begierig darauf anzufangen. Schon ging das Licht aus, und sie setzten sich in einem Kreis auf den Boden.

»Also gut, ich habe alles aufgeschrieben«, sagte Kleber und zeigte ihnen einen Stapel Zettel. »Die Einträge ziehen sich über einen großen Zeitraum hin — der erste ist bereits etliche Jahre alt, der neueste stammt von heute. Soll ich sie vorlesen?«

Die anderen nickten, und Kleber begann mit dem ältes ten Eintrag.

»Keiner scheint zu begreifen, wie sehr wir von FURCHT getrieben werden, dem Fundament der menschlichen Persön-

lichkeit. Alles andere — von Ehrgeiz bis Verzweiflung — entsteht auf die eine oder andere Weise aus diesem mächtigen menschlichen Gefühl. Ich muss den besten Weg finden, das auszunutzen.«

»Na, das klingt doch lustig«, sagte Kate.

»Ich wette, Mr Curtain ist ein großer Schisshase«, sagte Constance, »und deshalb glaubt er, allen anderen geht es genauso.«

Kleber, der sich selbst für die Königsausgabe eines Schisshasen hielt, las kommentarlos weiter. Der nächste Eintrag, sagte er, sei ein Jahr später geschrieben worden.

»Zu meiner großen Enttäuschung komme ich zu dem Schluss, dass so etwas wie vollkommene Kontrolle nicht existiert. Allerdings kann die Illusion perfekter Kontrolle zum gleichen Ergebnis führen.«

»Bei Mr Curtain dreht sich alles um Illusion«, überlegte Reynie. »Dass es im Institut keine Regeln gibt, ist zum Beispiel so eine Illusion. Ganz zu schweigen von seinem ausgezeichneten Ruf. Und auch der Notstand gehört dazu - die versteckten Mitteilungen lassen alles weit hoffnungsloser und unkontrollierbarer erscheinen, als es wirklich ist. Aber wo gibt es diese Illusion der *Kontrolle?«*

»Dazu habe ich nichts gelesen«, antwortete Kleber. Er sah auf seine Zettel. »Die nächsten Einträge handeln alle davon, dass Kinder wie Filter funktionieren, um die Mitteilungen geheim zu halten. Das ist alles nicht neu. Ich überspringe sie fürs Erste. Was dann kommt, fürchte ich, ist etwas technisch. Seid ihr bereit?«

Die anderen nickten (auch wenn Constance die Augen zusammenkniff, als rechnete sie damit, dass das, was jetzt kam, wehtat), und Kleber fuhr fort.

»Gehirnfegen erfolgreich! Hochenergetische Direktûbertragung funktioniert bestens! Kein Widerstand möglich! Neutraining sollte ebenfalls gehen: Zufriedenheitsbotschaften wirken 1. der Neigung des behandelten Individuums entgegen, Fragen zu stellen, und schwächen 2. den chronischen Trauereffekt ab.

Voraussagbare Nebeneffekte des Neutrainings: Furchtsamkeit, Scheu, Selbstzweifel.

Conclusio: zufriedenstellend .«

Constance fasste sich an den Kopf. »Uuuh ...«

»Gehirnfegen muss Mr Curtains Ausdruck für die Zerstörung

des menschlichen Gedächtnisses sein«, sagte Reynie. »Wenn sie in dieser Maschine sitzen — ich glaube, so ist das mit der ›Direktübertragung‹ zu verstehen, das muss eine Apparatur sein, die man den Opfern anlegt oder so —, wenn sie also darin sitzen, kann er ihnen gegen ihren Willen das Gehirn ausfegen. Deshalb heißt es: ›Kein Widerstand möglich!‹ Genau das muss er mit Milligan gemacht haben, nur dass Milligan noch vor dem ›Neutraining‹ fliehen konnte.«

»Die anderen Agenten hatten nicht so ein Glück«, sagte Kleber. »Mr Curtain hat sie mit ›Zufriedenheitsbotschaften‹ trainiert, damit sie nichts infrage stellen!«

»... und sich nicht so traurig fühlen«, sagte Kate. »Aber es funktioniert nicht richtig. Sie leiden alle noch unter dem verflixten ›chronischen Trauereffekt‹.«

»Im nächsten Eintrag kommt dazu noch mehr«, sagte Kleber.

»Langfristiges Gehirnfegen und Neutrainingsresultate nicht immer erfolgreich: Helfer sind steuerbar, aber immer noch mutlos. Schlimmer: zu häufiges Wieder-Erinnern, oft in Zusammenhang mit einem auslösenden Moment. Typischer Fall beginnt mit der Erinnerung der letzten wichtigen Information: Namen signifikanter Personen, unerfüllte Verpflichtungen usw. Äußerst ärgerlich. Anmerkung: Zwei der letzten vier Erinnerungsfälle traten in der Nähe von Spiegeln auf. Spiegelbild fördert offenbar Selbstbild. Lösung: Spiegel entfernen.«

Kate rieb sich die Hände. »Langsam fühle ich mich wirklich wie ein Geheimagent. Wir kommen den Dingen auf die Spur! Was kommt als Nächstes, Kleber?«

Kleber blätterte in seinen Zetteln. »Wir sind fast fertig. Der nächste Eintrag erklärt, warum die besonders Angeworbenen nicht so traurig sind. Da lagen wir mit unserer Vermutung mehr oder weniger richtig.«

»Kannst du es in aller Kürze erklären?«, fragte Constance und fügte noch ein »Bitte« hinzu.

Die anderen widerstanden dem Bedürfnis, sich gegenseitig erstaunt anzusehen oder etwas dazu zu sagen. Es war vielleicht überhaupt das erste Mal, dass Constance je das Wort »Bitte« gebraucht hatte, wobei immer noch die Möglichkeit bestand, dass sie es aus Versehen getan hatte, und wenn jetzt einer von ihnen etwas dazu sagte, konnte es gut sein, dass sie wütend explodierte. Und so nickte Kleber nur und fasste den nächsten Eintrag in aller Kürze zusammen.

»Erinnert ihr euch, dass wir von partieller Amnesie gesprochen haben, dem Vergessen bestimmter Ereignisse? Offenbar kann Mr Curtain mit seiner Maschine gezielt *einzelne* Erinnerungen auslöschen, ohne gleich alles andere mit wegzufegen. Die Leute sind dann eine Weile etwas benommen, aber es geht ihnen schnell besser, und die gelöschten Erinnerungen kommen nur selten zurück.«

»Wenn es also diesen Anwerbern gelungen wäre, uns aus Mr Benedicts Haus zu entführen«, sagte Kate, »hätte Mr Curtain dafür gesorgt, dass die Erinnerung daran in uns ausgelöscht worden wäre. Deshalb haben die besonders Angeworbenen keine Angst.«

»Aber weil ihnen das Gehirn nicht komplett ausgefegt wurde, sind sie auch nicht traurig. Was sie zu besseren Managern macht, wenn sie es so weit schaffen. Ich wette, die meisten Manager sind besonders Angeworbene. Vielleicht sogar alle. Schließlich haben sie auch niemanden auf dem Festland, zu dem sie zurückkehren könnten.«

»Ich nehme an, das sollte es mir schwerer machen, sie nicht zu mögen«, sagte Kate. »Schließlich sind sie entführte Waisen und so weiter.«

Alle dachten einen Moment lang darüber nach. Dann sahen sie sich an und schüttelten die Köpfe. Sie konnten nicht anders: Sie mochten die Manager trotz allem nicht.

»Aber das heißt nicht, dass wir nicht versuchen sollten, ihnen zu helfen«, sagte Reynie. »Wenn Mr Benedict einen Weg findet, ihnen ihre Erinnerung zurückzugeben, könnten sie vielleicht noch einmal von vorn anfangen. Vielleicht lernen sie dann, nicht so scheußlich zu sein.«

»Darauf werde ich nicht warten«, sagte Kate.

Kleber blätterte zur nächsten Seite. »Stellt euch vor: Das Datum des nächsten Eintrags ist der Tag unserer Ankunft auf der Insel.«

»Endlich — die Geräte sind komplett! Die richtigen Leute am

richtigen Platz. Die öffentliche Meinung eingepegelt. Die Besserung steht kurz bevor. Alles ist so weit, nur noch ein paar Einstellungen, ein paar Versendungen, die letzte wird in diesem Augenblick verladen. Gute Reise! Ich habe eine Helfermannschaft geschickt, um die Leistung der Turbinen einzustellen — wir brauchen viel mehr Energie in den kommenden Tagen.«

»Das haben wir gesehen!«, sagte Kate. »Wir haben gesehen, wie sie an den Turbinen gearbeitet haben! Und einen Lastwagen haben sie beladen!«

»Diese Kisten«, sagte Reynie. Er schlug sich vor die Stirn. »Ich bin so dumm! Ich hätte darauf kommen müssen, dass ...« Er sah die anderen an und kam sich wie ein ziemlicher Trottel vor. »Ich bin sicher, ihr wisst, was ich meine.«

Die anderen sahen ihn an und hatten keine Ahnung, worauf er hinauswollte.

»Das mit dem Dummsein hat mir allerdings gefallen«, sagte Constance.

»Die Lastwagen wurden von Anwerbern gefahren, erinnert ihr euch?«, sagte Reynie. »Das heißt, in den Kisten muss etwas Wertvolles drin gewesen sein, etwas, das Mr Curtain geschützt sehen wollte. Warum sonst hätte er so viele Sicherheitsleute gebraucht?«

»Genau das habe ich mir auch gerade gedacht«, sagte Kate mit einem Lachen. »Mach dir keine Vorwürfe, Reynie.«

»Aber wenn ich früher darauf gekommen wäre«, widersprach ihr Reynie, »hätte Mr Benedict vielleicht Nachforschungen anstellen können! Soweit wir wissen, ist jetzt alles verschickt, und wir bekommen vielleicht nie heraus, was in den Kisten war.«

»Vielleicht nicht«, sagte Kate, »davon berichten sollten wir aber auf jeden Fall, und wir können trotzdem die Augen offenhalten. Stimmt's?«

»Stimmt«, sagte Reynie, der sich immer noch wie ein Trottel vorkam, sosehr er das Gefühl hinter sich zu lassen versuchte. »Kleber, wie viele Einträge hast du noch?«

»Zwei«, sagte Kleber und griff zum nächsten Blatt.

»Erfolg! Seit heute Morgen senden wir die Botschaften direkt

aus. Zu meiner großen Befriedigung ist der Flüsterer jetzt fähig...«

»Zu was ist er fähig?«, fragte Kate.

»Tut mir leid«, sagte Kleber. »Den Rest konnte ich nicht sehen. Seine Hand lag drauf.«

»Der Flüsterer«, sagte Constance. »So nennt er also seine blöde Maschine.«

Reynie sagte nichts. Er fragte sich, wozu dieses Ding, der Flüsterer, wohl fähig war. Er wusste nur eines sicher: Wenn Mr Curtain damit zufrieden war, war es nichts Gutes.

Kleber machte sich daran, den letzten Eintrag vorzulesen. »Jetzt scheint er vollkommen durchzudrehen. Ich kann keinen Sinn darin entdecken.«

»Curtain, merk dir den Namen! Vertrau Ledroptha Curtain. Curtain macht alles besser. Curtain bedeutet Sicherheit. Nein, Curtain ist die Sicherheit. Curtain hat die Kontrolle.«

»Durchgeknallt, aber völlig!«, sagte Kate. »Du hast recht.«

»Spricht er mit sich selbst?«, fragte Constance.

»Es klingt so, als wollte er jemanden von etwas überzeugen«, sagte Reynie. »Aber wer soll das sein?«

»Ich glaube einfach, dass der Mann echt durchgeknallt ist«, sagte Kate mit einem Achselzucken. »Aber durchgeknallt oder nicht, er ist irre darauf bedacht, seine Geheimnisse zu bewahren — weshalb das hier so ungeheuer, wunderbar, wundervoll guttut!«

Kate konnte nicht mehr ruhig sitzen, sie sprang auf die Beine, wedelte mit den Armen durch die Luft und hatte Mühe, bei ihrem Flüstern zu bleiben: »Könnt ihr glauben, dass wir tatsächlich Mr Curtains Tagebuch ausspioniert haben, ohne dabei erwischt zu werden? Den Sender selbst! Ein dreifaches Hoch auf uns! Ein dreifaches Hoch auf die geheime Benedict-Gesellschaft!«

Reynie und Kleber flüsterten drei Hochs, aber Constance rollte nur mit den Augen und sagte, das sei doch was für Babys.

»Wie ich sehe, bist du schon wieder ganz die Alte«, sagte Kate kichernd. »Aber ich lass mir von dir nicht die Laune verderben.« Constance machte ein mürrisches Gesicht und wollte etwas sagen, aber Kate ließ sich nicht unterbrechen. »Wir haben eine Glückssträhne, Leute. Wir kommen echt weiter! Ich würde sagen, wir berichten Mr B. das alles, und morgen forschen wir mit meinem Fernrohr den Ladebereich aus. Versuchen wir herauszufinden, was in den Kisten war!«

Die anderen stimmten ihr zu. Sie schickten ihren Bericht, und zwei Stunden später sank Reynie in den Schlaf, nachdem er einen weiteren Gedankenbrief an Miss Perumal verfasst hatte und zum ersten Mal seit langer Zeit wieder so etwas wie Hoffnung in sich gespürt hatte. Vielleicht, dachte er, konnte Mr Benedict wirklich etwas tun, um Mr Curtain aufzuhalten. Und dann konnte er vielleicht auch Mr Bloomburg, Milligan und all den anderen helfen, ihr Gedächtnis wiederzuerlangen. Möglich war es doch, oder?

Reynie atmete tief durch, streckte sich aus und schloss die Augen. So düster alles aussah, einen Schimmer Hoffnung gab es jedenfalls. Endlich hatten sie ein paar Fortschritte gemacht, und wer wusste schon, was der nächste Tag bringen würde?

Natürlich konnte Reynie nicht wissen, was geschehen würde, und das war sein Glück. Denn hätte er es gewusst, hätte er nicht so gut geschlafen.

AUF FRISCHER TAT

Am nächsten Tag wurde Kleber beim Mogeln erwischt. Mit triumphierender Entrüstung marschierte Jillson zwischen den Bänken hindurch, packte Klebers Hand, mit der er sich am Ohrläppchen gezogen hatte, und rief: »Was ist das?«

Angsterfüllt murmelte Kleber: »Meine ... meine Hand.«

»Ja, aber was hast du mit deiner Hand *gemacht?*«, fragte sie.

»Ich habe mich am Ohr gekratzt.«

»Ich bin nicht so dumm, wie ich aussehe, weißt du!«, röhrte Jillson, zögerte dann aber, weil ihr bewusst wurde, was sie da gesagt hatte, machte ein düsteres Gesicht und erklärte: »Das war's dann, Washington, ab geht's ins Wartezimmer! Steh auf!«

Jillson sah zu Reynie und Kate hinüber, dann zu Constance und verdächtigte ganz eindeutig einen von ihnen, bei der Mogelei mitgemacht zu haben. Aber nur bei dem zappeligen Kahlkopf war sie sich sicher. »Steh auf!«, wiederholte sie und riss Kleber auf die Beine, als wöge er nicht mehr als ein Vogelküken. »Die anderen bleiben ruhig sitzen und machen keinen Mucks. Ich schicke einen anderen Manager, um euren Test zu überwachen, den ihr dank dieses Betrügers noch einmal von vorne anfangen dürft.«

Spott und Verachtung machten sich Luft, als Kleber aus der Klasse gezogen wurde. Bevor er durch die Tür verschwand, warf er Reynie noch einen letzten Blick zu. Reynie sah ihm mit einem schrecklichen Gefühl von Hilflosigkeit hinterher und wandte den Blick dann zu Kate, die grimmig den Kopf schüttelte. Kleber war in bösen Schwierigkeiten. Sie *alle* waren in bösen Schwierigkeiten.

»So ein Pech, der Ärmste«, sagte Martina gerade laut genug, dass sie jeder hören konnte.

»Was genau ist eigentlich das Wartezimmer?«, fragte Eustace Crust.

»Frag Corliss Danton«, sagte Martina, die augenscheinlich bester Laune war. »Erzähl's ihnen, Corliss.«

Corliss hatte die Hände vors Gesicht geschlagen, als Jillson vom Wartezimmer angefangen hatte. Jetzt wischte er sich stumm ein paar Tränen aus den Augen. »Es ist ein ... einfach ein Ort, an den man geht, wenn man auf Mr Curtain wartet. Ein ... unangenehmer Ort.«

Reynie sah Constance an, deren Gesicht noch verdrießlicher war als gewöhnlich und voller Angst. Er wollte ihr einen tröstenden Blick zuwerfen, aber sie sah nicht in seine Richtung. Und was half schon ein Blick? Er wusste genauso wenig wie Constance, ob dies hier das Ende bedeutete.

Es war schlimm genug, dass Klebers größte Angst wahr geworden war — aber was, wenn er nun alles verriet? Es würde ihm niemand Vorwürfe machen können, wenn er dem Druck nicht standhielt, aber wenn er redete, war das das Ende ihrer Mission ... und der Beginn von etwas *anderem.* Was würde Mr Curtain tun, wenn er ihnen auf die Schliche kam? Ihnen die Gehirne leerfegen? Nicht nur Kleber, sondern ihnen allen?

Aber vielleicht waren sie einen solchen Aufwand gar nicht wert, dachte Reynie mit Grausen. Schließlich waren sie Waisen — auch Kleber wurde dafür gehalten. Konnten sie nicht einfach ... verschwinden? *Abgereist,* würde Mr Curtain sagen. Ins Nirgendwo. Reynie spürte, wie sich Panik in seinem Bauch breitmachte. Es war genau das Gefühl, das er hatte, wenn er im Traum wieder mal in einen Abgrund stürzte, nur dass er aus seinen Träumen immer wieder aufwachte.

Nach der letzten Unterrichtsstunde des Tages versammelte sich die geheime — um ein Mitglied geschrumpfte — Benedict-Gesellschaft im Felsengarten.

»Ich hoffe, Kleber muss nicht zu sehr leiden«, sagte Kate. »Das Wartezimmer war seine große Angst. Wenn es schon einen von uns erwischen musste, hätte ich es sein sollen.«

»Keine Sorge«, sagte Constance düster. »Du hast noch alle Chancen.«

Reynie wagte nicht zu sagen, dass das Wartezimmer wahrscheinlich noch ihre kleinste Sorge war. »Hört zu, bis Kleber zurückkommt, sollten wir uns auf jeden Fall an unseren Plan halten. Lasst uns den Ladebereich unter die Lupe nehmen.«

Die anderen stimmten ihm zu, und mit Constance auf Kates Rücken verließen sie den Felsengarten und überquerten den leeren Platz. Es war ein trüber Tag, und niemand, auch nicht Mr Curtain, war draußen an der frischen Luft. Ein paar Schüler kamen den Weg zur Sporthalle herunter, aber sie gingen ohne einen Gruß an ihnen vorbei. Kate hatte sich für den Hügel hinter der Sporthalle entschieden, da sie annahm, von dort den besten Blick auf den Ladebereich zu haben.

Während die Kinder den Weg hinaufstiegen, senkte sich früher Abendnebel auf sie herab, und die Farben der Lichter fern im Hafen verschwammen im Dunst. Nördlich ertönte ein Nebelhorn, dessen dumpfer, tiefer Ton ihnen in die Mägen fuhr, als wären ihre Körper die Pfeifen einer düsteren alten Orgel. Es war ein düsterer Tag.

Oben auf dem Hügel verbesserte sich ihre Laune auch nicht gerade. Weit unter ihnen, beim Brückentor, lag der völlig verlassene Ladebereich. Keine Lastwagen, kein Helfer, keine Kiste war zu sehen, es lohnte gar nicht erst, das Fernrohr hervorzuholen. Die Torwärter saßen warm und trocken in ihrem Wachhäuschen. Reynie sah hinüber zum Festland, das wenig mehr als ein Schatten im Nebel war, genauso unbestimmt wie ihr Schicksal.

Reynies Blick glitt zurück zum Institut. Wie gewohnt stand eine Traube Schüler vor der Sporthalle und wartete darauf, hineingelassen zu werden. Von hier oben sahen sie wie Insekten aus, die sich vor dem Eingang einer Falle drängten. Theoretisch war die Sporthalle den ganzen Tag geöffnet und die Schüler konnten sie, wie es hieß, »jederzeit« benutzen, aber natürlich war ein großer Teil des Tages Unterricht, Mahlzeiten und Lernen vorbehalten. In den freien Minuten zwischendurch zogen immer wieder Schüler an der Eingangstür, die jedoch verschlossen blieb. Erst kurz vor dem Abendessen tauchte Jackson mit einigen anderen Managern aus dem Inneren auf und ließ die Schüler hinein. Wenn irgendwer unverschämt genug war zu fragen, warum die Tür verschlossen gewesen sei, antwortete Jackson, sie sei *nicht* verschlossen gewesen, die Schüler hätten sie nur nicht öffnen können.

Auch Constance sah zu den Schülern vor der verschlossenen Tür hinunter. »Die Sporthalle ist immer geöffnet, außer sie ist es nicht«, sagte sie und äffte Jacksons Tonfall nach. Sie fuhr sich mit dem feuchten Ärmel über das feuchte Gesicht. »Was machen die Manager bloß da drin?«

Constance wollte damit nur ihrem Ärger Ausdruck geben (im Geiste bastelte sie an einem beleidigenden Gedicht, in dem die Manager den Boden der Sporthalle sauber leckten), aber Reynie sah sie an, als bestünde sie aus purem Gold.

»Das ist eine gute Frage! Ich habe nie wirklich darüber nachgedacht, sondern angenommen, sie trieben Sport da drinnen und wollten die Halle für sich haben. Aber was ist, wenn sie ganz was anderes machen?«

Kate holte jetzt doch ihr Fernrohr heraus. »Wisst ihr was? Nach hinten hinaus gibt es ein Fenster. Da könnte ich mal reingucken. Ich müsste nur einen Weg finden, wie ich herankomme. Die untere Kante ist gut drei Meter hoch. Was meinst du, Reynie?«

Reynie gingen verschiedene Dinge gleichzeitig im Kopf herum. Um ans Fenster heranzukommen, mussten sie den Weg verlassen, was sie in Gefahr brachte, in eine Falle zu tappen, gar nicht zu reden von den Schwierigkeiten, in die sie geraten würden, falls man sie erwischte. Aber vielleicht waren sie ja sowieso schon in ernsthaften Schwierigkeiten und wussten es nur noch nicht, und was da herauszufinden war, konnte äußerst wichtig sein! Reynie legte die Stirn in Falten. Er wünschte sich mehr Zeit, um alles abzuwägen, aber sie hatten keine Zeit. Der Eingang zur Sporthalle würde sehr bald aufgeschlossen werden.

»Ich gehe mit dir«, sagte er, »und klettere auf deine Schultern.«

Kate grinste. »Okay! Und so machen wir's: Wir verschwinden hinter diesem Hügel, damit uns keiner mehr sieht, laufen hinter den kleineren Hügeln da drüben her und schleichen uns von hinten an.«

»Vergesst ihr nicht jemanden?«, sagte Constance.

»Wir brauchen einen Aufpasser. Von hier oben kannst du alles übersehen und wir können dich sehen. Wenn jemand um die Halle herumgeht, springst du in die Luft und wedelst mit den Armen.«

»Na, wie toll«, sagte Constance, »und ich kann allein hier stehen bleiben und nass werden.«

Aber Reynie und Kate waren bereits unterwegs. Sie rannten den Hügel hinunter, über nassen Sand, schmale Streifen Gras und durch Gebüsch, wahrten dabei Abstand zu allen Felsen und hielten nach Ranken Ausschau. Endlich kamen sie zu der kleinen Erhebung direkt hinter der Sporthalle, und während Reynie noch nach Luft schnappte, deutete Kate mit dem Daumen hinter sich, wo die Insel zu einem Labyrinth aus Dünen und felsigen Hügeln jeder Form und Größe wurde. »Das ist unser Fluchtweg«, flüsterte sie, »falls wir einen brauchen.«

Reynie sah zu dem fernen Hügel hinüber, auf dem sie Constance zurückgelassen hatten. Vor dem grauen Himmel war ihre kleine rote Gestalt zu erkennen. Bewegte sie sich gerade? Gab sie ihnen ein Zeichen? »Winkt Constance zu uns herüber? Kannst du was erkennen?«

Kate warf einen Blick durch ihr Fernrohr. »Sie bohrt sich in der Nase. Komm weiter.«

Schnell liefen sie über die Erhebung und näherten sich der Rückwand der Sporthalle, wo der Boden ganz mit losen grauen Steinen bedeckt war, als hätte das Gebäude Teile von sich abgeschüttelt und auf dem Land um sich herum verteilt. *Gut,* dachte Reynie, *da gibt es keine Fußabdrücke.* Was ihm jedoch Sorgen bereitete, war eine Hintertür, die Kate entweder nicht gesehen oder nicht erwähnt hatte. Reynie zeigte darauf und machte ein fragendes Gesicht. Sie wollten auf keinen Fall überraschend Besuch bekommen. Kate hatte eine Idee. Sie deutete auf einen großen vertrockneten Ast, der zwischen den Steinen lag. Zusammen mit Reynie gelang es ihr, ihn bis zur Halle zu schleppen und vorsichtig gegen den unteren Teil der Tür zu stemmen.

Kate nickte befriedigt und ging unter dem Fenster in die Hocke. Reynie kletterte auf ihre Schultern und hielt sich mit der Hand an der Wand fest. Langsam und ruhig richtete Kate sich auf — Reynies Kinn reichte bis knapp über die untere Fenstereinfassung. Er konnte hineinsehen ... Und was er da sah, war äußerst merkwürdig.

Zwei Reihen Anwerber — da waren Dutzende — standen Rücken an Rücken mitten in der Halle, als bereiteten sie sich auf einen Tanz vor. Vor jedem Einzelnen von ihnen stand eine Art Pappfigur — Reynie konnte nicht recht erkennen, was es damit auf sich hatte. Am Ende der Halle standen Jackson, S. Q. und etliche andere Manager. Jackson rief jetzt etwas Unverständliches. Wieder wie bei einem Tanz nahmen die Anwerber verschiedene Positionen ein.

Manche streckten die Arme zu einer Willkommensgeste aus, andere schienen ihrem Gegenüber die Hand schütteln zu wollen. Wieder andere hoben die Hände zu einer beruhigenden Geste, die Reynie nur zu gut kannte. Und alle, alle lächelten. Jackson rief erneut etwas.

Reynie konnte die Figuren jetzt besser sehen. Es gab sie in allen Größen, von kleinen Kindern bis zu kräftigen Erwachsenen. Ihn schauderte.

Das war kein Tanz. Die Anwerber bereiteten sich auf etwas vor. Aber was? Hatte Mr Curtain nicht gesagt, es würden keine neuen Kinder mehr gebraucht? Und so viele Anwerber wurden sicher auch nicht gebraucht, um die Brückentore zu sichern. Nein, sie bereiteten sich auf etwas anderes vor. Die Besserung. Das, was kommen sollte.

»Okay, alle zusammen!«, rief Jackson. »Das reicht für heute!«

Die Manager gingen die Reihen hinunter und sammelten die Pappfiguren ein. Die Übung war vorüber, und mit einem Mal wurde Reynie bewusst, dass er noch nie einen Anwerber aus der Sporthalle hatte kommen sehen — was bedeuten musste, dass sie die *Hintertür* benutzten. Sein Magen tat einen Sprung. Er und Kate mussten so schnell wie möglich hier weg. »Kate«, flüsterte er. »Wir müssen ...«

Er beendete seinen Satz nicht, denn in diesem Moment sah er noch einmal durchs Fenster: direkt in die Augen von S. Q., der zu ihm hinaufstarrte.

Wie heißes Gift schoss Panik in ihm hoch, sein ganzer Körper war wie elektrisiert, und in seinem Bemühen, möglichst schnell zurück auf den Boden zu kommen, fiel er von Kates Schultern.

»Bist du in Ordnung?«, flüsterte Kate.

»Lauf!«, rief Reynie und stand auch schon wieder. »Lauf, lauf, lauf!«

Reynie war halb die Erhebung hinauf, als Kate an ihm vorbeischoss und mit eisernem Griff seinen Arm fasste. »Komm, schneller!«

Von der Hintertür der Sporthalle hörten sie ein unheilvolles Wummern, dann noch eins, gefolgt von wildem Fluchen. Der alte, verdorrte Ast schenkte ihnen ein paar zusätzliche Sekunden. Zusammen flogen sie die Erhebung hinauf, Reynie halb rennend, halb von Kate gezogen — er hatte das Gefühl, an ein galoppierendes Pferd gebunden zu sein. Es gelang ihm, einen Blick hoch zu Constance zu werfen, dem roten Fleck oben auf dem Hügel, der wild auf und ab hüpfte und mit den Armen wedelte. Dann warfen er und Kate sich auf die andere Seite der Erhebung und waren außer Sicht.

»Sag mir, dass sie dich nicht erkannt haben«, sagte Kate und zog ihn auf die Füße.

»Ich weiß es nicht«, sagte Reynie.

»Laufen wir zu den Hügeln hinüber und hoffen das Beste.«

Und so flohen sie: weg von der Sporthalle, weg von den Wegen, weg vom Institut — hinein in den wirren Dschungel aus Sand und Dünen, Felskämmen und spitzen Erhebungen, die das Innere der Insel bildeten. Sie wanden sich zwischen den Hügeln durch, blieben immer geduckt und wechselten ständig die Richtung, rannten und rannten, als hinge ihr Leben davon ab, was durchaus möglich war. Reynie sah immer noch S. Q.s missbilligende, anklagende Augen auf sich gerichtet. Hatte S. Q. ihn erkannt?

Als sie weit genug von der Sporthalle entfernt waren und sich sicher sein konnten, dass ihnen niemand gefolgt war, ließen sich die beiden hinter einem Wäldchen zerzauster, verkrüppelter Zedern auf den Boden fallen. Noch ein Schritt mehr und Reynie wäre sowieso kraftlos zusammengebrochen. Wild nach Luft schnappend erzählte er Kate, was er gesehen hatte, bis zu S. Q.s erstauntem, anklagendem Blick.

Es war unglaublich, so gut wie unglaublich, aber Kate machte einen Witz darüber: »Wenn er dich erkannt hat, wird er sich fragen, warum du so groß warst.« Sie kicherte. »Der arme Kerl ist nicht gerade der Hellste.«

Reynie stöhnte. Ihm war gerade etwas klar geworden. Schon rappelte er sich wieder hoch. »Wir müssen uns trennen.«

»Warum? Ich dachte, wir schlagen jetzt einfach einen großen Kreis zurück zu Constance.«

»Hör zu, Kate, sie wissen, dass zwei Leute dazu nötig waren. Das Fenster ist zu hoch, als dass ein Einzelner ohne Hilfe hätte hineinsehen können. Du läufst zurück zu Constance. Falls S. Q. mich erkannt hat, kannst du zumindest behaupten, weit weg gewesen zu sein, als es passierte.«

»Gott, du hast recht!«, sagte Kate und zurrte den Eimer an ihrem Gürtel zurecht. »Du läufst also am besten da hinüber, und ich gehe und hole Constance. Mit etwas Glück lachen wir beim Abendessen über das Ganze.«

»Mit etwas Glück«, wiederholte Reynie, der sich alles andere als glücklich fühlte. Er hatte das schreckliche Gefühl, Kate niemals wiederzusehen. Wenn Mr Curtain die Wahrheit erfuhr, würde Reynie vielleicht schon morgen ein ganz anderer sein, sein Bewusstsein eine Mischung aus mysteriösem Schmerz und vergessenen Zielen, vergessenen Träumen. Die Erinnerung an die Gesichter seiner Freunde würde verschwimmen wie auf falsch entwickelten Fotos und schließlich ganz verschwinden. Ihre Mission würde scheitern, alles wäre verloren.

Reynie griff nach Kates Hand. »Danke, dass du mich mitgezogen hast, alleine wäre ich niemals schnell genug gewesen.«

Kate winkte ab. »Große Güte. Aber tu mir einen Gefallen. Wenn du ins Wartezimmer geschickt wirst, bestell Kleber einen schönen Gruß von mir.«

Reynie machte ein finsteres Gesicht. »Das ist nicht komisch, Kate.«

Einen kurzen Augenblick lang — einen kurzen, flüchtigen Augenblick — sah Kate fürchterlich traurig aus. »Natürlich ist das nicht lustig, Reynard Muldoon. Aber was erwartest du von mir? Dass ich hier losheule? Und jetzt lauf schon los und sorge dafür, dass ich dich beim Abendessen sehe!« Damit drehte sie sich um und verschwand in der Dämmerung.

Umgeben von Dunkelheit und Nebel bahnte sich Reynie seinen Weg durch die verbotenen Hügel. Erschöpft und nass erreichte er nach etwa einer halben Stunde einen Weg auf der anderen Seite des Instituts. Niemand sah, wie er in sein Zimmer schlich und sich umzog, und auf dem Weg in die Cafeteria schenkte ihm niemand besondere Beachtung. Aber er hatte auch noch keinen Manager gesehen. Reynie blieb an der Tür zur Cafeteria stehen und zögerte lange, aber dann sagte er sich, er müsse wenigstens *so tun,* als wäre alles in Ordnung, und ging hinein.

Sein Blick fiel gleich auf die Mädchen. In ihren feuchten Sachen saßen sie allein an einem Tisch. Constance glich einem nassen Huhn — Form und Gesichtsausdruck stimmten, sie war nur etwas größer —, aber Kate lächelte, als er hereinkam, und der Anblick ihres fröhlichen Gesichts gab ihm Hoffnung. Andererseits, das wusste er, vermochte Kate auch unter ungünstigsten Umständen zu lächeln. Sie musste nicht unbedingt gute Nachrichten haben. Aber auch jetzt schenkte ihm niemand besondere Beachtung, und der Manager, der die Aufsicht führte, sah ihn nur kurz gelangweilt an und drehte sich gleich wieder weg.

Kate war tatsächlich guter Dinge. Als er sich zu den beiden an den Tisch setzte, sagte sie, er habe nichts zu befürchten.

»Sie haben etliche Schüler befragt, als Constance und ich vom Hügel herunterkamen. Niemand hat dich gesehen oder erkannt. Jackson hat auch uns befragt, aber wir konnten ihm nicht helfen. Er schrie S. Q. an: >Mehr können Sie nicht sagen? Ein durchschnittlich aussehender Junge? Schrecklich viele Jungen sehen durchschnittlich aus, S. Q.!< Und der arme S. Q. sagte immer wieder, gerade *dieser* Junge habe *besonders* durchschnittlich ausgesehen. Jackson schien nahe daran, ihn zu erwürgen.«

Reynie hatte das Gefühl, vor Erleichterung sterben zu müssen. Er konnte kaum glauben, was er da hörte. Er war sicher! Wirklich sicher! Und dann, genauso schnell, wie das Gewicht von seinen Schultern gewichen war, kehrte es zurück. Denn kaum verschwand die eine Angst, nahmen andere ihren Platz ein. Kleber war immer noch in Gefahr, und das hieß: Sie alle waren in Gefahr.

»Bist du in Ordnung?«, fragte Kate. »Du siehst schrecklich aus.«

»Wenigstens ist er trocken«, sagte Constance und tupfte sich das Haar mit ihrer Serviette ab.

»Habt ihr was von Kleber gehört? Irgendetwas?«

Die Mädchen schüttelten den Kopf. Ernst und schweigsam beendeten sie ihr Essen.

DAS WARTEZIMMER

Reynie saß allein in seinem Zimmer. Es war bereits nach neun, und Kleber war immer noch nicht zurück. Gerade hatte eine Botschaft aufgehört, und erschöpft machte sich Reynie ein letztes Mal daran, den Unterrichtsstoff des Tages zu wiederholen. Endlich einmal war er froh, seine Aufgaben machen zu müssen, das Lernen lenkte ihn von anderen, schlimmeren Dingen ab. Selbst die geheime Mitteilung hatte geholfen: Sie war ihm so sehr auf die Nerven gegangen, dass er sich nicht mal mehr wegen seines Freundes sorgen konnte. Dennoch fühlte er sich furchtbar, und jetzt drang zu allem Unglück auch noch von irgendwoher ein schrecklicher Gestank ins Zimmer. Vor Abscheu zog Reynie die Nase kraus. Was war das denn bloß? War da ein Tier unter den Bodenbelag gekrochen und gestorben?

Die Tür öffnete sich. Es war Kleber.

Er war von Kopf bis Fuß mit schleimigem schwarzem Matsch bedeckt und kam wie ein Zombie ins Zimmer herein. Seinen roten, geschwollenen Augen war anzusehen, dass er stundenlang geweint hatte, aber das war es nicht, was Reynie fast das Herz zerriss: Es war der Ausdruck völliger Verzweiflung.

Reynie sprang auf und warf seine Arme um Kleber. »Du bist wieder da!«

Kleber befreite sich vorsichtig aus Reynies Umarmung. Er griff nach seiner Brille, betrachtete ihre matschbesprenkelten Gläser und legte sie behutsam auf den Tisch, ohne sich die Mühe zu machen, sie zu putzen. Dann drehte er sich ohne ein Wort um und verließ das Zimmer. Reynie griff sich ein paar von Klebers Sachen und rannte ihm hinterher. Auf dem Flur musste er sich an zwei Helfern vorbeidrücken, die seltsam schweigend Klebers Fußabdrücke wegwischten. Ein paar Jungen kamen aus dem Badezimmer, hielten sich die Nasen zu und versuchten, nicht in die matschigen Fußabdrücke auf dem Boden zu treten. Reynie lief ins Bad.

Ohne sich auszuziehen, war Kleber in ein Duschabteil gestiegen und versuchte, den Hahn aufzudrehen, rutschte mit seiner glitschigen Hand aber immer wieder ab. Endlich griff er mit beiden Händen zu und stellte das warme Wasser an. Er zuckte zusammen, als ihm die ersten Strahlen aufs Gesicht prasselten, und blieb dann bewegungslos mit geschlossenen Augen stehen, während ihm das Matschwasser um die Füße wirbelte.

Reynie beobachtete seinen Freund besorgt. »Ich habe dir deine Seife mitgebracht, Kleber, ein Handtuch und saubere Sachen.«

Kleber antwortete nicht.

»He, zieh dich aus und benutz die Seife, in Ordnung?« Nachdem Reynie das ein paarmal wiederholt hatte, nickte Kleber stumpf und griff nach der Seife.

Reynie wusch sich am Waschbecken. Er war schmutzig und stank, weil er seinen Freund umarmt hatte. Schließlich ging er in ihr Zimmer, zog sich um und wartete. Er starrte zur Tür und hatte Angst vor dem, was da kommen würde. Angst davor, dass sich seine Befürchtungen als wahr erwiesen. Er tat sein Bestes, um ruhig zu bleiben, zitterte aber am ganzen Leib. Er war sicher, dass sie Kleber die Erinnerung ausgelöscht hatten. Und das würde Mr Curtain bestimmt nicht tun, weil er gemogelt hatte, oder? Warum hatten sie Kleber so schrecklich mitgespielt? Welches Verbrechen rechtfertigte solch eine Strafe? Es schien nur eine Antwort darauf zu geben: Kleber hatte Mr Curtain alles erzählt.

Als Kleber endlich zurückkam, warf er seine nassen Sachen in eine Ecke, setzte die vermatschte Brille auf und zog, ohne Reynie eines Blickes zu würdigen, seinen Koffer unter dem Bett hervor.

»Kleber, was ist geschehen?«

Keine Antwort.

»Sprich mit mir, Kleber! Ich habe Angst, dass sie etwas Schreckliches mit dir gemacht haben. Nicht einfach nur das Wartezimmer, ich meine, noch was Schlimmeres.«

In einem dumpfen Ton, in dem Wut mitschwang, sagte Kleber: »Ich nehme nicht an, dass es etwas Schlimmeres gibt als dieses Zimmer. Was willst *du* schon davon wissen?«

Reynie atmete einmal tief durch. Kleber erinnerte sich an das Wartezimmer — und ja!, er hatte auch gewusst, wo sein Koffer lag. Es gab also noch Hoffnung! »Du hast recht, ich habe keine Ahnung. Bitte, erzähl mir alles.«

»Ich will nicht darüber reden«, sagte Kleber und öffnete mit zitternden Händen den Kleiderschrank, »und ich gehe dort nicht noch mal hin. Ich laufe weg. Sie haben mir gesagt, dass mich Mr Curtain heute nicht sehen konnte und S. Q. mich morgen früh wieder abholt. Ich soll Mr Curtain sehen, *wenn er verfügbar ist.* Ich muss also entweder noch einmal in diesen ... diesen *Albtraum,* oder zu Mr Curtain, wo ich mit Sicherheit die Nerven verliere, Reynie, und dann plaudere ich alles über dich und uns alle aus ...«

Je mehr Kleber redete, desto mehr begann seine Stimme zu zittern, bis er sich am Ende die Augen zuhielt und auf die Knie fiel. »Ich kann das nicht, Reynie. Ich kann nicht noch mal dahin zurück, und ich kann auch nicht zu Mr Curtain. Ich schaff's einfach nicht. Ich muss hier weg.«

Reynies Augen füllten sich mit Tränen. »Hör zu, Kleber. Es tut mir leid, was du durchmachen musstest. Wirklich. Aber ich kann dir gar nicht sagen, wie froh ich bin, dass du immer noch der Alte bist. Ich hatte solche Angst, dass sie deine Erinnerung ausgelöscht hätten. Aber du bist immer noch der alte Kleber — mein guter Freund.«

»Nicht mehr lange«, sagte Kleber elend. »Ich werde zusammenbrechen. Du weißt, wie schlecht ich Druck ertrage, Reynie. Morgen verderbe ich es ganz bestimmt, und dann seid ihr alle dran. Was für ein Freund bin ich dann wohl noch?«

Reynie machte Klebers Koffer zu. »Nichts wirst du verderben.«

»Wie kannst du das wissen?«

»Ich sehe das in dir«, sagte Reynie voller Überzeugung. »Du würdest sogar durchhalten, wenn ich keinen Plan hätte. Aber ich habe einen. Wenn dich deine Freunde wirklich brauchen, können sie auf dich zählen, das weiß ich. Du wirst nichts verderben, und du kommst auch nicht durcheinander. Ich *weiß* es einfach, und ich brauche dich, Kleber. Ich brauche dich als Freund.«

Klebers Augen flackerten wie eine Kerze. »Das ist ... lieb von dir, Reynie«, sagte er zweifelnd. Dann erzitterte er. »Aber, Reynie, es bringt mich um, wenn ich da noch mal hin muss. All die Stunden und die Sekunden kriechen nur so dahin — und auch *sonst* kriecht alles Mögliche dahin, Dinge, die du nicht sehen kannst, und währenddessen sinkst du immer weiter in den Dreck, und der Gestank ist so fürchterlich wie von was Totem, so als wärst du womöglich selbst schon tot, alles ist finster ...«

»Du musst da nicht mehr hin«, sagte Reynie. »Ich schwöre es.«

»Darauf kannst du deine Stiefel wetten«, sagte Kate, die in der Decke über ihnen erschien. Sie ließ Constance auf den Boden hinunter. »Wenn sie dich morgen da wieder hinschicken wollen, finden wir einen Weg, es zu verhindern, egal wie. Okay, Kumpel?«

Zitternd erhob sich Kleber auf die Füße.

»Alles kommt in Ordnung«, sagte Reynie. »Ich bin sicher, sie bringen dich morgen sofort zu Mr Curtain.«

»Aber das ist genauso schlimm! Sogar noch schlimmer! Wie soll ich es schaffen, euch nicht alle zu verraten? Er weiß, dass wir Freunde sind, er weiß, dass ich gemogelt habe, und es wird nicht schwer sein, eins und eins zusammenzuzählen ...« Er machte eine Pause, hielt einen Moment die Luft an und begann noch einmal neu. »Also gut, du hast von einem Plan gesprochen, richtig? Hast du wirklich einen?«

»Ich erkläre euch alles«, sagte Reynie und gab ihm ein Sandwich. »Aber jetzt isst du erst mal was. Ich habe dir ein paar Sachen aus der Cafeteria herausgeschmuggelt.«

Zum ersten Mal hellten sich Klebers Augen wieder auf, ohne sich gleich wieder zu verdüstern. »Ich habe wirklich fürchterlichen Hunger.«

»Zehn Uhr!«, hörten sie Jackson direkt vor der Tür röhren. Sie zuckten zusammen. Niemand hatte ihn den Gang herunterkommen hören. »Macht das Licht aus!«

Als er zum Lichtschalter lief, sah Reynie Kate fragend an. »Wir haben unseres ausgemacht, bevor wir aus dem Zimmer sind«, sagte sie ein bisschen zu laut.

Sofort schlug Jackson gegen die Tür. »Habt ihr da jemanden bei euch drinnen? Ihr wisst, das ist gegen die Regel. Keine Besuche während der Lernzeit! Und noch weniger nach Ausmachen des Lichts!«

»Hier sind nur wir zwei«, antwortete Reynie.

Das genau war es, was Jackson von Reynie hatte hören wollen. Wenn er die beiden Jungen jetzt mit Besuchern erwischte, brachen sie nicht nur eine von den sehr wenigen Regeln des Instituts, sondern logen auch noch. Er stieß die Tür auf und schaltete das Licht ein. »Aha!«, rief er. »Da seid ...«, aber er brach ab, denn er sah nur die beiden Jungen auf dem Boden sitzen.

»Sollte das Licht nicht aus sein?«, fragte Reynie.

Mit einem Grollen langte Jackson nach dem Lichtschalter, überlegte es sich dann aber anders. »Es ist noch nicht ganz so weit«, sagte er und schlenderte hinüber zum Kleiderschrank. »Zuerst würde ich gerne mal sehen, wen ihr da *drin* habt.« Damit riss er die Schranktüren auf.

Nichts als Kleider waren darin.

»Wenn es Ihnen nichts ausmacht«, sagte Reynie, »würden wir gern schlafen gehen. Kleber hat einen langen Tag hinter sich.«

»Und wessen Fehler ist das?«, fragte Jackson und kniete sich hin, um unter das untere Bett zu sehen. Da waren nur die Koffer der Jungen. Er erhob sich und starrte Reynie an, der ihn freundlich anlächelte, und dann Kleber, der nur mit den Schultern zuckte. Jackson verzog höhnisch das Gesicht. »Wie hat dir das Wartezimmer gefallen, George?«

Reynie kochte vor Zorn. Der Abend hatte ihn so mitgenommen, dass er sich nicht mehr zurückzuhalten vermochte. »Wie können Sie einen Menschen so behandeln, Jackson? Ihn an solch einen Ort schicken und dann auch noch damit aufziehen?«

Jackson täuschte Verblüffung vor. »Was meinst du mit ›solch einen Ort‹? Das Wartezimmer ist gar nicht so schlimm. Man ist da vollkommen sicher, und das bisschen Schmutz hat noch niemandem geschadet. Der lässt sich schnell wieder abwaschen, oder? Gut, er mag etwas stinken, aber bloßer Geruch kann einem nicht mehr wehtun als Schmutz — oder Finsternis. Dunkelheit tut gut. Da können die Augen sich ausruhen und man bekommt keinen Sonnenbrand ...«

Reynie kämpfte gegen seine Wut an. Er hätte sich zurückhalten sollen. Man stritt nicht mit einem Manager.

Jackson genoss seinen kleinen Vortrag sichtlich. »Nun ja, ich nehme an, es gibt da reichlich Fliegen und Käfer und alles mögliche Kriechzeug, aber dich hat doch nichts gestochen, oder? Du hast doch wohl keine Angst vor Fliegen, George?«

»Nein«, sagte Kleber mit ruhiger Stimme, aber sein Blick war voller Hass. Da war so viel Zorn zu spüren — so viel trotzige Wut —, dass Reynie Mut zu schöpfen begann. Kleber verfügte über eine ziemliche Kraft, auch wenn man sie nicht gleich spürte. Kleber selbst am wenigsten.

Jackson spürte sie auch nicht. »Natürlich nicht. Dann rede auch keinen Unsinn mehr«, sagte er und verzog dabei das Gesicht, als hätte er ein bedauerliches kleines Baby vor sich. »Als wenn das kleine Wartezimmer so ‘n böser, böser Ort wäre.« Mit einem fiesen Grinsen schaltete er das Licht aus und verschwand aus dem Zimmer. Seine Stiefel dröhnten den Flur hinunter.

Constance rief mit gedämpfter Stimme: »Himmel noch mal! Wollt ihr mich ewig hier drin behalten?«

»Psst!«, flüsterte Reynie und sah vorsichtig aus der Tür. Der Flur war leer. Er nickte Kleber zu, der seinen Koffer unter dem Bett hervorzog.

»Es ist ein Glück, dass du so klein bist«, flüsterte Kleber, als Constance daraus hervorkletterte.

»Oh ja, was für ein Glückspilz ich doch bin. So klein, dass man mich ins Gepäck stecken kann. Warum versuchst du nicht mal selbst, eine halbe Stunde eingerollt in dem Koffer zu liegen?«, sagte Constance und vergaß ganz, dass Kleber den ganzen Tag, umgeben von Ungeziefer, in Matsch und völliger Dunkelheit gestanden hatte.

Die Deckenplatte schob sich zur Seite, und Kate kam wieder ins Zimmer herunter. »Also, was ist das nun für ein Plan?«, fragte sie, als wären sie nie unterbrochen worden.

BESTRAFUNGEN UND BEFÖRDERUNGEN

Beide Jungen wachten auf, noch bevor es dämmerte. Sie waren erst spät schlafen gegangen, weil sie den Plan besprochen hatten, aber Kleber war dennoch nicht müde. Seine Angst machte ihn hellwach. Während er sich im Dunkeln anzog, flüsterte er zu Reynie hinauf: »Haben sie dir zufällig die Augen verbunden, als dich Mr Curtain mit in sein Büro genommen hat?«

»Die Augen verbunden? Nein.«

»Dann weiß ich gleich, wenn sie mich wieder ins Wartezimmer bringen wollen. Das ist immerhin etwas.«

Reynie rutschte ganz an den Rand seines Betts und sah zu ihm hinunter. »Haben sie *dir* die Augen verbunden? Warum?«

»Das haben sie nicht gesagt. Jillson hat mich nach draußen auf den Platz gezerrt, mir eine Augenbinde angelegt und mich so oft im Kreis gedreht, bis mir schlecht wurde. Ich meine, ich habe mich echt übergeben müssen. Sie hat aber nur gelacht und mich irgendwo nach drinnen und dann eine Treppe hinunter ins Wartezimmer gebracht. Beim Rausgehen haben sie mir das Ding auch wieder umgebunden.«

Reynie zog die Brauen zusammen. Warum hatten sie das getan?

In diesem Augenblick klopfte jemand lautstark gegen die Tür. Kleber starrte eine ganze Weile zu ihr hinüber, bevor er aufmachte. Draußen auf dem dunklen Flur stand S. Q. Pedalian und aß ein Zimtbrötchen. Da er den Mund voll hatte, bedeutete er Kleber mit einer Geste, herauszukommen. Es war so weit.

Kleber holte tief Luft. »Wünsch mir Glück, Reynie.«

Reynie nickte. »Keine Sorge. Du machst das bestens.«

Kleber folgte S. Q. den Flur hinunter. Es herrschte völlige Stille, nur ihre Schritte waren zu hören und hin und wieder ein

Schluckgeräusch von S. Q., dem sein Zimtbrötchen unüberhörbar schmeckte. Die Luft draußen war frisch, S. Q. blieb stehen und leckte sich die Finger. Dann griff er zu Klebers großem Schrecken in seine Tasche.

»S. Q.?«, fragte Kleber mit gepresster Stimme. »Muss ich … muss ich noch länger *warten,* oder …?«

»Oh nein, Mr Curtain hat jetzt gleich Zeit für dich«, sagte S. Q. und zog eine Banane hervor, keine Augenbinde. »Hör zu, Kleber …« S. Q. war der einzige Manager, der Kleber je bei seinem Spitznamen rief, wenn auch nur aus Versehen. »Ich meine: *George.* Erlaube mir, dass ich dir einen Rat gebe, einverstanden? Ich bin Manager, wie du weißt, und ich kenne Mr Curtain ganz gut und verstehe, wie die Dinge hier funktionieren.« S. Q. sah sich um und senkte die Stimme. »Ich mag dich, George, du bist ein netter Kerl und ziemlich schlau. Und du bist eine Waise, was eines Tages einen guten Kandidaten für den Posten eines Managers aus dir machen wird, wenn du dir nur am Riemen ziehst …, wenn du dich reißt, meine ich …«

»Wenn ich mich am Riemen reiße?«

»Ja, genau das«, sagte S. Q. »Was ich sagen will, ist: Versau es dir nicht einfach so. Was immer du tust, gib vor Mr Curtain nicht zu, dass du gemogelt hast. Wenn du gemogelt hast, meine ich. Aber ich sage auch nicht, dass du lügen sollst. Das ist noch schlimmer. Gib nicht zu, dass du gemogelt hast, und lüge nicht.«

»Sie meinen, das Beste, was ich jetzt tun kann, ist, dass ich gestern nicht gemogelt habe?«

»Genau«, sagte S. Q.

»Das hilft mir. Danke.«

S.Q. grinste. »Das dachte ich mir. Mr Curtain hasst Betrüger mehr als alles andere. Ansonsten ist er ein ziemlich großartiger Kerl. Denk also daran, wenn du mit ihm sprichst: Das Wichtigste ist, dass du nicht zugibst, gemogelt zu haben.«

»Danke«, sagte Kleber mit leiser Stimme. Sein Kopf begann zu brummen. S. Q.s Rat widersprach genau Reynies Plan.

Wie gerne hätte er etwas Zeit gehabt, um diesen neuen Zwiespalt zu überdenken, aber schon eine Minute später standen sie vor der Eisentür zu Mr Curtains Büro. Schweißtropfen rannen ihm über die Stirn. Was sollte er tun? Wenn überhaupt einer über diese Dinge Bescheid wusste, dann war es ein Manager. Aber S. Q. war nicht gerade das hellste Licht am Kronleuchter. Reynie dagegen war ziemlich scharfsinnig, was die Beurteilung anderer Leute anging ... S. Q. klopfte an die Tür. Kleber rieb sich die pochenden Schläfen. Er fühlte, dass er ganz kurz davor war, völlig gelähmt zu sein. Oder schlimmer noch: das Falsche zu sagen.

Die Tür öffnete sich. S. Q. schob ihn hinein. Was auch immer Kleber entschied, er musste es jetzt tun.

Mr Curtain saß mitten in dem kalten, steinernen Raum. Die Finger verschränkt, das Kinn erwartungsvoll gehoben. Da saß die große silberäugige Spinne und wartete auf die Fliege.

»Es tut mir leid, dass ich gemogelt habe, Sir!«, erklärte Kleber und trat ein.

Die Tür hinter ihm schloss sich, aber er hörte noch, wie S. Q. etwas von einem armen Jungen murmelte, der dem Druck nicht standzuhalten vermochte.

Mr Curtain trommelte mit den Fingern auf das Tagebuch in seinem Schoß und betrachtete Kleber mit seinen unsichtbaren Augen. Kleber hatte große Mühe, nicht herumzuzappeln. Schweiß troff von seinem kahlen Kopf, erreichte seltsamerweise sein rechtes Ohrläppchen und blieb dort hängen. Es kitzelte fürchterlich, aber Kleber hielt still. Plötzlich schoss Mr Curtain ein Stück mit seinem Rollstuhl vor — Kleber zuckte zusammen — und stoppte nur Zentimeter vor ihm ab.

»Würdest du das bitte erklären?«, sagte Mr Curtain kühl.

Kleber hatte seine Rede auswendig gelernt. (Sonst hätte er womöglich kein einziges Wort herausgebracht.) Er stammelte, schluckte und fing an: »Es tut mir sehr leid, Sir. Ich wollte nichts Falsches tun. Sie hat mich nur so unter Druck gesetzt, dass ...«

»Du meinst Constance Contraire, nehme ich an«, unterbrach ihn Mr Curtain mit befriedigtem Blick.

»Constance? Oh nein, Sir. Die ist ja so stur, dass sie sich von mir nicht mal bei den Hausaufgaben helfen lässt. Sie haben sicher bemerkt, wie stur sie ist. Sie bemerken doch alles, bei allen, wenn ich das sagen darf, Sir.«

»Hmm«, sagte Mr Curtain. »Es *ist* mir aufgefallen, das stimmt. Aber wenn es nicht Constance Contraire war, von wem sprechen wir dann?«

»Nun, wie ich gesagt habe, Sir, sie hat mich so unter Druck gesetzt, und ich war mir nicht sicher, was ich davon halten sollte, schließlich ist sie eine Botschafterin und alle ...«

»*WAS?*«, bellte Mr Curtain völlig außer sich, und sein Gesicht wurde augenblicklich tiefrot. »Eine *Botschafterin?* Tod und Teufel, ich werde ...« Er brach ab und wurde für ein paar Augenblicke völlig still, als versuchte er zu entscheiden, was für schreckliche Dinge er Kleber antun sollte. Ihn zurück ins Wartezimmer schicken? Ihn in eine der Fallen draußen werfen? Oder sollte er ihn mit seinem Rollstuhl überfahren?

Kleber schloss die Augen.

Als jedoch ein paar Augenblicke vergangen waren, ohne dass etwas Fürchterliches geschehen war, öffnete Kleber ein Auge. Das Gesicht des Mannes hatte wieder eine normale Farbe angenommen, so dass er nicht länger wie eine Aubergine mit Brille aussah; nur die Spitze seiner klumpigen Nase war noch gerötet. Wie schon vorher trommelte Mr Curtain mit den Fingern auf die Lehne seines Rollstuhls. »George«, sagte er wieder weit ruhiger, »warum siehst du mich nur mit einem Auge an?«

Kleber öffnete auch das andere Auge. »Ich ... Ich ...«

»Schon gut«, sagte Mr Curtain. »Und jetzt erkläre dich. Willst du mir etwa sagen, dass dich eine Botschafterin zum Mogeln gedrängt hat?«

»Es tut mir leid, Sir. Sie war so wütend, dass Reynie und ich so gut abschnitten. Sie konnte nicht glauben, dass wir schon mehr wussten als sie. Also hat sie mich im Unterricht vor allen anderen gedemütigt, und dann hat sie später gesagt, dass sie es immer weiter so machen würde — oder sich noch was Schlimmeres einfallen ließe —, wenn ich ihr nicht helfe. Es sei einfacher für sie, wenn ich ihr die Antworten gebe, sagte sie, und sie würde es dann auch einfacher für *mich* machen, weil sie dann aufhören würde, mich zu quälen.«

»Du sprichst von Martina Crowe«, sagte Mr Curtain. Kleber nickte.

»Hmm. Ich werde dem nachgehen. Deine Mogelei stört mich nicht weiter, muss ich sagen, solange ich den Überblick behalte. Das Geheimnis ist die Kontrolle, verstehst du? Ich will einfach die Wahrheit wissen, damit ich die Dinge in der Hand habe. Damit ich alles *steuern* kann. Egal, wie die Umstände sind, George, solange wir die Kontrolle über sie haben, können wir Harmonie erzielen. Begreifst du das?«

»Ja, Sir. Ich glaube, das tue ich.«

»Sehr gut. Es tut mir leid, dass du fast einen ganzen Tag warten musstest, um mit mir über diese Sache sprechen zu können. Ich verstehe, dass es unangenehm ist, warten zu müssen. Unglücklicherweise lässt es sich manchmal aber nicht vermeiden. Ich habe so viel zu tun. Die gute Nachricht ist jedoch, dass du nicht *bestraft* werden wirst.«

»Danke sehr, Sir«, sagte Kleber bescheiden.

»Und, George?«

»Ja, Sir?«

»Du bist *tatsächlich* sehr gut, nicht wahr?«

»Offenbar, Sir.«

Mr Curtain musterte Kleber noch einmal von oben bis unten und nickte dann, als taxierte er ein schönes neues Werkzeug, das ihm noch gute Dienste leisten würde.

»Gut gemacht«, sagte Constance. »Du bist der geborene Lügner.«

Das war ein weniger diplomatischer Glückwunsch als der, den er von Reynie und Kate bekommen hatte — die geklatscht und ihm auf die Schulter geschlagen hatten —, aber Kleber war viel zu erleichtert, um zu streiten.

Sie waren auf dem Weg zum Mittagessen und hatten sich ein Stück hinter die anderen Schüler zurückfallen lassen, um miteinander reden zu können. Nicht zuletzt, weil Martina Crowe jetzt sicherlich in Schwierigkeiten steckte, waren sie ziemlich zufrieden mit sich. Am Ende des Flurs angekommen, hörten sie Jackson und Jillson in einem leeren Klassenzimmer reden.

Sie sahen sich an, blieben in schweigendem Einverständnis stehen und hörten den beiden zu.

»... endlich den erwischt, der durchs Fenster der Sporthalle spioniert hat«, sagte Jackson. »Was für eine Schande. Er war so ein guter Botschafter, einer von den besonders Angeworbenen, weißt du. Mr Curtain hätte ihn womöglich behalten und eines Tages zum Manager gemacht. Jetzt wird er wohl einen Helfer aus ihm machen.«

»Wirklich schade«, sagte Jillson. »Er hätte nicht so durchschnittlich aussehen sollen.«

»Nicht so *neugierig* hätte er sein sollen«, sagte Jackson.

»Was denkt sich der Junge! Stellt ständig Fragen, deswegen war er doch gerade erst im Wartezimmer gelandet. Ich dachte, er hätte daraus gelernt.«

»Offenbar nicht«, sagte Jillson. »Hat er was über seinen ‚Komplizen gesagt?«

»Seinen Mitspion? Nein. Ich würde mir deswegen keine Sorgen machen, aber du kennst ja Mr Curtain. Man kann nicht vorsichtig genug sein, sagt er. Wir sollen extra wachsam sein und die Augen aufhalten«, stöhnte Jackson. »Und hast du gehört, dass er die Türcodes wieder ändert?«

»Nein! Schon wieder? Ich *hasse* es, die neuen Codes zu lernen!«

»Wem sagst du das?«, sagte Jackson. »Hätte uns viel Ärger erspart, wenn der Bursche seinen Komplizen verraten hätte, aber er hat bis zum Schluss alles abgestritten. Eine Schande, wie ich schon sagte. Hätte wahrscheinlich einen guten Manager abgegeben.«

»Pssst!«, sagte Jillson. »Hast du was gehört?«

Die Augen der Kinder draußen auf dem Flur wurden vor Schreck ganz groß. Sie hielten den Atem an.

»Das ist nur mein Magen, der knurrt«, sagte Jackson. »Pack deine Sachen zusammen und lass uns essen gehen.«

Das war das Stichwort für die Kinder weiterzugehen. Erleichtert eilten Kleber, Kate und Constance den Flur hinunter. Reynie folgte ihnen und versuchte seinen Atem zu beruhigen. Jacksons Neuigkeiten hatten ihn erschüttert.

Nachdem sie sicher um die nächste Ecke waren, sagte Kate: »Könnt ihr das glauben? Damit sind wir zum zweiten Mal knapp davongekommen: Erst kommt Kleber mit seiner Mogelei durch und jetzt Reynie mit dem Spionieren!«

»Ja«, sagte Reynie, dem vor Gewissensbissen ganz schlecht war. »Das ist ... toll.«

»Und obendrein haben sie Martina am Kragen«, sagte Constance. »Das könnte noch ein guter Tag werden.«

Beim Abendessen kursierten alle möglichen Gerüchte. Martina Crowe war heute nicht im Unterricht gewesen. Einige sagten, sie genieße eine extralange Botschafter-Sitzung. Andere meinten, die geheimen Privilegien dauerten niemals so lange. Es sei wahrscheinlicher, sagte jemand, dass man sie ins Wartezimmer geschickt habe: Ein Schüler habe gesehen, wie sie von Jackson und Jillson über den Platz geführt worden sei. Martina Crowe? Auf dem Weg ins Wartezimmer? *Wer* hatte das gesehen? Darauf wusste keiner eine Antwort, also war es vielleicht wirklich nur ein Gerücht.

Reynies Gewissensbisse wuchsen noch. Es sah mittlerweile ganz so aus, als müsste unter allem, was er tat, immer irgendwer leiden. Erst hatte er vorgeschlagen, es mit Mogeln zu versuchen, was Kleber ins Wartezimmer gebracht hatte. Dann hatte er durchs Sporthallenfenster spioniert, wofür nun ein armer »durchschnittlich aussehender Junge« bezahlen musste. Und dann war da sein Plan, mit dem er Martina von der Botschafterliste hatte werfen wollen. Zunächst war ihm das schlau erschienen, aber war er sich da noch sicher? So vorsichtig und überlegt er handelte, er wurde langsam zu einer Gefahr für alle um ihn herum. Voller Abscheu starrte er auf das Essen, das er noch nicht angerührt hatte. Er schob es von sich weg und legte die Hände vors Gesicht.

»Reynie?«, sagte Kate. »Was ist los?«

»Es war mein Plan«, murmelte Reynie.

»He, wenn irgendwer das Wartezimmer verdient, dann Martina.«

»*Wenn* es irgendwer verdient ...«, sagte Kleber, der sich genauso mies vorkam wie Reynie. Er *wusste,* wie schrecklich das Wartezimmer war — als er das Wort eben gehört hatte, war ihm gleich wieder der kalte Schweiß ausgebrochen —, und er hatte Martina mit einer Lüge dazu verdammt. Es war egal, wie grausam sie war. *Niemand* verdiente das Wartezimmer, nicht mal Martina.

Um alles noch schlimmer zu machen, fing in diesem Moment eine neue geheime Mitteilung an.

»Es ist dieser blöde Kerl, Harold Rockwell«, grummelte Constance. »Halt den Mund, Harold.«

Reynie sah Constance düster an. Was würde mit ihr werden, wenn Mr Curtain die Leistung der Mitteilungen *voll* aufdrehte? Wenn sie die Stimmen *jetzt* schon hören konnte, wie würde es für sie *dann* werden? Welche Auswirkungen würde es auf sie haben? Hatte sie selbst schon darüber nachgedacht? Reynie hoffte, dass es nicht so war. Er an ihrer Stelle hätte fürchterliche Angst.

Dieser Tag wurde immer schlimmer, es schien gar nicht aufhören zu wollen.

»Passt auf eure Zehen auf«, murmelte Kate.

S. Q. Pedalian drängte sich zwischen den Tischen hindurch. Links und rechts von ihm zuckten Schüler zurück und schrien auf, als er ihnen auf die Zehen trat. Reynie streckte seine Füße außer Reichweite. S. Q. kam zu ihnen an den Tisch und sah sie fragend an. »Warum macht ihr so lange Gesichter, Kinder? Ist was nicht in Ordnung?«

Die Kinder versuchten, frohe Mienen aufzusetzen, aber ausnahmsweise einmal erkannte S. Q. die Lage richtig. »Ihr könnt mir nichts vormachen. Ich erkenne bedrückte Gesichter, wenn ich sie sehe. Ich wundere mich über euch. Gerade ist Kleb... ich meine, gerade ist George ohne große Schwierigkeiten aus der Sache rausgekommen, obwohl er sein Treffen mit Mr Curtain völlig verpatzt hat, ihr kriegt die besten Noten, und trotzdem sitzt ihr da, als hätte euch irgendwas das Glashaus verregnet. Äh, ins Glashaus, äh ... ich meine, die Laune ...«

Niemandem war danach, ihm zu helfen, und nach einer Weile gab S. Q. auf. Er setzte eine clevere Miene auf, was bei ihm jedoch eher so aussah, als hätte er Verdauungsprobleme. »Jetzt erzählt mir nicht, dass ihr euch ärgert, weil ihr noch nicht auf der Liste steht! Ist es das? Aber ihr habt doch die *besten* Aussichten. Hört zu, Kinder«, sagte er in vertraulichem Ton und beugte sich näher zu ihnen hin. »Ich will euch ein Geheimnis verraten, weil ihr's verdient habt. Ihr seid näher dran, als ihr denkt.«

Reynie nickte trübe. »Weil Martina keine Botschafterin mehr ist?«

S. Q. neigte den Kopf. »Woher wisst ihr das nun schon wieder?«

»*Alle* wissen es«, sagte Kate.

Das überraschte nicht nur S. Q., sondern auch Reynie, und die beiden fragten wie aus einem Mund: »Wirklich? Woher?«

Kate deutete auf die gegenüberliegende Seite der Cafeteria, wo Martina gerade erschien, eskortiert von Jillson und Jackson. Sie trug wie gewöhnlich ihre Jacke und Schärpe, aber nicht mehr die gestreifte Hose eines Botschafters. Nein, ihre Hose war von einem tiefen Blau, und während die anderen Botschafter applaudierten und klatschten, sprühte sie nur so vor Boshaftigkeit und Triumph.

Martina war Managerin geworden.

EIN HALBES RÄTSEL

Genau eine Minute nach zehn klopfte S. Q. Pedalian an diesem Abend an die Tür der Jungen. Zuerst klopfte er aus Versehen mit den Füßen, trat dann etwas zurück und klopfte noch einmal mit der Hand. Als er keine Antwort erhielt, öffnete er die Tür und sah hinein. In der Düsternis konnte er die beiden Jungen in ihren Schlafanzügen auf den Betten erkennen. Da erregte etwas seine Aufmerksamkeit, und er sah hoch. Es war nur ein Schatten an der Decke.

»S. Q., sind Sie das?«, fragte Reynie mit schläfriger Stimme.

»Tut mir leid, Jungs«, sagte S. Q. und schaltete das Licht ein. »Ich hatte nicht damit gerechnet, dass ihr schon so früh schlafen würdet. Das Licht ist doch erst vor einer Minute ausgestellt worden. Mr Curtain will euch sehen, also heraus aus den Federn und zieht euch an. Wisst ihr, ich hätte schwören können, dass sich da eine eurer Deckenplatten bewegt hat, als ich hereinkam.«

»Wahrscheinlich nur ein Schatten«, sagte Reynie, der bereits in Hose und Schuhe stieg.

»Oder eine Maus«, sagte Kleber mit belegter Stimme. Sein Mund war wie ausgetrocknet. Was sollten sie bei Mr Curtain? Und würden sie erst *warten* müssen? Auch Reynie war nervös, Kleber sah es sofort. S. Q. schien allerdings nichts zu bemerken.

»Eine Maus, hmm?«, sagte er. »Das muss es gewesen sein. Eine ganze Reihe Schüler hat sich in letzter Zeit über Mäuse in der Decke beschwert. Ich glaube, wir werden Fallen aufstellen müssen.« Während Reynie sich noch vornahm, Kate zu warnen, damit sie auf Mausefallen achtete, schob S. Q. sie bereits aus dem Zimmer.

Beide Jungen waren voller Angst. Offenbar hatte Martina Mr Curtain überzeugen können, dass sie nicht gemogelt hatte.

Wie sonst hätte sie Managerin werden können? Das hieß, Mr Curtain wusste, dass Kleber gelogen hatte, und zweifellos hielt er Reynie für mitschuldig an dem Komplott. Was ja auch richtig war, dachte Reynie und fühlte sich so elend wie nie zuvor. Schließlich war es sein Plan gewesen, der Kleber so in Schwierigkeiten gebracht hatte — und jetzt schon wieder.

S. Q. blieb vor dem Eingang des Kontrollgebäudes stehen. Mit mitfühlendem Blick ging er vor ihnen in die Hocke und legte ihnen die Hände auf die Schultern. »Ich könnte mir vorstellen, dass ihr zwei euch fragt, worüber Mr Curtain mit euch sprechen will.«

»Oh ja«, riefen die beiden Jungen, und Reynies Herz tat einen Sprung. Wenn er sich nur einen Moment auf das Gespräch mit Mr Curtain *vorbereiten* konnte, fiel ihm vielleicht ein, was er sagen, was er tun ...

»Ich wünschte, ich wüsste es«, sagte S. Q. und schüttelte den Kopf. »Ich hoffe, es ist nichts Schlimmes.«

Sechzig Sekunden später waren die Jungen allein mit Mr Curtain in seinem Büro. Sie versuchten ruhig zu atmen (ohne großen Erfolg) und warteten darauf, dass er etwas sagte. Mr Curtain hatte sein Tagebuch zur Seite gelegt und kam hinter seinem Schreibtisch hervorgefahren. Aber statt wie gewohnt loszurasen, rollte er Zentimeter für Zentimeter auf sie zu, sehr, sehr langsam, und musterte sie dabei wie ein Raubtier — Reynie musste an eine Wolfsspinne denken —, das auf den richtigen Moment wartete, um seine Beute zur Strecke zu bringen. Sie gaben sich alle Mühe, nicht vor ihm zurückzuweichen.

»Ohne jeden Zweifel«, sagte Mr Curtain, als er schließlich vor ihnen anhielt, »fragt ihr euch, warum ich Martina Crowe zur Managerin gemacht habe. Nachdem sie dich, wie du mir erzählt hast, George, bedroht und mich betrogen hat, richtig?«

Kleber wollte schon nach seiner Brille greifen, hielt sich aber zurück und steckte die Hände stattdessen tief in die Hosentaschen. »Ja, Sir.«

»Das stimmt, Mr Curtain«, sagte Reynie. »Das wundert uns sehr.«

»Ich weiß. Und jetzt werde ich euch sagen, warum. Erinnerst du dich an das, was du mir sagtest, als wir neulich über

Constance Contraire sprachen, Reynard? Du sagtest, die beste Art, mit denen umzugehen, denen man nicht traut, sei die, sie nahe bei sich zu halten. Ich gebe dir nach wie vor recht. Wäre Martina Crowe nicht so eine ausgezeichnete Kandidatin für eine Managerin gewesen, hätte ich sie natürlich nach Hause geschickt. Sie war jedoch immer sehr nützlich, und wie ich schon zu George sagte, das Betrügen stört mich nicht sehr, solange ich die Situation verstehe, und die ist geklärt: Miss Crowe und ich haben die Sache kurz diskutiert, wobei sie, wie ich hinzufügen möchte, jeden Betrug von sich gewiesen hat. Schließlich wurde sie befördert, und damit ist alles geregelt.«

Mr Curtain atmete kurz durch. »Alles, bis auf das, was *eure Situation* betrifft«, fuhr er fort. »Deshalb habe ich euch holen lassen.«

»Unsere ... Situation?«, sagte Reynie. Er konnte hören, wie Kleber neben ihm zu schlucken versuchte.

»In der Tat«, sagte Mr Curtain. »Denn ich mache euch hiermit zu Botschaftern!«

Die Jungen waren völlig baff. Da hatten sie solche Angst gehabt, ihnen stünde etwas Schreckliches bevor, und stattdessen hatten sie gerade mit ihrer Mission einen großen Sprung nach vorn gemacht! Sie waren Botschafter! Ihr Staunen verwandelte sich in ein breites Grinsen.

»Oh, vielen Dank!«, rief Kleber und hoffte, wirklich dankbar und nicht erleichtert zu klingen.

»Wir werden Sie nicht enttäuschen!«, sagte Reynie.

»Das will ich hoffen«, sagte Mr Curtain. »Ich muss zwei Botschafterposten neu besetzen und befördere euch deshalb einen Tag früher als geplant. Hier sind eure neuen Uniformen.«

Mr Curtain fuhr zurück zu seinem Schreibtisch und holte zwei weiße Jacken, zwei hellblaue Schärpen und zwei gestreifte Hosen daraus hervor. »Tragt sie mit Stolz. Und dann ... Wer weiß? Vielleicht wird aus der gestreiften Hose eines Tages eine blaue wie die, die Martina Crowe heute bekommen hat!«

S. Q. gratulierte ihnen mit ziemlich schmerzhaften Schlägen auf die Schulter, aber endlich wünschte er ihnen eine gute Nacht und verschwand den Gang hinunter. Reynie und Kleber seufzten erleichtert und schlossen die Tür hinter sich. Dabei kam die Silhouette von Kate Wetherall zum Vorschein, die sich hinter der Tür versteckt hatte und flach an die Wand gepresst dastand. Sie knipste ihre Taschenlampe an und flüsterte in verzweifeltem Ton: »Ihr habt nicht mal geklopft!«

»Es ist schließlich unser eigenes Zimmer«, sagte Kleber.

»Ich wundere mich, dass ihr uns nicht schon auf dem Flur gehört habt«, sagte Reynie. »S. Q. hat uns so sehr die Rücken bearbeitet, dass mir die Zähne aufeinandergeschlagen sind.«

»Um die Wahrheit zu sagen«, gab Kate zu, »habe ich geschlafen, bis ich die Klinke hörte. Ich hatte gerade noch Zeit, durchs Zimmer zu springen und mich zu verstecken.« Sie richtete ihren Daumen auf das untere Bett, auf dem Klebers Bettzeug in einem wilden Knäuel lag. »Und vorher musste ich die Decke über Constance werfen. Ihr wart so lange weg, dass sie auf Klebers Bett eingeschlafen ist. Ich wollte Wache halten, aber ich denke, ich bin dann auch eingenickt.«

»Schöne Wache«, sagte eine erschöpfte Stimme unter der Decke.

»Egal«, sagte Kleber, »wir sind froh, dass ihr da seid. Wir haben Neuigkeiten.«

Er und Reynie hielten ihre neuen Uniformen in die Höhe.

»Botschafter!«, rief Kate. »Ich kann es nicht glauben! Und wir sitzen hier und machen uns Sorgen, dass es euch schlecht ergeht.«

Constance setzte sich auf, rieb sich die Augen und blinzelte auf die Uniformen.

»Oh ja«, sagte Reynie lachend. »Solche Sorgen, dass ihr beide eingeschlafen seid.«

Kate sah ihn missbilligend an. »Wir *haben* uns Sorgen gemacht«, sagte sie, »und ich bin sicher, Mr Benedict auch. Wir haben ihm gemorst, dass ihr zu Mr Curtain musstet. Wir sollten ihm die gute Nachricht sofort mitteilen.«

»Ihr habt einen Bericht geschickt?«, fragte Kleber überrascht.

»Wir haben ewig dafür gebraucht«, sagte Constance und streckte sich. »Unsere Morserei ist ein wenig eingerostet.«

Eingerostet traf es nicht ganz, aber die Jungen sagten nichts weiter dazu. Sie waren beide froh, dass die Mädchen überhaupt einen Bericht geschickt hatten. Am Abend zuvor hatten sie nicht morsen können, weil eine Gruppe Helfer auf dem Platz draußen gearbeitet hatte. Es gab Löcher zu füllen und zerbrochene Platten zu wechseln.

Kleber kletterte auf den Fernsehschrank, versicherte sich, dass die Luft rein war, und morste los.

»Unsere >besonderen Privilegien< fangen gleich morgen an«, erklärte Reynie den Mädchen. »Das ist alles, was er uns gesagt hat.«

»Seid ihr nervös?«, fragte Kate.

»Was denkst du?«, sagte Reynie. »Ich komme mir vor, als hätte ich einen Bienenstock verschluckt.«

»Da kommt die Antwort«, sagte Kleber vom Fenster. *»Froh ... stolz ... jetzt passt auf«*

»Das klingt, als käme noch etwas Wichtiges«, sagte Reynie. Er kletterte zu Kleber und sah zusammen mit ihm aus dem Fenster. Das Licht drüben im Wald morste weiter.

»Mit offenen Augen könntet ihr jetzt einen Ort finden, den ihr verlassen müsst, um hineinzugelangen, wo man ...«

»Wo man was?«, sagte Kleber, als die Nachricht abbrach. »Warum haben sie aufgehört?«

Reynie stöhnte. »Da ist Mr Curtain«, sagte er und zeigte aus dem Fenster. »Er fährt auf den Platz.«

»Jetzt?«, zischte Kleber und sah zu, wie die vertraute Gestalt unter ihnen herausrollte. »Mitten in der Nachricht? Hätte er nicht wenigstens noch zwanzig Sekunden warten können?«

»Wenigstens haben wir den Anfang«, sagte Reynie.

Aber es war eben nur der Anfang. Sosehr sie sich auch die Köpfe zerbrachen, sie kamen damit nicht weiter. Da, wo es wichtig wurde, brach die Nachricht ab. Dass sie die Augen offenhalten sollten, musste ihnen niemand extra sagen, und das mit dem Ein- und Ausgang war kaum zu verstehen: Wie um alles in der Welt konnte man in etwas hineingehen, indem man hinausging?

»Wir müssen es morgen noch einmal versuchen«, sagte Kate schließlich und unterdrückte ein Gähnen. »Ich kann nicht mehr denken. Aber wenigstens seid ihr zwei jetzt Botschafter. Das ist eine ermutigende Entwicklung.«

Die anderen stimmten ihr zu, die Besprechung wurde beschlossen, und schon ein paar Minuten später waren die Mädchen in der Decke verschwunden und die Jungen im Bett. Reynie hatte gerade in Gedanken einen Brief an Miss Perumal angefangen, als Kleber leise in die Dunkelheit flüsterte.

»Reynie, bist du noch wach?«

»Hellwach«, antwortete Reynie.

»Ich wollte dich etwas fragen ... Macht dir diese >ermutigende Entwicklung< auch so eine Heidenangst wie mir?«

Reynie lachte. »Es könnte die übelste ermutigende Entwicklung sein, die ich je erlebt habe.«

Da musste auch Kleber lachen, und das Lachen entspannte sie beide. Sie spürten, wie erschöpft sie waren, schlossen die Augen und waren Augenblicke später schon eingeschlafen.

DER FLÜSTERER

Als es an der Tür klopfte, war Reynie mitten in einem schrecklichen Traum, in dem er seine Briefe an Miss Perumal aufschrieb. Jackson fand sie und schlug mit der Faust darauf. *Klonk! Klonk! Klonk!* »Jetzt haben wir dich!«, rief er boshaft. »Jetzt wirst du bestraft! Ins Wartezimmer mit dir — da wirst du *großen Spaß* haben! Und wenn du für immer im stinkenden Matsch verschwunden bist, kriegen wir auch deine geliebte Miss Perumal!«

»Nein!«

»Was soll das heißen, nein?«, fragte Jackson. »Hast du dich *dafür* so angestrengt?«

Das war eine unerwartete Antwort, und Reynie öffnete verdutzt die Augen. Jackson stand in der Tür und sah Reynie mit dem Ausdruck wilder Ungeduld an.

»Entschuldigung«, sagte Reynie und wurde endlich ganz wach. »Ich habe geträumt. Was haben Sie gesagt?«

»Ich sagte, beeil dich und zieh deine Jacke an. Ich soll euch sofort zu Mr Curtain bringen. Heute ist euer großer Tag! Die besonderen Privilegien, Reynard! Und jetzt weck deinen dürren Freund auf, und macht schon! Ich will mir noch einen Muffin holen.« Jackson verließ das Zimmer, um draußen zu warten.

Es kostete Reynie einiges Schütteln, Kleber aufzuwecken, aber schließlich schlüpften die beiden in ihre Uniformen.

»Es geht los«, sagte Reynie. »Wir müssen auf der Hut sein.«

Kleber nickte. »Viel Glück«, sagte er.

Die beiden Jungen schüttelten sich entschlossen die Hände.

»Na endlich«, brummte Jackson, als sie aus dem Zimmer kamen. »Folgt mir.« Schon war er in Richtung der Cafeteria unterwegs. Es war erst kurz vor Sonnenaufgang, und sonst schien noch niemand auf den Beinen zu sein. Nur ein paar stumme

Helfer wischten hier und da den Boden, fegten die Wege und kletterten auf Leitern, um Schimmel von den Decken zu kratzen und die Farbe zu erneuern. Auch in der Cafeteria waren die Helfer längst bei der Arbeit. Jackson nahm sich einen Blaubeer-Muffin und ein Glas kalte Milch.

»Ihr nehmt besser auch schnell ein paar Bissen«, sagte er zu den Jungen. »Ihr solltet nicht mit leerem Magen in den Flüsterer. Er laugt einen ziemlich aus. Ihr braucht alle Energie, die ihr kriegen könnt.«

Bei dem Wort »Flüsterer« überlief die Jungen eine Gänsehaut. Ihr Appetit war gleich dahin, dennoch nahmen sie sich gehorsam Muffins und Milch, genau wie Jackson gesagt hatte, und fingen an zu essen. Kleber war kurz davor, die Nerven zu verlieren. Er versuchte, Zeit zu gewinnen. »Was ist mit dem Unterricht?«

»Was glaubst du, *wozu* all der Unterricht dient, George? Ich verstehe nicht, wie du es zum Botschafter gebracht hast, wenn du so dämlich bist. Nach eurer Sitzung habt ihr noch reichlich Zeit für den Unterricht. Der Flüsterer ist das Wichtige. Nur deswegen sind wir hier.«

Nach all der Geheimnistuerei vorher war es sehr seltsam, ja aufregend, plötzlich mit so viel Offenheit und Vertrauen behandelt zu werden. Sie waren jetzt wirklich Botschafter! Reynie musste sich noch einmal klarmachen, dass sie sich ihre neue Position tatsächlich verdient hatten.

»Also dann, hinuntergeschluckt und mir nach«, sagte Jackson und drehte sich auf dem Absatz um. Die Jungen stürzten ihre Milch hinunter und liefen ihm hinterher. Auf dem Platz draußen, im grauen Licht der Dämmerung, befahl Jackson ihnen stehen zu bleiben und zog zwei Augenbinden hervor. »Wenn ihr je Manager werden solltet«, sagte er und legte ihnen die Binden an, »wird man euch den Weg in die Flüstergalerie zeigen. Bis dahin gibt es verbundene Augen, und kein Ton wird geredet. Verstanden? Und jetzt dreht euch.« Damit fasste er sie bei den Schultern und drehte sie so oft im Kreis herum, bis ihnen ganz schwindelig war und sie stolpernd gegeneinanderstießen. Jackson lachte kurz, dann nahm er sie bei den Ellbogen und schob sie voran.

Er führte sie über den Platz, einen Weg hinunter und endlich über ein Stück Rasen. Kurz darauf ertönte ein kratzendes, schlagendes Geräusch, ganz so, als träte Jackson etwas mit dem Fuß zur Seite, und die Jungen traten durch eine Tür. Es ging einen Flur oder eine Halle hinunter und ein paar Stufen hinauf, wie auf einer Wendeltreppe. Dann noch ein paar Stufen, wieder im Kreis. Stufen, Stufen, Stufen. Sie mussten den Flaggenturm hinaufsteigen, dachte Reynie. Kein anderes Gebäude des Instituts konnte so viele Stufen haben.

Keuchend und mit schmerzenden Beinmuskeln erreichten die Jungen schließlich ihr Ziel. Jackson drehte sie noch einmal ausführlich im Kreis herum — vielleicht nur, weil es ihm Spaß machte — und nahm ihnen die Binden ab. Sie standen in einem engen, hell erleuchteten Korridor. Vor ihnen schimmerte eine große Eisentür.

Jackson drückte einen Knopf auf der Sprechanlage an der Wand. »Ihre Botschafter sind da, Sir.«

»Sehr gut«, war Mr Curtains Stimme aus dem kleinen Lautsprecher zu hören.

Langsam schob sich die Tür zur Seite.

»Worauf wartet ihr?«, sagte Jackson. Er wedelte ungeduldig mit den Armen, murmelte etwas von Einfaltspinseln, die nichts verstehen wollten, und die Jungen traten über die Schwelle. Hinter ihnen schloss sich die Tür wieder.

»Willkommen in der Flüstergalerie!«, sagte Mr Curtain und drehte sich mit seinem Rollstuhl von einem Schreibtisch weg, an dem er gesessen hatte. Er bedeutete ihnen mit gekrümmtem Finger, näher heranzukommen. »Kommt herein, Jungs, und seht euch erst einmal um!«

Die Flüstergalerie war zwar groß, aber nur mit einem Tisch möbliert. Seitlich lagen zwei dicke Kissen auf dem Boden, und in der Mitte des Raums stand eine merkwürdige Vorrichtung, die an einen altmodischen Haartrockner aus einem Schönheitssalon erinnerte. Das also war der *Flüsterer:* ein übergroßer metallener Lehnstuhl mit einer Art blauem Helm, der an der Rückenlehne befestigt war, und einem weiteren Helm (einem roten), der nach hinten ins Leere ragte. Das Ding sah einfach aus, keine aufflammenden Kontrollleuchten, keine Computerbildschirme oder surrenden Instrumente — und wenn man bedachte, wozu der Raum diente, wirkte auch der erstaunlich einfach. Glatte, eintönige Steinwände, kein Mobiliar oder irgendwelcher Schmuck und nur ein einziges Fenster.

Kate hatte recht, dachte Reynie. Hinter dem höchsten Fenster befand sich *tatsächlich* etwas Wichtiges.

»Wenn ihr euch wundert, warum der Senderaum so nüchtern ist«, sagte Mr Curtain, »lautet die Antwort: wegen der Sicherheit. Ihr werdet hier keine schweren Metallteile oder scharfen Objekte finden, nichts, womit sich der Flüsterer beschädigen ließe oder was man als Waffe gebrauchen könnte. Das Computersystem des Flüsterers und die Energieversorgung befinden sich unter diesem Raum, unter mehr als einem halben Meter Stahl und Stein, und auch die Wände sind äußerst solide. Die Tür, durch die ihr herein gekommen seid, ist der einzige Zugang. Sicherheit, Kinder. Die Flüstergalerie steht unter völliger Kontrolle.« Mr Curtain bedeutete ihnen mit einer Geste, auf den Kissen Platz zu nehmen.

»Ich sage das alles, um euch die Bedeutung unseres Projekts klarzumachen«, fuhr er fort. »Warum sonst würden solche Vorkehrungen notwendig sein? Es ist eine große Ehre, ein Botschafter zu sein, und ich hoffe, ihr werdet nicht leichtfertig damit umgehen.«

»Nein, Sir«, sagten die beiden Jungen wie aus einem Mund.

»Hier wartet nun endlich euer besonderes Privileg auf euch«, sagte Mr Curtain. »Nur Botschafter dürfen mir bei meinem Projekt helfen, und ich darf euch versichern, es ist ein *wunderbares* Projekt. Also, ich bin sicher, ihr fragt euch, was es mit dem Flüsterer auf sich hat. Richtig?«

Die Jungen nickten.

»Aber natürlich. Meine Maschine ruft in jedem Fall Neugier hervor. Sie sieht ziemlich einfach aus, nicht wahr? Ein Stuhl mit einem Helm? Lasst euch nicht täuschen! Der Flüsterer ist eine wundervolle Erfindung — *meine* wundervolle Erfindung. Er ist so hoch entwickelt, wie man es sich kaum vorstellen kann. Habt ihr je von einer Maschine gehört, die Gedanken übertragen kann? Natürlich nicht! Hättet ihr es überhaupt für möglich gehalten? Niemals! Und doch *ist* es möglich. Dank meines Flüsterers.«

Mr Curtain machte eine elegante Bewegung zu der Apparatur hinter sich, fast so wie die Moderatorin einer Fernsehshow, die dem Publikum die fabelhaften Preise, die es zu gewinnen gab, vorführte. »Er ist dem menschlichen Gehirn nachgebaut — *meinem* Gehirn, um genau zu sein, das, wie ihr bereits annehmen werdet, ganz ausgezeichnet ist. Und es ist auch *mein* Gehirn, das ihn kontrolliert! Ohne Tastaturen und Bildschirme, ohne Knöpfe und Skalen, Klingen und Pfeifen. Der Flüsterer *hört* mir zu, denn er kann nicht nur Gedanken übertragen, sondern auch, bis zu einem gewissen Grad, *wahrnehmen.* Und obwohl sein richtiges Funktionieren im Moment noch von meiner Anwesenheit abhängt, davon, dass ich mit ihm verbunden bin ...«

»Sie meinen, Sie müssen an ihn angeschlossen sein, damit er funktioniert?«, platzte es aus Kleber heraus.

Mr Curtains Rollstuhl fuhr so weit vor, bis die Räder gegen Klebers Kissen drückten. Die spiegelnden Brillengläser und die vorstehende Nase bewegten sich ein Stück in Richtung von Klebers Kopf, wie bei einer Schlange, die die Luft vor sich prüft. »Du bist nur ein Kind, und deshalb kann ich nicht viel von dir erwarten«, sagte Mr Curtain mit kalter Stimme, »aber wenn ein guter Botschafter aus dir werden soll, musst du dir eines bewusst machen: Ich reagiere äußerst unfreundlich auf Unterbrechungen.«

»Entschuldigung«, murmelte Kleber und ließ den Kopf hängen.

»Gut«, sagte Mr Curtain. »Und ja, im Moment wenigstens muss ich noch an ihn angeschlossen werden, damit er funktioniert. Er wird fortwährend verbessert, versteht ihr. Über Jahre habe ich den Flüsterer als ... als Erziehungsinstrument benutzt. Aber jetzt steht Großes bevor. Nach Vollendung der Verbesserungen wird aus dem Flüsterer ein wundersames Heilungsinstrument, Jungs, ein Instrument, mit dem sich die Krankheiten des Geistes heilen lassen. Ja, das ist absolut wahr! Ich sehe die Überraschung in euren Augen. Ich versichere euch, meine

Erfindung wird Tausenden, vielleicht sogar Millionen und Abermillionen getriebenen Seelen Frieden schenken. Und ihr Jungen werdet euren Beitrag dazu leisten. Ist das nicht aufregend?«

Als wollte er seine Begeisterung demonstrieren, schoss Mr Curtain mit halsbrecherischer Geschwindigkeit rückwärts zu seinem Schreibtisch, wo er mit quietschenden Reifen zum Stehen kam. *(Sein ganzes Leben gleicht einer Achterbahnfahrt,* dachte Reynie.) Einen Moment später schon raste er mit einem braunen Paket in den Händen zurück zu den Jungen.

»Was ihr euch fragen werdet«, sagte Mr Curtain, »ist, welche Rolle die Botschafter bei alldem spielen. Die Antwort ist: Der Flüsterer braucht die Hilfe unkomplizierter Köpfe: das Bewusstsein von *Kindern.* Obwohl die Maschine ungeheuer kompliziert ist, sind ihre Gedankenprozesse im Vergleich zu meinen eigenen vergleichsweise einfach: Damit der Flüsterer einige Dinge tut, von denen ich will, nun, dass er sie tut — ich will hier keine Zeit verschwenden und Zusammenhänge erklären, die ihr nicht verstehen könnt —, müssen meine Gedanken durch ein unkomplizierteres Bewusstsein gefiltert werden. Dazu brauche ich meine Botschafter.

Aber keine Angst«, fuhr Mr Curtain fort. »Das Filtern geht ganz leicht. Wenn ihr euch auf den Platz dort setzt, weist euch der Flüsterer an, bestimmte Sätze zu denken — er flüstert sie euch zu, versteht ihr? Daraufhin denkt ihr diese Sätze, und der Sender des Flüsterers übernimmt den Rest. Wie gesagt, eure Funktion ist die eines Filters: Wenn meine Botschaften durch eure Köpfe gegangen sind, werden sie für andere Menschen leichter verständlich. Versteht ihr, was ich damit meine?«

»Sie rutschen besser«, sagte Reynie. »Wie Süßigkeiten anstelle von Medizin.«

»Genau«, sagte Mr Curtain und schien erfreut. »Aber die Botschaften *sind* Medizin, zweifelt nicht daran. Bald schon werden sie zahllose Menschen heilen. Im Moment besteht unsere Arbeit allerdings noch darin, Daten in den Flüsterer einzuspeisen. Wir füllen seine Computerdatenbank mit notwendigen Informationen.«

Das war also die Erklärung, die Mr Curtain den Botschaftern gab: dass es um das »Einspeisen von Daten« ginge. Ihnen wurde nicht gesagt, dass sie Mitteilungen aussandten und unzähligen Menschen da draußen Botschaften einflüsterten!

Mr Curtain verschränkte die Finger auf dem braunen Paket in seinem Schoß und sah die Jungen erwartungsvoll an. Mit einem Anflug von Ungeduld in der Stimme sagte er: »Und jetzt zu euren Fragen.« Die Jungen hatten das deutliche Gefühl, dass er äußerst unerfreut wäre, wenn sie *keine* Fragen hätten.

Kleber versuchte seinen Teil beizutragen, räusperte sich und sagte mit piepsiger Stimme: »Was ... was ist in dem Paket?«

»Eine ausgezeichnete Frage, George!«, rief Mr Curtain, was bedeutete, dass das genau die Frage war, auf die er gewartet hatte. »Dieses Paket dient der Demonstration.« Er hielt es in die Höhe. »Sagt mir, wie viele Dinge ich in der Hand halte.«

»Eins?«, sagte Kleber.

Mr Curtain sah Reynie an. »Ist das auch deine Antwort, Reynard? Ich halte ein Ding in meiner Hand?«

Natürlich musste da etwas *in* dem Paket sein, dachte Reynie, aber er spürte, dass Mr Curtain in diesem Augenblick nicht beeindruckt werden wollte. Nein, Mr Curtain wollte die Kinder aus »Demonstrationsgründen« überraschen, und so antwortete Reynie: »Zweifellos *sieht* es wie *eine* Sache aus.«

»Ha!«, rief Mr Curtain und schien tatsächlich sehr zufrieden. »Seht her!« Er öffnete das Paket und drehte es um. Hunderte kleiner Papierfetzen regneten auf den Boden. »Ein Paket, ja, aber dieses eine Paket enthält sehr viele Dinge, seht ihr? Und jetzt hebt die Zettel auf, ich hasse Unordnung.«

Während die Jungen über den Boden krochen und die Papierfetzen aufhoben, fuhr Mr Curtain fort: »Was mache ich, wenn ich eine enorm große Informationsmenge in möglichst kurzer Zeit übertragen will, hmm? Glaubt ihr, ich kann jede einzelne Minute, jede Stunde des Tages in meinem Flüsterer sitzen und meinen Botschaftern Gedanken diktieren? Wohl kaum! Ich habe Arbeiten zu erledigen, Verbesserungen zu installieren, Pläne umzusetzen! Wie soll ich also all diese Daten einspeisen? *Paketweise,* Jungs. Ich übermittle Pakete, und jedes dieser Pakete enthält eine unglaubliche Menge von Informationen.«

Reynie und Kleber hatten alle Zettel aufgesammelt und setzten sich wieder auf die Kissen.

»Ich werde euch jetzt etwas sagen«, sagte Mr Curtain. »Einen Satz nur. Aber ich möchte, dass ihr aufpasst, was daraufhin in eurem Kopf passiert. Seid ihr so weit?«

Die Jungen nickten.

»Vergiftete Äpfel, giftige Würmer.«

Die Jungen kniffen die Augen zusammen, verblüfft, denn in einem einzigen Moment blühte eine gesamte Unterrichtseinheit in ihrem Kopf auf — eine ganze Stunde, während der sie Jillson hatten zuhören müssen, wie sie in einer endlosen Litanei über schlechte Regierungen geredet hatte.

Mr Curtain lächelte. *»Ein* Paket, *viele* Gedanken. Wenn ihr den Stoff gelernt habt, beschwört der entsprechende Satz die gesamte Unterrichtseinheit in euren Köpfen herauf, wie ein Zauberspruch, der den Geist aus seiner Flasche ruft. Verstanden?«

Tatsächlich begriffen die Jungen weit mehr, als Mr Curtain bewusst wurde. Endlich fügte sich alles zusammen! Mr Benedict hatte sich gewundert, wie die Botschaften so einfach sein und doch so tiefgreifende Wirkung haben konnten. Das war eine der Fragen gewesen, auf die sie eine Antwort finden sollten. Jetzt begriffen sie: Mr Benedicts Empfänger vermochte die »Paket«-Sätze zu entschlüsseln, aber nicht die Informationen, die darin *enthalten* waren. Er konnte zwar die magischen Worte hören, von dem Flaschengeist, den sie heraufbeschworen, wusste er aber nichts.

»Sehr gut«, sagte Mr Curtain, als er sah, dass die Jungen alles verstanden hatten, »das sollte zu eurer Information genügen. Und jetzt kommt der Moment der Wahrheit. Reynard, setz dich bitte in den Flüsterer. George, du kannst von deinem Kissen aus zusehen. Wenn alles gut geht, sollte die Sitzung etwa eine halbe Stunde dauern. Dann kommst du an die Reihe.«

Reynie stand auf und näherte sich der Maschine. Er hatte einen bitteren Geschmack im Mund, weil er an Mr Curtains Worte denken musste, dass der Flüsterer Gedanken wahrnehmen konnte. »Bis zu einem gewissen Grad«, hatte er gesagt, aber bis zu *welchem?* Wie viel würde er verstehen? Würde der Flüsterer ihn als Spion enttarnen? Reynie blieb stehen, starrte den Eisenstuhl mit dem blauen Helm an und wusste nicht, was er tun sollte. Sollte er versuchen, sich der Apparatur zu widersetzen? War das überhaupt möglich? Es gab keinen Weg, das herauszufinden, und Zeit, um zu überlegen, hatte er auch nicht.

»Reynard?«

»Entschuldigen Sie, Sir. Ich versuche nur ... versuche nur, diesen Augenblick angemessen zu genießen.«

Mit schweißfeuchten Händen setzte sich Reynie auf den Stuhl. Mr Curtain zischte unterdessen hinter den Flüsterer und fuhr rückwärts so an ihn heran, dass er Rücken an Rücken mit Reynie saß. Er zog sich den roten Helm über den Kopf und sagte laut: »Ledroptha Curtain!« Sofort senkte sich der blaue Helm auf Reynies Kopf und passte sich ihm eng an. Gleichzeitig kamen schwere Stahlbügel aus den Armlehnen gefahren und legten sich um Reynies Handgelenke.

»Hab niemals Furcht«, sagte Mr Curtain. »Die Armfesseln sind nur dazu da, dich ruhig zu halten. Entspanne dich.«

Reynie holte tief Luft und versuchte vergeblich, mit dem Zittern aufzuhören. Da erst merkte er, dass es sein Sitz war, der zitterte. Der Flüsterer pulsierte vor Energie. Er schloss die Augen.

Gut, sagte eine Stimme in seinem Kopf. Es war nicht seine eigene Stimme, aber es war auch nicht die von Mr Curtain. Der Flüsterer sprach zu ihm. Nicht grob, aber auch nicht freundlich. Es war unmöglich zu beschreiben, es war einfach ... da. *Gut,* wiederholte er. *Wie ist dein Name?*

Reynie war sich nicht sicher, ob er dem Flüsterer nicht doch einen gewissen Widerstand entgegensetzen sollte. Wie viel konnte die Maschine entdecken? Wenn er einen Zentimeter nachgab, brach dann gleich der ganze Damm? Er war noch dabei, sich zu entscheiden, wie er sich verhalten wollte, als der Flüsterer in seinem Kopf sagte: *Willkommen, Reynard Muldoon.*

Aber er hatte doch gar nicht geantwortet! Überrascht öffnete er die Augen und sah Kleber von seinem Kissen aus äußerst besorgt zu ihm herübersehen. Reynie versuchte sich zu konzentrieren. Natürlich funktionierte das nicht wie Sprechen. Er hatte nicht gemerkt, dass er seinen Namen gedacht hatte, aber wenn man aufgefordert wird, seinen Namen zu denken, dann kann man ihn nicht *nicht* denken, ganz gleich, wie sehr man sich anstrengt. Wie die Stimme des Flüsterers war die Antwort einfach da gewesen.

Reynard Muldoon, was fürchtest du am meisten?

Spinnen, log Reynard und versuchte die Dinge wieder in den Griff zu bekommen. Spinnen machten Reynie zwar nervös, aber er hatte keine Angst vor ihnen. Ganz bestimmt waren sie nicht das, was er am meisten fürchtete. Aber das durfte der Flüsterer nicht wissen.

Der Flüsterer antwortete jedoch bereits auf Reynies ungewollte gedachte Antwort: *Hab keine Angst, du bist nicht allein.*

Gleich wurde Reynie von einem wundervollen Wohlgefühl erfüllt. Er fühlte sich so gut, so ruhig, dass er kaum mehr seine Gedanken zusammenhalten konnte. Das ist es also, dachte er. Deshalb sehen die Botschafter so glücklich aus, deshalb sehnen sie sich so nach ihrer nächsten Sitzung! Wenn du tust, was er will, belohnt dich der Flüsterer damit, dass er deine Ängste beruhigt. Reynie hätte niemals gedacht, dass sich das so wunderbar anfühlen würde.

Damit hatte Reynie plötzlich ein anderes Problem. Ein sehr beunruhigendes Problem. Dieses wunderbare Wohlgefühl, das so leicht und unerwartet über ihn gekommen war, führte dazu, dass er sich auf den Flüsterer einlassen *wollte.* Ganz dringend wollte er das. Das war tatsächlich eine beunruhigende Entwicklung, aber solange ihm noch eine Spur von eigenem Willen blieb — bevor er sich ganz verlor —, beschloss Reynie zu versuchen, wenigstens eine Sache herauszufinden.

Mr Curtain, dachte er. *Können Sie mich hören?*

Lass uns anfangen, sagte der Flüsterer.

Mr Curtain, können Sie meine Gedanken hören?

Lass uns anfangen.

Mr Curtain schien ihn nicht zu hören. Vielleicht konnte der Flüsterer nur bestimmte Gedanken erkennen und darüber hinaus nichts verstehen. Reynie hoffte es.

Lass uns anfangen, wiederholte der Flüsterer und klang jetzt eindeutig ungeduldig.

Reynie konnte es nicht länger hinauszögern.

Also gut, dachte er und wappnete sich innerlich. *Ich bin so weit.*

Als Reynie einige Zeit später die Augen öffnete, sah er Kleber über sich, der ihn anstarrte, als wäre er womöglich schon tot. Reynie blinzelte mit den Augen und reckte sich. (Die Erleichterung in Klebers Augen war nicht zu übersehen.) Reynie war erschöpft, aber auf angenehme Weise, als hätte er etwas ungeheuer Erfreuliches vollbracht. Die Metallbügel hatten sich in die Armlehnen zurückgezogen, der blaue Helm seinen Kopf freigegeben, und Mr Curtain saß an seinem Tisch, sah ein paar Papiere durch und sprach leise in eine nicht sichtbare Gegensprechanlage.

»Bist du in Ordnung?«, flüsterte Kleber. »Du hast zwei Stunden in dem Ding gesessen.«

»Zwei Stunden!«, sagte Reynie erstaunt. Es war ihm wie wenige Minuten vorgekommen. Er erinnerte sich, wie der erste Strom Worte in sein Denken gedrungen war und er sie pflichtbewusst wiederholt hatte, wobei sich eine wunderbar glückliche Entspannung einstellte. Es gab nichts zu befürchten, keinerlei Grund, sich Sorgen zu machen. Im Gegenteil, jetzt, wo er darüber nachdachte, ärgerte er sich, dass es zu Ende war. Er wollte dieses Gefühl wieder spüren und empfand Eifersucht auf Kleber, der jetzt gleich seinen Platz auf dem Flüsterer einnehmen würde.

»Tut es weh?«, fragte Kleber. »Geht es dir gut?«

Das besorgte Gesicht seines Freundes brachte Reynie wieder zu Sinnen. »Nein. Keine Angst. Entspann dich einfach. Ich denke ... Ich denke, wir sind sicher. Wir sprechen später darüber.«

»Keine Flüsterei, Jungs«, rief Mr Curtain und kam zu ihnen gefahren. »Ich hasse Geheimnisse, wenn es nicht meine sind.«

»Entschuldigen Sie, Sir«, sagte Reynie. »Ich habe ihm nur gesagt, er soll keine Angst haben. Es tut nicht weh.«

Mr Curtain lachte sein krächzendes Lachen. »Natürlich tut es nicht weh. Sonst würde es nicht funktionieren. Mein Flüsterer hat immer die Hilfe von Kindern gebraucht, und Kinder scheuen Schmerzen ganz besonders. Das weiß ich aus Erfahrung. Nein, es tut nicht weh, George, ganz im Gegenteil. Ich wage zu behaupten, Reynard kann dir versichern, dass seine Sitzung absolut wundervoll war. Und ungewöhnlich: Zwei Stunden sind weit länger als erwartet. Du hast einen starken Geist, Reynard. Die meisten neuen Botschafter schaffen eine halbe Stunde, bis ihre Konzentration dahin ist und sie einnicken. Selbst meine erfahrensten Botschafter kommen niemals auf mehr als eine Stunde.«

Mr Curtain war selbst müde. Schweißperlen glitzerten auf seiner Stirn, und seine klobige Nase war rot gefleckt. Müde, aber glücklich, genau wie Reynie. »Ich bin sehr zufrieden, Reynard, wirklich sehr zufrieden. Ich glaube, nach dieser Sitzung haben wir noch mehr zu besprechen, und wenn Georges Sitzung nur halb so gut läuft, wird er auch mit dabei sein. Würde dir das nicht gefallen, George? Natürlich würde es das. Aber jetzt habe ich erst einmal etwas Saft bestellt. Die Arbeit mit dem Flüsterer ruft nach häufigen Erfrischungen.«

Reynie war etwas wacklig, als er von seinem Sitz aufstand, seine Gedanken rutschten zurück in die sich wiederholenden Muster von Worten und Sätzen, die er hatte denken müssen: »*... putzt die Zähne und tötet die Bakterien. Vergiftete Äpfel, giftige Würmer. Die Vermissten sind nicht verschwunden, sie sind nur abgereist ...*« Und mit jedem neuen Satz kam die Erinnerung an das Wohlgefühl, das es ihm bereitet hatte, ihn zu denken. Er wollte wieder auf diesen Stuhl und gleich noch eine Sitzung absolvieren ...

Reynie schüttelte den Kopf. Er konnte nicht glauben, wie viel Macht der Flüsterer über einen hatte. Und auch nicht, wie sehr er einen erschöpfte — er fühlte sich so schwach, dass er direkt auf eines der Kissen zusteuerte und halb darauf zusammenbrach. Kleber stand bei ihm und wollte irgendwie helfen, wusste aber nicht, was er tun konnte.

Unterdessen hatte Mr Curtain einen Knopf auf seinem Stuhl gedrückt, und die Stahltür der Flüstergalerie glitt zur Seite. Jillson kam mit einem Plastikkrug und Pappbechern herein.

»Sonst noch etwas, Sir?«, fragte sie und warf den Jungen einen Blick grollender Anerkennung zu. Botschafter standen höher in ihrer Achtung als alle anderen Schüler.

»Das ist alles, Jillson«, sagte Mr Curtain.

Jillson ging wieder hinaus und Mr Curtain schenkte den Saft ein. Plastik und Pappe. Kein Glas. Mr Curtain war sehr vorsichtig. Aber selbst wenn sie eine schwere Glasflasche hätten, etwas Hartes, womit sie Mr Curtain eins auf den Schädel geben könnten — was dann? Das Herz des Flüsterers war sicher im Boden versteckt, der Stuhl und die Helme waren aus festem Metall. Was um alles in der Welt konnten sie gegen diese Maschine unternehmen?

»Fertig, George?«, sagte Mr Curtain. Es war mehr ein Befehl als eine Frage. Kleber schluckte und nahm auf dem Flüsterer Platz. Wieder zog sich Mr Curtain den roten Helm auf den Kopf und sagte laut: »Ledroptha Curtain!«

Wieder erschienen die Metallbügel und der blaue Helm senkte sich. Kleber kniff die Augen zusammen. Unbewusst kämpfte er mit den Händen gegen die Bügel an, um nach seiner Brille zu fassen. Kleber hatte offenbar Angst.

Reynie sah von seinem Kissen aus zu. Der arme Kleber. Aber im nächsten Moment schon würde sich seine Angst zerstreuen und von etwas ganz und gar Wundervollem ersetzt werden — was aber noch weit beunruhigender war, denn wie konnten sie Mr Curtain besiegen, wenn seine Erfindung so unwiderstehlich war? Selbst jetzt noch, nachdem er längst wieder aus dem metallenen Griff des Flüsterers befreit war, verspürte Reynie das Verlangen nach dem Gefühl völliger Sicherheit, nach dem Gefühl, nicht allein zu sein ...

Seine Gedanken wurden von Klebers nervöser Stimme unterbrochen, die »Kleber Washington!« rief.

Pause.

Dann sagte Kleber etwas leiser: »Richtig, *George* Washington.«

Der Flüsterer musste ihn nach seinem Namen gefragt haben, und Kleber antwortete mit lauter Stimme, ohne es zu wissen. Offenbar zog der Flüsterer Klebers Geburtsnamen seinem Spitznamen vor.

Reynie sah, wie sein Freund furchtsam die Armlehnen gefasst hielt. Er wünschte, er könnte ihm helfen. Als Nächstes würde der Flüsterer fragen, wovor Kleber am meisten Angst hatte, und Kleber würde nicht die Kraft haben, es ihm zu verheimlichen. Er musste dem Schlimmsten ins Auge sehen, und tatsächlich antwortete Kleber jetzt mit zitternder Stimme auf die unausgesprochene Frage des Flüsterers.

»Dass mich keiner will«, sagte Kleber. »Dass mich überhaupt keiner will.«

SESAM, ÖFFNE DICH

Beim Mittagessen warf Kate Weintrauben in die Luft — so hoch, dass sie fast gegen die Decke stießen — und fing sie mit dem Mund wieder auf, was jedes Mal ein befriedigendes *Plopp!* machte. Sie tat das, ohne nachzudenken, es war eine alte Angewohnheit von ihr, Weintrauben so zu essen. So schien sie zwar abgelenkt, hörte aber aufmerksam zu, als die Jungen von der Flüstergalerie erzählten. Der Beweis dafür war, dass Kate, als Reynie erzählte, das Institut würde geschlossen werden, ungläubig den Kopf senkte und die nächste Traube nicht mit einem *Plopp!* in ihrem Mund, sondern mit einem *Patsch!* auf ihrer Stirn landete.

»Es stimmt«, sagte Kleber. »Mr Curtain sieht für die nähere Zukunft schon >einen Ruf zu höherer Pflicht< voraus. Er hat uns gewarnt, bloß kein Wort darüber zu verlieren. Sowieso reicht schon ein falsches Wort über den Flüsterer, und man ist die längste Zeit Botschafter gewesen, und glaubt mir, keiner will das Risiko eingehen. Ich nehme an, wenn er wüsste, dass wir euch das alles erzählen ...«

»Würde er euch aus dem Turm werfen«, sagte Kate und wischte sich den Saft der zerplatzten Traube von der Stirn.

»Er hat uns das alles erzählt«, sagte Reynie, »weil er darüber nachdenkt, ob er uns nach der großen Veränderung — der Besserung, wie er es nennt — bei sich behalten will, damit wir Manager werden. Er hat gesagt, zur Belohnung könnten wir den Flüsterer einmal pro Woche benutzen.«

»Ist das wirklich so toll«, sagte Constance, »auf einem blöden Stuhl zu sitzen und nichts zu tun?«

Reynie und Kleber sahen sich an, wandten aber schnell den Blick ab. Keiner von beiden wollte zugeben, wie tief der

Flüsterer Besitz von ihm ergriffen hatte. Reynie hatte versucht, alle Begeisterung — ja, sogar Zuneigung — aus seiner Beschreibung der Apparatur herauszuhalten. Wollte er es wirklich laut aussprechen, dass Mr Curtains Maschine ihn ... nun ... glücklich gemacht hatte?

Reynie wechselte lieber das Thema. »Es ist anstrengend. Und wie. Deshalb braucht Mr Curtain so viele Botschafter. Sie wechseln sich ab, damit sie frisch bleiben. Gemessen an der Zahl der Botschafter sollten wir ungefähr in einer Woche wieder an die Reihe kommen, immer angenommen ... Oh, großer Gott, da geht es ja schon wieder los!«

Die Kinder machten verdrießliche Gesichter und hielten sich die Köpfe. Constance sah allerdings nicht nur verdrießlich, sondern verblüfft aus — als wäre es die erste geheime Mitteilung, die sie hörte, und nicht wenigstens die dreißigste.

»Constance?«, sagte Reynie. »Bist du ...«

»Ruhe«, zischte Kate, »da kommt eine Schärpe.«

»Hallo, George, hallo, Reynard«, sagte der Botschafter und schenkte den Mädchen dabei keinerlei Beachtung. Es war ein untersetzter Junge, dessen Zahnspange so voller Gummis war, dass sein Mund wie vergittert aussah. »Im Namen der anderen Botschafter möchte ich euch gratulieren und euch sagen, dass ihr von jetzt an mit an unserem Tisch essen solltet. Mit der Botschafterschaft, haha!«

»Haha«, sagte Reynie so freundlich wie möglich. Es würde ihrer Mission nicht unbedingt weiterhelfen, die anderen Botschafter zu beleidigen, aber sie wollten sich auch nicht von Kate und Constance trennen. Er sah Kleber an, der seltsam erwartungsvoll dreinschaute, als überlegte er ernsthaft, der Einladung zu folgen. Was dachte er gerade?

»Vielen Dank«, sagte Reynie schnell. »Aber macht euch das mit unserem Magenvirus nichts? Es kann noch ein, zwei Tage dauern, bis Kleber und ich uns ganz wieder erholt haben.«

»Ein Magenvirus?«, fragte der Botschafter und machte einen Schritt zurück.

»Mag...? Ja, sicher«, sagte Kleber und stieß ins gleiche Horn. »Wir haben uns fast die ganze letzte Nacht übergeben müssen, und zwar ziemlich heftig. Ich hatte das Gefühl, jemand wollte mein Innerstes nach außen ziehen. Aber Reynie ist zu vorsichtig. Wahrscheinlich sind wir längst nicht mehr ansteckend. Wir sollten mit dir kommen und uns zu euch setzen.« Er griff nach seinem Tablett und tat so, als wollte er aufstehen.

»Uuh, nein, nein ... Ich denke, Reynard hat ganz recht«, sagte der Junge und wich zurück. Er hielt eine Hand vor den Mund und sprach durch die Finger. »Mit so was kann man nicht vorsichtig genug sein. Wir geben euch beiden noch ein paar Tage, und wenn ihr euch völlig wieder in Ordnung fühlt, ich meine, hundertprozentig, dann kommt ihr und setzt euch zu uns.«

»Das ist schrecklich nett von euch«, sagte Reynie, aber der Botschafter war schon wieder davongeeilt.

»Hübsch gemacht, ihr beiden«, sagte Kate. »Aber he, was ist mit dem Kleber Washington, so wie ich ihn kennengelernt habe? Ihr wisst schon, dieser schüchterne, ängstliche Kerl?«

»Immer langsam«, sagte Kleber und zog den Kopf ein.

»Ah, da ist er ja.«

Kleber wollte lächeln, dabei war er fürchterlich durcheinander. Er wusste absolut nicht, was er getan hätte, wenn Reynie gerade nicht so reagiert hätte. Er hatte ernsthaft mit zu den anderen Botschaftern gehen *wollen!* Reichte das schon aus, ihn zum Wanken zu bringen — dass ihn jemand fragte? Wollte er so sehr gewollt werden, dass er dafür ... *alles* tun würde? Es war, als hätte der Flüsterer eine Tür geöffnet, und jetzt konnte Kleber sie nicht wieder schließen. Er schämte sich so sehr, dass er kaum den Blick zu heben vermochte.

Auch Reynie fühlte sich sehr verunsichert. Je mehr er über seine Reaktion auf den Flüsterer nachdachte, desto überzeugter war er, dass sein Aufstieg zum Botschafter eine schlechte Entwicklung war, ein Schlag gegen ihre Mission und kein Segen: Weil er zu schwach war, damit umzugehen. Sie mussten ihre Mission beenden und von der Insel verschwinden, bevor er ein weiteres Mal auf den Flüsterer kam. Wahrscheinlich war es erst in ein paar Tagen wieder so weit, obwohl er sich bereits dabei erwischte, zur Tür hinüberzuschielen, ob er nicht vielleicht jetzt schon gerufen wurde.

Reynie räusperte sich. »Ich glaube, wir müssen ...«

»Bitte!«, fuhr ihn Constance an und hielt sich die Ohren zu. »Reynie! Willst du ... bitte ... aufhören zu *reden!*«

»Was ist denn mit dir los?«, fragte Kleber in scharfem Ton.

Constance ließ die Hände sinken und sah Reynie mit einer Mischung aus Reue und Genervtheit an.

»Tut mir leid«, sagte sie knapp. »Es ist nur so, dass du schon die ganze Zeit dran bist, und langsam kann ich es nicht mehr hören. Einer von dir, okay. Aber zwei sind zu viel.«

»Ich bin *dran?«,* fragte Reynie. *»Zwei* von mir?«

»Du bist dran, weißt du«, sagte Constance und klopfte sich vor den Kopf. »Die Mitteilungen. Da redest *du.*«

Die anderen sahen sich erstaunt an.

Reynie war völlig verdattert. »Bist du ... Bist du sicher, Constance? Ich meine, ich ... ich sitze schließlich hier.«

Constance schlug sich jetzt seitlich an den Kopf, als wollte sie sich Wasser aus dem Ohr schütteln. »Das ist so, als kämst du in Stereo.«

»Wow«, sagte Kate beeindruckt. »Das muss ja echt komisch für euch beide sein.«

»Wisst ihr, was das bedeutet?«, sagte Kleber. »Mr Curtain zeichnet die Sitzungen auf! Er kann Gedanken aufzeichnen!«

»Aber wenn er das kann«, sagte Kate, »warum braucht er dann immer neue Botschafter? Warum spielt er nicht einfach seine Aufnahmen?«

»Ich glaube, ich weiß, warum«, sagte Reynie, der sich endlich von seiner Überraschung erholt hatte. »Er kann es noch nicht lange. Erinnert ihr euch an die Veränderungen, von denen er in seinem Tagebuch geschrieben hat? Und heute Morgen hat er es auch wieder gesagt: Der Flüsterer werde noch verbessert.«

»Das erklärt, warum er nach der Besserung für seine Botschafter keine Verwendung mehr hat«, sagte Kleber. »Wenn erst alle Mitteilungen aufgenommen sind, braucht er keine Botschafter mehr.«

»Und er kann die Mitteilungen rund um die Uhr aussenden«, sagte Constance. Sie seufzte verzweifelt und schloss die Augen. »Das ist echt super.«

Aber das war sicher noch nicht alles, dachte Reynie. Er hatte den starken Verdacht, dass Mr Curtain, wenn er erst alle Mitteilungen aufgenommen hatte, auch die Leistung voll aufdrehen würde. Das würde alles Teil der Besserung sein. Um Constance zu schonen, sprach Reynie es aber nicht aus. Sie war auch so schon voller Angst. Mit fest geschlossenen Augen saß sie da und schien sich zu fragen, was ihr wohl noch alles bevorstand ...

Irgendwo in Reynies Erinnerung regte sich etwas. Erst kürzlich hatte er sich genauso gefühlt, nur hatte er seine Augen nicht geschlossen ...

»Uns bleibt so gut wie keine Zeit mehr, richtig?«, sagte Kleber. »Ich hatte nicht gedacht, dass wir noch auf der Insel sein würden, wenn es zum Schlimmsten kommt. Wobei ich sowieso gehofft hatte, dass es *nie* so weit käme.«

»Ich wünschte, wir könnten etwas unternehmen!«, sagte Kate. »Wenn wir nur wüssten, was Mr Benedict ...« Sie hielt inne. »Reynie, warum guckst du Constance so an?«

Constance öffnete die Augen und sah, wie Reynie sie anstarrte.

»Mr Benedict sagte, >mit offenen Augen könnt ihr jetzt einen Ort finden«<, murmelte Reynie. »Womit er meinte, *bevor sie geschlossen werden* — und zwar mit einer Binde!«

Er sprang auf. »Schnell, wir haben vorm Unterricht noch etwas Zeit.«

Kate stand ebenfalls schon. Ihre blauen Augen blitzten vor Aufregung. »Wohin gehen wir?«

»Wir suchen nach einem Ort, den wir verlassen müssen, um in ihn hineinzugelangen.«

Nur Augenblicke später stand die geheime Benedict-Gesellschaft auf dem Platz draußen, genau dort, wo Jackson morgens Reynie und Kleber ihre Augenbinden angelegt hatte. Im Felsengarten spielten ein paar Schüler, Manager waren keine zu sehen.

»Hier war es, oder?«, fragte Reynie.

»Ich bin ziemlich sicher«, sagte Kleber, der immer noch nicht ganz begriff, was Reynie vorhatte. Reynie hatte es zu eilig gehabt, um etwas erklären zu können.

»Und wie viele Schritte haben wir gemacht, bevor wir nach drinnen kamen?«

Kleber sagte es ihm, und Reynie sah Kate an. »Zu welcher Tür kommen wir da?«

Kate bat Kleber ein paar Schritte zu machen, während sie zusah. Dann betrachtete sie die Institutsgebäude, eines nach dem anderen. Endlich schüttelte sie den Kopf. »Bei der Länge deiner Schritte kommt ihr mit der Anzahl zu keinem Gebäudeeingang und auch zu keinem Hintereingang.«

»Oh«, sagte Kleber, der sicher war, Reynie jetzt enttäuscht zu haben. »Entschuldigt, aber ich war fürchterlich nervös. Ich hab mich wohl getäuscht.«

»Das glaube ich nicht«, sagte Reynie, der alles andere als enttäuscht wirkte, sondern im Gegenteil immer aufgeregter wurde. »Wir haben den Platz verlassen, erinnerst du dich? Es ging über einen Weg — und dann über ein Stück *Rasen.«*

»Rasen?«, sagte Kleber. »He, das stimmt! Ich habe vor lauter Angst nicht weiter darüber nachgedacht. Und weißt du was? Als mich Jillson zum Wartezimmer brachte, war es genau das Gleiche.«

Reynie nickte. »Als Mr Benedict sagte, wir müssten hinausgehen, um hineinzukommen, meinte er, dass wir die Gebäude verlassen und irgendwo anders hineinmüssen, in einen Ort, den wir von drinnen nicht erreichen können!«

Auf Kates Gesicht breitete sich ein Grinsen aus. »Es sind die Fallen, stimmt‘s? Die Anzahl Schritte, die du gezählt hast, würde uns ziemlich genau zu der Falle hinter dem Kontrollgebäude bringen.«

»Aber warum sollten wir in die Fallen wollen?«, fragte Constance voller Zweifel.

»Nicht in die Fallen selbst«, sagte Reynie. »Erinnert ihr euch, dass wir dachten, die Felsen wären dazu da, sie zu verstecken? Ich glaube, es funktioniert andersherum. Die Fallen sind dazu da, uns von den *Felsen* fernzuhalten, weil die Felsen Geheimeingänge sind!«

»Geheimeingänge!«, sagte Constance und gab sich alle Mühe, nicht zu beeindruckt zu wirken. »Wie bist du darauf gekommen?«

»Ich hätte schon viel früher darauf kommen müssen«, sagte Reynie. »Kleber hatte doch bereits erzählt, dass ihn Jillson nach draußen geführt und ihm dort die Augen verbunden hatte. Offenbar wollen die Manager etwas verbergen, etwas mehr als das Wartezimmer, meine ich, weil kein vernünftiger Mensch jemals freiwillig danach suchen würde. Ich wette, der letzte Satz von Mr Benedicts Nachricht hätte in etwa gelautet: >*... wo einer von euch bereits war.*<«

Kleber kratzte sich am Kopf. »Aber woher sollte Mr Benedict das wissen?«

»Sie beobachten das Institut mit ihren Teleskopen, und den Platz kann man vom Festland aus ganz überblicken. Sie müssen gesehen haben, wie Jillson dir die Augen verbunden und dich hinter das Kontrollgebäude geführt hat. So hat Mr Benedict es herausgefunden.«

»Du glaubst also, *etwas* Gutes ist dabei herausgekommen?«, fragte Kleber, dessen Augen plötzlich voller Tränen standen. »Es war nicht ganz umsonst, dass ich ins Wartezimmer musste?«

»Du willst uns doch wohl hier jetzt nichts vorheulen, oder?«, fragte Constance grob.

»Nicht mehr«, brummte Kleber, nahm die Brille ab und wischte sich über die Augen. »Ich glaube, das hast du mir gerade ausgetrieben.«

»Also«, sagte Reynie, »der Weg zum Wartezimmer und zur Flüstergalerie kann auch noch woandershin führen. An einen wichtigen Ort. Wir müssen hinein und es herausfinden.«

»Was machen wir also als Nächstes?«, fragte Kate. »Sollen wir uns die Felsen hinter dem Kontrollgebäude einmal ansehen? Wir haben noch ein paar Minuten bis zum Unterricht.«

Reynie überlegte. »Ich glaube, die hinter dem Wohnheim sind sicherer. Da drüben ist zu viel los.«

»Sicherer ist gut«, sagte Kleber.

Kate hüpfte bereits auf und ab. »Worauf warten wir dann noch?«

»Auf den richtigen Augenblick«, sagte Reynie.

Wie sich herausstellte, dachte Reynie an einen ganz speziellen »richtigen Augenblick«: nach Ende des Unterrichts, wenn die Anwerber und Manager in der Sporthalle waren und ihren schaurigen Tanz einübten. Dann würde die Gefahr weit kleiner sein, jemandem auf den geheimen Gängen zu begegnen, sagte er. Aber sie hätten sowieso nur ein paar Minuten und würden sich beeilen müssen.

Glücklicherweise war Eile etwas, bei dem Kate sich selbst übertraf. Als die anderen halb den Hügel hinauf waren und auf dem Stück Weg standen, das den Ranken am nächsten lag, war Kate bereits oben auf der Spitze, versicherte sich, dass von nirgends jemand kam, warf noch schnell einen Blick auf den Platz, ob von dort einer zu ihnen heraufsah, und hob den Daumen: Alles klar! Sofort rannten die anderen los und versteckten sich hinter den Felsen. Eine Minute später stieß Kate zu ihnen.

»Wir haben den Eingang gefunden«, sagte Kleber und deutete auf einen kaum sichtbaren Umriss auf dem Stein. »Die Frage ist, wie man ihn öffnet. Drücken, schieben und betteln hilft nicht, das haben wir schon probiert.«

»Sesam, öffne dich!., rief Constance und funkelte die reglosen Felsen an, als wäre sie voller Hass auf sie.

Im Moment gefielen sie Reynie auch nicht besonders. Er hatte nicht bedacht, dass es schwierig sein könnte, *in* die Geheimeingänge zu gelangen, wenn man sie erst einmal gefunden hatte. Und jetzt standen sie hier und seine Rechnung ging nicht auf. Kostbare Sekunden verstrichen.

Kate ließ den Blick kreisen, um sich zu vergewissern, dass niemand sie sehen konnte, aber Mr Curtain hatte die Lage des Eingangs sehr sorgfältig gewählt. Die Rückseite der Felsen war von nirgends unten einzusehen, von keinem Fenster und keiner Tür des Instituts. Das Gleiche galt für die Felsen hinter dem Kontrollgebäude. Wenn die Schüler wie vorgeschrieben auf den Wegen blieben, würden sie niemals einen Manager sehen, der einen der Geheimeingänge benutzte.

Reynie suchte unterdessen nach einem geheimen Hebel oder Knopf, nach irgendetwas, womit sich die Tür öffnen ließ. Als er nichts fand, knurrte er: »Kommt! Das lohnt nicht! Wir haben keine Zeit für so was!« Damit gab er der Tür einen enttäuschten Tritt.

Und zum Erstaunen aller schwang die steinerne Tür auf und ließ einen offenen Durchgang sehen.

»Du hast sie aufgetreten?«, rief Kleber ungläubig.

Reynie nickte und begriff endlich. »Mr Curtain rammt gerne durch alle Türen«, sagte er. »Ist dir das schon aufgefallen?«

Hinter dem Durchgang lag ein kleiner leerer Raum. Die Tür schloss sich hinter ihnen, und sofort ging an der Decke ein Licht an. Es war so hell, dass sie fast die Augen zusammenkneifen mussten. Vor ihnen lag eine ähnlich hell erleuchtete Passage, die zu einem steilen Abstieg führte. Reynie hatte vorgehabt, Constance als Wache am Eingang zurückzulassen, aber er erkannte, dass das unnütz wäre. Der Abstieg wand sich nach wenigen Schritten vom Eingang weg, und wenn jemand von außen hereinkam, gab es keinen Platz, sich in dem kleinen Eingangsraum zu verstecken. Den Kindern blieb keine Wahl, als zusammenzubleiben und auf das Beste zu hoffen.

Schnell und leise folgten sie dem Gang. Constance war huckepack unterwegs, Kate und Reynie gingen auf Zehenspitzen und Kleber, der das nicht gut konnte (er zog dabei die Knie zu hoch und sah aus und klang wie ein tänzelndes Pferd), hatte die Schuhe ausgezogen und lief auf Strümpfen.

Nirgends gab es eine Ecke oder Nische, in der sie sich hätten verstecken können, und so war ihnen ziemlich unwohl zumute.

Als sie sich dem Fuß des Hügels nähern mussten, trafen sie auf einen anderen Gang, der nach rechts abbog und noch steiler nach unten führte. Den würden sie nicht weiter erkunden müssen. Sie wussten gleich, wohin er führte: Ein bemerkenswert übler Geruch drang aus ihm hoch, und an seinem Ende war eine einsame schwarze Tür mit einem Vorhängeschloss zu sehen. Der Boden vor der Tür war mit schwarzem Matsch überzogen, und sie konnten ein hohes Summen hören, das immer wieder von leichtem Klacken und Kratzen unterbrochen wurde. Reynie drehte sich zu Kleber um, der ein paar Schritte hinter ihm stand, am ganzen Körper zitterte und die Augen geschlossen hielt.

»Gehen wir weiter«, sagte Reynie schnell. Er und Kate nahmen Kleber, dessen Knie weich zu werden drohten, bei den Armen. Dankbar griff er nach ihnen, und sie eilten weiter.

Nach gut einem Dutzend Schritten kamen die Kinder an eine weitere Abzweigung, diesmal nach links, die zu einer einfachen Eisentür führte.

Kleber ließ Kate und Reynie los und drückte den Rücken durch. Was immer sich hinter dieser Tür befand, er wollte ihm entschlossen begegnen, auf jeden Fall entschlossener als gerade dem Wartezimmer. Und während Kate und Constance noch fragend Reynie ansahen (der offenbar zögerte, ob er derjenige sein sollte, der sie öffnete), ergriff Kleber die Gelegenheit, drückte sich an ihnen vorbei und gab der Tür einen festen Tritt. Es klang ganz so wie ein Hammer, der auf einen Finger trifft, und Kleber sank zu Boden und hielt sich den Fuß.

Reynie zeigte auf eine Nummerntastatur neben der Tür. »Die funktioniert nicht so wie die Türen draußen«, flüsterte er. »Die ist verschlossen.«

Kleber wimmerte und zog sich seine Schuhe wieder an. Entschlossenheit war offenbar nicht alles.

»Was ist denn das?«, fragte Kate und zeigte auf einen Zettel an der Wand über der Tür. »Sieht aus wie eine Notiz. Pass auf, Constance, ich hebe dich hoch.« Einen Moment später hielt Constance den Zettel in der Hand. In charakteristischen unbeholfenen Druckbuchstaben war darauf zu lesen: *Den Code verschwitzt, das Hirn schwer wie BLEI? Bitte UMDREHEN!*

Unten auf dem Zettel war ein Pfeil, der nach unten deutete.

Die Kinder hielten den Atem an. Konnte es so einfach sein? Konnten sie ein solches Glück haben? Reynie drehte den Zettel um und fand eine Notiz in einer anderen Handschrift: *Alle Manager, Achtung! Niemand darf solche Zettel hinterlassen. S. Q., das hier ist besser bis heute Abend verschwunden. Hör auf, besonders clever sein zu wollen. Jackson.*

»Das wäre auch zu schön gewesen, um wahr zu sein«, sagte Constance.

»Das kapiere ich nicht«, sagte Kleber. »Warum sollte S. Q. schreiben: *bitte umdrehen,* ohne den Code auf der Rückseite zu notieren?«

»So ist eben S. Q.«, sagte Kate. »Vielleicht hat er es vergessen. Was *ich* nicht verstehe, ist, warum Jackson die Notiz nicht einfach selbst entfernt hat.«

»Dann hätte er die Gelegenheit verstreichen lassen, S. Q. vor allen anderen Managern zurechtzuweisen«, sagte Constance.

»Stimmt«, sagte Kate.

Reynie untersuchte den Zettel genauer. »Da ist etwas ...« Die anderen sahen ihn erwartungsvoll an. Er rieb sich das Kinn. »Warum ... Warum schreibt Jackson, S. Q. soll nicht versuchen, clever zu sein?«

»Weil Jackson weiß, dass es keinen Sinn hat, wenn er es versucht?«, sagte Constance.

»Aber er *hat* es versucht, wenigstens sagt Jackson das. Die Frage ist also, was hat S. Q. gemacht, das er für clever hielt? Einfach so hoch da oben einen Zettel hinzukleben, kann es nicht sein. Vielleicht war er schwer zu erreichen, aber doch nicht schwer zu entdecken.«

Kate las die Notiz noch einmal. »Okay, und warum schreibt er *Blei* und *umdrehen* in Großbuchstaben? Ist das nur zum Hervorheben gedacht?«

»Er will die Aufmerksamkeit darauf lenken«, sagte Reynie. »Da muss noch was dahinterstecken ...« Er überlegte.

»Vielleicht hat es was mit der Zahl der Buchstaben zu tun?«, sagte Kleber.

»Vielleicht ist der Code mit unsichtbarer Tinte geschrieben«, sagte Constance.

»Dann hätte er ihn auch einfach vorne draufschreiben können«, sagte Reynie. »Warum sollte man dann den Zettel umdrehen müssen?«

»Glaubst du etwa, alles, was S. Q. tut, hat einen Sinn?«, sagte Kleber.

Plötzlich musste Reynie lachen. »Moment mal! Ich hab‘s! Genau ums Umdrehen geht es! S. Q., du Fuchs!«

»Ah, Reynie?«, sagte Kate. »Wir haben den Zettel doch schon umgedreht, und da steht nichts.«

»Wir haben auf die Rückseite des Zettels gesehen«, sagte Reynie. »Das meint S. Q. aber nicht. Er will ihn auf dem Kopf lesen.«

»Das verstehe ich nicht«, sagte Kleber.

»Überlegt doch mal: BLEI kann der neue Code nicht sein — aber wenn man das Wort auf den Kopf stellt? Man muss es nur UMDREHEN!« Reynie drehte den Zettel um und zeigte auf das Wort BLEI. Aus den Buchstaben wurden Zahlen: 1378.

»He, das ist *echt* clever!«, sagte Kleber. »Für S. Q., meine ich.«

»Was für ein Glück, dass er nicht *so* clever ist, sich ohne Zettel an den Code zu erinnern«, sagte Reynie.

Sie klebten den Zettel zurück an seinen Platz und bereiteten sich innerlich auf das vor, was sie hinter der Tür vorfinden würden. Was würde es sein? Etwas Schreckliches, Furchterregendes? Oder genau das, was Mr Benedict brauchte? Und was war — dieser Gedanke schoss Reynie plötzlich durch den Kopf —, wenn die Notiz dort mit *Absicht* hingehängt worden war? Um neugierige Kinder in eine Falle zu locken?

Reynie sah den ängstlichen Ausdruck auf Kates Gesicht. Dachte sie gerade das Gleiche? Mr Curtain musste mit einem Schnüffler rechnen — wozu sonst hätte er die Codes ändern sollen? Wenn also ...?

»Wir müssen es uns genau überlegen«, flüsterte Reynie.

Aber Kate streckte bereits die Hand nach der Tastatur aus. »Uns bleibt keine Zeit zum Nachdenken. Er kommt.«

»Er ... was?«, rief Kleber.

Deswegen hatte Kate so geguckt! Sie hatte etwas gehört, und jetzt hörten es Reynie und die anderen auch: hinten aus dem Hauptgang, und es wurde mit jeder Sekunde lauter, ein elektrisches Summen, das Schalten von Gängen ...

Mr Curtain!

Ihnen blieb keine Wahl, sie mussten durch diese Tür, selbst wenn Reynie keine Antwort auf seine letzte brennende Frage hatte: Was, wenn es eine Falle war?

ÜBUNG MACHT DEN MEISTER

Die Tür glitt zur Seite. Die Kinder drängten durch die sich auftuende Öffnung und fanden sich in einem warmen, hellen Raum wieder, der stark nach Druckerschwärze und Tinte roch. Es schien eine Art Pressebüro zu sein. Zwei lange Tische voll mit gedrucktem Material standen mitten im Raum, und in der gegenüberliegenden Ecke spuckte eine riesige Druckmaschine Seite um Seite aus. Neben dem Drucker flackerte mit abgedrehtem Ton ein Fernseher, auf dem ein Glas Saft stand. Der Raum schien kurz davor zu stehen, leergeräumt zu werden: Zwei lange Klapptische lehnten an der Wand, daneben türmten sich große leere Holzkisten. Hier herrschte normalerweise zweifellos große Betriebsamkeit, nur im Moment war niemand zu sehen.

Kaum eine halbe Minute später schoss Mr Curtain in den Raum, und auch für ihn war niemand zu sehen. Auf dem Schoß trug er einen Stapel Zeitungen. Ein fröhliches Liedchen summend, fuhr er zum Drucker hinüber und sah die Ausdrucke durch.

Währenddessen drängten sich die vier Mitglieder der geheimen Benedict-Gesellschaft wie ein Haufen wild durcheinandergeworfener Puppen in einer der großen Holzkisten und lugten durch die Ritzen zwischen den Brettern. Reynie lag so unglücklich (und hatte dazu noch Constance auf sich liegen), dass er nur einen Teil des Bodens sehen konnte. Constance sah vor allem die Decke gut. Kleber dagegen hatte einen perfekten Blick auf das, wovon dort draußen eine unglückselige Gefahr ausging. Er kniff Kate in die Wade, um ihre Aufmerksamkeit zu erlangen, und versuchte ihr mit rollenden und klimpernden Augen zu erklären, worum es ging. Kate kamen sie weit furchtsamer als gewöhnlich vor, ja, sie glaubte Panik darin erkennen zu können. Was angesichts ihrer Lage verständlich war, dachte sie. Obwohl, war da nicht noch etwas? Was war denn bloß mit seinen Augen? Was wollte er ihr mit seiner Zwinkerei begreiflich machen? Kate folgte seinem Blick zwischen den Brettern hindurch ...

Und da, auf dem Boden vor der Kiste, für jedermann sichtbar, lag seine Brille.

Er musste sie verloren haben, als Kate ihn in die Kiste gehievt hatte. Sie hatte sie nicht herunterfallen sehen, dazu war sie viel zu sehr mit Constance beschäftigt gewesen, die sie mit einem Schwung hinter ihm herbeförderte. Dann war sie selbst hinter den anderen hineingeklettert, in die Kiste gepurzelt und hatte den Deckel über sich gezogen. Aber jetzt sah sie die Brille, und wenn Mr Curtain beim Hereinkommen nicht so mit seinen Zeitungen beschäftigt gewesen wäre, hätte er sie auch gesehen. Wenn er drüben am Drucker fertig wurde und sich umdrehte ...

Die Brille lag zu weit weg, als dass sie sie einfach so hätte erreichen können. Kate brauchte eines der Hilfsmittel aus ihrem Eimer. Aber an den war nicht so leicht heranzukommen: Einen Arm konnte sie überhaupt nicht bewegen, den anderen musste sie um Constances Hals fädeln, wobei sie den Ellbogen gegen Klebers Nase drückte, und dann das Handgelenk in einem unnatürlichen Winkel so weit nach hinten biegen, dass es verdammt wehtat. Nein, so leicht war es nicht, aber Kate schaffte es, und mit einem gezielten Ruck, der Klebers Augen zum Tränen brachte, kam sie an ihren Hufeisenmagneten heran.

Die Brille hatte eine Metallfassung. Kate konnte nur hoffen, dass es das richtige Metall war.

Mr Curtain hatte den Ton des Fernsehers aufgedreht. Ein Nachrichtensprecher sagte etwas über den Notstand, und Mr Curtain kicherte — tatsächlich, er *kicherte* —, als lauschte er einem Komiker. Er nahm einen Schluck von seinem Saft und ging summend wieder an die Arbeit.

So ungünstig, wie sie lag, konnte Kate gerade die Reifen seines Rollstuhls sehen, die zum Drucker deuteten. Jetzt oder nie. Sie schob den Arm zwischen zwei Brettern hindurch und streckte ihn so weit vor, wie es eben ging. Der Magnet war immer noch Zentimeter von der Brille entfernt. Kate schob ihn noch etwas weiter vor. Am Ende hielt sie ihn nur noch mit zwei Fingern. Die Brille ruckte. Ruckte noch einmal ... und rutschte mit einem Klicken gegen den Magneten.

Mr Curtains Summen brach ab. »Hallo? Wer ist da?« Mit einem scharfen Quietschen drehten sich die Reifen in Richtung der Kiste, in der — nur Sekundenbruchteile zuvor — Kates Hand mit der Brille verschwunden war. Eine lange Pause entstand. Finger trommelten auf eine harte Oberfläche, ein Grunzen ertönte. Die Räder drehten sich wieder weg.

Minuten später verließ Mr Curtain den Raum.

Die Kinder kletterten aus der Kiste, streckten die verdrehten Glieder und rieben sich die wunden Stellen.

Reynie sah sich schnell um. »Er hat seinen Saft mitgenommen, vielleicht kommt er also nicht zurück. Constance, könntest du draußen aufpassen? Du kennst den Code. Wenn du etwas hörst, komm herein und warne uns.« Er schob sie vor die Tür, bevor sie noch ernsthaft protestieren konnte.

Kleber sah bereits einen frisch gedruckten Stapel Papiere durch. »Das sind Presseerklärungen der Regierung.«

»Was ist eine Presseerklärung?«, fragte Kate und sah ihm über die Schulter.

»Eine Mitteilung, die an die Zeitungen geschickt wird, damit die sie weiterverbreiten«, sagte Kleber und kratzte sich am Kopf. »Komisch, das Datum liegt immer in der *Zukunft*. Die hier ist von nächster Woche, die aus der Woche danach ... und immer so weiter, für Monate. Nein, Jahre!«

»Das sind *vorbereitete* Erklärungen«, sagte Reynie. Er trat zu Kleber und blätterte den Stapel durch. »Artikel, die Mr Curtain in den Zeitungen abdrucken lassen will. Und sie haben alle mit *ihm* zu tun. Seht euch die Überschrift für den hier nächste Woche an: HOCH GESCHÄTZTER WISSENSCHAFTLER UND ERZIEHER ÜBERNIMMT WICHTIGEN POSTEN.«

Kleber stöhnte und nahm die Brille ab. »Könntest du ihn vorlesen, Reynie? Ich muss mir die Brille putzen.«

Und so las Reynie den Artikel vor.

»LEDROPTHA CURTAIN, der eben ernannte Minister und Erste Internationale Sekretär der Territorien des Erdkreises (M.E.I.S.T.E.R.), sagt über seine neue Rolle: >Die Regierungen dieser Welt haben mich in dieser Krise zum Berater und Koordinator berufen. Als Privatmann nehme ich die Funktion nur widerstrebend an, folge aber meiner Pflicht.<«

»Das ist ja verrückt!«, sagte Kate. »So eine Position gibt es doch gar nicht!«

»Offenbar wird es sie geben. Hier steht, die Regierungen haben sich endlich neu organisiert, um dem Notstand entgegenzuwirken.«

Kleber schnaubte vor Wut: »Aber der Notstand ist eine reine Erfindung! Mr Curtain hat das in die Welt gesetzt! Ich kann nicht glauben, dass jede einzelne ...«

»Doch! Genau!«, rief Reynie, der auf das Papier starrte. Er spürte eine Welle der Erleichterung, der aber sofort das blanke Entsetzen folgte — als wäre es ihm endlich gelungen, ein Rätsel aus lauter Hieroglyphen zu lösen, um gleich darauf festzustellen, dass es sich um einen Fluch handelte.

»Was ist, Reynie ?«, fragte Kate.

»Der Notstand ist nur der erste Schritt«, sagte Reynie und schlug auf das Papier. »Mr Curtain glaubt, dass Furcht das wichtigste Element der menschlichen Persönlichkeit ist, erinnert ihr euch? Deshalb sehnen sich die Botschafter auch so nach dem Flüsterer. Er tröstet und beruhigt sie, und Mr Curtain nutzt das aus, um sie für sich einzuspannen. Was wäre also, wenn er eine Furcht *schaffte,* die jeden beträfe: eine Furcht, die allen Menschen gemeinsam wäre?«

»Die Furcht, dass alles außer Kontrolle gerät«, sagte Kate.

»Genau! Der nächste Schritt wäre dann, diese Furcht mit der richtigen Botschaft zu lindern. Die Botschafter lieben den Flüsterer, und zwar leidenschaftlich, und Mr Curtain hat vor, dass es allen Menschen auf dieser Welt so wie den Botschaftern geht!«

»Alle sollen den Flüsterer lieben?«, fragte Kleber.

»Nein«, sagte Reynie. »Sie werden *Mr Curtain* lieben.«

Reynie fügte die einzelnen Mosaiksteinchen zusammen. »Diese Tagebucheinträge, die Stellen, an denen er mit sich selbst zu sprechen scheint: >Vertrau Ledroptha Curtain< und so weiter. Das sind alles Entwürfe.«

»Er arbeitet an seiner neuen Botschaft«, sagte Kleber, der endlich begriff.

Kate musste lachen. »Du meinst ›Curtain macht alles besser‹ war der Entwurf für eine geheime Botschaft? Das taugt doch nicht!«

Reynie reichte Kate eine weitere Presseerklärung. »Sieh dir das hier an: ›CURTAIN IST DER MANN, DER UNS VOR DER RÄTSELHAFTEN AMNESIE-EPIDEMIE SCHÜTZEN KANN.‹«

»Eine Epidemie, die die Menschen ihr Gedächtnis verlieren lässt?«, sagte Kleber.

Kate ging ein Stück den Tisch entlang und blätterte die verschiedenen Erklärungen durch. Sie schüttelte den Kopf. »Und hier ist der Schlüssel zu allem.« Sie gab Reynie und Kleber je ein Faltblatt. Widerstrebend setzte Kleber seine Brille wieder auf, und schweigend lasen sie, was da stand. Es war ein »offizielles Informationspapier« von etwas, das sich »Öffentliche Gesundheitsverwaltung« nannte.

Was ist das Plötzliche-Amnesie-Syndrom (PAS)? PAS ist eine höchst ansteckende Krankheit, die bei den Infizierten einen totalen Gedächtnisverlust (Amnesie) auslöst.

Was wird dagegen getan? Über Ursprung und Heilungsmöglichkeiten besteht noch keine Klarheit. Die Forschungen laufen auf Hochtouren und liegen in der Hand einer Expertengruppe unter der Leitung des hoch angesehenen Wissenschaftlers Ledroptha Curtain, unseres neu ernannten Ministers und Ersten Internationalen Sekretärs der Territorien des Erdkreises. PAS-Fälle werden kostenfrei im Amnesie-Sanatorium auf der Insel Nomansan behandelt, einer hochmodernen Einrichtung, wo sich speziell ausgebildetes Personal unter strikter Einhaltung der Quarantäne-Bestimmungen um das Wohl der Patienten kümmert, während nach einer wirksamen Therapie geforscht wird.

Leide ich unter PAS? Oder meine Nachbarn? Als verbreitetes erstes Symptom von PAS gilt der Glaube, in seinem Kopf Kinderstimmen zu hören. Meist setzt das Symptom völlig unvermittelt ein und setzt sich fort, bis die Amnesie ausbricht.

Reynie blätterte eine Seite weiter, auf der ein Bild von zwei lächelnden Anwerbern zu sehen war. Ihre Hände lagen auf Jacksons Schultern, der zwischen ihnen stand und sein Bestes tat, um gleichzeitig elend und glücklich zu wirken. Unter dem Foto war zu lesen: »Es geht schon viel besser: Ein PAS-Patient spaßt mit unseren freundlichen Ärzten herum.«

Kleber legte die Informationsschrift zur Seite und ging an den zweiten Tisch. »Hier liegen noch mehr, und zwar in Dutzenden von Sprachen!«

»Ich kann es nicht glauben«, sagte Kate. »Das ergibt doch keinen Sinn.«

Für Reynie ergab das alles nur zu *viel* Sinn. Der letzte Puzzlestein war gefunden. »Das alles«, sagte er düster, »die Helfer, die Anwerber, die Botschafter und Manager — das gesamte Institut —, ist ein einziges großes Experiment, mit dem er sich versichern will, dass sein Plan funktioniert. Mr Curtain hat *trainiert.* Das Institut wird ein Amnesie-Sanatorium: Hier werden alle Leute landen, die sich ihm widersetzen.«

»Leute wie wir«, sagte Kate.

»Wir auf jeden Fall«, sagte Kleber.

KENNET EUREN FEIND

»Ich sage immer noch, dass das keinen Sinn ergibt«, meinte Kate. »Es kann doch nicht wirklich so weit kommen, oder? Er will allen das Gehirn ausfegen, die sich ihm widersetzen? Muss er sie dazu nicht in den Flüsterer sperren? Und was macht er mit den Leuten in *anderen* Ländern?«

Kleber wedelte mit einer Handvoll Schriften. »Er hat überall in der Welt Sanatorien eingerichtet. Die Karten hinten zeigen, wo sie liegen.«

Kate grunzte und zog dann neugierig die Stirn kraus. Hinter den an der Wand lehnenden Tischen hatte sie den Umriss einer Tür entdeckt.

»Trotzdem ist nur schwer vorstellbar, wie er das alles hinkriegen will«, sagte Reynie. »Kleber, erinnerst du dich, wie er uns erklärt hat, der Flüsterer werde ein Heilungsinstrument, das Tausenden von geplagten Seelen Frieden bringt?«

»Millionen und Abermillionen«, sagte Kleber. »Ja, genau.«

Kate drückte sich hinter die Tische und fand eine Zahlentastatur neben der halb verdeckten Tür.

»Aber wie soll das gehen? Wie will er in kurzer Zeit so viele Menschen behandeln? Das ist eine Riesengeschichte, und es würde ewig dauern, so etwas vorzubereiten.« Reynie fühlte sich plötzlich unerwartet optimistisch. »Vielleicht haben wir ja Glück und kommen doch noch rechtzeitig. Wenn wir nur herausbekommen können …«

»Jungs?« Kate steckte den Kopf hinter den Tischen hervor. »Hier ist noch eine Tür, und ihr müsst euch ansehen, was dahinter ist.« Sie sprach mit einer merkwürdig keuchenden Stimme, als hätte sie gerade einen Toten entdeckt.

Klebers Augen wurden größer. Er schüttelte den Kopf. »Ich *will* nicht. Sieh du es dir an, Reynie, und erzähl's mir dann.«

Aber Reynie packte Klebers Arm, und zusammen gingen sie zur Tür hinüber.

»Oh«, sagte Reynie.

»Oh nein«, sagte Kleber.

»Ist das, was ich glaube, was es ist?«, fragte Kate. »Die Dinger sehen aus wie altmodische Haartrockner.«

»Ich fürchte, ja«, sagte Reynie.

Die Maschinen standen in langen Reihen da: Reihe an Reihe an Reihe. Es war eine riesige unterirdische Halle. An der Decke hing ein elegant beschriftetes Schild, auf dem »WILLKOMMEN IM ERINNERUNGS-TERMINAL« stand. Entlang der Wände standen Hunderte von Kisten.

Reynie sah in die nächstbeste: Sie war voller Papierbündel und trug eine Adresse in China. Auf der Kiste daneben klebte dieselbe Adresse, aber sie war voller Maschinenteile, einschließlich, wie er feststellte, eines roten und eines blauen Helms.

»Es ist tatsächlich wahr«, sagte Kate. »Ich kann es nicht glauben.«

»Was ist in den Kisten?«, fragte Constance.

Sie fuhren herum und sahen Constance in der Tür hinter sich stehen.

»Was ist mit dem Wachehalten?«, rief Kleber.

»Ihr braucht zu lange!«

Klebers Augen traten vor, aber Reynie ging dazwischen, bevor sie zu streiten anfangen konnten. »Sie hat recht, wir sind schon viel zu lange hier drin. Wir müssen weg hier, bevor es zu spät ist.«

Doch als sie das Erinnerungs-Terminal verließen und den geheimen Gang zurück zum Ausgang hinaufliefen, musste Reynie immer wieder denken: Aber wir *sind* doch schon zu spät! Viel, viel zu spät!

Der Abend war regnerisch, und der Platz lag verlassen da. Das Licht an der fernen Küste hatte aufgehört zu blinken, und Kleber drehte sich vom Fenster weg. »Sie wollen, dass wir auf eine Antwort warten. Ich nehme an, es war ein bisschen viel auf einmal.«

Alle hatten reichlich nachzudenken.

Keines der Kinder sagte ein Wort. Sie saßen nur da und warteten.

Eine unendliche Stunde verstrich. Constance schlief im Schneidersitz ein, und Kate forderte Reynie mehrmals zum Daumen-Catchen heraus, um sich die Zeit zu verkürzen. Reynie wollte nicht. Selbst Daumen-Catchen schien im Moment über seine Fähigkeiten zu gehen. Alles schien zu viel. Wider jede Vernunft hoffte er, dass Mr Benedict einen Weg fände, sie zu retten — alle zu retten —, ohne dass er, Reynie, etwas dazu beitragen müsste. Reynie glaubte, zu nichts mehr fähig zu sein, nicht seit dem Flüsterer. Er war tief, tief besorgt, dass der Flüsterer ihm offenbart hatte, wer er wirklich war.

Da richtete sich Kleber, der am Fenster saß, plötzlich auf. »Achtung, unsere Nachricht!« Er schob seine Brille zurecht und starrte zum Festland hinüber. *»Kennet ... Euren ... Feind.«* Nach einer Minute ohne weiteres Signal kletterte er zurück auf den Boden. »Das war's. >*Kennet Euren Feind*<.«

Kate sah hoffnungsvoll zu Reynie hinüber. »Ich nehme nicht an, du weißt, was das bedeuten soll, oder? So einfach aus dem Hut?«

Reynie schüttelte den Kopf. »Keine Ahnung.«

Kate seufzte. »Dann nehme ich an, wir sollten Constance aufwecken. Dabei war es so angenehm, einmal eine Weile lang niemanden herummaulen zu hören.«

Die Kinder rüttelten Constance wach (die behauptete, gar nicht geschlafen zu haben), und sie steckten die Köpfe zusammen. Was konnte die Nachricht bedeuten? Wussten sie nicht bereits, dass Mr Curtain ihr Feind war?

»Warum sagen sie es überhaupt so?«, sagte Constance. »Das klingt doch total blöd.«

»Es ist wie ein altes Sprichwort«, sagte Reynie. »Früher hat man so gesprochen.«

»Tatsächlich ist es eine alte *Übersetzung«,* sagte Kleber. »Ursprünglich steht es in einem Buch von Sun Tzu mit dem Titel *Die Kunst des Krieges,* und zwar am Ende des dritten Kapitels.«

Die anderen starrten ihn an.

»Nun, da steht es«, sagte Kleber.

»Ich denke, wir brauchen mehr«, sagte Kate. »Wir sind in zu großer Eile und haben keine Ahnung, was sie meinen. Sie sollen uns noch einen Hinweis geben.«

Die anderen stimmten ihr zu — fragen kostete nichts —, und so kletterte Kleber noch einmal ans Fenster und morste: *Welcher Feind?* Aber er bekam keine Antwort. Kleber morste noch einmal, wieder ohne Erfolg. Er wollte es schon ein drittes Mal versuchen, aber Reynie sagte, er solle aufhören.

»Es muss einen Grund geben, dass sie nicht antworten«, sagte Reynie. »Bist du sicher, die Luft ist rein?«

Kleber schreckte zusammen. »Daran habe ich gar nicht gedacht.« Er sah aus dem Fenster. »Der Platz ist leer ... ebenso der Felsengarten ... Küste und Brücke sind schwerer zu übersehen, aber soweit ich es sagen kann, ist da nirgends einer.«

»Lass mich mal sehen«, sagte Kate, kletterte zu ihm hoch und ließ die Augen von links nach rechts wandern. »Kleber hat recht, da scheint niemand zu sein.« Sie holte ihr Fernrohr hervor und sah noch einmal über die ganze Breite. »Nein, keine einzige Seele ... Oh nein!«

Kate fuhr vom Fenster zurück, und Kleber sprang erschreckt vom Fernsehschrank. Er taumelte auf Reynie und Constance, die glücklicherweise ihre Köpfe eingezogen hatten, weil sie damit rechneten, etwas käme ins Zimmer geschossen.

»Entschuldigt!«, flüsterte Kate kleinlaut. »Keine Angst. Ich dachte, er würde mich anstarren. Oh, mir wird ganz anders. Der kann doch nicht in unser Fenster sehen? Hier drin ist es schließlich dunkel. Der kann mich nicht sehen!«

»Von wem redest du da?«, fragte Reynie nervös.

»Einem Anwerber. Er steht unter der Brücke.« Sie nahm ihr Fernrohr herunter und kniff die Augen zusammen. »Kein Wunder, dass Kleber ihn nicht gesehen hat. Ohne Fernrohr sieht er aus wie ein Schatten zwischen den Brückenpfeilern.«

»Vielleicht war die Nachricht eine Warnung«, sagte Constance. »Vielleicht wollten sie uns sagen, dass da draußen ein Feind steht und uns beobachtet.«

»Das ergibt keinen Sinn, Constance!«, sagte Kleber ungeduldig. »Wenn sie ihn gesehen hätten, hätten sie überhaupt keine Nachricht geschickt.«

»Du ergibst keinen Sinn«, fuhr Constance ihn an. *»Dich* hätten sie gar nicht erst schicken sollen.«

»Was soll das heißen? Wer glaubst du eigentlich, wer du ...«

»Ruhig, ihr zwei«, sagte Reynie. »Gerade hat wieder eine Mitteilung angefangen, habt ihr's nicht gemerkt? Das macht uns streitsüchtig.«

Es stimmte. Obwohl die Mitteilungen so unangenehm wie immer waren — und öfter kamen, jetzt, wo Mr Curtain einige Sitzungen aufgezeichnet hatte —, gewöhnten sich die Kinder langsam daran. Manchmal wurde ihnen deswegen nicht bewusst, warum sie plötzlich so reizbar wurden.

Kleber holte tief Luft. »Er hat recht. Tut mir leid.«

»Ist schon gut«, sagte Constance, entschuldigte sich selbst aber nicht.

Kate beobachtete immer noch den Anwerber. Verzweifelt sagte sie: »Warum geht der Kerl da nicht weg? Weiß er nicht, dass wir auf eine geheime Nachricht warten?«

»Vielleicht *weiß* er es«, sagte Reynie, »und bleibt stehen, weil er sie auch sehen will.«

Kleber rieb sich nervös den Kopf. »Glaubst du wirklich? Glaubst du, sie wissen Bescheid und spionieren *uns* jetzt hinterher?«

»Ich weiß nicht, aber irgendwas scheint ungeheuer faul daran, dass der Kerl da so im Schatten steht. Anwerber sind *niemals* allein, sie treten immer nur zu zweit auf. Und ganz offenbar will er nicht gesehen werden. Tatsächlich sind wir von hier aus wahrscheinlich die Einzigen, die ihn da unten erkennen können ... Moment mal!«

»Du denkst, er *will,* dass wir ihn sehen?«, fragte Kate und hob ihr Fernrohr wieder. »Er sieht wirklich zu uns hoch! Steht einfach so da, sieht her und bewegt sich nicht. Halt, und was mir bisher nicht aufgefallen ist: Sein Haar ist nass, aber seine Sachen sind trocken. Was hat der Kerl nur vor?«

Reynie glaubte es plötzlich zu wissen. »Erinnert er dich an jemanden, Kate?«

»Ob er mich an ...? Aber natürlich! Wie kann das sein, dass ich ihn nicht gleich erkannt habe!« Sie schlug sich vor die Stirn. »Das ist Milligan!«

»Milligan ist hier?«, rief Kleber und konnte seine Aufregung kaum zügeln.

Reynie grinste. »Das meinten sie mit ›*Kennet Euren Feind*‹. Und deshalb haben sie auch auf unsere zweite Nachricht nicht geantwortet: Sie wollten, dass wir uns draußen umsahen. Kleber, schick schnell eine Nachricht: ›*Feind erkannt.*‹

Kleber morste die zwei Worte durch.

Sofort antwortete das Licht von der Küste, und zwar ungeheuer schnell: *»Lauft sofort los. Schnell. Schnell. Schnell ...«*

Die Kinder sprangen auf die Füße, die Herzen schlugen ihnen fast bis zum Hals hinaus. Was um alles in der Welt? War man ihnen auf die Spur gekommen? Die Jungen schlüpften in ihre Schuhe, Kate holte ihr Seil aus der Decke und Constance sprang ihr auf den Rücken. Kleber sah noch ein letztes Mal aus dem Fenster — »Sie morsen noch immer: ›*Schnell!*‹« —, und die Kinder flogen förmlich aus dem Zimmer, den dunklen Flur hinunter und hinaus in die Nacht.

Sie hatten oft genug abends aus dem Fenster gesehen, um zu wissen, wo die Schatten am dunkelsten waren, und genau da liefen sie nun, vermieden den Platz, auf dem sie viel zu gut sichtbar gewesen wären, schossen schnell wie Katzen den Hügel direkt beim Wohnheim entlang, huschten über ein zerbröckelndes Stück Schieferebene und hielten direkt auf das Wasser zu. Zuletzt ging es noch einen felsigen Abhang hinunter, und dann standen sie am Meer. Wenn sie sich duckten, waren sie hier kaum zu entdecken. Der Abhang blockierte den Blick vom Institut. Geduckt liefen sie vorsichtig über die Felsen in Richtung der Brücke.

Es hatte aufgehört zu regnen, aber die Nacht war immer noch kalt und windig. Etwa auf halbem Weg zur Brücke trug der Wind einen starken würzigen Geruch zu ihnen herüber. Den

Geruch eines bekannten Rasierwassers. Sie blieben stehen und sahen sich um. Nichts. Dann aber löste sich ein Schatten aus dem Dunkel der Felsen und nahm die Gestalt von Milligan an. Er sah nicht nur so aus wie ein Anwerber, er roch auch so, aber irgendetwas, dachte Reynie, war völlig Anwerber-untypisch. Milligan trug einen guten Anzug und Uhren an beiden Armen, und sein Haar, wenn auch nass, wie Kate schon bemerkt hatte, war ordentlich gekämmt. Was also passte nicht?

Es war das Lächeln, begriff Reynie, oder besser gesagt: sein Fehlen. Reynie hatte noch nie einen Anwerber gesehen, der nicht lächelte, und ganz sicher keinen, der untröstlich traurig aussah.

»Es tut mir leid, dass ich euch nicht selbst geholt habe«, sagte Milligan, »aber so war es sicherer. Ein Anwerber, der allein an der Küste steht, mag verdächtig wirken oder auch nicht, einer bei euch im Wohnheim würde ganz sicher nicht unbemerkt bleiben.«

»Was soll jetzt geschehen, Milligan?«, fragte Kate.

»Ich bringe euch weg«, antwortete er.

Die Kinder sahen ihn erstaunt an.

»Weg?«, wiederholte Reynie. »Sie meinen, von der Insel herunter?«

Milligan zog vier schwarze Umhänge hervor — niemand sah, woher — und hielt sie hoch. »Zieht die hier an und wickelt sie fest um euch. Sie helfen, euch zu verbergen. Wenn wir in Schwierigkeiten kommen, bleibt dicht bei mir und habt keine Sorge. Sie werden mich umbringen müssen, bevor sie euch auch nur ein Haar krümmen können.«

»Habt keine Sorge?«, sagte Kleber. »Keine *Sorge?* Sie reden von umbringen, und wir sollen uns keine Sorgen machen? Was ist los, Milligan?«

»Wir haben kaum Zeit für Erklärungen, Kleber. Ich kann euch aufs Festland bringen, aber erst müssen wir auf die andere Seite der Insel, und das dauert eine Weile.«

»Aber *warum* sollen wir die Insel verlassen?«, fragte Kate.

»Eure Mission ist beendet.«

Reynie spürte, wie sich eine riesige Last von seinen Schultern hob. Beendet! Das hieß, dass er nicht mehr auf die Probe gestellt werden würde und keine Angst mehr davor haben musste, die anderen zu enttäuschen. Er konnte die Insel verlassen, ohne noch einmal mit dem Flüsterer zu tun zu bekommen. Ja, es war höchste Zeit: Schon der Gedanke an den Flüsterer erfüllte ihn mit Sehnsucht und weckte in ihm den Wunsch zu bleiben ...

»Beendet?«, fragte Kate. Sie wirkte argwöhnisch. »Heißt das, Mr Benedict hat einen Plan? Glaubt er, er kann Mr Curtain aufhalten?«

»Darüber musst du dir keine Gedanken machen, Kate«, sagte Milligan. »Bitte zieh den Umhang an.«

Kate warf das schwarze Stück Stoff auf den Boden. »Sie haben meine Frage nicht beantwortet: Glaubt Mr Benedict, er kann Mr Curtain aufhalten? Ja oder nein?«

Milligan legte die Stirn in Falten. »Das *betrifft* dich nicht mehr, Kate. Die Besserung ist viel zu nahe. Mr Benedict will euch in Sicherheit sehen.«

»Ich rühre mich nicht vom Fleck, bis ich eine Antwort bekomme«, sagte Kate mit fester Stimme. »Kann Mr Benedict die Besserung stoppen oder nicht? Sagen Sie uns die Wahrheit!«

Die anderen Kinder hielten ihre Umhänge in der Hand und sahen zwischen Kate und Milligan hin und her.

Milligan blickte aufs Wasser hinaus. Es schien ihm sehr zu widerstreben, Kate eine Antwort auf ihre Frage zu geben. Endlich seufzte er. »Nein, Kinder. Wir haben keine Möglichkeit, ihn aufzuhalten. Ihr werdet euch verstecken müssen, wie wir alle. Wir werden schnell sein müssen, den Anwerbern immer einen Schritt voraus ... Aber Mr Benedict glaubt, dass er euch in Sicherheit bringen kann, und ihr habt auch mein Wort, dass ich tun werde, was ich kann, um euch zu beschützen. Bitte versucht euch keine Sorgen zu machen. Mr Benedict wird nie aufgeben. Das kann ich euch versichern. Er wird unermüdlich arbeiten und vielleicht doch noch einen Weg finden, um Mr Curtains Botschaften entgegenzuwirken und uns allen die Köpfe wieder zu befreien.«

Kate wollte sich damit nicht zufriedengeben. »Was ist mit Constance?«, fragte sie. »Was geschieht mit *ihr,* wenn Mr Curtain die Leistung voll aufdreht? Sie kann die Stimmen jetzt schon hören!«

Milligan sah Constance traurig an. »Ich weiß es nicht, Kind. Keiner weiß es. Es tut mir so leid. Ihr seid in Gefahr, ganz gleich, *wohin* ihr geht.«

Als sie das hörte, setzte sich Constance auf einen Felsen und vergrub das Gesicht in ihren Händen. Sie wirkte plötzlich noch kleiner — so klein, als könnte eine Hafenbrise sie wie ein Stück Papier in die Luft wirbeln und weit weg tragen, weg ins Nichts.

Da begriff Reynie, dass sie die Insel nicht verlassen konnten.

Kate hätte es ihm gar nicht erst vorführen müssen, dachte er. Sein Wunsch, sich selbst zu retten, hatte es ihn zunächst nicht sehen lassen, aber jetzt war es ihm klar. Er spürte es in seinen Knochen, und es fühlte sich absolut schrecklich an, aber es war eindeutig: Sie konnten nicht fliehen. Nicht nur wegen Constance, sondern auch wegen Mr Bloomburg und Milligan, all den Helfern und Menschen, deren Erinnerungen Mr Curtain in Zukunft noch auslöschen wollte, wozu nicht zuletzt auch seine geliebte Miss Perumal gehören würde. Mr Benedict würde ihn nie darum bitten, die Entscheidung lag bei ihm.

»Milligan, richten Sie bitte Mr Benedict meinen Dank aus«, sagte Reynie. »Aber ich bleibe.«

Kate umarmte ihn stürmisch. »Oh, ich habe gehofft, dass du das sagen würdest, Reynie! Weil ich auch bleiben werde. Wir *müssen,* oder?«

Kleber schien kurz davor loszuheulen. »Ihr wollt bleiben? Aber ... aber ...« Er drehte sich um und sah sehnsuchtsvoll zum Festland hinüber. Er hatte gewusst, dass sie das sagen würden, und er wusste, dass sie recht hatten.

»Kleber?«, sagte Kate.

»Ich nehme an, wir haben keine Wahl«, sagte Kleber, »große Chancen allerdings auch nicht. Aber außer uns hat Mr Benedict niemanden.«

Milligan versuchte es noch einmal und noch einmal, aber je mehr er die Kinder drängte, desto entschlossener wurden sie. Endlich gab er auf. »Wenn es so ist, habe ich eine Nachricht von Mr Benedict für euch.«

»Eine Nachricht?«, fragte Kate: »Warum haben Sie uns das nicht vorher gesagt?«

»Mr Benedict hatte so ein Gefühl, dass ihr euch zum Bleiben entscheiden würdet. ›Sie sind genau diese Art Kinder‹, hat er gesagt. Trotzdem hat er gehofft, euch von dieser Entscheidung abbringen und in Sicherheit schaffen zu können. Falls ihr aber absolut nicht wolltet — und *nur* dann —, sollte ich euch eine Nachricht geben.«

»Wie lautet sie?«, sagte Kate.

»Er hat mir aufgetragen, euch daran zu erinnern, dass jeder Einzelne von euch für den Erfolg der Mannschaft notwendig ist. Jetzt noch mehr als je zuvor müsst ihr euch in allem aufeinander verlassen.« Milligan nahm die Umhänge zurück. »Dazu kommt, dass ihr euch auch auf mich verlassen sollt«, sagte er und ließ die Umhänge in seinen Hosenbeinen verschwinden. »Was immer passieren mag, ich bin hier, um euch zu helfen. Ich bleibe auf der Insel. Wenn nötig, könnt ihr mich hier erreichen.«

»Hier? Wie sollen wir das machen?«, fragte Reynie.

Milligan zeigte auf den Weg, den sie gekommen waren. »Nicht weit von hier führt ein altes Entwässerungsrohr ins Meer. Das ist ein guter Platz. Wenn ihr mir eine Nachricht hinterlassen wollt, versteckt sie an einem trockenen Ort, nicht mehr als zwanzig Schritt vom Kanalausfluss entfernt. Legt sie unter zwei Steine. Ich werde dort oft nachsehen und euch im Übrigen so gut im Auge behalten wie möglich.« Damit drehte er sich um und schickte sich an zu gehen.

»Einen Moment«, sagte Kate. »Wollen Sie uns kein Glück wünschen?«

»Glück«, sagte Milligan. »Das wünsche ich euch schon seit dem ersten Augenblick, da ich euch kennengelernt habe. Jetzt wünsche ich euch ein Wunder.«

Ohne sich noch einmal umzudrehen, verschwand er in der Finsternis. Die Kinder starrten ihm hinterher.

»Er denkt, uns kann nur noch ein Wunder helfen«, sagte Kleber mit düsterer Stimme.

»Optimismus war noch nie seine Stärke«, sagte Kate. »Ist euch das noch nicht aufgefallen?«

EINE LEKTION SCHACH

Reynie wachte kurz vor Morgengrauen auf, zitternd und schweißnass. Zum zweiten Mal hatte er jetzt etwas Schreckliches geträumt. Dieses Mal hatten seine Freunde irgendwo weit weg von ihm nach Hilfe gerufen — sie waren so weit entfernt, dass sie wie jammernde Moskitos klangen. Reynie hatte währenddessen im Flüsterer gesessen, unglaublich glücklich und zufrieden, auf dem Gesicht ein triumphierendes Grinsen. Warum triumphierend? Er versuchte, sich zu erinnern. Er hatte gegrinst, weil ... Reynie erschauderte, als er sich erinnerte: Er hatte sich entschlossen, zu Mr Curtain überzulaufen.

Reynie rieb sich die Schläfen. Es war nur ein Traum, sagte er sich. Allerdings war die Wirklichkeit nicht viel besser.

Und die besserte sich auch im Laufe des Tages nicht. Unterricht, Essen, Lernen, all das verstrich in einem unangenehmen Nebel, während sich Reynie den Kopf zermarterte, um einen Plan zu entwickeln. Zum ersten Mal, seit sie auf die Insel Nomansan gekommen waren, sah er mit Schrecken dem abendlichen Treffen der geheimen Benedict-Gesellschaft entgegen. Er hatte keine Ahnung, was sie tun sollten. Die anderen betrachteten ihn als ihren Anführer, und er würde ihnen sein Versagen eingestehen müssen. Als das Licht endlich ausging, kamen die Mädchen zu ihnen herüber. Reynie zog bereits den Kopf ein, bevor Kate ihre Frage stellte.

»Okay, Reynie, wie lautet der Plan?«

Reynie schüttelte den Kopf. »Ich ... Ich habe keinen. Es tut mir leid. Ich habe nachgedacht und nachgedacht, aber in meinem Kopf dreht sich alles im Kreis. Alles, was mir einfallen will, ist, dass wir den Flüsterer außer Kraft setzen müssen, aber ...«

»Das ist ein *toller* Plan!«, sagte Kate aufgeregt. »Wie sollen wir es machen?«

»Genau das meine ich«, sagte Reynie mit einem Achselzucken. »Ich sehe nicht, wie uns das gelingen soll. Die Computer sind unter der Flüstergalerie untergebracht, unter einem halben Meter Stahl und Stein. Da ist kein ...«

»Das hat Mr Curtain dir gesagt.« Kate wiegte den Kopf hin und her. »Bist du sicher, dass er dir da die Wahrheit erzählt hat? Sie haben dir die Augen verbunden, denk dran. Woher willst du wissen, dass die Computer nicht irgendwo anders stehen und du sie nur nicht sehen konntest?«

Reynie war überrascht, dass er selbst nicht darauf gekommen war. »Das ist eine gute Frage.« Er dachte einen Moment lang nach. »Aber nein, Mr Curtain ist die Sicherheit so wichtig ... Ich glaube schon, dass er die Wahrheit gesagt hat. Was meinst du, Kleber?«

»Ich fürchte auch«, stimmte ihm Kleber zu.

»Aber Mr Curtain selbst muss doch *irgendeine* Möglichkeit haben, an die Computer heranzukommen«, sagte Kate, die nicht aufgeben wollte. »Um sie instand zu halten, Veränderungen vorzunehmen und so weiter. Meinst du nicht?«

Reynies Überraschung wandelte sich in Scham. Hätte *ihm* dieser Gedanke nicht kommen sollen? »Du hast ... Du hast recht, Kate. Er muss irgendwie an sie herankommen können. Was bedeutet, dass wir es auch können müssten. Schließlich kennen wir den Sicherheitscode!«

»Es könnte nicht schaden, sich die Sache einmal anzusehen«, sagte Kate und stand auf. »Je eher, desto besser, und zwar versuche ich es allein. Wenn sie mich erwischen, fällt euch dreien vielleicht noch was anderes ein. Jetzt sagt mir nur, wie ich hinkomme. Ich weiß, ich muss durch den Geheimeingang in den Felsen hinter dem Kontrollgebäude, aber wie geht es dann weiter? Kleber?«

Kleber spürte das unbändige Verlangen zu lügen, um den Flüsterer zu schützen. Unglaublich, dachte er. Er nahm einen neuen Anlauf, Kate zu antworten, aber wieder kam ihm dieses Verlangen dazwischen. Er musste die Fäuste ballen und die Zähne zusammenbeißen, um Kate die Wahrheit sagen zu können. »Es geht durch einen kurzen Durchgang und dann die Turmstufen hinauf«, brachte er mühevoll hervor.

»Wir müssen mitkommen«, sagte Reynie. »Allein ist es zu gefährlich.«

Kate winkte ab. »Ich komme schon klar. Das ist eindeutig eine Ein-Mädchen-Operation.«

Du solltest sie nicht allein gehen lassen, dachte Reynie.

Aber als er den Mund öffnete, um ihr zu widersprechen, kam nichts daraus hervor. In seinem Kopf hatte sich wieder Nebel breitgemacht, und er fühlte sich zu Tode erschöpft. Er war es leid, sehr leid, immer das Richtige tun zu wollen.

Kate legte ihre Taschenlampe auf den Fernsehschrank. »Die werdet ihr brauchen, wenn sie mich erwischen.«

»Wenn sie dich erwischen ...«, fing Constance an.

»Keine Sorge, ich lasse meine Freunde nicht im Stich«, fuhr ihr Kate dazwischen. »Gute Güte, Constance, das wäre das Letzte, was ich tun würde!«

Constance reckte die Schultern. »Was ich sagen *wollte,* war: Wenn sie dich erwischen, mach dir keine Sorgen. Wir finden schon einen Weg, dich da wieder rauszuhauen.«

Alle fühlten sich gerührt von dem, was Constance da gesagt hatte, ganz besonders sie selbst, und Kate klopfte ihr auf die Schulter. »Entschuldige, Connie. Manchmal vergesse ich einfach, dass du nicht *immer* nur meckerst. Komm, ich bring dich zurück in unser Zimmer. Reynie, Kleber: Ich werde euch berichten, was ich herausfinde. Wünscht mir Glück!«

Das taten sie, und schon waren die Mädchen verschwunden.

Die beiden Jungen wechselten kaum ein Wort oder einen Blick und schlüpften zurück in ihre Betten. Oft unterhielten sie sich noch etwas vor dem Einschlafen, aber heute hatten sie beide Angst zu verraten, wie sehr sie der Flüsterer im Griff hatte.

Verrat, dachte Reynie. Was für ein hässliches Wort, aber wie es so ging mit solchen Worten, konnte man kaum aufhören, sie zu denken. Warum hatte er Kate nicht widersprochen? Er hätte darauf bestehen sollen, mit ihr zu gehen. Warum hatte er es nicht getan? Lag es an den geheimen Botschaften, die ihm den Verstand vernebelten? Oder an dem Teil von ihm, der Mr Curtain *nicht* aufhalten wollte? Reynie drückte sich die Finger auf die Augen und schrieb einen seiner Briefe an Miss Perumal.

Miss Perumal,

hätten Sie je gedacht, dass ich lügen könnte, um mich glücklicher zu fühlen? Das Glück durch den Flüsterer ist nichts als eine Illusion. Er nimmt einem die Ängste nicht, er verdeckt sie nur und lässt einen für eine Weile glauben, dass man sie nicht hätte. Ich weiß, das alles ist nur eine Lüge, aber sie besitzt eine solche Kraft! Vielleicht bin ich gar nicht der, der ich immer zu sein glaubte. Vielleicht bin ich ein Mensch, der alles tut, um zu hören, was er hören will ...

Reynie war verzweifelt. Er hatte das Gefühl, nicht mehr lange durchhalten zu können. Mr Benedict hatte von ihm erwartet, seine Freunde anzuführen und klug genug zu sein, einen Plan zu entwickeln. Furchtlos zu sein. Aber er hatte nichts von einem Anführer, das wusste er jetzt, und war ganz sicher nicht furchtlos. Mehr und mehr erschien ihm Mr Curtain wie ein wirklicher Mensch, während Mr Benedict zu einer Traumfigur zu verblassen drohte. Und Miss Perumal, der einzige Mensch, der ihn jemals liebevoll behandelt hatte, war zu einer Fantasie-Leserin geworden, der er Fantasie-Briefe schrieb.

Was ist bloß mit dir?, dachte er. Er hatte nie erwartet, dass es so *schwer* sein könnte, das Richtige zu tun. Aber das war es. Zu schwer für *ihn* jedenfalls. Er war der Falsche für diese Aufgabe, die falsche Person am falschen Ort.

Reynie kniff die Augen zusammen und versuchte, die Tränen zurückzuhalten, aber das ließ den Flüsterer nur noch klarer vor seinen Augen aufscheinen. Wie sollte er diesem Ding widerstehen, wo es doch das Einzige war, das Erleichterung versprach? Er brauchte Hilfe, Ermutigung, Anschub, etwas, das seine Entschlusskraft stärkte. Die anderen sahen auf ihn. An wen sollte er sich wenden?

Da war nur Mr Benedict, dachte Reynie. Wenn Mr Benedict ihm nicht helfen konnte, dann war ihm nicht mehr zu helfen.

Reynie kletterte aus dem Bett und ging zum Fenster. Er sah hinaus in die finstere Nacht. Kate war irgendwo da draußen und riskierte Kopf und Kragen. Kleber redete im Schlaf, er träumte offenbar schlecht. Und Constances Träume würden nicht weniger unruhig sein, sie hatte mehr Grund zur Sorge als sie alle zusammen.

Reynie wollte eine Nachricht senden, nur eine. Er war noch nie abergläubisch gewesen, aber jetzt entschied er, falls er keine Antwort bekam, die ihm half, wollte er aufgeben. Aufgeben und einen einfacheren Weg gehen. Ohne ein Held sein zu wollen und ohne scheitern zu müssen. Bald wäre es ohnehin egal. Nichts würde er mehr tun können, warum es da noch versuchen? Es würde nicht mehr in seinen Händen liegen.

Allein dieser Gedanke war schon so verlockend, dass Reynie die Nachricht fast nicht geschickt hätte. Aber dann kniff er entschlossen die Lippen zusammen und morste die Worte, bevor er es sich anders überlegen konnte: *»Flüsterer zu stark. Bitte um Rat. RM.«*

Reynie saß da und wartete. Das Herz hämmerte ihm in der Brust. Er hatte das Gefühl, seine gesamte Zukunft, sein ganzes Sein hinge von den nächsten Augenblicken ab. *Antworte mir,* dachte er. *Bitte antworte ... irgendetwas.*

Er wartete. Zäh verstrich Minute um Minute. Warum brauchten sie so lange? Vielleicht konnten sie ihm nicht helfen. Vielleicht zermarterten sie sich erfolglos die Köpfe, um auf etwas anderes zu kommen als »viel Glück«. Vielleicht sahen sie auch gar nicht herüber. Vielleicht hatten die Anwerber sie gefunden. Reynie würde den Grund nie erfahren, aber es kam auch nicht wirklich darauf an. Worauf es ankam, war das Nichts da draußen.

»Ich kann es nicht glauben«, murmelte Reynie und empfand dabei eine äußerst merkwürdige Mischung aus Verzweiflung und Erleichterung.

Damit war es entschieden. Es war vorbei.

Er wollte sich gerade vom Fenster abwenden, als er ein fernes Blitzen sah, einen hellen Stecknadelkopf drüben an der Küste des Festlands. Endlich, endlich antwortete ihm jemand. Reynie hörte das Blut in seinen Ohren rauschen. Bis zum Ende der Nachricht hielt er den Atem an.

Denk an den weißen Springer.

Reynie ließ die verbrauchte Luft aus seiner Lunge entweichen. Langsam, bedächtig. Es war nicht sehr schwer zu entschlüsseln, was Mr Benedict ihm damit sagen wollte. Obwohl es schon so lange her zu sein schien, konnte er sich gut an ihre Unterhaltung über das Schachproblem erinnern.

»Und jetzt sage mir, hältst du das für einen guten Zug?«

Reynie hatte Nein gesagt.

»Warum, glaubst du dann, kann der weiße Spieler es getan haben?«, fragte Mr Benedict.

»Vielleicht, weil er sich unsicher war«, hatte Reynie geantwortet.

Reynie sah noch lange aus dem Fenster. Dann legte er die Taschenlampe zur Seite und kletterte zurück in sein Bett. Sein Herz schlug wieder normal, die Anspannung war von ihm gewichen. In seiner Vorstellung nahm er den Brief, den er gerade an Miss Perumal geschrieben hatte, zerknüllte ihn und warf ihn in den Müll.

Er würde ihr einen anderen schreiben.

DIE MAUS IM KANALROHR

Während Reynie einen optimistischeren Brief an seine ehemalige Tutorin schrieb und dabei die Worte gebrauchte: ... und jetzt ruht unsere Hoffnung auf Kate Wetherall«, schwand Kate selbst mehr und mehr die Zuversicht.

Das Problem war nicht, zu Mr Curtains Computerraum zu finden, das Problem war, nicht dabei erwischt zu werden.

Erst war alles gut gegangen. Kate hatte sich über den düsteren Flur nach draußen gestohlen und war in null Komma nichts hinter dem Haus entlang zu den Felsen auf der Rückseite des Kontrollgebäudes gelangt. Mit einem Tritt öffnete sie den Geheimeingang und stand auch schon in dem kleinen Eingangsraum. Aber jetzt wurde es schwierig. Durch die Decke konnte sie hier nicht kriechen, und das Belüftungsrohr war zu eng für sie. Ihr blieb keine Wahl, sie musste sich durch den offen einsehbaren Durchgang bewegen. Und er war bestens einsehbar, wie ein schneller Blick um die Ecke ergab — offen und hell erleuchtet. Im Übrigen war der »Durchgang« alles andere als kurz, sondern ein langer Korridor, der links und rechts von zahllosen Türen gesäumt wurde. Ein unendliches Stück weiter hinten bog er zur Seite — was dahinter kam, ließ sich nicht sagen. Warum hatte Kleber gesagt, er sei kurz?

Dann erinnerte sich Kate daran, dass den Jungen die Augen verbunden worden waren. Sie mussten *gedacht* haben, dass er kurz sei, weil Jackson schon sehr schnell abgebogen war. Das hieß, dass sich die Treppe hinauf in den Turm hinter einer der ersten Türen befand. Sollte sie alle durchprobieren?

Wie zur Antwort glitt ein Stück den Gang hinunter eine der Türen zur Seite, und Jackson trat in den Blick. Kate wich zurück in den Eingangsraum und lauschte. Keine Schritte. Sie sah vorsichtig um die Ecke. Jackson lehnte an der Wand neben der Tür und biss in Gedanken versunken ein Stück von einer Lakritzstange ab. Er wirkte entspannt und zufrieden, als wolle er noch eine Weile dort bleiben. Kate lächelte. Sie hielt es für ziemlich wahrscheinlich, dass er die Treppe zum Turm bewachte. Nun musste sie nur noch an ihm vorbei.

Sie zog den Kopf zurück, holte die Schleuder aus dem Eimer und legte eine Glasmurmel hinein. Wieder sah sie um die Ecke. Sie wartete eine lange Minute, dann noch eine. Endlich kam die Gelegenheit: Jackson senkte den Blick, zurrte an seiner Schärpe und murmelte etwas Unverständliches. Jetzt oder nie, dachte Kate und schleuderte die Murmel den Gang hinunter.

Die kleine Glaskugel schoss über Jacksons Kopf, schlug ganz weit hinten mit einem befriedigenden Klacken auf den Boden, sprang gegen die Wand und schepperte hinter die Biegung, genau wie Kate es gewollt hatte. Verblüfft spuckte Jackson sein Lakritz aus und rief: »Wer da?« Ohne eine Antwort abzuwarten, rannte er los und war auch schon hinter der Ecke verschwunden. Kate flitzte zu der Tür, die er bewacht hatte. Neben der Tür hing eine der Zahlentastaturen. Damit hatte sie nicht gerechnet, aber wenn Mr Curtain nicht schon wieder den Code geändert hatte ... Ihre Finger flogen über die Ziffern.

Die Tür öffnete sich. Kate sprang hinein.

Verdutzt stellte sie fest, dass sie in einem Aufzug gelandet war. Einem Aufzug? Aber natürlich! Wie sonst käme Mr Curtain mit seinem Rollstuhl hinauf in die Flüstergalerie? Seine Botschafter mussten die Treppe nehmen. Mr Curtain liebte seine kleinen Geheimnisse. Wahrscheinlich gefiel ihm auch der Gedanke, dass sich die Kinder die Stufen hinaufquälen mussten. Die Tür schloss sich hinter Kate, und sie sah gerade noch, dass sich die Treppe hinter dem offenen Durchgang gegenüber befand. Jackson hatte also *beide* Aufgänge bewacht.

Auf der Schalttafel des Aufzugs gab es nur wenige Knöpfe. Sie waren unbeschriftet, aber es war nicht schwer zu erraten, dass der oberste der zur Flüstergalerie war und der darunter ... Das musste der zum Computerraum sein. Kate starrte sehnsuchtsvoll auf den Knopf, aber natürlich durfte sie ihn nicht drücken.

Sie konnte den Aufzug nicht so einfach benutzen. Jackson würde es sicher hören. Er kam wahrscheinlich schon wieder den Gang herunter.

Kate improvisierte. Sie leerte ihren Eimer aus, drehte ihn um, stellte sich auf Zehenspitzen darauf und schraubte die Wartungsklappe oben in der Decke auf. Nie in ihrem Leben hatte sie so schnell gearbeitet. In null Komma nichts war das Seil fest und sie samt Eimer und Inhalt durch die Klappe nach oben in den Aufzugsschacht entschwunden.

Kaum dass sie die Wartungsklappe wieder geschlossen hatte, öffnete sich die Aufzugstür unter ihr. Kate machte keinen Mucks. Sie hörte Jackson grunzen. Die Tür schloss sich wieder.

Kate knipste ihren Leuchtstift an und sah an den Kabeln hinauf, die in der Dunkelheit über ihr verschwanden. Sie zog Schuhe und Strümpfe aus, streifte die Strümpfe über ihre Hände, um sie zu schützen, und stieg zurück in die Schuhe. Mit dem Leuchtstift zwischen den Zähnen kletterte sie, ohne Zeit zu vergeuden, in die Höhe. Vor ihr lag ein sehr langer, sehr schwieriger Aufstieg.

Es war tatsächlich eine sehr lange und schwierige Kletterpartie, an deren Ende eine Enttäuschung stand. Trotz der Strümpfe schnitten ihr die Kabel in die Hände, die Kletterei war äußerst anstrengend, und als sie schließlich eine Tür erreichte, war es ihr unmöglich, sie zu öffnen oder hindurchzuspähen. Über ihr war noch eine Tür (die wahrscheinlich in den Gang vor der Flüstergalerie führte), aber auch die ließ sich nicht einen Spaltbreit öffnen. Schließlich quetschte sie sich an der Winde und der Maschinerie oben im Schacht vorbei (hätte sich der Aufzug in diesem Augenblick in Gang gesetzt, hätte sie es wohl nicht überlebt). Ganz oben angekommen, musste sie aber feststellen, dass der Deckel des Lüftungskanals, den sie dort entdeckt hatte, zugeschweißt war, wobei der Kanal sowieso zu eng war, als dass sie durch ihn hätte hindurchkriechen können. Es gelang ihr allerdings, an dem Deckel vorbeizuspähen. Was sie da sah, war entmutigend. Sie legte eine geistige Notiz an:

Im Vorraum: zwei Anwerber, groß und gefährlich aussehend, beide mit Schock-Uhren. Hinter ihnen: eine dicke Eisentür, drei schwere Schlösser, dazu eine Zahlentastatur, eines der Schlösser ist ein Kombinationsschloss. Luftkanäle: auch für Constance zu klein, selbst wenn man sie einfetten würde, ganz sicher zu eng für mich. Decke: unerreichbar. Fenster: keine.

Keine Fenster, dachte Kate, und damit auch keine Chance, in den Raum *vor* dem Computerraum einzusteigen, ganz zu schweigen vom Computerraum selbst. Es war schwer, dem Bedürfnis nach einem lauten Aufseufzen zu widerstehen. Sie hatte schon Visionen davon gehabt, wie sie den Flüsterer in einem großartigen Sabotageakt zerstörte, und zwar ganz allein; wie sie Kabel herausriss, Einzelteile zertrat und unheimliche Eingeweide stahl, die nicht ersetzt werden konnten. Nicht nur, dass sie sich dadurch als Heldin erwiesen hätte, damit hätte sie auch ein für alle Mal bewiesen, dass sie von niemandem Hilfe brauchte. Aber jetzt musste sie einsehen, dass ihr das nicht gelingen konnte. Wenigstens diesmal noch nicht.

Kate erstarrte. In ihrer Enttäuschung hatte sie die Gedanken schweifen lassen und bemerkte erst jetzt, dass einer der Wächter zu ihr in die Dunkelheit hinaufblinzelte.

»McCraig«, sagte der Mann zu seinem Kollegen, »siehst du da auch was Komisches in der Lüftung?«

McCraig griff nach seiner Taschenlampe. Da war nichts. »Wahrscheinlich eine Maus.«

»Eine *sprechende* Maus?«

»Das kommt nicht aus der Lüftung, du Idiot. Da kommen ein paar Manager die Treppe herauf. Heute Abend wird hier eine Neue herumgeführt, hast du das vergessen?«

Kate, die sich gerade noch rechtzeitig zurückgezogen hatte, konnte die Stimmen jetzt auch hören. Sie kamen direkt von hinter der Wand.

»... Teil deines Trainings«, sagte S. Q., und seine Stimme wurde lauter. »Nachdem ich dich hier oben herumgeführt habe, treffen wir Mr Curtain, der dir ein paar Dinge erklären wird.«

»Ja, das haben Sie mir bereits erzählt«, sagte die leicht gereizt klingende Stimme von Martina Crowe. »Aber warum kommen *Sie* mit dazu? Sie sind doch schon fast ein Jahr Manager.«

»Nun, es ist dir vielleicht noch nicht aufgefallen«, sagte S. Q., »aber ich bin manchmal etwas schwer von Begriff. Deshalb lässt mich Mr Curtain hin und wieder an seinen Instruk..., äh, ich meine, Ausführungen teilnehmen, damit ich meine Erinnerung auffrische.«

Kate hörte ein verächtliches Schnauben und dann Jacksons Stimme, die »Einen Augenblick, ihr zwei« sagte. Kate lehnte sich noch einmal vor und spähte durch den Spalt, konnte Jackson aber nicht sehen.

»McCraig«, hörte sie ihn sagen. »Ist alles bei euch in Ordnung? Keine besonderen Vorkommnisse heute Abend?«

»Ich sage Ihnen doch, Jackson«, sagte S. Q.s Stimme, »was Sie da unten gehört haben, war sicher eine Maus.«

»Wir haben hier oben auch Mäuse«, sagte McCraig. »Sonst ist alles in Ordnung.«

»Jackson nimmt seine Wachaufgaben sehr ernst«, sagte S. Q. in wissendem Tonfall.

»He, Mr Curtain will, dass die Sicherheitsvorkehrungen verschärft werden«, fuhr Jackson ihn an. »Haben Sie ein Problem mit Mr Curtain, S. Q.?«

»Natürlich nicht. Ich meinte nur ...«

Den Rest hörte Kate nicht mehr. Sie ließ sich bereits wieder den Schacht hinunter. Sie musste schneller als Jackson unten sein, damit sie unbemerkt aus dem Aufzug hinauskam. Und dann? Was hatte es mit diesem Treffen mit Mr Curtain auf sich? Vielleicht musste der Abend nicht *völlig* umsonst sein. Das Problem war, einen Weg zu finden, wie sie die drei in seinem Büro belauschen konnte. Direkt ins Kontrollgebäude zu gehen wäre zu gefährlich. Aber vielleicht gab es ja einen anderen Weg.

»Damit siehst du, Martina«, sagte Mr Curtain und kam hinter seinem Schreibtisch hervorgefahren, »nach der Besserung werden die meisten Menschen viel glücklicher sein.«

»Aber nicht alle«, sagte S. Q. »Habe ich recht, Mr Curtain?«

»Genau, S. Q., leider gibt es *einige* Leute, die vom Charakter her dazu neigen, traurig zu sein, wenn alle anderen glücklich sind.«

Martina lächelte. »Gehe ich recht in der Annahme«, sagte sie mit einem durchtriebenen Ton in der Stimme, »dass diese armen Seelen nicht nur unglücklich sein würden, was an sich schon tragisch genug wäre, sondern womöglich auch ... Ärger machen könnten? Und habe ich recht, dass sie sich durch das Hirnfegen nicht nur besser fühlen, sondern auch besser *kontrollieren* lassen?«

»Genauso ist es«, sagte Mr Curtain mit einem anerkennenden Blick. »Und S. Q., die Erklärung sollte dich ebenfalls befriedigen.«

Falls sie ihn nicht befriedigt hatte, hatte sie ihm doch zumindest den Eindruck vermittelt, dass er befriedigt sein sollte, und so lachte er und sagte: »Verstehe, ja. Natürlich.«

Martina lehnte sich auf ihrem Stuhl vor. »Was ich noch nicht ganz begreife, ist, wie das Gehirnfegen funktioniert. Werden dabei tatsächlich alle Erinnerungen ausgelöscht?«

»Leider nein«, sagte Mr Curtain. »Jeder, der etwas vom menschlichen Gehirn versteht, weiß, dass es nie wirklich etwas vergisst. Erinnerungen völlig auszulöschen ist unmöglich. Möglich *ist* allerdings, sie vor ihren Eigentümern zu verstecken. Um meinen Lieblingsvergleich zu benutzen: Wir *fegen* die alten Erinnerungen unter einen Teppich — daher auch der Begriff >Gehirnfegen< — und da bleiben sie versteckt und vergessen.«

»Und alle sind glücklich«, sagte S. Q.

»Ja, S. Q.«, sagte Mr Curtain mit einem bedeutungsvollen Blick zu Martina hinüber. Obwohl sie gerade erst Manager geworden war, verstand sie jetzt schon weit mehr, als S. Q. je begreifen würde. »Ja, mein Freund. Alle sind glücklich.«

»Ist das nicht erstaunlich?«, sagte S. Q. zu Martina. »Ich krieg jedes Mal 'ne Gänsehaut, wenn ich das lerne.«

»Und mit den Ängsten ist es fast das Gleiche«, sagte Mr Curtain. »Glaubst du, du hast das endlich begriffen, S. Q.? Würdest du Martina vielleicht erklären wollen, was der Flüsterer mit den Ängsten macht?«

»Oh ja, natürlich kann ich das«, sagte S. Q. und lief rot an. »Das heißt, ich würde es gerne, aber ... äh ...«

»Aber du hast es vergessen?«, fuhr Mr Curtain ihn an und warf dabei Martina ein leicht höhnisches Grinsen zu. (Offenbar gefiel es ihm, mit S. Q. sein Spielchen zu treiben, worin auch der Grund liegen mochte, dass er ihn nicht schon vor Jahren von der Insel gejagt hatte.)

»Vergessen? Oh nein!«, rief S. Q. bestürzt. »Nein, ich würde nicht sagen, dass ich es vergessen habe, äh ..., Sie wissen doch, dass niemand je etwas *wirklich* vergisst, Sir, haha ...« Er hustete. »Aber Sie erklären es so viel schlanker, ich meine, Sie sind so viel eleganter als ich.«

»Damit könntest du recht haben, wenn du vielleicht auch einfach *eloquenter* sagen wolltest. Sehr gut, S. Q. Ich werde es also an deiner Stelle erklären, und du kannst wie immer wissend dazu nicken.«

S.Q. nickte.

Mr Curtain wandte sich Martina zu. »Du weißt ja, wie deine Ängste schwinden, wenn du im Flüsterer sitzt, nicht wahr?«

Martinas Gesichtsausdruck wirkte plötzlich hungrig. »Genau«, keuchte sie.

S. Q. nickte.

»Natürlich tust du das. Und auch hier liegt es an den Mitteilungen. Mein Flüsterer belohnt deine Mitarbeit, indem er extrem wirksame Botschaften aussendet, die deine Ängste *verneinen.* Das ist ein sehr einfacher Vorgang. Die Ängste lauern weiter unter der Oberfläche und sind leicht auszumachen.«

S. Q. nickte.

»Es ist also alles nur eine wunderbare Illusion!«, sagte Martina. »Das erklärt, warum die Ängste hinterher so bald schon zurückkommen. Das hat mich immer gewundert: Im Flüsterer scheinen sie auf ewig verpufft zu sein.«

Mr Curtain lachte. »Leider ist es nicht so. Der einzige Weg, wie man sich wirklich von seinen Ängsten befreien kann, besteht darin, sich ihnen zu stellen. Aber wer auf dieser Welt will sich schon seinen schlimmsten Ängsten stellen?«

»Ich nicht!«, rief Martina.

S. Q., der schon nicken wollte, hielt inne und schüttelte den Kopf.

»Niemand will das«, sagte Mr Curtain. »Und jetzt sind wir fast so weit, genau diese friedvolle Zufriedenheit viel, viel mehr Menschen zu schenken. Nach der Besserung, verstehst du, werden alle großen Ängste von einer Botschaft erstickt werden, die sehr denen gleicht, die du im Flüsterer gehört hast. Das wird großartig!«

»Ich kann es kaum mehr erwarten!«, rief S. Q. begeistert. »Zu denken, dass dann so viele Menschen glücklich werden!«

Mr Curtain kicherte. »Lange wirst du nicht mehr warten müssen, S. Q. Meine Verbesserungen sind weit schneller gelungen, als ich gehofft hatte. Ich rechne fest damit, dass es übermorgen schon so weit sein wird — vielleicht sogar schon früher.«

»Übermorgen!«, rief Martina. »Ich hatte ja keine Ahnung!«

»Ja, du hast großes Glück, Martina«, sagte Mr Curtain. »Du bist der letzte Manager, der vor der Besserung berufen wird, und als Manager stehst du in einer stolzen Tradition. Vor dir gab es bereits etliche Generationen von Managern, von denen viele in alle Winkel dieser Welt geschickt wurden, um alles für die Besserung vorzubereiten. Viele von ihnen sind in wichtige Regierungspositionen aufgestiegen.«

»Was wird *meine* Aufgabe sein?«, fragte Martina. Ihre Augen leuchteten vor Vorfreude.

»Am Anfang hilfst du mit den Fegern«, sagte Mr Curtain. »Du warst doch schon im Erinnerungs-Terminal? Hat S. Q. dir die Feger gezeigt?«

»Daher kommen wir gerade. Sie sehen genauso aus wie der Flüsterer.«

»Richtig, aber sie sind weit weniger wirksam«, sagte Mr Curtain, »und weniger hoch entwickelt. Der Flüsterer, Martina, ist eine empfindsame, sorgfältig ausbalancierte Maschine, die meiner persönlichen Steuerung bedarf, um richtig zu funktionieren. Nur mein Flüsterer kann die Besserung herbeiführen.«

Mr Curtain machte eine Pause und sah fast schon verzückt in die Ferne.

»Die Feger dienen also nur dem Unter-den-Teppich-Kehren von Erinnerungen«, sagte Martina. »Nichts Größerem.«

»Exakt«, sagte Mr Curtain. »Es sind weit einfachere Werkzeuge als der Flüsterer, kaum komplizierter als ein eiserner Besen. Sonst würden meine Manager nicht mit ihnen arbeiten können.«

Jetzt war es an Martina, zu nicken. S. Q. regte sich nicht. Er sah ungewohnt ernst vor sich hin.

»Hmm, Sir?«, meldete er sich schließlich schüchtern zu Wort und hob dabei die Hand. »Mir ist gerade ein Gedanke gekommen.«

Mr Curtain hob die Brauen. »Das ist bemerkenswert, S. Q. Was ist es?«

»Sollten wir die Menschen nicht um ihre Erlaubnis bitten? Ich meine, wenn wir ihnen Dinge in den Kopf setzen, sollten wir sie dann nicht erst fragen?«

Ungläubig klappte Martina den Mund auf, aber Mr Curtain war die merkwürdigen Abläufe in S. Q.s Denken gewohnt. S. Q. hatte diese Frage bereits mehrmals gestellt, nur wusste er es nicht mehr. Mehr amüsiert als ungeduldig antwortete Mr Curtain ihm: »Wenn wir um Erlaubnis bitten, S. Q., *funktioniert* es nicht. Willst du nicht, dass die Menschen glücklich werden?«

»Oh doch, das will ich!«

»Also lautet die Antwort: Nein, wir sollten sie *nicht* um Erlaubnis bitten. Verstehst du?«

Erleichtert nickte S. Q. wieder.

»Und somit, Martina«, schloss Mr Curtain, »kannst du dich nun aufs Angenehmste auf die Vollendung meiner Verbesserungen freuen. Wie ich sagte, ich glaube, dass wir übermorgen ...« Mr Curtains Aufmerksamkeit wanderte zum Abflussrost in seinem Büroboden. »Komisch. Ich habe den Eindruck, dass ich da im Abfluss etwas gehört habe.«

»Vielleicht eine Maus«, sagte S. Q.

»Wozu dient der Abfluss überhaupt?«, fragte Martina.

»Würdest du ihr das bitte erklären, S. Q. ?«, sagte Mr Curtain und sah immer noch auf den tellergroßen Abfluss hinunter. »Ich nehme an, *daran* erinnerst du dich noch. Grausige Dinge behält man am besten.«

»Oh ja, Sir!«, antwortete S. Q. stolz. Er räusperte sich mit wichtiger Miene. »Siehst du, Martina, in früheren Zeiten, als das Institut noch gebaut wurde und viele Arbeiter auf der Insel lebten, da wurde, äh ..., der Raum hier als Schlachtraum benutzt. Natürlich floss dabei immer viel Blut ... literweise Blut. Und die Metzger spritzten den Boden mit Wasser ab und wuschen das Blut in den Abfluss hinunter. Es gibt da ein kleines Rohr, das direkt in einen ... einen Kanal darunter führt, durch den alles in Richtung Meer geleitet wird. Man sagt, dass die Haie früher im Dutzend draußen vor dem Abfluss herumwimmelten, angezogen vom Duft des Blutes, und die Schüler warfen Mäuse ins Wasser, damit sie danach schnappten ...«

An dieser Stelle hellte sich S. Q.s Gesicht auf. Plötzlich erinnerte er sich an noch etwas, und es war selten, dass er sich in so kurzer Zeit an zwei unterschiedliche Dinge erinnerte. »Oh, wissen Sie, Mr Curtain? Jackson, äh, der hat auch eine Maus gehört. Das ist noch keine halbe Stunde her. Wir haben in letzter Zeit ein ... ein wirkliches Problem mit ihnen.«

»Das wirkliche Problem«, sagte Mr Curtain mit gesenkter Stimme, »ist, dass wir diese Mäuse hören, aber niemals sehen.«

Er fuhr zu seinem Tisch und nahm die Thermoskanne mit heißem Wasser, die S. Q. ihm für seinen Tee mitgebracht hatte. »Vielleicht haben es unsere Mäuse ja gelernt, sich besser zu verstecken. Allerdings wird mir gerade bewusst, dass zwar das Verbindungsrohr Mäusegröße hat, in den Kanal darunter aber ein Mensch passen würde. Wenn einer den Eingang dazu fände, wäre der Kanal das perfekte Versteck für einen unverfrorenen Lauscher.« Noch während er sprach, schoss er durch den Raum und schüttete den dampfenden Inhalt der Kanne in den Abfluss.

Er wartete und lauschte aufmerksam, aber bis auf das davongurgelnde heiße Wasser war kein Laut zu hören. »Hmm.

Vielleicht war es tatsächlich eine Maus oder ein Echo des Hafenverkehrs. Rohre produzieren seltsame akustische Effekte.« Einen Moment lang starrte er auf die leere Kanne in seiner Hand und wirkte etwas gedankenverloren, dann sagte er: »Meinen Tee will ich aber immer noch. S. Q., lauf hinauf in die Cafeteria und bring mir eine frische Kanne. Und dazu ein bisschen Gebäck. Hier, ich schreibe es dir besser auf.«

Die Notiz, die er S. Q. gab, hatte aber nichts mit Gebäck zu tun. Sie lautete: *Lauf sofort zum Ende des Kanals an der Südküste. Nimm Jackson mit. Wenn ihr niemanden findet, sucht im Sand nach Fußspuren. Beeil dich!*

S. Q. las die Notiz, las sie noch einmal, blickte auf, um seiner Verwirrung Ausdruck zu geben, und sah, wie Mr Curtain einen Finger auf die Lippen legte. Endlich begann er zu begreifen und eilte stolpernd aus dem Büro.

Kates Ohr hatte am Abflussrohr gelegen, als sie das Platschen hörte. Ihr blieb kaum Zeit, den Kopf zurückzuziehen, bevor das brühend heiße Wasser daraus hervorschoss. Dennoch erwischten sie ein paar Spritzer im Nacken, und sie hatte größte Mühe, nicht laut aufzuschreien. Dann hörte sie, wie Mr Curtain S. Q. wegschickte, und vermutete eine Falle. In aller Eile kroch sie den Kanal hinunter zum Ufer.

Als sie ins Freie rutschte, sah sie, wie zwei Gestalten (S. Q. und Jackson, obwohl sie das in der Dunkelheit nicht erkannte) aus dem Kontrollgebäude gestürzt kamen und über den Platz in ihre Richtung liefen. Sie konnte nur noch ins Wasser fliehen. Kate sprang hinein und tauchte tief. Das Wasser war fürchterlich kalt — zu kalt für Haie, hoffte sie, denn ihr klangen S. Q.s Worte noch im Ohr. Gott sei Dank hatte das Schlachten schon vor langer Zeit aufgehört, und so versammelten sich deswegen heute sicher keine Haie mehr hier. Das hoffte sie, und sie konnte jetzt sowieso nicht zurück ans Ufer, sondern musste im Wasser bleiben.

Glücklicherweise war sie eine ausgezeichnete Schwimmerin. Sie tauchte vom Ufer weg, blieb so lange unter Wasser, wie sie konnte, und kam nur kurz zum Luftholen an die Oberfläche. Als sie endlich den Kopf ganz aus dem Wasser steckte, hatte sie eine gute Entfernung zwischen sich und den Strand gebracht. Erleichtert sah sie, dass ihr niemand folgte. Vielleicht hatte sie nicht einmal einer gesehen. Gut. Jetzt musste sie nur am Ufer entlangschwimmen und einen sicheren, unauffälligen Platz finden, an dem sie an Land gehen konnte.

Kate drehte sich, blickte auf das Wasser hinaus, und ihr stockte der Atem.

Sie sah etwas, das sie für das Letzte hielt, was sie je sehen würde: einen Umriss, dreieckig und schwarz, der durch das dunkle Wasser auf sie zuschnitt. Panik durchzuckte ihren Körper wie ein elektrischer Schlag. Sie machte sich auf die brutalen, dolchgleichen Zähne gefasst, und im Bruchteil einer Sekunde des Wartens gelang es ihr, sich zu fragen, ob es der Biss des Hais sein würde, der sie umbrächte, oder ob sie nach unten gezogen werden würde, tief hinunter in die blutige Finsternis, um dort zu ertrinken.

Im nächsten Moment schon erkannte sie aber, dass die Haiflosse nur ein Felsen war.

Die Panik ließ nach, aber ihre Nachwirkungen schärften Kates Sinne. Das Herz schlug ihr immer noch wie eine Basspauke in den Ohren, und sie sah sich um. Zerklüftete Felsen reckten überall um sie herum ihre Spitzen aus dem Wasser. Im Dunkel der Nacht und umkabbelt von tausend kleinen Wellen schienen sich die meisten von ihnen zu bewegen. Mehr als nur einige davon ähnelten Haiflossen, und vielleicht war ja tatsächlich die eine oder andere nicht aus Stein.

»Gute Güte«, sagte Kate, denn ihr blieb nichts anderes übrig, als mitten zwischen ihnen hindurchzuschwimmen. Dabei musste sie sich vorsehen, um sich von den scharfen Kanten nicht in Scheiben aufschlitzen zu lassen. Und darauf hoffen, dass kein Hai dazwischen lauerte.

SO WAS WIE EIN PLAN

Als sie eine Stunde später in Reynies und Klebers Zimmer schlich, war Kate längst wieder besserer Stimmung. Wobei gesagt werden muss, dass sie enttäuscht war von dem, was sie erreicht hatte, völlig durchgefroren und nass bis auf die Knochen. Alle Glieder taten ihr weh. Aber wenigstens war sie von keinem Hai gefressen worden. Das Geräusch patschnasser Schuhe und ein merkwürdiges schnelles Klicken weckte die Jungen auf. Sie hoben die Köpfe und sahen, wie Kate den Heizkörper umarmte. Ihre Zähne klapperten fürchterlich und aus ihren Kleidern tropfte das Meerwasser.

»Kate!«, riefen sie und konnten sich kaum zum Flüstern zwingen. »Was ist passiert? Bist du in Ordnung?«

»N-n-n-un«, stammelte sie und war einen Augenblick lang unfähig fortzufahren.

Reynie legte ihr seine Decke um die Schultern, und als ihr endlich etwas wärmer wurde, erzählte Kate ihnen alles. (Sie ließ allerdings aus, dass sie sich eingebildet hatte, einen Hai zu sehen. Das brächte niemanden weiter, dachte sie.)

»Zum Glück hatte ich meinen Eimer fest an den Gürtel gebunden, sonst wäre er jetzt mit Sicherheit weg. Ein paar Sachen habe ich auch so verloren, und meine kleine Lampe ist voll Wasser. Meine Finger waren zu taub, um zuzufassen, also konnte ich nicht durch die Decke kommen. Ich musste mich über den Flur schleichen. Ich kann kaum glauben, dass ich nicht Jillson oder sonst jemandem begegnet bin.«

»Und *ich* kann kaum glauben, dass du die drei durch das Abflussrohr hast belauschen können«, sagte Kleber. »Wie bist du nur darauf gekommen?«

»Das war mit Glück geraten«, sagte Kate. »Reynie hat den Abfluss erwähnt, als er uns Mr Curtains Büro beschrieb, und letzte Nacht hat Milligan uns gezeigt, wo ein Rohr ins Meer führt. Ein Abfluss, ein Rohr, das ins Meer führt — ich habe einfach eins und eins zusammengezählt und auf das Beste gehofft.«

Reynie hatte nach einem sauberen Handtuch gesucht. Er gab es Kate. »Du glaubst also, es gibt absolut keine Möglichkeit, in den Computerraum zu kommen?«

Kate schüttelte widerstrebend den Kopf. Sie hasste es, dass sie in der Sache nicht weitergekommen war.

»In Ordnung«, sagte Reynie. »Gut gemacht, Kate.«

»Gut gemacht? Aber ich habe doch nichts erreicht!«

»Machst du Witze? Jetzt, wo wir wissen, dass wir nicht an den Computer herankommen, werden wir keine Zeit mehr damit verschwenden, es zu versuchen. Und uns bleibt keine Minute zu viel. Übermorgen ist alles zu spät. Das wissen wir jetzt, dank dir. Das sind alles wichtigste Informationen.«

Kate zuckte abwehrend mit den Schultern, insgeheim aber freute sie sich. Sie schloss und öffnete die Hände. Das Gefühl schien in ihre Finger zurückzukehren.

Reynie konzentrierte sich. Im Augenblick wurden keine Botschaften ausgesandt, und der Sturm in seinem Kopf hatte sich etwas gelegt. »Wie genau hat er es ausgedrückt, Kate? Dass sein Flüsterer eine empfindliche Maschine sei?«

»Der Flüsterer ist empfindsam und sorgfältig ausbalanciert«, sagte Kleber, »und er bedarf seiner persönlichen Steuerung.«

»Ich *glaube,* dass er es so gesagt hat«, bestätigte Kate ihm. »Ich habe versucht, es mir genau zu merken, aber mein Gedächtnis ist nicht so gut wie Klebers.«

»Gut, am besten berichten wir das alles sofort Mr Benedict«, sagte Kleber, der bereits auf den Fernsehschrank kletterte. Er sah nach draußen und stöhnte. »Jackson steht unten auf dem Platz, zusammen mit S. Q., und er schreit ihn wegen irgendwas an.«

»Kleber und ich werden warten, bis sie gehen«, sagte Reynie. »Kate, du solltest dir was Trockenes anziehen und ins Bett gehen. Es hat keinen Sinn, wenn wir alle hier warten ...« In diesem Moment setzte eine neue Mitteilung ein. Die drei verzogen das Gesicht. Reynie spürte, wie der Sturm in seinem Kopf wieder zu Kräften kam.

»Gute Güte, ich hoffe, das hält mich nicht wach«, sagte Kate mit einem Seufzer. »Ich werde jetzt jedenfalls die nassen Sachen auf unsere Heizung legen und zu schlafen versuchen. Wir haben nur noch zwei Tage, um die Welt zu retten. Da brauchen wir alle Ruhe, die wir kriegen können.«

Und sie schlief wirklich: Kate war so müde nach ihren nächtlichen Anstrengungen, dass sie den Weckruf verschlief und fast das Frühstück verpasste. Constance war ihr auch keine Hilfe. Als Kate mitten in der Nacht zurückgekommen war, hatte sie Constance noch geweckt und ihr das Wichtigste erzählt. Danach war auch Constance völlig erschöpft, und so kam es, dass *beide* Mädchen noch tief schliefen, als Jillson krachend gegen die Tür schlug. Kate träumte, sie wäre im Zirkus und würde als lebende Kanonenkugel abgefeuert.

»Aufstehen!«, rief Jillson und donnerte noch einmal mit solcher Kraft gegen die Tür, dass das Fenster der Mädchen im Rahmen schepperte. »In fünfzehn Minuten servieren die Helfer kein Frühstück mehr, Mädchen!«

Kate schreckte aus dem Schlaf, sprang aus dem Bett, zog sich ein paar trockene Sachen über und schnappte ihre Schuhe vom Heizkörper. Sie waren unglücklicherweise nicht viel trokkener geworden, aber sie hatte keine anderen. Dann schüttelte sie Constance aus dem Schlaf, die sie benommen und nur halb wach ansah.

»Los doch, Connie-Mädchen«, drängte sie, »wir müssen in Gang kommen!«

Constance schob die Lippen übereinander, blinzelte ein paarmal und sagte: »Nenn mich nicht Con...«

»Gut, gut. Entschuldige.«

Mit reichlich Drängen und Zureden brachte sie Constance dazu, sich zu waschen und anzuziehen, und lief dann mit dem kleineren Mädchen huckepack hinunter in die Cafeteria. Sie entdeckte die Jungen an ihrem gewohnten Tisch und drängte sich zu ihnen durch. Aus irgend einem Grund weiteten sich Reynies Augen, als Kate näher kam, und kaum dass sie saß, sagte er gut vernehmlich: »Da seid ihr ja! Komm, ich schenke dir etwas Saft ein, Kate!« Ungewöhnlich unbeholfen griff er nach dem Krug, ließ ihn fast aus der Hand rutschen und dabei einen guten Liter Saft über Kates Füße schwappen. An einem Tisch in der Nähe brach eine Gruppe Botschafter in lautes Lachen aus.

»Das ist ja wohl zum Schreien!«, rief Kate. »Das nächste Mal schenke ich mir meinen Saft selbst ein, okay?«

Zwischen den Zähnen hindurch sagte Reynie schnell: »Hör zu, Kate. Es gibt wilde Gerüchte, dass ein Spion auf der Insel ist. Sie wissen, dass jemand im Kanalrohr war und schwimmend entkommen ist. Deine Schuhe waren ein tödliches Indiz. Ich habe den Saft mit Absicht darübergeschüttet. Alle haben es gesehen, das heißt, jetzt hast du einen anderen Grund für deine durchweichten Füße als Meerwasser.«

»Huch«, sagte Kate. »Danke, Kumpel. Und wisch dir dein Grinsen vom Gesicht, Constance. Du musst dich nicht immer so freuen, weißt du.«

Während die Mädchen ihr Frühstück verschlangen, erzählten ihnen Reynie und Kleber die letzten Neuigkeiten: Nachdem Kate nachts in ihr Zimmer hinübergeklettert sei, hätten sie endlich Mr Benedict ihre Nachricht durchmorsen wollen, aber zu ihrer großen Enttäuschung seien Jackson und S. Q. nur kurz im Kontrollgebäude verschwunden und gleich darauf wieder auf den Platz herausgekommen, diesmal mit Mr Curtain, der genau wie Jackson eindeutig wütend auf S. Q. gewesen sei und mit dem Finger vor seinem Gesicht wild gestikuliert habe.

»Wir haben uns gefragt, warum die beiden so auf S. Q. losgingen«, sagte Kleber, »und heute Morgen haben wir es erfahren. Alle wissen es: Jackson und S. Q. haben den Spion nicht erwischt, aber seine Fußabdrücke gefunden, die hinunter zum Wasser führten.«

»Oh nein«, sagte Kate und erstarrte mit einer Gabel voller Rührei auf halbem Weg zum Mund. »Ich wollte die Abdrücke noch verwischen, hatte aber nicht genug Zeit.« Sie wurde rot, schämte sich plötzlich und legte die Gabel auf den Teller.

»Tut mir leid, Kinder. Sieht aus, als wäre die Nummer damit vorüber. Sicher. Sie werden sehen, dass meine Schuhe zu den Abdrücken passen. Und dann, nun ... Warum schüttelt ihr beiden den Kopf?«

»Weil es nichts gibt, weswegen wir uns Sorgen machen müssen«, sagte Reynie.

Kleber musste grinsen. »S. Q. hat sich für uns um das Problem gekümmert«, sagte er. »Seine großen Füße waren wirklich hilfreich. Er fand deine Abdrücke und folgte ihnen bis ans Wasser, aber dabei hat er sie zertreten! Es war nichts mehr von ihnen übrig! Deshalb war Mr Curtain so sauer.«

»Ha!«, sagte Kate zutiefst erleichtert. »Der gute alte S. Q.!«

»Es ist immer noch gefährlich«, sagte Reynie. »Mr Curtain wird seine Augen überall haben ... Und, oh, findest du diese Blätterteigrollen nicht absolut köstlich, Kleber? Am besten schmecken sie zusammen mit kalter Milch, besonders die mit Himbeeren gefüllten.«

Kleber war vom plötzlichen Themenwechsel nicht überrascht. Auch er hatte Jackson und Martina auf den Tisch zukommen sehen und antwortete voller Ernst, dass er die Zimtbrötchen lieber hätte. Jackson trat zu ihnen und sagte mit einem höhnischen Unterton in der Stimme: »George, vergib mir, dass ich eure interessante Unterhaltung über das Essen unterbreche, aber Martina und ich sind bei einer Inspektion. Ihr habt zweifellos von dem Spion gehört.«

»Das haben wir«, sagte Reynie, »und wir können es nicht verstehen. Warum um alles in der Welt sollte jemand das Institut ausspionieren wollen?«

Jackson gab Reynie eine ziemlich schmerzhafte Kopfnuss. »Wenn du deinen Verstand benutzen würdest, Muldoon, könntest du vielleicht darauf kommen. Der Spion will Mr Curtains geheime Technologie klauen und an jemanden weiterverkaufen, der sie für schlimme Zwecke einsetzen könnte.«

»Das wäre ja schrecklich«, sagte Kate.

Reynie rieb sich den Kopf. »Natürlich haben wir von dem Spion gehört.«

»Aber eins, wovon ihr sicher *nichts* gehört habt, ist das hier.« Jackson fasste in seine Tasche und zog eine Murmel daraus hervor. Kates Glasmurmel.

»Der Spion ist eine Murmel?«, fragte Reynie.

»Haha, junger Mann. Sehr witzig. Nein, diese Glasmurmel ist in der letzten Nacht an einem Ort zurückgelassen worden, an dem sie, drücken wir es einmal so aus, nicht hätte *sein* sollen.«

»Das hört sich vernünftig ausgedrückt an«, sagte Reynie.

Martina beugte sich vor und sah in Kates Eimer. »Jackson und ich suchen nach dem Besitzer der Murmel. Ich will zwar nicht mit dem Finger auf jemanden zeigen«, sagte sie in schmeichlerischem Ton, »aber Kates Eimer scheint mir ein interessanter Ort, um mit der Suche zu beginnen. Sie hat so viel Kram da drin ...«

Reynie und Kleber bemühten sich, unbefangen zu erscheinen, innerlich waren sie jedoch völlig in Aufruhr. Kate hatte gesagt, dass sie im Wasser ein paar Sachen verloren hatte, dabei aber nichts von ihren Glasmurmeln und der Schleuder gesagt.

»Darf ich mal sehen?«, fragte Martina und streckte bereits die Hand aus.

»Aber sicher«, sagte Kate, und bevor Martina den Eimer noch berühren konnte, kippte sie seinen Inhalt auf den Tisch: eine Taschenlampe, einen Magneten, ein Schweizer Taschenmesser, eine Zwirnrolle, ein Kaleidoskop und ein Seil (das feucht war, aber das merkte man nur, wenn man es anfasste). Keine Murmeln. Keine Schleuder.

»Oh«, sagte Martina und sah bitter enttäuscht aus.

»Gut«, sagte Jackson. »Wir wollten ja nur mal nachsehen. Wir müssen noch ein paar andere Leute befragen, also überlassen wir euch eurer faszinierenden Unterhaltung. Komm, Martina.« Es kostete ihn einige Mühe, die widerstrebende Martina von ihnen wegzuziehen.

Kate zwinkerte ihren Freunden zu. »Es kann ja sein, dass ich nicht weiß, wann das Känozoikum war ...«

»Was?«, sagte Kleber. »Aber Kate, wir *leben* im Känozoikum. Sicher, es begann schon vor 65 Millionen Jahren, aber ...«

»Was ich sagen *wollte«*, fuhr Kate stur fort, »ist, dass ich vielleicht nicht weiß, wann das Känozoikum war, aber trotzdem nicht von gestern bin.«

»Wovon in aller Welt redet ihr eigentlich?«, fragte Constance.

»Sie will nur sagen, dass sie nicht dumm ist«, sagte Reynie. »Du hast deine Murmeln und die Schleuder also absichtlich weggeworfen, Kate?«

»Aber sicher. Ich habe mir gedacht, dass sie die Murmel finden würden, also *musste* ich auch die anderen loswerden. Es ist mir echt schwergefallen. Ich hatte sie von einem Löwenbändiger gewonnen.«

»Arme Kate«, sagte Constance, »jetzt kann sie nicht mehr mit ihren Murmeln spielen.«

Kate wollte gerade schon etwas Bissiges antworten, als Martina und Jackson, die bereits halb durch die Cafeteria waren, unversehens ihre Meinung änderten und noch einmal zurück an ihren Tisch kamen. Martinas böser Blick ließ die vier eingeschüchtert auf eine Erklärung warten.

»Jackson hat noch vergessen, etwas anderes zu erwähnen«, sagte Martina. »Er hat zufällig ein Stück Lakritz ausgespuckt, kurz bevor er die Murmel fand, und als er später danach suchte, war es weg.«

Reynie spürte, wie sich Kate neben ihm versteifte. Das bedeutete Schwierigkeiten.

»Das Ulkige an Lakritz ist«, sagte Jackson, »dass es einem an der Sohle kleben bleibt, ohne dass man es merkt.«

»Verstehe, verstehe«, sagte Kate und wand sich auf ihrem Stuhl. »Jetzt wollt ihr also auch noch die Sohlen von meinen Schuhen sehen.«

»Wenn du so freundlich wärst«, sagte Martina mit einem fiesen Grinsen. Sie hatte gemerkt, dass Kate sich wand, und freute sich, ihr Angst eingejagt zu haben.

»Nun, tut mir leid, dass sie so tropfen, aber Reynie hat mir eben den ganzen Saft darübergeschüttet«, sagte Kate.

»Das haben wir gesehen«, sagte Jackson und ließ dabei ein so komisches röchelndes Lachen hören, dass man denken konnte, da blökte ein verletztes Schaf.

Und während Jackson noch auf ihre Kosten blökte, drückte Kate unter dem Tisch etwas Klebriges, sandig Kaltes in Reynies Hand. Sie hatte sich nicht aus Nervosität auf ihrem Stuhl gewunden, sondern um an das Lakritz zu kommen. Und als sie ihre nassen Schuhe nun für die Manager in die Höhe hielt, langte Reynie unter dem Tisch durch und drückte Kleber das Stück Lakritz in die Hand. Je weiter es von Kate weg war, desto besser, dachte er. Kleber dachte das Gleiche und reichte es seinerseits an Constance weiter.

Constance aber verstand unglücklicherweise nicht, was es war.

Entsetzt beobachteten die Jungen, wie sie das klebrige, schmutzige, halb zerkaute Stück Lakritz über den Tisch hob, um es genauer zu betrachten. Reynies Blick flog zu den Managern hinüber, die Kate, enttäuscht von ihren Schuhen, gerade aufforderten, ihre Hände zu zeigen, und dann auch noch unter der Tischplatte nachsahen. Sein Blick ging zurück zu Constance, die in diesem Augenblick begriff, was sie da in der Hand hielt, und deren Augen sich in Panik weiteten. Und dann, den Bruchteil einer Sekunde, bevor Martina wieder aufsah, steckte Constance das Lakritz in den Mund, kaute und schluckte es hinunter.

»Iiih, das war das Ekligste, was ich je gesehen habe«, sagte Kleber später, als die Krise überstanden war und die Manager sich aufgemacht hatten, andere Kinder zu schikanieren. Constances normalerweise rosige Backen überzog ein grüner Schimmer.

»Eklig, ja, aber heldenhaft«, sagte Reynie.

»Wir alle haben Opfer zu bringen«, murmelte Constance elend.

»Was wir jetzt brauchen, ist eine Entscheidung«, sagte Kate. »Wir brauchen einen Plan, und zwar schnell. Hat einer von euch eine Idee? Ich bin wieder einsatzbereit.«

Constance stöhnte nur und legte den Kopf in die Hände.

»Ich muss euch etwas sagen«, seufzte Reynie, zögerte dann aber. Er wollte ihnen sagen, dass er sich nicht noch einmal in den Flüsterer setzen könne — der bloße Gedanke an das Ding machte Wackelpudding aus seinem Hirn: Wie würde es sich da erst anfühlen, wenn er ein zweites Mal im Flüsterer gesessen hatte? Würde er dann nicht mit Sicherheit aufgeben? Das wollte

Reynie den anderen sagen. Aber jetzt musste er feststellen, dass es nicht ging. Er schämte sich zu sehr.

Constance stöhnte wieder, ohne aufzublicken. »Reynie, du bist der absolute König darin zu sagen, dass du was zu sagen hast, und dann sagst du nichts. Weißt du das eigentlich?«

»Entschuldigt«, sagte Reynie, »ich hab's vergessen.«

Er war nicht der Einzige am Tisch, der mit seinen Gedanken nicht im Reinen war. Kleber fühlte das Gleiche wie Reynie, und Kate wünschte immer noch, sie hätte die Computer sabotieren und damit das Problem ganz allein lösen können. (Aber da es ihr nicht gelungen war, versuchte sie sich vorzumachen, dass sie es gar nicht versucht hatte.) Constance ihrerseits gab sich alle Mühe, nicht darüber nachzudenken, was passieren würde, wenn Mr Curtain die Leistung seines Flüsterers voll aufdrehte. So versuchten alle, *nicht* an bestimmte Dinge zu denken, statt zu versuchen, sich etwas *einfallen zu* lassen, und da der Versuch, etwas *nicht zu* tun, im Allgemeinen weit weniger produktiv ist als der, etwas zu *tun,* kamen sie kaum weiter.

Während sich die Gedanken in seinem Kopf weiter und weiter darum drehten, dass er dem Flüsterer nicht noch einmal gewachsen wäre, stieß Reynie auf etwas — wenn auch unklar und zunächst noch völlig undurchdacht —, das ihn an eine Art Plan erinnerte. Sicher hundertmal schon hatte er sich gesagt: *Ich komme nicht noch mal gegen den Flüsterer an,* aber plötzlich, ohne dass er gewusst hätte, warum, rutschte ihm das Wort »allein« mit in den Satz, und so kam ihm ein Gedanke, der ... Ja, tatsächlich, er hatte etwas von einem Plan.

»Hört mal«, sagte er. »Ich glaube, ich habe da eine Idee. Hat Mr Benedict nicht gesagt, wir müssen uns immer und bei allem aufeinander verlassen? Dass jeder Einzelne von uns zum Erfolg der Mannschaft beizutragen hat? Und dass wir nie vergessen dürfen, dass wir einander brauchen?«

»Das soll ein Plan sein?«, sagte Constance. »Sollen wir uns vielleicht einfach gegenseitig umarmen?«

Reynie ging nicht auf sie ein. »Ich habe gedacht, wenn wir Mr Curtain und seinem Flüsterer *gemeinsam* gegenüberträten, könnten wir vielleicht einen Weg finden, ihn zu besiegen.«

»Du meinst, wir sollen alle zusammen in die Flüstergalerie?«, fragte Constance zweifelnd. »Zu Mr Curtain? Was könnten wir da wohl tun?«

»Ich weiß es noch nicht«, gab Reynie zu. »Aber vergesst nicht, dass Milligan auch noch da ist. Wenn wir ihn rufen, hilft er uns.«

»Einen Versuch ist es wert«, sagte Kate. »Uns bleibt nicht mehr viel Zeit. Aber wie sollen wir es anstellen? Sollen sich Constance und ich zu euch hineinschleichen, während ihr eure nächste Sitzung habt?«

Reynie dachte einen Moment lang nach. »Die Tür wird von einem Knopf auf Mr Curtains Stuhl gesteuert. Hereinschleichen geht also nicht. Aber Kleber und ich könnten den Knopf drücken und dich und Constance hereinlassen.«

»Das Problem dabei ist nur«, sagte Kleber, »dass wir erst in ein paar Tagen wieder einen Sitzungstermin haben, und dann ist es zu spät!«

Kate verengte die Augen, um sich zu konzentrieren, und sagte: »Was gut wäre ..., hmm, es wäre gut, wenn Mr Curtain den Friedensnobelpreis gewänne!«

Kleber spuckte eine Wolke Schokoladenmilch über den Tisch. »Hast du den ... Oh, hallo, S. Q.! Was führt Sie an unseren Tisch?«

S. Q. Pedalian sah sie etwas deprimiert an. »Hallo, Kinder. Ich nehme an, ihr habt von meiner Dummheit in der Sache mit dem Spion gehört. Dass ich die Fußabdrücke zertreten habe und so weiter.«

»Sie sollten sich nicht zu sehr ärgern«, sagte Reynie. »Ich bezweifle, dass es jemand anders besser gemacht hätte.«

»Nett von dir, dass du mich trösten willst«, sagte S. Q. und seufzte. Er holte tief Luft, um gleich noch einmal zu seufzen. »Aber genug von mir armem Tropf. Ich wollte *dich* fragen, Constance, was mit *dir* ist? Du siehst ziemlich, äh ..., nun, grün aus.«

»Ich fürchte, wir haben ihr unseren Magenvirus vermacht«, warf Reynie ein. »Kleber und ich hatten ihn beide, und jetzt hat es Constance erwischt.«

S.Q. sah sie mitfühlend an. »Oh ja, die anderen Botschafter haben mir davon erzählt. Das war unangenehm, wie? Wie fühlst du dich, Constance?«

»Als hätte ich etwas Widerliches gegessen«, sagte Constance. »Das habe ich jetzt davon, dass ich mit Reynie und Kleber zusammenhocke.«

»Nun, nun«, sagte S. Q., »nichts ist besser für dich, als deine Zeit mit Botschaftern zu verbringen. Der gute Einfluss und so weiter. Ich meine, den Virus mal beiseitegelassen. Ich bin sicher, du bist bald wieder in Bestform. Hoffen wir, dass es nicht noch zu viele, äh ..., verwischt, ich meine ..., dass sie krank werden. Es wäre eine Schande, wenn der Unterricht ausfallen müsste. Es gibt so viele wichtige Dinge zu lernen!«

Sie stimmten S. Q. alle von ganzem Herzen zu, dankten ihm, dass er sich nach Constance erkundigt hatte, und nickten und nickten, während er kein Ende finden konnte mit seinen Erzählungen über den entflohenen Spion und etliche andere Dinge, bis sein Kiefer schließlich nicht mehr konnte, sein Kopf leer war und S. Q. sich trollte.

»Was wir hinbekommen müssen«, sagte Kate, als sie endlich wieder allein waren, »ist, dass ihr Jungs möglichst morgen schon eine Sitzung habt. Könnte das nicht irgendwie gehen?«

»Ich fürchte, nein«, sagte Reynie. »Da müssten schon alle anderen Botschafter plötzlich krank werden.«

»Schade, dass wir nicht allen eine Portion Bauchschmerzen verschaffen können«, sagte Constance.

Klebers Ohren spitzten sich.

»Wer behauptet, dass wir das nicht können?«, fragte er.

SCHLECHTE UND SCHLECHTE NACHRICHTEN

Der Plan der Kinder war gewagt, stand auf wackligen Füßen und würde wahrscheinlich danebengehen, und das wussten sie. Aber sie wussten auch, dass sie handeln *mussten,* jetzt oder nie. »Morgen also«, sagte Kleber und zerrieb eine Pflanzenwurzel zwischen zwei Steinen. Als er fertig war, fegte Constance die Krümel in eine kleine Tüte und gab ihm eine weitere Wurzel zum Zerreiben.

»Ja, morgen«, sagte Kate, die ein paar Schritte den Weg hinauf Wache hielt. »Hoffen wir, dass es noch nicht zu spät ist.«

»Meinetwegen kann es noch etwas dauern«, sagte Constance. »Ich freue mich nicht unbedingt auf morgen.« Sie betrachtete ein paar breiige Körner, die ihr an den Fingerspitzen klebten, und widerstand zum soundsovielten Mal der Versuchung zu probieren, wie sie schmeckten. Kleber hatte sie gewarnt, dass Brechwurzwolfsmilch (»Besser bekannt als *Euphorbia ipecacuanhae«,* hatte er gesagt) ein sehr wirksames »Emetikum« sei. Constance hatte das Wort »Emetikum« noch nie gehört, aber ausnahmsweise brauchte sie diesmal keine weiteren Erklärungen. Ihr Plan besagte klar (und Klebers boshaftes Grinsen unterstrich es noch), dass bis morgen die meisten Schüler des Instituts ihr Essen wieder herauswürgen würden.

Dieses Essen musste aber erst noch gegessen werden. Der Schultag war vorüber, es war noch nicht ganz Abendessenszeit, und die beklommenen Mitglieder der geheimen Benedict-Gesellschaft waren die einzigen Kinder draußen in der kalten Luft. Die übrigen Schüler saßen in ihren Zimmern und lernten oder sahen fern, Kleber aber hatte seine Freunde direkt nach dem Unterricht auf den Hügel hinter der Sporthalle geführt. An dem Tag, als sie hier Mr Bloomburg getroffen hatten, hatte

Kleber eine Stelle mit Brechwurzwolfsmilch entdeckt (und dazu jede Menge andere Pflanzen, deren lateinische Namen er herunterrasselte, die sie aber gleich wieder vergaßen).

»Das sollte reichen«, sagte Kleber, zerrieb das letzte Stückchen Wurzel, schlug sich heftig die Hände sauber und wischte sie sich gleich auch noch gründlich unten an den Hosenbeinen ab. Schließlich wusste er nur zu gut, was passieren würde, wenn er sich in Gedanken an die Lippen fassen und anschließend mit der Zunge darüberfahren würde. »Ich habe doch tatsächlich leichte Schuldgefühle wegen der Sache hier. Ist das zu glauben?«

»Vielleicht bedeutet das nur, dass du noch ein Mensch bist«, sagte Reynie.

Kate schnaufte. »Oder es heißt, dass ihr zu sehr mit dem Feind sympathisiert. Ich persönlich empfinde nicht das geringste bisschen Schuld dabei, eine Horde Rüpel zum Spucken aufs Klo zu schicken.«

Kleber wischte sich noch einmal die Hände ab. »Du solltest dich nicht zu sehr von deinen Gefühlen leiten lassen, Kate. Wenn du es zu gut meinst und die Dosis zu hoch ausfällt, könntest du damit sogar jemanden töten.«

»Und wir zielen nicht nur auf die Botschafter, denk daran«, sagte Reynie. »Das wäre zu verdächtig. Alle bekommen was davon ab.«

Kate rollte mit den Augen. »Wer braucht Eltern, wenn er euch zwei hat? Keine Sorge, ich werde niemanden umbringen, klar? Und ich verspreche, ich werde es überhaupt nicht genießen, wenn ich sehe, wie Martina grün anläuft und aufs Klo rennt.«

Schlechtes Gewissen hin oder her, bei dem Gedanken mussten sie alle lächeln.

»Also gehen wir unseren Plan noch einmal durch«, sagte Constance. »Die anderen Botschafter werden krank und können nicht zu ihrer Sitzung mit dem Flüsterer, weshalb ihr beiden eher an die Reihe kommt. Wenn Kate und ich sehen, dass ihr abgeholt werdet, müssen wir uns irgendwie da hineinschleichen und draußen vor der Tür zur Flüstergalerie warten. Wie genau sollen wir das eigentlich anstellen? Was, wenn wir gerade Unterricht haben?«

»Das haben wir noch nicht überlegt«, gab Reynie zu.

»Richtig«, sagte Constance. »Und dann wird einer von euch den Knopf drücken, um die Tür zu öffnen, auch wenn der sich auf der Lehne von Mr Curtains *Rollstuhl* befindet. Wie wollt ihr das hinkriegen?«

»Das haben wir auch noch nicht richtig überlegt«, murmelte Kleber.

»Verstehe. Und dann, wenn das alles wunderbarerweise geklappt hat, kommen Kate und ich hereingerannt, und zu viert besiegen wir Mr Curtain und machen ihm den Flüsterer kaputt und entkommen ungehindert, obwohl wir uns hier auf einer Insel befinden und die Brücke von Anwerbern bewacht wird. Irgendwelche Vorschläge, wie das gehen soll?«

»Nein«, sagten die Jungen deprimiert. Kate zuckte mit den Achseln.

»Okay«, sagte Constance. »Ich wollte nur sicher sein, dass ich den Plan verstehe.«

»Auf jeden Fall solltest du Milligan nicht vergessen«, sagte Reynie. »Er wird uns helfen.«

Constance warf die Arme in die Luft. »Woher weißt du das? Du hast ihm doch noch gar keine Nachricht hinterlassen!«

Reynie massierte sich die Schläfen. »Das mache ich jetzt gleich, Constance. In Ordnung?«

»Beeil dich, Reynie., sagte Kate. »Ich brauche euch alle drei zum Ablenken der Helfer, damit ich das Essen präparieren kann.«

»Wie sollen wir *das* denn wohl schaffen?«, fragte Constance und konnte plötzlich gar nicht mehr davon aufhören, wie schlecht vorbereitet sie seien, wie wenig Zeit sie hätten und dass ihr das alles noch schlimmere Kopfschmerzen bereite als die geheimen Mitteilungen. »Ich frage dich also *noch einmal«,* schloss sie. »*Wie* genau sollen wir die Helfer ablenken?«

»Sei einfach du selbst«, sagte Kate seufzend.

Reynie ließ die anderen streitend auf dem Hügel zurück und lief in Richtung Ufer. Er hatte darauf bestanden, die Nachricht selbst zu verstecken. Kate wäre liebend gerne noch einmal zum Abflussrohr hinuntergeschlichen, aber das war jetzt keine Kate'sche Geheimaktion. Das Ganze musste bei Tageslicht geschehen. Reynie nahm einen Weg, auf dem er nur schwer vom Institut aus gesehen werden konnte, und *falls* man ihn entdeckte, hatte er sich eine gute Ausrede zurechtgelegt.

In der einen Tasche trug er die Nachricht an Milligan, in der er ihn über ihren Plan informierte, in der anderen eine Skizze der Inselbrücke, die Reynie zwei Unterrichtsstunden lang aus dem Gedächtnis angefertigt hatte. Er war ein leidlich guter Zeichner und hielt das Ergebnis für ziemlich gelungen, bis Kate nach dem Unterricht einen Blick darauf warf.

»Ist sie nicht gut?«, fragte er, als er sah, wie sie die Brauen zusammenzog.

»Ist schon okay«, sagte Kate etwas zögerlich. »Nur mit der Perspektive hapert es ein bisschen. Wenn du die Linie hier weiterziehst ... und die Schatten da verstärkst ...« Zwei Minuten später hatte sie eine weit bessere Skizze produziert.

Reynie machte ein finsteres Gesicht. »Ich nehme deine«, grummelte er. »Damit du dich nicht umsonst so angestrengt hast.«

Oben über die Skizze hatte er geschrieben: *Ihre liebste Aussicht, Sir.* Sollten sie ihn fassen, wollte Reynie sagen, er sei unten ans Ufer gegangen, um die Brücke besser in den Blick zu bekommen, weil er eine besonders gute Skizze machen wollte — die natürlich als Geschenk für Mr Curtain gedacht war.

Reynie lief am Wasser entlang und klopfte sich nervös auf die Taschen. Beide Zettel waren da. Gut. *Und jetzt tritt nicht ins Wasser,* sagte er sich. *Nasse Schuhe wirken verdächtig. Und sorge dafür, dass die Nachricht nicht unter den beiden Steinen hervorschaut, sie muss ganz darunter verschwinden. Hinterlasse keine Fußabdrücke. Es ist fast schon ein Wunder, dass uns Kates Fußabdrücke nicht zum Verhängnis geworden sind. Nur S. Q. hat uns davor gerettet.*

Reynie fand das Rohr und entfernte sich knapp zwanzig Schritte davon. Er ließ den Blick kreisen. Weit und breit war keine Menschenseele in Sicht, auf der Brücke nicht und auch nicht auf dem Hügel, der ihm Deckung in Richtung Institut gab. Vor ihm war nur das Meer, Wasser ... und in der Ferne die Küste des Festlands. Wahrscheinlich beobachteten ihn Mr Benedict und seine Mannschaft gerade durch ihr Teleskop. Angestrengt sah er zu ihnen hinüber. Sie mussten ihn sehen, ohne

Zweifel. Die Frage war nur, ob er *sie* je wiedersehen würde. Reynie winkte ihnen so traurig wie unauffällig zu — es war gleichzeitig ein Hallo und ein Auf Wiedersehen —, dann bückte er sich und versteckte seine Nachricht unter zwei großen Steinen.

Versichere dich, dass alles richtig ist, sagte er sich. *Liegen die Steine gut übereinander? Sucht man den Zettel darunter auch nicht? Was ist mit Fußabdrücken im Sand?* Befriedigt eilte er zurück und versuchte, möglichst schnell möglichst viel Abstand zwischen sich und den Zettel zu bringen. Während er noch den Hügel hinaufstieg, überlegte er, was er jetzt mit der Skizze machen sollte. Er glaubte nicht, dass er gesehen worden war, aber wahrscheinlich war es besser, sie nur für den Fall, dass doch, noch ein wenig zu behalten. Wenn ihn jemand später darauf ansprach, konnte er sie immer noch hervorholen.

Reynie klopfte sich auf die Tasche, aber die Skizze war verschwunden! Wie konnte sie nicht in seiner Tasche sein? Hatte er sie nicht in die linke Tasche gesteckt? Er griff in die andere Tasche und fühlte Papier. Er musste sich täuschen. Oder? Er zog das Papier aus der Tasche und konnte es nicht glauben! Es war seine Nachricht! Er hatte die Skizze unter die beiden Steine gelegt!

Jetzt wurde es riskant. Kate brauchte seine Hilfe, und es war fast schon Abendessenszeit. Aber sie mussten unbedingt Milligan benachrichtigen. *Du schaffst es,* sagte sich Reynie. *Du musst nur rennen.*

Und Reynie rannte den Hügel hinunter und über die Felsen, immer darauf bedacht, nicht nass zu werden und keine Fußabdrücke zu hinterlassen. Schon war er wieder bei den beiden Steinen, sah sich schnell um — Küste, Brücke, Wasser: alles klar. Er tauschte die beiden Zettel aus (und faltete die Nachricht dabei auseinander, um sicher zu sein, nicht wieder den gleichen Fehler zu machen), legte die Steine sorgfältig zurück, sah noch einmal nach möglichen Fußabdrücken und rannte, so schnell er konnte, davon.

Zwei Minuten später stand er keuchend auf dem Platz. Gerade kam S. Q. hinter dem Kontrollgebäude hervor, aber es war unmöglich, dass er ihn gesehen hatte, und sonst war niemand mehr draußen. Reynie wischte sich den Schweiß von der Stirn.

Was für eine Aufregung wegen so eines dummen Versehens! Er winkte S. Q. zu und eilte weiter, weil er in keine Unterhaltung verwickelt werden wollte. Dafür war keine Zeit. Die anderen warteten.

S. Q. hatte es ebenfalls eilig. Den ganzen Tag über hatten sie ihn wegen seines Fehlers gequält. Wie hatte er nur so dumm sein können, die Fußabdrücke des Spions zu zertreten? Was für eine unglaubliche Eselei! Und den ganzen Tag über hatte er gedacht, dass er vielleicht, nur vielleicht, wenn er noch mal nach dort unten ginge und sich umsähe ... S. Q. beschleunigte seinen Schritt, und seine Zuversicht wuchs. Er würde das Abendessen ausfallen lassen und die ganze Stunde dort unten suchen. Wäre es nicht toll, wenn er *doch* noch einen Fußabdruck fände? Oder sonst einen Hinweis? Sie hatten alles ziemlich genau unter die Lupe genommen, aber man wusste nie, oder? Wie herrlich wäre es doch, wenn er sich in Mr Curtains Augen rehabilitieren, wenn er seinen Fehler wieder wettmachen könnte!

Und mit immer größeren Schritten eilte S. Q. über den Platz und den Abhang hinunter, zum Ufer und dem Abflussrohr, zu genau dem Ort, wo Reynie in seiner ängstlichen Eile die beiden Steine nur ein kleines bisschen weniger sorgsam aufeinandergelegt hatte als beim ersten Mal — zu dem Ort, wo ein Eck seines Zettels etwas hervorschaute und in der Hafenbrise zitterte, eine kleine weiße Kapitulationsflagge.

Zur Essenszeit füllte sich die Cafeteria wie gewohnt mit Horden rüpelhafter Schüler. Die Mitglieder der geheimen Benedict-Gesellschaft entwickelten an diesem Abend eine merkwürdige Abneigung gegen alles Salzige und Süße. Sie luden sich ihre Tabletts so voll wie sonst auch, um keinen Verdacht zu erregen, aber als sie an ihrem Tisch saßen, spießten sie mit ihren Gabeln voller Vorsicht nur das Gemüse auf.

»Konntest du nicht wenigstens *eine* Sorte Pudding verschonen, Kate?«, fragte Constance und verzog das Gesicht, als sie in einen

Rosenkohl biss. Sie bekam ihn kaum hinunter und musste mit klarem Wasser nachspülen, statt ihre Orangenschorle trinken zu können. »Der schmeckt *auch* ganz vergiftet.«

»Wir müssen auf Nummer sicher gehen«, sagte Kate und kaute auf einem Mundvoll Limabohnen. »Ich konnte sowieso nicht lange herumtun. Fast hätten sie mich erwischt.«

Die Cafeteria war voll mit Kindern, die sich mit ihren gewohnten Lieblingsspeisen vollstopften, fetttriefend Frittiertem, Herzhaftem, Salzigem und Supersüßem. Dazu gab es Schoko-Shakes und Limonaden. Reynie stach in ein trockenes Salatblatt und dachte: *So weit, so gut.* Trotz seines kargen Essens, trotz der nervenden Mitteilung in seinem Kopf und trotz der Unsicherheit seines Plans spürte er ein Pulsieren in seiner Brust, ein gutes Gefühl, das man für Hoffnung halten mochte. Kate hatte das Pulver verteilt, er selbst die Nachricht an Milligan am vereinbarten Platz deponiert, und beide waren sie nicht erwischt worden. Wenigstens *ein paar* Dinge liefen wie erhofft.

Ja, es war ein gutes Gefühl, aber es währte nicht lange.

Jillson erschien in der Cafeteria und kam mit einem triumphierenden Blick direkt zu ihnen an den Tisch. Ohne zu fragen, drängte sie sich auf einen Stuhl zwischen Reynie und Kate. Ihre Schultern waren so breit, dass die Kinder ihre Arme über den Tabletts halten mussten und aussahen wie Gottesanbeterinnen. Jillson stibitzte sich ein Blätterteigteilchen von Kates Teller und sagte: »Hallo, Winzlinge.«

Kate zog die Stirn kraus, aber nur aus Prinzip. Insgeheim klatschte sie Beifall. »Greifen Sie nur zu«, sagte sie kühl.

»Danke, das werde ich«, sagte Jillson und schlang ihre Beute hinunter. »Hört zu. Ich habe eine gute und eine schlechte Nachricht, die besonders für euch interessant sein müssten. Ihr habt doch gehört, dass S. Q. die Sache mit dem Spion verdorben hat, oder?«

»Ich glaube schon«, sagte Reynie, dem gar nicht gefiel, wohin die Sache steuerte.

»Jetzt ratet mal, was passiert ist!«, sagte Jillson. »Es gibt eine neue Entwicklung: S. Q. ist eben noch mal runter zum Abfluss gegangen, um sich ein letztes Mal umzusehen, und da hat er etwas *gefunden.*«

Die Kinder konnten sie nur anstarren, sprachlos vor Angst und Verwirrung. Wenn S. Q. die Nachricht gefunden hatte, warum waren sie dann noch nicht abgeholt worden? Spielte Jillson mit ihnen?

»Also, wie ich gesagt habe, gibt es eine gute und eine schlechte Nachricht«, fuhr Jillson fort.

Ganz im Gefühl, bereits eine *sehr* schlechte Nachricht bekommen zu haben, verspürte Reynie den Drang zu fragen, was denn die gute sei.

»Die schlechte Nachricht ist«, sagte Jillson, »dass das, was S. Q. gefunden hat, ein merkwürdiges Stück Papier, zerstört wurde, bevor er lesen konnte, was darauf stand.«

»Das ... ist ja schrecklich!«, riefen die Kinder und versuchten ihre Erleichterung zu verbergen. Sie stand ihnen zu deutlich in die Gesichter geschrieben, und das wussten sie.

Glücklicherweise sah Jillson es nicht. Sie legte eine Hand auf den Bauch und zog die Brauen zusammen. Nach einer Weile rülpste sie, lächelte befriedigt und fuhr fort: »Aber nur keine Sorge, die gute Nachricht macht alles wieder wett. Der Spion wurde gefasst!«

Die Kinder sahen sich an. *Gefasst?*

Jillson rülpste noch einmal und zog erneut die Brauen zusammen. »Ich muss zu viel Süßes gegessen haben. Ja, die Ratte sitzt in der Falle. Wie sich herausgestellt hat, war es ein Mann, der sich als Helfer verkleidet hatte. Tauchte plötzlich wie aus dem Nichts auf, schnappte S. Q. den Zettel weg und versuchte zu entkommen. Aber Jackson hörte S. Q. um Hilfe rufen, und ein paar Anwerber auf der Brücke hatten ebenfalls gesehen, was passiert war. Im Nu war der Spion umzingelt. Er hat noch versucht, sich zu widersetzen, aber da hatte er sich verrechnet, das sage ich euch. Sie haben ihn in einen Klassenraum gesperrt, unter strenger Bewachung.«

Reynie hatte das Gefühl, ihm hätte jemand in den Magen getreten. Sie hatten Milligan verloren. »Aber warum ... warum erzählen Sie *uns* das gerade, Jillson?«

»Nun, ich muss sagen, ich war überrascht. Martina hatte mich schon überzeugt, dass *Kate* die Spionin sei. Sie war fürchterlich enttäuscht, dass es nicht so ist. Aber ich dachte, ihr solltet wissen, dass Kate aus dem Schneider ist. Der Helfer hat alles gestanden. Er ist offenbar ein Einzelgänger. Ich meine, er hat auf eigene Faust gehandelt.«

Kate war schlecht. »Hat er gesagt, wer er ist?«

»Seinen Namen kennen wir nicht, aber er war schon einmal auf der Insel, vor langen Jahren. Als er seine Verkleidung auszog, haben Mr Curtain und ein paar der Anwerber ihn gleich erkannt. Oh, und hört euch das an: Er hat den Zettel *gegessen!* Ihn zerkaut und runtergeschluckt, bevor jemand ihn lesen konnte. Er sagte, es sei eine Seite aus seinem Tagebuch gewesen und ginge uns nichts an. Ein gefährlicher Irrer. Aber keine Angst, sie bringen ihn ins Wartezimmer ... Oh, da kommen sie schon!.

Die Kinder konnten kaum hinsehen.

Natürlich war es Milligan, an Händen und Füßen gefesselt; sie zogen ihn hinter sich her. Seine meerblauen Augen schienen trauriger als je zuvor, und er sah starr vor sich auf den Boden. Obwohl er den Kopf gesenkt hielt, konnte man die Wunden in seinem Gesicht sehen. Ein halbes Dutzend Anwerber und Manager (unter ihnen eine sehr stolz aussehende Martina Crowe) führte ihn durch die Cafeteria — von ihnen schien niemand etwas abbekommen zu haben. Reynie fragte sich, wie das möglich war. Jillson hatte gesagt, er habe sich zu widersetzen versucht, aber wenn Milligan das wirklich getan hätte, müssten seine Fänger aussehen, als hätten sie einen Tiger beim Schwanz erwischt. Hatte er nur so getan, als widersetzte er sich? Aber warum? Es sei denn ...

Plötzlich begriff Reynie. Weil S. Q. die Notiz gesehen hatte, hatte sich Milligan mit *Absicht* fangen lassen. Er wollte eine Möglichkeit bekommen, zu gestehen und eine Geschichte zu erfinden. Eine *Nachricht* würde auf jemand anderen gedeutet haben, der sie geschrieben hatte — einen weiteren Spion auf der Insel —, eine Seite aus einem *Tagebuch* ließ Milligan jedoch als Einzelgänger erscheinen. Ja, er hatte Mr Curtain überzeugen wollen, dass er allein arbeitete, um jeden Verdacht von den Kindern zu nehmen. Er hatte sich für sie geopfert.

Die Cafeteria dröhnte vor Applaus für die Manager, und gleich darauf folgten laute Buhs und Pfiffe für den gefangenen Spion. Der arme Mann wurde direkt am Tisch der geheimen Benedict-Gesellschaft vorbeigeführt, direkt vorbei an den dankbaren, todtraurigen Kindern, die er gerettet hatte. Aber er sah nicht auf oder ließ sich sonst wie anmerken, dass er sie wahrnahm.

»Junge, sieht der nicht kaputt aus?«, sagte Jillson.

Kate wollte etwas sagen, aber ein Kratzen in ihrer Stimme machte ihre Worte unverständlich. Sie dachte genau das, was auch ihre Freunde dachten. Milligan hatte gesagt, er werde lieber sterben, als dass ihnen ein Haar gekrümmt würde.

KLEBERS ENTDECKUNG

M*gefangen. Müssen F morgen angehen. Bitten um Rat.*« »Immer noch keine Antwort«, berichtete Kleber vom Fenster.

Die anderen warteten und schwiegen niedergeschlagen. Wenn sich der »Magenvirus« auch wie ein Steppenbrand ausgebreitet hatte (Toiletten, Bäder und Krankenstation waren voll mit Schülern), war ihre Stimmung doch auf dem absoluten Nullpunkt. Nicht einmal der Anblick Jillsons, die mit einer Hand vor dem Mund und einer Papiertüte in der anderen — für den Fall, dass sie es nicht mehr rechtzeitig schaffte — Richtung Klo rannte, besserte ihre Laune. Die Zeit zerrann ihnen zwischen den Fingern, und die Hoffnung, die sie insgeheim tief in sich genährt hatten — dass nämlich Milligan sie retten würde, wenn irgendetwas schief ging —, diese Hoffnung war in nichts zerstoben.

Nachdem noch eine weitere endlose Minute verstrichen war, sagte Kate: »Ich bin es leid zu warten. Vergessen wir den Plan und versuchen stattdessen, Milligan zu retten.«

Kleber schien verdattert. »Aber Milligan steht unter schwerster Bewachung. Wir hätten keine Chance.«

»Die haben wir sowieso nicht, oder?«, sagte Kate.

»Das klingt so gar nicht nach dir, Kate«, sagte Reynie. »Liegt das an den Mitteilungen?«

Sie furchte die Stirn. »Du hast recht. Es tut mir leid.«

»Augenblick, da kommt die Antwort«, sagte Kleber. »Was um alles in der Welt soll das nun wieder heißen? Kann das wirklich sein?« Er begann gleich wieder zu morsen.

»Zum Teufel noch mal, was *machst* du da, George Washington?«, fragte Constance. (Auch wenn es die anderen nicht für möglich gehalten hätten, sie wurde immer noch griesgrämiger, je näher die Besserung rückte.) »Haben sie nun eine Nachricht geschickt oder nicht?«

»Ich bitte sie, es noch einmal zu wiederholen.« Aber er hatte die Nachricht richtig verstanden. »Es ist ein altes Sprichwort«, sagte er und kratzte sich am Kopf. *»Lachen ist die beste Medizin.«*

»Soll das ein Witz sein?«, fragte Kate.

»Vielleicht ist das ihre Art, uns zu sagen, bleibt dran, gebt die Hoffnung nicht auf«, sagte Kleber.

Reynie schüttelte den Kopf. »Nein, das kann nicht sein, dazu ist die Lage zu ernst. Es muss eine Art Rätsel sein, ein wichtiger Rat. Wir müssen nur entschlüsseln, was sie damit sagen wollen.«

»Einmal eine klare Antwort, das wäre es«, grummelte Constance. »Es ist lächerlich, was für Sprüche die immer schicken. Das geht nicht!«

»Ich denke, sie müssen vorsichtig sein«, sagte Kleber. »Wenn sie uns geradeheraus antworten und jemand fängt ihre Nachricht ab, stehen wir noch schlechter da.«

»Wie könnten wir wohl *noch* schlechter dastehen? Ich bin es *leid,* vorsichtig zu sein, und diese dummen Verschlüsselungen bin ich auch leid. Und ihr sollt mich nicht immer wie ein Baby behandeln.«

»Komm schon, Constance«, sagte Reynie so ruhig, wie er konnte. »Wir alle sind enttäuscht und nicht gerade in bester Verfassung. Ich weiß, du hast Angst ...«

»Halt den Mund!«, fuhr sie ihn an. »Dich habe ich auch über! Wer hat dich hier eigentlich zum König ausgerufen?«

»Warum hältst du nicht einfach den Mund?«, zischte Reynie ärgerlich.

Es war das erste Mal, dass Reynie sie so scharf anfuhr, und Constance verfiel in wütendes Schweigen. Die anderen, so verstimmt sie waren, machten sich daran, das Rätsel zu lösen. Aber Kleber und Kate waren nicht gerade die besten Rätsellöser, und Reynie konnte kaum klar denken. Wie in einem undurchdringlichen Nebel fühlte er sich, nur der Flüsterer schimmerte wie ein fernes Leuchtfeuer darin.

Nach einer halben Stunde nutzloser Raterei waren die Kinder einer Antwort keinen Zentimeter näher gekommen, und Constance brach ihr Schweigen, um sich über die anderen lustig zu machen.

Reynie legte den Kopf in die Hände. »Also gut, Constance, ich gebe auf. Ist es das, was du willst? Keiner von uns kann sich konzentrieren, wenn du so bist. Ich würde sagen, wir machen eine Pause und versuchen, ein paar Stunden zu schlafen. Die Ruhe wird uns guttun.«

Die völlig verzweifelte Constance wusste sich jetzt nicht mehr zu zügeln. »Schlafen?«, höhnte sie. »Ich dachte, was wir brauchen, ist Lachen? Hat uns das der verrückte alte Benedict nicht gemorst? Also, *hahahahaha, was* Komischeres habe ich noch nie gehört.«

»Dir ist nicht zu helfen«, sagte Kate, die nun endlich die Geduld verlor. »Reynie hat recht. Gehen wir zurück in unser Zimmer.« Sie kletterte ihr Seil hinauf in die Decke, hievte Constance hinter sich her und flüsterte: »Wir sind kurz vor Sonnenaufgang wieder hier. Ich auf jeden Fall. Wenn *die* hier sich dann noch immer so benimmt, schleppe ich sie nicht wieder her. Soll sie doch in unserem Zimmer Schimmel ansetzen.«

Die Platte in der Decke schloss sich hinter ihnen.

Reynie und Kleber sahen sich an. Alles schien auseinanderzubrechen, und sie konnten beide ihre Sorge nicht verbergen. Die Verzweiflung stand ihnen ins Gesicht geschrieben.

»Wenn dir irgendwas einfallen sollte ...«, sagte Reynie.

Kleber nickte. »Dann wecke ich dich auf. Mach du das Gleiche.«

Die Jungen kletterten in ihre Betten, vollständig angezogen und ebenso vollständig am Ende. Wieder und wieder spulte sich Mr Benedicts Nachricht in ihren Köpfen ab: *Lachen ist die beste Medizin, Lachen ist die beste Medizin ...* Bis Mitternacht war noch keiner auf etwas gekommen. Als es auf eins zuging, wimmerte sich Kleber in den Schlaf. Um zwei zerriss Reynie seinen letzten eingebildeten Brief an Miss Perumal, fing noch mal ganz von vorne an und zerriss wenig später auch seinen neuerlichen Versuch — zu ängstlich, um auch nur über seine Ängstlichkeit nachzudenken.

Warum Lachen?, überlegte er zum hundertsten Mal. *Warum Medizin? Medizin ist etwas ... etwas, das eine Krankheit heilt ... oder ein Problem löst, vielleicht ... Aber was für ein Problem?*

Irgendwo da im Nebel war die Antwort, aber er bekam sie nicht zu fassen. Es war zum Verrücktwerden. Reynie beschloss, wach zu bleiben. Er würde sowieso nicht schlafen können, solange er die Nachricht nicht entschlüsselt hatte. Er seufzte, drehte sich auf die andere Seite, um wenigstens bequem zu liegen ..., und schlief ein.

Irgendwann vor dem Morgengrauen schreckte Reynie plötzlich hoch. Im Schlaf hatte es in seinem Hirn fieberhaft gearbeitet. Er sprang aus dem Bett und schüttelte Kleber. Kleber öffnete ein Auge und schloss es wieder, um das andere zu öffnen, als hätte er zu große Angst, die Welt mit beiden Augen gleichzeitig anzusehen.

»Was ...?«

»Kleber, wach auf!«

Jetzt blinzelte Kleber mit beiden Augen. »Was? Wie viel Uhr ist es?« Er schnupfte und rieb sich den Kopf. Langsam wurde er etwas wacher. »Ist was passiert?«

»Ich habe eine Idee, was Mr Benedict meinen könnte«, sagte Reynie aufgeregt. »Ich glaube nur noch nicht, dass sie ganz richtig ist, aber vielleicht halb. Lass sie mich erklären, und dann sagst du, was du davon hältst.«

Kleber setzte sich auf. Er war jetzt völlig wach. »Ich bin ganz Ohr.«

Aber kaum dass Reynie angefangen hatte, klopfte es an der Tür und S. Q. Pedalian steckte den Kopf herein, ohne lange auf eine Antwort zu warten. »Was, ihr seid schon wach und angezogen? Gute Jungs! Ihr müsst geahnt haben, dass die anderen Botschafter alle am Boden sind und Mr Curtain euch beide sofort braucht. Er musste die Hälfte der Sitzungen diese Nacht wegen dieses Magenvirus absagen. Wie gut, dass ihr die Sache schon hinter euch habt. Könnt ihr euch etwas Schlimmeres vorstellen, als nicht folgen zu können, wenn Mr Curtain einen ruft?«

Es war noch viel zu früh! Niemand hatte eine so frühe Sitzung erwartet. Reynie griff nach einem Stift, der auf dem Tisch lag, und schrieb sich etwas in die Hand.

»Was machst du da?«, sagte S. Q.

»Ich schreibe nur etwas auf, das ich nicht vergessen will«, sagte Reynie.

»Genau wie ich manchmal«, sagte S. Q., »nur dass ich gewöhnlich vergesse, dass ich etwas aufgeschrieben habe, und, äh ..., es dann wegwasche, bevor es mir wieder einfällt. Was ist es?«

»Hmm, erinnere mich daran, dass ich es dir später sage.«

»Gut — wir wollen Mr Curtain nicht warten lassen.«

Die Jungen folgten S. Q. auf den Flur hinaus, wo sie einigen teigig dreinblickenden Schülern begegneten, die mit weichen Knien zur Toilette liefen. Eine schweigsame Gruppe Helfer machte Überstunden, um die Böden zu wischen. S. Q., der bester Laune war, weil er seinen Fehler wieder gutgemacht hatte, lächelte und klopfte den sich elend fühlenden Schülern auf die Schultern. »Durchhalten! Kopf hoch! Es hätte auch schlimmer kommen können!«

Der Gang zur Flüstergalerie kam ihnen viel zu kurz vor. Als sie oben vor der Tür standen, schienen ihnen das Bindenanlegen, der Weg zum Geheimeingang und die zahllosen Stufen hinauf zu einem einzigen unerträglichen Moment zusammengeschrumpft.

S. Q. nahm ihnen die Binden ab und drückte den Knopf der Sprechanlage neben der Stahltür. »Reynie Muldoon und Kle..., äh, und George Washington sind zur Sitzung hier, Mr Curtain!«

Mr Curtains Stimme erklang aus dem Lautsprecher: »Sie müssen noch warten. Bring mir in der Zwischenzeit etwas Saft.«

In seinem gebieterischsten Ton (der nicht sehr gebieterisch war) befahl ihnen S. Q., sich nicht vom Fleck zu bewegen. Nachdem sie ihm versichert hatten, dass ihnen so etwas nie in den Sinn kommen würde, eilte er die Stufen hinunter.

»Lass uns verschwinden!«, flüsterte Kleber.

»Nein, hör zu, wir haben immer noch eine Chance«, sagte Reynie. »Aber du musst als Erster auf den Flüsterer, Kleber, und die Sitzung so lange wie möglich aushalten. Wenn du dem Flüsterer ganz am Anfang, solange du noch die Kraft dazu hast, eine Weile widerstehen kannst, gelingt es dir vielleicht, die Sitzung im Ganzen in die Länge zu ziehen ...«

Kleber sah ihn ungläubig an. »Dem Flüsterer widerstehen? Dann wird Mr Curtain Verdacht schöpfen! Er wird es merken, du *weißt,* dass er es merken wird! Und dann schickt er mich zurück ins Wartezimmer! Er wird ...« Kleber begann am ganzen Leib zu zittern. »Er wird den Flüsterer gegen *mich* wenden! Er wird mir das Gehirn leer fegen!«

»Ich kenne die Gefahren«, sagte Reynie, »aber uns bleibt keine andere Möglichkeit.«

Klebers Schrecken wurde zu Wut. »Warum gehst *du* denn nicht als Erster? Warum bist du nicht derjenige, der sich dem Flüsterer widersetzt, wo du doch so ein Held bist?«

»Ich muss versuchen, den Mädchen ein Signal zu senden«, sagte Reynie. Er griff nach Klebers Arm. »Wir haben immer noch eine Chance!.

Kleber sah ihn zweifelnd, ja argwöhnisch an. »Wie willst du denn wohl den Mädchen ein Signal schicken? Wie ...?«

Die Tür der Flüstergalerie fuhr zur Seite und Martina Crowe trat heraus. Sie wirkte angenehm benommen und war so mit sich und der Welt zufrieden, dass sie fast vergessen hätte, die Jungen höhnisch anzugrinsen. Fast. Aber dann blieb sie stehen und bemühte sich.

Reynie beantwortete ihr Grinsen mit einem falschen Lächeln. »Hattest du gerade eine Sitzung auf dem Flüsterer? Ich dachte, du wärst jetzt Managerin?«

»Ich bin eine so junge Managerin, dass ich immer noch Botschafterdienste leisten kann, wenn es einen Engpass gibt«, prahlte Martina. »Und das ist jetzt tatsächlich ein Engpass. Ich habe noch nie im Leben so viele spuckende Kinder gesehen.«

»Du bist nicht krank geworden?«

»Mir hat‘s nur den Appetit verschlagen. Ich war gestern Abend zu sehr damit beschäftigt, den *Spion* zu finden, als dass ich zum

Essen gekommen wäre. Aber das ist der Preis, den man als Manager zahlt. Die Arbeit muss getan werden. Aber von so was habt ihr Jungs keine Ahnung.« Mit einem ungeheuer selbstzufriedenen und herablassenden Ausdruck ging Martina an ihnen vorbei und sagte: »Nun, Jungs, beeilt euch, geht schon rein. Ich habe noch anderes zu tun. Wie ihr seht, brauche ich keine Binde mehr.«

Als sie außer Hörweite war, flüsterte Reynie: »Du *musst* mir vertrauen, Kleber. Wenn wir eine Chance haben wollen, *musst* du als Erster auf den Flüsterer. Das ist unsere einzige Hoffnung. *Du* bist unsere einzige Hoffnung.«

Klebers Gesicht war voller Zweifel.

»Ihr Jungen, kommt herein«, rief Mr Curtain.

Reynie versuchte ein letztes Mal, seinen Freund anzuflehen, aber Kleber drehte sich weg und trat, ohne sich noch einmal umzusehen, in die Flüstergalerie.

Reynie konnte ihm nur folgen. Er holte tief Luft und trat ebenfalls durch die Tür ... Und schon entwich die Luft wieder aus ihm: Da war er! Der Flüsterer! Reynies Augenlider zuckten. Vor diese Maschine hinzutreten war fast so, als tauchte man in ein warmes Bad. Er wollte sich auf den Sitz dort setzen und nie wieder davon aufstehen.

Du musst kämpfen, sagte sich Reynie. Nur unter großen Mühen vermochte er seinen Blick von der verführerischen Maschine zu lösen, um Mr Curtain anzusehen.

Mr Curtain schien müde, aber bester Dinge. »Willkommen, Jungs. Wie ich höre, habt ihr euch ganz von dem Virus erholt? Seid ihr bei Kräften?«

»Ja, Sir«, sagten beide.

»Das hoffe ich! Nur ganz wenige Botschafter haben sich wieder erholt, und die habe ich bereits völlig verbraucht. Wie ihr gesehen habt, musste ich schon auf einen Manager zurückgreifen. Was sehr selten ist, denn mit dem Alter nimmt die Leistungsfähigkeit ab. Aber ich bin aus dem Zeitplan gekommen und kämpfe mit aller Kraft gegen die Verzögerung an. Wenn dieser teuflische Virus nicht aufgetaucht wäre, wären wir bereits am Ziel.«

»Es tut mir leid, das zu hören, Sir«, sagte Reynie.

»Nun, es ist alles halb so schlimm, mein junger Freund, das Problem wird bald behoben sein. Ich habe vor, mein Projekt *jetzt* endlich zu vollenden.«

»Sie meinen ... Sie meinen ...«, stammelte Kleber.

»Wie ich sehe, nimmt euch die Ehre den Atem. Ja, es stimmt, George, ihr beide werdet persönlich der Vollendung meines Projekts vorsitzen. Wenn alles gut geht, heißt das.« Die Jungen zwangen sich ein schwaches Lächeln ab.

Mr Curtain schlug die Hände zusammen. »Nun, das ist eure Aufgabe: Zunächst gibt es eine letzte Sitzung mit dem alten Material, der letzten Unterrichtseinheit. Danach, in der nächsten Sitzung, bringen wir völlig *neues* Material. Material, das ganz frisch erstellt wurde!« Triumphierend schwenkte er sein Tagebuch durch die Luft. »Ich bin gerade erst damit fertig geworden.«

Reynie versuchte, Zeit zu gewinnen. »Sollten wir uns nicht ausreichend Zeit nehmen, es zu studieren, Sir?«

»Nein, Reynard, in diesem Fall geht es um Einfachheit. Mein Flüsterer ist darauf ausgerichtet, sorgenvolle Seelen zu beruhigen, und nichts beruhigt so sehr wie eine einfache Antwort auf eine komplizierte Frage.«

»Mr Curtain, Sir«, fragte Kleber. »Wollen Sie immer noch das Institut schließen?«

Die Frage kam unerwartet, und Reynie sah Kleber an. Versuchte er ebenfalls, Zeit zu gewinnen, oder war es das Gegenteil? Hatte Kleber bereits aufgegeben?

Mr Curtain kicherte. »Keine Sorge, George, ich habe dich nicht vergessen. Die übrigen Schüler werden morgen nach Hause geschickt. Ich selbst werde eine weit höhere Position bekleiden, von der aus ich der Öffentlichkeit noch weit größere Dienste leisten kann, und ich habe mich entschlossen, euch zwei dabei als meine persönlichen Assistenten einzusetzen. So werdet ihr nach und nach in die Rolle von Managern hineinwachsen.«

»Sie ... Sie wollen uns also wirklich?«, fragte Kleber. »Aber natürlich will ich euch«, sagte Mr Curtain mit einem ermutigenden Lächeln. »Ich kann euch zwei brauchen! Und je eher die

Besserung kommt, desto eher werdet auch ihr euer neues Leben beginnen. Gibt es einen schöneren Grund, sich anzustrengen?«

Klebers Lippen zitterten.

»Ich bin mit dem Saft hier, Sir«, klang S. Q.s Stimme durch die Gegensprechanlage.

»Endlich«, knurrte Mr Curtain, und sein falsches Lächeln verschwand augenblicklich. Er drückte einen Knopf auf der Lehne seines Rollstuhls.

Reynie, der Kleber die ganze Zeit über verzweifelt angesehen hatte, merkte sich den Knopf. Falls es Kate und Constance gelingen sollte herzukommen, wusste er, wie sich die Tür öffnen ließ. Aber wie standen die Chancen dafür? Als Erstes musste Kleber Mr Curtains Angebot widerstehen — aber konnte Reynie angesichts der Macht des Flüsterers und der so nahe bevorstehenden Besserung noch darauf hoffen?

S. Q. brachte den Saft und stolperte wieder hinaus. Mr Curtain nippte an seinem Becher, sah sie in froher Erwartung an, und dann war es so weit. »Also gut, Reynard, verbessern wir die Welt. Du darfst jetzt im Flüsterer Platz nehmen.«

Reynie starrte flehend zu seinem Freund hinüber, dessen Miene unmöglich zu ergründen war. Was ging nur in Klebers Kopf vor?

Tatsache war, dass Kleber es selbst nicht wusste.

Es hatte Situationen in seinem Leben gegeben, in denen ihn wichtige Fragen verwirrt hatten, ganz gleich, wie gut er die Antworten kannte. Manchmal war er vor seinen Problemen davongerannt und dann wieder wie gelähmt gewesen, obwohl er doch unbedingt hätte handeln müssen. Er hatte seinen Hang, sich so zu verhalten, nie richtig verstanden, er wusste nur, dass er selten die Erwartungen erfüllte, die man in ihn setzte, und gerade deshalb hielt er auch so heftig an seinem Spitznamen fest: Von einem Jungen, der George Washington hieß, wurden mit Sicherheit viel zu große Dinge erwartet.

In den letzten Tagen jedoch hatte er Freunde gefunden, die sich um ihn *sorgten,* was wenig damit zu tun hatte, was sie von ihm *erwarteten.* Reynies Worte »Ich brauche dich als Freund« klangen ihm noch im Ohr, und die Wirkung dieser Worte und ihrer Freundschaft wurde stärker und stärker. Und wenn er auch nicht wusste, *warum* er sich in diesem verzweifeltsten Moment seines Lebens nicht verwirrt fühlte, so spürte er es doch. Da war Mut in ihm. Er musste nur an die Oberfläche gebracht werden.

Und so kam es, dass Kleber nach Reynies Arm fasste, vor ihn trat und sagte: »Mr Curtain, Sir? Könnte ich bitte zuerst? Ich habe mich seit meiner letzten Sitzung so sehr darauf gefreut.«

Mr Curtain lachte sein krächzendes Lachen. »Ich wage zu behaupten, George, dass es Reynard ebenso geht. Aber gut, lass uns nicht lange herumreden. Reynard war beim letzten Mal der Erste, heute bist du es. Setz dich und lass uns gleich beginnen.«

Endlich erwiderte Kleber Reynies Blick, der voller Dankbarkeit und Bewunderung war. Mit einem knappen Nicken stieg Kleber auf den Flüsterer. Sofort surrte Mr Curtain hinter ihn, stülpte sich den roten Helm über und bellte: »Ledroptha Curtain!«

Die Metallbügel legten sich um Klebers Handgelenke. Der blaue Helm senkte sich auf seinen Kopf herab.

»Kleber Washington«, sagte Kleber mit lauter Stimme und schloss die Augen.

Reynie beobachtete, wie sich das Gesicht seines Freundes unter der Anstrengung anspannte, dem Flüsterer zu widerstehen. Die Maschine wollte seinen richtigen Namen.

»Kleber Washington«, wiederholte Kleber.

Halte durch, dachte Reynie, und sein Blick flog zu Mr Curtain hinüber. Der schien müde und aufgewühlt. Spürte er bereits ein Problem? Voller Konzentration zog er die Brauen zusammen, seine Augen waren geschlossen.

Wie lange konnte Kleber das durchhalten, wo er doch wusste, dass ihn sein Widerstand verraten konnte? Wo er doch wusste, dass er nur nachgeben musste, damit sich seine Angst in nichts auflöste? Wo er wusste, dass er nur Augenblicke von einer wunderbaren Erlösung entfernt war? Es musste ähnlich sein, wie dem Drang zu widerstehen, gegen das schlimmste Jucken anzukratzen, das je einen Menschen geplagt hatte.

Reynie bewegte sich leise zum Fenster hinüber.

»George … Washington«, sagte Kleber jetzt mit weit schwächerer Stimme, und Reynie wusste, sie hatten nicht mehr viel Zeit.

Mr Curtains Augen waren noch immer geschlossen. Der Zeitpunkt war gekommen. Reynie streckte seinen Arm in die Höhe und winkte mit der Hand vor dem Fenster hin und her. Draußen war es noch dunkel, aber die Flüstergalerie war hell erleuchtet. Seine Hand würde von außen zu sehen sein. Nach links und rechts schwenkte er seinen Arm, nach links und rechts, links und rechts. *Bitte, bitte, bemerke es einer da draußen,* dachte er. *Bitte, Rhonda, lass es wahr sein, was du gesagt hast: »Durch das Teleskop wirkt es, als wären wir nur einen Meter von euch entfernt.« Durch das Teleskop, mit dem ihr die Insel* ständig *beobachtet. Bitte, lass es wahr sein. Und bitte habt scharfe Augen.*

Nach einem letzten, um Aufmerksamkeit bittenden Winken legte er die Handfläche flach auf das Glas, sodass die Nachricht lesbar wurde, die darauf geschrieben stand. Wenn doch nur jemand da draußen war und sie las: *»Wir brauchen K & C hier! Sofort!«*

DIE GROSSE KATE-WETTERMASCHINE

K & C waren tatsächlich noch im Bett. Es war eine schreckliche Nacht für Kate gewesen. Sosehr sie sich auch bemüht hatte, konnte sie doch nicht den Blick in Milligans Augen vergessen, als er von den Managern und Anwerbern durch die Cafeteria geführt worden war. Sie schlief schlecht, wachte immer wieder auf, fühlte sich elend und ängstlich und bekam auch nicht den Zipfel einer Idee zu fassen, was sie tun könnten.

Bald würde es zu dämmern beginnen. Es war Zeit aufzustehen, obwohl es die Mühe kaum wert zu sein schien. Viel elender als Kate konnte sich kaum jemand fühlen, und doch wurde ihre Laune durch ein nervendes fernes Hupen noch verschlechtert, das unstete Dröhnen eines Horns irgendwo weit da draußen. Die Alarmanlage eines Autos oder ein widerwärtiges Kind, das mit einem Schiffshorn spielte. Seit Minuten ging das schon so. Lange Töne, kurze Töne, im Wechsel und immer so weiter. Nervend und gleichzeitig vertraut, wie etwas, an das sie sich erinnern sollte, ohne es zu können. Fast wie ein Code, dachte sie. Fast wie ...

»Ein Morsecode«, sagte sie laut und saß auch schon aufrecht im Bett. Ein langes, ein kurzes, ein langes Tuten, Pause. Das musste ein »K« sein. Sie lauschte aufmerksam. Da kam noch mehr. Oh, warum hatte sie das Morsealphabet nicht besser gelernt. Kate flog förmlich an ihren Tisch und schrieb mit. Kurz, kurz, lang. Lang, kurz. Lang, kurz, kurz. Eine Pause. Das hieß »und«, da war sie ziemlich sicher. Lang, kurz, lang, kurz: ein »C«. Also: *»K und C.«*

»Kann nicht endlich jemand den blöden Wecker abstellen?«, schimpfte Constance im Schlaf.

»Psst! Nein, *nicht* pssst! Constance, wach auf! Wach auf! Man morst uns etwas!«

Aber Constance war von schläfrigem Nebel umgeben und vergrub ihren Kopf unter dem Kissen.

Der Code ging weiter. Kate bemühte sich, ihn zu entschlüsseln. Ich hoffe, die Jungen hören das auch, dachte sie. Kleber wird es bestimmt verstehen. Nach einer langen Pause wurde die Nachricht noch einmal wiederholt, und Kate studierte, was sie aufgeschrieben hatte: *»K und C zum flau urm.«* Gute Güte! Das ergab keinen Sinn. *»K und C«,* das waren offenbar sie und Constance. Aber *»flau urm«?* War das eine andere Sprache? Latein? Griechisch? Wieder hoffte sie, dass auch Kleber zuhörte, der alle Sprachen kannte, die man lesen konnte. Da kam die Nachricht schon wieder, und Kate hörte genau zu, passte genau auf, kein Lang mit einem Kurz zu verwechseln oder umgekehrt, und auf die Pausen achtete sie auch. Diesmal kam etwas leicht anderes heraus: *»K und* C *zum flauu trm.«* Himmel noch mal! Was war *»flauu trm«* bloß?

»Flaggenturm!«, rief sie plötzlich. »Heilige Mohrrübe, Kate! Die Jungs sind schon im Flaggenturm! Constance, wach auf!«

»Immer ruhig!«, kam Constances gedämpfte Stimme unter dem Kissen hervor.

Kate zog in Windeseile ihre Schuhe an und machte den Eimer am Gürtel fest. Wer wusste, wie lange sie schon da oben waren? Und in welcher Gefahr sie sich befanden? Was, wenn sie zu spät kam? Dann würde sie ...

Mitten in ihrem Gedanken hielt sie inne und starrte auf das kleine Häufchen Bettzeug, das Constance Contraire hieß. Wie nur sollte ihr das alles mit diesem streitlustigen Mädchen im Schlepp gelingen? Kate würde sie tragen müssen, immer angenommen, dass sie die Kleine überhaupt aus dem Bett bekam. Was, wenn sie es wegen Constance nicht rechtzeitig zu den Jungen schaffte?

Kate kam der Gedanke, Constance zurückzulassen. Es war eine einladende Idee, so einladend, dass sie ihr fast gefolgt wäre. Sie lief zur Tür. Zögerte. Sah sich um. Laut Plan gehörte Constance mit dazu. Darauf komme es am meisten an, hatte Mr Benedict gesagt, und gestern erst hatten sie sich noch einmal darauf geeinigt: Dass sie einander brauchten. Alle vier. Das war der Plan. Auf keinen Fall würde *sie* die Sache versieben. Wie der Blitz war sie neben Constances Bett und schüttelte die Kleine wie eine Rumba-Rassel. »Wach auf! Wach auf! Es ist ein Notfall, Constance!«

Selbst mit Drängen und Schütteln dauerte es eine Weile, bis Constance völlig wach war. Draußen dämmerte es, mit jeder Sekunde wurde es heller, und gleichzeitig wuchs Kates Angst, dass sie zu spät kommen könnten. Als Constance endlich begriff, was vorging, hatte ihr Kate bereits die Schuhe übergestülpt. »Kletter auf meinen Rücken!«, befahl sie. Jammernd, dass ihre Zehen wehtäten (was stimmte: Kate hatte den linken und den rechten Schuh verwechselt), gehorchte ihr Constance, und Kate schoss aus dem Zimmer.

Auf dem Flur traf sie auf etliche Schüler, die sich elend an ihren Papiertüten festhielten und vor der überfüllten Toilette Schlange standen. Überall waren glitschige Flecken auf dem Boden, die von den Helfern noch nicht aufgewischt worden waren. Kate lief flink um sie herum und versuchte, nicht näher darüber nachzudenken, woraus sie bestanden. Als sich ihnen eine bleich aussehende Managerin näherte, um sie zu fragen, was sie vorhätten, rief Kate: »Aus dem Weg! Gleich spuckt sie ihren Rosenkohl aus!« Und die Managerin, die in der letzten Nacht mehr Vorfälle dieser Art gesehen hatte, als sie je in ihrem ganzen Leben hatte sehen wollen, trat ohne ein weiteres Wort zur Seite.

Schneller und schneller rannte Kate, fand ihren Schritt, und ihr Eimer schlug ihr rhythmisch gegen die Hüfte. Constance klammerte sich verzweifelt an ihren Schultern fest. Vorbei ging es an erschöpften Helfern mit Eimern und Wischmopps, hinaus aus dem Wohnheim und direkt zum Geheimeingang hinter dem Kontrollgebäude. *Mit Mr Curtains Aufzug,* dachte Kate, *können wir es in dreißig Sekunden oder sogar weniger bis vor die Flüstergalerie schaffen: Wenn wir Glück haben und der Aufzug nicht bewacht wird.* Sie lief um die Felsen, trat die Tür auf und schoss durch den Eingangsraum in den Gang zum Aufzug.

Der unglücklicherweise bewacht wurde, und zwar von niemand anderem als Martina Crowe.

Kate blieb vor ihr stehen und überlegte fieberhaft, was sie tun sollte.

Martina war so verblüfft über Kates plötzliches Auftauchen, dass sie fast schon Angst zu haben schien, als hätte Kate vor, sie anzugreifen. Aber schon kam die alte Überheblichkeit zurück.

»Wie kommt denn ihr zwei hierher? Damit steckt ihr ernsthaft in Schwierigkeiten, begreift ihr das?«

Kate hörte kaum, was Martina sagte. Die Gedanken rasten ihr nur so durch den Kopf. Würde sie an Martina vorbeikommen können? Alleine vielleicht, aber mit Constance auf dem Rücken? Sobald Martina um Hilfe rief, würden die Anwerber, die vor dem Computerraum Wache hielten, hergerannt kommen. Martina musste Kate nur ein paar kurze Momente lang aufhalten. Nein, so schafften sie es niemals. Sie mussten einen anderen Weg finden.

»Nun, was habt ihr zu eurer Verteidigung zu sagen?« Martina kam ihnen drohend näher.

Kate biss sich auf die Lippe, ballte die Fäuste und sagte zur Abwechslung einmal nichts. Stattdessen wirbelte sie auf dem Absatz herum, zog Constance höher auf den Rücken und rannte davon.

Martina starrte den Mädchen hinterher. Sie war ziemlich verwirrt. Das glich dieser Kate Wetherall gar nicht, sich so einfach zurückzuziehen. Ganz und gar nicht. Und warum waren sie überhaupt hier unten aufgetaucht? Sie hatten es eilig gehabt und waren eindeutig wegen einer dringenden Sache unterwegs. Ihre Miene verdunkelte sich, während sie die verschiedenen Möglichkeiten abwägte.

In diesem Moment kam Jillson um die Ecke. Sie hatte eine grauenhafte Nacht auf der Toilette hinter sich, wo sie Geräusche wie ein Seelöwe produziert hatte, aber nun, da sie sich besser fühlte, kam sie, um Martina bei ihrer Wache abzulösen. »Jackson sagt, ich soll von dir übernehmen«, sagte sie. »Falls Mr Curtain mit Reynard und George nicht weit genug kommt, musst du vielleicht in ein paar Stunden noch eine Sitzung absolvieren. Geh und ruh dich etwas aus.«

Martina hörte nicht zu. Ihr Kopf war voller Vermutungen über Kate. Die durchtriebene kleine Schnüfflerin musste wissen, dass es hier zur Flüstergalerie ging, dachte sie. Warum sonst sollten die beiden Mädchen hier so hereingeplatzt sein? Und warum hatten sie es so eilig gehabt? Und … und was war das nur für ein höllisches *Tuten* in der Ferne? Sie hatte Schwierigkeiten, sich zu konzentrieren.

»Jillson, ist dir gerade Kate Wetherall auf dem Gang entgegengekommen?«

»Mit dem kleinen Winzling Constance? Aber sicher doch. Ich habe sie zurück in ihr Zimmer geschickt. Manche Kinder lernen es nie. Denen wird das Gehirn gefegt werden müssen, kein Zweifel.«

»Die gehen garantiert nicht zurück in ihr Zimmer«, sagte Martina. »Hier geht irgendwas Merkwürdiges vor.«

Jillson zog die Stirn kraus. »Meinst du? Glaubst du, das hat etwas mit dem wahnsinnigen Tuten da draußen zu tun? Was *ist* das überhaupt?«

»Ist dir das auch aufgefallen? Ich weiß es nicht. Es klingt fast wie … Nein, es klingt *genau* wie ein Code. Ja, es ist ein Code! Ein Morsecode, Jillson. Kennst du das Morsealphabet?«

»Warum sollte ich? Niemand morst heute mehr. Aber Mr Curtain hat alle möglichen Arten von Codebüchern in seinem Büroschrank. Wir könnten nachsehen. Den Schlüssel habe ich bei mir. Schließlich bin ich ein Senior-Manager.«

Augenblicke später waren sie in Mr Curtains Büro, beugten sich über eine Karte mit den Morsezeichen und kritzelten hastig aufs Papier, was sie von dem Tuten zu verstehen glaubten.

»Was soll denn ›flaut‹ heißen?« Jillson kratzte sich am Kopf.

Martina verbesserte den Fehler. Nicht kurz, kurz, lang, sondern lang, lang, kurz, nicht *»u«,* sondern »g«, und das gleich zweimal, und im Ganzen: *»flaggenturm«.* »Der Flaggenturm!«, rief Martina und schlug das Buch zu. »Wo ist Jackson? Wir müssen noch zwei Spione fangen!«

Die Spione, die sie im Sinn hatte, schlingerten in diesem Moment einen Flur in der Unterkunft der Helfer hinunter, wo Kate einem erschreckten Helfer in einem Geräteraum eine Leiter aus der Hand gerissen hatte. Die Leiter war ziemlich unhandlich, und da Kate nicht zusätzlich auch noch Constance tragen konnte, hatte sie die jammernde Kleine abgesetzt, die daraufhin noch mehr jammerte, weil sie die Schuhe an den falschen Füßen trug und ihr das beim Laufen wehtat.

»Nun *komm* schon!«, drängte Kate sie und schnappte nach Luft. »Kannst du dich nicht etwas schneller bewegen? Ehrlich, ich kann nicht die Leiter *und* auch noch dich tragen.«

»Dann lass mich zurück«, wimmerte Constance. »Du willst mich sowieso nicht dabeihaben.«

»Mach mich nicht verrückt«, murmelte Kate, öffnete mit einem Krachen die Tür am Ende des Flurs, die ins Freie führte, und schleppte die Leiter hinaus ins Morgenlicht.

Constance versuchte, mit ihr Schritt zu halten. Kate lief um das Schulgebäude und auf den leeren Platz.

Das Horn klang immer noch vom Wasser herüber und wiederholte seine dringliche Nachricht.

Kate dachte gerade: *Ich wünschte, sie hörten endlich damit auf, sonst kommt sicher noch ein anderer darauf, was es bedeutet,* als das Tuten verstummte. Just in diesem Augenblick kamen unglücklicherweise zwei Manager hinter den Felsen auf dem Hügel vor ihnen hervor und starrten neugierig zum Festland hinüber. (Einer von den beiden war S. Q., dessen schlaksige Gestalt sie auch aus der Entfernung erkannte, der andere, wenn sie von der Größe des Kopfes ausging, musste die mit der Turmfrisur sein, Regina.) Sie waren zu abgelenkt, um die Mädchen zu bemerken. Trotzdem, so würde das nie funktionieren: Wenn die Manager sie entdeckten, würden sie Constance mit Sicherheit erwischen.

»Hör zu«, schnaufte Kate, »wenn die Manager hinter uns herkommen, versuche ich sie aufzuhalten. Du läufst einfach weiter den Hügel hinter dem Kontrollgebäude hinauf — bis zu der Wand unterhalb des Baches. Da wartest du auf mich.«

Constance blieb unverwandt stehen. »Bis da ganz oben hinauf? Aber so weit kann ich nicht laufen! Ich bin jetzt schon kaputt, und meine Füße bringen mich um!«

Kate kam schlitternd zum Stehen. »Mit dir kann nichts einfach so funktionieren, was? Nicht mal im wichtigsten Augenblick deines Lebens?« Sie ließ die Leiter fallen und holte ihr Seil aus dem Eimer.

»Was machst du da?«, fragte Constance. »Ich dachte, wir hätten es furchtbar eilig?«

»Mach den Mund zu«, sagte Kate.

Bevor sich Constance eine patzige Antwort ausdenken konnte, hatte Kate die Leiter an ihren Gürtel gebunden und das kleinere Mädchen wieder auf ihrem Rücken. »Dann muss ich das blöde Ding eben hinter mir herziehen«, sagte sie. »Es wird zwar einen fürchterlichen Lärm machen, aber was soll's. Halt dich fest.«

Es ging schneller, als sie gedacht hätte. Vielleicht wurde sie von dem ohrenbetäubenden Schlagen, Scheppern und Schleifen der Leiter hinter sich zusätzlich angespornt. In der Ferne fing Regina an zu rufen, der Lärm hatte ihre Aufmerksamkeit auf sich gezogen. Kate warf einen Blick zurück und sah, wie S. Q. wieder mal über seine eigenen Füße fiel und Regina über ihn, als sie den Mädchen hinterherwollten. *Gesegnet sei Schuhgröße fünfzig,* dachte Kate. *So könnten wir es schaffen.*

Kate lief hinter das Kontrollgebäude, an den Felsen und der Rankenfalle vorbei und den Hügel hinauf. Der Anstieg war schwierig. Es gab keinen Weg, der Hügel war steil und rutschig, und Kate hatte im Gegensatz zu ihren Verfolgern eine Leiter am Gürtel und einen Passagier auf dem Rücken. Dennoch war sie bereits halb den Hügel hoch, als S. Q. und Regina unten auftauchten. Sie wollte schon Mut schöpfen, als auch noch Martina, Jackson und Jillson hinten aus dem Kontrollgebäude gelaufen kamen.

»Nun, *das* ist ein Pech«, sagte Kate. Sie lächelte und winkte ihnen.

»Ein Pech?«, rief Constance. »Ein *Pech?*«

»Findest du nicht?«, fragte Kate keuchend. Jackson schickte S. Q. und Regina weg — wahrscheinlich sollten sie Mr Curtain verständigen — und kam dann mit Jillson und Martina hinter sich den Hügel hinaufgelaufen.

Sie liefen sehr schnell.

Kate blieb stehen, sah sich um und rannte weiter, mit aller Kraft, bis Constance und sie an der Wand ankamen. Unter sich auf dem Schotter des Abhangs hörten sie die Stiefel ihrer Verfolger. Kate versuchte fieberhaft, die Leiter von ihrem Gürtel loszubinden, aber das lange Ziehen den Hang hinauf hatte den Knoten zu sehr festgezurrt. *Komm schon, komm schon,* dachte sie und machte den Gürtel los, um die Leiter freizubekommen. In ihrer Eile ließ sie dabei den Eimer fallen, der zu ihrem Entsetzen etliche Meter den Hügel hinunterkullerte.

»Lass ihn!«, rief Constance, die Kates bestürztes Gesicht sah. »Wir haben keine Zeit!«

Constance hatte recht. Sie würden ihren knappen Vorsprung verlieren. Aber noch schlimmer war es, den Eimer zu verlieren. Martina machte sich von unten über sie lustig (»Der Eimer wird dir ungeheuer nutzen, wenn wir dich erst am Kragen haben!«), als sie Constance das Seil in die Hand drückte und zurückflitzte, um ihn zu holen. Alles war aus ihm herausgefallen, einschließlich ihres wertvollen Fernrohrs, aber Kate konnte nicht alles nehmen — sie griff sich den Eimer und ließ alles andere liegen.

»Du hast euren Vorsprung eingebüßt!«, rief Jackson. »Da kannst du auch gleich auf uns warten!«

»Ich wollte euch nur eine faire Chance geben!«, rief Kate über die Schulter. Schon war die Leiter am Platz und Kate kletterte mit Constance auf dem Rücken (die vor Ärger nur so schäumte) die Sprossen hinauf. Sie keuchte unter ihrer Last. Je müder sie wurde, desto schwerer kam ihr Constance vor. Mit einer letzten entschlossenen Kraftanstrengung überwand sie die verbliebenen Sprossen genau in dem Moment, als Jackson unten an der Leiter ankam. Auf allen vieren gelangte sie auf den steilen Hang über der Wand. Ein paar Schritte nur über der Felsenwand verlief der Bach, den Kate an ihrem ersten Tag auf der Insel entdeckt hatte. Er plätscherte ein ganzes Stück durch einen seichten Kanal, bis er sich schließlich über die Wand in die Tiefe ergoss. Kate stolperte auf ihn zu. Als sie Constance ziemlich rau neben dem Bach absetzte, waren Jackson und Jillson schon halb die Leiter hinauf, und Martina machte sich gerade daran, ihnen zu folgen.

»Was hilft dir dein Eimer jetzt noch?«, rief Jackson zu ihr herauf.

»Gut, dass Sie fragen«, antwortete Kate, beugte sich zum Bach und füllte den Eimer mit Wasser. Sofort war er schwer wie eine Bowlingkugel. Den vollen Eimer in der Hand, sah sie die Leiter hinunter in Jacksons eisblaue Augen, die schon bedrohlich nahe waren, zwinkerte ihm freundlich zu ...

Und ließ den Eimer fallen.

Obwohl er überrascht war, widerstand Jackson dem Reflex, die Leiter loszulassen, um den Eimer zu erwischen. Es änderte nichts. Der Eimer erwischte ihn. Er landete mitten auf seinem Kopf und schickte ihn rückwärts taumelnd die Leiter hinunter, wobei auch Jillson mitgerissen wurde. Die beiden landeten in einem nassen, stöhnenden Haufen vor den Füßen von Martina Crowe.

»Ziegelsteine, selbst gemacht«, sagte Kate befriedigt. »Fügen Sie einfach etwas Wasser hinzu.«

Es gab keine Zeit, die angenehme Szene länger zu genießen. Martina hatte schnell genug reagiert und die Leiter gepackt, bevor Kate sie hinaufziehen konnte. Jetzt wartete sie darauf, dass ihre benommenen Kollegen wieder auf die Beine kamen. Kate schwang sich Constance über die Schulter, watete durch den Bach (zum Springen war sie zu müde) und kletterte das letzte steile Stück zur Turmwand hinauf.

»Au!«, schrie Constance. »Nimm deine Schulter aus meinem Bauch, du großes ...«

»Hör zu«, sagte Kate, setzte sie ab und band ihr Seil mit fliegenden Fingern zu einem Lasso. »Ich muss mich konzentrieren. Sei also bitte still, okay? Wir müssen es so schnell wie möglich zu dem Fenster da oben schaffen.« Während sie noch sprach, wirbelte sie bereits das Lasso über dem Kopf und nahm die Fahnenstange ins Visier, die hoch über ihnen mit der sanft sich bauschenden mächtigen roten Flagge des Instituts aus der Mauer herausragte.

Vorsicht, warnte sie sich selbst, *pass auf, dass sich das Lasso nicht in der Flagge verheddert.* Einen Fehlversuch konnte sie sich nicht leisten, Zeit für ein zweites Mal gab es nicht.

Sie konzentrierte sich, zielte, sprach ein Gebet und ...

»Du glaubst doch nicht wirklich, dass du die *Fahnenstange* erwischst, oder?«, platzte es genau in dem Augenblick aus Constance heraus, als Kate das Lasso warf.

Beinahe hätte sie Kate damit aus der Bewegung gebracht, aber der Wurf kam gut — mit einem perfekten letzten Zupfer steuerte Kate seinen Flug. Das Lasso legte sich genau über das Ende der Fahnenstange. Erleichtert atmete Kate aus.

»Das nennst du still sein?«, fragte Kate und zog die Schlinge mit einem Ruck zu.

»Ich hätte lauter sein können«, sagte Constance.

»Vielen Dank auch«, sagte sie und band das Seil bereits um Constances Taille. »Und jetzt fang bloß nicht an zu protestieren. Ich binde dich fest, damit ich dich hinter mir heraufziehen kann. So kann ich schneller klettern.«

Constance fing natürlich an zu protestieren, aber Kate hatte den Knoten bereits zugezogen und kletterte Richtung Fenster. Sie verschwendete keine Zeit damit, zurückzusehen. Sie wusste, dass Martina in diesem Augenblick über den Bach sprang. Sie wusste, dass ihr nur noch Sekunden blieben, und als sie endlich die Fahnenstange erreichte, sich auf sie schwang und sah, wie Martina unten auf Constance zustürmte, wusste sie, dass diese Sekunden nicht reichten. So müde, wie sie war, und so schnell, wie Martina vorankam, würde sie Constance nicht rechtzeitig außer Reichweite hieven können.

Im Bruchteil einer dieser Sekunden dachte Kate: *Wir müssen zu viert sein, aber Constance wird nicht mit ihnen fertig.* Du *aber, du kannst es. Es wird hart, aber du wirst mit ihnen fertig.*

(Ein Teil von Kate glaubte das: ein sehr wichtiger Teil, denn Kates Gefühl der Unbesiegbarkeit war das, was sie ihr ganzes junges Leben mit Kraft versorgt hatte. Aber ein anderer Teil glaubte es *nicht,* und der war ebenfalls wichtig, denn wenn man von ihm nicht wusste, war es unmöglich zu ermessen, wie unglaublich mutig es war, was Kate jetzt tat.)

Mit einer flüssigen Bewegung schob sie das Lasso über das Ende der Fahnenstange und packte das Ende fest mit beiden Händen. *Na dann,* dachte sie. *Ich hoffe doch, der kleine Giftzwerg ist es wert.*

Und damit ließ sie sich rückwärts ins Leere fallen.

Das Seil legte sich über die Fahnenstange (wie über das Rad eines Flaschenzugs), und während Kate nach unten fiel, schoss die viel leichtere Constance vor der Nase der verblüfften Martina Crowe in die Höhe. Das kleine Mädchen klammerte sich mit aller Kraft an das Seil, die Augen weit vor Angst, aber Kate konnte nichts anderes für sie tun.

Als die beiden aneinander vorbeikamen, die eine auf dem Weg nach oben, die andere senkrecht nach unten fallend, beide mit unsicherem Schicksal, schenkte Kate ihrer kleinen Freundin ein breites Lächeln und sagte: »Viel Glück, Connie-Mädchen. Denk dran, dich loszubinden, wenn du da oben ankommst.«

Damit landete sie in den wartenden Armen dreier kraftvoller Manager, die sie rachedurstig angrinsten.

WIDERSTAND UND NIEDERLAGEN

Mr Curtain! Mr *Curtain,* Sir!«, brauste S. Q.s Stimme aus der Gegensprechanlage.

Reynie war die Unterbrechung äußerst willkommen. Sie hätte zu keinem besseren Zeitpunkt kommen können. Seit einer Ewigkeit nun verfolgte Reynie, wie sein Freund abwechselnd angestrengt die Stirn furchte und erleichtert lächelte. Klebers teefarbene Haut war fast so blass wie verzuckerter Honig geworden, und der Schweiß rann ihm wie Tränen über die Wangen. Aber das Stirnfurchen war seltener geworden, das entspannte, zufriedene Lächeln kam regelmäßiger. Kleber hatte sich ungeheuer angestrengt, doch jetzt musste er nachgeben. Sein Widerstand war gebrochen.

Mr Curtain dagegen kam die Unterbrechung *nicht* gelegen. Nach einer Nacht mit viel zu wenigen Sitzungen hatte er endlich wieder einen Botschafter in den Flüsterer bekommen und musste unerwartet kämpfen. Die Maschine benahm sich störrisch wie ein alter Esel, verlor Mr Curtains Gedankenfluss und verstand ihn mitunter sogar völlig falsch. Gewöhnlich wirkte eine Sitzung auf ihn, als spräche er in ein Telefon und hörte seine eigene Stimme. Aber in *dieser* Sitzung war es so, als kämen seine Worte aus einem Radio voller statischer Geräusche. Es war der Junge, es musste an ihm liegen, und Mr Curtain dachte schon, George Washington tauge wohl doch nicht zum Botschafter und sei damit, wie sich leider herausstellte, *nicht* vertrauenswürdig, als die Sitzung endlich besser wurde. Das müde Gehirn des Jungen wurde aufnahmebereiter, die zerknitterten Botschaften des Flüsterers glätteten sich, und endlich konnte Mr Curtain mit wirklicher produktiver Arbeit beginnen. Er stand kurz davor, die Sitzung zu beenden, als S. Q.s dringendes Rufen durch die Gegensprechanlage schallte.

»Mr Curtain«, rief S. Q. wieder. »Bitte, Sir, es ist ein Notfall!«

»Tod und Teufel!«, rief Mr Curtain wütend und riss sich den roten Helm vom Kopf. Hinter ihm gaben die Metallbügel und der blaue Helm auch Kleber frei, der sich taumelnd erhob und verwirrt um sich blickte. Reynie sprang vor, um ihn zu stützen.

»Was ist los, S. Q.?«, schimpfte Mr Curtain, der den Knopf für die Sprechanlage auf der Lehne seines Rollstuhls drückte. »Ich hoffe für dich, dass es etwas Wichtiges ist.«

»Das ist es, Sir. Martina und Jillson haben eine kodierte Nachricht entdeckt, und zwei Schüler versuchen in den Turm einzudringen!«

Reynie schloss die Augen, ihm sank das Herz. Die Manager wussten, was die Mädchen vorhatten, und S. Q. stand bereits vor der Tür. Es war vorbei. Nach alldem ... Kleber war so tapfer gewesen, hatte sich so geschunden ...

»Zwei Schüler?«, wiederholte Mr Curtain. »Mit zwei Schülern meinst du Kinder, oder?«

»Hmm, ja, Sir«, kam S. Q.s unsichere Antwort.

»Willst du mir also sagen, ihr seid nicht in der Lage, zwei Kinder davon abzuhalten, in den Turm einzudringen?«

»Hm, nun, Sir, wir werden sie sicher begreifen ... Ich meine, vergreifen ... Ich meine, wir werden sie sicher sehr bald fangen. Ich dachte nur, ich sollte Sie alarmieren ...«

»Danke, S. Q.«, sagte Mr Curtain, der alles andere als dankbar klang. »Betrachte mich als alarmiert. Und wenn es nicht zu einem *tatsächlichen* Notfall kommt, will ich nicht wieder gestört werden. Verstanden?«

»Ja, Mr Curtain«, kam S. Q.s Antwort. »Entschuldigen Sie, Mr Curtain.«

Mr Curtain schüttelte angewidert den Kopf und rief: »Kinder! Soll ich vor unbewaffneten Kindern Angst haben? Ohne Zweifel stecken sie mit meinem Gefangenen unter einer Decke. Komische Agenten, aber das macht nichts, sie werden bald schon bei ihm sein.« Er verstummte und starrte zu Kleber hinüber, als überlegte er, wie er ihn am besten zerlegen und kochen könnte. »George, ich fürchte, deine Leistung hat mir nicht so rasend gefallen. Nein, ehrlich gesagt, hat sie mir ziemlich missfallen.

Reynard wird jetzt übernehmen. Ich kümmere mich später um dich.«

An dem, was Mr Curtain damit meinte, konnte kein großer Zweifel bestehen, aber Kleber war zu erschöpft, um sich deswegen zu sorgen. Er schüttelte nur den Kopf. Er hatte getan, was er konnte.

Mr Curtain gestikulierte ungeduldig zu den Kissen hinüber, und Reynie half Kleber, sich darauf niederzulassen. Reynie drehte sich um und sah Mr Curtain an. Aus den silbernen Gläsern von dessen Brille starrte ihn sein eigenes, unsicheres, verschrecktes Gesicht an.

»Es ist so weit, Reynard«, sagte Mr Curtain. »So unbefriedigend die Sitzung mit deinem Freund war, sind wir der Vollendung doch nahe. Sehr, sehr nahe.« Mr Curtain hustete und wischte sich über die blasse, verschwitzte Stirn. Wie zu sich selbst murmelte er: »Ich fürchte allerdings, ich muss vorher noch einen Schluck trinken. Aber das dauert nur einen Moment. Es kann sowieso nicht schaden, den Augenblick zu genießen. Einen Becher Saft also.« Er sah auf. »Hörst du mich, Reynard? Ich trinke noch schnell einen Becher Saft. Dann sind es nur noch wenige Minuten ... und es ist so weit! Dann kommt die Besserung! Kannst du es glauben? Ich selbst kann es kaum!« So blass und erschöpft Mr Curtain auch war, sein Gesicht strahlte geradezu vor triumphierender Genugtuung. Sein Traum wurde wahr.

Reynie sah zum Flüsterer hinüber, und sein Blick verhärtete sich. Er konnte ihn nicht mehr von der Maschine abwenden. Sah der Flüsterer einladend aus? Hatte er etwas Tröstendes? Fast kam es Reynie so vor, als spräche die Maschine zu ihm, flüsterte ihm etwas zu. *Sprach* sie tatsächlich zu ihm? Flüsterte sie das Undenkbare ... ?

Kämpfe nicht umsonst, Reynard. Du kannst dich immer noch Mr Curtain anschließen, wichtig werden, Teil von etwas ...

Aber ... aber Mr Benedict, dachte Reynie. *Er ... er braucht mich, damit ...*

Mr Benedict! Ist er derjenige, der dich mit allen möglichen komischen Tricks auf seine Seite gebracht hat? Der dir besondere

Möglichkeiten in Aussicht gestellt und dich dazu verleitet hat zu betrügen? Und hat Mr Curtain nicht gesagt, dass ihn Betrug nicht weiter stört? Ist er nicht der, der ein paar Unglückliche hinter sich versammelt hat, um ihnen ein besseres Leben zu verschaffen, der dir die Möglichkeit angeboten hat, Manager zu werden? Wie verschieden sind die beiden eigentlich? Nicht sehr, Reynard. Der einzige Unterschied ist, dass der eine dir jetzt nur noch Leiden bieten kann und der andere dich zu einem Teil von etwas Großem machen will — dir einen Weg öffnet, deine Einsamkeit zu besiegen.

Erschüttert dachte Reynie: *Aber ... Miss ... Perumal.*

Jetzt kannst du *ihr helfen! Du kannst sie warnen, ihr sagen, sie soll sich nicht über die Stimmen in ihrem Kopf beklagen. Mr Curtain ist auf deiner Seite, du kannst für Miss Perumal bürgen. Du kannst sie schützen!*

Reynie hob die Hände an den Kopf. *Aber würde sie das wollen? Um den Preis? Nein, das würde sie nicht. Und doch ... und doch ... Es ist unmöglich! Es gibt keinen Ausweg!*

Mr Curtain hatte seinen Saft getrunken und sah Reynie ganz in den Anblick des Flüsterers versunken. »Wie ich sehe, hast du ihn vermisst«, schnurrte Mr Curtain. »Nun, gib deinem Verlangen nach, Reynard. Nimm deinen rechtmäßigen Platz ein.«

Reynie konnte nicht mehr klar denken. Hatte Mr Curtain gerade »rechtmäßiger Platz« gesagt? Oder war das sein eigener Kopf gewesen? Und wer hatte da eben mit ihm gesprochen? Etwa wirklich der Flüsterer? Nein, nein. Sicher nicht. Es war nicht der Flüsterer gewesen, sondern Reynie selbst.

»Reynard!«, forderte Mr Curtain ihn auf.

Reynie ging auf den Flüsterer zu. Die Sitzung werde nicht lange dauern, ein paar Minuten, hatte Mr Curtain gesagt — und dann sei es vorbei. Und dann ... Er schluckte. Was würde mit Constance geschehen? Würde ihr nicht etwas Schreckliches zustoßen, wenn Mr Curtain die Leistung des Flüsterers voll aufdrehte? Und was war mit den anderen?

Er sah zu Kleber hinüber, der müde und zerschlagen auf den Kissen lag. Trotz seiner Angst hatte er der unwiderstehlichen Kraft des Flüsterers mit aller Kraft die Stirn geboten. Hätte ihn Reynie nicht so dazu gedrängt, hätte er es nicht getan. Seinetwegen war er bei Mr Curtain jetzt in Ungnade gefallen. Würde Reynie Mr Curtain tatsächlich helfen? Und Kate ... Allein der Gedanke daran, was sie schon zusammen durchgestanden hatten, an die Gefahren, denen sie getrotzt hatten ...

»Ledroptha Curtain!«

Die Metallbügel schlossen sich um Reynies Handgelenke. Der Helm senkte sich auf seinen Kopf herab. Reynie schloss die Augen und sah die Gesichter seiner Freunde. Ihm kam die letzte Frage in Mr Benedicts erster Prüfung in den Sinn: Bist du tapfer und unerschrocken? Endlich wusste Reynie die Antwort. Er war es nicht. Es war nur eine Hoffnung gewesen.

Gut, sagte der Flüsterer. *Wie lautet dein Name?*

Bring es nur schnell hinter dich, sagte Reynie sich. *Willkommen, Reynard Muldoon.*

»Willkommen«, wiederholte Reynard. Ja. Willkommen ist ein ... freundliches Wort. Es gibt dir das Gefühl, zu etwas zu gehören. Das Gefühl ..., nicht allein zu sein. Nein, er war nicht allein. Absolut nicht. Und doch ...

Reynard Muldoon, wovor hast du die größte Angst?

Reynie sah immer noch seine Freunde vor sich. Kleber, Kate, Constance — und sie alle sahen ihn besorgt an. Sie hatten so viel zusammen durchgestanden! Würde er sie wirklich im Stich lassen?

Wenn du deine Freunde betrügst, wirst du noch einsamer als einsam sein, sagte Reynie zu sich selbst.

Sofort antwortete die Stimme des Flüsterers: *Habe keine Angst. Du wirst deine Freunde niemals betrügen. Dazu bist du viel zu tapfer und unerschrocken.*

Reynie war so erstaunt, dass er fast laut gelacht hätte. Der Flüsterer war empfindsamer, als ihm guttat! Im allerwichtigsten Augenblick von allen sprach er Reynie den Mut zu, den er brauchte: den Mut, sich der Maschine zu widersetzen!

Lass uns beginnen, sagte der Flüsterer.

Reynie wurde von einem wundervollen Wohlgefühl durchströmt. *Wirklichem, echtem* Wohlgefühl, keiner Illusion. Er würde seine Freunde nicht im Stich lassen. Das wusste er jetzt. Er hatte sich seiner größten Angst gestellt und sie damit überwunden. Der Flüsterer musste sie nicht mehr verdecken: Es gab nichts mehr zu verdecken!

Lass uns beginnen, wiederholte der Flüsterer. Reynie machte sich bereit. *Lass das Schlimmste kommen. Ich werde ihm widerstehen, und ich bin nicht allein.*

Lass uns beginnen, wiederholte der Flüsterer jetzt etwas eindringlicher.

Noch nicht, dachte Reynie.

Lass uns beginnen.

Ich will mir erst die Brille putzen, dachte Reynie.

Lass uns beginnen.

Nicht ohne meinen Eimer, dachte Reynie.

Er hörte Mr Curtain hinter sich murren.

Lass uns beginnen, lass uns beginnen, lass uns beginnen. Regeln und Gesetze hab ich so gern wie Krätze, dachte Reynie.

Und dann, als hätte er sie herbeigezaubert, hörte Reynie Constances schrille Stimme. Vielleicht war es das erste Mal, dass er sich wirklich freute, sie zu hören.

»Hilfe! Macht auf! Lasst mich rein!«

»Paah!«, spuckte Mr Curtain. »Was stimmt mit dieser infernalischen Maschine nicht? Und schon wieder eine Unterbrechung! Wo kommt die Stimme her?«

»Vom Fenster«, sagte Kleber, der genauso überrascht wirkte wie Mr Curtain.

»Wie bitte?«, rief Mr Curtain, riss sich den roten Helm vom Kopf und sah zum Fenster hinüber. Aber da war nur der blaue Himmel zu sehen. Er grunzte und zog sich erneut den Helm über den Schädel. »Schon gut. Wir achten einfach nicht weiter darauf. Ich beende jetzt diese Sitzung, und wenn es das Letzte ist, was ich jemals …«

»Aufmachen! Aufmachen! Aufmachen!«, kreischte Constance.

»Das wird sich nur schwer überhören lassen, Sir«, sagte Reynard, während Constance immer weiter kreischte.

»Das ist ja unglaublich! Wie soll ich mich konzentrieren, wenn …?« Mr Curtains Gesicht verzog sich vor Anspannung. »Aber gut, ich werde mich darum kümmern müssen. Der Fensteröffner ist zu hoch, als dass ich aus meinem Stuhl da herankäme. George …«

Er sah argwöhnisch zu Kleber hinüber und schüttelte dann den Kopf. »Nein, George, du bleibst, wo du bist. Reynard, geh und sieh nach, was da los ist.«

Die Metallbügel gaben Reynies Hände frei, der Helm fuhr nach oben.

Reynie musste nicht zweimal gebeten werden. Schon hatte er den Raum durchquert und zog am Fenstergriff. Die beiden Flügel schwangen auf, und er sah hinaus. Direkt unter dem Fenster klammerte sich die verzweifelte kleine Constance Contraire an den Flaggenmast. Für Reynie sah sie aus wie ein Koala, der sich an den Stamm eines umgestürzten Eukalyptusbaums klammerte. Ihr Körper zitterte vor Anstrengung und ihre Augen schossen entsetzt hin und her. Sie hatte einen guten Grund für ihre Angst: Wenn sie losließ, würde sie tief hinunter auf die Felsen stürzen.

Aber ganz offenbar wäre sie auch nicht sicherer gewesen, stände sie noch dort unten auf dem festen Grund. Kate befand sich dort in einem wütenden Kampf. Reynies Herz floss geradezu über vor Stolz und Hoffnung. Sie mochten in einer bösen Lage sein, aber entschieden war es noch nicht. Die Mädchen waren noch nicht in der Gewalt ihrer Feinde.

»Nun?«, fragte Mr Curtain von der anderen Seite des Raums. »Was ist es?«

Kleber sah mit einem Aufflackern neuer Hoffnung zu Reynie hinüber.

Reynie hielt das Gesicht abgewandt. Er durfte Mr Curtain sein Lächeln nicht sehen lassen. »Es sind die Kinder, von denen S. Q. gesprochen hat, Sir. Eines von ihnen scheint ergriffen worden zu sein. Das andere hängt an der Fahnenstange direkt unter dem Fenster.«

Mr Curtain schien nicht sicher zu sein, ob er lachen oder knurren sollte. »Los, zieh den Kerl herein. Das wird unsere letzte Unterbrechung sein.«

»Es ist ein Mädchen, Sir«, verbesserte ihn Reynie. »Kleber, kannst du mir helfen?«

Kleber, der wieder etwas zu Kräften gekommen war, lief zu ihm und fasste Reynies Füße, der sich nach draußen lehnte und das arme Mädchen durch die Fensteröffnung zog.

»Ja, ja, ja. Constance Contraire«, sagte Mr Curtain mit offensichtlicher Befriedigung. »Genau wie ich vermutet hatte. Ich wusste von Anfang an, dass dir nicht zu trauen ist, und ich hätte mich schon lange um dich gekümmert, wenn ...«

Er zuckte plötzlich zusammen und riss sich die Brille herunter, hinter der ein Paar hellgrüner, fürchterlich blutunterlaufener Augen zum Vorschein kam. Augen, die voller Wut zu begreifen schienen.

»Wenn ...«, wiederholte er und richtete seinen Blick jetzt auf Reynie, »wenn *du* nicht gewesen wärst.«

Und zur großen Verwirrung und zum noch größeren Schrekken der Kinder band sich der furchterregende Mann los, erhob sich aus seinem Rollstuhl, wuchs zu seiner vollen alarmierenden Größe und kam wütend durch den Raum, um sie zu fassen.

Unterdessen kämpfte Kate Wetherall um ihr Leben. Martina Crowe hatte auf eine Gelegenheit wie diese nur gewartet, um sich für jede einzelne erlittene Demütigung zu rächen. Und Jackson und Jillson, die sowieso nicht zu den feinfühligsten Zeitgenossen gehörten, waren ebenfalls entschlossen, Kate ihre Kraft spüren zu lassen, nachdem das Mädchen die beiden mit ihrem Eimer so in Verlegenheit gebracht hatte, von Beulen und blauen Flecken gar nicht zu reden. Kate mochte schnell und schlau wie ein Fuchs sein, aber sie war ein müder Fuchs, von einer wilden Hundemeute umgeben.

Dennoch war es ihr gelungen, ein paar Unannehmlichkeiten auszuteilen: Zusätzlich zu dem Horn auf seinem Kopf war Jacksons lange spitze Nase geschwollen und rot, nachdem Kate kraftvoll hineingekniffen hatte, um sich aus seinem Griff zu befreien, Jillsons Ohr summte schmerzhaft (das Ergebnis eines wohl platzierten Ellbogens), und Martina war mit einem qualvollen Kinnkratzer zurückgestoßen worden. Die Manager umkreisten sie jetzt achtsamer und warteten auf den geeigneten Moment, ihr Wild zu erlegen.

Kate duckte sich, folgte ihren Bewegungen mit den Augen und hielt ihr Lasso bereit. (Constance hatte endlich einmal Kates Rat befolgt und sich losgebunden, damit die Manager sie nicht nach unten zerren konnten.) Kates Angreifer umkreisten sie langsam, behielten das Lasso im Auge und suchten nach einer Schwäche. Aber Kate wurde als Erste fündig: Martina trat komisch auf und geriet leicht aus dem Gleichgewicht. Kate vollführte eine schnelle Finte, als wollte sie fliehen, und als Martina zur Seite stürzte, um sie zu halten, schlang Kate ihr das Lasso um den Fuß und riss sie von den Beinen. Mit einem zornigen Knurren landete Martina im Dreck.

Es war eine ausgezeichnete Attacke, aber dennoch der Anfang vom Ende. Bevor Kate das Seil loslassen konnte, packte Martina es und zog. Kate kam aus der Balance, und genau in diesem Moment ging Jackson auf sie los und warf sich ihr gegen die Brust. Kate hatte das Gefühl, von einem Rammbock getroffen zu werden. Sie verlor ihren Tritt und versuchte vergeblich, sich wieder zu fangen.

Jillson war schneller.

Die nächsten paar Minuten waren fürchterlich. Sie wurde auf die Ohren geboxt, an den Haaren gezogen, und ihre Wangen bekamen Jillsons bolzenharte Knöchel zu spüren, und obwohl sie sich wand und drehte, die Fäuste schwang und mit den Füßen trat, konnte sie nichts dagegen tun. Kate hatte sich gesagt, sie würde mit den Managern schon fertig werden, aber sie hatte sich etwas vorgemacht — wie sie sich schon so lange etwas vormachte. Sie konnte nicht alles alleine schaffen. Das begriff sie nun.

Kate gab ihre Gegenwehr auf. Warum noch kämpfen? Es nützte weder ihren Freunden noch ihr selbst oder sonst jemandem. Sie war überwältigt und allein. Die bittere Ironie der Situation war Kate durchaus bewusst: In dem Moment, da sie sich endlich eingestand, Hilfe zu brauchen, war niemand da, der ihr helfen konnte.

Als könnte sie ihre Gedanken lesen, zischte Martina sie an: »Merkst du endlich, dass du in der falschen Klasse kämpfst, Wetherall? Gut, dass du endlich aufgibst.«

»Täusch dich nicht, Martina«, murmelte Kate durch ihre blutigen Lippen. »Ich ruhe mich nur aus, während du deine jammervollen Sprüche loslässt.«

Das machte Martina noch zorniger, und während Jackson und Jillson Kate doppelt fest an Armen und Beinen gepackt hielten, ging das Mädchen mit den rabenschwarzen Haaren für ihren gemeinsten Angriff in Stellung. Im Zurücktreten, um Anlauf zu nehmen, rief sie: »Ich werde dich treten, bis du um Gnade bittest, Wetherall! Du sollst leiden, bis du mich anbettelst aufzuhören! Ich schlage dich, bis du zugibst, dass ich die Beste bin! Ich werde dir deine ...«

»Nichts dergleichen wirst du tun«, sagte plötzlich eine unbekannte Stimme, und gleich darauf folgte ein dreimaliges Zischen — *switt, switt, switt.* Martinas Augen überkreuzten sich, Jackson und Jillson seufzten, und alle drei fielen bewusstlos zu Boden. Auf ihren Schultern erblühten wie von Zauberhand gesandte gefiederte Pfeile.

Wo Martina Crowe gestanden hatte, stand nun Milligan mit seinem Betäubungsgewehr. Er war von Kopf bis Fuß in schleimigen schwarzen Matsch gehüllt, sein linker Arm hing in einer Schlinge, die aus der blutbefleckten Jacke eines Managers gebunden worden war, und — es war das Wunder aller Wunder! — er grinste Kate mit freudigen Augen an. *Deshalb* hatte seine Stimme so anders geklungen. Sie war zu frohgelaunt. Kate hatte sie nicht erkannt.

Und doch. Kate starrte ihn unverwandt an, als sie wieder auf die Füße kam. Und doch ... Da war etwas in diesen Augen. Es war etwas sehr Vertrautes, etwas ...

»Entschuldige, dass ich so lange gebraucht habe, Katie-Kätzchen«, sagte ihr Vater.

DIE BESTE MEDIZIN

Du«, wiederholte Mr Curtain, der über den Kindern aufragte und besonders Reynie mit finsterer Miene anstarrte. »*Du* hast mich betrogen. Nach allem, was ich für dich getan habe. In meinem Institut habe ich dich willkommen geheißen, dich in die Geheimnisse der Zukunft eingeweiht und ermutigt, eine Rolle in meinen Plänen zu übernehmen. Und dennoch willst du dich mir widersetzen?«

»Ich nehme nicht an, dass Sie eine Entschuldigung annehmen würden«, versuchte es Kleber. (Eine ziemlich vorwitzige Antwort für ihn, besonders da ihn der Anblick von Mr Curtains hoch aufwachsender Gestalt so sehr in Schrecken versetzte, dass er nicht mal die Kraft aufbrachte, nach seiner Brille zu greifen, obwohl sich jede Faser in seinem Leib danach sehnte, sie gründlich zu putzen.)

Mr Curtain lachte sein heiser wieherndes Lachen, das einem wie der Ruf einer Kreischeule durch Mark und Bein ging, und sagte: »Oh nein, ich fürchte, das kann ich nicht, George. Aber ich danke dir, dass du mich daran erinnerst, wie erbärmlich Kinder doch sind. Laufen einem schnell hinterher und dann noch schneller wieder weg. Ja, ziemlich bedauernswürdig und lästig wie Mücken, aber sicher keine Bedrohung. Zu glauben, dass ihr gehofft habt ... Was *habt* ihr überhaupt gehofft? Meine Pläne zu durchkreuzen? Ihr seid doch nur Kinder!«

Wieder brach er in Gelächter aus, in ein langes krampfhaftes Keuchen. Es kostete ihn einige Mühe, sich zu beruhigen, dann sagte er: »Nun, es ist egal. Eure Kinderträume sind ausgeträumt, und ich muss mir die Hände nicht schmutzig machen, indem ich euch bei euren schmuddeligen Hälsen packe. Ich rufe meine Manager, damit sie euch hier rausschaffen.«

Mit diesen Worten drehte sich Mr Curtain zu seinem Stuhl um, hielt jedoch inne, als er Reynie Muldoons durchdringenden Blick bemerkte. Die Augen des Jungen flogen hin und her, als durchdenke er etwas mit großer Konzentration. Bevor Mr Curtain ihn fragen konnte, was zum Teufel er da aushecke, sagte Reynie laut, wie zu sich selbst: »Am Ende ist es also nicht das Lachen.«

»Was blabberst du da, Reynard?«, fragte Mr Curtain.

Reynie, der ihn kaum zu hören schien, fuhr fort: »Aber wenn es nicht das Lachen ist, was ist es dann? *Irgendetwas* muss es sein, sonst würden Sie sich nicht so sorgfältig festzurren. Sie haben so ungeheuer große Angst, die Kontrolle zu verlieren. Aber wodurch?«

Bei diesen Worten schossen Mr Curtains Brauen in die Höhe, und sein ganzer Kopf bebte wie eine angeschlagene Glocke. »Ich habe keine Ahnung ... Was zum Teufel ... Tod und ... Ich habe keine Zeit für deinen Kinder...«, geiferte er.

»Ja, ganz sicher haben Sie *Angst* vor etwas«, sagte Reynie jetzt mit kräftigerer Stimme, und seine Augen begannen zu leuchten. »Der Rollstuhl, die Sicherheitsgurte, die Spiegelglasbrille — das alles dient Ihnen nur dazu, sich zu verstecken und Ihr Geheimnis vor uns Kindern zu bewahren. Aber warum haben Sie solche Angst vor uns? Vielleicht sagen Sie deshalb immer, dass wir so harmlos sind. Sie versuchen, Ihre eigene Angst unter den Teppich zu kehren! Sie sind wie ein Tiger, der sich vor Mäusen fürchtet. Warum sonst sollten Sie jetzt da so stehen und vor Angst fast aus den Schuhen kippen?«

»Rede mir nicht von *Angst,* du nichtsnutziger, unwürdiger Zwerg!«, brüllte Mr Curtain, und sein Gesicht wurde bleich vor Zorn. »Wie kannst du es wagen! Ich zerquetsche euch alle wie Mücken!« Und damit sprang er vor ..., brach vor den Füßen der Kinder zu einem grün karierten Haufen zusammen und fing augenblicklich an zu schnarchen.

Reynie ließ erleichtert die Luft aus seinen Lungen, die er ewig lange angehalten hatte. Dann nickte er und sagte: »Bei Mr Benedict ist es für gewöhnlich das Lachen, das ihn zum Einschlafen bringt. Bei Mr Curtain ist es der Zorn. Schnell, Kleber, fesseln wir ihn mit unseren Schärpen.«

Kleber ließ Constances Hand los, die er in seinem Schrecken unbewusst gefasst hatte, und nahm seine Schärpe ab. *»Das* also ist der Grund für den Rollstuhl und die Brille. Wenn er richtig zornig wird, schläft er ein, aber das soll niemand wissen!«

»Immer wenn er besonders zornig schien und dann so unerwartet ruhig wurde«, sagte Reynie und knotete seine Schärpe um Mr Curtains Füße. »Ich habe jedes Mal gedacht, dass er mich gleich umbringen wollte, dabei hat er geschlafen!«

»Äh, Jungs«, sagte Constance. »Er ist wieder wach.«

Die Jungen sprangen zurück. Tatsächlich waren Mr Curtains Augen offen und blickten wild um sich. Als er Reynie in den Blick bekam, verengten sie sich hasserfüllt. »Ach ja, richtig«, sagte er und gähnte. »Ich wollte dich gerade zerquetschen. Aber was ist das? Schärpen? Ihr glaubt doch wohl nicht, dass ihr mich mit diesen Dingern fesseln könnt?«

Reynie machte ein betretenes Gesicht. »Ich hatte es gehofft.«

»Offenbar seid ihr noch dümmer, als ich angenommen hatte«, sagte Mr Curtain und zerriss eine nach der anderen die Schärpen, die sie ihm um Hände und Füße geknotet hatten.

»Wenn wir so dumm sind«, rief Constance, bevor er sich wieder erheben konnte, »was sagt das dann über Sie selbst? Sie haben die Jungen zu Botschaftern gemacht, obwohl wir immer schon gegen Sie waren und Sie wieder und wieder ausgetrickst haben. Wir wissen sogar über Ihre Narkolepsie Bescheid, obwohl Sie sich doch solche Mühe gegeben haben, sie zu verstecken. Wenn wir dumm sind, dann sind Sie der allergrößte Trottel, da wir doch trotz unserer Dummheit viel schlauer sind als Sie.«

Einen Moment lang erbebte Mr Curtain und war in seinem Zorn unfähig, Worte zu bilden. Seine Augen schlossen sich, und er sank zurück auf den Boden.

»Das hat Spaß gemacht«, sagte Constance.

»Das war *knapp«,* sagte Kleber. »Aber was jetzt? Wir haben sonst nichts, womit wir ihn fesseln könnten.«

»Wie wäre es mit diesem Seil?«, rief eine bekannte Stimme, und die drei wirbelten herum und sahen, wie Kate Wetherall durchs Fenster gesprungen kam.

Sie war ein willkommener Anblick, aber ein schrecklicher. Ihre Wangen waren zerkratzt und blutig, ihre Lippen geschwollen, die Kleider zerrissen, und die Haare standen ihr in alle Richtungen vom Kopf ab, als hätte man sie unter Strom gesetzt. Dazu hatte sie schwarzen Matsch im Gesicht und auch sonst überall, aber sie schien munterer denn je, ihre Augen leuchteten vor Glück und ihre blutigen Lippen weiteten sich zu einem prächtigen Grinsen. Als sie sich hinkniete, um Mr Curtains Hände und Füße zu fesseln, erzählte Kate ihnen aufgeregt, was passiert war.

»Dein Vater!«, rief Kleber. »Ich kann es nicht glauben! Deshalb also ist Milligan vor so vielen Jahren verschwunden! Er wurde bei einem Auftrag gefasst!«

»Aber warum ist er schon wieder weg?«, fragte Constance. »Sollte er nicht hier bei uns sein?«

»Er musste schnell was machen, und ich hatte keine Zeit, ihn zu fragen, was. Ich dachte, ihr bräuchtet mich hier oben.«

Reynie stieß den schlafenden Mr Curtain mit einem Zeh an. »Gut, dass du jetzt gerade kommst. Sonst hätte er uns nach dem Aufwachen erwürgt.«

»Und was nun?«, fragte Constance.

Reynie ging zum Flüsterer hinüber. »Ich habe darüber nachgedacht, wie Mr Curtain uns erklärt hat, der Flüsterer sei empfindsam und ... Wie hat er es genau ausgedrückt, Kleber?«

»... eine empfindsame, sorgfältig ausbalancierte Maschine, die meiner persönlichen Steuerung bedarf, um richtig zu funktionieren.«

»Genau, und wir wissen auch, dass die Computer Mr Curtains Gehirn nachgebaut wurden. Nun, wenn das alles tatsächlich so empfindsam, sorgfältig ausbalanciert und einem Gehirn nachgebaut ist, müssten wir es doch durcheinanderbringen können. Vielleicht bringen wir die ganze Anlage dazu, sich selbst abzuschalten!«

»Das ist dein Plan?«, fragte Constance zweifelnd.

»Jede Maschine lässt sich abstellen«, sagte Reynie, »man muss nur wissen, wie. Denken wir also nach.« Er zog sich Mr Curtains roten Helm auf den Kopf — sofort fragte der Flüsterer ihn nach seinem Namen.

»Ledroptha Curtain!., sagte er, genau wie er es Mr Curtain hatte sagen hören.

Du bist nicht Ledroptha Curtain, kam die Antwort.

Reynie holte tief Luft. Er musste versuchen, so zu denken, wie es Mr Curtain tun würde. Mit aller Macht konzentrierte er sich darauf, was für ein Genie er war, wie schön das Leben sein würde, wenn er erst als MEISTER Curtain bekannt war, und was für eine Plage Kinder doch waren.

»Ich bin Ledroptha Curtain!«, erklärte er noch einmal.

Es entstand eine Pause. Konnte es sein, dass der Flüsterer zögerte? War er unsicher? *Ich muss ihn kontrollieren,* dachte Reynie, was ihn eindeutig an Mr Curtain erinnerte, der nichts höher schätzte als Kontrolle. Er konzentrierte sich und verdoppelte seine Anstrengung. Die Pause wurde länger. *Ich muss ihn kontrollieren,* dachte er, *kontrollieren, kontrollieren.* Immer noch nichts. Dann glaubte er ein Klicken in seinem Kopf hören zu können, wie das Zuschnappen eines Schlosses. Vielleicht funktionierte es wirklich!

Aber schließlich sagte der Flüsterer: *Nein, du bist nicht Ledroptha Curtain.*

Ein scheußliches Kichern klang durch den Raum, und Reynie duckte sich unter dem roten Helm hervor. Mr Curtain hatte die Augen wieder geöffnet, und sein Gesicht strahlte eindeutig Heiterkeit aus. Sein boshaftes Kichern ließ die Gesichter der Kinder im Raum düster werden. »Du hast doch wohl nicht geglaubt, du könntest meinen Flüsterer täuschen. Wie naiv und dumm ihr doch seid. Ich fürchte, mein Flüsterer ist narrensicher, Reynard. Oder sollte ich lieber sagen, kindersicher? Es kommt aufs Gleiche hinaus.«

In diesem Moment schallte S. Q. Pedalians Stimme durch die Gegensprechanlage: »Mr Curtain? Ich hoffe, das ist nun wirklich ein Notfall, Sir. Ich will Sie ja nicht stören, aber ich bekomme gerade die Nachricht, dass ein paar Manager mit Betäubungspfeilen außer Gefecht gesetzt worden sind und dass man Kate Wetherall durch Ihr Fenster hat klettern sehen. Am Bach wurde eine ... eine, äh, Leiter gefunden, aber die ist zu kurz. Sollen wir um eine längere bitten ... Ich meine, holen und ... und ihr durch das Fenster folgen?«

Mr Curtain hob selbstgefällig eine Augenbraue. »Reynard, sei ein guter Junge und sag S. Q., dass ihr aufgeben wollt. Das ist das Einfachste. Es ist sowieso bald vorbei.«

»Noch ist es nicht vorbei«, sagte Reynie entschlossen und kletterte auf den anderen Sitz.

S. Q.s Stimme ertönte von Neuem: »Mr Curtain, Sir? Da Sie nicht antworten, holen wir die größte Leiter, die wir finden können. Wir kommen Ihnen sofort zu Hilfe.«

»Armer Reynard«, sagte Mr Curtain. »Der Flüsterer wird den *blauen* Helm nicht aktivieren, solange *ich* nicht den *roten* trage. Du siehst also, deine Idee mag gar nicht schlecht gewesen sein, für ein Kind zumindest, aber sie führt zu nichts.«

»Er versucht uns zu übertölpeln!«, rief Kate. »Er will, dass wir ihn an seinen Flüsterer anschließen!«

Reynie war bereits auf den Stuhl mit dem blauen Helm gesprungen, nur für den Fall, dass es auch so gehen würde. Aber wenigstens was das betraf, hatte Mr Curtain nicht gelogen: Der Helm ließ sich nicht einmal nach unten bewegen. Reynie kniete sich hin und schob seinen Kopf in ihn hinein. Nichts passierte.

»Das ist wirklich alles sehr amüsant«, sagte Mr Curtain. Wild entschlossen wandte sich Reynie an die anderen. »Ich muss es probieren.«

»Großartig!«, rief Mr Curtain.

Kleber fasste Reynie beim Arm. »Wenn du im Flüsterer sitzt, kann er dir das Gedächtnis löschen. Das ist sein Trick. Du hast keine Chance.«

»Vielleicht nicht«, sagte Reynie düster, »aber wenn wir ihn jetzt nicht zu stoppen versuchen, wird ihn nie jemand stoppen. Ich werde mein Bestes geben, um ihm zu widerstehen. Wenn er mir mein Gehirn fegt, muss es einer von euch versuchen. Er ist schon müde, vielleicht können wir ihn ganz erschöpfen.«

»Ach, wie rührend«, sagte Mr Curtain. »Du willst dir also das Gehirn fegen lassen, Reynard? Ich applaudiere deiner Opferbereitschaft. Das heißt, ich würde es, wenn meine Hände nicht so grob verschnürt wären.«

Die anderen sahen unsicher zu Reynie, der so tapfer lächelte wie nur möglich und sagte: »Was bleibt uns übrig?«

Kleber stimmte ihm zu. Es war die einzige Möglichkeit.

Zu dritt — Constance hatte sich in eine Ecke zurückgezogen und sah verängstigter, sturer und elender aus als je zuvor —, zu dritt hievten sie Mr Curtain (der nur lächelte und sich nicht zur Wehr setzte) in seinen Rollstuhl, banden ihn fest und fuhren ihn unter den roten Helm. Sie reichten sich die Hände, wünschten sich Glück und zogen ihm den Helm auf den Kopf herunter.

»Ledroptha Curtain!«, dröhnte er freudig.

Reynies Blick begann zu verschwimmen. Hatte er etwas in den Augen? Er blinzelte, aber es half nicht recht.

Mr Curtain lächelte ihn triumphierend an. »Ganz offenbar wusstest du nicht, wie weit meine Verbesserungen gehen, Reynard. Ihr müsst gar nicht mehr in meinem netten Flüsterer sitzen, um seine mächtige volle Wirkung zu spüren. Überall hier im Raum seid ihr nahe genug.«

Entsetzt musste Reynie an einen der Einträge in Mr Curtains Tagebuch denken: *Seit heute Morgen senden wir die Botschaften direkt aus. Zu meiner großen Befriedigung ist der Flüsterer jetzt fähig ...* Kleber hatte nicht lesen können, wie es weitergegangen war, aber jetzt — zu spät! — begriff Reynie, was da gestanden haben musste. Wenn Mr Curtain seine Botschaften direkt in die Köpfe der Menschen senden konnte, musste er auch fähig sein, ihnen ohne weitere Hilfsmittel das Gehirn zu fegen! Er musste sich nur auf sie konzentrieren!

Wieder schien Reynie der Blick zu verschwimmen, diesmal für etwas länger. Es verschwand einfach alles, als hätte jemand das Licht ausgeschaltet. Und noch einmal: Eine Welle völliger Leere schwappte über ihn hin. Den anderen erging es genauso. Kleber kniff die Augen zusammen und hielt sich völlig verwirrt den Kopf, und Kate drehte sich im Kreis, als suche sie nach einem unsichtbaren Angreifer.

»Was ... Was *ist* das?«, schrie sie. »Was sollen wir tun?«

»Er versucht, uns das Gehirn zu fegen!«, rief Reynie. »Kämpft dagegen an! Denkt an alles, was ihr liebt, und haltet daran fest!«

Du musst kämpfen, befahl sich Reynie auch selbst. *Denk an Miss Perumal. An deine Lieblingsbücher. An Mr Benedict. Deine Freunde ... Du musst ... durchhalten ...*

»Wie ihr merkt«, sagte Mr Curtain, »kann meine Maschine weit mehr als nur flüstern. Sie kann schreien! Und ich fürchte, am Ende seid ihr alle — wie soll ich es sagen? — tauber als taub.«

Es *war* ein Schreien, dachte Reynie, ein überwältigendes herausgeschrienes Schweigen, durch das nichts anderes mehr drang. Nichts ... Seine Augenlider wurden schwer. Reynie kniff sich, spürte es aber kaum. Er sank auf die Knie. Es war unmöglich, dagegen anzukämpfen. Unmöglich, sich zu widersetzen. Was konnten sie tun? Reynie konnte nicht mehr richtig denken. Es gab nichts ... nichts, was sie tun konnten ... tun konnten ... gar nichts ... was sie ... nichts ... nichts ...

»Was ist denn das!?!«, rief Mr Curtain. Er gackerte vor Vergnügen. »Nun, nun, *nun!*«

Reynie zwang seine Augen auf. Mr Curtain strahlte, als habe man ihm ein wunderbares unerwartetes Geschenk gemacht. Kleber hielt sich gerade noch auf allen vieren. Kate lehnte an der Wand und versuchte, sich aufrecht zu halten. Und Constance ... Wo war Constance?

Das Geräusch der zuschnappenden Metallbügel ließ Reynies Blick zurück zum Flüsterer gleiten, in den sich — war das denn möglich? — Constance gesetzt hatte.

Kleber und Kate starrten ebenfalls zu ihr hinüber, den Mund vor Staunen weit offen.

Constance Contraire?

Der blaue Helm hatte sich bereits über den Kopf des winzigen Mädchens gesenkt, ihre Augen waren geschlossen, der Mund verkniffen und grimmig. Sie sah so griesgrämig und unglücklich wie nur je aus. »Reynie Muldoon!«, schrie Constance, und Mr Curtains Lächeln wandelte sich zu einer düsteren Grimasse.

Die alles mitreißende Leere verlor an Kraft.

»Warum?«, fragte Kate und schüttelte den Kopf, um ihn frei zu bekommen. »Warum schreit sie deinen Namen?«

»Der Flüsterer fragt einen nach seinem Namen«, sagte Reynie. »Constance widersetzt sich ihm.«

»Kleber Washington!«, schrie Constance, und Mr Curtain zuckte vor Ärger.

»Das war das erste Mal, dass sie meinen Spitznamen benutzt hat«, sagte Kleber. Er kam wieder auf die Knie. »Aber warum hat das Gehirnfegen aufgehört?«

»Mr Curtain muss seine ganze Konzentration auf *sie* verwenden«, sagte Reynie staunend.

»Aber wie kann das sein?«

»Die Große Kate-Wettermaschine!«, schrie Constance, und Mr Curtain hinter ihr sagte: »Baah!«

»Weil sie sich ihm entgegenwirft!«, rief Reynie. »Und keiner kann sich so widersetzen wie Constance!«

Eine Weile lang wurden Constance und Mr Curtain hin und her geschüttelt, als wäre ein Erdbeben ausgebrochen. In Strömen lief den beiden der Schweiß herunter, und dann schrie Constance in einer Lautstärke, dass ihnen allen die Ohren klingelten: »DAS ... IST MIR ... SCHNURZ!!!«

Darauf folgte gleich noch ein ganzer Rattenschwanz von Verneinungen: »Nein! Werde ich nicht! Auf keinen Fall! Sie können mich nicht zwingen! Uuh! Uuh! Niemals! *NEIN!!!«*

»Beuge dich, du widerspenstiges Kind!«, fauchte Mr Curtain.

»NIEMALS!«, kreischte Constance, und tatsächlich schien es so, als würde sie ewig aushalten. Mr Curtains Gesicht war rot angelaufen, und von seiner Knollennase tropfte der Schweiß wie Wasser aus einem lecken Wasserhahn. Es war ein erbitterter Kampf. Die Bewunderung der Kinder wuchs. Diese sture Unabhängigkeit, das war Constances große Gabe, und sie setzte sie mit all ihrer Kraft ein.

Aber trotz ihres tapferen Widerstands war sie am Ende nur ein Kind. Die Minuten vergingen, und aus ihrem Schreien wurde ein erschöpftes Krächzen, ihre Wangen liefen immer röter an und ihre Kraft drohte jeden Moment zu versiegen. Sie konnte das nicht ewig aushalten. Es fehlte nicht mehr viel, und sie würde wie eine schlaffe Puppe in sich zusammenfallen.

»Können wir denn nichts tun?«, rief Kleber. »Es bringt sie um!«

Aber was blieb ihnen, als hilflos zuzusehen, wie das arme Mädchen immer mehr an Kraft verlor? Wenn sie Constance irgendwie aus dem Flüsterer bekämen, könnte ein anderer ihre

Stelle einnehmen. Aber sie war fest in ihm gefangen. Mit wachsender Verzweiflung sahen die Kinder zu, wie das tapfere Mädchen schwächer und schwächer und ihre Stimme leiser und leiser wurde, bis ihre trotzigen Schreie nur mehr ein erschöpftes leises Murmeln waren.

Und jetzt richtete sich Mr Curtains Stimme an *sie.* Auch er war schwach, als hätte der Kampf den Mann ebenso erschöpft wie das Kind. Aber dennoch war er voller Selbstgefälligkeit: »Wie ich es euch gesagt habe und ihr selbst sehen konntet, Kinder, meine Schöpfung ist narrensicher.« Er befeuchtete sich die Lippen und zwang ein kraftloses Lächeln auf sein Gesicht. »Noch weinen Moment, und ich glaube, ihr könnt euch von eurer kleinen Miss Contraire verab...«

Ein lautes Rumsen unterbrach ihn. Die Kinder fuhren zusammen. Versuchten die Manager die Tür aufzurammen? Aber nein, das Rumsen kam nicht von der Tür. Es kam von hinter der *Wand,* und schon war eine gedämpfte Stimme zu hören. »Katie! Bist du da drin, Kind?«

»Tod und Teufel!«, knurrte Mr Curtain. »Wer ist dieser Kerl? Und wie konnte er hierher zurückkommen?«

»Milligan!«, rief Kate, und sie legten alle die Ohren an die Wand. »Wo bist du?«

»In einem Durchgang hinter einer versteckten Tür, aber die lässt sich nur von innen öffnen. Gibt es da einen Hebel oder eine Art Schalter?«

»Der Rollstuhl!«, rief Reynie und rannte zu Mr Curtains Stuhl, um die Knöpfe auf den Armlehnen zu studieren. »Ich hätte wissen müssen, dass Sie noch einen Geheimausgang haben«, sagte er. »Wenn es darauf ankommt, haben Sie nicht mal halb so viel Mut wie ein Kind.«

Reynie hoffte, dass seine Worte Mr Curtain wütend machten, damit er einschlief, aber Mr Curtain hatte sich gewappnet und war nicht so leicht aufzuregen. »Ihr habt recht. Ich gebe auf«, sagte er hinterhältig. »Wenn ihr versprecht, mir nicht wehzutun, sage ich dir, welchen Knopf du drücken musst. Es ist der in der Mitte auf der rechten Lehne.«

»Aber sicher«, sagte Reynie, der den Knopf wieder erkannte. Wenn er ihn drückte, würde er die Manager hereinlassen. Er studierte die anderen. »Lassen Sie mal sehen. Der hier ist für die Sprechanlage, ich habe gesehen, wie Sie ihn gedrückt haben. Den auch. Die Hebel da sind offenbar für die Räder und die Bremsen. Damit bliebe ... der hier!«

Er hielt den Finger über einen unscheinbaren silbernen Knopf.

»Du hast recht«, sagte Mr Curtain mit einem dramatischen Seufzer. »Er ist es.«

Reynie grinste. »Sie wollen, dass ich glaube, Sie versuchen mich hereinzulegen. Aber *so* kriegen Sie mich nicht.«

Mr Curtains Gesicht verfinsterte sich, Reynie drückte den Knopf, und eine verborgene Kontrolltafel erschien in der Wand über Kates Kopf.

»Gut gemacht, meine erbärmlichen jungen Spione. Die Tastatur habt ihr gefunden. Wie schade nur, dass ihr nicht wisst, welchen Code ihr darauf eingeben müsst.«

»Versuch es mit 1378«, sagte Reynie.

Kate hob die Hand, um die Ziffern einzugeben. »Oh nein! Da gibt es keine Zahlen! Das sind alles Buchstaben!«

Mr Curtain lächelte ein schmieriges, selbstzufriedenes Lächeln. »Ihr müsst die Nummern von einem meiner Manager bekommen haben. Ich gebe zu, ich bin beeindruckt. Aber den Code für meinen Geheimausgang kenne nur ich.«

»Vielleicht können wir ihn raten«, sagte Kleber.

Mr Curtain schüttelte den Kopf, als täten sie ihm leid. »Erkennt ihr nicht die Sinnlosigkeit eurer Anstrengungen? Selbst wenn ihr von der Insel fliehen könntet, wäre euch nicht geholfen. Meine Anwerber würden euch sehr bald finden. Noch vor Einbruch der Nacht würdet ihr wieder eingefangen sein. Noch vor morgen früh werdet ihr mich euren MEISTER nennen! So oder so werdet ihr unter meiner absoluten Kontrolle stehen!«

»Danke!«, rief Reynie, und seine Miene hellte sich auf. Mr Curtain war verblüfft. »Danke?«

»Sie haben mich auf etwas gebracht! Sagen Sie nicht immer, dass Kontrolle der Schlüssel zu allem ist?«

Mr Curtain schnaufte verächtlich, aber etwas am aufflackernden Zorn in den Augen des Mannes sagte Reynie, dass er auf dem richtigen Weg war. »Kate, versuch es einmal mit dem Wort ›Kontrolle‹.«

Kate hob den Arm und drückte die Tasten, wobei sie die Buchstaben einen nach dem anderen laut aussprach: »K.O.N.T. R.O.L.L.E.«

Nichts.

Über die Sprechanlage hörten sie S. Q.s Stimme: »Mr Curtain, Sir! Wir haben eine Leiter gefunden und sollten sie in zwei Minuten am Fenster haben!«

Mr Curtain kicherte. Er schien wieder zu Kräften zu kommen. »Reynard, du armseliger Tropf, hast du ernsthaft geglaubt, du wärst schlauer als ich und könntest meinen Code erraten? *Kontrolle!* Wie wunderbar! *Bravo!* Bravo, Bravo! Dreimal Applaus für Reynard Muldoon!«

»Hm. Mir kommt da eine Idee«, sagte Reynie nachdenklich. »Da Sie so stolz auf Ihre Heimat sind, probieren wir das Ganze einfach mal auf Holländisch.«

Mr Curtain blieb der Mund offen stehen. Um seine Bestürzung zu verbergen, stammelte er: »Als wenn ihr wissen *könntet …«*

»Kleber, alter Freund«, unterbrach ihn Reynie, »wie buchstabiert man ›Kontrolle‹ auf Holländisch?«

»Oh, das ist einfach«, sagte Kleber. »Mit einem ›C‹ am Anfang und nur einem ›L‹: C.O.N.T.R.O.L.E.«

»Also dann«, sagte Kate und tippte.

»Tod und Teufel!«, heulte Mr Curtain noch, bevor er in friedvollen Schlaf fiel.

Als Kate vom heilen Arm ihres Vaters umfangen wurde, liefen die beiden Jungen zu Constance hinüber, aber die Metallbügel und der Helm hatte sich noch nicht zurückgezogen. Constances Lider flatterten, und sie murmelte immer noch leise: »Nein … nein … nein …«

»Wir müssen sie da herausholen!«, rief Kleber.

»Keine Sorge«, sagte eine Frauenstimme.

Die beiden Jungen drehten sich um und sahen Rhonda Kazembe und Nummer Zwei direkt hinter sich stehen. Und dann, bevor sie noch ihrem Erstaunen Ausdruck geben konnten, kam Mr Benedict selbst in den Raum.

»Mr Benedict!«, rief Reynie. »Wir haben versucht, den Flüsterer zu verwirren — das heißt, Constance hat es versucht, aber ...«

Mr Benedict nickte. »Ihr habt euch wunderbar geschlagen. *Wunderbar.* Nur, wie geht es unserer Constance?«

»Furchtbar«, sagte Kleber. »Sehen Sie doch nur.«

»Ja«, sagte Mr Benedict düster und kniete sich neben das Mädchen. »Der Flüsterer hätte ihr beinahe den Willen gebrochen. Das tapfere Kind, sie hat wirklich fast ihre gesamte Kraft verbraucht.«

»Fast?«

»Oh ja, sie erholt sich wieder.« Und mit weit lauterer Stimme sagte Mr Benedict jetzt: »Constance Contraire! Du hast es geschafft, Kind! Der Flüsterer ist völlig verwirrt. Du kannst jetzt aufhören!«

Das kleine Mädchen hörte auf zu murmeln, fuhr sich mit der Zunge über die Lippen und öffnete die Augen. »Warum haben Sie so lange gebraucht?«

»Seht ihr?«, sagte Mr Benedict mit einem liebevollen Lächeln und wuschelte der Kleinen durchs Haar. »Sie kommt wieder in Ordnung. Constance, Liebes, komm jetzt von dem Stuhl herunter. Wir müssen uns beeilen.«

»Aber sie *kann* nicht herunter«, sagte Reynie und zeigte auf die Metallbügel.

»Was weißt du schon?«, sagte Constance mürrisch, zog ihre winzigen Handgelenke aus den Bügeln und schob sich den Helm vom Kopf.

Die Jungen sperrten Mund und Nase auf.

»Du meinst, du hättest die ganze Zeit aufstehen können, wenn du gewollt hättest?«, fragte Kleber.

»Da bräuchte es schon ziemlich kleine Bügel, um *mich* festhalten zu können«, sagte sie.

Trotz ihres Auftrumpfens war Constance jedoch so schwach, dass sie fast vornüberfiel, als sie sich hinstellen wollte. Mr Benedict fing sie auf. Einen Moment lang hielt er sie bei den Schultern und sah ihr direkt in die Augen. »Ich bin so stolz auf dich, Constance«, sagte er. »Du warst wirklich sehr, sehr tapfer. Danke für deine große Anstrengung.«

Constance strahlte vor Freude.

Für nichts war Zeit: nicht dafür, dem Schrecken darüber Ausdruck zu geben, dass Constance *freiwillig* auf dem Flüsterer sitzen geblieben war, oder dafür, Erklärungen zu suchen, wie Mr Benedict und seine Agenten auf die Insel gelangen konnten — nicht mal dafür, Mr Benedict in aller Kürze zu erzählen, was alles vorgefallen war. Glücklicherweise schienen er und seine Agenten genau zu wissen, was sie zu tun hatten. Milligan hatte den schlummernden Mr Curtain bereits aus seinem Stuhl gehoben und sanfter, als der es, wie alle glaubten, verdient hatte, auf den Boden gelegt. Rhonda schob die Kinder in Richtung Geheimausgang und Mr Benedict erlaubte sich nur einen kurzen Moment, um in das schlafende Gesicht seines Bruders zu sehen, eines Bruders, der einen so fürchterlichen Weg gewählt hatte, bevor er dessen Platz auf dem Rollstuhl einnahm und nach dem roten Helm griff.

»Mr Benedict, wir haben keine Zeit!«, sagte Kate. »Sie werden jeden Moment durch das Fenster da kommen!«

»Wir haben Zeit, Kind, aber nicht für alles. Der Flüsterer ist im Moment völlig desorientiert, und ich muss das Eisen schmieden, solange es heiß ist, wie man so sagt. Beeilt euch jetzt, alle. Flieht, so schnell ihr könnt.«

Die anderen waren wie vor den Kopf geschlagen, einschließlich Nummer Zwei, die Mr Benedict bis zum Rollstuhl auf dem Fuße gefolgt war und nicht zu wissen schien, was sie tun sollte. »Sie meinen, Sie wollen zurückbleiben? Aber Sie werden gefangen werden! Die bringen Sie um!«

»Warum sonst wäre ich hier, wenn ich das jetzt nicht täte?«, sagte er tröstend. »Milligan, bitte nehmen Sie meinen Bruder mit. Sie müssen alles in Ihrer Macht Stehende tun, um ihn von dieser Maschine fernzuhalten.«

»Das werde ich«, sagte Milligan und schüttelte den Kopf. Mit seinem unverletzten Arm hob er Mr Curtain auf, der immer noch mit Kates Seil gefesselt war, und schwang ihn sich über die Schulter.

»Macht euch keine Sorgen um mich, Kinder«, sagte Mr Benedict. »Ihr müsst jetzt unbedingt fliehen. Geht schon! Milligan, erlauben Sie keinem, Zeit zu verschwenden. Nicht einmal Ihnen, Nummer Zwei. Beeilt euch! Los doch!«

FLUCHT UND WIEDERKEHR

Sie liefen einen sich windenden Gang hinunter, durch Finsternis, Spinnweben und tropfendes Wasser, bis sie endlich in kalten Wind, gleißendes Sonnenlicht und das Rauschen der gegen die Felsen brandenden Wellen hinaustraten. Sie standen auf der meerzugewandten Seite der Insel und sahen auf ein winziges Stück Sandstrand hinab, auf dem ein Motorboot mit flachem Kiel festgezurrt lag. Die kleine Gruppe kletterte durch Gebüsch und über Geröll hinunter in die kleine Bucht. Mit seinem unverletzten Arm legte Milligan zunächst Mr Curtain auf dem Sand ab und half dann Rhonda und Nummer Zwei, die Kinder ins Boot zu schaffen. Kate war gerade über die Seitenwand gestiegen und Rhonda und Nummer Zwei folgten ihr eilig, als Kleber auf die Insel deutete und rief: »Er läuft davon!«

Milligan wirbelte herum. Kates Seil lag verwickelt im Sand, und Mr Curtain rannte mit überraschender Leichtigkeit den Hang hinauf, den sie heruntergekommen waren. Er war fast schon wieder beim Geheimgang. Milligan zog blitzschnell sein Betäubungsgewehr von der Schulter und feuerte — aber es war zu spät. Mr Curtain war bereits zu weit entfernt. Er entkam in den Geheimgang, und der Pfeil zischte über hin hinweg.

Es war ein schreckliches Unglück, und einen Moment lang wirkte Milligan wieder so düster wie früher. Mit ernstem Gesichtsausdruck wandte er sich an die Kinder. »Unglücklicherweise bleibt keine Zeit, ihn zu jagen. Meine Pflicht ist es, euch in Sicherheit zu bringen.« Väterlich legte er eine Hand auf Kates Schulter, bevor er sich daranmachte, das Boot ins Wasser zu schieben. »Erinnere mich daran«, sagte er neckend, »dass ich dir beibringe, wie man einen besseren Knoten macht.«

»Was ist, wenn Mr Curtain ..., wenn er Mr Benedict überwältigt, bevor der den Flüsterer unbrauchbar machen kann?«, fragte Kleber.

»Dann müssen wir untertauchen«, sagte Rhonda mit schwerer Stimme. »So will es Mr Benedict.«

Milligan setzte das Boot in Gang und steuerte sie hinaus in den Kanal, wo die Kinder überall um sich herum Felsen aus dem Wasser ragen sahen.

»Hmm, Milligan, sind die Gewässer hier nicht gefährlich zu durchfahren?«, fragte Reynie, als das Boot nur um Zentimeter an einem scharfen Felsen vorbeisurrte.

»Oh ja, zum Fürchten gefährlich«, sagte Milligan lächelnd. »Hier sind schon etliche Boote aufgelaufen und gekentert. Aber ich bin nicht ohne Grund heimlich jede Nacht zwischen den Felsen herumgeschwommen. Ich kenne sie gut. Ihr habt nichts zu befürchten.«

Die Kinder waren es nicht gewohnt, Milligan lächeln zu sehen. Sein Anblick nahm ihnen die Angst zu ertrinken, aber er entnervte Constance auch so weit, dass sie rief: »Wie können Sie nur so lächeln, wo Sie doch wissen, dass Mr Benedict noch auf der Insel ist? Die haben ihn sicher schon gefangen genommen, und jetzt sorgt Mr Curtain dafür, dass sie ihn umbringen.«

»Reg dich nicht auf, Kind«, sagte Milligan und kniff die Augen gegen das Spritzwasser zusammen, als er zwischen zwei Felsbrocken hindurchsteuerte. Das Festland kam schnell näher. »Ich kehre zu ihm zurück, sobald ich euch in Sicherheit gebracht habe. Ich würde Mr Benedict niemals im Stich lassen.«

»Aber Sie haben doch keine Chance! Sie sind verletzt, und die werden auf Sie warten! Mr Curtain wird ...«

Das aufgeregte Mädchen wurde vom Aufsetzen des Boots auf den Sand des Festlands unterbrochen. Bevor sie weiterreden konnte, trug Nummer Zwei sie schon zum wartenden Kombi. Die anderen sprangen hinterher, und kurz darauf ließ Rhonda Kazembe den Motor aufjaulen und steuerte den Wagen auf die Straße. Milligan saß am geöffneten Fenster und hielt das

Betäubungsgewehr schussbereit in der Hand. »Setz mich beim Wachhäuschen an der Brücke ab«, dirigierte er Rhonda, »und dann bring die Kinder weg.«

»Aber Milligan«, sagte Kleber, »wie wollen Sie fliehen? Wie sind Sie denen überhaupt entkommen? Ich erinnere mich an das Wartezimmer. Da gab es keinen Weg nach draußen.«

»Nur nach unten«, sagte Milligan. »Irgendwann wurde mir bewusst, dass, wo Matsch ist, auch Wasser nicht weit sein kann und ein unterirdischer Strom unter dem Raum durchführen muss.«

»Aber ... Aber wie?«

»Das war keine große Sache«, sagte Milligan. »Ich habe nur für ein paar Minuten den Atem angehalten, um mich durch den Matsch in den Strom durchzugraben, mich stromaufwärts zu ziehen und wieder durch Matsch und, na ja, dreißig Zentimeter Erde zu wühlen. Danach musste ich nur noch ein paar Steine aus dem Weg räumen, ein paar Bretter herausbrechen, ein wenig Mörtel wegmeißeln und die Stangen eines Metallgitters weit genug auseinanderbiegen, damit ich hindurchpasste (dabei habe ich mir übrigens den Arm gebrochen). Dann galt es, die Wärter außer Gefecht zu setzen und meine Fesseln mit ihren Schlüsseln loszumachen. Wirklich, es ist nichts dabei, wenn man den Trick erst mal raushat.«

Die Kinder kniffen ungläubig die Augen zusammen.

»Weit bemerkenswerter«, fuhr Milligan fort, und da war so viel Glück in seiner Stimme, dass er fast sang, »weit bemerkenswerter jedoch war, was passierte, während ich all das vollführte. Als ich da unten im Matsch die Luft anhielt und grub, begriff ich, dass das Gefühl, das mich erfüllte — dass ich unbedingt zurück zu euch Kindern musste, egal, was es mich kostete —, dass das genau das gleiche Gefühl war wie vor Jahren, als ich aus der völligen Schwärze erwacht war und den Namen >Milligan< in meinem Kopf gehört hatte. Zum ersten Mal wurde mir bewusst, dass es sich um die Stimme eines kleinen Mädchens gehandelt hatte, das meinen Namen aussprach. Und gerade als mir *das* bewusst wurde, gelangte ich in das kalte Wasser des unterirdischen Stroms, und plötzlich sah ich das Bild eines Mühlteichs auf dem Land vor mir, einen hübschen Ort, perfekt zum Schwimmen. Und in dem Teich sah ich ein winziges Mädchen, so klein, dass ich kaum glauben konnte, dass es überhaupt schwimmen konnte, viel weniger noch herumplanschen und tauchen wie ein Otter — und vor meinem inneren Auge zog ich die Kleine zu mir heran, hörte sie lachen, und als ich sie bei der Hand nahm, um sie nach Hause zu bringen, hörte ich, wie sie mich fragte: >Taddy, tönnen wir wieder zur Milli gehn?<, worauf ich antwortete: >Natürlich, Katie-Kätzchen. Natürlich gehen wir wieder zur Mühle.<

Milligehn — *Milligan.* Versteht ihr? Es war nicht mein Name. Es war die letzte Bitte meiner Tochter und mein letztes, nicht gehaltenes Versprechen ihr gegenüber. Und kaum dass ich das begriff, kamen auch alle anderen Erinnerungen wie eine Flut über mich. Das war der beste Augenblick meines Lebens«, schloss er mit einem liebevollen Blick auf seine Tochter neben sich.

Kate versuchte, die Tränen zurückzuhalten, und versagte jämmerlich. Der Kombi näherte sich der Brücke zur Insel. Sie hatte sich so gefreut, ihren Vater zurückzubekommen. Sollte sie ihn jetzt wirklich für eine weitere gefährliche Mission wieder aufgeben? Nicht einfach nur eine gefährliche Mission — hoffnungslos war sie. Nein, das würde sie nicht, und mit einer Wildheit, die sogar sie selbst erstaunte, erklärte sie: »Du kannst nicht einfach wieder weg, Milligan! Ich lasse dich nicht! Wie kannst du mich nur wieder verlassen?«

Milligan zuckte zurück, als hätte ihn etwas gestochen, und auch seine Augen drohten plötzlich überzulaufen. »Oh, Katie, liebe Katie, das ist das Letzte, was ich tun will, aber wie kann ich Mr Benedict da allein lassen? Ohne ihn hätten wir uns nie wiedergefunden.«

»Dann gehe ich mit dir!«

»Nein, nein, das geht nicht!«

»Es wird gehen *müssen!«,* gab Kate unnachgiebig zurück, als Rhonda den Wagen nahe beim Wachhäuschen stoppte.

»Pssst, alle beide!«, rief Reynie und überraschte damit alle. Er zeigte auf die Brücke hinaus, auf der sie Mr Curtain sehen konnten, der in seinem Rollstuhl auf sie zugerast kam. Ein ganzer Trupp

Anwerber kam mit ihm mitgerannt, man konnte ihre Schock-Uhren im Sonnenlicht glitzern sehen. Der dahinschießende Rollstuhl fuhr wild Zickzack und zwang die Anwerber, hin und her zu springen, um nicht zur Seite gestoßen zu werden. Die beiden Anwerber im Wachhäuschen (die gleich, nachdem sie den Kombi gesehen hatten, die Insel über Funk verständigt haben mussten) waren aus ihrem Häuschen getreten, um zuerst zu Mr Curtain hinüberzustarren und dann auf das Auto, unsicher, was von ihnen erwartet wurde.

»Kate, ich liebe dich, aber du *musst* mit den anderen hier weg!«, befahl Milligan, als er nach dem Türgriff langte. »Nummer Zwei, sorgen Sie dafür, dass sie mitkommt. Ich lenke die Männer ab, indem ich zurück zum Boot laufe. Vielleicht kann ich in ihren Rücken gelangen. Rhonda, du fährst wie der Teufel und siehst dich nicht um.«

»Nein!«, rief Reynie mit genauso kräftiger Stimme. Milligan zuckte zusammen und hielt inne. »Bleiben Sie, wo Sie sind, Milligan! Rhonda, fahr nicht weg. Vertraut mir. *Bitte,* vertraut mir alle. Wir müssen warten und sehen, was passiert!«

Es war ein Augenblick großer Anspannung, und auch ein denkwürdiger Augenblick — denn allen im Auto, Erwachsenen wie Kindern, wurde bewusst, dass sie ohne weiteren Vorbehalt einem elfjährigen Jungen vertrauten. Wenn Reynie Muldoon ihnen etwas sagte, wenn er ihnen etwas versprach, dann folgten sie ihm und glaubten ihm jedes Wort.

Rhonda und Nummer Zwei sahen Milligan an, der ihren Blick erwiderte.

Er nickte. Die beiden nickten. Alle warteten.

Kurz vor Ende der Brücke kam Mr Curtain plötzlich mit kreischenden Bremsen zum Stehen, so plötzlich, dass er trotz aller Gurte fast nach vorn aus seinem Stuhl katapultiert worden wäre. Er zeigte auf den Kombi und schrie: »Das ist ein Trick! Das sind Lockvögel! Die wirklichen Angreifer müssen noch auf der Insel sein!«

Die Anwerber kratzten sich die Köpfe. »Aber, Sir«, protestierte einer von ihnen halbherzig, »sie sehen genauso aus wie die, hinter denen wir her sind!.

»Narr!«, schrie Mr Curtain mit seiner schrecklichsten Stimme. »Glaubst du wirklich, sie würden von der Insel fliehen, um dann hier zurück zur Brücke zu kommen? Die da im Auto sollen uns ablenken. Alles sofort zurück auf die Insel! Das ist ein Befehl!«

Die Anwerber zuckten zusammen und drehten sich um.

»Ihr auch!«, schnarrte Mr Curtain die Anwerber aus dem Wachhäuschen an. »Vergesst die Lockvögel! Wir brauchen alle Kräfte auf der Insel!«

Die Anwerber salutierten unsicher, verließen ihren Posten und rannten den anderen hinterher. Eine Weile sah Mr Curtain ihnen nach. Dann band er sich los, stieg aus dem Rollstuhl und kam auf den Kombi zu.

»Was macht er denn jetzt?«, fragte Rhonda.

Milligan hob das Betäubungsgewehr und zielte auf den Mann, der nur noch ein paar Meter entfernt war.

»Schießen Sie nicht!«, warnte Reynie. »Sehen Sie denn nicht? Es ist Mr *Benedict!*«

Milligan senkte erstaunt sein Gewehr. Mr Benedicts Vorstellung war äußerst überzeugend gewesen. In all ihren gemeinsamen Jahren hatte er ihn nie so zornig und unfreundlich erlebt.

»Danke, Reynie, dass du mir den Pfeil erspart hast«, sagte Mr Benedict mit einem Zwinkern und einer vereinfachten Version seines Delfinlachens. Er hob die Hand, um die Tür zu öffnen, hielt aber inne, als er bemerkte, dass Mr Curtain nicht im Auto war. Seine Augenbrauen hoben sich. »Aber wenn mein Bruder entkommen ist, woher wusstest du dann, dass ich es war? Wie konntest du dir so sicher sein?«

»Um die Wahrheit zu sagen«, antwortete Reynie, »wusste ich es gleich, als ich sah, wie schlecht Sie mit dem Rollstuhl zurechtkamen!«

»Hmm, ja. Knurren und andere anbellen ist eine Sache, aber diesen verflixten Apparat zu steuern eine andere. Trotzdem glaube ich, mit ein wenig Übung würde ich ihn schon in den Griff bekommen.«

»Wir sind froh, dass Sie in Sicherheit sind, Sir«, sagte Nummer Zwei. »Aber können wir jetzt bitte fahren und uns die Gratulationen für später aufbewahren?« Sie sah nervös zu einer

Truppe Anwerber hinüber, die gemerkt hatte, dass ihr Anführer nicht mehr da war. Einer nach dem anderen drehte sich um, gaffte herüber und deutete auf den Kombi. Einige kamen zurück über die Brücke gelaufen.

»Gewiss, gewiss«, sagte Mr Benedict und kletterte ins Auto. »Rhonda, gib Gas!«

WO EIN AUSGANG IST, IST AUCH EIN EINGANG

Immer nachts, wenn der Mond seine langsame Bahn über Stonetown zog, sah Reynie aus dem Fenster des zugigen alten Hauses hinauf zu ihm und dachte an die mondbeschienenen Treffen der geheimen Benedict-Gesellschaft. Da gab es viel zu erinnern und viel zu erzählen, aber der nächtliche Mond schmolz dahin, verschwand und wurde wieder größer, bevor alle Geschichten erzählt waren. Es gab zu viel zu tun und zu wenig Zeit zur Besinnung.

Mr Curtain war mit einigen Anwerbern und seinen treuesten Managern von der Insel geflohen. Das berichteten die Regierungsbeamten, die Mr Benedict am Ende hatte überreden können, das Institut zu durchsuchen. Diese Beamten hatten ihm nie geglaubt, aber unter dem Gewicht der neuesten Entwicklungen waren ihre Zweifel dahingeschmolzen. Zum einen hatte Milligan sein Gedächtnis wie dergefunden, und damit auch eine Anzahl streng geheimer Regierungspasswörter, zum anderen hatte Kate ein Informationsblatt aus Mr Curtains Presseraum mitgehen lassen, ganz zu schweigen von Mr Curtains Tagebuch, das sie bei ihrer Flucht aus der Flüstergalerie eingesteckt hatte. Am wichtigsten jedoch war, dass der Flüsterer keine Mitteilungen mehr aussandte und seine betäubende Wirkung mit jedem Tag weiter nachließ. Der Notstand verschwand aus den Köpfen, die sich endlich wieder der Wirklichkeit öffneten wie Blumen dem hellen Sonnenlicht.

Ein ständiger Strom von Agenten und Beamten ging bei Mr Benedict ein und aus, sammelte Einzelheiten und machte sich ausschweifend Notizen (und verlief sich immer wieder im Irrgarten des Hauses). Sie wollten Mr Curtain fassen, aber da hatte Mr Benedict wenig Hoffnung. Mr Curtain, sagte er, sei zu schlau, um von Erwachsenen überlistet zu werden. Dazu seien nur Kinder fähig.

Ein Problem, das es noch zu lösen galt, war, all denen zu helfen, denen Mr Curtain mit seinem Flüsterer das Gedächtnis genommen hatte: den »angeworbenen« Kindern und den Geheimagenten, die gefasst und zu Helfern umprogrammiert worden waren, dazu vielen von den Managern, die vor gar nicht so langer Zeit noch unglückliche Waisen und Ausreißer gewesen waren und nach einem Ziel und einem Heim gesucht hatten. Es sollte Milligans Aufgabe sein, all die Unglücklichen ausfindig zu machen, die je ihren Fuß auf die Insel Nomansan gesetzt hatten, und Mr Benedicts, einen Weg zu finden, ihre Identitäten wiederherzustellen. Mr Benedict arbeitete bereits mit aller Kraft daran, den Flüsterer seines Bruders so umzubauen, dass sich seine Wirkung umkehrte: Statt Gedächtnisse aus zulöschen, sollte er die alten Erinnerungen zurück an die Oberfläche bringen. Wenn man ihn danach fragte, sagte Mr Benedict, er halte es für wahrscheinlich, dass die Sache Erfolg haben werde. Was für die, die ihn kannten, bedeutete, dass kein Zweifel daran bestand.

Mr Benedict betonte jedoch mit allem Nachdruck, es sei keine Bescheidenheit, wenn er sage, dass die Kinder die wirklichen Helden der Geschichte seien. Sie seien es gewesen, die das Risiko auf sich genommen hätten, Mr Curtains dunkle Geheimnisse auszukundschaften. Die Kinder und niemand sonst hatten Mr Curtain in seiner Flüstergalerie überwältigt und die schreckliche Maschine so gut wie unschädlich gemacht. Die Kinder waren darauf gekommen, wie der Geheimgang zu öffnen war — was sowieso nur von innen ging.

»Aber woher wussten *Sie* von dem Geheimgang?«, fragte ihn Kate eines Abends, Wochen nach ihrer Rückkehr. Obwohl alle im Haus eigentlich ohne Pause geredet hatten, hatten sie sich doch meist mit Agenten und Regierungsbeamten unterhalten und nicht untereinander, und so war ihre eigene Neugier noch längst nicht befriedigt. Dieser Abend war der erste, an dem sie alle ungestört zusammen im Esszimmer saßen. Sie hielten Becher mit dampfend heißem Kakao in den Händen, denn aus dem Herbst war mittlerweile Winter geworden, und alle, selbst

Constance Contraire, sahen äußerst erleichtert aus, endlich einmal allein zusammen zu sein.

»Auch das geht nicht auf mein Konto«, sagte Mr Benedict. »Das war Milligans Entdeckung.«

Alle sahen zu Milligan hinüber, der am Tisch neben Kate saß.

»Ich war sicher, dass sich Mr Curtain einen persönlichen Fluchtweg geschaffen hatte«, erklärte Milligan. »Als ich zu euch auf die Insel kam, suchte ich jede Nacht im Schutz der Dunkelheit danach. Am Ende war es jedoch das reine Glück. Ich fand ihn in der Nacht vor meiner Gefangennahme.«

»Bei dir hat immer alles mit Eingängen und Ausgängen zu tun, was, Milligan?«, neckte ihn Kate.

Milligan lachte sein herzliches dröhnendes Lachen, und alle am Tisch zuckten zusammen. Sie mussten sich erst noch an dieses Lachen gewöhnen. Nach all den Jahren, in denen er sich wie der traurigste Mensch auf Erden gefühlt hatte, benahm sich Milligan nun wie der glücklichste, und vielleicht war er es ja auch. Nach so langer Zeit war er endlich wieder Vater geworden.

Milligan streckte den Arm aus und kniff Kate ins Kinn, das seit Kurzem nicht mehr mit Salbe eingerieben war. (Die Schnitte und Wunden waren längst verheilt, nachdem sich alle, nicht nur Milligan, ständig darum gekümmert hatten.) Kate strahlte und schlug spielerisch nach seiner Hand. Gleich darauf bemerkte sie, dass das Marshmallow von der Untertasse ihres Kakaos verschwunden war. Sie blickte auf und sah, wie es in seinem Mund verschwand.

»Du Dieb!«, flüsterte sie und kicherte dabei.

Milligan zwinkerte ihr zu und gab ihr seins.

Reynie saß auf der anderen Seite des Tischs und beschäftigte sich derweil mit einer merkwürdigen Frage: Wie sollte er die Person neben sich nennen? Natürlich saß er neben Miss Perumal. Endlich waren sie wieder vereint, hatten sich reichlich umarmt und Tränen vergossen, und jetzt saß sie neben ihm und hatte die Hand auf seine Schulter gelegt. Würde er sie auch weiterhin Miss Perumal nennen?

Wie *sollte* er sie nennen? Die Frage brannte ihm genau wie allen anderen Kindern auf der Seele, die plötzlich neue Eltern haben: Während er weg gewesen war, hatte Miss Perumal begriffen, wie sehr sie ihn ins Herz geschlossen hatte, und bei ihrem Wiedersehen keine Zeit vergeudet, sondern gleich gefragt, was er davon hielte, wenn sie ihn adoptieren würde.

Zuerst war er unfähig gewesen, darauf zu antworten, und so hatte er sich ihr in die Arme geworfen und das Gesicht an ihrer Schulter versteckt.

»Oje«, hatte Miss Perumal gesagt und war gleich wieder in Tränen ausgebrochen. »Ich hoffe, das heißt Ja.«

Natürlich hieß es das, und jetzt saßen die beiden mit dem komischen Gefühl nebeneinander, schon lange eine Familie zu sein und sich doch gerade erst getroffen zu haben. Da ging es ihm ganz ähnlich wie Kate. Es war komisch, aber äußerst angenehm.

Mom fühlte sich nicht ganz richtig an, entschied Reynie. Aber warum sollte er sie nicht damit überraschen, ein Wort auf Tamilisch zu nehmen? Er hatte sie ihre eigene Mutter »Amma« nennen hören, wusste aber nicht, ob das nun *Mom* oder *Mutter* hieß. Reynie verspürte ein glückliches Vorgefühl. Er würde Kleber fragen.

Im Augenblick war Kleber der einzige Unglückliche von allen, dabei tat er alles, um es zu verbergen. So richtete er sich nun mit einer anderen Frage an Mr Benedict: »Aber wie haben Sie den Flüsterer am Ende außer Kraft gesetzt?«

»Ich habe nur zu Ende geführt, was ihr Kinder angefangen hattet«, antwortete Mr Benedict. »Ich habe den Flüsterer davon überzeugt, dass ich Curtain wäre, und dann ... Nun, um es so einfach wie möglich zu sagen, habe ich ihm Befehle gegeben, die ihn völlig aus der Fassung gebracht haben. Aber hätte Constance ihn nicht bereits so verwirrt gehabt und hätte ich nicht ein Gehirn, das dem meines Bruders so ähnlich ist, dann glaube ich nicht, dass ich es geschafft hätte.«

»Ein dreifaches Hoch auf das Gehirn von Mr Benedict!«, rief Kate. Alle lachten und applaudierten.

»Und ein dreifaches Hoch auf Constance«, sagte Mr Benedict und wurde plötzlich nachdenklich, als alle jubelten und Constance rot wurde. »Das erinnert mich an etwas«, sagte er, als es wieder ruhig geworden war. »Constance, mein Liebes, würdest du bitte in die Küche hinübergehen und die kleine Schachtel holen, die dort auf dem Tisch steht?«

Constance nickte und ging in die Küche.

»Ich kann es nicht glauben«, sagte Kleber. »Sie ist ohne jedes Murren gegangen. Es ist fast so, als würde sie langsam älter.«

»Genau das ist es, Kleber«, sagte Mr Benedict und nickte Rhonda Kazembe zu, die zum Schrank ging und einen riesigen Geburtstagskuchen hervorholte, der dort versteckt gewesen war.

»Gott sei Dank!«, rief Nummer Zwei. »Ich bin schon halb verhungert.«

Constance kam zurück und sah, wie die anderen sie anstrahlten und auf den Kuchen deuteten. Wieder wurde sie rot. »Aber ich habe erst nächsten Monat Geburtstag!«

»Wer weiß, was der nächste Monat bringt«, sagte Mr Benedict. »Ich würde sagen, wir essen den Kuchen heute!«

Constance schüttelte verwirrt den Kopf, auch wenn sie sich eindeutig freute. Sie kletterte zurück auf ihren Stuhl und gab Mr Benedict die Schachtel, die sie ihm hatte holen sollen.

»Es war das dreifache Hoch, das mich daran erinnert hat«, sagte er, öffnete die Schachtel und holte drei Kerzen hervor. »Ich hatte ganz vergessen, die Kerzen auf den Kuchen zu stellen.«

»Drei Geburtstagskerzen?«, sagte Reynie. »*Drei* Geburtstagskerzen? Constance ist erst *zwei* Jahre alt?«

»Zwei Jahre und elf Monate!«, rief das Mädchen.

Die Kinder sperrten die Münder auf.

»Aber ... aber ...«, fing Kleber an, schloss den Mund jedoch wieder und schüttelte den Kopf.

»Nun, das erklärt einiges«, sagte Kate mit großer Erleichterung, als wäre eine drängende Frage endlich beantwortet, obwohl ihr nie bewusst gewesen war, dass ihr diese Frage überhaupt durch den Kopf ging.

»Das war es also, als Mr Benedict sagte, du wärst begabter, als alle glaubten«, sagte Reynie. »Und ich dachte, er meinte damit deine unglaubliche Sturheit.«

»Wer ist hier stur?«, fragte Constance und runzelte die Stirn.

»Ein Kleinkind«, murmelte Kleber vor sich hin. »Kein Wunder, dass sie immer so müde war, so mürrisch und stur. Sie ist erst zwei!«

»Ich bin *nicht* stur«, sagte Constance, die ihn gehört hatte. »Und ich bin fast drei!«

Am nächsten Tag schon wimmelte es im Haus wieder nur so von Beamten, und das Telefon klingelte ohne Unterlass. Mr Benedict hielt es jedoch für angebracht, die Arbeit eine Weile zurückzustellen und sich um etwas Persönlicheres zu kümmern. Er fand Kleber auf dem oberen Flur, wo Nummer Zwei dem Jungen über den kahlen Kopf strich und nickte.

»Ja, ich stimme dir zu«, sagte sie beiläufig. »Dein Haar fängt eindeutig wieder an zu sprießen.«

»Endlich«, sagte Kleber.

Nummer Zwei bemerkte Mr Benedict und zog die Brauen zusammen. »Sir, was um alles in der Welt machen Sie hier? Warum haben Sie nicht jemanden von uns gerufen?«

»Ich bitte Sie um Entschuldigung, Nummer Zwei. Ich wurde von einer dringlichen Sache abgelenkt und kehre sofort an meinen Platz zurück. Kleber, begleitest du mich bitte? Ich habe etwas mit dir zu besprechen.«

»Sorge dafür, dass er sich hinsetzt, Kleber«, rief ihnen Nummer Zwei hinterher.

Gemeinsam gingen sie in Mr Benedicts Büro, wo sich Mr Benedict sofort folgsam hinter seinen Schreibtisch setzte und sagte: »Kleber, ich will nicht lange um den heißen Brei herumreden. Deine Eltern sind hier.«

»Meine ... meine Eltern? *Hier?«*, fragte Kleber, und dabei sah er sich um, als erwartete er, dass sie sich irgendwo versteckt hielten. Es war eine nervöse Reaktion. Er wusste absolut nicht, was er von der Neuigkeit halten sollte.

»Ich werde es dir erklären«, sagte Mr Benedict. »Fangen wir mit dem an, was du schon weißt. Nachdem du weggelaufen warst, ging eine Zeit lang eine Art Geldregen auf deine Eltern nieder. Sie hatten bald so viel, dass sie wohlhabender waren als die meisten Menschen. Sie besaßen mehr als je zuvor, und obwohl sie nach dir suchten, wurden ihre Anstrengungen immer halbherziger ...«

»Stimmt«, sagte Kleber. »Das weiß ich.«

»Aber es ist nicht die ganze Wahrheit, mein Kind. Ihre Anstrengungen wurden halbherzig, ja, aber das war vor allem deswegen so, weil sie Angst vor dir hatten.«

»Angst? Vor *mir?*«

»Jawohl. Sie hatten Angst, dir kein wirkliches Zuhause geben zu können. Als du ihnen weggelaufen warst, Kleber, haben sich deine Eltern bitter geschämt. Du warst schon so viel klüger als sie, und sie hatten so einen schrecklichen Schlamassel angerichtet. Wenn du wegliefst, das dachten sie in ihrem Schmerz, dann war es vielleicht zu deinem Besten. Vielleicht warst du ohne sie besser dran.«

»Besser?«, wiederholte Kleber und erinnerte sich an den lange zurückliegenden Satz seines Vaters, den er, wenn auch nur zum Teil, mitgehört hatte. Er hatte gedacht, sein Vater glaubte, dass *sie* ohne *ihn* besser dran wären.

»Das haben sie damals gedacht, aber du musst bedenken, dass natürlich auch sie von Mr Curtains geheimen Mitteilungen beeinflusst wurden: *Die Vermissten sind nicht verschwunden* — erinnerst du dich? Eine schlimme, niederträchtige Botschaft. Trotzdem fühlten sich deine Eltern immer elender, Kleber. Trotz ihrer verzweifelten Hoffnungen, dass ihnen das Geld dabei helfen würde, dich zu vergessen, begriffen sie sehr bald, dass kein Reichtum das Loch füllen konnte, das du in ihrem Leben hinterlassen hattest. Sie begriffen, dass sie *dich* brauchten, auch wenn du *sie* nicht brauchtest. Und so haben sie alles getan, um dich zu finden. Ihr ganzes Geld haben sie dabei ausgegeben und sogar Schulden gemacht. Mittlerweile haben sie kaum noch etwas..

Mr Benedict seufzte. »Und es könnte dich auch interessieren«, fuhr er fort, »dass deine Eltern ihre Suche nach dir aufgenommen haben, *bevor* wir den Flüsterer außer Kraft setzen konnten. Sie waren so fest entschlossen, dich zurückzuholen, dass sie sich den Mitteilungen zu widersetzen begannen. Nur ihre echte, mächtige Liebe konnte ihnen die Kraft dazu geben.«

Kleber hatte Schwierigkeiten, das alles zu begreifen. »Sie wollen sagen, meine Eltern haben mich *gefunden?* Sie haben sie nicht einfach *gerufen?*«

»Nein, sie haben dich gefunden. Natürlich hätte ich dich versteckt halten können. Aber als ich überzeugt war, dass sie dich ernsthaft suchten, und erkannte, was sie wirklich fühlten, da habe ich es zugelassen, dass sie herfanden.«

»Und Sie glauben, ich sollte mit ihnen gehen?«

»Es kommt darauf an, was *du* glaubst, Kleber.«

»Gut, aber was für einen Eindruck machen sie auf Sie?«

»Sie fühlen sich ziemlich elend und sind voller Scham, würde ich sagen, vor allem aber krank vor Sehnsucht nach ihrem verlorenen Kind. Sie haben einen fürchterlichen Fehler gemacht und werden ihn wohl für den Rest ihres Lebens bereuen. Als ich ihnen sagte, dass du in Sicherheit seist, sind sie in Tränen ausgebrochen. Ich glaube, sie weinen immer noch. Ich sehe, dass Rhonda ihnen immer wieder frische Taschentücher bringt.«

Jetzt füllten sich auch Klebers Augen mit Tränen. »Und sie haben gesagt, dass sie mich mehr brauchen als ich sie?«

»So scheinen sie es zu sehen. Was denkst du darüber?«

Die Tränen liefen Kleber über die Wangen. Er antwortete mit einer Frage: »Darf ich sie sehen?«

»Du musstest nur fragen, mein Freund«, erklärte Mr Benedict. Er erhob sich und schüttelte Kleber gerührt die Hand. »Sie warten im Esszimmer auf dich.«

Kleber rannte aus Mr Benedicts Büro zum Wiedersehen mit seinen Eltern, das freudig und tränenreich war. Am Ende lachten sie so voller Glück, dass sich der Raum bald schon mit Klebers Freunden füllte, mit Milligan, Rhonda und Nummer Zwei und sogar ein paar fremden Regierungsbeamten, die von der Aufregung angezogen wurden. Es war eine herrliche, ausgelassene, spontane Feier mit viel Umarmen und Händeschütteln und Küssen, und schließlich kam Milligan mit den Überbleibseln des Geburtstagskuchens vom Vorabend und Rhonda richtete einen schäumenden Fruchtpunsch an. Selbst die Beamten, die sich zunächst über die Verzögerung ihrer Arbeit geärgert hatten, wurden von dem Trubel mitgerissen, und es dauerte nicht lange, und sie hatten Jacketts und Schlipse abgelegt, und als einer dann noch den Plattenspieler in Gang setzte, fing alles an zu tanzen.

Das ging eine ganze Weile so, bis Nummer Zwei plötzlich die Früchte fallen ließ, mit denen sie gerade jongliert hatte, und sich nach Mr Benedict umsah. »Hab Erbarmen!«, rief sie und lief aus dem Zimmer. Sie fand Mr Benedict genau, wo Kleber ihn nach seinem herzlichen Handschlag zurückgelassen hatte, nur dass Mr Benedict nicht mehr stand, sondern auf seinen Schreibtisch gesunken da lag. Überall um ihn herum stapelten sich Papiere, und er schnarchte wie ein Güterzug. Auf seinem Gesicht lag der Ausdruck reinen Glücks.

»Mr Benedict adoptiert Constance, oder?«, sagte Kate zu Reynie. »Das ist die gute Nachricht. Und sie passen auch zusammen. Er mag ihre lahmen Witze.«

Sie hatten gerade ihre Schneefestung fertiggestellt und legten einen Schneeballvorrat für den bevorstehenden Angriff an. Auf der anderen Seite des Hofes taten Rhonda, Constance und Kleber das Gleiche. Während er über die Festungsmauer zu ihnen hinübersah, sagte Reynie: »Ja, jeder scheint seine Familie zu finden. Du hast Milligan. Ich habe plötzlich eine Mutter und eine Großmutter. Constance bekommt zwei Schwestern und einen Vater ...«

»Zwei Schwestern?«

»Ja, offenbar hat Mr Benedict Nummer Zwei und Rhonda schon vor langer Zeit adoptiert. So wie Rhonda es mir erzählt hat, ist es allerdings eher so, dass *sie ihn* adoptiert haben. So ähnlich muss Mr Benedict auch Constance gefragt haben: >Würdest du uns als deine Familie adoptieren?<, und Constance hat geantwortet, dass sie es sich überlegen müsse, aber sie sei geneigt, das Angebot anzunehmen.«

Kate kicherte. »>Geneigt, das Angebot anzunehmen< — was für eine Nummer sie doch ist! Hör mal, du machst die Dinger zu groß. Mach sie lieber so.« Kate zeigte ihm einen ihrer perfekt gerundeten Schneebälle und schaufelte mit ihrem Eimer (ein Geschenk von Milligan — er war genau wie der alte) eine weitere Ladung Schnee vor ihre Füße.

»Kate! Reynie! Seid ihr bereit für eure schändliche desaströse Niederlage?«, rief Rhonda über den Hof.

»Niederlage? Das Wort kennen wir nicht!«, rief Kate zurück und flüsterte dann Reynie zu: *»Desaströs* ist eigentlich das Wort, das ich nicht kenne.«

»Schrecklich«, sagte Reynie.

»He, ich kann nicht *jedes* Wort kennen, Schlaumeier. Himmel noch mal ...«

»Nein, *desaströs* bedeutet so was wie *schrecklich.«*

»Tut es das?«, fragte Kate herausfordernd. Sie brannte auf die Schneeballschlacht und war glücklicher, als sie je gewesen war. »Diese Bestien! Wir werden uns schon um sie kümmern. Erinnerst du dich an unsere Strategie?«

Reynie rollte mit den Augen. »Wie könnte ich die vergessen? Du deckst sie mit Schneebällen ein, während ich ausschwärme und ihre einsammle, damit wir keine Nachschubprobleme bekommen.«

»Ja, und bring sie auf die richtige Größe, wenn du schon dabei bist«, sagte Kate.

»Stört es dich sehr, wenn ich von Zeit zu Zeit auch einen werfe? *Darin* besteht doch eigentlich der Spaß, oder?«

Kate seufzte. »Ich hasse es, Schneebälle zu vergeuden, aber es könnte natürlich möglich sein, dass du auch etwas triffst. Also gut, du kannst auch ein paar werfen.«

»Besten Dank«, sagte Reynie.

Augenblicke später schon war der Hof ein einziges Durcheinander fliegender Schneebälle, herumrennender Kinder und wilder Lachanfälle. Auch hinter dem Fenster des Esszimmers erklang Lachen, wo die Erwachsenen, einschließlich Miss Perumals und der Washingtons, an ihrem Apfelmost nippten und die fröhliche Schneeballschlacht draußen verfolgten. Mr Benedict lachte so lange und ausgiebig wie ein ganzer Schwarm Delfine, und Nummer Zwei eilte schnell zu ihm hinüber. Sie konnte gerade noch den heißen Most auffangen, bevor Mr Benedict die Augen schloss und in Schlaf fiel. Minuten später wachte er auf und lachte sich gleich wieder in Schlaf, und so ging es weiter und weiter, lachen, schlafen, lachen, schlafen, den ganzen Nachmittag über, bis er am Ende in einen längeren Schlummer glitt. Als ihn Nummer Zwei schließlich mit einem sanften Schütteln der Schulter weckte, sah er, dass der Tag merklich dunkler geworden war.

»Es dämmert, und wir haben sie schon zweimal hereingerufen«, sagte Nummer Zwei zu ihm. »Können *Sie* die Bande nicht hereinrufen? Das Essen wird kalt.«

»Gleich, Nummer Zwei, gleich«, sagte Mr Benedict und schenkte erst ihr und dann den aufgedrehten, glücklichen Kindern draußen vor dem Fenster einen liebevollen Blick. »Essen Sie doch ruhig schon etwas, okay? Nehmen Sie sich einen Teller Eintopf, ich verrate es niemandem, aber geben Sie ihnen noch ein paar Minuten. Denen wird am Ende so kalt sein, dass ihnen selbst etwas Lauwarmes noch dampfend heiß vorkommt. Nur noch ein paar Minuten, Nummer Zwei. Sollen sie doch spielen. Es sind schließlich Kinder.«

Und das war sicher richtig, in diesem Augenblick bestimmt.

DANK

Viele gute Menschen haben bei der Entstehung dieses Buches mitgeholfen (nicht selten, indem sie seinen Autor wieder aufrichteten), und sie verdienen weit mehr als nur den Ausdruck meines Dankes, dennoch will ich ihnen an dieser Stelle wenigstens den schenken: Sara Curtis möchte ich danken, weil sie mir Mut gemacht hat, bevor ich überhaupt angefangen hatte, Mark Barr, Todd Kimm und Lisa Taggart für ihre wohlüberlegten wertvollen Ratschläge zu den ersten Fassungen dieses Buches, Eric Simonoff und Kate Schafer, meinen wirklich spektakulären Agenten, Megan Tingley, Nancy Conescu und Noel de la Rosa, die an dieses Buch geglaubt und so viel dafür getan haben, dass es besser wurde, Mary O'Connell, Chris Adrian, Diane Perry, Nicola Mason, Michael Griffith, Brock Clarke, Kenner Estes und Shannon und David Collier-Tenison ganz allgemein für ihre Großzügigkeit, Elaine Price, die sich um alle Dringlichkeiten gekümmert hat, während ich mit dem Schreiben beschäftigt war, meiner Frau Sarah Beth Estes für ihre hilfreichen Stellungnahmen zu den immer neuen Fassungen — gar nicht zu reden davon, wie sie sich Feuer und Regen in den Weg gestellt hat — und meinem Sohn Elliot, weil er ist, wie er ist, und so am Ende alles hat gut ausgehen lassen.

AUTOR

Trenton Lee Stewart ist Dozent für Kreatives Schreiben. Dies ist seine erste Kinderbuch-Trilogie. Inspiriert hat ihn seine Überzeugung, dass Kinder zwar oft gesehen, aber selten gehört und immer unterschätzt werden. Trenton Lee Stewart lebt mit seiner Frau und seinen beiden Söhnen in Arkansas.

Carson Ellis hat an der University of Montana Illustration studiert und lebt heute in Portland, Oregon. Wenn sie nicht gerade Bücher illustriert, gestaltet sie die Cover der Band Decemberists. Reynie, Kate, Kleber und Constance könnten unterschiedlicher nicht sein, doch sie haben drei Dinge gemeinsam: Sie haben eine ganz große Begabung, sie sind ehrlich, und sie haben keine Eltern mehr. Zusammen sollen die vier zu einer geheimen Mission antreten, die alles andere als ungefährlich ist: Undercover werden sie in das Lerninstitut für die besonders Erleuchteten eingeschleust, wo sie herausfinden sollen, was der skrupellose Mr Curtain im Schilde führt. Bisher ist es nämlich niemandem gelungen, die düsteren Pläne des Institutsleiters aufzudecken. Und es scheint auch für die frischgebackenen Undercoveragenten eine fast unmögliche Aufgabe zu sein, zumal es für vier so unterschiedliche Persönlichkeiten eine große Herausforderung bedeutet, im Team zu arbeiten. Doch nach und nach bemerken sie, dass sie nur mit vereinten Kräften eine Chance gegen Mr Curtain haben.